Noël 05

Chère Monique,
J'espère que
tu pourras le lire.
J'ai dû le commander
et il n'y avait pas
d'autre édition.
Tu verras c'est joli,
c'est très joli.
Affectueusement
Joyeux Noël
Denise

ÉMILE ZOLA

La Faute
de l'abbé Mouret

PRÉFACE, DOSSIER ET NOTES DE SOPHIE GUERMÈS

FASQUELLE

Cet ouvrage a été publié
sous la direction de Michel Simonin

Sophie Guermès, ancienne élève de l'École Normale Supérieure, agrégée de lettres classiques, a soutenu une thèse et poursuit des travaux sur la quête spirituelle de quelques écrivains athées. Auteur du *Vin et l'encre* (Mollat, 1997) et de *L'Écho du dedans, essai sur Claude Simon* (Klincksieck, 1997), elle partage ses activités professionnelles entre la Bibliothèque Doucet et l'Université Paris III.

Préface

« C'est vrai ; c'est à l'Eden que je songeais. »

Rimbaud, *Une saison en enfer* (1873)

« Le maître, par un œil profond, a, sur ses pas,
Apaisé de l'éden l'inquiète merveille
Dont le frisson final, dans sa voix seule, éveille
Pour la Rose et le Lys le mystère d'un nom. »

Mallarmé, *Toast funèbre* (1873)

« Le paradis que la femme a fermé, est-il vrai
que tu étais incapable de le rouvrir ? »

Claudel, *Le Soulier de satin*, III, XIII

Émile Zola (1840-1902)

Zola et la question religieuse

Le projet des années 1860

Pour mesurer l'intérêt que Zola portait à la question religieuse, il faut revenir à ses années d'extrême jeunesse. À l'époque où il se met à écrire, c'est, comme beaucoup de jeunes gens de son temps, la poésie qu'il choisit. Il a encore la foi, tout en s'affranchissant d'une docilité aveugle en matière religieuse. Dans la lettre du 25 juillet 1860, il apparaît comme un calviniste qui s'ignore : « *Je n'ai jamais eu cette sensiblerie religieuse des vains simulacres de la religion ; cependant, je m'efforce de suivre les préceptes de Jésus-Christ, ces maximes morales et sublimes.* » Il écrit des poèmes, tels « Vision » (celle d'une « *Belle Ève aux blonds cheveux* »), « L'aérienne » (« *Gardons-nous qu'il soit dit que le corps nous entraîne* ») ou « Religion » (« *Ce n'est que pour aimer que naît la créature* »). Et très vite, il conçoit le projet d'« *une religion nouvelle* [1] ». « *Je sais*, écrit-il à son ami Baille au

---

1. L'expression, qui constitue le point d'orgue de *Lourdes*, et permet de lancer *Rome* et *Paris* (*Les Trois Villes* sont trois romans que Zola écrivit après *Les Rougon-Macquart*, et dont le héros est un prêtre qui a perdu la foi), se trouve déjà, bien que son sens soit différent, dans *Au Bonheur des Dames*, à propos de l'entreprise d'Octave Mouret : « Sa création apportait une religion nouvelle, les églises que désertait peu à peu la foi chancelante étaient remplacées par son bazar (...) » (chap. XIV). De même, Saccard, autre héros de Zola, commerçant et aussi peu religieux que possible, voudrait, dans *L'Argent*, créer en Orient « un nouvel Éden ».

cours de l'été 1860, *que je rêve tout éveillé, que mon désir ne se réalisera peut-être jamais ; mais il y a un peut-être et c'est là ma branche de salut* » ; ou encore : « *Le poète a deux armes pour corriger les hommes : la satire et le cantique, l'éclat de rire de Satan et le sourire de Dieu. (...) puisque le choix est permis entre le cantique et la satire, je préfère de beaucoup le cantique.* » Un an plus tard, son évolution se précise : « *Une religion mieux entendue, une science lumineuse et solide, une liberté sociale sans désordre, sont les bonnes qualités des temps civilisés, qui doivent élargir les ailes de la poésie.* » Dans la même lettre (18 juillet 1861), Zola, qui lie poésie et religion, entend fonder une nouvelle poétique. Ce qui est extrêmement nouveau, c'est cette conception générique de la poésie[1], qui s'étend à toutes les formes d'art, sans pour autant être vague. Zola sait exactement où il veut en venir : à révéler, pour reprendre une expression à peu près contemporaine de Mallarmé, le caractère « *divin* » du « *ciel terrestre*[2] ». Trois ans plus tard, dans la lettre à Valabrègue du 6 juillet 1864, il écrit encore : « *Je crois qu'il y a dans l'étude de la nature, telle qu'elle est, une grande source de poésie. (...) s'il existe mille genres de poésie, et si j'en invente un nouveau, vous ne pouvez, vous le défenseur de ces genres que je n'attaque pas, me blâmer d'avoir agrandi la carrière déjà si vaste, et me faire un crime de choisir un sentier plutôt qu'un autre.* » Élargir, agrandir : par ces verbes, Zola précise sa vision de la poésie et du lyrisme, qui ne se limite plus au vers ou aux formes brèves : la forme importe moins que le projet. « *Je cherche encore ma voie, la meilleure forme est celle dont on se sert le mieux. L'idée, voilà le principal ; le reste n'est qu'une question d'étude et d'aptitude.* » Si l'on poursuit le raisonnement de celui qui affirmait le 10 août 1860 : « *Dieu, poésie, mots synonymes pour moi* », élargir et agrandir la poésie, c'est

---

1. La poésie est pour lui le genre principal, d'où découlent les autres. — 2. Mallarmé, lettre à Cazalis du 28 avril 1866, in *Correspondance*, éd. Bertrand Marchal, Gallimard, coll. Folio, 1995, p. 300.

aussi élargir et agrandir Dieu[1]. Et Zola tentera en effet, dans *La Faute de l'abbé Mouret*[2], de résoudre une difficulté que posait déjà Diderot[3] dans ses *Pensées philosophiques* lorsqu'il écrivait : « *Élargissez Dieu.* » Difficulté qui n'échappait pas non plus à Flaubert : il la met au nombre des impossibilités auxquelles se heurtent ses deux héros ultimes. Au chapitre IX de *Bouvard et Pécuchet* (le chapitre sur la religion) se trouve un constat qui, sous le masque de la naïveté, apparaît comme l'un des moins ironiques du livre : « *Le monde s'est élargi (...). Donc, la religion devait changer.* » En luttant contre l'étroitesse, Zola va essayer, dans *La Faute de l'abbé Mouret* comme dans *Lourdes*, *Rome* et *Paris*, écrits vingt ans après, d'apporter une réponse à la crise d'angoisse (au sens premier du terme : *angustiae* signifie « étroitesse », « resserrement ») qui a étreint la quasi-totalité du XIXᵉ siècle[4].

Un roman sur le prêtre

La Faute de l'abbé Mouret constitue le cinquième volume des *Rougon-Macquart*. Après avoir exposé la genèse de cette famille dans *La Fortune des Rougon*, illustré la réalisation d'une fortune dans *L'Argent*, la « lutte des gros et des maigres », des riches et des pauvres, dans *Le Ventre de Paris*, Zola s'est intéressé, par

---

1. Il n'est donc pas surprenant que le projet de « religion nouvelle » forgé par Pierre Froment soit considéré (avec une nuance de mépris) par les prélats de Rome comme le projet d'un « poète » (*Rome*, chap. III, X, XI, XIV). — 2. Puis dans *Les Trois Villes* et *Les Quatre Évangiles*. Pour ces livres-là, on ne saurait parler d'invention dans l'ordre de la forme et du langage. Mais cette forme romanesque emprunte de nombreux traits aux vers que Zola écrivait dans sa jeunesse. — 3. Diderot, en qui Zola voit « le véritable aïeul des naturalistes ». Voir notamment l'article « Le naturalisme », repris dans *Une campagne*. — 4. Dans *Rome*, Pierre rêve d'un « sentiment religieux élargi, affranchi des rites, tout entier à l'unique satisfaction de la charité humaine ».

Saint Zola : caricature de G. Martin, parue au moment de la publication de *Lourdes,* autre roman « religieux » de Zola.

deux fois, au personnage du prêtre[1], dans les deux romans suivants, *La Conquête de Plassans* et *La Faute de l'abbé Mouret.* Faire d'un prêtre un héros de roman n'est pas exceptionnel. D'autres romanciers[2] s'y sont essayés avant Zola, à commencer par Barbey d'Aurevilly dans *Un prêtre marié.* Zola en a fait une critique très violente (sous le titre « Le catholique hystérique ») qui sera reprise dans *Mes haines.* Barbey ne manquera pas, le moment venu, de vilipender *La Faute de l'abbé Mouret.* On peut citer aussi *Le Maudit,* de l'abbé J.-H. Michon, *Le Missionnaire,* d'Ernest Daudet, *Aurélien,* de Gaston Lavalley, *Un*

---

1. Dans *La Conquête de Plassans* et *La Faute de l'abbé Mouret,* c'est chaque fois un prêtre qui est le héros, bien qu'on ne puisse trouver deux hommes plus différents : l'un ne fait que le mal, l'autre est pur et s'efforce vers le bien. Mais dans la plupart des autres romans de Zola se trouve au moins un prêtre, à qui le romancier accorde plus ou moins d'importance. — **2.** Citons *Le Curé de Tours,* de Balzac (1833), *Volupté,* de Sainte-Beuve (1835), et, bien sûr, *Le Rouge et le Noir* (1830), de Stendhal.

curé de province, d'Hector Malot, *Les Tentations d'un curé de campagne*, de Joseph Doucet, *La Confession de l'abbé Passereau*, d'Alfred Assolant, ou *Le Château d'Issy, ou les Mémoires d'un prêtre*, d'Alphonse Esquiros. De plusieurs de ces romans, le romancier a offert à la presse des comptes rendus[1] où il a clairement pris position contre le célibat des prêtres[2]. En outre, au moment où il achève la rédaction de *La Conquête de Plassans* et où il commence celle de *La Faute de l'abbé Mouret*[3], Zola lit et commente *La Tentation de saint Antoine*. Une lettre à Flaubert en témoigne. Le 9 avril 1874, il lui écrit avoir adressé au *Sémaphore de Marseille* « *un bout d'article sur la Tentation. Ils se sont hâtés de m'en couper la moitié, toute la partie religieuse. Je ne vous envoie pas moins ce que leurs ciseaux ont épargné ! Cela est indigne. J'aurais voulu faire une étude, quelque part, en pleine lumière* ». Si l'écriture de *La Faute de l'abbé Mouret* ne doit rien à celle de *La Tentation*, les deux thèmes ne présentent pas moins certaines parentés. Et l'histoire d'une tentation, en pleine lumière, c'est non pas dans un article, mais dans le cinquième roman des *Rougon-Macquart* que Zola va la retracer.

---

1. En revanche, il ne connaîtra pas le texte satirique de Rimbaud, *Un cœur sous une soutane*. Pas plus que le premier roman de Jules Verne, *Un prêtre en 1839*, resté inédit pendant cent cinquante ans (Éditions du Cherche-Midi, 1992). Au nombre des romans « religieux », citons encore *L'Évangéliste*, d'Alphonse Daudet, paru en 1883 ; *Madame Gervaisais*, des frères Goncourt, paru en 1869, dont le personnage féminin annonce celui de Marthe, mère de Serge Mouret, dans *La Conquête de Plassans*, et dans une moindre mesure celui d'Éline, dans *L'Évangéliste* (Zola fit l'éloge de *Madame Gervaisais* dans *Le Gaulois* du 9 mars 1869) ; et le cycle de Durtal : *En route, La Cathédrale*, et *L'Oblat*, écrits par Huysmans entre 1895 et 1907, et qui, dans une certaine mesure, constituent un pendant aux *Trois Villes*. — **2.** Le célibat des prêtres avait été instauré en 1139, lors du concile de Latran. — **3.** Il faut noter que *La Conquête de Plassans* s'achève sur la vision de Serge par sa mère mourante : « Un hoquet secoua Marthe. Elle ouvrit des yeux surpris, se mit sur son séant pour regarder autour d'elle. Puis, elle joignit les mains avec une épouvante indicible, elle expira, en apercevant, dans la clarté rouge, la soutane de Serge. »

Zola, qui a eu très tôt l'idée d'écrire sur le sujet, entend innover en la matière. L'*Ébauche* de *La Faute* annonce « *l'histoire d'un homme frappé dans sa virilité par une éducation première, devenu être neutre, se réveillant homme à vingt-cinq ans, dans les sollicitations de la nature, mais retombant fatalement à l'impuissance* ». Le projet d'un « roman sur les prêtres » figure dès 1868 sur la liste des dix romans envisagés qu'il adressa à son éditeur. Un an plus tard, il le développe, en concevant « *un roman qui aura pour cadre les fièvres religieuses du moment et pour héros Lucien, fils d'Octave Camoins, frère de Silvère, et d'une demoiselle Goiraud, Sophie. C'est dans ce Lucien* [1] *que les deux branches de la famille se mêlent. Le produit est un prêtre. J'étudierai dans Lucien la grande lutte de la nature et de la religion. Le prêtre amoureux n'a jamais, selon moi, été étudié humainement. Il y a là un fort beau sujet de drame, surtout en plaçant le prêtre sous des influences héréditaires* [2] ». En fait, il a scindé son projet : les « fièvres religieuses du moment » [3] ont donné naissance à *La Conquête de Plassans*, et « le prêtre amoureux », à *La Faute de l'abbé Mouret* [4]. Le premier roman traite du « *rôle*

---

1. Lucien deviendra Serge dans le roman. Remarquons que « serge » est aussi le nom d'une étoffe de gros drap parfois utilisée dans les établissements religieux. Voir *L'Évangéliste* d'Alphonse Daudet, chapitre V : « Éline attendait sur un banc de bois, un banc d'église pareil à d'autres rangés autour de la salle ou empilés tout au fond devant un harmonium empaqueté de serge. » — **2.** B.N., N. a. f., Ms 10303, fº 56. — **3.** L'instauration de « l'ordre moral », après la Commune, a favorisé le renouveau du catholicisme (et entraîné d'âpres luttes idéologiques) : en 1875, l'année où paraît *La Faute de l'abbé Mouret*, a lieu la pose de la première pierre de la basilique du Sacré-Cœur. En juillet, la liberté de l'enseignement supérieur est prononcée, ce qui permettra la fondation de nombreuses universités catholiques. — **4.** Dans *Le Rêve*, Monseigneur Hautecœur, qui s'est fait prêtre après la mort de celle qu'il aimait, est un autre exemple de variation sur le personnage du prêtre amoureux. Autre écho, dans *Le Rêve*, de *La Faute* : la scène (chap. X) où Angélique vient supplier dans l'église le père de Félicien, qui rappelle celle où Albine affronte Serge, dans la dernière partie du roman. Zola voulait donner, avec *Le Rêve*, un pendant à *La Faute de l'abbé Mouret* (cf. lettre à Van Santen Kolff du 16.11.1888). Les deux héroïnes meurent à la fleur de l'âge, et Zola rappelle (*ibid.*) : « La mort de l'enfant au moment où la vie va la prendre est dans la note de tous mes livres. » Mais les deux romans n'ont, en fait, qu'un lien de parenté *des prêtres dans la société* » ; le second place momentanément le prêtre, devenu homme, hors du lieu et du temps. Zola note dans le Dossier préparatoire (« *Personnages* ») : « *(...) je veux autant que possible effacer le monde clérical autour de mon personnage. Je ne fais pas une étude sur les prêtres, sur leur vie, mais sur une question particulière, dans un cadre d'art.* »

Le roman semble, à première vue, tenir une place à part dans l'ensemble des *Rougon-Macquart*. Zola, dès 1866, a défini le nouveau roman de son temps comme « naturaliste » : les romanciers doivent appliquer à la littérature un certain nombre de méthodes scientifiques en étudiant des cas, dans un milieu donné. Le naturalisme représente une réaction aux excès romantiques, qui semblent alors démodés : il faut que le roman « obéisse à la marche générale du siècle[1] ». Zola et ses disciples s'inspirent donc d'un certain nombre d'écrits scientifiques, tels le *Traité philosophique et physiologique de l'hérédité* du docteur Lucas, paru entre 1847 et 1850, et l'*Introduction à l'étude de la médecine expérimentale* de Claude Bernard (1865). Ils se disent aussi marqués par Taine[2].

La Faute de l'abbé Mouret échappe en partie au projet des *Rougon-Macquart* (Zola comptait retracer dans ceux-ci « l'histoire naturelle et sociale d'une famille sous le Second Empire ») car les deux héros se retrouvent, marchant à travers le Paradou, hors du temps, et dans un lieu qui n'a plus de liens avec le reste de l'espace. Le roman oppose néanmoins, comme les autres volumes de la série, des types sociaux : Serge Mouret est issu du séminaire, Albine a été élevée par un oncle athée[3] ; Serge a vécu

---

lointain : le vrai pendant à *La Faute*, ce sera *Le Docteur Pascal*, puis le cycle des *Trois Villes*.

1. Zola, *Le Roman expérimental*, chap. IV. — **2.** Hippolyte Taine (1828-1893), critique littéraire et penseur qui expliquait que la production artistique était déterminée par la race, le milieu géographique et social, et le moment. — **3.** Et elle est athée elle-même, comme les femmes du Siècle des lumières. *Cf.* sur ce point E. et J. de Goncourt, *La Femme au dix-huitième siècle* ; et quelques notations éparses, comme celle-ci, au deuxième chapitre de *Germinie Lacerteux*, à propos de Mlle de Varandeuil : « De religion, elle n'en avait pas. Née à une

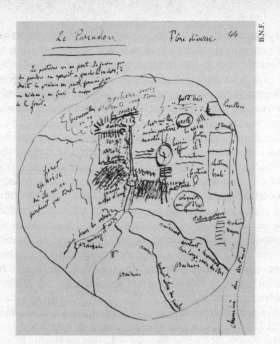

Plan du Paradou, Dossier préparatoire,
Mss. N.a.f. 10294, Paris, B.N.F.

enfermé, Albine dans la nature. L'un a docilement intério-
risé les interdits, tandis que l'autre les conteste et les
rejette, au nom d'une morale différente. Albine est aso-
ciale, non amorale : elle tente de faire revenir Serge aux
premiers temps de la Genèse, avant le péché originel. Et
c'est là toute l'originalité du roman : Albine incarne le
rachat possible de l'humanité. Elle ne conduit Serge vers
la « faute » que si l'on se borne à réduire le péché originel

époque où la femme s'en passait, elle avait grandi dans un temps où il
n'y avait pas d'église. » En revanche, dans le même chapitre, les Goncourt notent également : « Élevée et bercée par un siècle qui formait
peu les femmes à l'amour de la campagne... », ce qui n'est que partiellement exact. Albine, pour sa part, conciliera à la fois l'athéisme et
l'amour de la nature.

à la découverte de la sexualité, ce qui était très fréquent en cette fin de XIXe siècle. C'est pourtant elle qui reste fidèle à l'esprit du christianisme : « *Je suis ta femme* », dit-elle à Serge. « *C'est toi qui m'as faite*[1]. » En un sens, Albine illustre le début de la Genèse ; Serge, le passage du christianisme au catholicisme. De fait, leur affrontement est sans issue, à l'époque où ils vivent, et c'est précisément ce que Zola voulait montrer. Dans la Genèse, la faute, qui consiste à manger du fruit de la connaissance, n'est pourtant pas d'ordre sexuel, mais intellectuel. Adam et Ève pouvaient s'unir charnellement, mais n'auraient pas dû chercher à savoir, au sens le plus large du terme, donc à s'affranchir tant soit peu de la tutelle divine : seule l'ignorance aurait évité la faute. À ce titre, l'unique personnage sauvé, d'emblée, c'est Désirée, sœur de Serge. La basse-cour constitue son unique horizon. Désirée représente la chair heureuse ; sa paix est celle des bêtes bien traitées, son intellect est « demeuré » au stade pré-adamique.

En écrivant *La Faute de l'abbé Mouret*, Zola, lecteur de Michelet, entendait lui aussi révéler « *la terre comme Terre promise, et le monde comme Jérusalem*[2] ». Il considérait que l'homme n'avait pas commis « *le crime d'amont*[3] ». Mais le monde dans lequel il vivait ne pouvait comprendre un tel projet.

Le contexte historique

L'action de tous les romans des *Rougon-Macquart* se déroule sous le Second Empire, entre 1852 et 1870. Mais Zola les écrit vingt ans plus tard, de sorte que les deux époques parfois se superposent. Pour ce qui concerne la question religieuse, on distingue, entre 1855 et 1875, date

---

1. *La Faute de l'abbé Mouret*, troisième partie, fin du chapitre VIII. — 2. Michelet, *La Bible de l'humanité*, éd. 1845, p. XIV. — 3. Nous empruntons cette expression à René Char, *Fenêtres dormantes et portes sur le toit* (*Œuvres complètes*, Gallimard, Bibliothèque de la Pléiade, p. 578).

J.-L. Charmet

La France, atterrée par ses désastres, se voue au Sacré-Cœur. Tableau peint en 1889 par MM. Daniel Collet et Escudier.

à laquelle paraît *La Faute de l'abbé Mouret*, à la fois des permanences et des mutations. Le règne de Napoléon III est caractérisé par ce qu'on a appelé « l'alliance du trône et de l'autel » : c'est dire l'étroitesse des liens qui unissent le pouvoir à l'Église. Ce conservatisme est intéressé : il s'agit, pour l'empereur, de se concilier le clergé, qui représente, par l'instauration du suffrage universel, un électorat non négligeable. Mais les résultats sont contrastés : ce sont surtout la noblesse et la haute bourgeoisie qui restent proches de l'Église. La Troisième République, à partir de 1871, développe une politique contraire à celle que menaient Napoléon III et ses ministres : il faut mettre fin aux anciennes croyances, et se fier aux progrès de la science. Mais la France demeure très marquée par le calendrier chrétien et les rites qui l'accompagnent. Seuls les paysans et les ouvriers continuent de s'en détacher. Si le phénomène de déchristianisation se poursuit aussi dans les villes, à la fois lieux de savoir et de tentations, on assiste, dans le même temps, à la résurgence d'un catholicisme fervent, dont témoignent la dévotion au Sacré-Cœur (l'édification de la basilique qui porte ce nom, à Paris, est votée en 1873), le culte de la Vierge, illustré dans *La Faute de l'abbé Mouret*, ou encore les pèlerinages à Lourdes, que Zola étudiera dans le premier volume des *Trois Villes* (1894). Par conséquent, en dépit de la volonté républicaine, la France des années 1870 reste très proche, sur le plan religieux, de celle du Second Empire. La petite, moyenne et haute bourgeoisie aime s'encanailler dans les cabarets et les théâtres, mais elle tient aux convenances : l'hypocrisie en matière de morale et de religion n'a peut-être jamais été aussi forte, et Zola la stigmatisera dans *Pot-Bouille*, en parlant de ces gens qui ont « *la passion du comme il faut, sous les continuelles culbutes de [l]a vie*[1] ». Pour ce qui concerne les tendances extrêmes, les catholiques intransigeants l'emportent encore sur les militants anticléricaux. Zola, pour sa part, se situe du côté des « athées religieux », c'est-à-dire de ceux qui, tout en ne croyant pas, ou plus, en Dieu, admirent la Bible, et trouvent utiles et précieuses de nombreuses notions chrétiennes, ce que les lecteurs comprendront en lisant *Les Trois Villes* et *Les Quatre Évangiles*, derniers ouvrages du romancier. Son contemporain Mallarmé a parfaitement résumé le point de vue de ces « athées religieux », au nombre duquel il était lui-même, en écrivant : « *Quand le vieux vice religieux, si glorieux, qui fut de dévier vers l'incompréhensible les sentiments naturels, pour leur conférer une grandeur sombre, se sera dilué aux ondes de l'évidence et du jour (...), considérons (...) que rien, en dépit de l'insipide tendance, ne se montrera exclusivement laïque, parce que ce mot n'élit pas précisément de sens*[2]. »

---

1. *Pot-Bouille*, chap. VII. — 2. Stéphane Mallarmé, *De même*, repris dans *Divagations*, éd. Yves Bonnefoy, coll. Poésie/Gallimard, p. 294.

« *Je calque le drame de la Bible.* »
Gustave Doré, *Adam, Ève et le serpent*,
Bibliothèque des Arts décoratifs.

L'ébauche du roman

Les quinze folios de l'*Ébauche* résument le roman à quelques détails près : Zola situait l'action au bord de la mer, près d'Antibes ; mais il craignit que la mer prît trop d'importance[1], et c'est finalement à l'intérieur des terres, dans un environnement desséché, qu'il plaça ses personnages. De même, l'héroïne s'appelait Blanche dans l'*Ébauche* : revenant aux racines étymologiques, Zola

---

1. Sur la mer, voir le douzième volume des *Rougon-Macquart, La Joie de vivre* (1884).

choisit dans le roman de la nommer Albine, probablement pour des raisons d'harmonie euphonique (Albine est un prénom plus doux que Blanche), mais aussi peut-être pour des raisons plus profondes. Tout le roman, en effet, obéit à un principe métaphorique selon lequel rien, ou presque, n'est directement nommé : Zola déplace le sens, suggère plus qu'il ne dit clairement, laissant au lecteur la tâche de découvrir ce qui se cache derrière tel mot ou telle expression. Aussi le contraste est-il particulièrement grand, pour ce qui concerne *La Faute de l'abbé Mouret*, entre le ton affirmatif, net, volontaire et assuré du dossier préparatoire (qui est celui de tous les dossiers préparatoires dès romans de Zola) et la complexité, le foisonnement, l'extrême richesse de significations du roman. Le dossier préparatoire a une double fonction : il est un lieu où l'écrivain rassemble toute sa documentation et construit le plan de son roman ; mais il a aussi une fonction rassurante, dans la mesure où il fixe des repères, où il circonscrit une aire, où il matérialise les limites (au sens le moins réducteur du terme) que le romancier s'assigne. Le tempérament concret de Zola y trouve une première source de contentement, qui dénoue temporairement sa fondamentale anxiété. La constitution des dossiers préparatoires canalise une partie de son inconscient, qui tend à l'envahir, à le submerger. D'où des notations du type : « *Je divise mon roman en trois parties* » ; « *Il faut que le dénouement soit extrêmement tragique* ». Le romancier veut parfaitement maîtriser l'action et les personnages qu'il a imaginés, et laisser le moins de place possible au hasard, facteur déstabilisant pour un certain nombre de créateurs, dont il fait partie. Il organise à tel point son désordre intérieur que la lecture des dossiers préparatoires donne parfois l'impression d'une (trop) grande simplification. Par exemple : « *Je calque le drame de la Bible* » (*Ébauche*) ; « *La Bible donne uniquement ceci : Dieu planta d'abord le Paradis terrestre et y mit Adam. (...) Création d'Ève. (...) C'est la femme qui* perd *l'homme* » (fᵒ 64). Or, le roman achevé dément une telle simplification. En effet, Albine ne « perd » Serge qu'au regard des

19

conventions sociales, qui imposent la chasteté au prêtre ; aussi bien, elle le sauve [1], puisqu'elle le rend homme.

Le dossier préparatoire de *La Faute de l'abbé Mouret* contient, et c'est une exception, des feuillets entièrement rédigés, écrits par Zola plusieurs années auparavant. Il s'agit de *Printemps. Journal d'un convalescent*, probablement inspiré à son auteur par une fièvre qui l'avait longuement immobilisé en 1858. Ce texte est intéressant à plusieurs égards : il est écrit à la première personne, fait inhabituel chez Zola ; il assure le lien entre romantisme et naturalisme, annonçant parfois Maupassant ; il constitue le noyau du récit de la convalescence de Serge [2], dans la deuxième partie du roman ; enfin, à travers la parole envahissante, déferlante, d'un jeune homme terrorisé par la perspective de mourir sans avoir construit sa vie, ces pages résument un certain nombre des tendances profondes du romancier, dont on retrouve les traces, disséminées, à travers l'ensemble des *Rougon-Macquart* : peur du corps, souhait plusieurs fois énoncé d'une mort de la chair ; hantise du gouffre, du noir, de l'enfermement, crises d'angoisse que Zola prêtera aussi à Lazare, le héros de *La Joie de vivre* ; amour du soleil de printemps, communion avec les arbres, avec la nature renaissante.

L'accueil de la critique

Le roman parut en France à la fin du mois de mars 1875, après avoir été publié, grâce à Tourguéniev, dans une revue de Saint-Pétersbourg, *Le Messager de l'Europe* [3]. L'histoire d'un prêtre découvrant la chair comme « *un fruit pendu dans le verger* [4] » suscita, on s'en

---

1. Voir deuxième partie, chapitre III : « Nous voilà sauvés. » — **2.** Serge était déjà tombé gravement malade dans *La Conquête de Plassans* (chap. XIII). — **3.** *La Curée* et *La Conquête de Plassans* avaient déjà été traduits en Russie. Zola comptait donc des lecteurs dans ce pays. — **4.** L'expression est tirée du poème de Rimbaud intitulé *Sonnet*, et extrait des *Illuminations*.

doute, les foudres des « bien-pensants »[1]. On s'insurgea contre les « *détails dangereux, repoussants même parfois* » (Philippe Gille, *La Bataille littéraire*), on accusa le livre d'être « *le plus immoral et le plus irréligieux de toute la série* », et « *aussi le plus médiocre* » (*La Revue de France*), on réduisit l'intrigue à l'aventure d'« *un animal mâle lâché au milieu des bois avec un animal femelle* » (Maxime Gaucher, *La Revue bleue*). Barbey (*Le Constitutionnel*) fut le plus violent : « *C'est un livre d'intention scélérate, sous le désintéressement apparent de ses peintures. (...) C'est le naturalisme de la bête, mis sans honte et sans vergogne au-dessus du noble spiritualisme chrétien. (...) Je ne crois point que, dans ce temps de choses basses, on ait rien écrit de plus bas dans l'ensemble, les détails et la langue, que* La Faute de l'abbé Mouret. *C'est l'apothéose du rut universel dans la création (...). M. Émile Zola (...) n'a point d'idéal dans la tête, et, comme son siècle, il aime les choses basses, signe du temps, et ne peut s'empêcher d'aller à elles.* » Ainsi, les critiques visaient toutes l'absence de « moralité » du roman. Brunetière (*La Revue des Deux Mondes*) déplora qu'il soit dépourvu d'« âme », et s'étonna que Zola mêle toujours « *quelque chose de sensuel aux hymnes de l'amour* » ! Peut-être le romancier se souvint-il de cette critique, en soit ridicule, et partiellement infondée (l'idylle de Miette et de Silvère, dans *La Fortune des Rougon*, reste chaste), lorsqu'il évoqua l'amour platonique d'Angélique et de Félicien dans *Le Rêve*, en 1888. On lit déjà, dans *La Faute de l'abbé Mouret* : « *Ils restèrent longtemps silencieux, toujours très graves. Ils avaient roulé leurs têtes, les éloignant insensiblement, comme si la chaleur de leurs haleines les eût gênés. Puis,*

---

1. Pour ce qui concerne l'éducation des filles, le *Journal des Demoiselles*, hebdomadaire de mode féminin où quelques écrivains, dont Alphonse Daudet, publièrent des chroniques, préconisait à Noël 1876, pour les étrennes d'une jeune fille, la lecture de la *Vie de la Sainte Vierge*, par l'abbé Mignard, chez Didot (*Journal des Demoiselles*, deuxième semestre 1876, p. 358). Il n'est pas étonnant, dans un tel contexte, que le personnage d'Albine ait choqué.

Stéphane Mallarmé
(1842-1898), par Nadar.

*au milieu du grand silence, Serge ajouta cette seule
parole :*

"Moi, je t'aime bien."

*C'était l'amour avant le sexe, l'instinct d'aimer qui
plante les petits hommes de dix ans sur le passage des
bambines en robes blanches.* [1] »

Néanmoins, le livre choqua, comme les tableaux
impressionnistes : la possibilité affirmée du bonheur terrestre était une provocation, pour des esprits hypocrites,
ou encore imprégnés de christianisme mal assimilé. Il y
eut cependant des lecteurs, et non des moindres, qui ne
s'arrêtèrent pas à la prétendue immoralité du roman. Sen-
sibles à sa beauté et à son intensité spirituelle, Maupassant, Huysmans, Mallarmé, Taine, lurent *La Faute de
l'abbé Mouret* comme un vaste poème [2].

---

1. Deuxième partie, chapitre X. — **2.** Sur la réception de l'œuvre,
voir notre Dossier, en fin de volume.

Le roman semble illustrer une pensée de Novalis : « Le paradis est l'idéal du sol terrestre. (...) Le paradis est pour ainsi dire dispersé à travers la terre entière — et par conséquent devenu si méconnaissable (...). Il faut en réunir les traits dispersés [1]. » Il se compose de trois parties — on aurait presque envie de dire trois actes, ou trois journées. La partie centrale s'oppose aux deux autres : la découverte du Paradou [2], symbole d'une renaissance, est encadrée par le récit austère de l'exercice sacerdotal. Au cœur de ce triptyque, la lutte de la vie et de la mort, du corps et de l'esprit [3], du végétal et du minéral [4]. Trait significatif : dans la deuxième partie, le héros est « Serge » ; dans les deux autres, il est « l'abbé Mouret » [5]. Dans la deuxième partie, il se met en marche ; dans les deux autres, il est presque constamment immobile. À ces scènes de la vie d'un saint [6] que constituent les première et troisième parties, Zola a choisi d'opposer un épisode, la « faute », qui donne tout son sens à l'ensemble [7]. Mais la régression dans le Paradou est décrite par Zola comme un retour à la pureté originelle, et aucune ambiguïté n'est possible sur ses intentions. Ce qu'il récuse clairement, c'est le catholicisme perçu comme une dégénérescence

---

1. Novalis, poète et penseur allemand (1772-1801), *L'Encyclopédie*, § 49 (trad. Maurice de Gandillac). — **2.** Le Paradou (mot provençal), nouveau paradis terrestre, est aussi le nom d'un village de la vallée des Baux-de-Provence. — **3.** Zola voudrait montrer qu'il n'y a aucune opposition entre eux, et que leur harmonisation au sein d'un amour partagé est possible. — **4.** *Cf.* III, XII : Zola parle à propos de la soutane de Serge de la « robe glacée qui lui faisait un corps de pierre ». — **5.** Il existe toutefois une exception : l'abbé Mouret redevient Serge lorsque sa sœur Désirée s'adresse à lui. — **6.** Dans le théâtre médiéval, les « mystères », longues pièces en vers, représentaient parfois des scènes de la vie d'un saint. On recense, entre autres, le *Mystère de saint Didier*, de Guillaume Flameng, le *Mystère de saint Adrien*, le *Mystère de saint André*, le *Mystère de saint Bernard*, le *Mystère de sainte Agathe*. — **7.** Faut-il souligner que le titre choisi par Zola s'abrège, de façon aussi involontaire, sans doute, que significative, en FAM, c'est-à-dire presque en « femme » ?

du christianisme[1], comme un état malsain, contre nature : une « *religion de mort* », comme il l'écrira encore dans *Paris*. Elle aura pourtant le dessus, non parce que Zola considère comme un péché la « page d'amour » que Serge a vécue, mais parce que l'Église de son temps est totalement immobile, crispée sur ses positions. Vingt ans plus tard, il fera dire au cardinal Boccanera, dans *Rome* : « *Le monde est immobile, à jamais (...). La vérité est dans le passé*[2]. » C'est ce contre quoi lutte Albine, cette « *Ève sans aucun sens social* » ; c'est ce contre quoi luttera Pierre Froment, le héros des *Trois Villes*, rêvant d'en finir avec une Église réduite « *à ne vivre que de concessions et de diplomatie*[3] ». Dans *La Faute de l'abbé Mouret*, c'est l'inquiétant Frère Archangias qui représente l'immobilisme.

---

1. Ce sera le thème des *Trois Villes* : après avoir été confronté à la ferveur névrotique des foules de Lourdes et aux intrigues des Pères de la Grotte, Pierre Froment exprime au début de *Rome* son souhait du « retour du catholicisme à la pureté primitive du christianisme ». — **2.** *Rome*, chap. III. — **3.** *Ibid.*, chap. XIV. Si Zola se montre très critique à l'égard du catholicisme, il l'est aussi à l'égard du protestantisme. Et sa violence est d'autant plus grande qu'elle est née d'une forte déception. Il y a, en effet, chez Zola un protestant qui sommeille. Mais il reproche au protestantisme d'avoir évolué en dogmatisme, alors qu'il incarnait l'espoir : « Les débuts furent superbes d'héroïsme et d'espoir : le monde, régénéré, allait en quelques enjambées entrer dans la vérité absolue et goûter la félicité parfaite. Et, au bout de trois siècles, voilà que le protestantisme est devenu une borne, un bloc tombé en travers de la route du progrès, plus lourd, plus entêté, plus dangereux que les religions dont il se flatte d'être le perfectionnement. » Zola, qui reproche aux protestants de multiplier les communautés nouvelles chaque fois qu'il y a litige sur l'interprétation d'un verset biblique, et de s'en tenir de façon trop rigide à la lettre du texte, en conclut à une aliénation vitale analogue à celle qu'il décèle chez les catholiques : « La moyenne est honnête et a horreur du mensonge, c'est vrai ; mais cette moralité a été achetée au prix de l'individualité et de la virilité de l'homme. La fatalité du mal pèse sur tous ces pauvres gens, les accable et les assombrit. Pour eux, la vie n'est plus qu'une lutte obscure et désespérée contre le péché, au lieu d'être l'expression de toutes les forces, la floraison même de la création » *(Une campagne*, in *Œuvres complètes*, éditions Tchou, Cercle du livre précieux, t. 12).

24

Aller à la véritable foi selon Zola, la foi en la vie, c'est « *effacer les traces du péché originel* » : l'expression, d'inspiration baudelairienne[1], se trouve dans *Le Rêve* ; mais elle définit mieux qu'aucune autre le parcours des amants à travers le Paradou. Et elle éclaire sur la « religion » de Zola. Loin de vouloir détruire (il multiplie au contraire les emplois de l'adjectif « religieux » à mesure que Serge et Albine s'acheminent vers la « faute » : c'est « *un silence religieux* » et « *une attente religieuse* » qui s'emparent des amants à mesure qu'ils s'enfoncent dans le Paradou, « *sous la voûte religieuse des feuillages* » ; de même, ils baissent la voix « *par un sentiment religieux* »[2]), il souhaite une religion transformée et mieux comprise. A propos des naturalistes, il écrira quelques années plus tard : « *(...) loin de refuser Dieu, loin de l'amoindrir, ils le réservent comme la dernière solution qui soit au fond des problèmes humains*[3]. » Le sacré est présent dans la vie quotidienne, dans la nature, alors qu'il déserte l'église des Artaud (c'est perceptible dans le déroulement des messes et des différentes cérémonies, auxquelles assistent, par exemple, des adolescentes bavardes dont la conduite n'est pas irréprochable). De même, l'arbre tant cherché n'est pas l'arbre de la tentation, mais « *un arbre de vie, un arbre sous lequel nous serons plus forts, plus sains, plus parfaits* », dit Albine[4]. Zola employait, quinze ans plus tôt, des termes analogues lorsqu'il expliquait à son ami Baille son projet de poème *La Chaîne des êtres* : « *(...) de nouveaux êtres de plus en plus parfaits viendront habiter la terre*[5]. » En 1875, c'est le même rêve qu'il exprime : celui de la vie éternelle, accessible ici et maintenant[6]. Ce que le romancier récuse,

---

1. *Mon cœur mis à nu*, XXXII. — 2. Voir II, xi : « Ils entrèrent enfin sous les futaies, religieusement, avec une pointe de terreur sacrée, comme on entre sous la voûte d'une église. (...) Au loin, des nefs se creusaient (...). Un silence religieux tombait des ogives géantes. » — 3. « Le naturalisme », in *Une campagne*. — 4. *La Faute de l'abbé Mouret*, deuxième partie, fin du chapitre XIV. — 5. *Correspondance*, Gallimard/Presses du CNRS, t. I, p. 182 (lettre du 15 juin 1860). — 6. A la même époque, Rimbaud écrivait *Being beauteous*, *Génie*, et « *Elle est retrouvée. Quoi ? l'éternité* ».

Lucas de Leyde,
*Adam et Ève chassés du
Paradis*, Musée du
Petit Palais, Paris.

c'est la négation de la vie, illustrée par l'existence sacerdotale. Sur ce point, ses idées ne changeront jamais. En 1864, il rendait compte du livre de Le Barbier *Saint Christodule et la réforme des couvents grecs au XIᵉ siècle* en ces termes : « (...) je ne puis comprendre une religion qui conclut au néant de la créature, qui martyrise la chair. » Il écrira à propos de Bernadette, dans *Lourdes*, qu'elle est « *condamnée à l'abandon, à la solitude et à la mort, frappée de la déchéance de n'avoir pas été femme, ni épouse, ni mère* ». De même, dans *Rome*, après la mort de Benedetta (prénom dont il faut souligner l'homophonie avec celui de Bernadette, bien que l'étymologie n'ait rien à y voir), la vieille servante dira avec simplicité l'absurdité du vœu de virginité de sa maîtresse. Et dans une longue lettre à Louis de Fourcaud dans laquelle il défend son drame lyrique *Messidor* contre les attaques du musicologue wagnérien, Zola écrit qu'il a en horreur « *l'amour aboutissant à la mort, les sexes eux-mêmes inutiles et inféconds, la religion du renoncement poussée jusqu'à ce point louche où la virgi-*

nité devient le crime humain, l'assassinat même de la vie. (...) je suis pour l'amour qui enfante, pour la mère et non pour la vierge ; car je ne crois qu'à la santé, qu'à la vie et qu'à la joie[1] ». On mesure, en confrontant ses textes de jeunesse à ceux des dernières années de sa vie, l'obstination du combat du romancier[2]. Dans *La Faute de l'abbé Mouret*, deux personnages incarnent ce combat : le docteur Pascal, qui tente une expérience en envoyant Serge en convalescence dans le Paradou[3] ; et Albine, qui tente de redonner progressivement vie à Serge (toute la deuxième partie du roman est le récit d'une résurrection).

Albine, qui veille sur la vie de Serge, traite longtemps le jeune homme comme un enfant ; et Serge lui-même exprime le regret de ne pas être demeuré en enfance[4]. D'où des attitudes de « régression » (tomber malade, être réticent à marcher, ne plus lire) que Zola prêtera près de vingt ans plus tard à Marie de Guersaint, l'héroïne de *Lourdes*. Serge et Marie, en refusant d'avancer, refusent la vie. L'immobilisme est désiré, car sécurisant. D'où, également, le vœu de virginité. Serge et Marie ne doivent leur relatif équilibre qu'à des attitudes de déni de leur corps. Ils résument ainsi l'humanité croyante, que Zola et quelques autres, à la même époque, veulent conduire vers l'âge adulte. Freud (qui connaissait l'œuvre de Zola, en particulier *La Joie de vivre*) écrira quelques années plus tard, au début de *L'Avenir d'une illusion* : « *L'homme ne peut pas éternellement demeurer un enfant, il lui faut s'aventurer dans l'univers hostile. On peut appeler cela "l'éducation*

---

1. Lettre écrite vers le 21.2.1897, *Correspondance*, t. VIII, pp 390-391 — 2. La vie telle que la rêve Zola, c'est celle qu'il fait évoquer à Albine, lors de sa visite à l'église : « La vie, c'étaient les herbes, les arbres, les eaux, le ciel, le soleil dans lequel nous étions tout blonds, avec des cheveux d'or. » — 3. Le dernier volume de la série révèle que toutes les recherches du docteur Pascal convergent vers la formule d'un élixir de vie. — 4. Désirée, comme le constate Pascal, est la plus heureuse, précisément parce qu'elle est « demeurée ». Remarquons que dans les articles de 1896 *La Science et le catholicisme*, ou *Rome a-t-elle jamais été chrétienne ?*, repris dans *Une campagne*, Zola emploie fréquemment la métaphore infantile à propos des catholiques.

en vue de la réalité" ; ai-je besoin de vous dire que mon unique dessein, en écrivant cette étude, est d'attirer l'attention sur la nécessité qui s'impose de réaliser ce progrès ? »

Zola entendait, à sa façon, réécrire une partie de la Genèse. Cette entreprise le fascinait certainement : deux de ses héros ultérieurs s'y essaieront. Dans *L'Œuvre*, une toile de Claude, « Plein air », a pour figure centrale « *une Ève désirée naissant de la terre*[1] » ; dans *La Joie de vivre*, Lazare conçoit « *une symphonie sur le Paradis terrestre ; même un morceau était trouvé, Adam et Ève chassés par les anges*[2] ». Claude et Lazare sont des êtres doués qui ne tiennent pas leurs promesses. Le romancier, lui, a soutenu le défi qu'il s'était imposé. Mais il a aussi réécrit, en proposant une version inédite, à rebours du parcours traditionnel, le mythe du chevalier errant. Dans le Paradou, Serge est à la recherche de sa propre identité ; il abandonne une « religion de mort », le catholicisme, pour embrasser une religion de vie, religion naturelle, régie par la lumière, d'où le péché, notion chrétienne, devrait être absent ; il ne part pas en quête du Graal, vase qui contient le sang du Christ, mais en quête de la femme, qui tend à remplacer Dieu, et de la nature, qui tient « toute la largeur du ciel[3] ». Pour un moment, il se libère de « *l'Évangile, qui nous étouffe depuis dix-huit siècles (...) de souffrances et de mensonges*[4] », selon le propos de Zola si proche, sur ce point essentiel, de celui de Rimbaud[5].

Si ce roman de 1875 revivifie, d'une certaine façon, le roman médiéval, il emprunte aussi à la tragédie, et annonce le drame symboliste. Albine est une héroïne tra-

---

1. *L'Œuvre*, chapitre II. — **2.** *La Joie de vivre*, chapitre II. — **3.** Voir deuxième partie, chapitre IV. — **4.** *La Revue blanche*, 1er mars 1902, pp. 381-382. Il poursuit : « Le Christ (...) a parlé pour une population réduite — le peuple sémite, dont il était, dont il voulait être un des chefs... On en a fait le porte-parole de l'univers. À quoi nous devons dix-huit siècles de souffrances et de mensonges. » — **5.** La rédaction d'*Une saison en enfer* est presque contemporaine de celle de *La Faute de l'abbé Mouret*.

gique : c'est « l'être du tout ou rien[1] », refusant les compromis, préférant mourir plutôt que de vivre séparée de celui qu'elle aime. Sur le plan purement formel, la construction en triptyque du roman, la part importante accordée aux dialogues et l'attention portée à la gestuelle tirent encore le roman du côté du théâtre[2]. Plusieurs scènes sont construites comme des scènes de théâtre[3], voire d'opéra, notamment, dans la troisième partie, celle qui oppose Serge et Albine dans l'église, et celle qui les met en présence une dernière fois dans le Paradou[4]. Ces deux entrevues sont fondées sur le contraste (Zola a retenu les leçons de Flaubert[5]), et portent à son paroxysme l'échec de la communication entre les héros[6]. Mais il est un autre registre qui constitue ici la principale source d'inspiration de Zola : c'est le registre poétique[7].

---

1. C'est ainsi que Lucien Goldmann définit le héros tragique, dans *Le Dieu caché* (Gallimard, 1959). — 2. Il existe, d'ailleurs, une version à la fois musicale et théâtrale du roman, écrite par Alfred Bruneau et André Antoine. Zola n'en eut pas connaissance, puisque la première eut lieu en 1907. Rappelons que Massenet composa la musique d'un mystère (pièce de théâtre où était représenté l'un des mystères de la religion. Ce genre, médiéval, connut un bref regain de faveur à la fin du XIXᵉ siècle), *Ève*, sur un livret de Louis Gallet, qui fut représenté en 1875. — 3. Il est possible que le Claudel du *Soulier de satin* doive plus à Zola qu'il ne l'aurait jamais avoué. Le couple formé par Musique et le vice-roi de Naples rappelle celui que formaient Serge et Albine dans le Paradou ; le couple formé par Prouhèze et Rodrigue, celui de Serge et d'Albine à la fin du roman. Des passages comme : « Je suis une maison vide où vous pouvez habiter » (III, XIII) ; ou encore : « Et même quand tu dirais vrai, quand tu aurais les mains pleines de jouissances, quand tu m'emporterais sur un lit de roses pour m'y donner le rêve du paradis, je me défendrais plus désespérément encore contre ton étreinte » (III, VIII), annoncent les drames de Claudel, et même, sur le plan purement rythmique, certains de ses versets, à s'y méprendre. — 4. *La Faute de l'abbé Mouret*, troisième partie, chapitres VIII et XII. — 5. Les scènes les plus fortes de *Madame Bovary* sont souvent fondées sur le contraste, qu'il s'agisse de l'entrevue d'Emma et de l'abbé Bournisien, du chapitre sur les comices agricoles ou du rendez-vous entre Emma et Léon dans la cathédrale de Rouen. — 6. Voir les chapitres VIII et XII de la troisième partie, où la communication qui ne s'établit plus entre les amants fait songer au « Colloque sentimental » que Verlaine composa en 1868, et qui clôt les *Fêtes galantes*. — 7. Sur les rapports complexes et souvent douloureux de Zola avec la poésie, *cf.* notre article « Zola et la parole sacrifiée », in *Critique*, nᵒ 570, novembre 1994, p. 876-890.

Cézanne, *L'Enlèvement*, 1867. Fitzwilliam Museum, Cambridge.

Tableau exécuté rue de la Condamine, chez Zola à qui Cézanne en fit cadeau. On peut penser qu'il inspira l'écrivain lorsqu'il décrivit les amours d'Albine et de Serge.

« Tôt ou tard j'en reviendrai à la poésie[1] »

Ce roman ne ressemble à aucun autre : pour en rendre compte, il ne faut pas se référer à ceux qui l'ont précédé, mais à la peinture et à la musique qui lui sont contemporaines : à certaines toiles de Cézanne (Zola possédait *L'Enlèvement*[2], au moment de la rédaction de *La Faute*), à *L'Espérance* de Puvis de Chavannes[3] ; aux mélodies de Fauré (*Au bord de l'eau* date de 1875) ; et aux poèmes eux-mêmes, bien sûr, qu'il s'agisse de courtes pièces, comme *Les Fleurs*, de Mallarmé, paru dans *Le Parnasse contemporain* en 1866, ou de recueils comme *Les Fleurs du mal*.

---

1. Lettre à Baille du 2 juin 1860. — **2.** Tableau peint par Cézanne, ami d'enfance de Zola, en 1867, et qui représentait une jeune fille nue, à la peau très blanche, enlevée dans les bois par un homme vu de dos. On a pensé à l'enlèvement de Proserpine par Pluton. — **3.** Évoquée en 1872. Voir *Lettres parisiennes*, 12 mai 1872, in *Écrits sur l'art*, éd. J.-P. Leduc-Adine, Gallimard, coll. Tel, 1991.

Bulloz

Fernand Khnopff,
La Poésie de Stéphane Mallarmé.
Collection privée.

Influences romantiques

Ce qui fait l'originalité de Zola, c'est bien d'avoir donné à ce roman, très critique sur la religion, une tonalité poétique. On a évoqué Hugo, à juste titre : son influence sur Zola a été réelle et durable[1] ; mais s'il fallait se référer à une écriture romantique, ce serait, bien avant Hugo, celle du Chateaubriand d'*Atala* : la description du Paradou doit certainement quelque chose à celle de la rive orientale du Meschacebé[2] ; et les

---

1. En particulier, *L'Homme qui rit*, IIᵉ partie, III, IX et *Les Misérables*, IVᵉ partie, III, III. On en trouvera des extraits dans le Dossier, en fin de volume. — **2.** Voir le prologue d'*Atala* : « (...) Suspendus sur le cours des eaux, groupés sur les rochers et sur les montagnes, dispersés dans les vallées, des arbres de toutes les formes, de toutes les couleurs, de tous les parfums, se mêlent, croissent ensemble, montent

Michel-Ange, *Adam.*
Détail de la fresque de la chapelle Sixtine, Rome.

promenades de Serge et d'Albine, à celles de Chactas et d'Atala. On songe aussi, parfois, à la quatrième époque du *Jocelyn* de Lamartine. Dans une lettre à Van Santen Kolff du 16 novembre 1888, Zola qualifiera *La Faute* de « *romantique* » et parlera du « *hosannah de la nature*[1] ». À cet égard, il retrouve un peu de l'inspiration de ses premiers textes, en particulier celle de *Simplice* dans les *Contes à Ninon* (un jeune prince élit

dans les airs à des hauteurs qui fatiguent les regards. Les vignes sauvages, les bignonias, les coloquintes, s'entrelacent au pied de ces arbres, escaladent leurs rameaux, grimpent à l'extrémité des branches, s'élancent de l'érable au tulipier, du tulipier à l'alcée, en formant mille grottes, mille voûtes, mille portiques. Souvent égarées d'arbre en arbre, ces lianes traversent des bras de rivière, sur lesquels elles jettent des ponts de fleurs. Du sein de ces massifs, le magnolia élève son cône immobile ; surmonté de ses larges roses blanches, il domine toute la forêt, et n'a d'autre rival que le palmier, qui balance légèrement auprès de lui ses éventails de verdure. (...) »

1. « Hosanna » signifie en hébreu : « Sauve-nous, je t'en prie. » Il est prononcé ou chanté dans la liturgie chrétienne.

Hachette

Les amours d'Angélique et de Médor.
Illustration pour le *Roland furieux* de l'Arioste.

domicile dans une forêt et tombe amoureux de Fleur-
des-Eaux, l'ondine de la source, « *fille d'un rayon et
d'une goutte de rosée* », destinée à « *mourir d'amour* »
et à entraîner le prince dans la mort). On peut également penser à un texte plus anodin, *Les Fraises*, paru
dans les *Nouveaux Contes à Ninon*. Il narre une cueillette de fraises dans les bois qui s'achève sur un badi-
nage champêtre. Les fruits restent inconsommés sous le
poids des amants[1]. Enfin, on pourrait aussi déceler des

---

1. L'influence des *Contes* et des *Nouveaux Contes à Ninon* est très
présente dans le traitement que fait Zola de la nature dans *La Faute de*

33

influences plus anciennes, comme celle de Virgile[1] ou de l'Arioste[2].

Le « vert paradis » décrit ici est pur sans être évanescent. Il tire sa force de la matière, de la chair, de la terre ; il est nourri par une poétique d'une incroyable ampleur : Zola recrée le monde, l'engendre. L'équivalent pictural, ce sont les fresques de Michel-Ange pour la chapelle Sixtine ; il n'est pas étonnant que vingt ans plus tard, le romancier leur rende hommage dans *Rome*[3]. L'écriture, dans les chapitres sur le Paradou, est à la fois baroque (la rhétorique est accumulative) et classique, si l'on redonne à ce mot son sens étymologique[4] : l'emploi massif des

---

l'abbé Mouret. Dans la préface des *Contes à Ninon*, Zola évoquait de « vastes terrains jaunes et rouges, plantés d'amandiers aux branches maigres, de vieux oliviers grisonnants et de vignes laissant traîner sur le sol leurs ceps entrelacés. (...) Pauvre terre desséchée, elle flamboie au soleil, grise et nue, entre les prairies grasses de la Durance et les bois d'orangers du littoral. Je l'aime pour sa beauté âpre, ses rochers désolés, ses thyms et ses lavandes (...) ». Il écrit également dans la préface aux *Nouveaux Contes à Ninon*, dont la rédaction (octobre 1874) est contemporaine de celle du début de *La Faute* : « Je pleure sur cette montagne de papier noirci ; je me désole à penser que je n'ai pu étancher ma soif du vrai, que la grande nature échappe à mes bras trop courts. C'est l'âpre désir, prendre la terre, la posséder dans une étreinte, tout voir, tout savoir, tout dire. Je voudrais coucher l'humanité sur une page blanche, tous les êtres, toutes les choses, une œuvre qui serait l'arche immense. » Les correspondances entre cette page, et les poèmes de Rimbaud « Larme » et « Mémoire », écrits en 1873, mais que Zola n'avait pu lire, puisqu'ils ne furent publiés qu'en 1886 et 1892, sont frappantes : on y retrouve l'impossibilité d'étancher la soif créatrice, et l'image des « bras trop courts ».
1. Voir les *Bucoliques*, les *Géorgiques*, et le chant VI de l'*Enéide*. — **2.** Commentant, dans *Dessin, couleur et lumière* (Mercure de France, 1995), le *Roland furieux* de l'Arioste, Yves Bonnefoy écrit : « (...) comme tout se joue donc, dans l'*Orlando*, près d'un arbre mais, d'évidence, sans le moindre serpent à craindre, personne ne peut douter (...) qu'Arioste, en concevant ce passage, a pensé au péché originel, pour lui dénier tout droit de regard sur la vie sexuelle. Angélique et Médor sont Ève et Adam réhabilités. On leur rend le jardin d'Éden pour y vivre comme Dieu l'avait interdit. Arioste a compris que ce qui se jouait dans les bois de cette pastorale moderne, et que l'on peut dire érotisque, mettait en péril un des grands aspects de la morale chrétienne » (p. 125). — **3.** *Rome*, chapitre VI. — **4.** Du latin *classis*, la flotte.

liquides (l'assise de l'écriture est souvent assurée par des variations vocaliques autour du « l » et du « r ») confère à l'ensemble une grande fluidité. La plupart des contemporains de Zola ont critiqué la longueur des descriptions, sans se rendre compte que Zola réalisait un grand rêve, celui de « se croire, en nommant, créateur du nom[1] », de concurrencer l'acte démiurgique, de même que, plus prosaïquement, Balzac avait ambitionné de « concurrencer l'état civil ». D'où la volonté de rassembler, de n'oublier aucun nom d'arbre, d'herbe, ou de fleur : le romancier emmène dans ses pages un échantillon de chaque espèce, faisant de son texte une sorte d'arche de Noé végétale. Il classe, dénombre, révèle ; puis il rapproche, réduisant alors la syntaxe à sa plus simple expression : l'effacement de la syntaxe devant la toute-puissance du nom (chaque nom commun de plante prend la valeur d'un nom propre) est l'une des grandes inventions poétiques de ce roman. Enfin, il rassemble, de sorte que l'évocation du « vert paradis des amours enfantines[2] » devient un réseau de correspondances, où les êtres se métamorphosent, où chaque élément se fond dans l'universelle analogie. Zola — *Le Ventre de Paris* et *Au Bonheur des Dames* en fournissent d'innombrables exemples — est fasciné par l'abondance, car rien ne l'obsède que la vie[3] ; aussi le statut de ses descriptions n'est-il jamais seulement esthétique. Il renoue ainsi, spontanément, avec certains aspects de la poésie psalmique[4]. Comme l'a souligné un théologien à propos des Psaumes[5] : « Il s'exprime dans ces textes une mentalité éclairée, rationaliste, voire déjà scientifique, qui regarde avec

---

1. Nous empruntons l'expression à Saint-John Perse, qui définissait son propre désir dans une lettre à Valéry Larbaud (fin décembre 1911, *Œuvres complètes*, Bibliothèque de la Pléiade, p. 793-794). — 2. L'expression est empruntée au poème *Mœsta et errabunda* », dans *Les Fleurs du mal*. — 3. L'expression est empruntée à René Char, *Le Météore du 13 août*, in *Fureur et mystère* (Gallimard, Bibliothèque de la Pléiade, p. 268). — 4. Il s'agit évidemment des Psaumes de l'Ancien Testament. — 5. Gerhard von Rad, *Théologie de l'Ancien Testament* (Labor et fides, 1965, t. I, p. 308).

étonnement un monde considéré d'une manière totalement démythisée. Il n'y a donc rien d'étonnant si cette poésie a travaillé main dans la main avec la science de son temps, c'est-à-dire avec la nomenclature naturaliste ; elle a tiré les objets de ses louanges ainsi que leur ordre de succession directement des grandes encyclopédies, ce qu'on appelle les "onomastiques". »

Soleil et chair [1]

Poétique, ce roman l'est, au sens fort du terme, par la recréation de la nature [2] (dans une note du Dossier préparatoire, Zola, qui définit ailleurs le naturalisme comme « *le retour à la nature* », affirme à propos de la future Albine : « *Blanche est le naturalisme* »). Il l'est aussi par la constante sollicitation, dans la deuxième partie, des cinq sens, et la part immense faite au registre olfactif [3]. Le Paradou apparaît comme le jardin des essences, il enivre progressivement Serge, troublé dès le début par l'odeur d'herbe qu'Albine transporte dans ses jupes, puis par les senteurs suaves qui émanent du boudoir abandonné ; dans le parc, les parfums prennent une telle ampleur qu'ils se

---

1. Ce titre est celui d'un poème de Rimbaud, hymne au paganisme composé au printemps 1870. — 2. Dans *De la description* (paru dans *Le Roman expérimental*), Zola écrit : « (...) pour avoir le drame humain réel et complet, il faut le demander à tout ce qui est (...). Toute réaction est violente, et nous réagissons encore contre la formule abstraite des siècles derniers. La nature est entrée dans nos œuvres d'un élan si impétueux, qu'elle les a emplies, noyant parfois l'humanité, submergeant et emportant les personnages, au milieu d'une débâcle de roches et de grands arbres. D'ailleurs, même dans ces débauches de la description, dans ces débordements de la nature, il y a beaucoup à apprendre, beaucoup à dire. » — 3. Dans son *Vocabulaire de Zola*, Étienne Brunet, qui recense les mots les plus fréquents des *Rougon-Macquart*, place l'adjectif « odorant » à la troisième place des adjectifs utilisés. Quant aux substantifs « parfum » et « odeur », ils font partie des plus fréquemment employés dans le roman. Adolfo Fernandez-Zoïla, dans son article *Les Névropathies de Zola* (*Cahiers naturalistes*, n° 57, 1983, p. 33-49), rappelle que le docteur Toulouse, dans le premier volume de son enquête, consacré à Zola, avait attiré l'attention sur les capacités olfactives du romancier (« le nez de Zola est célèbre »).

propagent partout : « *L'air a le goût d'un fruit*[1] », dit Albine. Toutes les nuances sont représentées, les plus douces comme les plus capiteuses, les plus rassurantes comme les plus inquiétantes. Déjà, dans les rêveries de l'abbé Mouret, la Vierge Marie laissait autour d'elle un délicieux parfum, que l'on pourrait assimiler à une sorte d'odeur de sainteté ; mais des effluves pestilentiels viennent bouleverser cette harmonie : le Frère Archangias sent « *le bouc qui ne se satisfait pas*[2] » ; il existe, d'autre part, des fleurs vénéneuses, capables de tuer, au fond du Paradou ; et ce sont encore les fleurs, quelle que soit leur provenance, dont Albine se sert pour mourir.

Au cœur du *Ventre de Paris*, qui sollicitait aussi beaucoup le registre sensoriel, Zola avait placé une lutte urbaine, idéologique, économique et politique entre les gros et les maigres ; au cœur de *La Faute de l'abbé Mouret*, il place une lutte plus métaphysique, celle (issue de la tragédie) du soleil et de l'ombre, de la lumière et du froid. C'est précisément de cette lutte qu'il tire ses plus beaux effets de contraste. De même qu'il dépeindra le docteur Pascal, héros éponyme du dernier roman de sa série, comme un homme « *réservé à la passion*[3] », il nous apprend dès le quatrième chapitre à propos du jeune prêtre : « *Rien en lui n'avait encore combattu*[4]. » Or, l'épreuve qui lui est réservée est celle de l'amour fou : « *Oh ! t'avoir dans mes bras, t'avoir dans ma chair... Je ne pense qu'à cela. La nuit, je m'éveille, serrant le vide, serrant ton rêve* », dira-t-il à Albine[5]. Mais avant même que le drame ne se noue chez les hommes, il a déjà eu lieu dans la nature environnante. L'affirmation candide de Serge à la Teuse : « *Nous vivons dans une paix de*

---

1. *La Faute de l'abbé Mouret*, deuxième partie, chapitre XV. — **2.** L'expression figure dans le Dossier préparatoire et passe dans le roman sous la forme suivante : « sa continence de bouc qui ne s'était jamais satisfait » (troisième partie, chapitre V). — **3.** *Le Docteur Pascal*, Dossier préparatoire, N.a.f., 10288, f° 36. — **4.** *La Faute de l'abbé Mouret*, première partie, fin du chapitre IV. — **5.** *Ibid.*, deuxième partie, chapitre XII.

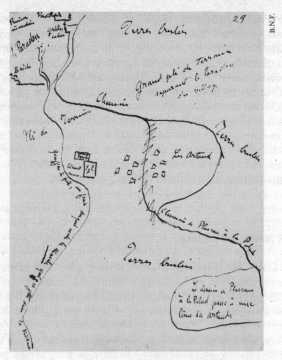

Plan des Terres brûlées en Artaud, extrait de l'*Ébauche*.
Mss N.a.f. 10294, Paris, B.N.F.

paradis[1] », première (et paradoxale) introduction dans le roman du thème édénique, est contredite par l'évocation de paysans dégénérés, de paysages arides, de vignes et de pierres sèches, de terres comme rescapées de l'enfer (« *On aurait dit qu'un immense incendie avait passé là*[2] »). Cette Provence-là annonce celle de Giono : le soleil y est trop intense pour ne pas, à un moment ou à un autre, devenir inquiétant. À deux reprises, dès le début du roman, Zola parle de « *nature damnée* ». Expression étrange, qui se conçoit peut-être si l'on prend conscience

---

1. *Ibid.*, première partie, chapitre III. — **2.** *Ibid.*, chapitre IV.

de l'envahissement progressif du soleil qui, d'emblée, tend à éclipser la lumière divine. Tout l'or des objets du culte pâlit sous ses rayons, et la fin du deuxième chapitre dit clairement la victoire de l'astre, source de vie [1], sur le christianisme. À la nature damnée des Artaud, où pourtant existe une église [2], s'oppose la nature vierge du Paradou, où la vie se développe librement : la force et l'originalité du roman tiennent dans ce renversement des valeurs traditionnelles. L'intensité culmine à la fin du chapitre IX de la troisième partie, avec la vision fantastique du sorbier venu détruire tout l'édifice religieux : « *L'arbre de vie venait de crever le ciel. (...) Dieu n'avait plus de maison. (...) La terre s'était vengée en mangeant l'église* [3]. »

Le roman du silence

Dans *La Faute de l'abbé Mouret* plus que dans les autres romans du cycle *Les Rougon-Macquart*, Zola a multiplié les énoncés implicites. Il s'agissait de disséminer des indices qui orientent vers le dénouement de la deuxième partie. Le respect de la bienséance, que de toute façon son époque lui imposait, a entraîné un accroissement du registre métaphorique, donc poétique, du

---

1. Mallarmé, dans *Les Fenêtres*, hanté par « l'azur », se détourne du « grand Christ ennuyé du mur vide ». — **2.** L'évocation des mœurs des paysans des Artaud (I, IV : « Ils se mariaient entre eux, dans une promiscuité éhontée ; on ne citait pas un exemple d'un Artaud ayant amené une femme d'un village voisin ; les filles seules s'en allaient parfois. Ils naissaient, ils mouraient, attachés à ce coin de terre, pullulant sur leur fumier, lentement, avec une simplicité d'arbres qui repoussaient de leur semence, sans avoir une idée nette du vaste monde, au-delà de ces roches jaunes entre lesquelles ils végétaient. Et pourtant déjà, parmi eux, se trouvaient des pauvres et des riches. Des poules ayant disparu, les poulaillers, la nuit, étaient fermés par de gros cadenas ; un Artaud avait tué un Artaud, un soir, derrière le moulin ») préfigure celle des familles de la Beauce évoquées dans *La Terre* (1887). — **3.** *La Faute de l'abbé Mouret*, troisième partie, chapitre IX. Ce passage constitue une sorte d'apocalypse (livre de la littérature juive ou chrétienne, qui annonce la fin des temps) et le sommet poétique du roman.

roman[1]. C'est ainsi qu'on entend Serge, s'éveillant à la vie, dire : « *Cette branche qui est là me fatigue, à remuer, à pousser, comme si elle était vivante* » ; ou Albine : « *Le jardin est à moi, je te le donnerai* »[2]. Zola multiplie les métaphores inspirées par la nature pour traduire la préparation du rapprochement physique entre les deux jeunes gens : telle, au début du chapitre IV de la deuxième partie, cette « mer de verdure » vierge traversée par le soleil. La possession progressive du jardin par Serge est une anticipation de sa possession d'Albine.

En outre, Zola met en place dans *La Faute de l'abbé Mouret* un système d'attente fondé sur l'intériorisation de la parole, donc sur le silence et le secret. Les rapports entre Serge et le monde extérieur peuvent être étudiés en fonction des modalités de la parole : dans les première et troisième parties, où il est comme emmuré, prisonnier de sa fonction sacerdotale, Serge ne parle presque pas[3]. De même que le corps de Serge ne semble fait que pour exécuter les gestes rituels, de même sa voix a pour mission quasi exclusive celle de prononcer les paroles du culte. Innombrables sont les qualifications de la voix de Serge, qui apparaissent comme autant de didascalies ; mais ce sont toujours les mêmes qui reviennent : voix douce, voix calme, voix basse, murmure, balbutiements ; voix qui mollit, voix attendrie[4]. En outre, si l'on faisait une étude sur le pourcentage des interventions de Serge dans les

---

1. C'était déjà une caractéristique du récit biblique. Le serpent, par exemple, est une figure du sexe masculin. — 2. *La Faute de l'abbé Mouret*, deuxième partie, chapitres I et III. — 3. On remarque également que toute tentative pour s'exprimer librement dans l'église est aussitôt condamnée : Désirée, au chapitre II de la première partie, interrompt la messe pour montrer ses poussins nouveau-nés, mais la Teuse la rappelle aussitôt à l'ordre. — 4. Zola note à propos de Serge : « Toujours, il était resté attendri » (première partie, fin du chapitre IV). La notion d'attendrissement (trait émotionnel dont Frère Archangias, qui le tient pour de la faiblesse, voudrait débarrasser Serge) occupe une grande place dans le roman (le mot revient fréquemment, ainsi que ses corollaires, tels l'adjectif « attendri » ou le substantif « tendresse »), comme, des années plus tard, dans *Lourdes*.

dialogues, on trouverait un taux beaucoup plus bas que la moyenne des autres héros des *Rougon-Macquart*. Fréquentes sont les indications du type : « *Serge n'ouvrait point la bouche* » ; « *L'abbé Mouret, interdit, ne trouva pas une parole* » ; « *Il ne répondit pas* » ; « *Serge, sans voix, regardait* » ; « *Serge, la tête basse, se taisait* » ; « *Il chancela, il garda le silence* ». On recense une bonne trentaine de notations de ce type. Même dans le Paradou, Serge risque un mot aussi précautionneusement qu'il avance un pas. Tourmenté, il a du mal à organiser son chaos intérieur ; il vacille, la montée des mots le submerge. Il garde le silence. Mais plus encore, c'est le silence qui le garde [1].

Ce mutisme du prêtre se conçoit d'ailleurs aisément, en dehors de toute considération psychologique : Serge recherche l'« *extase de l'approche de Dieu* », l'« *heure bienheureuse où tout se tait* » [2]. Dans cette extase mystique, les mots sont inutiles ; ils pourraient même faire écran à la communication avec Dieu, qui passe par des outils non verbaux (évanouissement de tout l'être, mort au monde que connaît Serge lors des scènes d'adoration) ou très peu verbaux (les cent cinquante *Ave* prononcés par le prêtre pour saluer la Vierge). Avoir la foi, c'est peut-être approfondir une parole unique : « *La passion n'a qu'un mot. En disant à la file les cent cinquante* Ave, *Serge ne les avait pas répétés une seule fois. Ce murmure monotone, cette parole, sans cesse la même, qui revenait, pareille au "Je t'aime" des amants, prenait chaque fois une signification plus profonde ; il s'y attardait, causait sans fin à l'aide de l'unique phrase latine* [3]. » La présence pleine et immédiate du mot « *Ave* » échappe à Serge, qui doit le dire inlassablement pour y chercher des nuances, pour saisir l'autre présence qui se détache derrière ce mot, celle de la Vierge, et bien entendu celle de Dieu. D'où

---

1. « Garder le silence, quel mot étrange ! C'est le silence qui nous garde » (Bernanos, *Journal d'un curé de campagne*). — 2. *La Faute de l'abbé Mouret*, première partie, chapitre IV. — 3. *Ibid.*

l'importance accordée au monologue intérieur : il en existe plusieurs dans le roman, et ils sont tous longs[1]. Dans sa soif de pureté et de transparence, dans son désir de communication exclusive et absolue avec la Vierge, avec Jésus ou avec Dieu, le prêtre suspend le rapport à autrui. Le langage parlé, dialogué, n'est pas essentiel à ses yeux parce qu'il ne manifeste rien, ne produit aucun événement : pour que Dieu soit présent en lui (et c'est le seul événement qui compte), Serge a besoin de s'enfermer sur le plan spatial, sur le plan corporel et sur le plan vocal : le motif de la clôture tient une place importante dans le roman.

La voix est charnelle ; elle suppose le corps tout entier. Annuler le langage parlé, c'est annuler l'événement physique du langage : il n'est pas étonnant que le prêtre, niant, de son propre aveu, la vie, et souhaitant retourner en enfance (l'*in-fans* est celui qui ne sait pas encore parler), soit le plus à l'aise quand les mots ne sortent pas de lui-même, quand la prière qui monte reste étouffée ; quand les mots retombent en lui comme les gouttes d'eau, lentement, massivement, au fond d'un puits ; quand la parole muette circule en circuit fermé : « *A mesure que son cœur l'emportait plus haut, sur les degrés de lumière, une voix étrange, venue de ses veines, parlait en lui*[2]. » C'est dans cette voix absolument basse d'orant[3] que l'expression se révèle la plus pure, parce qu'elle échappe à l'« *embarras de la langue* ». Et quand le Frère Archangias lui demande brutalement s'il a déjà vu la Vierge, Serge continue de se taire : il se contente « *de sourire, les lèvres serrées, comme pour garder son secret*[4] ». Serge se demandera aussi, plus tard, s'il ne faut pas aimer Albine « *sans une parole, sans un pas vers*

---

1. Par exemple, première partie, chapitre XVII ; troisième partie, chapitre IX. — 2. *La Faute de l'abbé Mouret*, première partie, chapitre XIV. — 3. L'orant est celui qui prie (du latin *orare*, prier). — 4. *La Faute de l'abbé Mouret*, première partie, chapitre XIV.

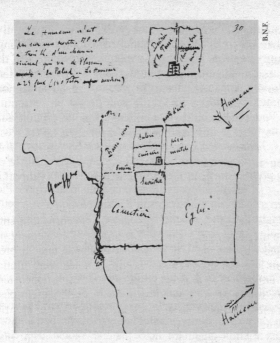

Plan du hameau, extrait de l'*Ébauche*.
Mss. N.a.f. 10294 Paris, B.N.F.

elle[1] ». Et toujours dans la troisième partie, lorsqu'il ne veut plus la voir, il se met à repeindre l'église et à consolider les murs, se réfugiant ainsi dans le non-verbal, dans une activité non discursive (les héros les plus tourmentés de Zola, Claude dans *L'Œuvre* et Lazare dans *La Joie de vivre*, fuiront eux aussi le monde extérieur en s'enfermant dans des moyens d'expression qui ne sollicitent pas le langage articulé : la peinture, la musique. L'artiste, à cet égard, est pour Zola proche du prêtre). La libération de la parole, lorsqu'elle a lieu, reste le plus souvent intérieure : Serge se parle à lui-même comme on pleure toutes

---

1. On retrouve la corrélation de la marche et de la parole, ou plutôt du statisme et du silence, évoquée plus haut.

les larmes de son corps. Les rares fois où il parle à voix haute, ce relâchement brusque des mots, violent, pour avoir été trop longtemps contenu, s'accompagne d'ailleurs de sanglots : les pleurs, dans *La Faute de l'abbé Mouret*, apparaissent tantôt comme le substitut, tantôt comme le contrepoint[1] de la voix parlée.

Pour rendre compte de l'enfermement intérieur de Serge[2], Zola forge la très belle expression de « *crise de silence* » : « *(...) par moments, des crises de silence le prenaient ; il semblait rouler dans une torture qu'il mettait toutes ses forces à ne point avouer ; et c'était une agonie muette qui le brisait (...)*[3]. » Ses monologues désespérés annoncent ceux de Pierre, héros de *Lourdes*. Mais lorsqu'il parle, plusieurs voix peuvent se faire entendre : « *Sans votre grâce, j'écoutais la voix de ma chair (...). Ô mon Dieu, vous étiez en moi ; c'était vous qui parliez en moi* », dit Serge après avoir chassé Albine. Un peu plus tard, il s'étonne de sa brutalité : « *Il expliquait qu'à certaines heures, il y avait en lui une voix qui n'était pas la sienne. Est-ce que jamais il l'aurait maltraitée ? La voix étrangère seule avait parlé*[4]. » Il y a donc en Serge la voix qui lui est propre, douce, monotone, parfois un peu altérée ; la voix affermie qui lui est dictée par une volonté supérieure ; et la plus profonde de toutes, sorte de souffle corporel, de chair spirituelle, qui résonne à l'intérieur de lui-même et rend présents Dieu, Jésus ou la Vierge — celle que l'on pourrait nommer « la voix qui garde le silence[5] ».

Zola a bâti son roman sur différents contrastes, en particulier sur l'opposition entre le silence de Serge et la voix d'Albine. C'est elle qui parle la première, lors de leur rencontre, et avec hardiesse (« *Albine s'était attaquée au prêtre* »). Le romancier souligne d'emblée la clarté de

---

1. Composition musicale qui superpose plusieurs lignes mélodiques. — 2. L'abbé Mouret est aussi celui à qui l'on n'ose pas parler. Voir III, I, les paroles de Lisa : « Ma petite sœur Rose m'a conté qu'elle n'ose rien lui dire, à confesse. » — 3. *La Faute de l'abbé Mouret*, troisième partie, chapitre III. — 4. *Ibid.*, troisième partie, chapitre IX. — 5. Jacques Derrida, *La Voix et le Phénomène* (P.U.F., 1967), p. 74.

sa voix et de son rire, tandis que Serge continue de se taire. Un peu plus tard, lorsqu'elle salue Pascal et Serge sur la route, sa voix, « *changée par l'éloignement* », apparaît encore plus « *musicale* », « *fondue dans les haleines roulantes du parc* ». C'est presque une voix de médium, une voix oraculaire, dont les paroles ressemblent à d'antiques sentences : « *Je suis grande comme les arbres, toutes les feuilles qui tombent sont des baisers*[1]. » Il y a dans les mots qu'elle prononce une poésie qui va en amont de l'inspiration pastorale[2]. Cette impression est confirmée lorsque les deux amants découvrent dans le jardin une statue de pierre gisant au fond d'une source, et dont l'eau a effacé le visage. L'intertexte guide alors le lecteur vers un célèbre passage des *Fastes* où Ovide fait dire à une nymphe : « *Amne perenne latens, Anna Perenna vocor* » (« Cachée sous un fleuve éternel, je m'appelle Anna Perenna »). Comme on l'a fait remarquer[3], le temps de ce roman est celui du mythe : c'est particulièrement vrai pour ce qui concerne la deuxième partie. Le passage où Serge et Albine découvrent la statue fait songer à certains tableaux de Poussin[4] (par exemple, *Paysage avec Orphée et Eurydice)* où, dans les ruines d'un décor antique, les personnages semblent heureux, bien qu'un danger sourd les menace. On trouvait déjà dans *La Fortune des Rougon* une page analogue : comme les Bergers d'Arcadie[5], Miette et Silvère, les premiers

---

1. *La Faute de l'abbé Mouret*, première partie, chapitre IX. — 2. La poésie pastorale a pour décor la nature, et chante l'amour. Certains passages de *La Faute de l'abbé Mouret* pourraient être rapprochés de cette thématique (par exemple Albine chantant dans le Paradou : « J'ai seize ans »). Mais le passage où les deux héros découvrent la statue appartient à un registre plus grave : c'est pour eux un premier face-à-face avec le temps et avec la mort. — 3. Roger Ripoll, « *Le Symbolisme végétal dans* La Faute de l'abbé Mouret *: réminiscences et obsessions* », *Cahiers naturalistes*, n° 31, 1966, pp. 11-22. — 4. Nicolas Poussin, peintre français ayant beaucoup vécu à Rome (1594-1665). — 5. Titre de deux tableaux de Poussin, où des bergers en Arcadie (lieu réputé de la vie heureuse) découvrent une pierre sur laquelle ils lisent : « *Et ego in Arcadia* ». On a proposé plusieurs interprétations de cette inscription. La plus courante est celle qui fait parler la mort, rappelant aux hommes qu'elle est présente en tout lieu.

Nicolas Poussin, *Paysage avec Orphée et Eurydice*,
Paris, musée du Louvre.

jeunes héros des *Rougon-Macquart*, avaient déchiffré leur
destin dans la pierre : « *Miette avait distingué, sur une
des faces, des caractères à demi rongés. Il fallut que Silvère, avec son couteau, enlevât la mousse. Alors ils lurent
l'inscription tronquée : Cy gist... Marie... morte... Et
Miette, en trouvant son nom sur cette pierre, était restée
toute saisie. (...) Elle dit qu'elle avait reçu un coup dans
la poitrine, qu'elle mourrait, que cette pierre était pour
elle[1]*. »

Dans toute la deuxième partie, écrite comme un orato-
rio, la voix de la nature chante en harmonie avec celle
d'Albine, pour ainsi dire dans la même tessiture :
« *C'étaient un chuchotement infini de feuilles, un bavardage d'eaux courantes, (...) toute une voix haute, prolongée, vibrante[2]*. » Elle libère même, momentanément, celle
de Serge, ce qui donne lieu à l'une des pages les plus
lyriques du roman. Si l'on devait en donner un équivalent

---

1. *La Fortune des Rougon*, chap. V. Miette sera effectivement tuée
à la fin du roman. — **2.** *La Faute de l'abbé Mouret*, deuxième partie,
chapitre III.

46

musical, ce serait *Le Chant de la terre*, que Mahler composa une trentaine d'années plus tard. Dans ce passage où Zola célèbre « *la terre heureuse* [1] », on croit assister à la naissance d'un dieu. Le projet qu'il avait conçu dans *La Chaîne des êtres* s'accomplit :

« *"(...) Pourquoi ne me dis-tu rien ?"*

Lui, sans répondre, demeurait debout (...). Il parla seul. Il dit, dans le soleil :

"Que la lumière est bonne !"

Et l'on eût dit que cette parole était une vibration même du soleil. Elle tomba, à peine murmurée, comme un souffle musical, un frisson de la chaleur et de la vie. Il y avait quelques jours déjà qu'Albine n'avait plus entendu la voix de Serge. Elle la retrouvait, ainsi que lui, changée. Il lui sembla qu'elle s'élargissait dans le parc avec plus de douceur que la phrase des oiseaux, plus d'autorité que le vent courbant les branches. Elle était reine, elle commandait. Tout le jardin l'entendit, bien qu'elle eût passé comme une haleine, et tout le jardin tressaillit de l'allégresse qu'elle lui apportait.

"Parle-moi, implora Albine. Tu ne m'as jamais parlé ainsi. En haut, dans la chambre, quand tu n'étais pas encore muet, tu causais avec un babillage d'enfant... D'où vient donc que je ne reconnais plus ta voix ? Tout à l'heure, j'ai cru que ta voix descendait des arbres (...). Écoute, tout se tait pour t'entendre parler encore." »

Mais la communication avec Albine se révèle plus profonde lorsqu'elle est silencieuse : « *Tous deux souriaient sans parler* » ; « *il ne faut pas parler, puisque nous dormons. C'est meilleur de ne pas parler* » ; « *Ils gardèrent le silence, sans se lâcher* » ; « *Tous deux, renversés, restèrent muets* » ; « *Ne parlons plus. Nous sommes seuls à jamais. Nous nous aimons* ». L'évocation de l'union physique de Serge et d'Albine, différée quinze chapitres durant, tire une partie de sa force du contraste entre les bruits environnants et le silence des amants : « *C'était le*

---

1. *La Faute de l'abbé Mouret*, deuxième partie, chapitre V.

*jardin qui avait voulu la faute. (...) il était le tentateur,
dont toutes les voix enseignaient l'amour »* ; « *Les prairies élevaient une voix plus profonde* » ; « *Ce fut l'arbre
qui confia à l'oreille d'Albine ce que les mères murmurent aux épousées, le soir des noces* »[1].

Le roman de l'attente

D'autre part, le roman est tout entier fondé sur un système d'attente, ce qui renvoie au mystère, donc à la fois
au poétique et au religieux (on retrouvera cette structure
dans *Le Rêve*). Serge attend tout d'abord la Vierge ; son
année est orientée vers le mois de mai, mois de Marie, et
c'est en mai que s'ouvre le roman. L'attente du héros va
donc se trouver satisfaite. Mais plus on avance dans la
première partie, plus on sent qu'il va se passer un événement radicalement autre, d'une portée bouleversante. Plusieurs indices y concourent (notamment à partir de la
rencontre avec Albine, et du trouble qui lui est consécu-
tif), comme les fréquentes évocations du soleil, qui
devient de plus en plus brûlant[2], et va accompagner le
drame. La lumière éclairant la pierre blonde de l'église,
l'or du soleil se mêlant à l'or de la chasuble, du calice et
de la bourse, « *ornée d'une croix d'or sur un fond d'or* »,
sont autant d'épiphanies[3] silencieuses. L'inertie même
de cette partie, le mode d'être somnambulique du héros,
laissent pressentir l'imminence d'un événement. La
deuxième partie voit l'attente initiale se défaire, mais une
autre s'y substituer : Serge n'attend plus Marie, mais
Albine. Cette partie-là porte la procrastination[4] à son
comble : il faut des jours et des jours à Serge pour sortir
de sa chambre et s'aventurer dans le jardin, et toutes ses
hésitations, ses peurs, sont l'anticipation de son vertige

---

1. *La Faute de l'abbé Mouret*, deuxième partie, chapitre XV.
— 2. Comme dans la *Phèdre* de Racine. — 3. Apparition, manifesta-
tion. Dans la tradition chrétienne, fête qui célèbre l'apparition du Christ
aux Rois Mages. — 4. La procrastination est le fait de remettre toujours au lendemain ce que l'on pourrait faire sur le moment.

devant le corps, le sien autant que celui d'Albine. D'où, à plusieurs reprises, le désir exprimé de ne pas aller plus avant[1], ce qui invite sans ambiguïté à une lecture psychanalytique[2] ; d'où, aussi, la lenteur avec laquelle s'accomplit le rapprochement physique entre les deux héros, au terme d'une longue initiation. Car Serge reste longtemps submergé par le Paradou. « *Je ne comprends pas* », dit-il au moment où il découvre le jardin, et l'emploi de ce verbe signale combien il est prisonnier de son intellect : il ne sent pas, ne goûte pas la vie instinctivement, il reste enfermé en lui-même. La troisième partie relance l'attente : « *J'ai attendu* », dit Albine au chapitre VIII, et il ne répond pas ; « *Je t'attends* », répète-t-elle, et il vient, cette fois-ci, mais pour décevoir une ultime fois l'attente.

Serge porte en lui quelque chose d'essentiel, mais qui reste inaccompli ; quelque chose de l'ordre de la violence, de la surabondance de vie, de la « *passion de la terre* », comme l'écrit Zola[3]. Il a combattu cette tendance ; mais en l'étouffant, il s'est étouffé lui-même, il s'est bâillonné, limité. Albine a intuitivement compris la force de ce potentiel de vie, elle guette patiemment le moment où tout basculera, mais ce moment, si long à venir (deuxième partie, chapitre VI : « *Enfin, il la voyait* »), ne dure pas, et c'est bien une entreprise résurrectionnelle qu'elle tente, après avoir soigné Serge, en essayant une dernière fois, dans la troisième partie, de le ramener à la vraie vie : « *Ses lèvres se collèrent sur ce cadavre pour le ressusciter*[4]. » Serge oppose à Albine toute la force d'inertie dont il est capable. On pourrait dire que dans la première partie

---

1. Voir les premières paroles de Phèdre : « N'allons pas plus avant. Demeurons, chère Œnone. » — 2. Serge a peur de la sexualité, et exprime cette peur par le désir de ne pas aller plus loin dans le jardin, lui-même métaphore du corps d'Albine (le jardin comme métaphore du corps, et en particulier du sexe féminin, était connu dès la littérature médiévale). — 3. D'où sa soif d'absolu : « Nous resterons en nous. Tu seras dans ma chair comme je serai dans la tienne » ; « Oh ! t'avoir dans mes bras, t'avoir dans ma chair » ; « Où es-tu donc tout entière, pour que j'aille t'y chercher ? » — 4. *La Faute de l'abbé Mouret*, troisième partie, chapitre XII.

du roman, l'abbé Mouret attend Marie ; dans la deuxième, il attend Albine, donc l'amour ; et dans la troisième, il attend la mort.

Loin d'être pécheresse, Albine la bien nommée[1] désigne, à travers la végétation enchevêtrée du Paradou, une voie dégagée et accessible, parce que son passage a effacé les traces du péché originel. L'angélisme est une voie sans issue : c'est ce qu'illustrera *Le Rêve*. Mais un amour pur *et* incarné est possible : c'était du moins le vœu de Zola, qu'il avait formulé très tôt, ses poèmes de jeunesse en témoignent, et qu'il eut le bonheur de réaliser avec Jeanne Rozerot. Le romancier a toujours cru en la conciliation d'Éros et d'Agapè[2]. Il notait dans le Dossier préparatoire : « *La tentation d'Ève sur Adam. C'est défendu. (...) Ce n'est pas vrai, d'ailleurs, c'est permis.* » Albine a révélé à Serge qu'un lieu plus beau que tous les autres lieux terrestres pouvait être atteint ; mais elle lui a révélé, en même temps, qu'on ne le gagnait qu'au prix de la plus grande douleur. Telle est la leçon du roman, qui prouve à quel point Zola était encore marqué par le poids du christianisme. Toutefois, le titre, ambigu, se prête à plusieurs lectures : la faute, pour l'abbé Mouret, c'est d'avoir succombé à la tentation ; mais, pour Serge, c'est d'avoir abandonné Albine. Il faudra attendre *Paris*, où Pierre Froment ôte définitivement sa soutane, pour que l'amour partagé soit heureux et durable — mais la passion, elle, aura disparu.

Serge doit choisir entre le don sans limites d'Albine et cette autre « folie d'amour » qu'est celle du Christ. Or, si le dialogue avec la jeune fille n'est pas renoué, il est une autre forme de communication qui échoue. Un jour, au cours d'une de ses conversations silencieuses avec Jésus,

---

1. Son prénom vient du latin *albus, a, um*, qui signifie « blanc ». Et, on l'a rappelé, dans le Dossier préparatoire, Zola l'avait initialement appelée « Blanche ». — **2.** Éros, c'est l'amour païen, charnel ; Agapè, l'amour chrétien, spirituel.

Serge n'entend plus son ami : Jésus ne lui « répond » pas. Serge se retrouve alors dans la situation du Christ lui-même au mont des Oliviers. Il pousse le même cri : « *Mon Dieu, vous m'abandonnez.* » Et plus tard, il dit comme Jeanbernat : « *Il n'y a rien, rien, rien. Dieu n'existe pas*[1]. » Peut-être tout le système d'attente mis en place dans le roman converge-t-il vers cette parole, que l'abbé Mouret, resté si longtemps silencieux, parvient à formuler. Après quoi, il peut continuer à dire ses messes, à célébrer des mariages ou assurer des enterrements : il s'est intérieurement effondré[2]. La prise de conscience de la « mort » de Dieu par le héros de Zola (prise de conscience qui est celle de nombreux penseurs et poètes de la seconde moitié du XIXe siècle, Vigny, Nerval, Baudelaire, Rimbaud, Laforgue, Mallarmé, Michelet, Quinet, Renan, Nietzsche, Feuerbach, Freud...) constitue peut-être l'aboutissement de ce drame de la parole qu'est *La Faute de l'abbé Mouret*, le point aveugle, le point de fuite en regard duquel toute tentative d'argumentation devient inutile. Signifiant l'échec de la présence, de la participation au savoir absolu, la « mort » de Dieu annonce aussi la mort du discours intérieur en tant que conversation avec Jésus (il n'y aura plus dans le roman de monologue intime), et rend vaine l'existence du héros (on apprendra dans *Le Docteur Pascal* que Serge est gravement malade[3], même si le second arbre généalogique des Rougon-Macquart, dressé par Zola en 1893, mentionne qu'il est encore en vie lorsque la série s'achève, donc, qu'il a survécu à son oncle Pascal) ; mais elle ouvre une autre possibilité, une autre vie, non plus seulement dans le

---

1. L'assimilation faite par Jeanbernat de Dieu et du soleil est déjà chez Baudelaire (« Les vocations », in *Le Spleen de Paris* ; « Coucher de soleil romantique », in *Les Fleurs du mal*), et Nerval *(Aurélia)*. Voir aussi Zola, *Les Aventures du Grand Sidoine et du Petit Médéric*, in *Contes à Ninon* (« Notre soleil pâlit, assure-t-on ; les astres s'éteindront forcément. Alors l'immense nuit s'étendra de nouveau dans son empire, cet empire dont nous sommes sortis »). — 2. La façon dont il accomplit sa mission, lors de l'enterrement d'Albine, annonce la messe que dira Pierre à Lourdes (3e journée, IV). — 3. *Le Docteur Pascal*, chapitre V.

recueillement (« L'adoration des bergers n'est plus utile à la planète[1] »), mais aussi dans l'action : cela, ce sera l'affaire de Pierre Froment[2]. Serge, Pascal et Pierre Froment sont trois des quatre héros de Zola qui emploient l'expression « *faire de la vie*[3] » ; or, Serge la fait suivre d'un équivalent : « *être Dieu*[4] ». Et c'est précisément ce qui le freine. Faire de la vie est un péché d'orgueil qui implique la volonté de s'égaler au Créateur. D'où l'on déduit que pour « faire de la vie », il faut que les héros zoliens aient cessé de croire en Dieu.

Sophie GUERMÈS

Les variantes de la première édition (Charpentier, 27 mars 1875) sont appelées en note par une lettre. Notre texte a été établi sur celui de la deuxième édition.

---

1. René Char, *Fureur et mystère, Feuillets d'Hypnos*, 31, Gallimard, Bibliothèque de la Pléiade, p. 182. — **2.** Le choix des noms en rend compte, même si, dans le cas du premier, il a sans doute été fortuit : le nom de Mouret contient l'idée de mort, celui de Froment indique très clairement, par le biais de la métaphore agricole, la vie. — **3.** Le quatrième, différent des trois autres, est Saccard. — **4.** *La Faute de l'abbé Mouret*, troisième partie, chapitre IX.

LA FAUTE DE L'ABBÉ MOURET

LIVRE PREMIER

I

La Teuse[1], en entrant, posa son balai et son plumeau contre l'autel[2]. Elle s'était attardée à mettre en train la lessive du semestre[3]. Elle traversa l'église pour sonner l'*Angelus*[4], boitant davantage dans sa hâte, bousculant les bancs. La corde, près du confessionnal, tombait du plafond, nue, râpée, terminée par un gros nœud que les mains avaient graissé ; elle s'y pendit de toute sa masse, à coups réguliers, puis s'y abandonna, roulant dans ses jupes, le bonnet de travers, le sang crevant sa face large.

Après avoir ramené son bonnet d'une légère tape, essoufflée, la Teuse revint donner un coup de balai devant l'autel. La poussière s'obstinait là, chaque jour, entre les planches mal jointes de l'estrade. Le balai fouillait les coins avec un grondement irrité. Elle enleva ensuite le tapis de la table et se fâcha en constatant que la grande nappe supérieure, déjà reprisée en vingt endroits, avait un nouveau trou d'usure au beau milieu ; on apercevait la seconde nappe, pliée en deux, si émincée, si claire elle-

---

1. « La Teuse » est vraisemblablement un diminutif de « la boiteuse », issu du vocabulaire enfantin ou paysan. Il s'agit peut-être d'un souvenir d'enfance de Zola. — 2. Table où l'on célèbre la messe. — 3. La grande lessive avait lieu tous les six mois : on plaçait le linge dans un cuveau, sur un trépied, et on le faisait bouillir. Le reste du temps, la lessive consistait en des savonnages, effectués le plus souvent au lavoir. Sur la lessive et le repassage en ville, *cf. L'Assommoir*, chapitre I. — 4. Prière récitée le matin, à midi et le soir dans la tradition catholique, rappelant l'Annonciation faite par l'ange Gabriel à Marie ; c'est aussi le signal donné par la cloche d'une église au moment où l'on doit faire cette prière.

même qu'elle laissait voir la pierre consacrée, encadrée dans l'autel de bois peint. Elle épousseta ces linges roussis par l'usage, promena vigoureusement le plumeau le long du gradin, contre lequel elle releva les cartons liturgiques[1]. Puis, montant sur une chaise, elle débarrassa la croix et deux des chandeliers de leurs housses de cotonnade jaune. Le cuivre était piqué de taches ternes.

— Ah bien ! murmura la Teuse à demi-voix, ils ont joliment besoin d'un nettoyage ! Je les passerai au tripoli[2]. »

Alors, courant sur une jambe, avec des déhanchements et des secousses à enfoncer les dalles, elle alla à la sacristie[3] chercher le Missel[4], qu'elle plaça sur le pupitre, du côté de l'Épître[5], sans l'ouvrir, la tranche tournée vers le milieu de l'autel. Et elle alluma les deux cierges. En emportant son balai, elle jeta un coup d'œil autour d'elle pour s'assurer que le ménage du bon Dieu était bien fait. L'église dormait ; la corde seule, près du confessionnal, se balançait encore, de la voûte au pavé, d'un mouvement long et flexible.

L'abbé Mouret venait de descendre à la sacristie, une petite pièce froide qui n'était séparée de la salle à manger que par un corridor.

« Bonjour, monsieur le curé, dit la Teuse en se débarrassant. Ah ! vous avez fait le paresseux, ce matin ! Savez-vous qu'il est six heures un quart. »

Et, sans donner au jeune prêtre qui souriait le temps de répondre :

« J'ai à vous gronder, continua-t-elle. La nappe est encore trouée. Ça n'a pas de bon sens ! Nous n'en avons qu'une de rechange et je me tue les yeux depuis trois

---

1. Morceaux de carton où sont peintes des scènes de la Bible. — **2.** Roche siliceuse qui, réduite en poudre, est utilisée notamment comme abrasif, pour nettoyer les métaux (synonyme : diatomite). On remarque que le roman s'ouvre sur une scène de nettoyage, traduction prosaïque, ou, si l'on veut, naturaliste, de l'obsession de pureté qui habite le héros. — **3.** Annexe d'une église, où sont déposés les vases sacrés et les vêtements du prêtre. — **4.** Livre de messe qui contient les prières quotidiennes et celles qui sont propres à chaque fête chrétienne. — **5.** À la droite de l'autel.

« *L'abbé Mouret venait de descendre à la sacristie.* »

Curé de village, gravure anglaise, 1878, Bibliothèque des Arts décoratifs.

jours à la raccommoder... Vous laisserez le pauvre Jésus tout nu, si vous y allez de ce train. »

L'abbé Mouret souriait toujours. Il dit gaiement :

« Jésus n'a pas besoin de tant de linge, ma bonne Teuse, il a toujours chaud, il est toujours royalement reçu, quand on l'aime bien. »

Puis, se dirigeant vers une petite fontaine[1], il demanda :

---

1. Récipient en métal, en terre ou en faïence qui sert de réservoir d'eau.

« Est-ce que ma sœur est levée ? Je ne l'ai pas vue.

— Il y a beau temps que Mlle Désirée est descendue, répondit la servante, agenouillée devant un ancien buffet de cuisine dans lequel étaient serrés les vêtements sacrés[1]. Elle est déjà à ses poules et à ses lapins... Elle attendait hier des poussins qui ne sont pas venus. Vous pensez quelle émotion ! »

Elle s'interrompit, disant :

« La chasuble[2] d'or, n'est-ce pas ? »

Le prêtre, qui s'était lavé les mains, recueilli, les lèvres balbutiant une prière, fit un signe de tête affirmatif. La paroisse n'avait que trois chasubles : une violette, une noire et une d'étoffe d'or. Cette dernière, servant les jours où le blanc, le rouge ou le vert étaient prescrits[3], prenait une importance extraordinaire. La Teuse la souleva religieusement de la planche garnie de papier bleu où elle la couchait après chaque cérémonie ; elle la posa sur le buffet, enlevant avec précaution les linges fins qui en garantissaient les broderies. Un agneau d'or y dormait sur une croix d'or, entouré de larges rayons d'or. Le tissu, limé aux plis, laissait échapper de minces houppettes ; les ornements en relief se rongeaient et s'effaçaient. C'était, dans la maison, une continuelle inquiétude autour d'elle, une tendresse terrifiée à la voir s'en aller ainsi paillette à paillette. Le curé devait la mettre presque tous les jours. Et comment la remplacer, comment acheter les trois chasubles dont elle tenait lieu, lorsque les derniers fils d'or seraient usés ?

La Teuse, par-dessus la chasuble, étala l'étole, le manipule, le cordon, l'aube et l'amict[4]. Mais elle continuait à

---

1. Vêtements portés par le prêtre pendant la messe ou les cérémonies religieuses. — **2.** Vêtement que porte le prêtre par-dessus l'aube et l'étole, lorsqu'il dit la messe. — **3.** Chaque fête religieuse a ses couleurs : le blanc, notamment, est réservé aux grandes fêtes (Pâques, Noël), ainsi qu'au « mois de Marie » (mai) ; le rouge, à des fêtes comme celle de la Sainte Croix. — **4.** Tous ces termes renvoient aux attributs sacerdotaux. Respectivement : bande d'étoffe portée par le prêtre autour des épaules ; bande d'étoffe portée par le prêtre au bras gauche ; ruban porté par le prêtre ; robe de tissu blanc portée par le prêtre ; linge bénit couvrant le cou et les épaules du prêtre.

bavarder tout en s'appliquant à mettre le manipule en croix sur l'étole et à disposer le cordon en guirlande, de façon à tracer l'initiale révérée du saint nom de Marie.

« Il ne vaut plus grand-chose, ce cordon, murmurait-elle. Il faudra vous décider à en acheter un autre, monsieur le curé... Ce n'est pas l'embarras ; je vous en tisserais bien un moi-même, si j'avais du chanvre. »

L'abbé Mouret ne répondait pas. Il préparait [1] le calice [2] sur une petite table, un grand vieux calice d'argent doré, à pied de bronze, qu'il venait de prendre au fond d'une armoire de bois blanc où étaient enfermés les vases et les linges sacrés, les saintes Huiles, les Missels, les chandeliers, les croix. Il posa en travers de la coupe un purificatoire [3] propre, mit par-dessus ce linge la patène [4] d'argent doré, contenant une hostie, qu'il recouvrit d'une petite pale [5] de lin. Comme il cachait le calice en pinçant les deux plis du voile d'étoffe d'or appareillé à la chasuble, la Teuse s'écria :

« Attendez, il n'y a pas de corporal [6] dans la bourse... J'ai pris hier soir tous les purificatoires, les pales, les corporaux sales pour les blanchir, à part bien sûr, pas dans la lessive... Je ne vous ai pas dit, monsieur le curé : je viens de la mettre en train, la lessive. Elle est joliment grasse [7] ! Elle sera meilleure que la dernière fois. »

Et, pendant que le prêtre glissait un corporal dans la bourse et qu'il posait sur le voile la bourse, ornée d'une croix d'or sur un fond d'or, elle reprit vivement :

« À propos, j'oubliais ! ce galopin de Vincent n'est pas

---

1. La messe exige des préparatifs dans la sacristie, en vue du sacrifice de l'eucharistie (consommation symbolique du corps et du sang du Christ) : il faut préparer les objets du culte qui serviront pendant la célébration, notamment le calice contenant le vin (sang du Christ) et l'hostie (corps du Christ). — 2. Vase sacré où se fait la consécration du vin. — 3. Linge avec lequel le prêtre essuie le calice, après la communion. — 4. Petit plat rond contenant les hosties. — 5. Petite pièce de linge carrée qui couvre le calice pendant la messe. — 6. Pièce de linge sur laquelle le prêtre pose le calice et l'hostie. — 7. Les substances utilisées pour laver le linge (cendre de bois, alcali) donnaient à l'eau l'aspect d'un bouillon gras.

venu. Voulez-vous que je serve la messe[1], monsieur le curé ? »

Le jeune prêtre la regarda sévèrement.

« Eh ! ce n'est pas un péché, continua-t-elle, avec son bon sourire. Je l'ai servie une fois, la messe, du temps de M. Caffin. Je la sers mieux que des polissons qui rient comme des païens pour une mouche volant dans l'église... Allez, j'ai beau porter un bonnet, avoir soixante ans, être grosse comme une tour, je respecte plus le bon Dieu que ces vermines d'enfants, que j'ai surpris encore, l'autre jour, jouant à saute-mouton derrière l'autel[2]. »

Le prêtre continuait à la regarder, refusant de la tête.

« Un trou, ce village, gronda-t-elle. Ils ne sont pas cent cinquante... Il y a des jours, comme aujourd'hui, où vous ne trouveriez pas âme qui vive aux Artaud. Jusqu'aux enfants au maillot qui vont dans les vignes ! Si je sais ce qu'on fait dans les vignes, par exemple ! Des vignes qui poussent sous les cailloux, sèches comme des chardons ! Et un pays de loups, à une lieue de toute route !... À moins qu'un ange ne descende la servir, votre messe, monsieur le curé, vous n'avez que moi, ma parole ! ou un des lapins de Mlle Désirée, sauf votre respect ! »

Mais, juste à ce moment, Vincent, le cadet des Brichet, poussa doucement la porte de la sacristie. Ses cheveux rouges en broussaille, ses minces yeux gris qui luisaient, fâchèrent la Teuse.

« Ah ! le mécréant[3] ! cria-t-elle, je parie qu'il vient de

---

1. Assister le prêtre pendant la messe, lui présenter l'eau, le vin, dire ou chanter les répons. — **2.** Les enfants jouant à saute-mouton derrière l'autel sont peut-être un rappel d'une scène de *Madame Bovary* (II, vi) où l'abbé Bournisien tente vainement de rappeler à l'ordre les enfants à qui il doit enseigner le catéchisme : « (...) tous les gamins agenouillés se poussaient de l'épaule, et tombaient comme des capucins de cartes. (...) Les gamins, alors, se pressaient autour du grand pupitre, grimpaient sur le tabouret du chantre, ouvraient le missel ; et d'autres, à pas de loup, allaient se hasarder bientôt jusque dans le confessionnal. » Zola se souviendra nettement de l'abbé Bournisien au moment où il évoquera, au chapitre XIV de *Rome*, le pape Léon XIII. — **3.** Celui qui ne croit pas en Dieu.

faire quelque mauvais coup !... Avance donc, polisson, puisque M. le curé a peur que je ne salisse le bon Dieu ! »

En voyant l'enfant, l'abbé Mouret avait pris l'amict. Il baisa la croix brodée au milieu, posa le linge un instant sur sa tête, puis, le rabattant sur le collet de sa soutane, il croisa et attacha les cordons, le droit par-dessus le gauche. Il passa ensuite l'aube, symbole de pureté, en commençant par le bras droit. Vincent, qui s'était accroupi, tournait autour de lui, ajustant l'aube, veillant à ce qu'elle tombât également de tous les côtés, à deux doigts de terre. Ensuite, il présenta le cordon au prêtre, qui s'en ceignit fortement les reins, pour rappeler ainsi les liens dont le Sauveur fut chargé dans sa Passion.

La Teuse restait debout, jalouse, blessée, faisant effort pour se taire. Mais la langue lui démangeait tellement qu'elle reprit bientôt :

« Frère Archangias est venu... Il n'aura pas un enfant à l'école, aujourd'hui. Il est parti comme un coup de vent, pour aller tirer les oreilles à cette marmaille, dans les vignes... Vous ferez bien de le voir. Je crois qu'il a quelque chose à vous dire. »

L'abbé Mouret lui imposa silence de la main. Il n'avait plus ouvert les lèvres. Il récitait les prières consacrées, en prenant le manipule, qu'il baisa, avant de le mettre à son bras gauche, au-dessous du coude, comme un signe indiquant le travail des bonnes œuvres, et en croisant sur sa poitrine, après l'avoir également baisée, l'étole, symbole de sa dignité et de sa puissance. La Teuse dut aider Vincent à fixer la chasuble, qu'elle attacha à l'aide de minces cordons, de façon à ce qu'elle ne retombât pas en arrière.

« Sainte Vierge ! j'ai oublié les burettes[1] ! balbutia-t-elle, se précipitant vers l'armoire. Allons, vite, galopin ! »

Vincent emplit les burettes, des fioles de verre grossier, tandis qu'elle se hâtait de prendre un manuterge[2] propre

---

1. Petits vases où l'on verse l'eau et le vin de la messe. — **2.** Petite pièce de linge avec laquelle le prêtre s'essuie les mains pendant la messe.

dans un tiroir. L'abbé Mouret, tenant le calice de la main gauche par le nœud, les doigts de la main droite posés sur la bourse, salua profondément, sans ôter sa barrette[1], un Christ de bois noir pendu au-dessus du buffet. L'enfant s'inclina également ; puis, passant le premier, tenant les burettes recouvertes du manuterge, il quitta la sacristie, suivi du prêtre, qui marchait les yeux baissés, dans une dévotion profonde.

II

L'église, vide, était toute blanche, par cette matinée de mai. La corde, près du confessionnal, pendait de nouveau, immobile. La veilleuse, dans un verre de couleur, brûlait, pareille à une tache rouge, à droite du tabernacle[2], contre le mur. Vincent, après avoir porté les burettes sur la crédence[3], revint s'agenouiller à gauche, au bas du degré, tandis que le prêtre, ayant salué le saint sacrement d'une génuflexion sur le pavé, montait à l'autel et étalait le corporal, au milieu duquel il plaçait le calice. Puis, ouvrant le Missel, il redescendit. Une nouvelle génuflexion le plia ; il se signa à voix haute, joignit les mains devant la poitrine, commença le grand drame divin[4], d'une face toute pâle de foi et d'amour.

« *Introibo ad altare Dei.*

— *Ad Deum qui lætificat juventutem meam*[5] », bre-

_____

1. Toque carrée portée par les prêtres. — 2. Petite armoire placée sur l'autel ou dans le chœur de l'église, où l'on conserve l'hostie et le vin de l'eucharistie. — 3. Table sur laquelle sont posés les objets du culte. — 4. Zola était très sensible au caractère théâtral de la messe (*cf.* peu après : « Le mystère d'amour, l'immolation de la sainte victime se préparait » ; et « L'instant redoutable approchait. Le corps et le sang d'un Dieu allaient descendre sur l'autel »). — 5. Je m'approcherai de l'autel de Dieu ; Du Dieu qui réjouit ma jeunesse.

« *L'église, vide, était toute blanche, par cette matinée de mai.* »
L'église du Tholonet, près d'Aix-en-Provence.

douilla Vincent, qui mangea les répons de l'antienne [1] et du psaume, le derrière sur les talons, occupé à suivre la Teuse rôdant dans l'église.

La vieille servante regardait un des cierges d'un air inquiet. Sa préoccupation parut redoubler, pendant que le prêtre, incliné profondément, les mains jointes de nouveau, récitait le Confiteor [2]. Elle s'arrêta, se frappant à son tour la poitrine, la tête penchée, continuant à guetter le cierge. La voix grave du prêtre et les balbutiements du servant alternèrent encore pendant un instant.

« *Dominus vobiscum.*
— *Et cum spiritu tuo* [3]. »

---

1. Refrain chanté avant et après un psaume, ou après chaque verset d'un psaume. Le prêtre dit un verset, et l'enfant de chœur prononce les « répons » qui correspondent à ce verset. — **2.** Je confesse. — **3.** Dieu soit avec vous ; Et avec votre esprit.

Et le prêtre, élargissant les mains, puis les rejoignant, dit avec une componction[1] attendrie :

« *Oremus*[2]... »

La Teuse ne put tenir davantage. Elle passa derrière l'autel, atteignit le cierge, qu'elle nettoya du bout de ses ciseaux. Le cierge coulait. Il y avait déjà deux grandes larmes de cire perdues. Quand elle revint, rangeant les bancs, s'assurant que les bénitiers n'étaient pas vides, le prêtre, monté à l'autel, les mains posées au bord de la nappe, priait à voix basse. Il baisa l'autel.

Derrière lui, la petite église restait blafarde des pâleurs de la matinée. Le soleil n'était encore qu'au ras des tuiles. Les *Kyrie eleison*[3] coururent comme un frisson dans cette sorte d'étable passée à la chaux, au plafond plat, dont on voyait les poutres badigeonnées. De chaque côté, trois hautes fenêtres à vitres claires, fêlées, crevées pour la plupart, ouvraient des jours d'une crudité crayeuse. Le plein air du dehors entrait là brutalement, mettant à nu toute la misère du Dieu de ce village perdu. Au fond, au-dessus de la grande porte, qu'on n'ouvrait jamais, et dont les herbes barraient le seuil, une tribune en planches, à laquelle on montait par une échelle de meunier, allait d'une muraille à l'autre, craquant sous les sabots les jours de fête. Près de l'échelle, le confessionnal, aux panneaux disjoints, était peint en jaune citron. En face, à côté de la petite porte, se trouvait le baptistère[4], un ancien bénitier, posé sur un pied en maçonnerie. Puis, à droite et à gauche, au milieu, étaient plaqués deux minces autels entourés de balustrades de bois. Celui de gauche, consacré à la Sainte Vierge, avait une grande Mère de Dieu en plâtre doré, portant royalement une couronne d'or fermée sur ses cheveux châtains ; elle tenait, assis sur son bras gauche, un Jésus nu et souriant, dont la petite main soulevait le globe étoilé du monde ; elle marchait

---

1. Tourment ressenti lorsqu'on a offensé Dieu. Ici, par extension, air grave, recueilli. — **2.** Prions. — **3.** En grec, signifie « Seigneur, ayez pitié de nous ». — **4.** Petite chapelle, à l'intérieur de l'église, où l'on administre le baptême.

au milieu de nuages, avec des têtes d'anges ailées sous les pieds. L'autel de droite, où se disaient les messes de mort, était surmonté d'un Christ en carton peint, faisant pendant à la Vierge ; le Christ, de la grandeur d'un enfant de dix ans, agonisait d'une effrayante façon, la tête rejetée en arrière, les côtes saillantes, le ventre creusé, les membres tordus, éclaboussés de sang. Il y avait encore la chaire [1], une caisse carrée, où l'on montait par un escabeau de cinq degrés, qui s'élevait vis-à-vis d'une horloge à poids, enfermée dans une armoire de noyer et dont les coups sourds ébranlaient l'église entière, pareils aux battements d'un cœur énorme [2], caché quelque part sous les dalles. Tout le long de la nef [3], les quatorze stations du chemin de la Croix [4], quatorze images grossièrement enluminées, encadrées de baguettes noires, tachaient du jaune, du bleu et du rouge de la Passion [5] la blancheur crue des murs.

« *Deo gratias* [6] », bégaya Vincent, à la fin de l'Épître [7].

Le mystère d'amour, l'immolation de la sainte victime se préparait. Le servant prit le Missel, qu'il porta à gauche, du côté de l'Évangile, en ayant soin de ne point toucher les feuillets du livre. Chaque fois qu'il passait devant le tabernacle, il faisait de biais une génuflexion qui lui déjetait la taille. Puis, revenu à droite, il se tint debout, les bras croisés, pendant la lecture de l'Évangile. Le prêtre, après avoir fait un signe de croix sur le Missel, s'était signé lui-même au front, pour dire qu'il ne rougirait jamais de la parole divine ; sur la bouche, pour mon-

---

1. Tribune sur laquelle monte le prêtre pour s'adresser aux fidèles. — 2. Première allusion au Sacré-Cœur, cœur de Jésus symbolisant l'amour divin. — 3. Partie d'une église comprise entre le portail et le chœur, dans le sens longitudinal. — 4. Les fidèles pouvaient accomplir dans l'église les exercices du Chemin de Croix, à savoir la récitation de quatorze prières (dont la première devant le maître-autel) qui rappelaient les épreuves du Christ, depuis sa condamnation jusqu'à sa mise au tombeau. — 5. Couleurs liturgiques portées durant toute la semaine de la Passion (Pâques). — 6. Grâces à Dieu (sous-entendu : Rendons) — 7. Leçon tirée généralement des lettres des Apôtres, et qui se dit à la messe avant l'Évangile.

trer qu'il était toujours prêt à confesser sa foi ; sur son cœur, pour indiquer que son cœur appartenait à Dieu seul.

« *Dominus vobiscum*, dit-il en se tournant, le regard noyé en face des blancheurs froides de l'église.

— *Et cum spiritu tuo* », répondit Vincent, qui s'était remis à genoux.

Après avoir récité l'Offertoire[1], le prêtre découvrit le calice. Il tint un instant, à la hauteur de sa poitrine, la patène contenant l'hostie, qu'il offrit à Dieu, pour lui, pour les assistants, pour tous les fidèles, vivants ou morts. Puis, l'ayant fait glisser au bord du corporal, sans la toucher des doigts, il prit le calice, qu'il essuya soigneusement avec le purificatoire. Vincent était allé chercher sur la crédence les burettes, qu'il présenta l'une après l'autre, la burette du vin d'abord, ensuite la burette de l'eau. Le prêtre offrit alors, pour le monde entier, le calice à demi plein, qu'il remit au milieu du corporal, où il le recouvrit de la pale. Et, ayant prié encore, il revint se faire verser de l'eau par minces filets sur les extrémités du pouce et de l'index de chaque main, afin de se purifier des moindres taches du péché[2]. Quand il se fut essuyé au manuterge, la Teuse, qui attendait, vida le plateau des burettes dans un seau de zinc, au coin de l'autel.

« *Orate, fratres*[3] », reprit le prêtre à voix haute, tourné vers les bancs vides, les mains élargies et rejointes, dans un geste d'appel aux hommes de bonne volonté.

Et, se retournant devant l'autel, il continua, en baissant la voix. Vincent marmotta une longue phrase latine dans laquelle il se perdit. Ce fut alors que des flammes jaunes entrèrent par les fenêtres. Le soleil, à l'appel du

---

1. Moment de la messe où le prêtre élève le pain et le vin, pour les offrir à Dieu. C'est aussi, par extension, le nom d'une prière dite à ce moment de la messe. — **2.** *Cf. Le Rêve*, chap. IV : « Aussi (...) s'abandonnait-elle, inerte, entre les mains de Dieu, avec la tache du péché originel à effacer. » *Cf.* chap. XIII : « C'était la solennelle approche du sacrement, de ce dernier sacrement dont l'efficacité efface tous les péchés. » Et chap. XIV : « Lorsqu'elle s'agenouilla, ce fut en servante très humble et très soumise, entièrement lavée du péché d'origine. » — **3.** Priez, mes frères.

prêtre, venait à la messe. Il éclaira de larges nappes dorées la muraille gauche, le confessionnal, l'autel de la Vierge, la grande horloge. Un craquement secoua le confessionnal ; la Mère de Dieu, dans une gloire, dans l'éblouissement de sa couronne et de son manteau d'or, sourit tendrement à l'Enfant Jésus, de ses lèvres peintes ; l'horloge, réchauffée, battit l'heure à coups plus vifs. Il sembla que le soleil peuplait les bancs des poussières qui dansaient dans ses rayons. La petite église, l'étable blanchie, fut comme pleine d'une foule tiède. Au-dehors, on entendait les petits bruits du réveil heureux de la campagne, les herbes qui soupiraient d'aise, les feuilles s'essuyant avec chaleur, les oiseaux lissant leurs plumes, donnant un premier coup d'ailes. Même la campagne entrait avec le soleil : à une des fenêtres, un gros sorbier[1] se haussait, jetant des branches par les carreaux cassés, allongeant ses bourgeons comme pour regarder à l'intérieur ; et, par les fentes de la grande porte, on voyait les herbes du perron qui menaçaient d'envahir la nef. Seul, au milieu de cette vie montante, le grand Christ, resté dans l'ombre, mettait la mort, l'agonie de sa chair barbouillée d'ocre, éclaboussée de laque. Un moineau vint se poser au bord d'un trou ; il regarda, puis s'envola ; mais il reparut presque aussitôt et, d'un vol silencieux, s'abattit entre les bancs, devant l'autel de la Vierge. Un second moineau le suivit. Bientôt, de toutes les branches du sorbier, des moineaux descendirent, se promenant tranquillement à petits sauts, sur les dalles.

« *Sanctus, Sanctus, Sanctus, Dominus, Deus, Sabaoth*[2] », dit le prêtre à demi-voix, les épaules légèrement penchées.

Vincent donna les trois coups de clochette[3]. Mais les moineaux, effrayés de ce tintement brusque, s'envolèrent

---

1. Arbre de la famille des rosacées. — 2. Saint, Saint, Saint est le Seigneur, le Dieu des armées. — 3. L'enfant de chœur sonnait trois coups de clochette au moment de l'eucharistie, et les fidèles devaient baisser la tête, pour ne pas voir le prêtre avaler l'hostie et boire le vin.

avec un tel bruit d'ailes que la Teuse, rentrée depuis un instant dans la sacristie, reparut, en grondant :

« Les gueux ! ils vont tout salir... Je parie que Mlle Désirée est encore venue leur mettre des mies de pain. »

L'instant redoutable approchait. Le corps et le sang d'un Dieu allaient descendre sur l'autel[1]. Le prêtre baisait la nappe, joignait les mains, multipliait les signes de croix sur l'hostie et sur le calice. Les prières du canon[2] ne tombaient plus de ses lèvres que dans une extase d'humilité et de reconnaissance. Ses attitudes, ses gestes, ses inflexions de voix disaient le peu qu'il était, l'émotion qu'il éprouvait à être choisi pour une si grande tâche. Vincent vint s'agenouiller derrière lui ; il prit la chasuble de la main gauche, la soutint légèrement, apprêtant la clochette. Et lui, les coudes appuyés au bord de la table, tenant l'hostie entre le pouce et l'index de chaque main, prononça sur elle les paroles de la consécration : « *Hoc est enim corpus meum*[3]. » Puis, ayant fait une génuflexion, il l'éleva lentement, aussi haut qu'il put, en la suivant des yeux, pendant que le servant sonnait, à trois fois, prosterné. Il consacra ensuite le vin : « *Hoc est enim calix*[4] », les coudes de nouveau sur l'autel, saluant, élevant le calice, le suivant à son tour des yeux, la main droite serrant le nœud, la gauche soutenant le pied. Le servant donna trois derniers coups de clochette. Le grand mystère de la Rédemption venait d'être renouvelé, le Sang adorable[5] coulait une fois de plus.

« Attendez, attendez », gronda la Teuse en tâchant d'effrayer les moineaux, le poing tendu.

Mais les moineaux n'avaient plus peur. Ils étaient reve-

---

1. Selon la doctrine catholique, les espèces sacramentelles (le pain et le vin) contiennent substantiellement le corps et le sang de Jésus-Christ. — **2.** « Prières qui commencent immédiatement après la préface de la messe jusqu'au Pater exclusivement » (Littré). — **3.** En effet, ceci est mon corps (paroles de Jésus pendant la Cène, lorsqu'il institua l'eucharistie). — **4.** En effet, ceci est le calice (sous-entendu : rempli du vin représentant le sang du Christ). — **5.** L'adjectif est à comprendre au sens premier du terme, c'est-à-dire : digne d'être adoré.

nus, au beau milieu des coups de clochette, effrontés, voletant sur les bancs. Les tintements répétés les avaient même mis en joie. Ils répondirent par de petits cris, qui coupaient les paroles latines d'un rire perlé de gamins libres. Le soleil leur chauffait les plumes, la pauvreté douce de l'église les enchantait. Ils étaient là chez eux, comme dans une grange dont on aurait laissé une lucarne ouverte, piaillant, se battant, se disputant les mies rencontrées à terre. Un d'eux alla se poser sur le voile d'or de la Vierge qui souriait ; un autre vint, lestement, reconnaître les jupes de la Teuse, que cette audace mit hors d'elle.

À l'autel, le prêtre, anéanti, les yeux arrêtés sur la sainte hostie, le pouce et l'index joints, n'entendait point cet envahissement de la nef par la tiède matinée de mai, ce flot montant de soleil, de verdures, d'oiseaux, qui débordait jusqu'au pied du Calvaire où la nature damnée agonisait.

« *Per omnia sæcula sæculorum*[1], dit-il.

— *Amen* », répondit Vincent.

Le *Pater* achevé, le prêtre, mettant l'hostie au-dessus du calice, la rompit au milieu. Il détacha ensuite, de l'une des moitiés, une particule qu'il laissa tomber dans le précieux Sang, pour marquer l'union intime qu'il allait contracter avec Dieu par la communion. Il dit à haute voix l'*Agnus Dei*[2], récita tout bas les trois oraisons[3] prescrites, fit son acte d'indignité[4] ; et, les coudes sur l'autel, la patène sous le menton, il communia des deux parties de l'hostie à la fois. Puis, après avoir joint les mains à la hauteur de son visage, dans une fervente méditation, il recueillit sur le corporal, à l'aide de la patène, les saintes parcelles détachées de l'hostie, qu'il mit dans le calice. Une parcelle s'étant également attachée à son pouce, il le frotta du bout de son index. Et, se signant avec le calice,

---

1. Dans tous les siècles des siècles. — **2.** Agneau de Dieu (début d'une prière à la gloire de Jésus dite vers la fin de la messe). — **3.** Prières. — **4.** Le pécheur avoue qu'il a commis des fautes et s'en repent.

portant de nouveau la patène sous son menton, il prit tout le précieux Sang, en trois fois, sans quitter des lèvres le bord de la coupe, consommant jusqu'à la dernière goutte le divin Sacrifice.

Vincent s'était levé pour retourner chercher les burettes sur la crédence. Mais la porte du couloir qui conduisait au presbytère[1] s'ouvrit toute grande, se rabattit contre le mur, livrant passage à une belle fille de vingt-deux ans, l'air enfant, qui cachait quelque chose dans son tablier[2].

« Il y en a treize ! cria-t-elle. Tous les œufs étaient bons ! »

Et, entrouvrant son tablier, montrant une couvée de poussins qui grouillaient, avec leurs plumes naissantes et les points noirs de leurs yeux :

« Regardez donc ! sont-ils mignons, les amours !... Oh ! le petit blanc qui monte sur le dos des autres ! Et celui-là, le moucheté, qui bat déjà des ailes !... Les œufs étaient joliment bons. Pas un de clair ! »

La Teuse, qui aidait à la messe quand même, passant les burettes à Vincent pour les ablutions[3], se tourna, dit à haute voix :

« Taisez-vous donc, mademoiselle Désirée ! Vous voyez bien que nous n'avons pas fini. »

Une odeur forte de basse-cour venait par la porte ouverte, soufflant comme un ferment d'éclosion dans l'église, dans le soleil chaud qui gagnait l'autel. Désirée resta un instant debout, tout heureuse du petit monde qu'elle portait, regardant Vincent verser le vin de la purification, regardant son frère boire ce vin, pour que rien des saintes espèces ne restât dans sa bouche. Et elle était encore là, lorsqu'il revint, tenant le calice à deux mains,

---

1. Maison du curé. — **2.** « Elle est la terre », écrit Zola dans le Dossier préparatoire à propos de Désirée. Son intrusion en pleine messe préfigure l'ensemble du drame, l'envahissement de l'église par la nature. Il est à remarquer que les trois jeunes femmes du roman (Albine, Désirée, Rosalie) sont toutes, de la plus pure à la plus triviale, des filles de la nature : Albine passe ses journées dans le Paradou, Désirée dans le jardin et la basse-cour, Rosalie à la ferme et dans l'herbe. — **3.** « Dans la messe, l'ablution désigne le vin que le prêtre prend après la communion, ainsi que le vin et l'eau qu'on verse sur ses doigts et dans le calice après qu'il a communié » (Littré).

afin de recevoir sur le pouce et sur l'index le vin et l'eau de l'ablution, qu'il but également. Mais la poule, cherchant ses petits, arrivait en gloussant, menaçait d'entrer dans l'église. Alors, Désirée s'en alla, avec des paroles maternelles pour les poussins, au moment où le prêtre, après avoir appuyé le purificatoire sur ses lèvres, le passait sur les bords, puis dans l'intérieur du calice.

C'était la fin, les actions de grâces rendues à Dieu. Le servant alla chercher une dernière fois le Missel, le rapporta à droite. Le prêtre remit sur le calice le purificatoire, la patène, la pale ; puis il pinça de nouveau les deux larges plis du voile et posa la bourse, dans laquelle il avait plié le corporal. Tout son être était un ardent remerciement. Il demandait au ciel la rémission de ses péchés, la grâce d'une sainte vie, le mérite de la vie éternelle. Il restait abîmé dans ce miracle d'amour, dans cette immolation continue qui le nourrissait chaque jour du sang et de la chair de son Sauveur.

Après avoir lu les oraisons, il se tourna, disant :

« *Ite, missa est*[1].

— *Deo gratias* », répondit Vincent.

Puis, s'étant retourné pour baiser l'autel, il revint, la main gauche au-dessous de la poitrine, la main droite tendue, bénissant l'église pleine des gaietés du soleil et du tapage des moineaux.

« *Benedicat vos omnipotens Deus, Pater et Filius, et Spiritus Sanctus*[2].

— *Amen* », dit le servant en se signant[3].

---

1. Allez, la messe est dite. — **2.** Dieu tout-puissant le Père, le Fils, et le Saint-Esprit, vous bénisse. — **3.** Reconstituons l'ordinaire d'une messe telle qu'on la célébrait, en latin, dans la seconde moitié du siècle dernier : le prêtre, au pied de l'autel, se signait et commençait par l'*Introibo ad altare Dei*, qu'il développait en lisant le psaume XLII (*Judica me, Deus...*, Ô Dieu, jugez ma cause...). Il prononçait alors le *Confiteor*, qui était répété par les fidèles. Le prêtre priait encore pour les fidèles et pour lui-même (*Misereatur vestri omnipotens Deus...*, Que Dieu tout-puissant ait pitié de vous...), puis montait à l'autel où, après avoir dit l'*Introït* et chanté le Cantique des Anges (*Gloria in excelsis Deo...*, Gloire à Dieu au plus haut des cieux...), il disait les oraisons, l'Épître et le graduel (versets qui se disent toujours entre l'Épître et l'Évangile), puis lisait des extraits de l'Évangile. Après cette lecture, il

Le soleil avait grandi, et les moineaux s'enhardissaient. Pendant que le prêtre lisait, sur le carton de gauche, l'Évangile de saint Jean[1], annonçant l'éternité du Verbe, le soleil enflammait l'autel, blanchissait les panneaux de faux marbre, mangeait les clartés des deux cierges, dont les courtes mèches ne faisaient plus que deux taches sombres. L'astre triomphant mettait dans sa gloire la croix, les chandeliers, la chasuble, le voile du calice, tout cet or pâlissant sous ses rayons. Et lorsque le prêtre, prenant le calice, faisant une génuflexion, quitta l'autel pour retourner à la sacristie, la tête couverte, précédé du servant qui remportait les burettes et le manuterge, l'astre demeura seul maître de l'église. Il s'était posé à son tour sur la nappe, allumant d'une splendeur la porte du tabernacle, célébrant les fécondités de mai. Une chaleur montait des dalles. Les murailles badigeonnées, la grande Vierge, le grand Christ lui-même, prenaient un frisson de sève, comme si la mort était vaincue par l'éternelle jeunesse de la terre.

---

entamait le Credo (*Credo in unum Deum, patrem omnipotentem...*, Je crois en un seul Dieu, le Père tout-puissant...). Puis venait l'oblation (offrande à Dieu) de l'hostie, et du calice contenant le vin. Après les ablutions, le prêtre reprenait les prières : après l'*Orate fratres* (Priez, mes frères), et la « secrète », prononcée à voix basse, il disait la « préface ordinaire » (excepté les jours de fêtes qui avaient leur « préface » propre) : *Vere dignum et justum est, aequum et salutare, nos tibi semper et ubique gratias agere, Domine sancte... (...) Sanctus, Sanctus, Sanctus, Dominus, Deus, Sabaoth...* (En vérité, il est digne et bon, juste et salutaire, que nous te rendions grâces toujours et partout, Dieu saint (...) Saint, Saint, Saint est le Seigneur, le Dieu des armées.) Puis venaient les prières dites pendant le canon (ensemble de prières placées entre la préface et la communion), et la consécration. Elles précédaient la communion du prêtre et des fidèles. Pendant l'élévation, trois coups de clochette faisaient baisser les yeux des fidèles, qui ne devaient pas regarder le prêtre consommer le sacrifice de l'eucharistie. Et la messe s'achevait sur la bénédiction.

1. L'Évangile de Jean, le dernier des quatre Évangiles, commence par ces mots : « Au commencement était le Verbe, et le Verbe était avec Dieu et le Verbe était Dieu. Tout fut par lui et sans lui rien ne fut. Ce qui était en lui était la vie. »

La Teuse se hâta d'éteindre les cierges. Mais elle s'attarda à vouloir chasser les moineaux. Aussi, quand elle rapporta le Missel à la sacristie, ne trouva-t-elle plus l'abbé Mouret, qui avait rangé les ornements sacrés, après s'être lavé les mains. Il était déjà dans la salle à manger, debout, déjeunant d'une tasse de lait.

« Vous devriez bien empêcher votre sœur de jeter du pain dans l'église, dit la Teuse en entrant. C'est l'hiver dernier qu'elle a inventé ce joli coup-là. Elle disait que les moineaux avaient froid, que le Bon Dieu pouvait bien les nourrir... Vous verrez qu'elle finira par nous faire coucher avec ses poules et ses lapins.

— Nous aurions plus chaud, répondit gaiement le jeune prêtre. Vous grondez toujours, la Teuse. Laissez donc notre pauvre Désirée aimer ses bêtes. Elle n'a pas d'autre plaisir, la chère innocente. »

La servante se planta au milieu de la pièce.

« Oh ! vous ! reprit-elle, vous accepteriez que les pies elles-mêmes bâtissent leurs nids dans l'église. Vous ne voyez rien, vous trouvez tout parfait... Votre sœur est joliment heureuse que vous l'ayez prise avec vous au sortir du séminaire. Pas de père, pas de mère[1]. Je voudrais savoir qui lui permettrait de patauger comme elle le fait, dans une basse-cour. »

Puis, changeant de ton, s'attendrissant :

« Ça, bien sûr, ce serait dommage de la contrarier. Elle est sans malice aucune. Elle n'a pas dix ans d'âge, bien qu'elle soit une des plus fortes filles du pays... Vous savez, je la couche encore, le soir, et il faut que je lui raconte des histoires pour l'endormir, comme à une enfant. »

---

1. François Mouret, le père de Serge, est mort dans l'incendie de la maison familiale ; sa femme, Marthe, meurt quelques instants plus tard d'une crise nerveuse, tandis que Serge la veille (*cf.* le dernier chapitre de *La Conquête de Plassans*).

L'abbé Mouret était resté debout, achevant sa tasse de lait, les doigts un peu rougis par la fraîcheur de la salle à manger, une grande pièce carrelée, peinte en gris, sans autres meubles qu'une table et des chaises. La Teuse enleva une serviette qu'elle avait étalée sur un coin de la table pour le déjeuner.

« Vous ne salissez guère de linge, murmura-t-elle. On dirait que vous ne pouvez pas vous asseoir, que vous êtes toujours sur le point de partir... Ah ! si vous aviez connu M. Caffin, le pauvre défunt curé que vous avez remplacé ! Voilà un homme qui était douillet ! Il n'aurait pas digéré, s'il avait mangé debout... C'était un Normand, de Cante-leu, comme moi. Oh ! je ne le remercie pas de m'avoir amenée dans ce pays de loups. Les premiers temps, nous sommes-nous ennuyés, bon Dieu ! Le pauvre curé avait eu des histoires bien désagréables chez nous[1]... Tiens ! monsieur Mouret, vous n'avez donc pas sucré votre lait ? Voilà les deux morceaux de sucre. »

Le prêtre posait sa tasse.

« Oui, j'ai oublié, je crois », dit-il.

La Teuse le regarda en face en haussant les épaules. Elle plia dans la serviette une tartine de pain bis qui était également restée sur la table. Puis, comme le curé allait sortir, elle courut à lui, s'agenouilla, en criant :

« Attendez, les cordons de vos souliers ne sont seule-ment pas noués... Je ne sais pas comment vos pieds résis-tent dans ces souliers de paysan. Vous, si mignon, qui avez l'air d'avoir été drôlement gâté !... Allez, il fallait que l'évêque vous connût bien pour vous donner la cure[2] la plus pauvre du département.

— Mais, dit le prêtre en souriant de nouveau, c'est moi qui ai choisi les Artaud... Vous êtes bien mauvaise, ce matin, la Teuse. Est-ce que nous ne sommes pas heu-

---

1. Allusion à une histoire passée, à la fois semblable à celle que va vivre Serge, et très différente dans son issue. Le prédécesseur de Serge, ayant connu l'amour dans sa jeunesse, avait dû fuir sa paroisse pour se réfugier dans le pays reculé des Artaud. Il y avait, dès lors, coulé des jours paisibles. — 2. La cure est une charge ecclésiastique accompa-gnée de revenus ; c'est également l'habitation du curé.

reux, ici ? Nous avons tout ce qu'il nous faut, nous vivons dans une paix de paradis. »

Alors, elle se contint, elle rit à son tour, répondant :

« Vous êtes un saint homme, monsieur le curé... Venez voir comme ma lessive est grasse ; ça vaudra mieux que de nous disputer. »

Il dut la suivre, car elle menaçait de ne pas le laisser sortir, s'il ne la complimentait sur sa lessive. Il quittait la salle à manger, lorsqu'il se heurta à un plâtras [1], dans le corridor.

« Qu'est-ce donc ? demanda-t-il.

— Rien, répondit la Teuse de son air terrible. C'est le presbytère qui tombe. Mais vous vous trouvez bien, vous avez tout ce qu'il vous faut... Ah ! Dieu, les crevasses ne manquent pas. Regardez-moi ce plafond. Est-il assez fendu ! Si nous ne sommes pas écrasés un de ces jours, nous devrons un fameux cierge à notre ange gardien. Enfin, puisque ça vous convient. C'est comme l'église. Il y a deux ans qu'on aurait dû remettre les carreaux cassés. L'hiver, le bon Dieu gèle. Puis, ça empêcherait d'entrer ces gueux de moineaux. Je finirai par coller du papier, moi, je vous en avertis.

— Eh ! c'est une idée, murmura le prêtre, on pourrait coller du papier... Quant aux murs, ils sont plus solides qu'on ne croit. Dans ma chambre, le plancher a fléchi seulement devant la fenêtre. La maison nous enterrera tous. »

Arrivé sous le petit hangar, près de la cuisine, il s'extasia sur l'excellence de la lessive, voulant faire plaisir à la Teuse ; il fallut même qu'il la sentît, qu'il mît les doigts dedans. Alors, la vieille femme, enchantée, se montra maternelle. Elle ne gronda plus, elle courut chercher une brosse, disant :

« Vous n'allez peut-être pas sortir avec de la boue d'hier à votre soutane ! Si vous l'aviez laissée sur la rampe, elle serait propre... Elle est encore bonne, cette

---

1. Débris d'ouvrage de plâtre.

soutane. Seulement, relevez-la bien quand vous traversez un champ. Les chardons déchirent tout. »

Et elle le faisait tourner comme un enfant, le secouant des pieds à la tête sous les coups violents de la brosse.

« Là, là, c'est assez, dit-il en s'échappant. Veillez sur Désirée, n'est-ce pas ! Je vais lui dire que je sors. »

Mais, à ce moment, une voix claire appela :

« Serge ! Serge ! »

Désirée arrivait en courant, toute rouge de joie, tête nue, ses cheveux noirs noués puissamment sur la nuque, avec des mains et des bras couverts de fumier jusqu'aux coudes. Elle nettoyait ses poules. Quand elle vit son frère sur le point de sortir, son bréviaire[1] sous le bras, elle rit plus fort, l'embrassant à pleine bouche, rejetant les mains en arrière pour ne pas le toucher.

« Non, non, balbutiait-elle, je te salirais... Oh ! je m'amuse ! Tu verras les bêtes, quand tu reviendras. »

Et elle se sauva. L'abbé Mouret dit qu'il rentrerait vers onze heures, pour le déjeuner. Il partait, lorsque la Teuse, qui l'avait accompagné jusqu'au seuil, lui cria ses dernières recommandations.

« N'oubliez pas de voir Frère Archangias... Passez aussi chez les Brichet ; la femme est venue hier, toujours pour ce mariage... Monsieur le curé, écoutez donc ! J'ai rencontré la Rosalie. Elle ne demanderait pas mieux, elle, que d'épouser le grand Fortuné. Parlez au père Bambousse, peut-être qu'il vous écoutera, maintenant... Et ne revenez pas à midi, comme l'autre jour. À onze heures, dites, à onze heures, n'est-ce pas ? »

Mais le prêtre ne se tournait plus. Elle rentra, en disant entre ses dents :

« Si vous croyez qu'il m'écoute ! Ça n'a pas vingt-six ans, et ça n'en fait qu'à sa tête. Bien sûr, il en remonterait pour la sainteté à un homme de soixante ans ; mais il n'a point vécu, il ne sait rien, il n'a pas de peine à être sage comme un chérubin[2], ce mignon-là. »

---

1. Livre contenant les prières quotidiennes. — 2. Petit ange.

IV

Quand l'abbé Mouret ne sentit plus la Teuse derrière lui, il s'arrêta, heureux d'être enfin seul. L'église était bâtie sur un tertre [1] un peu élevé, qui descendait en pente douce jusqu'au village ; elle s'allongeait, pareille à une bergerie abandonnée, percée de larges fenêtres, égayée par des tuiles rouges. Le prêtre se retourna, jetant un coup d'œil sur le presbytère [2], une masure grisâtre, collée au flanc même de la nef. Puis, comme s'il eût craint d'être repris par l'intarissable bavardage bourdonnant à ses oreilles depuis le matin, il remonta à droite ; il ne se crut en sûreté que devant le grand portail, où l'on ne pouvait l'apercevoir de la cure. La façade de l'église, toute nue, rongée par les soleils et les pluies, était surmontée d'une étroite cage en maçonnerie, au milieu de laquelle une petite cloche mettait son profil noir ; on voyait le bout de la corde entrant dans les tuiles. Six marches rompues, à demi enterrées par un bout, menaient à la haute porte ronde, crevassée, mangée de poussière, de rouille, de toiles d'araignée, si lamentable sur ses gonds [(a)] arrachés que les coups de vent semblaient devoir entrer au premier souffle. L'abbé Mouret, qui avait des tendresses pour cette ruine, alla s'adosser contre un des vantaux [3], sur le perron. De là, il embrassait d'un coup d'œil tout le pays. Les mains aux yeux, il regarda, il chercha [(b)] à l'horizon.

En mai, une végétation formidable [(c)] crevait ce sol de cailloux. Des lavandes colossales, des buissons de genévriers, des nappes d'herbes rudes, montaient sur le perron, plantaient des bouquets de verdure sombre jusque sur les tuiles. La première poussée de la sève menaçait d'empor-

---

a. « ... gonds *rompus*... » — **b.** « ... il chercha *au loin. "Bambousse doit être à sa terre des Olivettes", murmura-t-il.* » — **c.** « ... formidable, *que brûlerait bientôt le ciel ardent de juin*... »

---

1. Butte. — **2.** Voir note 1, p. 70. — **3.** Le vantail est le battant d'une porte, ou d'une fenêtre.

ter l'église dans le dur taillis des plantes noueuses [1][a]. À cette heure matinale, en plein travail de croissance, c'était un bourdonnement de chaleur, un long effort silencieux soulevant les roches d'un frisson. Mais l'abbé ne sentait pas [b] l'ardeur de ces couches laborieuses ; il crut que la marche basculait [c] et s'adossa contre l'autre battant de la porte.

Le pays s'étendait à deux lieues, fermé par un mur de collines jaunes que des bois de pins tachaient de noir ; pays terrible aux landes séchées, aux arêtes rocheuses déchirant le sol. Les quelques coins de terre labourable étalaient des mares saignantes, des champs rouges où s'alignaient des files d'amandiers maigres, des têtes grises d'olivier, des traînées de vignes, rayant la campagne de leurs souches brunes. On aurait dit qu'un immense incendie avait passé là, semant sur les hauteurs les cendres des forêts, brûlant les prairies, laissant son éclat et sa chaleur de fournaise dans les creux. À peine, de loin en loin, le vert pâle d'un carré de blé mettait-il une note tendre. L'horizon restait farouche, sans un filet d'eau, mourant de soif, s'envolant par grandes poussières aux moindres haleines. Et, tout au bout, par un coin écroulé des collines de l'horizon, on apercevait un lointain de verdures humides, une échappée de la vallée voisine, que fécondait la Viorne, une rivière descendue des gorges de la Seille.

Le prêtre, les yeux éblouis [d], abaissa les regards sur le village, dont les quelques maisons s'en allaient à la débandade, au bas de l'église. Misérables maisons, faites de pierres sèches et de planches maçonnées, jetées le long

---

a. « ... noueuses, *qui se coulaient au bord des moindres fissures, qui arrachaient les pierres sous les longs doigts nerveux de leurs racines.* » — **b.** « ... ne sentait pas *l'entêtement de la vie...* » — **c.** « ...basculait, il *s'adossa à l'autre battant de la porte, cherchant toujours au loin* » — **d.** « *L'abbé Mouret, ne trouvant pas ce qu'il cherchait au loin...* »

---

1. Cette végétation exubérante du mois de mai constitue, après l'envahissement de l'église par le soleil, une deuxième annonce métaphorique du drame.

« *On aurait dit qu'un immense incendie avait passé là, [...], brûlant les prairies, laissant son éclat et sa chaleur de fournaise dans les creux.* »

Cézanne, *Maisons de Provence*, 1879-1882.
National Gallery of Art, Washington.

d'un étroit chemin, sans rues indiquées. Elles étaient au nombre d'une trentaine, les unes tassées dans le fumier, noires de misère, les autres plus vastes, plus gaies, avec leurs tuiles roses. Les bouts de jardin, conquis sur le roc, étalaient des carrés de légumes coupés de haies vives. À cette heure, les Artaud étaient vides : pas une femme aux fenêtres, pas un enfant vautré dans la poussière ; seules, des bandes de poules allaient et venaient, fouillant la paille, quêtant jusqu'au seuil des maisons, dont les portes laissées ouvertes bâillaient complaisamment au soleil. Un grand chien noir, assis sur son derrière, à l'entrée du village, semblait le garder [a].

Une paresse engourdissait peu à peu l'abbé Mouret. Le soleil montant le baignait d'une telle tiédeur qu'il se lais-

---

a. « *Voriau ! Voriau ! appela le prêtre. Mais le chien ne bougea pas.* »

sait aller contre la porte de l'église, envahi par une paix heureuse. Il songeait à ce village des Artaud, poussé là, dans les pierres, ainsi qu'une des végétations noueuses *(a)* de la vallée. Tous les habitants étaient parents, tous portaient le même nom, si bien qu'ils prenaient des surnoms dès le berceau, pour se distinguer entre eux. Un ancêtre, un Artaud, était venu, qui s'était fixé *(b)* dans cette lande, comme un paria ; puis sa famille avait grandi, avec la vitalité farouche des herbes *(c)* suçant la vie des rochers ; sa famille avait fini par être une tribu *(d)*, une commune *(e)*, dont les cousinages se perdaient, remontaient à des siècles. Ils se mariaient entre eux, dans une promiscuité éhontée ; on ne citait pas un exemple d'un Artaud ayant amené une femme d'un village voisin ; les filles seules s'en allaient parfois. Ils naissaient, ils mouraient, attachés à ce coin de terre, pullulant sur leur fumier, lentement, avec une simplicité d'arbres qui repoussaient de leur semence, sans avoir une idée nette du vaste monde, au-delà de ces roches jaunes entre lesquelles ils végétaient. Et pourtant déjà, parmi eux, se trouvaient des pauvres et des riches. Des poules ayant disparu, les poulaillers, la nuit, étaient fermés par de gros cadenas ; un Artaud avait tué un Artaud, un soir, derrière le moulin. C'était, au fond de cette ceinture désolée de collines, un peuple à part, une race née du sol, une humanité *(f)* de trois cents têtes qui recommençaient le temps[1].

Lui, gardait toute l'ombre morte du séminaire *(g)*. Pendant des années, il n'avait pas connu le soleil. Il l'ignorait même encore, les yeux fermés, fixés sur l'âme, n'ayant

---

a. « ... noueuses *qui l'entouraient.* » — **b.** « ... qui s'était fixé *au milieu de* cette lande... » — **c.** « des herbes *qui sucent* la vie des rochers... » — **d.** « ... *toute* une tribu, *toute* une commune... » — **e.** « ... *toute* une tribu, *toute* une commune... » — **f.** « ... une humanité de *cent cinquante* têtes... » — **g.** « *Il voulait rester dans la clarté effacée de sa cellule, dans le silence des corridors, dans le recueillement de cet ancien couvent de Plassans, où pas un souffle ne vivait.* »

---

1. L'évocation des paysans des Artaud annonce *La Terre*, roman sur les paysans qui constitue le quinzième volume des *Rougon-Macquart.*

que du mépris pour la nature damnée. Longtemps, aux heures de recueillement, lorsque la méditation le prosternait, il avait rêvé un désert d'ermite, quelque trou dans une montagne, où rien de la vie, ni être, ni plante, ni eau, ne le viendrait distraire de la contemplation de Dieu. C'était un élan d'amour pur, une horreur de la sensation physique. Là, mourant à lui-même, le dos tourné à la lumière, il aurait attendu de n'être plus, de se perdre dans la souveraine blancheur des âmes. Le ciel lui apparaissait tout blanc, d'un blanc de lumière, comme s'il neigeait des lis, comme si toutes les puretés, toutes les innocences, toutes les chastetés flambaient. Mais son confesseur le grondait, quand il lui racontait ses désirs de solitude, ses besoins de candeur divine ; il le rappelait aux luttes de l'Église, aux nécessités du sacerdoce. Plus tard, après son ordination, le jeune prêtre était venu aux Artaud, sur sa propre demande, avec l'espoir de réaliser son rêve d'anéantissement humain. Au milieu de cette misère, sur ce sol stérile, il pourrait se boucher les oreilles aux bruits du monde, il vivrait [a] dans le sommeil des saints. Et, depuis plusieurs mois, en effet, il demeurait souriant ; à peine un frisson du village le troublait-il de loin en loin ; à peine une morsure plus chaude du soleil le prenait-elle à la nuque, lorsqu'il suivait les sentiers, tout au ciel, sans entendre l'enfantement continu au milieu duquel il marchait.

Le grand chien noir qui gardait les Artaud venait [b] de se décider à monter auprès de l'abbé Mouret. Il s'était assis de nouveau sur son derrière, à ses pieds. Mais le prêtre restait perdu dans la douceur du matin. La veille, il avait commencé les exercices du Rosaire de Marie ; il attribuait la grande joie qui descendait en lui à l'intercession de la Vierge auprès de son divin Fils. Et que les biens de la terre lui semblaient méprisables ! Avec quelle reconnaissance il se sentait pauvre ! En entrant dans les ordres, ayant perdu son père et sa mère le même jour, à la suite d'un drame dont il ignorait encore les épouvantes,

a. « ... il vivrait *dans l'oubli*, ... » — b. « *Voriau* venait de... »

il avait laissé à un frère aîné[1] toute la fortune. Il ne tenait plus au monde que par sa sœur. Il s'était chargé d'elle, pris d'une sorte de tendresse religieuse pour sa tête faible. La chère innocente était si puérile, si petite fille qu'elle lui apparaissait avec la pureté de ces pauvres d'esprit auxquels l'Évangile accorde le royaume des cieux[2]. Cependant, elle l'inquiétait depuis quelque temps : elle devenait trop forte, trop saine ; elle sentait trop la vie. Mais c'était à peine un malaise. Il passait ses journées dans l'existence intérieure qu'il s'était faite, ayant tout quitté pour se donner entier. Il fermait la porte de ses sens, cherchait à s'affranchir des nécessités du corps, n'était plus qu'une âme ravie par la contemplation. La nature ne lui présentait que pièges, qu'ordures ; il mettait sa gloire à lui faire violence, à la mépriser, à se dégager de sa boue humaine. Le juste doit être insensé selon le monde[3]. Aussi se regardait-il comme un exilé sur la terre ; il n'envisageait[(a)] que les biens célestes, ne pouvant comprendre qu'on mît en balance une éternité de félicité avec quelques heures d'une joie périssable. Sa raison le trompait, ses désirs mentaient. Et, s'il avançait dans la vertu, c'était surtout par son humilité et son obéissance. Il voulait être le dernier de tous, soumis à tous, pour que la rosée divine tombât sur son cœur comme sur un sable aride ; il se disait couvert d'opprobre et de confusion, indigne à jamais d'être sauvé du péché[(b)]. Être humble, c'est croire, c'est aimer. Il ne dépendait même plus de lui-même, aveugle, sourd, chair morte. Il était la chose de Dieu. Alors, de

---

a. « ... la terre, *n'envisageant* que... » — b. « ..., *n'espérant que dans la bonté du ciel.* »

---

1. Il s'agit d'Octave, futur héros de *Pot-Bouille* et de *Au Bonheur des Dames*. — 2. Allusion à la parole du Christ : « Heureux ceux qui ont une âme de pauvre, car le Royaume des Cieux est à eux » (Matthieu, V, 3). — 3. Allusion à saint Paul : « Si quelqu'un parmi vous croit être sage à la façon de ce monde, qu'il se fasse fou pour devenir sage ; car la sagesse de ce monde est folie auprès de Dieu » (première épître aux Corinthiens, III, 18-19).

« *Aux Artaud, l'abbé Mouret avait ainsi trouvé
les ravissements du cloître...* »

Aix-en-Provence : le cloître Saint-Sauveur.

cette abjection où il s'enfonçait, un hosanna[1] l'emportait
au-dessus des heureux et des puissants, dans le resplendissement d'un bonheur sans fin.

Aux Artaud, l'abbé Mouret avait ainsi trouvé les ravissements du cloître, si ardemment souhaités jadis, à chacune de ses lectures de l'*Imitation*[2]. Rien en lui n'avait
encore combattu. Il était parfait, dès le premier agenouillement, sans lutte, sans secousse, comme foudroyé par la
grâce, dans l'oubli absolu de sa chair. Extase de l'approche de Dieu que connaissent quelques jeunes prêtres ;
heure bienheureuse où tout se tait, où les désirs ne sont

1. Mot hébreu signifiant : « Sauve-nous, je t'en prie », et introduit
dans la liturgie chrétienne. — **2.** Il s'agit de l'*Imitation de Jésus-
Christ*, livre de piété anonyme, écrit en latin vers la fin du Moyen Âge.
Zola l'avait lu et avait consigné ses notes dans les feuillets 32 à 41 du
Dossier préparatoire. Sur l'*Imitation*, voir *Madame Gervaisais*, d'Ed-
mond et Jules de Goncourt, chapitre LXXXI (« L'*Imitation* devenait sa
lecture continuelle, le pain quotidien, amer et noir de ses pensées »),
ainsi que *Le Juif errant*, d'Eugène Sue, chapitre XXX.

83

qu'un immense besoin de pureté. Il n'avait mis sa consolation chez aucune créature. Lorsqu'on croit qu'une chose est tout, on ne saurait être ébranlé, et il croyait que Dieu était tout, que son humilité, son obéissance, sa chasteté, étaient tout. Il se souvenait d'avoir entendu parler de la tentation comme d'une torture abominable qui éprouve les plus saints. Lui, souriait. Dieu ne l'avait jamais abandonné. Il marchait dans sa foi ainsi que dans une cuirasse qui le protégeait contre les moindres souffles mauvais. Il se rappelait qu'à huit ans il pleurait d'amour dans les coins ; il ne savait pas qui il aimait ; il pleurait parce qu'il aimait quelqu'un, bien loin. Toujours il était resté attendri[1]. Plus tard, il avait voulu être prêtre pour satisfaire ce besoin d'affection surhumaine qui faisait son seul tourment. Il ne voyait pas où aimer davantage. Il contentait là son être, ses prédispositions de race, ses rêves d'adolescent, ses premiers désirs d'homme. Si la tentation devait venir, il l'attendait avec sa sérénité de séminariste ignorant. On avait tué l'homme en lui, il le sentait, il était heureux de se savoir à part, créature châtrée, déviée, marquée de la tonsure ainsi qu'une brebis du Seigneur.

V

Cependant, le soleil chauffait la grande porte de l'église ; des mouches dorées bourdonnaient autour d'une grande fleur qui poussait entre deux des marches du perron. L'abbé Mouret, un peu étourdi, se décidait à s'éloi-

---

1. Cet attendrissement sera aussi une composante du caractère de Pierre Froment, le héros des *Trois Villes*. Mais Zola insistera beaucoup plus sur l'attendrissement de Pierre que sur celui de Serge : la tendance au pathos est larvée, présente, mais encore contenue dans *Les Rougon-Macquart*, en raison des impératifs naturalistes. Elle se donnera libre cours dans les deux derniers cycles.

gner, lorsque le grand chien noir [a] s'élança, en aboyant violemment, vers la grille du petit cimetière, qui se trouvait à gauche de l'église. En même temps, une voix âpre cria :

« Ah ! vaurien, tu manques l'école, et c'est dans le cimetière qu'on te trouve !... Ne dis pas non ! Il y a un quart d'heure que je te surveille. »

Le prêtre s'avança. Il reconnut Vincent, qu'un Frère des écoles chrétiennes [1] tenait rudement par une oreille. L'enfant se trouvait comme suspendu au-dessus d'un gouffre qui longeait le cimetière et au fond duquel coulait le Mascle, un torrent dont les eaux blanches allaient, à deux lieues de là, se jeter dans la Viorne.

« Frère Archangias ! » dit doucement l'abbé, pour inviter le terrible homme à l'indulgence.

Mais le Frère ne lâchait pas l'oreille.

« Ah ! c'est vous, monsieur le curé, gronda-t-il. Imaginez-vous que ce gredin est toujours fourré dans le cimetière. Je ne sais pas quel mauvais coup il peut faire ici... Je devrais le lâcher pour qu'il allât se casser la tête là-bas, au fond. Ce serait bien fait. »

L'enfant ne soufflait mot, cramponné aux broussailles, les yeux sournoisement fermés.

« Prenez garde, Frère Archangias, reprit le prêtre ; il pourrait glisser. »

Et il aida lui-même Vincent à remonter.

« Voyons, mon petit ami, que faisais-tu là ? On ne doit pas jouer dans les cimetières. »

Le galopin avait ouvert les yeux, s'écartant peureusement du Frère, se mettant sous la protection de l'abbé Mouret.

« Je vais vous dire, murmura-t-il en levant sa tête futée vers celui-ci. Il y a un nid de fauvettes dans les ronces, dessous cette roche. Voici plus de dix jours que je le

---

a. « ... *Voriau* s'élança... »

1. Congrégation fondée en 1694 par Jean-Baptiste de La Salle. Ses membres se destinaient à l'enseignement.

guette... Alors, comme les petits sont éclos, je suis venu, ce matin, après avoir servi votre messe...

— Un nid de fauvettes ! dit Frère Archangias. Attends, attends ! »

Il s'écarta, chercha sur une tombe une motte de terre, qu'il revint jeter dans les ronces. Mais il manqua le nid. Une seconde motte, lancée plus adroitement, bouscula le frêle berceau, jetant les petits au torrent.

« De cette façon, continua-t-il en se tapant les mains pour les essuyer, tu ne viendras peut-être plus rôder ici comme un païen... Les morts iront te tirer les pieds, la nuit, si tu marches encore sur eux. »

Vincent, qui avait ri de voir le nid faire le plongeon, regarda autour de lui, avec le haussement d'épaules d'un esprit fort.

« Oh ! je n'ai pas peur, dit-il. Les morts, ça ne bouge plus. »

Le cimetière, en effet, n'avait rien d'effrayant. C'était un terrain nu, où d'étroites allées se perdaient sous l'envahissement des herbes. Des renflements bossuaient la terre, de place en place. Une seule pierre debout, toute neuve, la pierre de l'abbé Caffin, mettait sa découpure blanche, au milieu. Rien autre que des bras de croix arrachés, des buis séchés, de vieilles dalles[a] fendues, mangées de mousse. On n'enterrait pas deux fois l'an. La mort ne semblait point habiter ce sol vague où la Teuse venait, chaque soir, emplir son tablier d'herbe pour les lapins de Désirée. Un cyprès gigantesque, planté à la porte, promenait seul son ombre sur le champ désert. Ce cyprès, qu'on voyait de trois lieues à la ronde, était connu de toute la contrée sous le nom du Solitaire.

« C'est plein de lézards, ajouta Vincent, qui regardait le mur crevassé de l'église. On s'amuserait joliment... »

Mais il sortit d'un bond en voyant le Frère allonger le pied. Celui-ci fit remarquer au curé le mauvais état de la grille. Elle était toute rongée de rouille, un gond descellé, la serrure brisée.

***

a. « ... dalles *enterrées*... »

« On devrait réparer tout cela », dit-il.

L'abbé Mouret sourit, sans répondre. Et, s'adressant à Vincent, qui se battait avec le chien [a] :

« Dis, petit ? demanda-t-il, sais-tu où travaille le père Bambousse, ce matin ? »

L'enfant jeta un coup d'œil sur l'horizon.

« Il doit être à son champ des Olivettes, répondit-il, la main tendue vers la gauche... D'ailleurs, Voriau va vous conduire, monsieur le curé. Il sait sûrement où est son maître, lui. »

Alors, il tapa dans ses mains, criant :

« Eh ! Voriau ! eh ! »

Le grand chien noir hésita un instant, la queue battante, cherchant à lire dans les yeux du gamin. Puis, aboyant de joie, il descendit vers le village. L'abbé Mouret et Frère Archangias le suivirent, en causant. Cent pas plus loin, Vincent les quittait sournoisement, remontant vers l'église, les surveillant, prêt à se jeter derrière un buisson s'ils tournaient la tête. Avec une souplesse de couleuvre, il se glissa de nouveau dans le cimetière, ce paradis où il y avait des nids, des lézards, des fleurs.

Cependant, tandis que Voriau les devançait sur la route poudreuse, Frère Archangias disait au prêtre, de sa voix irritée :

« Laissez donc ! monsieur le curé, de la graine de damnés, ces crapauds-là ! On devrait leur casser les reins, pour les rendre agréables à Dieu. Ils poussent dans l'irréligion, comme leurs pères. Il y a quinze ans que je suis ici et je n'ai pas encore pu faire un chrétien. Dès qu'ils sortent de mes mains, bonsoir ! Ils sont tout à la terre, à leurs vignes, à leurs oliviers. Pas un qui mette les pieds à l'église. Des brutes qui se battent avec leurs champs de cailloux !... Menez-moi ça à coups de bâton, monsieur le curé, à coups de bâton ! »

Puis, reprenant haleine, il ajouta, avec un geste terrible :

« Voyez-vous, ces Artaud, c'est comme ces ronces qui

_____

a. « ... se battait avec *Voriau*... »

mangent les rocs, ici. Il a suffi d'une souche pour que le pays fût empoisonné ! Ça se cramponne, ça se multiplie, ça vit quand même. Il faudra le feu du ciel, comme à Gomorrhe[1], pour nettoyer ça.

— On ne doit jamais désespérer des pécheurs, dit l'abbé Mouret, qui marchait à petits pas, dans sa paix intérieure.

— Non, ceux-là sont au diable, reprit plus violemment le Frère. J'ai été paysan, comme eux. Jusqu'à dix-huit ans, j'ai pioché la terre. Et plus tard, à l'Institution[2], j'ai balayé, épluché des légumes, fait les plus gros travaux. Ce n'est pas leur rude besogne que je leur reproche. Au contraire, Dieu préfère ceux qui vivent dans la bassesse[3]... Mais les Artaud se conduisent en bêtes, voyezvous ! Ils sont comme leurs chiens qui n'assistent pas à la messe, qui se moquent des commandements de Dieu et de l'Église. Ils forniqueraient avec leurs pièces de terre, tant ils les aiment ! »

Voriau, la queue au vent, s'arrêtait, reprenait son trot, après s'être assuré que les deux hommes le suivaient toujours.

« Il y a des abus déplorables, en effet, dit l'abbé Mouret. Mon prédécesseur, l'abbé Caffin...

— Un pauvre homme, interrompit le Frère. Il nous est arrivé de Normandie, à la suite d'une vilaine histoire. Ici, il n'a songé qu'à bien vivre ; il a tout laissé aller à la débandade.

— Non, l'abbé Caffin a certainement fait ce qu'il a pu ; mais il faut avouer que ses efforts sont restés à peu près stériles. Les miens eux-mêmes demeurent le plus souvent sans résultat. »

---

1. Ville qui, selon la Bible (Genèse, XIX, 1-29), fut détruite au XIXe siècle av. J.-C en même temps que Sodome par le « feu du ciel » (ou plutôt par un tremblement de terre) à cause des péchés commis par ses habitants. — 2. Il s'agit de l'institution religieuse où le Frère a été formé. — 3. Le mot est à comprendre dans son sens premier. Dieu aime les humbles, c'est-à-dire ceux qui se courbent vers le sol. Le *Magnificat* dit : *Deposuit potentes. Exaltavit humiles*, Il a mis à terre les puissants. Il a élevé les humbles.

Frère Archangias haussa les épaules. Il marcha un instant en silence, déhanchant son grand corps maigre taillé à coups de hache. Le soleil tapait sur sa nuque, au cuir tanné, mettant dans l'ombre sa dure face de paysan, en lame de sabre[1].

« Écoutez, monsieur le curé, reprit-il enfin, je suis trop bas pour vous adresser des observations ; seulement, j'ai presque le double de votre âge, je connais le pays, ce qui m'autorise à vous dire que vous n'arriverez à rien par la douceur... Entendez-vous, le catéchisme suffit. Dieu n'a pas de miséricorde pour les impies. Il les brûle. Tenez-vous-en à cela. »

Et comme l'abbé Mouret, la tête penchée, n'ouvrait point la bouche, il continua :

« La religion s'en va dans les campagnes parce qu'on la fait trop bonne femme. Elle a été respectée tant qu'elle a parlé en maîtresse, sans pardon... Je ne sais ce qu'on vous apprend dans les séminaires. Les nouveaux curés pleurent comme des enfants avec leurs paroissiens. Dieu semble tout changé... Je jurerais, monsieur le curé, que vous ne savez même plus votre catéchisme par cœur. »

Le prêtre, blessé de cette volonté qui cherchait à s'imposer si rudement, leva la tête, disant avec quelque sécheresse :

« C'est bien, votre zèle est louable... Mais n'avez-vous rien à me dire ? Vous êtes venu ce matin à la cure, n'est-ce pas ? »

Frère Archangias répondit brutalement :

« J'avais à vous dire ce que je vous ai dit... Les Artaud vivent comme leurs cochons. J'ai encore appris hier que Rosalie, l'aînée du père Bambousse, est grosse. Toutes attendent ça pour se marier. Depuis quinze ans, je n'en ai

---

1. Le Frère Archangias, paysan au visage émacié, rêvant de meurtre, annonce Santobono, le prêtre meurtrier, dans *Rome*. Sur les enfants de paysans entrés dans les ordres, *cf.* Stendhal, *Le Rouge et le Noir*, I, XVI : « (...) presque tous étaient des fils de paysans, et ils aimaient mieux gagner leur pain en récitant quelques mots latins qu'en piochant la terre. »

pas connu une qui ne soit allée dans les blés avant de passer à l'église... Et elles prétendent en riant que c'est la coutume du pays !

— Oui, murmura l'abbé Mouret, c'est un grand scandale... Je cherche justement le père Bambousse pour lui parler de cette affaire. Il serait désirable, maintenant, que le mariage eût lieu au plus tôt... Le père de l'enfant, paraît-il, est Fortuné, le grand fils des Brichet. Malheureusement les Brichet sont pauvres.

— Cette Rosalie ! poursuivit le Frère, elle a juste dix-huit ans. Ça se perd sur les bancs de l'école. Il n'y a pas quatre ans, je l'avais encore. Elle était déjà vicieuse... J'ai maintenant sa sœur Catherine, une gamine de onze ans, qui promet d'être plus éhontée que son aînée. On la rencontre dans tous les trous avec ce petit misérable de Vincent... Allez, on a beau leur tirer les oreilles jusqu'au sang, la femme pousse toujours en elles. Elles ont la damnation dans leurs jupes. Des créatures bonnes à jeter au fumier, avec leurs saletés qui empoisonnent ! Ça serait un fameux débarras si l'on étranglait toutes les filles à leur naissance. »

Le dégoût, la haine de la femme, le firent jurer comme un charretier. L'abbé Mouret, après l'avoir écouté, la face calme, finit par sourire de sa violence. Il appela Voriau, qui s'était écarté dans un champ voisin.

« Et, tenez ! cria Frère Archangias, en montrant un groupe d'enfants jouant au fond d'une ravine [1], voilà mes garnements qui manquent l'école, sous prétexte d'aller aider leurs parents dans les vignes !... Soyez sûr que cette gueuse de Catherine est au milieu. Elle s'amuse à glisser. Vous allez voir ses jupes par-dessus sa tête. Là, qu'est-ce que je vous disais !... À ce soir, monsieur le curé... Attendez, attendez, gredins [2] ! »

---

1. Dépression creusée par un torrent. — 2. L'inquisition du Frère Archangias se retourne, en fait, en obsession sexuelle. Zola dira de lui un peu plus loin (p. 177) qu'il pue « l'odeur d'un bouc qui ne se serait jamais satisfait » ; voir aussi p. 344.

Et il partit en courant, son rabat[1] sale volant sur l'épaule, sa grande soutane graisseuse arrachant les chardons. L'abbé Mouret le regarda tomber au milieu de la bande des enfants, qui se sauvèrent comme un vol de moineaux effarouchés. Mais il avait réussi à saisir par les oreilles Catherine et un autre gamin. Il les ramena du côté du village, les tenant ferme de ses gros doigts velus, les accablant d'injures.

Le prêtre reprit sa marche. Frère Archangias lui causait parfois d'étranges scrupules ; il lui apparaissait dans sa vulgarité, dans sa crudité, comme le véritable homme de Dieu, sans attache terrestre, tout à la volonté du ciel, humble, rude, l'ordure à la bouche contre le péché. Et il se désespérait de ne pouvoir se dépouiller davantage de son corps, de ne pas être laid, immonde, puant la vermine des saints[2]. Lorsque le Frère l'avait révolté par des paroles trop crues, par quelque brutalité trop prompte [(a)], il s'accusait ensuite de ses délicatesses, de ses fiertés de nature, comme de véritables fautes. Ne devait-il pas être mort à toutes les faiblesses de ce monde ? Cette fois encore, il sourit tristement, en songeant qu'il avait failli se fâcher de la leçon emportée du Frère. C'était l'orgueil, pensait-il, qui cherchait à le perdre, en lui faisant prendre les simples en mépris. Mais, malgré lui, il se sentait soulagé d'être seul, de s'en aller à petits pas, lisant son bréviaire[3], délivré de cette voix âpre qui troublait son rêve de tendresse pure.

---

a. ... paroles trop *osées*, par quelque *expression trop brutale*... »

1. « Partie de l'habillement des ecclésiastiques consistant en un morceau de toile noire qui descend sur la poitrine et qui est divisé en deux portions oblongues et bordées de blanc » (Littré). — 2. Allusion à Job, qui, bien que couvert de vermine et réduit à vivre sur un tas de fumier, conserva une foi inébranlable (*cf.* le livre de Job, dans l'Ancien Testament). — 3. Voir note 1, p. 76.

VI

La route tournait entre des écroulements de rocs, au milieu desquels les paysans avaient, de loin en loin, conquis quatre ou cinq mètres de terre crayeuse, plantée de vieux oliviers. Sous les pieds de l'abbé, la poussière des ornières [1] profondes avait de légers craquements de neige. Parfois, en recevant à la face un souffle plus chaud, il levait les yeux de son livre, cherchant d'où lui venait cette caresse ; mais son regard restait vague, perdu, sans le voir sur l'horizon enflammé, sur les lignes tordues de cette campagne de passion, séchée, pâmée au soleil, dans un vautrement de femme ardente et stérile. Il rabattait son chapeau sur son front pour échapper aux haleines tièdes ; il reprenait sa lecture, paisiblement, tandis que sa soutane, derrière lui, soulevait une petite fumée qui roulait au ras du chemin.

« Bonjour, monsieur le curé », lui dit un paysan qui passa.

Ces bruits de bêche, le long des pièces de terre, le sortaient encore de son recueillement. Il tournait la tête, apercevait au milieu des vignes de grands vieillards noueux qui le saluaient. Les Artaud, en plein soleil, forniquaient avec la terre, selon le mot de Frère Archangias. C'étaient des fronts suants apparaissant derrière les buissons, des poitrines haletantes se redressant lentement, un effort ardent de fécondation, au milieu duquel il marchait de son pas si calme d'ignorance. Rien de troublant ne venait jusqu'à sa chair du grand labeur d'amour dont la splendide matinée s'emplissait.

« Eh ! Voriau, on ne mange pas le monde ! » cria gaiement une voix forte, faisant taire le chien qui aboyait violemment.

L'abbé Mouret leva la tête.

« C'est vous, Fortuné, dit-il, en s'avançant au bord du

---

1. Traces profondes creusées par les roues des voitures dans les chemins.

champ dans lequel le jeune paysan travaillait. Je voulais justement vous parler. »

Fortuné avait le même âge que le prêtre. C'était un grand garçon, l'air hardi, la peau dure déjà. Il défrichait un coin de lande pierreuse.

« Par rapport, monsieur le curé ? demanda-t-il.

— Par rapport à ce qui s'est passé entre Rosalie et vous », répondit le prêtre.

Fortuné se mit à rire. Il devait trouver drôle qu'un curé s'occupât d'une pareille chose.

« Dame, murmura-t-il, c'est qu'elle a bien voulu. Je ne l'ai pas forcée... Tant pis si le père Bambousse refuse de me la donner ! Vous avez bien vu que son chien cherchait à me mordre tout à l'heure. Il le lance contre moi. »

L'abbé Mouret allait continuer, lorsque le vieil Artaud, dit Brichet, qu'il n'avait pas vu tout d'abord, sortit de l'ombre d'un buisson derrière lequel il mangeait avec sa femme. Il était petit, séché par l'âge, la mine humble.

« On vous aura conté des menteries [1], monsieur le curé, s'écria-t-il. L'enfant est tout prêt à épouser la Rosalie... Ces jeunesses sont allées ensemble. Ce n'est la faute de personne. Il y en a d'autres qui ont fait comme eux et qui n'en ont pas moins bien vécu pour cela... L'affaire ne dépend pas de nous. Il faut parler à Bambousse. C'est lui qui nous méprise, à cause de son argent.

— Oui, nous sommes trop pauvres, gémit la mère Brichet, une grande femme pleurnicheuse, qui se leva à son tour. Nous n'avons que ce bout de champ, où le diable fait grêler des cailloux, bien sûr. Il ne nous donne pas du pain... Sans vous, monsieur le curé, la vie ne serait pas possible. »

La mère Brichet était la seule dévote du village. Quand elle avait communié, elle rôdait autour de la cure, sachant que la Teuse lui gardait toujours une paire de pains de la dernière cuisson. Parfois même, elle emportait un lapin ou une poule, que lui donnait Désirée.

---

1. Synonyme populaire de « mensonges ».

« Ce sont de continuels scandales, reprit le prêtre. Il faut que ce mariage ait lieu au plus tôt.

— Mais tout de suite, quand les autres voudront, dit la vieille femme, très inquiète sur les cadeaux qu'elle recevait. N'est-ce pas, Brichet, ce n'est pas nous qui serons assez mauvais chrétiens pour contrarier M. le curé ? »

Fortuné ricanait.

« Moi, je suis tout prêt, déclara-t-il, et la Rosalie aussi... Je l'ai vue hier, derrière le moulin. Nous ne sommes pas fâchés, au contraire. Nous sommes restés ensemble, à rire... »

L'abbé Mouret l'interrompit :

« C'est bien. Je vais parler à Bambousse. Il est là, aux Olivettes, je crois. »

Le prêtre s'éloignait, lorsque la mère Brichet lui demanda ce qu'était devenu son cadet Vincent, parti depuis le matin pour aller servir la messe. C'était un galopin qui avait bien besoin des conseils de M. le curé. Et elle accompagna le prêtre pendant une centaine de pas, se plaignant de sa misère, des pommes de terre qui manquaient, du froid qui avait gelé les oliviers, des chaleurs qui menaçaient de brûler les maigres récoltes. Elle le quitta, en lui affirmant que son fils Fortuné récitait ses prières, matin et soir.

Voriau, maintenant, devançait l'abbé Mouret. Brusquement, à un tournant de la route, il se lança dans les terres. L'abbé dut prendre un petit sentier qui montait sur un coteau. Il était aux Olivettes, le quartier le plus fertile du pays, où le maire de la commune, Artaud, dit Bambousse, possédait plusieurs champs de blé, des oliviers et des vignes.

Cependant, le chien s'était jeté dans les jupes d'une grande fille brune, qui eut un beau rire en apercevant le prêtre.

« Est-ce que votre père est là, Rosalie ? lui demanda ce dernier.

— Là, tout contre », dit-elle, étendant la main, sans cesser de sourire.

Puis, quittant le coin du champ qu'elle sarclait[1], elle marcha devant lui. Sa grossesse, peu avancée, s'indiquait seulement dans un léger renflement des hanches. Elle avait le dandinement puissant des fortes travailleuses, nu-tête au soleil, la nuque roussie, avec des cheveux noirs plantés comme des crins. Ses mains, verdies, sentaient les herbes qu'elle arrachait.

« Père, cria-t-elle, voici M. le Curé qui vous demande. »

Et elle ne s'en retourna pas, effrontée, gardant son rire sournois de bête impudique. Bambousse, gras, suant, la face ronde, lâcha sa besogne pour venir gaiement à la rencontre de l'abbé.

« Je jurerais que vous voulez me parler des réparations de l'église, dit-il, en tapant ses mains pleines de terre. Eh bien ! non, monsieur le curé, ce n'est pas possible. La commune n'a pas le sou... Si le bon Dieu fournit le plâtre et les tuiles, nous fournissons les maçons. »

Cette plaisanterie de paysan incrédule le fit éclater d'un rire énorme. Il se frappa sur les cuisses, toussa, faillit étrangler.

« Ce n'est pas pour l'église que je suis venu, répondit l'abbé Mouret. Je voulais vous parler de votre fille Rosalie...

— Rosalie ? qu'est-ce qu'elle vous a donc fait ? » demanda Bambousse, en clignant des yeux.

La paysanne regardait le jeune prêtre avec hardiesse, allant de ses mains blanches à son cou de fille, jouissant, cherchant à le faire devenir tout rose. Mais lui, crûment, la face paisible, comme parlant d'une chose qu'il ne sentait point :

« Vous savez ce que je veux dire, père Bambousse. Elle est grosse. Il faut la marier.

— Ah ! c'est pour ça, murmura le vieux de son air goguenard. Merci de la commission, monsieur le curé. Ce sont les Brichet qui vous envoient, n'est-ce pas ? La mère Brichet va à la messe, et vous lui donnez un coup de main

---

1. Débarrasser un terrain des mauvaises herbes.

pour caser son fils ; ça se comprend... Mais moi, je n'entre pas là-dedans. L'affaire ne me va pas, voilà tout. »

Le prêtre, surpris, lui expliqua qu'il fallait couper court au scandale, qu'il devait pardonner à Fortuné, puisque celui-ci voulait bien réparer sa faute, enfin que l'honneur de sa fille exigeait un prompt mariage.

« Ta, ta, ta, reprit Bambousse en branlant la tête, que de paroles ! Je garde ma fille, entendez-vous [1]. Tout ça ne me regarde pas... Un gueux, ce Fortuné. Pas deux liards [2]. Ce serait commode, si, pour épouser une jeune fille, il suffisait d'aller avec elle. Dame ! entre jeunesses, on verrait des noces matin et soir... Dieu merci ! je ne suis pas en peine de Rosalie. On sait ce qui lui est arrivé ; ça ne la rend ni bancale, ni bossue, et elle se mariera avec qui elle voudra dans le pays.

— Mais son enfant ? interrompit le prêtre.

— L'enfant ? Il n'est pas là, n'est-ce pas ? Il n'y sera peut-être jamais... Si elle fait le petit, nous verrons. »

Rosalie, voyant comment tournait la démarche du curé, crut devoir s'enfoncer les poings dans les yeux en geignant. Elle se laissa même tomber par terre, montrant ses bas bleus qui lui montaient au-dessus des genoux.

« Tu vas te taire, chienne ! » cria le père devenu furieux.

Et il la traita ignoblement, avec des mots crus, qui la faisaient rire en dessous, sous ses poings fermés.

« Si je te trouve avec ton mâle, je vous attache ensemble, je vous amène comme ça devant le monde... Tu ne veux pas te taire ? Attends, coquine ! »

Il ramassa une motte de terre, qu'il lui jeta violemment, à quatre pas. La motte s'écrasa sur son chignon, glissant dans son cou, la couvrant de poussière. Étourdie, elle se leva d'un bond, se sauva, la tête entre les mains pour se garantir. Mais Bambousse eut le temps

---

1. Bambousse veut garder sa fille pour des raisons économiques. — 2. Petite monnaie de cuivre valant le quart d'un sou. « Ne pas avoir deux liards » signifie donc « être pauvre ».

de l'atteindre encore avec deux autres mottes : l'une ne fit que lui effleurer l'épaule gauche ; l'autre lui arriva en pleine échine, si rudement, qu'elle tomba sur les genoux.

« Bambousse ! s'écria le prêtre, en lui arrachant une poignée de cailloux qu'il venait de prendre.

— Laissez donc ! monsieur le curé, dit le paysan. C'était de la terre molle. J'aurais dû lui jeter ces cailloux... On voit bien que vous ne connaissez pas les filles. Elles sont joliment dures. Je tremperais celle-là au fond de notre puits, je lui casserais les os à coups de trique, qu'elle n'en irait pas moins à ses saletés ! Mais je la guette, et si je la surprends !... Enfin, elles sont toutes comme cela. »

Il se consolait. Il but un coup de vin à une grande bouteille plate, garnie de sparterie[1], qui chauffait sur la terre ardente. Et, retrouvant son gros rire :

« Si j'avais un verre, monsieur le curé, je vous en offrirais de bon cœur.

— Alors, demanda de nouveau le prêtre, ce mariage ?...

— Non, ça ne peut pas se faire, on rirait de moi... Rosalie est gaillarde. Elle vaut un homme, voyez-vous. Je serai obligé de louer un garçon, le jour où elle s'en ira... On reparlera de la chose après la vendange. Et puis, je ne veux pas être volé. Donnant, donnant, n'est-ce pas ? »

Le prêtre resta encore là une grande demi-heure à prêcher Bambousse, à lui parler de Dieu, à lui donner toutes les raisons que la situation comportait. Le vieux s'était remis à la besogne ; il haussait les épaules, plaisantait, s'arrêtant davantage. Il finit par crier :

« Enfin, si vous me demandiez un sac de blé, vous me donneriez de l'argent... Pourquoi voulez-vous que je laisse aller ma fille contre rien ? »

L'abbé Mouret, découragé, s'en alla. Comme il descen-

---

1. Panier ou tout autre objet tressé en utilisant le spart (feuille de graminée). Les bouteilles, notamment, pouvaient en être enveloppées dans leur partie inférieure.

dait le sentier, il aperçut Rosalie se roulant sous un olivier avec Voriau qui lui léchait la figure, ce qui la faisait rire. Elle disait au chien, les jupes volantes, les bras battant la terre :

« Tu me chatouilles, grande bête. Finis donc ! »

Puis, quand elle vit le prêtre, elle fit mine de rougir, elle ramena ses vêtements, les poings de nouveau dans les yeux. Lui, chercha à la consoler, en lui promettant de tenter de nouveaux efforts auprès de son père. Et il ajouta qu'en attendant, elle devait obéir, cesser tout rapport avec Fortuné, ne pas aggraver son péché davantage.

« Oh ! maintenant, murmura-t-elle, en souriant de son air effronté, il n'y a plus de risque, puisque ça y est. »

Il ne comprit pas. Il lui peignit l'enfer, où brûlent les vilaines femmes. Puis il la quitta, ayant fait son devoir, repris par cette sérénité qui lui permettait de passer sans un trouble au milieu des ordures de la chair.

VII

La matinée devenait brûlante. Dans ce vaste cirque [1] de roches, le soleil allumait, dès les premiers beaux jours, un flamboiement de fournaise. L'abbé Mouret, à la hauteur de l'astre, comprit qu'il avait tout juste le temps de rentrer au presbytère, s'il voulait être là à onze heures, pour ne pas se faire gronder par la Teuse. Son bréviaire lu, sa démarche auprès de Bambousse faite, il s'en retournait à pas pressés, regardant au loin la tache grise de son église, avec la haute barre noire que le grand cyprès, le Solitaire, mettait sur le bleu de l'horizon. Il songeait, dans l'assoupissement de la chaleur, à la façon la plus riche possible dont il décorerait, le soir, la chapelle de la

---

1. Dépression de forme circulaire entourée de montagnes.

« Il n'y a plus de risque, puisque ça y est. »

Illustration de Lautier pour l'édition Charpentier-Fasquelle,
1906, Paris, B.N.F.

Vierge, pour les exercices du mois de Marie[1]. Le chemin
allongeait devant lui un tapis de poussière doux aux pieds,
une pureté d'une blancheur éclatante.

À la Croix-Verte, comme l'abbé allait traverser la route
qui mène de Plassans à La Palud, un cabriolet[2] qui descendait la rampe l'obligea à se garer derrière un tas de
cailloux. Il coupait le carrefour, lorsqu'une voix l'appela :

« Eh ! Serge, eh ! mon garçon ! »

Le cabriolet s'était arrêté, un homme se penchait.
Alors, le jeune prêtre reconnut un de ses oncles, le doc-

_____

1. Les exercices de piété effectués en l'honneur de Marie tout au
long du mois de mai. — **2.** Voiture légère à deux roues et à capote
mobile, tirée par un cheval.

teur Pascal Rougon[1], que le peuple de Plassans, où il soignait les pauvres gens pour rien, nommait « Monsieur Pascal » tout court. Bien qu'ayant à peine dépassé la cinquantaine, il était déjà d'un blanc de neige, avec une grande barbe, de grands cheveux, au milieu desquels sa belle figure régulière prenait une finesse pleine de bonté.

« C'est à cette heure-ci que tu patauges dans la poussière, toi ! dit-il gaiement en se penchant davantage pour serrer les deux mains de l'abbé. Tu n'as donc pas peur des coups de soleil ?

— Mais pas plus que vous, mon oncle, répondit le prêtre en riant.

— Oh ! moi, j'ai la capote de ma voiture. Puis, les malades n'attendent pas. On meurt par tous les temps, mon garçon. »

Et il lui conta qu'il courait chez le vieux Jeanbernat, l'intendant du Paradou, qu'un coup de sang[2] avait frappé dans la nuit. Un voisin, un paysan qui se rendait au marché de Plassans, était venu le chercher.

« Il doit être mort à l'heure qu'il est, continua-t-il. Enfin, il faut toujours voir... Ces vieux diables-là ont la vie joliment dure. »

Il levait le fouet, lorsque l'abbé Mouret l'arrêta :

« Attendez... Quelle heure avez-vous, mon oncle ?

— Onze heures moins un quart. »

L'abbé hésitait. Il entendait à ses oreilles la voix terrible de la Teuse, lui criant que le déjeuner allait être froid. Mais il fut brave. Il reprit aussitôt :

« Je vais avec vous, mon oncle... Ce malheureux voudra peut-être se réconcilier avec Dieu à sa dernière heure. »

Le docteur Pascal ne put retenir un éclat de rire.

« Lui ! Jeanbernat ! dit-il. Ah ! bien ! si tu le convertis

---

1. C'est l'oncle de Serge, le frère de Marthe, d'Eugène (*cf. Son Excellence Eugène Rougon*) et d'Aristide (le Saccard de *La Curée* et de *L'Argent*). Il sera le héros éponyme du dernier tome de la série. Il incarne un personnage de savant et de sage, d'athée vertueux souvent porte-parole de Zola lui-même. — **2.** Une attaque d'apoplexie.

jamais, celui-là !... Ça ne fait rien, viens toujours. Ta vue seule est capable de le guérir. »

Le prêtre monta. Le docteur, qui parut regretter sa plaisanterie, se montra très affectueux, tout en jetant au cheval de légers claquements de langue. Il regardait son neveu curieusement, du coin de l'œil, de cet air aigu des savants qui prennent des notes. Il l'interrogea, par petites phrases, avec bonhomie, sur sa vie, sur ses habitudes, sur le bonheur tranquille dont il jouissait aux Artaud. Et, à chaque réponse satisfaisante, il murmurait, comme se parlant à lui-même, d'un ton rassuré :

« Allons, tant mieux, c'est parfait. »

Il insista sur l'état de santé du jeune curé. Celui-ci, étonné, lui assurait qu'il se portait à merveille, qu'il n'avait ni vertiges, ni nausées, ni maux de tête.

« Parfait, parfait, répétait l'oncle Pascal. Au printemps, tu sais, le sang travaille. Mais tu es solide, toi[1]... À propos, j'ai vu ton frère Octave[2], à Marseille, le mois passé. Il va partir pour Paris ; il aura là-bas une belle situation dans le haut commerce. Ah ! le gaillard, il mène une jolie vie.

— Quelle vie ? » demanda naïvement le prêtre.

Le docteur, pour éviter de répondre, claqua de la langue. Puis il reprit :

« Enfin, tout le monde se porte bien, ta tante Félicité, ton oncle Rougon[3] et les autres... Ça n'empêche pas que nous ayons bon besoin de tes prières. Tu es le saint de la famille, mon brave ; je compte sur toi pour faire le salut de toute la bande. »

Il riait, mais avec tant d'amitié que Serge lui-même arriva à plaisanter.

« C'est qu'il y en a, dans le tas, continua-t-il, qui ne seront pas aisés à mener en paradis. Tu entendrais de belles confessions, s'ils venaient à tour de rôle... Moi, je

---

1. La poussée sexuelle du printemps n'a jamais atteint Serge. — 2. Voir note 1, p. 82. — 3. Félicité et Pierre Rougon, parents de Pascal, sont les héros du premier volume des *Rougon-Macquart*, *La Fortune des Rougon*.

n'ai pas besoin qu'ils se confessent ; je les suis de loin, j'ai leurs dossiers chez moi, avec mes herbiers et mes notes de praticien. Un jour, je pourrai établir un tableau d'un fameux intérêt [1]... On verra, on verra ! »

Il s'oubliait, pris d'un enthousiasme juvénile pour la science. Un coup d'œil jeté sur la soutane de son neveu l'arrêta net.

« Toi, tu es curé, murmura-t-il ; tu as bien fait, on est très heureux, curé. Ça t'a pris tout entier, n'est-ce pas, de façon que te voilà tourné au bien ?... Va, tu ne te serais jamais contenté ailleurs. Tes parents, qui partaient comme toi, ont eu beau faire des vilenies ; ils sont encore à se satisfaire... Tout est logique là-dedans, mon garçon. Un prêtre complète la famille. C'était forcé, d'ailleurs. Notre sang devait aboutir là... Tant mieux pour toi, tu as eu le plus de chance. »

Mais il se reprit, souriant étrangement :

« Non, c'est ta sœur Désirée qui a eu le plus de chance [2]. »

Il siffla, donna un coup de fouet, changea de conversation. Le cabriolet, après avoir monté une côte assez roide, filait entre des gorges désolées ; puis, il arriva sur un plateau, dans un chemin creux longeant une haute muraille interminable. Les Artaud avaient disparu ; on était en plein désert.

« Nous approchons, n'est-ce pas ? demanda le prêtre.

— Voici le Paradou, répondit le docteur, en montrant la muraille. Tu n'es donc point encore venu par ici ? Nous ne sommes pas à une lieue des Artaud... Une propriété qui a dû être superbe, ce Paradou. La muraille du parc, de ce côté, a bien deux kilomètres. Mais depuis plus de cent ans, tout y pousse à l'aventure.

— Il y a de beaux arbres, fit remarquer l'abbé, en

---

1. Pascal établira en effet l'arbre généalogique de sa famille.
— 2. Désirée est restée une innocente : son développement intellectuel n'a pas suivi sa croissance physique. Incapable de réfléchir, elle est heureuse de vivre.

levant la tête, surpris des masses de verdure qui débordaient.

— Oui, ce coin-là est très fertile. Aussi le parc est-il une véritable forêt, au milieu des roches pelées qui l'entourent... D'ailleurs, c'est de là que le Mascle sort. On m'a parlé de trois ou quatre sources, je crois. »

Et, en phrases hachées, coupées d'incidentes étrangères au sujet, il raconta l'histoire du Paradou, une sorte de légende qui courait le pays. Du temps de Louis XV, un seigneur y avait bâti un palais superbe, avec des jardins immenses, des bassins, des eaux ruisselantes, des statues, tout un petit Versailles perdu dans les pierres, sous le grand soleil du Midi. Mais il n'y était venu passer qu'une saison, en compagnie d'une femme adorablement belle qui mourut là, sans doute, car personne ne l'avait vue en sortir. L'année suivante, le château brûla, les portes du parc furent clouées, les meurtrières[1] des murs elles-mêmes s'emplirent de terre, si bien que, depuis cette époque lointaine, pas un regard n'était entré dans ce vaste enclos, qui tenait tout un des hauts plateaux des Garrigues.

« Les orties ne doivent pas manquer, dit en riant l'abbé Mouret... Ça sent l'humidité tout le long de ce mur, vous ne trouvez pas, mon oncle ? »

Puis, après un silence :

« Et à qui appartient le Paradou, maintenant ? demanda-t-il.

— Ma foi, on ne sait pas, répondit le docteur. Le propriétaire est venu dans le pays, il y a une vingtaine d'années. Mais il a été tellement effrayé par ce nid de couleuvres qu'il n'a plus reparu... Le vrai maître est le gardien de la propriété, ce vieil original de Jeanbernat, qui a trouvé le moyen de se loger dans un pavillon dont les pierres tiennent encore... Tiens, tu vois, cette masure grise, là-bas, avec ces grandes fenêtres mangées de lierre. »

---

1. Ouvertures pratiquées dans le mur des fortifications pour observer l'ennemi et lui tirer dessus.

Le cabriolet passa devant une grille seigneuriale, toute saignante de rouille, garnie à l'intérieur de planches maçonnées. Les sauts-de-loup[1] étaient noirs de ronces. À une centaine de mètres, le pavillon habité par Jeanbernat se trouvait enclavé dans le parc, sur lequel une de ses façades donnait. Mais le gardien semblait avoir barricadé sa demeure de ce côté. Il avait défriché un étroit jardin, sur la route ; il vivait là, au midi, tournant le dos au Paradou, sans paraître se douter de l'énormité des verdures débordant derrière lui.

Le jeune prêtre sauta à terre, regardant curieusement, interrogeant le docteur qui se hâtait d'attacher le cheval à un anneau scellé dans le mur.

« Et ce vieillard vit seul, au fond de ce trou perdu ? demanda-t-il.

— Oui, complètement seul », répondit l'oncle Pascal.

Mais il se reprit :

« Il a avec lui une nièce qui lui est tombée sur les bras, une drôle de fille, une sauvage... Dépêchons. Tout a l'air mort, dans la maison. »

VIII

Au soleil de midi, la maison dormait, les persiennes closes, dans le bourdonnement des grosses mouches qui montaient le long du lierre, jusqu'aux tuiles. Une paix heureuse baignait cette ruine ensoleillée. Le docteur poussa la porte de l'étroit jardin, qu'une haie vive très élevée entourait. Là, à l'ombre d'un pan de mur, Jeanbernat, redressant sa haute taille, fumait tranquillement sa pipe, dans le grand silence, en regardant pousser ses légumes.

---

1. Fossés profonds placés devant l'ouverture d'un mur de clôture pour en défendre l'accès.

« Comment ! vous êtes debout, farceur ! cria le docteur, stupéfait.

— Vous veniez donc m'enterrer, vous ! gronda le vieillard rudement. Je n'ai besoin de personne. Je me suis saigné [1]... »

Il s'arrêta net en apercevant le prêtre et eut un geste si terrible que l'oncle Pascal s'empressa d'intervenir :

« C'est mon neveu, dit-il, le nouveau curé des Artaud, un brave garçon... Que diable ! nous n'avons pas couru les routes à pareille heure pour vous manger, père Jean-bernat. »

Le vieux se calma un peu.

« Je ne veux pas de calotin [2] chez moi, murmura-t-il. Ça suffit pour faire crever les gens. Entendez-vous, docteur, pas de drogues et pas de prêtres quand je m'en irai ; autrement, nous nous fâcherions... Qu'il entre tout de même, celui-là, puisqu'il est votre neveu.

L'abbé Mouret, interdit, ne trouva pas une parole. Il restait debout, au milieu d'une allée, à examiner cette étrange figure, ce solitaire couturé de rides, à la face de brique cuite, aux membres séchés et tordus comme des paquets de cordes, qui semblait porter ses quatre-vingts ans avec un dédain ironique de la vie. Le docteur ayant tenté de lui prendre le pouls, il se fâcha de nouveau.

« Laissez-moi donc tranquille ! Je vous dis que je me suis saigné avec mon couteau ! C'est fini, maintenant... Quelle est la brute de paysan qui est allé vous déranger ? Le médecin, le prêtre, pourquoi pas les croque-morts !... Enfin, que voulez-vous, les gens sont bêtes. Ça ne va pas nous empêcher de boire un coup. »

Il servit une bouteille et trois verres, sur une vieille table qu'il sortit, à l'ombre. Les verres remplis jusqu'au bord, il voulut trinquer. Sa colère se fondait dans une gaieté goguenarde.

« Ça ne vous empoisonnera pas, monsieur le curé, dit-

---

1. Ancienne pratique thérapeutique consistant à ouvrir une veine pour en tirer du sang. — 2. Terme péjoratif pour désigner les catholiques pratiquants.

il. Un verre de bon vin n'est pas un péché... Par exemple, c'est bien la première fois que je trinque avec une soutane [1], soit dit sans vous offenser. Ce pauvre abbé Caffin, votre prédécesseur, refusait de discuter avec moi... Il avait peur. »

Et il eut un large rire, continuant :

« Imaginez-vous qu'il s'était engagé à me prouver que Dieu existe... Alors, je ne le rencontrais plus sans le défier. Lui filait, l'oreille basse, je vous l'assure.

— Comment, Dieu n'existe pas ! s'écria l'abbé Mouret, sortant de son mutisme.

— Oh ! comme vous voudrez, reprit railleusement Jeanbernat. Nous recommencerons ensemble, si cela peut vous faire plaisir... Seulement, je vous préviens que je suis très fort. Il y a là-haut, dans une chambre, quelques milliers de volumes sauvés de l'incendie du Paradou, tous les philosophes du dix-huitième siècle [2], un tas de bouquins sur la religion. J'en ai appris de belles, là-dedans. Depuis vingt ans, je lis ça... Ah ! dame, vous trouverez à qui parler, monsieur le curé. »

Il s'était levé. D'un long geste, il montra l'horizon entier, la terre, le ciel, en répétant solennellement :

« Il n'y a rien, rien, rien... Quand on soufflera sur le soleil, ça sera fini. »

Le docteur Pascal avait donné un léger coup de coude à l'abbé Mouret. Il clignait les yeux, étudiant curieusement le vieillard, approuvant de la tête pour le pousser à parler.

« Alors, père Jeanbernat, vous êtes un matérialiste ? demanda-t-il.

— Eh ! je ne suis qu'un pauvre homme, répondit le vieux en rallumant sa pipe. Quand le comte de Corbière,

---

1. Expression métonymique, la soutane traduisant la partie pour le tout, désigne le prêtre. — **2.** Le XVIIIe siècle doit son surnom de « siècle des Lumières » à la réaction des philosophes matérialistes contre ce qu'ils considéraient comme l'obscurantisme religieux. Cf. III, xv, la référence au baron d'Holbach.

dont j'étais le frère de lait[1], est mort d'une chute de cheval, les enfants m'ont envoyé garder ce parc de la Belle au Bois dormant pour se débarrasser de moi. J'avais soixante ans, je me croyais fini. Mais la mort m'a oublié. Et j'ai dû m'arranger un trou... Voyez-vous, lorsqu'on vit tout seul, on finit par voir les choses d'une drôle de façon. Les arbres ne sont plus des arbres, la terre prend des airs de personne vivante, les pierres vous racontent des histoires. Des bêtises, enfin. Je sais des secrets qui vous renverseraient. Puis, que voulez-vous qu'on fasse, dans ce diable de désert ? J'ai lu les bouquins, ça m'a plus amusé que la chasse... Le comte, qui sacrait[2] comme un païen, m'avait toujours répété : "Jeanbernat, mon garçon, je compte bien te retrouver en enfer, pour que tu me serves là-bas comme tu m'auras servi là-haut." »

Il fit de nouveau son large geste autour de l'horizon, en reprenant :

« Entendez-vous, rien, il n'y a rien... Tout ça, c'est de la farce. »

Le docteur Pascal se mit à rire.

« Une belle farce, en tout cas, dit-il. Père Jeanbernat, vous êtes un cachottier. Je vous soupçonne d'être amoureux, avec vos airs blasés. Vous parliez bien tendrement des arbres et des pierres, tout à l'heure.

— Non, je vous assure, murmura le vieillard, ça m'a passé. Autrefois, c'est vrai, quand je vous ai connu et que nous allions herboriser ensemble, j'étais assez bête pour aimer toutes sortes de choses, dans cette grande menteuse de campagne. Heureusement que les bouquins ont tué ça... Je voudrais que mon jardin fût plus petit ; je ne sors pas sur la route deux fois par an. Vous voyez ce banc. Je passe là mes journées, à regarder pousser mes salades[3].

— Et vos tournées dans le parc ? interrompit le docteur.

---

1. Nouveau-né allaité par la mère d'un autre nourrisson. Les deux enfants, qui n'ont pas de lien de parenté, deviennent « frères de lait ». — 2. Jurer, blasphémer. — 3. Allusion à la leçon de *Candide* : « Il faut cultiver notre jardin. »

— Dans le parc ! répéta Jeanbernat d'un air de profonde surprise, mais il y a plus de douze ans que je n'y ai mis les pieds ! Que voulez-vous que j'aille faire, au milieu de ce cimetière ? C'est trop grand. C'est stupide, ces arbres qui n'en finissent plus, avec de la mousse partout, des statues rompues, des trous dans lesquels on manque de se casser le cou à chaque pas. La dernière fois que j'y suis allé, il faisait si noir sous les feuilles, ça empoisonnait si fort les fleurs sauvages, des souffles si drôles passaient dans les allées, que j'ai eu comme peur. Et je me suis barricadé, pour que le parc n'entrât pas ici... Un coin de soleil, trois pieds de laitue devant moi, une grande haie qui me barre tout l'horizon, c'est déjà trop pour être heureux. Rien, voilà ce que je voudrais, rien du tout, quelque chose de si étroit que le dehors ne pût venir m'y déranger. Deux mètres de terre, si vous voulez, pour crever sur le dos [1]. »

Il donna un coup de poing sur la table, haussant brusquement la voix, criant à l'abbé Mouret :

« Allons, encore un coup, monsieur le curé. Le diable n'est pas au fond de la bouteille, allez ! »

Le prêtre éprouvait un malaise. Il se sentait sans force pour ramener à Dieu cet étrange vieillard, dont la raison lui parut singulièrement détraquée. Maintenant, il se rappelait certains bavardages de la Teuse sur le Philosophe, nom que les paysans des Artaud donnaient à Jeanbernat. Des bouts d'histoires scandaleuses traînaient vaguement dans sa mémoire. Il se leva, faisant un signe au docteur, voulant quitter cette maison où il croyait respirer une odeur de damnation. Mais, dans sa crainte sourde, une singulière curiosité [2] l'attardait. Il restait là, allant au bout du petit jardin, fouillant le vestibule du regard, comme pour voir au-delà, derrière les murs. Par la porte grande ouverte, il n'apercevait que la cage noire de l'escalier. Et

---

1. Jeanbernat annonce le personnage du Commandeur, dans *Lourdes*, le seul matérialiste convaincu dans la ville des « miracles ». — 2. La « singulière curiosité » qui retient Serge est le premier signe de la tentation que va exercer sur lui le Paradou.

il revenait, cherchant quelque trou, quelque échappée sur cette mer de feuilles dont il sentait le voisinage, à un large murmure qui semblait battre la maison d'un bruit de vagues.

« Et la petite va bien ? demanda le docteur en prenant son chapeau.

— Pas mal, répondit Jeanbernat. Elle n'est jamais là. Elle disparaît pendant des matinées entières... Peut-être tout de même qu'elle est dans les chambres du haut. »

Il leva la tête, il appela :

« Albine ! Albine ! »

Puis, haussant les épaules :

« Ah ! bien oui, c'est une fameuse gourgandine[1]... Au revoir, monsieur le curé. Tout à votre disposition. »

Mais l'abbé Mouret n'eut pas le temps de relever ce défi du Philosophe. Une porte venait de s'ouvrir brusquement, au fond du vestibule ; une trouée éclatante s'était faite, dans le noir de la muraille. Ce fut comme une vision de forêt vierge, un enfoncement de futaie immense, sous une pluie de soleil. Dans cet éclair, le prêtre saisit nettement, au loin, des détails précis : une grande fleur jaune au centre d'une pelouse, une nappe d'eau qui tombait d'une haute pierre, un arbre colossal empli d'un vol d'oiseaux ; le tout noyé, perdu, flambant, au milieu d'un tel gâchis de verdure, d'une débauche telle de végétation, que l'horizon entier n'était plus qu'un épanouissement. La porte claqua, tout disparut.

« Ah ! la gueuse ! cria Jeanbernat, elle était encore dans le Paradou ! »

Albine riait sur le seuil du vestibule. Elle avait une jupe orange, avec un grand fichu rouge attaché derrière la taille, ce qui lui donnait un air de bohémienne endimanchée. Et elle continuait à rire, la tête renversée, la gorge toute gonflée de gaieté, heureuse de ses fleurs, des fleurs sauvages tressées dans ses cheveux blonds, nouées à son

---

1. Terme péjoratif désignant en principe une fille délurée. Ici, il est un synonyme affectueux de « friponne ».

cou, à son corsage, à ses bras minces, nus et dorés. Elle était comme un grand bouquet d'une odeur forte.

« Va, tu es belle ! grondait le vieux. Tu sens l'herbe à empester... Dirait-on qu'elle a seize ans, cette poupée ! »

Albine, effrontément, riait plus fort. Le docteur Pascal, qui était son grand ami, se laissa embrasser par elle.

« Alors, tu n'as pas peur dans le Paradou, toi ? lui demanda-t-il.

— Peur ? de quoi donc ? dit-elle avec des yeux étonnés. Les murs sont trop hauts, personne ne peut entrer... Il n'y a que moi. C'est mon jardin, à moi toute seule. Il est joliment grand. Je n'en ai pas encore trouvé le bout.

— Et les bêtes ? interrompit le docteur.

— Les bêtes ? Elles ne sont pas méchantes, elles me connaissent bien.

— Mais il fait noir sous les arbres ?

— Pardi ! il y a de l'ombre ; sans cela, le soleil me mangerait la figure... On est bien à l'ombre, dans les feuilles. »

Et elle tournait, emplissant l'étroit jardin du vol de ses jupes, secouant cette âpre senteur de verdure qu'elle portait sur elle. Elle avait souri à l'abbé Mouret, sans honte aucune, sans s'inquiéter des regards surpris dont il la suivait. Le prêtre s'était écarté. Cette enfant blonde, à la face longue, ardente de vie, lui semblait la fille mystérieuse et troublante de cette forêt entrevue dans une nappe de soleil.

« Dites, j'ai un nid de merles, le voulez-vous ? demanda Albine au docteur.

— Non, merci, répondit celui-ci en riant. Il faudra le donner à la sœur de monsieur le curé, qui aime bien les bêtes... Au revoir, Jeanbernat. »

Mais Albine s'était attaquée au prêtre :

« Vous êtes le curé des Artaud, n'est-ce pas ? Vous avez une sœur ? J'irai la voir... Seulement, vous ne me parlerez pas de Dieu. Mon oncle ne veut pas.

— Tu nous ennuies, va-t'en », dit Jeanbernat, en haussant les épaules.

D'un bond de chèvre, elle disparut, laissant une pluie de fleurs derrière elle. On entendit le claquement d'une porte, puis des rires derrière la maison, des rires sonores qui allèrent en se perdant, comme au galop d'une bête folle lâchée dans l'herbe.

« Vous verrez qu'elle finira par coucher dans le Paradou », murmura le vieux de son air indifférent.

Et, comme il accompagnait les visiteurs :

« Docteur, reprit-il, si vous me trouviez mort, un de ces quatre matins, rendez-moi donc le service de me jeter dans le trou au fumier, là, derrière mes salades... Bonsoir, messieurs. »

Il laissa retomber la barrière de bois qui fermait la haie. La maison reprit sa paix heureuse, au soleil de midi, dans le bourdonnement des grosses mouches qui montaient le long du lierre, jusqu'aux tuiles [1].

IX

Cependant, le cabriolet suivait de nouveau le chemin creux, le long de l'interminable mur du Paradou. L'abbé Mouret, silencieux, levait les yeux, regardait les grosses branches qui se tendaient par-dessus ce mur, comme des bras de géants cachés. Des bruits venaient du parc, des frôlements d'ailes, des frissons de feuilles, des bonds furtifs cassant les branches, de grands soupirs ployant les jeunes pousses, toute une haleine de vie roulant sur les cimes d'un peuple d'arbres. Et parfois, à certain cri d'oiseau qui ressemblait à un rire humain, le prêtre tournait la tête avec une sorte d'inquiétude.

« Une drôle de gamine ! disait l'oncle Pascal, en lâchant un peu les guides. Elle avait neuf ans, lorsqu'elle est tombée chez ce païen. Un frère à lui, qui s'est ruiné, je ne sais plus dans quoi. La petite se trouvait en pension

---

1. La phrase qui clôt le chapitre reprend celle qui l'ouvre.

quelque part, quand le père s'est tué. C'était même une demoiselle, savante déjà, lisant, brodant, bavardant, tapant sur les pianos. Et coquette donc ! Je l'ai vue arriver, avec des bas à jour, des jupes brodées, des guimpes[1], des manchettes, un tas de falbalas[2]... Ah bien ! les falbalas ont duré longtemps ! »

Il riait. Une grosse pierre faillit faire verser le cabriolet :

« Si je ne laisse pas une roue de ma voiture dans ce gredin de chemin ! murmura-t-il. Tiens-toi ferme, mon garçon. »

La muraille continuait toujours. Le prêtre écoutait.

« Tu comprends, reprit le docteur, que le Paradou, avec son soleil, ses cailloux, ses chardons, mangerait une toilette par jour. Il n'a fait que trois ou quatre bouchées des belles robes de la petite. Elle revenait nue... Maintenant, elle s'habille comme une sauvage. Aujourd'hui, elle était encore possible ; mais il y a des fois où elle n'a guère que ses souliers et sa chemise... Tu as entendu ? Le Paradou est à elle[3]. Dès le lendemain de son arrivée, elle en a pris possession. Elle vit là, sautant par la fenêtre, lorsque Jeanbernat ferme la porte, s'échappant quand même, allant on ne sait où, au fond de trous perdus connus d'elle seule... Elle doit mener un joli train, dans ce désert.

— Écoutez donc, mon oncle, interrompit l'abbé Mouret. On dirait un trot de bête, derrière cette muraille. »

L'oncle Pascal écouta.

« Non, dit-il au bout d'un silence, c'est le bruit de la voiture contre ces pierres... Va, la petite ne tape plus sur les pianos, à présent. Je crois même qu'elle ne sait plus lire. Imagine-toi une demoiselle retournée à l'état de vaurienne libre, lâchée en récréation dans une île abandonnée. Elle n'a gardé que son fin sourire de coquette, quand

---

1. Pièces de tissu servant à couvrir les robes décolletées. — 2. Ornements sur une toilette. — 3. L'assimilation de la femme (amoureuse, aimée) et du jardin se trouve, dans la Bible, dès le Cantique des cantiques : « C'est un jardin clos que ma sœur, ma fiancée, une source fermée, une fontaine scellée ; un parc de plaisance où poussent des grenades et tous les beaux fruits (...). »

elle veut... Ah ! par exemple, si tu sais jamais une fille à élever, je ne te conseille pas de la confier à Jeanbernat. Il a une façon de laisser agir la nature tout à fait primitive. Lorsque je me suis hasardé à lui parler d'Albine, il m'a répondu qu'il ne fallait pas empêcher les arbres de pousser à leur gré. Il est, dit-il, pour le développement normal des tempéraments... N'importe, ils sont bien intéressants tous les deux. Je ne passe pas dans les environs sans leur rendre visite. »

Le cabriolet sortait enfin du chemin creux. Là, le mur du Paradou faisait un coude, se développant ensuite à perte de vue, sur la crête des coteaux. Au moment où l'abbé Mouret tournait la tête pour donner un dernier regard à cette barre grise, dont la sévérité impénétrable avait fini par lui causer un singulier agacement, des bruits de branches violemment secouées se firent entendre, tandis qu'un bouquet de jeunes bouleaux semblaient saluer les passants, du haut de la muraille.

« Je savais bien qu'une bête courait là derrière », dit le prêtre.

Mais, sans qu'on vît personne, sans qu'on aperçût autre chose, en l'air, que les bouleaux balancés de plus en plus furieusement, on entendit une voix claire, coupée de rires, qui criait :

« Au revoir, docteur ! au revoir, monsieur le curé !... J'embrasse l'arbre, l'arbre vous envoie mes baisers.

— Eh ! c'est Albine, dit le docteur Pascal. Elle aura suivi notre voiture au trot. Elle n'est pas embarrassée pour sauter les buissons, cette petite fée ! »

Et criant à son tour :

« Au revoir, mignonne !... Tu es joliment grande, pour nous saluer comme ça. »

Les rires redoublèrent, les bouleaux saluèrent plus bas, semant les feuilles au loin, jusque sur la capote du cabriolet.

« Je suis grande comme les arbres, toutes les feuilles qui tombent sont des baisers », reprit la voix, changée par l'éloignement, si musicale, si fondue dans les haleines roulantes du parc que le jeune prêtre resta frissonnant.

La route devenait meilleure. À la descente, les Artaud reparurent, au fond de la plaine brûlée. Quand le cabriolet coupa le chemin du village, l'abbé Mouret ne voulut jamais que son oncle le reconduisît à la cure. Il sauta à terre, en disant :

« Non, merci, j'aime mieux marcher, cela me fera du bien.

— Comme il te plaira », finit par répondre le docteur.

Puis, lui serrant la main :

« Hein ! si tu n'avais que des paroissiens comme cet animal de Jeanbernat, tu n'aurais pas souvent à te déranger. Enfin, c'est toi qui as voulu venir... Et porte-toi bien. Au moindre bobo, de nuit ou de jour, envoie-moi chercher. Tu sais que je soigne toute la famille pour rien... Adieu, mon garçon. »

X

Quand l'abbé Mouret se retrouva seul, dans la poussière du chemin, il se sentit plus à l'aise. Ces champs pierreux le rendaient à son rêve de rudesse, de vie intérieure vécue au désert. Le long du chemin creux, les arbres avaient laissé tomber sur sa nuque des fraîcheurs inquiétantes, que maintenant le soleil ardent séchait. Les maigres amandiers, les blés pauvres, les vignes infirmes, aux deux bords de la route, l'apaisaient, le tiraient du trouble où l'avaient jeté les souffles trop gras du Paradou. Et, au milieu de la clarté aveuglante qui coulait du ciel sur cette terre nue, les blasphèmes de Jeanbernat ne mettaient même plus une ombre. Il eut une joie vive lorsque, en levant la tête, il aperçut à l'horizon la barre immobile du Solitaire, avec la tache des tuiles roses de l'église.

Mais, à mesure qu'il avançait, l'abbé était pris d'une autre inquiétude. La Teuse allait le recevoir d'une belle façon, avec son déjeuner froid qui devait attendre depuis près de deux heures. Il s'imaginait son terrible visage, le flot de paroles dont elle l'accueillerait, les bruits irrités de vaisselle qu'il entendrait l'après-midi entier. Quand il eut traversé les Artaud, sa peur devint si vive qu'il hésita, pris de lâcheté, se demandant s'il ne serait pas plus prudent de faire le tour et de rentrer par l'église. Mais, comme il se consultait, la Teuse en personne parut, au seuil du presbytère, le bonnet de travers, les poings aux hanches. Il courba le dos, il dut monter la pente sous ce regard gros d'orage qu'il sentait peser sur ses épaules.

« Je crois bien que je suis en retard, ma bonne Teuse », balbutia-t-il, dès le dernier coude du sentier.

La Teuse attendit qu'il fût en face d'elle, tout près. Alors, elle le regarda entre les deux yeux, furieusement ; puis, sans rien dire, elle se tourna, marcha devant lui, jusque dans la salle à manger, en tapant ses gros talons, si roidie par la colère qu'elle ne boitait presque plus.

« J'ai eu tant d'affaires ! commença le prêtre, que cet accueil muet épouvantait. Je cours depuis ce matin... »

Mais elle lui coupa la parole d'un nouveau regard, si fixe, si fâché, qu'il eut les jambes comme rompues. Il s'assit, il se mit à manger. Elle le servait avec des sécheresses d'automate, risquant de casser les assiettes, tant elle les posait avec violence. Le silence devenait si formidable qu'il ne put avaler la troisième bouchée, étranglé par l'émotion.

« Et ma sœur a déjeuné ? demanda-t-il. Elle a bien fait. Il faut toujours déjeuner, lorsque je suis retenu dehors. »

Pas de réponse. La Teuse, debout, attendait qu'il eût vidé son assiette pour la lui enlever. Alors, sentant qu'il ne pourrait manger sous cette paire d'yeux implacables qui l'écrasaient, il repoussa son couvert. Ce geste de colère fut comme un coup de fouet, qui tira la Teuse de sa roideur entêtée. Elle bondit.

« Ah ! c'est comme ça ! cria-t-elle. C'est encore vous qui vous fâchez. Eh bien ! je m'en vais ! Vous allez me payer mon voyage pour que je m'en retourne chez moi. J'en ai assez des Artaud, et de votre église, et de tout ! »

Elle retirait son tablier de ses mains tremblantes.

« Vous deviez bien voir que je ne voulais pas parler...

Est-ce une vie, ça ! Il n'y a que les saltimbanques, monsieur le curé, qui font ça ! Il est onze heures, n'est-ce pas ? Vous n'avez pas honte d'être encore à table à près de deux heures ? Ce n'est pas d'un chrétien, non. Ce n'est pas d'un chrétien ! »

Puis, se plantant devant lui :

« Enfin, d'où venez-vous ? qui avez-vous vu ? quelle affaire a pu vous retenir ?... Vous seriez un enfant qu'on vous donnerait le fouet. Un prêtre n'est pas à sa place sur les routes, au grand soleil, comme les gueux qui n'ont pas de toit... Ah ! vous êtes dans un bel état, les souliers tout blancs, la soutane perdue de poussière ! Qui vous la brossera, votre soutane ? Qui vous en achètera une autre ?... Mais parlez donc ! Dites ce que vous avez fait ! Ma parole, si l'on ne vous connaissait pas, on finirait par croire de drôles de choses ! Et, voulez-vous que je vous dise ? Eh bien ! je n'en mettrais pas la main au feu. Quand on déjeune à des heures pareilles, on peut tout faire. »

L'abbé Mouret, soulagé, laissait passer l'orage. Il éprouvait comme une détente nerveuse, dans les paroles emportées de la vieille servante.

« Voyons, ma bonne Teuse, dit-il, vous allez d'abord remettre votre tablier.

— Non, non, cria-t-elle, c'est fini, je m'en vais. »

Mais lui, se levant, lui noua le tablier à la taille en riant. Elle se débattait, elle bégayait :

« Je vous dis que non !... Vous êtes un enjôleur. Je lis dans votre jeu. Je vois bien que vous voulez m'endormir, avec vos paroles sucrées... Où êtes-vous allé ? Nous verrons ensuite. »

Il se remit à table gaiement, en homme qui a victoire gagnée.

« D'abord, reprit-il, il faut me permettre de manger... Je meurs de faim.

— Sans doute, murmura-t-elle, apitoyée. Est-ce qu'il y a du bon sens ?... Voulez-vous que j'ajoute deux œufs sur le plat ? Ce ne sera pas long. Enfin, si vous avez assez... Et tout est froid ! Moi qui avais tant soigné vos aubergines ! Elles sont propres, maintenant ! On dirait de vieilles semelles... Heureusement que vous n'êtes pas sur votre bouche[1], comme ce pauvre M. Caffin... Oh ! ça, vous avez des qualités, je ne le nie pas. »

Elle le servait, avec des attentions de mère, tout en bavardant. Puis, quand il eut fini, elle courut à la cuisine voir si le café était encore chaud. Elle s'abandonnait, elle boitait d'une façon extravagante, dans la joie du raccommodement. D'ordinaire, l'abbé Mouret redoutait le café, qui lui occasionnait de grands troubles nerveux ; mais, en cette circonstance, voulant sceller la paix, il accepta la tasse qu'elle lui apporta. Et, comme il s'oubliait un instant à table, elle s'assit devant lui, elle répéta doucement, en femme que la curiosité torture :

« Où êtes-vous allé, monsieur le curé ?

— Mais, répondit-il en souriant, j'ai vu les Brichet, j'ai parlé à Bambousse... »

Alors, il fallut qu'il lui racontât ce que les Brichet avaient dit, ce qu'avait décidé Bambousse, et la mine qu'ils faisaient, et l'endroit où ils travaillaient. Lorsqu'elle connut la réponse du père de Rosalie :

« Pardi ! cria-t-elle, si le petit mourait, la grossesse ne compterait pas. »

Puis, joignant les mains d'un air d'admiration envieuse :

« Avez-vous dû bavarder, monsieur le curé ! Plus d'une demi-journée pour arriver à ce beau résultat !... Et vous êtes revenu tout doucement ? Il devait faire diablement chaud sur la route ? »

L'abbé, qui s'était levé, ne répondit pas. Il allait parler du Paradou, demander des renseignements. Mais la crainte d'être questionné trop vivement, une sorte de honte vague qu'il ne s'avouait pas à lui-même, le firent

---

1. « Être sur sa bouche » est une expression populaire qui signifie « être gourmand ».

garder le silence sur sa visite à Jeanbernat[1]. Il coupa court à tout nouvel interrogatoire, en demandant :

« Et ma sœur, où est-elle donc ? Je ne l'entends pas.

— Venez, monsieur », dit la Teuse qui se mit à rire, un doigt sur la bouche.

Ils entrèrent dans la pièce voisine, un salon de campagne, tapissé d'un papier à grandes fleurs grises déteintes, meublé de quatre fauteuils et d'un canapé tendus d'une étoffe de crin. Sur le canapé, Désirée dormait, jetée tout de son long, la tête soutenue par ses deux poings fermés. Ses jupes pendaient, lui découvrant les genoux ; tandis que ses bras levés, nus jusqu'aux coudes, remontaient les lignes puissantes de la gorge. Elle avait un souffle un peu fort, entre ses lèvres rouges entrouvertes, montrant les dents.

« Hein ? dort-elle ! murmura la Teuse. Elle ne vous a seulement pas entendu me crier vos sottises, tout à l'heure... Dame ! elle doit être joliment fatiguée. Imaginez qu'elle a nettoyé ses bêtes jusqu'à près de midi... Quand elle a eu mangé, elle est venue tomber là comme un plomb. Elle n'a plus bougé. »

Le prêtre la regarda un instant, avec une grande tendresse.

« Il faut la laisser reposer tant qu'elle voudra, dit-il.

— Bien sûr... Est-ce malheureux qu'elle soit si innocente ! Voyez donc, ce gros bras ! Quand je l'habille, je pense toujours à la belle femme qu'elle serait devenue. Allez, elle vous aurait donné de fiers neveux, monsieur le curé... Vous ne trouvez pas qu'elle ressemble à cette grande dame de pierre qui est à la halle au blé[2] de Plassans ? »

Elle voulait parler d'une Cybèle[3], allongée sur des gerbes, œuvre d'un élève de Puget, sculptée au fronton

---

1. Début des silences coupables de Serge qui, tout au long du roman, refuse de se « confesser » à la Teuse. Son attitude contraste avec celle de son prédécesseur, l'abbé Caffin ; voir p. 138 : « M. Caffin me disait tout. » — 2. Place couverte où l'on stockait et vendait le blé. — 3. Divinité anatolienne, déesse de la nature et de la fertilité, elle fut souvent nommée par les Grecs « Mère des dieux ».

du marché. L'abbé Mouret, sans répondre, la poussa doucement hors du salon, en lui recommandant de faire le moins de bruit possible. Et, jusqu'au soir, le presbytère resta dans un grand silence. La Teuse achevait sa lessive, sous le hangar. Le prêtre, au fond de l'étroit jardin, son bréviaire tombé sur les genoux, était abîmé dans une contemplation pieuse, pendant que des pétales roses pleuvaient des pêchers en fleur.

XI

Vers six heures, ce fut un brusque réveil. Un tapage de portes ouvertes et refermées, au milieu d'éclats de rire, ébranla toute la maison, et Désirée parut, les cheveux tombant, les bras toujours nus jusqu'aux coudes, criant :

« Serge ! Serge ! »

Puis, quand elle eut aperçu son frère dans le jardin, elle accourut, elle s'assit un instant par terre, à ses pieds, le suppliant :

« Viens donc voir les bêtes !... Tu n'as pas encore vu les bêtes, dis ! Si tu savais comme elles sont belles maintenant ! »

Il se fit beaucoup prier. La basse-cour l'effrayait un peu. Mais voyant des larmes dans les yeux de Désirée, il céda. Alors, elle se jeta à son cou, avec une joie soudaine de jeune chien, riant plus fort, sans même s'essuyer les joues.

« Ah ! tu es gentil ! balbutia-t-elle en l'entraînant. Tu verras les poules, les lapins, les pigeons, et mes canards qui ont de l'eau fraîche, et ma chèvre, dont la chambre est aussi propre que la mienne, à présent... Tu sais, j'ai trois oies et deux dindes. Viens vite. Tu verras tout. »

Désirée avait alors vingt-deux ans. Grandie à la campagne, chez sa nourrice, une paysanne de Saint-Eutrope, elle avait poussé en plein fumier. Le cerveau vide, sans pensées graves d'aucune sorte, elle profitait du sol gras,

« La basse-cour l'effrayait un peu. »
Millet, *La Maison de Millet.* Musée Fabre, Montpellier.

du plein air de la campagne, se développant toute en chair, devenant une belle bête, fraîche, blanche, au sang rose, à la peau ferme. C'était comme une ânesse de race qui aurait eu le don du rire. Bien que pataugeant du matin au soir, elle gardait ses attaches fines, les lignes souples de ses reins, l'affinement bourgeois de son corps de vierge ; si bien qu'elle était une créature à part, ni demoiselle, ni paysanne, une fille nourrie de la terre, avec une ampleur d'épaules et un front borné de jeune déesse [1].

Sans doute, ce fut sa pauvreté d'esprit qui la rapprocha des animaux. Elle n'était à l'aise qu'en leur compagnie, entendait mieux leur langage que celui des hommes, les

1. L'évocation de Désirée dit la fascination de Zola pour les femmes monumentales (même si son idéal féminin reste la femme gracile, « un Jean Goujon », écrit-il volontiers, faisant référence aux œuvres déliées de ce sculpteur). On songe, en lisant l'évocation de Désirée, aux baigneuses de Cézanne, aux femmes peintes par Rubens, Courbet, aux futures silhouettes de Matisse et à certains Picasso.

soignait avec des attendrissements maternels. Elle avait, à défaut de raisonnement suivi, un instinct qui la mettait de plain-pied avec eux. Au premier cri qu'ils poussaient, elle savait où était leur mal. Elle inventait des friandises sur lesquelles ils tombaient gloutonnement. Elle mettait la paix d'un geste dans leurs querelles, semblait connaître d'un regard leur caractère bon ou mauvais, racontait des histoires considérables, donnait des détails si abondants, si précis, sur les façons d'être du moindre poussin, qu'elle stupéfiait profondément les gens pour lesquels un petit poulet ne se distingue en aucune façon d'un autre petit poulet. Sa basse-cour était ainsi devenue tout un pays, où elle régnait en maîtresse absolue ; un pays d'une organisation très compliquée, troublé par des révolutions, peuplé des êtres les plus différents, dont elle seule connaissait les annales [1]. Cette certitude de l'instinct allait si loin, qu'elle flairait les œufs vides d'une couvée, et qu'elle annonçait à l'avance le nombre de petits, dans une portée de lapins.

À seize ans, lorsque la puberté était venue, Désirée n'avait point eu les vertiges ni les nausées des autres filles. Elle prit une carrure de femme faite, se porta mieux, fit éclater ses robes sous l'épanouissement splendide de sa chair. Dès lors, elle eut cette taille ronde qui roulait librement, ces membres largement assis de statue antique, toute cette poussée d'animal vigoureux. On eût dit qu'elle tenait au terreau de sa basse-cour, qu'elle suçait la sève par ses fortes jambes, blanches et solides comme de jeunes arbres. Et, dans cette plénitude, pas un désir charnel ne monta. Elle trouva une satisfaction continue à sentir autour d'elle un pullulement. Des tas de fumier, des bêtes accouplées, se dégageait un flot de génération, au milieu duquel elle goûtait les joies de la fécondité. Quelque chose d'elle se contentait dans la ponte des poules ; elle portait ses lapines au mâle, avec des rires de belle fille calmée ; elle éprouvait des bonheurs de femme grosse à traire sa chèvre. Rien n'était

---

1. Récit des événements année par année.

plus sain. Elle s'emplissait innocemment de l'odeur, de la chaleur de la vie. Aucune curiosité dépravée ne la poussait à ce souci de la reproduction, en face des coqs battant des ailes, des femelles en couches, du bouc empoisonnant l'étroite écurie. Elle gardait sa tranquillité de belle bête, son regard clair, vide de pensées, heureuse de voir son petit monde se multiplier, ressentant un agrandissement de son propre corps, fécondée, identifiée à ce point avec toutes ces mères, qu'elle était comme la mère commune, la mère naturelle, laissant tomber de ses doigts, sans un frisson, une sueur d'engendrement.

Depuis que Désirée était aux Artaud, elle passait ses journées en pleine béatitude. Enfin, elle contentait le rêve de son existence, le seul désir qui l'eût tourmentée, au milieu de sa puérilité de faible d'esprit. Elle possédait une basse-cour, un trou qu'on lui abandonnait, où elle pouvait faire pousser des bêtes à sa guise. Dès lors, elle s'enterra là, bâtissant elle-même des cabanes pour les lapins, creusant la mare aux canards, tapant des clous, apportant de la paille, ne tolérant pas qu'on l'aidât. La Teuse en était quitte pour la débarbouiller. La basse-cour se trouvait située derrière le cimetière ; souvent même, Désirée devait rattraper, au milieu des tombes, quelque poule curieuse, sautée par-dessus le mur. Au fond, se trouvait un hangar où étaient la lapinière[1] et le poulailler ; à droite, logeait la chèvre, dans une petite écurie. D'ailleurs, tous les animaux vivaient ensemble, les lapins lâchés avec les poules, la chèvre prenant des bains de pieds au milieu des canards, les oies, les dindes, les pintades, les pigeons fraternisant en compagnie de trois chats. Quand elle se montrait à la barrière de bois qui empêchait tout ce monde de pénétrer dans l'église, un vacarme assourdissant la saluait.

« Hein ! les entends-tu ? » dit-elle à son frère, dès la porte de la salle à manger.

---

1. La lapinière est formée de plusieurs petites cases fermées par un treillage à travers lequel on voit les lapins.

Mais, lorsqu'elle l'eut fait entrer, en refermant la barrière derrière eux, elle fut assaillie si violemment, qu'elle disparut presque. Les canards et les oies, claquant du bec, la tiraient par ses jupes ; les poules goulues sautaient à ses mains qu'elles piquaient à grands coups, les lapins se blottissaient sur ses pieds, avec des bonds qui lui montaient jusqu'aux genoux ; tandis que les trois chats lui sautaient sur les épaules, et que la chèvre bêlait, au fond de l'écurie, de ne pouvoir la rejoindre.

« Laissez-moi donc, bêtes ! » criait-elle, toute sonore de son beau rire, chatouillée par ces plumes, ces pattes, ces becs qui la frôlaient.

Et elle ne faisait rien pour se débarrasser. Comme elle le disait, elle se serait laissé manger, tant cela lui était doux, de sentir cette vie s'abattre contre elle et la mettre dans une chaleur de duvet. Enfin, un seul chat s'entêta à vouloir rester sur son dos.

« C'est Moumou, dit-elle. Il a des pattes comme du velours. »

Puis, orgueilleusement, montrant la basse-cour à son frère, elle ajouta :

« Tu vois comme c'est propre ! »

La basse-cour, en effet, était balayée, lavée, ratissée. Mais de ces eaux sales remuées, de cette litière retournée à la fourche, s'exhalait une odeur fauve, si pleine de rudesse, que l'abbé Mouret se sentit pris à la gorge. Le fumier s'élevait contre le mur du cimetière en un tas énorme qui fumait.

« Hein ! quel tas ! reprit Désirée, en menant son frère dans la vapeur âcre. J'ai tout mis là, personne ne m'a aidée... Va, ce n'est pas sale. Ça nettoie. Regarde mes bras. »

Elle allongeait ses bras, qu'elle avait simplement trempés au fond d'un seau d'eau, des bras royaux, d'une rondeur superbe, poussés comme des roses blanches et grasses, dans ce fumier.

« Oui, oui, murmura le prêtre, tu as bien travaillé. C'est très joli, maintenant. »

Il se dirigeait vers la barrière ; mais elle l'arrêta.

« Attends donc ! Tu vas tout voir. Tu ne te doutes pas... »

Elle l'entraîna sous le hangar, devant la lapinière.

« Il y a des petits dans toutes les cases », dit-elle, en tapant les mains d'enthousiasme.

Alors, longuement, elle lui expliqua les portées. Il fallut qu'il s'accroupît, qu'il mît le nez contre le treillage, pendant qu'elle donnait des détails minutieux. Les mères, avec leurs grandes oreilles anxieuses, les regardaient de biais, soufflantes, clouées de peur. Puis, c'était, dans une case, un trou de poils, au fond duquel grouillait un tas vivant, une masse noirâtre indistincte, qui avait une grosse haleine, comme un seul corps. À côté, les petits se hasardaient au bord du trou, portant des têtes énormes. Plus loin, ils étaient déjà forts, ils ressemblaient à de jeunes rats, furetant, bondissant, le derrière en l'air, taché du bouton blanc de la queue. Ceux-là avaient des grâces joueuses de bambins, faisant le tour des cases au galop, les blancs aux yeux de rubis pâle, les noirs aux yeux luisants comme des boutons de jais. Et des paniques les emportaient brusquement, découvrant à chaque saut leurs pattes minces, roussies par l'urine. Et ils se remettaient en un tas, si étroitement, qu'on ne voyait plus les têtes.

« C'est toi qui leur fais peur, disait Désirée. Moi, ils me connaissent bien. »

Elle les appelait, elle tirait de sa poche quelque croûte de pain. Les petits lapins se rassuraient, venaient un à un, obliquement, le nez frisé, se mettant debout contre le grillage. Et elle les laissait là, un instant, pour montrer à son frère le duvet rose de leur ventre. Puis, elle donnait la croûte au plus hardi. Alors, toute la bande accourait, se coulait, se serrait, sans se battre ; trois petits, parfois, mordaient à la même croûte ; d'autres se sauvaient, se tournaient contre le mur, pour manger tranquilles ; tandis que les mères, au fond, continuaient à souffler, méfiantes, refusant les croûtes.

« Ah ! les gourmands ! cria Désirée, ils mangeraient

comme cela jusqu'à demain matin !... La nuit, on les entend qui croquent les feuilles oubliées. »

Le prêtre s'était relevé, mais elle ne se lassait point de sourire aux chers petits.

« Tu vois, le gros, là-bas, celui qui est tout blanc, avec les oreilles noires... Eh bien, il adore les coquelicots. Il les choisit très bien, parmi les autres herbes... L'autre jour, il a eu des coliques. Ça le tenait sous les pattes de derrière. Alors, je l'ai pris, je l'ai gardé au chaud, dans ma poche. Depuis ce temps, il est joliment gaillard. »

Elle allongeait les doigts entre les mailles du treillage, elle leur caressait l'échine.

« On dirait un satin, reprit-elle. Ils sont habillés comme des princes. Et coquets avec cela ! Tiens, en voilà un qui est toujours à se débarbouiller. Il use ses pattes... Si tu savais comme ils sont drôles ! Moi, je ne dis rien, mais je m'aperçois bien de leurs malices. Ainsi, par exemple, ce gris qui nous regarde, détestait une petite femelle, que j'ai dû mettre à part. Il y a eu des histoires terribles entre eux. Ça serait trop long à conter. Enfin, la dernière fois qu'il l'a battue, comme j'arrivais furieuse, qu'est-ce que je vois ? ce gredin-là, blotti dans le fond, qui avait l'air de râler. Il voulait me faire croire que c'était lui qui avait à se plaindre d'elle... »

Elle s'interrompit ; puis, s'adressant au lapin :

« Tu as beau m'écouter, tu n'es qu'un gueux ! »

Et se tournant vers son frère :

« Il entend tout ce que je dis », murmura-t-elle, avec un clignement d'yeux.

L'abbé Mouret ne put tenir davantage, dans la chaleur qui montait des portées. La vie, grouillant sous ce poil arraché du ventre des mères, avait un souffle fort, dont il sentait le trouble à ses tempes. Désirée, comme grisée peu à peu, s'égayait davantage, plus rose, plus carrée dans sa chair.

« Mais rien ne t'appelle ! cria-t-elle ; tu as l'air de toujours te sauver... Et mes petits poussins, donc ! Ils sont nés de cette nuit. »

Elle prit du riz, elle en jeta une poignée devant elle. La

poule, avec des gloussements d'appel, s'avança gravement, suivie de toute la bande des poussins, qui avaient
un gazouillis et des courses folles d'oiseaux égarés. Puis,
quand ils furent au beau milieu des grains de riz, la mère
donna de furieux coups de bec, rejetant les grains qu'elle
cassait, tandis que les petits piquaient devant elle, d'un
air pressé. Ils étaient adorables d'enfance, demi-nus, la
tête ronde, les yeux vifs comme des pointes d'acier, le
bec planté si drôlement, le duvet retroussé d'une façon si
plaisante, qu'ils ressemblaient à des joujoux de deux sous.
Désirée riait d'aise, de les voir.

« Ce sont des amours ! » balbutiait-elle.

Elle en prit deux, un dans chaque main, les couvrant
d'une rage de baisers. Et le prêtre dut les regarder partout,
tandis qu'elle disait tranquillement :

« Ce n'est pas facile de reconnaître les coqs. Moi, je
ne me trompe pas... Ça, c'est une poule, et ça, c'est
encore une poule. »

Elle les remit à terre. Mais les autres poules arrivaient,
pour manger le riz. Un grand coq rouge, aux plumes flambantes, les suivait, en levant ses larges pattes avec une
majesté circonspecte.

« Alexandre devient superbe », dit l'abbé pour faire
plaisir à sa sœur.

Le coq s'appelait Alexandre. Il regardait la jeune fille
de son œil de braise, la tête tournée, la queue élargie.
Puis, il vint se planter au bord de ses jupes.

« Il m'aime bien, dit-elle. Moi seule peux le toucher...
C'est un bon coq. Il a quatorze poules, et je ne trouve
jamais un œuf clair[1] dans les couvées... N'est-ce pas,
Alexandre ? »

Elle s'était baissée. Le coq ne se sauva pas sous sa
caresse. Il sembla qu'un flot de sang allumait sa crête.
Les ailes battantes, le cou tendu, il lança un cri prolongé,
qui sonna comme soufflé par un tube d'airain. À quatre
reprises, il chanta, tandis que tous les coqs des Artaud

---

1. Œuf qui n'a pas été fécondé.

répondaient, au loin. Désirée s'amusa beaucoup de la mine effarée de son frère.

« Hein ! il te casse les oreilles, dit-elle. Il a un fameux gosier... Mais, je t'assure, il n'est pas méchant. Ce sont les poules qui sont méchantes... Tu te rappelles la grosse mouchetée, celle qui faisait des œufs jaunes ? Avant-hier, elle s'était écorché la patte. Quand les autres ont vu le sang, elles sont devenues comme folles. Toutes la suivaient, la piquaient, lui buvaient le sang, si bien que le soir elles lui avaient mangé la patte... Je l'ai trouvée la tête derrière une pierre, comme une imbécile, ne disant rien, se laissant dévorer. »

La voracité des poules la laissait riante. Elle raconta d'autres cruautés, paisiblement : de jeunes poulets le derrière déchiqueté, les entrailles vidées, dont elle n'avait retrouvé que le cou et les ailes ; une portée de petits chats mangée dans l'écurie, en quelques heures.

« Tu leur donnerais un chrétien, continua-t-elle, qu'elles en viendraient à bout... Et dures au mal ! Elles vivent très bien avec un membre cassé. Elles ont beau avoir des plaies, des trous dans le corps à y fourrer le poing, elles n'en avalent pas moins leur soupe. C'est pour cela que je les aime : leur chair repousse en deux jours, leur corps est toujours chaud comme si elles avaient une provision de soleil sous les plumes... Quand je veux les régaler, je leur coupe de la viande crue. Et les vers donc ! Tu vas voir si elles les aiment. »

Elle courut au tas de fumier, trouva un ver qu'elle prit sans dégoût. Les poules se jetaient sur ses mains. Mais elle, tenant le ver très haut, s'amusait de leur gloutonnerie. Enfin, elle ouvrit les doigts. Les poules se poussèrent, s'abattirent ; puis, une d'elles se sauva, poursuivie par les autres, le ver au bec. Il fut ainsi pris, perdu, repris, jusqu'à ce qu'une poule, donnant un grand coup de gosier, l'avalât. Alors, toutes s'arrêtèrent net, le cou renversé, l'œil rond, attendant un autre ver. Désirée, heureuse, les appelait par leurs noms, leur disait des mots d'amitié, tandis que l'abbé Mouret reculait de quelques pas, en face de cette intensité de vie vorace.

« Non, je ne suis pas rassuré, dit-il à sa sœur qui voulait lui faire peser une poule qu'elle engraissait. Ça m'inquiète, quand je touche des bêtes vivantes. »

Il tâchait de sourire. Mais Désirée le traita de poltron.

« Eh bien ! et mes canards, et mes oies, et mes dindes ! Qu'est-ce que tu ferais, si tu avais tout cela à soigner ?... C'est ça qui est sale, les canards. Tu les entends claquer du bec, dans l'eau ? Et quand ils plongent, on ne voit plus que leur queue, droite comme une quille... Les oies et les dindes non plus ne sont pas faciles à gouverner. Hein ! est-ce amusant, lorsqu'elles marchent, les unes toutes blanches, les autres toutes noires, avec leurs grands cous. On dirait des messieurs et des dames... En voilà encore auxquels je ne te conseillerais pas de confier un doigt. Ils te l'avaleraient proprement, d'un seul coup... Moi, ils me les embrassent, les doigts, tu vois ! »

Elle eut la parole coupée par un bêlement joyeux de la chèvre, qui venait enfin de forcer la porte mal fermée de l'écurie. En deux sauts, la bête fut près d'elle, pliant sur ses jambes de devant, la caressant de ses cornes. Le prêtre lui trouva un rire de diable, avec sa barbiche pointue et ses yeux troués de biais. Mais Désirée la prit par le cou, l'embrassa sur la tête, jouant à courir, parlant de la téter. Ça lui arrivait souvent, disait-elle. Quand elle avait soif, dans l'écurie, elle se couchait, elle tétait.

« Tiens, c'est plein de lait », ajouta-t-elle en soulevant les pis énormes de la bête.

L'abbé battit des paupières, comme si on lui eût montré une obscénité. Il se souvenait d'avoir vu, dans le cloître de Saint-Saturnin, à Plassans, une chèvre de pierre décorant une gargouille, qui forniquait[a] avec un moine. Les chèvres, puant le bouc, ayant des caprices et des entêtements de filles, offrant leurs mamelles pendantes à tout venant, étaient restées pour lui des créatures de l'enfer, suant la lubricité. Sa sœur n'avait obtenu d'en avoir une qu'après des semaines de supplications. Et lui, quand il

---

a. « ... *forniquant* avec un moine. »

venait, évitait le frôlement des longs poils soyeux de la bête, défendait sa soutane de l'approche de ses cornes.

« Va, je vais te rendre la liberté, dit Désirée qui s'aperçut de son malaise croissant. Mais, auparavant, il faut que je te montre encore quelque chose... Tu promets de ne pas me gronder ? Je ne t'en ai pas parlé, parce que tu n'aurais pas voulu... Si tu savais comme je suis contente. »

Elle se faisait suppliante, joignant les mains, posant la tête contre l'épaule de son frère.

« Quelque folie encore, murmura celui-ci, qui ne put s'empêcher de sourire.

— Tu veux bien, dis ? reprit-elle, les yeux luisants de joie. Tu ne te fâcheras pas ?... Il est si joli ! »

Et, courant, elle ouvrit une porte basse, sous le hangar. Un petit cochon sauta d'un bond dans la cour.

« Oh ! le chérubin ! » dit-elle d'un air de profond ravissement, en le regardant s'échapper.

Le petit cochon était charmant, tout rose, le groin lavé par les eaux grasses, avec le cercle de crasse que son continuel barbotement dans l'auge lui laissait près des yeux. Il trottait, bousculant les poules, accourant pour leur manger ce qu'on leur jetait, emplissant l'étroite cour de ses détours brusques. Ses oreilles battaient sur ses yeux, son groin ronflait à terre ; il ressemblait, sur ses pattes minces, à une bête à roulettes. Et, par-derrière, sa queue avait l'air du bout de ficelle qui servait à l'accrocher.

« Je ne veux pas ici de cet animal ! s'écria le prêtre très contrarié.

— Serge, mon bon Serge, supplia de nouveau Désirée, ne sois pas méchant... Vois comme il est innocent, le cher petit. Je le débarbouillerai, je le tiendrai bien propre. C'est la Teuse qui se l'est fait donner pour moi. On ne peut pas le renvoyer maintenant... Tiens, il te regarde, il te sent. N'aie pas peur, il ne te mangera pas. »

Mais elle s'interrompit, prise d'un rire fou. Le petit cochon, ahuri, venait de se jeter dans les jambes de la chèvre, qu'il avait culbutée. Il reprit sa course, criant, roulant, effarant toute la basse-cour. Désirée, pour le calmer, dut lui donner une terrine d'eau de vaisselle. Alors, il s'enfonça dans la terrine jusqu'aux oreilles ; il gargouillait, il grognait, tandis que de courts frissons passaient sur sa peau rose. Sa queue, défrisée, pendait.

L'abbé Mouret eut un dernier dégoût à entendre cette eau sale remuée. Depuis qu'il était là, un étouffement le gagnait, des chaleurs le brûlaient aux mains, à la poitrine, à la face. Peu à peu sa tête avait tourné, il sentait [a] dans un même souffle pestilentiel la tiédeur fétide des lapins et des volailles, l'odeur lubrique de la chèvre, la fadeur grasse du cochon. C'était comme un air chargé de fécondation, qui pesait trop lourdement à ses épaules vierges. Il lui semblait que Désirée avait grandi, s'élargissant des hanches, agitant des bras énormes, balayant de ses jupes, au ras du sol, cette senteur puissante dans laquelle il s'évanouissait. Il n'eut que le temps d'ouvrir la claie de bois [1]. Ses pieds collaient au pavé humide encore de fumier, à ce point qu'il se crut retenu par une étreinte de la terre. Et le souvenir du Paradou lui revint tout d'un coup, avec les grands arbres, les ombres noires, les senteurs puissantes, sans qu'il pût s'en défendre.

« Te voilà tout rouge, à présent, dit Désirée en le rejoignant de l'autre côté de la barrière. Tu n'es pas content d'avoir tout vu ?... Les entends-tu crier ? »

Les bêtes, en la voyant partir, se poussaient contre les treillages, jetaient des cris lamentables. Le petit cochon surtout avait un gémissement prolongé de scie qu'on aiguise. Mais, elle, leur faisait des révérences, leur envoyait des baisers du bout des doigts, riant de les voir tous là, en tas, comme amoureux d'elle. Puis, se serrant contre son frère, l'accompagnant au jardin :

« Je voudrais une vache », lui dit-elle à l'oreille, toute rougissante.

Il la regarda, refusant déjà du geste.

« Non, non, pas maintenant, reprit-elle vivement. Plus

a. « ... avait tourné. *Maintenant*, il sentait... »

1. Clôture en bois à claire-voie.

tard, je t'en reparlerai... Il y aurait de la place dans l'écurie. Une belle vache blanche, avec des taches rousses. Tu verrais comme nous aurions du bon lait. Une chèvre, ça finit par être trop petit... Et quand la vache ferait un veau[1] ! »

Elle dansait, elle tapait des mains, tandis que le prêtre retrouvait en elle la basse-cour qu'elle avait emportée dans ses jupes. Aussi la laissa-t-il au fond du jardin, assise par terre, en plein soleil, devant une ruche dont les abeilles ronflaient comme des balles d'or sur son cou, le long de ses bras nus, dans ses cheveux, sans la piquer.

XII

Frère Archangias dînait à la cure[2] tous les jeudis[3]. Il venait de bonne heure, d'ordinaire, pour causer de la paroisse. C'était lui qui, depuis trois mois, mettait l'abbé au courant, le renseignait sur toute la vallée. Ce jeudi-là, en attendant que la Teuse les appelât, ils allèrent se promener à petits pas, devant l'église. Le prêtre, lorsqu'il raconta son entrevue avec Bambousse, fut très surpris d'entendre le Frère trouver naturelle la réponse du paysan.

« Il a raison, cet homme, disait l'ignorantin[4]. On ne donne pas son bien comme ça... La Rosalie ne vaut pas grand-chose ; mais c'est toujours dur de voir sa fille se jeter à la tête d'un gueux.

— Cependant, reprit l'abbé Mouret, il n'y a que le mariage pour faire cesser le scandale. »

---

1. Ce veau naîtra à la fin du roman (cf. la dernière phrase). — 2. Habitation du curé. — 3. Le jeudi est une date cyclique chez Zola. Cf. les soirées du jeudi dans *Thérèse Raquin*. C'est le jour où Zola lui-même recevait ses amis. — 4. Frère des écoles chrétiennes, appelé ainsi à partir de la Restauration en raison du peu de connaissances que ces frères inculquaient.

Le Frère haussa ses fortes épaules. Il eut un rire inquiétant.

« Si vous croyez, cria-t-il, que vous allez guérir le pays, avec ce mariage !... Avant deux ans, Catherine sera grosse ; puis, les autres viendront, toutes y passeront. Du moment qu'on les marie, elles se moquent du monde... Ces Artaud poussent dans la bâtardise, comme dans leur fumier naturel. Il n'y aurait qu'un remède, je vous l'ai dit, tordre le cou aux femelles, si l'on voulait que le pays ne fût pas empoisonné... Pas de mari, des coups de bâton, monsieur le Curé, des coups de bâton ! »

Il se calma, il ajouta :

« Laissons chacun disposer de son bien comme il l'entend. »

Et il parla de régler les heures du catéchisme. Mais l'abbé Mouret répondait d'une façon distraite. Il regardait le village, à ses pieds, sous le soleil couchant. Les paysans rentraient, des hommes muets, marchant lentement, du pas des bœufs harassés qui regagnent l'écurie. Devant les masures, les femmes debout jetaient un appel, causaient violemment d'une porte à une autre, tandis que des bandes d'enfants emplissaient la route du tapage de leurs gros souliers, se poussant, se roulant, se vautrant. Une odeur humaine montait de ce tas de maisons branlantes. Et le prêtre se croyait encore dans la basse-cour de Désirée, en face d'un pullulement de bêtes sans cesse multipliées. Il retrouvait là la même chaleur de génération, les mêmes couches continues, dont la sensation lui avait causé un malaise. Vivant depuis le matin dans cette histoire de la grossesse de Rosalie, il finissait par penser à cela, aux saletés de l'existence, aux poussées de la chair, à la reproduction fatale de l'espèce semant les hommes comme des grains de blé. Les Artaud étaient un troupeau parqué entre les quatre collines de l'horizon, engendrant, s'étalant davantage sur le sol, à chaque portée des femelles.

« Tenez, cria Frère Archangias, qui s'interrompit pour montrer une grande fille se laissant embrasser par son

« Et il parla de régler les heures du catéchisme. »
J.A. Muenier, *Le Catéchisme*, 1891.

amoureux, derrière un buisson, voilà encore une gueuse, là-bas ! »

Il agita ses longs bras noirs, jusqu'à ce qu'il eût mis le couple en fuite. Au loin, sur les terres rouges, sur les roches pelées, le soleil se mourait, dans une dernière flambée d'incendie. Peu à peu, la nuit tomba. L'odeur chaude des lavandes devint plus fraîche, apportée par les souffles légers qui se levaient. Il y eut, par moments, un large soupir, comme si cette terre terrible, toute brûlée de passions, se fût enfin calmée, sous la pluie grise du crépuscule. L'abbé Mouret, son chapeau à la main, heureux du froid, sentait la paix de l'ombre redescendre en lui.

« Monsieur le curé ! Frère Archangias ! appela la Teuse. Vite, la soupe est servie. »

C'était une soupe aux choux, dont la vapeur forte emplissait la salle à manger du presbytère. Le Frère s'assit, vidant lentement l'énorme assiette que la Teuse venait

133

de poser devant lui. Il mangeait beaucoup, avec un gloussement du gosier qui laissait entendre la nourriture tomber dans l'estomac. Les yeux sur la cuiller, il ne soufflait mot.

« Ma soupe n'est donc pas bonne, monsieur le Curé ? demanda la vieille servante. Vous êtes là, à chipoter dans votre assiette.

— Je n'ai guère faim, ma bonne Teuse, répondit le prêtre en souriant.

— Pardi ! ce n'est pas étonnant, quand on fait les cent dix-neuf coups !... Vous auriez faim si vous n'aviez pas déjeuné à deux heures passées. »

Frère Archangias, après avoir versé dans sa cuiller les quelques gouttes de bouillon restées au fond de son assiette, dit posément :

« Il faut être régulier dans ses repas, monsieur le curé. »

Cependant, Désirée qui avait, elle aussi, mangé sa soupe, sérieusement, sans ouvrir les lèvres, venait de se lever pour suivre la Teuse à la cuisine. Le Frère, resté seul avec l'abbé Mouret, se taillait de longues bouchées de pain, qu'il avalait, tout en attendant le plat.

« Alors, vous avez fait une grande tournée ? » demanda-t-il.

Le prêtre n'eut pas le temps de répondre. Un bruit de pas, d'exclamations, de rires sonores, s'éleva au bout du corridor, du côté de la cour. Il y eut comme une courte dispute. Une voix de flûte qui troubla l'abbé, se fâchait, parlant vite, se perdant au milieu d'une bouffée de gaieté.

« Qu'est-ce donc ? » dit-il en quittant sa chaise.

Désirée rentra d'un bond. Elle cachait quelque chose sous sa jupe retroussée. Elle répétait vivement :

« Est-elle drôle ! Elle n'a pas voulu venir. Je la tenais par sa robe ; mais elle est joliment forte, elle m'a échappé.

— De qui parle-t-elle ? » interrogea la Teuse, qui accourait de la cuisine, apportant un plat de pommes de terre, sur lequel s'allongeait un morceau de lard.

La jeune fille s'était assise. Avec des précautions infinies, elle tira de dessous sa jupe un nid de merles, où dormaient trois petits. Elle le posa sur son assiette. Dès que les petits aperçurent la lumière, ils allongèrent des cous frêles, ouvrant leurs becs saignants, demandant à manger. Désirée tapa des mains, charmée, prise d'une émotion extraordinaire, en face de ces bêtes qu'elle ne connaissait pas.

« C'est cette fille du Paradou ! » s'écria l'abbé, se souvenant brusquement.

La Teuse s'était approchée de la fenêtre.

« C'est vrai, dit-elle. J'aurais dû la reconnaître à sa voix de cigale... Ah ! la bohémienne ! Tenez, elle est restée là-bas, à nous espionner. »

L'abbé Mouret s'avança. Il crut voir, en effet, derrière un genévrier, la jupe orange d'Albine. Mais Frère Archangias se haussa violemment derrière lui, allongeant le poing, branlant sa tête rude, tonnant :

« Que le diable te prenne, fille de bandit ! Je te traînerai par les cheveux autour de l'église, si je t'attrape à venir jeter ici tes maléfices ! »

Un éclat de rire, frais comme une haleine de la nuit, monta du sentier. Puis, il y eut une course légère, un murmure de robe coulant sur l'herbe, pareil à un frôlement de couleuvre. L'abbé Mouret, debout devant la fenêtre, suivait au loin une tache blonde glissant entre les bois de pins, ainsi qu'un reflet de lune. Les souffles qui lui arrivaient de la campagne avaient ce puissant parfum de verdure, cette odeur de fleurs sauvages qu'Albine secouait de ses bras nus, de sa taille libre, de ses cheveux dénoués.

« Une damnée, une fille de perdition ! » gronda sourdement Frère Archangias, en se remettant à table.

Il mangea gloutonnement son lard, avalant des pommes de terre entières en guise de pain. Jamais la Teuse ne put décider Désirée à finir de dîner. La grande enfant restait en extase devant le nid de merles, questionnant, demandant ce que ça mangeait, si ça faisait des œufs, à quoi on reconnaissait les coqs, chez ces bêtes-là.

Mais la vieille servante eut comme un soupçon. Elle se posa sur sa bonne jambe, regardant le jeune curé dans les yeux :

« Vous connaissez donc les gens du Paradou ? » dit-elle.

Alors, simplement, il dit la vérité, il raconta la visite qu'il avait faite au vieux Jeanbernat. La Teuse échangeait des regards scandalisés avec Frère Archangias. Elle ne répondit d'abord rien. Elle tournait autour de la table, boitant furieusement, donnant des coups de talon à fendre le plancher.

« Vous auriez bien pu me parler de ces gens, depuis trois mois, finit par dire le prêtre. J'aurais su au moins chez qui je me présentais. »

La Teuse s'arrêta net, les jambes comme cassées.

« Ne mentez pas, monsieur le curé, bégaya-t-elle ; ne mentez pas, ça augmenterait encore votre péché... Comment osez-vous dire que je ne vous ai pas parlé du Philosophe, de ce païen qui est le scandale de toute la contrée ! La vérité est que vous ne m'écoutez jamais, quand je cause. Ça vous entre par une oreille, ça sort par l'autre... Ah ! si vous m'écoutiez, vous vous éviteriez bien des regrets !

— Je vous ai dit aussi un mot de ces abominations », affirma le Frère.

L'abbé Mouret eut un léger haussement d'épaules.

« Enfin, je ne me suis plus souvenu, reprit-il. C'est au Paradou seulement que j'ai cru me rappeler certaines histoires... D'ailleurs, je me serais rendu quand même auprès de ce malheureux, que je croyais en danger de mort. »

Frère Archangias, la bouche pleine, donna un violent coup de couteau sur la table, criant :

« Jeanbernat est un chien. Il doit crever comme un chien. »

Puis, voyant le prêtre protester de la tête, lui coupant la parole :

« Non, non, il n'y a pas de Dieu pour lui, pas de pénitence, pas de miséricorde... Il vaudrait mieux jeter l'hostie aux cochons que de la porter à ce gredin. »

Il reprit des pommes de terre, les coudes sur la table, le menton dans son assiette, mâchant d'une façon furibonde. La Teuse, les lèvres pincées, toute blanche de colère, se contenta de dire sèchement :

« Laissez, M. le curé n'en veut faire qu'à sa tête, M. le Curé a des secrets pour nous, maintenant. »

Un gros silence régna. Pendant un instant, on n'entendit que le bruit des mâchoires du Frère, accompagné de l'étrange ronflement de son gosier. Désirée, entourant de ses bras nus le nid de merles resté sur son assiette, la face penchée, souriait aux petits, leur parlait longuement, tout bas, dans un gazouillis à elle, qu'ils semblaient comprendre.

« On dit ce qu'on fait, quand on n'a rien à cacher ! » cria brusquement la Teuse.

Et le silence recommença. Ce qui exaspérait la vieille servante, c'était le mystère que le prêtre semblait lui avoir fait de sa visite au Paradou. Elle se regardait comme une femme indignement trompée. Sa curiosité saignait. Elle se promena autour de la table, ne regardant pas l'abbé, ne s'adressant à personne, se soulageant toute seule.

« Pardi, voilà pourquoi on mange si tard !... On s'en va sans rien dire courir la prétentaine[1] jusqu'à des deux heures de l'après-midi. On entre dans des maisons si mal famées qu'on n'ose pas même ensuite raconter ce qu'on a fait. Alors, on ment, on trahit tout le monde...

— Mais, interrompit doucement l'abbé Mouret, qui s'efforçait de manger pour ne pas fâcher la Teuse davantage, personne ne m'a demandé si j'étais allé au Paradou, je n'ai pas eu à mentir. »

La Teuse continua, comme si elle n'avait pas entendu :

« On abîme sa soutane dans la poussière, on revient fait comme un voleur. Et, si une bonne personne, s'intéressant à vous, vous questionne pour votre bien, on la bouscule, on la traite en femme de rien qui n'a pas votre confiance. On se cache comme un sournois, on préférerait crever que de laisser échapper un mot, on n'a pas même l'attention d'égayer son chez-soi en disant ce qu'on a vu. »

Elle se tourna vers le prêtre, le regarda en face.

---

1. Vagabonder (souvent, pour chercher une aventure galante).

« Oui, c'est pour vous, tout ça... Vous êtes un cachottier, vous êtes un méchant homme ! »

Et elle se mit à pleurer. Il fallut que l'abbé la consolât.

« M. Caffin me disait tout », cria-t-elle encore.

Mais elle se calmait. Frère Archangias achevait un gros morceau de fromage, sans paraître le moins du monde dérangé par cette scène. Selon lui, l'abbé Mouret avait besoin d'être mené droit ; la Teuse faisait bien de lui faire sentir la bride[1]. Il vida un dernier verre de piquette[2], se renversa sur sa chaise, digérant.

« Enfin, demanda la vieille servante, qu'est-ce que vous avez vu au Paradou ? Racontez-nous, au moins. »

L'abbé Mouret, souriant, dit en peu de mots la singulière façon dont Jeanbernat l'avait reçu. La Teuse, qui l'accablait de questions, poussait des exclamations indignées. Frère Archangias serra les poings, les brandit en avant.

« Que le ciel l'écrase ! dit-il ; qu'il les brûle, lui et sa sorcière[3] ! »

Alors, l'abbé, à son tour, tâcha d'avoir de nouveaux détails sur les gens du Paradou. Il écoutait avec une attention profonde le Frère qui racontait des faits monstrueux.

« Oui, cette diablesse est venue un matin s'asseoir à l'école. Il y a longtemps ; elle pouvait avoir dix ans. Moi, je la laissai faire ; je pensais que son oncle l'envoyait pour sa première communion. Pendant deux mois, elle a révolutionné la classe. Elle s'était fait adorer, la coquine ! Elle savait des jeux, elle inventait des falbalas avec des feuilles d'arbres et des bouts de chiffon. Et intelligente, avec cela, comme toutes ces filles de l'enfer ! Elle était la plus forte sur le catéchisme... Voilà qu'un matin, le vieux tombe au beau milieu des leçons. Il parlait de casser tout, il criait que les prêtres lui avaient pris l'enfant. Le garde champêtre a dû venir pour le flanquer à la porte.

---

1. Obliger un cheval à freiner. L'expression, ici, est métaphorique. — 2. Vin de mauvaise qualité et aigre que l'on buvait dans les campagnes. — 3. Zola avait beaucoup lu Michelet, dont *La Sorcière*, paru en 1862.

La petite s'était sauvée. Je la voyais, par la fenêtre, dans un champ, en face, rire de la fureur de son oncle... Elle venait d'elle-même à l'école, depuis deux mois, sans qu'il s'en doutât. Histoire de faire battre les montagnes.

— Jamais elle n'a fait sa première communion, dit la Teuse à demi-voix, avec un léger frisson.

— Non, jamais, reprit Frère Archangias. Elle doit avoir seize ans. Elle grandit comme une bête. Je l'ai vue courir à quatre pattes, dans un fourré, du côté de La Palud.

— À quatre pattes », murmura la servante, qui se tourna vers la fenêtre, prise d'inquiétude.

L'abbé Mouret voulut émettre un doute ; mais le Frère s'emporta.

« Oui, à quatre pattes ! Et elle sautait comme un chat sauvage, les jupes troussées, montrant ses cuisses. J'aurais eu un fusil que j'aurais pu l'abattre. On tue des bêtes qui sont plus agréables à Dieu... Et, d'ailleurs, on sait bien qu'elle vient miauler toutes les nuits autour des Artaud. Elle a des miaulements de gueuse en chaleur. Si jamais un homme lui tombait dans les griffes, à celle-là, elle ne lui laisserait certainement pas un morceau de peau sur les os. »

Et toute sa haine de la femme parut. Il ébranla la table d'un coup de poing, il cria ses injures accoutumées :

« Elles ont le diable au corps. Elles puent le diable ; elles le puent aux jambes, aux bras, au ventre, partout... C'est ce qui ensorcelle les imbéciles. »

Le prêtre approuva de la tête. La violence de Frère Archangias, la tyrannie bavarde de la Teuse, étaient comme des coups de lanière dont il goûtait souvent le cinglement sur ses épaules. Il avait une joie pieuse à s'enfoncer dans la bassesse, entre ces mains pleines de grossièretés populacières. La paix du ciel lui semblait au bout de ce mépris du monde, de cet encanaillement de tout son être. C'était une injure qu'il se réjouissait de faire à son corps, un ruisseau dans lequel il se plaisait à traîner sa nature tendre.

« Il n'y a qu'ordure », murmura-t-il en pliant sa serviette.

La Teuse desservait la table. Elle voulut enlever l'assiette où Désirée avait posé le nid de merles.

« Vous n'allez pas coucher là, mademoiselle, dit-elle. Laissez donc ces vilaines bêtes. »

Mais Désirée défendit l'assiette. Elle couvrait le nid de ses bras nus, ne riant plus, s'irritant d'être dérangée.

« J'espère qu'on ne va pas garder ces oiseaux, s'écria Frère Archangias. Ça porterait malheur... Il faut leur tordre le cou. »

Et il avançait déjà ses grosses mains. La jeune fille se leva, recula, frémissante, serrant le nid contre sa poitrine. Elle regardait le Frère fixement, les lèvres gonflées, d'un air de louve prête à mordre.

« Ne touchez pas aux petits, bégaya-t-elle. Vous êtes laid ! »

Elle accentua ce mot avec un si étrange mépris que l'abbé Mouret tressaillit, comme si la laideur du Frère l'eût frappé pour la première fois. Celui-ci s'était contenté de grogner. Il avait une haine sourde contre Désirée, dont la belle poussée animale l'offensait. Lorsqu'elle fut sortie, à reculons, sans le quitter des yeux, il haussa les épaules, en mâchant entre les dents une obscénité que personne n'entendit.

« Il vaut mieux qu'elle aille se coucher, dit la Teuse. Elle nous ennuierait, tout à l'heure, à l'église.

— Est-ce qu'on est venu ? demanda l'abbé Mouret.

— Il y a beau temps que les filles sont là, dehors, avec des brassées de feuillages... Je vais allumer les lampes. On pourra commencer quand vous voudrez. »

Quelques secondes après, on l'entendit jurer dans la sacristie, parce que les allumettes étaient mouillées[1]. Frère Archangias, resté seul avec le prêtre, demanda d'une voix maussade :

« C'est pour le mois de Marie ?

---

[1]. La Teuse ne peut pas allumer la mèche des lampes à huile, car le soufre des allumettes s'est humidifié.

— Oui, répondit l'abbé Mouret. Ces jours derniers, les filles du pays, qui avaient de gros travaux, n'ont pu venir, selon l'usage, orner la chapelle de la Vierge. La cérémonie a été remise à ce soir.

— Un joli usage, marmotta le Frère. Quand je les vois déposer chacune leurs rameaux[1], j'ai envie de les jeter par terre, pour qu'elles confessent au moins leurs vilenies avant de toucher à l'autel... C'est une honte de souffrir que des femmes promènent leurs robes si près des saintes reliques. »

L'abbé s'excusa du geste. Il n'était aux Artaud que depuis peu ; il devait obéir aux coutumes.

« Quand vous voudrez, monsieur le curé ? » cria la Teuse.

Mais Frère Archangias le retint un instant encore :

« Je m'en vais, reprit-il. La religion n'est pas une fille, pour qu'on la mette dans les fleurs et dans les dentelles. »

Il marchait lentement vers la porte. Il s'arrêta de nouveau, levant un de ses doigts velus, ajoutant :

« Méfiez-vous de votre dévotion à la Vierge. »

XIII

Dans l'église, l'abbé Mouret trouva une dizaine de grandes filles tenant des branches d'olivier, de laurier, de romarin. Les fleurs de jardin ne poussant guère sur les roches des Artaud, l'usage était de parer l'autel de la Vierge d'une verdure résistante qui durait tout le mois de mai. La Teuse ajoutait des giroflées de muraille, dont les queues trempaient dans de vieilles carafes.

« Voulez-vous me laisser faire, monsieur le curé ? demanda-t-elle. Vous n'avez pas l'habitude... Tenez, met-

---

1. Les jeunes filles s'en servaient pour décorer la chapelle de la Vierge lors du mois de Marie. Dans la tradition chrétienne, le rameau symbolise l'immortalité.

tez-vous là, devant l'autel. Vous me direz si la décoration vous plaît. »

Il consentit, et ce fut elle qui dirigea réellement la cérémonie. Elle était montée sur un escabeau ; elle rudoyait les grandes filles, qui s'approchaient tour à tour, avec leurs feuillages.

« Pas si vite, donc ! Vous me laisserez bien le temps d'attacher les branches. Il ne faut pas que tous ces fagots tombent sur la tête de monsieur le curé... Eh bien ! Babet, c'est ton tour. Quand tu me regarderas, avec tes gros yeux ! Il est joli, ton romarin ! Il est jaune comme un chardon. Toutes les bourriques du pays ont donc pissé dessus !... À toi, la Rousse. Ah ! voilà du beau laurier, au moins ! Tu as pris ça dans ton champ de la Croix-Verte ? »

Les grandes filles posaient leurs rameaux sur l'autel, qu'elles baisaient. Elles restaient un instant contre la nappe, passant les branches à la Teuse, oubliant l'air sournoisement recueilli qu'elles avaient pris pour monter le degré ; elles finissaient par rire, elles butaient des genoux, ployaient les hanches au bord de la table, enfonçaient la gorge en plein dans le tabernacle. Et, au-dessus d'elles, la grande Vierge de plâtre doré inclinait sa face peinte, souriait de ses lèvres roses au petit Jésus tout nu qu'elle portait sur son bras gauche.

« C'est ça, Lisa ! cria la Teuse, assieds-toi sur l'autel, pendant que tu y es ! Veux-tu bien baisser tes jupes ! Est-ce qu'on montre ses jambes comme ça ?... Qu'une de vous s'avise de se vautrer ! Je lui envoie ses branches à travers la figure... Vous ne pouvez donc pas me passer cela tranquillement ? »

Et, se tournant :

« Est-ce à votre goût, monsieur le curé ? Trouvez-vous que ça aille ? »

Elle établissait, derrière la Vierge, une niche de verdure, avec des bouts de feuillage qui dépassaient, formant berceau, retombant en façon de palmes. Le prêtre approuvait d'un mot, hasardait une observation :

« Je crois, murmura-t-il, qu'il faudrait un bouquet de feuilles plus tendres, en haut.

« — Sans doute, gronda la Teuse. Elles ne m'apportent que du laurier et du romarin... Quelle est celle qui a de l'olivier ? Pas une, allez ! Elles ont peur de perdre quatre olives, ces païennes-là ! »

Mais Catherine monta le degré, avec une énorme branche d'olivier sous laquelle elle disparaissait.

« Ah ! tu en as, toi, gamine, reprit la vieille servante.

— Pardi ! dit une voix, elle l'a volé. J'ai vu Vincent qui cassait la branche, pendant qu'elle faisait le guet. »

Catherine, furieuse, jura que ce n'était pas vrai. Elle s'était tournée, sans lâcher sa branche, dégageant sa tête brune du buisson qu'elle portait ; elle mentait avec un aplomb extraordinaire, inventant une longue histoire pour prouver que l'olivier était bien à elle.

« Et puis, conclut-elle, tous les arbres appartiennent à la Sainte Vierge. »

L'abbé Mouret voulut intervenir. Mais la Teuse demanda si l'on se moquait d'elle, à lui laisser si longtemps les bras en l'air. Et elle attacha solidement la branche d'olivier, pendant que Catherine, grimpée sur l'escabeau, derrière son dos, contrefaisait la façon pénible dont elle tournait sa taille énorme, à l'aide de sa bonne jambe ; ce qui fit sourire le prêtre lui-même.

« Là, dit la Teuse, en descendant auprès de celui-ci, pour donner un coup d'œil à son œuvre ; voilà le haut terminé... Maintenant, nous allons mettre des touffes entre les chandeliers, à moins que vous ne préfériez une guirlande qui courrait le long des gradins. »

Le prêtre se décida pour de grosses touffes.

« Allons, avancez, reprit la servante, montée de nouveau sur l'escabeau. Il ne faut pas coucher ici... Veux-tu bien baiser l'autel, Miette ! Est-ce que tu t'imagines être dans ton écurie ?... Monsieur le curé, voyez donc ce qu'elles font, là-bas ? Je les entends qui rient comme des crevées. »

On éleva une des deux lampes, on éclaira le bout noir de l'église. Sous la tribune, trois grandes filles jouaient à se pousser ; une d'elles était tombée la tête dans le bénitier, ce qui faisait tant rire les autres qu'elles se laissaient aller par terre pour rire à leur aise. Elles revinrent, regardant le curé en dessous, l'air heureux d'être grondées, avec leurs mains ballantes qui leur tapaient sur les cuisses.

Mais ce qui fâcha surtout la Teuse, ce fut d'apercevoir brusquement la Rosalie montant à l'autel comme les autres, avec son fagot.

« Veux-tu bien descendre ! lui cria-t-elle. Ce n'est pas l'aplomb qui te manque, ma fille !... Voyons, plus vite, emporte-moi ton paquet.

— Tiens, pourquoi donc ? dit hardiment Rosalie. On ne m'accusera peut-être pas de l'avoir volé. »

Les grandes filles se rapprochaient, faisant les bêtes, échangeant des coups d'œil luisants.

« Va-t'en, répétait la Teuse ; ta place n'est pas ici, entends-tu[1] ! »

Puis, perdant son peu de patience, brutalement, elle lâcha un mot très gros, qui fit courir un rire d'aise parmi les paysannes.

« Après ? dit Rosalie. Est-ce que vous savez ce que font les autres ? Vous n'êtes pas allée y voir, n'est-ce pas ? »

Et elle crut devoir éclater en sanglots. Elle jeta ses rameaux, elle se laissa emmener à quelques pas par l'abbé Mouret, qui lui parlait très sévèrement. Il avait tenté de faire taire la Teuse ; il commençait à être gêné au milieu de ces grandes filles éhontées, emplissant l'église, avec leurs brassées de verdure[2]. Elles se poussaient jusqu'au degré de l'autel, l'entouraient d'un coin de forêt vivante, lui apportaient le parfum rude des bois odorants, comme un souffle monté de leurs membres de fortes travailleuses.

« Dépêchons, dépêchons ! dit-il en tapant légèrement dans ses mains.

— Pardi ! j'aimerais mieux être dans mon lit, murmura

---

1. La Teuse considère comme sacrilège la participation de Rosalie à la décoration de la chapelle de la Vierge, car, enceinte sans être mariée, elle est impure. — 2. Là encore, l'envahissement de l'église par des brassées de verdure annonce la deuxième partie du roman.

la Teuse ; si vous croyez que c'est commode d'attacher tous ces bouts de bois ! »

Cependant, elle avait fini par nouer entre les chandeliers de hauts panaches de feuillage. Elle plia l'escabeau, que Catherine alla porter derrière le maître-autel. Elle n'eut plus qu'à planter des massifs aux deux côtés de la table. Les dernières bottes de verdure suffirent à ce bout de parterre ; même il resta des rameaux, dont les filles jonchèrent le sol, jusqu'à la balustrade de bois. L'autel de la Vierge était un bosquet, un enfoncement de taillis, avec une pelouse verte sur le devant.

La Teuse consentit alors à laisser la place à l'abbé Mouret. Celui-ci monta à l'autel, tapa de nouveau légèrement dans ses mains.

« Mesdemoiselles, dit-il, nous continuerons demain les exercices du mois de Marie. Celles qui ne pourront venir devront tout au moins dire leur chapelet[1] chez elles. »

Il s'agenouilla, tandis que les paysannes, avec un grand bruit de jupes, se mettaient par terre, s'asseyant sur leurs talons. Elles suivirent son oraison d'un marmottement[2] confus, où perçaient des rires. Une d'elles, se sentant pincée par-derrière, laissa échapper un cri qu'elle tâcha d'étouffer dans un accès de toux, ce qui égaya tellement les autres qu'elles restèrent un instant à se tordre, après avoir dit *Amen*, le nez sur les dalles, sans pouvoir se relever.

La Teuse renvoya ces effrontées, pendant que le prêtre, qui s'était signé, demeurait absorbé devant l'autel, comme n'entendant plus ce qui se passait derrière lui.

« Allons, déguerpissez, maintenant, murmurait-elle. Vous êtes un tas de propres à rien, qui ne savez même pas respecter le bon Dieu... C'est une honte, ça ne s'est jamais vu, des filles qui se roulent par terre dans une église, comme des bêtes dans un pré... Qu'est-ce que tu

---

1. Objet de piété en forme de collier, composé de cinq dizaines de petits grains correspondant à la prière *Ave Maria gratia plena* (Je vous salue, Marie pleine de grâce...). Après chaque dizaine se trouve un grain plus gros sur lequel on dit un *Pater* (Notre père qui êtes aux cieux...). — **2.** Action de murmurer entre ses dents.

fais là-bas, la Rousse ? Si je t'en vois pincer une, tu auras affaire à moi ! Oui, oui, tirez-moi la langue, je dirai tout à monsieur le curé. Dehors, dehors, coquines ! »

Elle les refoulait lentement vers la porte, galopant autour d'elles, boitant d'une façon furibonde. Elle avait réussi à les faire sortir jusqu'à la dernière, lorsqu'elle aperçut Catherine tranquillement installée dans le confessionnal avec Vincent ; ils mangeaient quelque chose, d'un air ravi. Elle les chassa. Et, comme elle allongeait le cou hors de l'église, avant de fermer la porte, elle vit la Rosalie se pendre aux épaules du grand Fortuné qui l'attendait ; tous deux se perdirent dans le noir, du côté du cimetière, avec un bruit affaibli de baisers.

« Et ça se présente à l'autel de la Vierge ! bégayat-elle, en poussant les verrous. Les autres ne valent pas mieux, je le sais bien. Toutes des gourgandines qui sont venues ce soir, avec leurs fagots, histoire de rire et de se faire embrasser par les garçons, à la sortie ! Demain, pas une ne se dérangera ; monsieur le curé pourra bien dire ses *Ave* tout seul... On n'apercevra plus que les gueuses qui auront des rendez-vous. »

Elle bousculait les chaises, les remettait en place, regardait si rien de suspect ne traînait, avant de monter se coucher. Elle ramassa dans le confessionnal une poignée de pelures de pomme, qu'elle jeta derrière le maître-autel. Elle trouva également un bout de ruban arraché de quelque bonnet, avec une mèche de cheveux noirs, dont elle fit un petit paquet, pour ouvrir une enquête. À cela près, l'église lui parut en bon ordre. La veilleuse[1] avait de l'huile pour la nuit, les dalles du chœur pouvaient aller jusqu'au samedi sans être lavées.

« Il est près de dix heures, monsieur le curé, dit-elle en s'approchant du prêtre toujours agenouillé. Vous feriez bien de monter. »

Il ne répondit pas, il se contenta d'incliner doucement la tête.

« Bon, je sais ce que ça veut dire, continua la Teuse.

---

1. On laissait une lampe à huile la nuit en l'honneur de la Vierge.

Dans une heure, il sera encore là, sur la pierre, à se donner des coliques... Je m'en vais, parce que je l'ennuie. N'importe, ça n'a guère de bon sens : déjeuner quand les autres dînent, se coucher à l'heure où les poules se lèvent !... Je vous ennuie, n'est-ce pas, monsieur le curé ? Bonsoir. Vous n'êtes guère raisonnable, allez ! »

Elle se décidait à partir ; mais elle revint éteindre une des deux lampes, en murmurant que de prier si tard « c'était la mort à l'huile ». Enfin, elle s'en alla, après avoir essuyé de sa manche la nappe du maître-autel, qui lui parut grise de poussière. L'abbé Mouret, les yeux levés, les bras serrés contre la poitrine, était seul.

XIV

Éclairée d'une seule lampe brûlant sur l'autel de la Vierge, au milieu des verdures, l'église s'emplissait, aux deux bouts, de grandes ombres flottantes. La chaire jetait un pan de ténèbres jusqu'aux solives[1] du plafond. Le confessionnal faisait une masse noire, découpant sous la tribune le profil étrange d'une guérite[2] crevée. Toute la lumière, adoucie, comme verdie par les feuillages, dormait sur la grande Vierge dorée, qui semblait descendre d'un air royal, portée par le nuage où se jouaient des têtes d'anges ailées. On eût dit, à voir la lampe ronde luire au milieu des branches, une lune pâle se levant au bord d'un bois, éclairant quelque souveraine apparition, une princesse du ciel couronnée d'or, vêtue d'or, qui aurait promené la nudité de son divin enfant au fond du mystère des allées. Entre les feuilles, le long des hauts panaches[3], dans le large berceau ogival, et jusque sur les rameaux jetés à terre, des rayons d'astres coulaient, assoupis,

---

1. Pièce de charpente qui soutient les planchers et repose sur des poutres. — 2. Abri, baraque en bois. — 3. Les feuilles forment une sorte de bouquet.

pareils à cette pluie laiteuse qui pénètre les buissons, par les nuits claires. Des bruits vagues, des craquements venaient des deux bouts sombres de l'église ; la grande horloge, à gauche du chœur, battait lentement, avec une haleine grosse de mécanique endormie. Et la vision radieuse, la Mère aux minces bandeaux de cheveux châtains, comme rassurée par la paix nocturne de la nef, descendait davantage, courbait à peine l'herbe des clairières, sous le vol léger de son nuage.

L'abbé Mouret la regardait. C'était l'heure où il aimait l'église. Il oubliait le Christ lamentable, le supplicié barbouillé d'ocre et de laque, qui agonisait derrière lui, à la chapelle des Morts[1]. Il n'avait plus la distraction de la clarté crue des fenêtres, des gaietés du matin entrant avec le soleil, de la vie du dehors, des moineaux et des branches envahissant la nef par les carreaux cassés. À cette heure de nuit, la nature était morte, l'ombre tendait de crêpe les murs blanchis, la fraîcheur lui mettait aux épaules un cilice[2] salutaire ; il pouvait s'anéantir dans l'amour absolu, sans que le jeu d'un rayon, la caresse d'un souffle ou d'un parfum, le battement d'une aile d'insecte, vînt le tirer de sa joie d'aimer. Sa messe du matin ne lui avait jamais donné les délices surhumaines de ses prières du soir.

Les lèvres balbutiantes, l'abbé Mouret regardait la grande Vierge. Il la voyait venir à lui, du fond de sa niche verte, dans une splendeur croissante. Ce n'était plus un clair de lune roulant à la cime des arbres. Elle lui semblait vêtue de soleil ; elle s'avançait majestueusement, glorieuse, colossale, si toute-puissante, qu'il était tenté, par moments, de se jeter la face contre terre, pour éviter le flamboiement de cette porte ouverte sur le ciel. Alors, dans cette adoration de tout son être, qui faisait expirer les paroles sur sa bouche, il se souvint du dernier mot de Frère Archangias comme d'un blasphème. Souvent le Frère lui reprochait cette dévotion particulière à la Vierge,

---

1. Chapelle où l'on disait les messes pour les défunts. — 2. Chemise ou ceinture de crin portée pour faire pénitence.

qu'il disait être un véritable vol fait à la dévotion de Dieu. Selon lui, cela amollissait les âmes, enjuponnait la religion, créait toute une sensiblerie pieuse, indigne des forts. Il gardait rancune à la Vierge d'être femme, d'être belle, d'être mère ; il se tenait en garde contre elle, pris de la crainte sourde de se sentir tenté par sa grâce, de succomber à sa douceur de séductrice. « Elle vous mènera loin ! » avait-il crié un jour au jeune prêtre, voyant en elle un commencement de passion humaine, une pente aux délices des beaux cheveux châtains, des grands yeux clairs, du mystère des robes tombant du col à la pointe des pieds. C'était la révolte d'un saint, qui séparait violemment la Mère du Fils, en demandant comme celui-ci : « Femme, qu'y a-t-il de commun entre vous et moi ? » Mais l'abbé Mouret résistait, se prosternait, tâchait d'oublier les rudesses du Frère. Il n'avait plus que ce ravissement dans la pureté immaculée de Marie, qui le sortît de la bassesse où il cherchait à s'anéantir. Lorsque, seul en face de la grande Vierge dorée, il s'hallucinait jusqu'à la voir se pencher pour lui donner ses bandeaux à baiser, il redevenait très jeune, très bon, très fort, très juste, tout envahi d'une vie de tendresse.

La dévotion de l'abbé Mouret pour la Vierge datait de sa jeunesse. Tout enfant, un peu sauvage, se réfugiant dans les coins, il se plaisait à penser qu'une belle dame le protégeait, que deux yeux bleus très doux, avec un sourire, le suivaient partout. Souvent, la nuit, ayant senti un léger souffle lui passer sur les cheveux, il racontait que la Vierge était venue l'embrasser. Il avait grandi sous cette caresse de femme, dans cet air plein d'un frôlement de jupe divine. Dès sept ans, il contentait ses besoins de tendresse en dépensant tous les sous qu'on lui donnait à acheter des images de sainteté [1], qu'il cachait jalousement pour en jouir seul. Et jamais il n'était tenté par les Jésus portant l'agneau, les Christ en croix, les Dieu le Père se

_____

1. Petits carrés de papier ou de carton fin portant des représentations de Jésus, de Marie ou des saints. En bas de ces images, et parfois au dos, se trouvaient des prières ou des extraits de psaumes.

penchant avec une grande barbe au bord d'une nuée ; il revenait toujours aux tendres images de Marie, à son étroite bouche riante, à ses fines mains tendues. Peu à peu, il les avait toutes collectionnées : Marie entre un lis et une quenouille, Marie portant l'Enfant comme une grande sœur, Marie couronnée de roses, Marie couronnée d'étoiles. C'était pour lui une famille de belles jeunes filles, ayant une ressemblance de grâce, le même air de bonté, le même visage suave, si jeunes sous leurs voiles que, malgré leur nom de Mère de Dieu, il n'avait point peur d'elles comme des grandes personnes. Elles lui semblaient avoir son âge, être les petites filles qu'il aurait voulu rencontrer, les petites filles du ciel avec lesquelles les petits garçons morts à sept ans doivent jouer éternellement, dans un coin du paradis. Mais il était grave déjà ; il garda, en grandissant, le secret de son religieux amour, pris des pudeurs exquises de l'adolescence. Marie vieillissait avec lui, toujours plus âgée d'un ou deux ans, comme il convient à une amie souveraine. Elle avait vingt ans, lorsqu'il en avait dix-huit. Elle ne l'embrassait plus, la nuit, sur le front ; elle se tenait à quelques pas, les bras croisés, dans son sourire chaste, adorablement douce. Lui, ne la nommait plus que tout bas, éprouvant comme un évanouissement de son cœur, chaque fois que le nom chéri lui passait sur les lèvres, dans ses prières. Il ne rêvait plus des jeux enfantins, au fond du jardin céleste, mais une contemplation continue, en face de cette figure blanche, si pure, à laquelle il n'aurait pas voulu toucher de son souffle. Il cachait à sa mère elle-même qu'il l'aimât si fort.

Puis, à quelques années de là, lorsqu'il fut au séminaire, cette belle tendresse pour Marie, si droite, si naturelle, eut de sourdes inquiétudes. Le culte de Marie était-il nécessaire au salut ? Ne volait-il pas Dieu en accordant à Marie une part de son amour, la plus grande part, ses pensées, son cœur, son tout ? Questions troublantes, combat intérieur qui le passionnait, qui l'attachait davantage. Alors, il s'enfonça dans les subtilités de son affection. Il se donna des délices inouïes à discuter la légitimité de ses sentiments. Les livres de dévotion à la Vierge l'excusèrent, le ravirent, l'emplirent de raisonnements, qu'il répétait avec des recueillements de prière. Ce fut là qu'il apprit à être l'esclave de Jésus en Marie. Il allait à Jésus par Marie. Et il citait toutes sortes de preuves, il distinguait, il tirait des conséquences : Marie, à laquelle Jésus avait obéi sur la terre, devait être obéie par tous les hommes ; Marie gardait sa puissance de mère dans le ciel, où elle était la grande dispensatrice des trésors de Dieu, la seule qui pût l'implorer, la seule qui distribuât les trônes ; Marie, simple créature auprès de Dieu, mais haussée jusqu'à lui, devenait ainsi le lien humain du ciel à la terre, l'intermédiaire de toute grâce, de toute miséricorde ; et la conclusion était toujours qu'il fallait l'aimer par-dessus tout, en Dieu lui-même. Puis, c'étaient des curiosités théologiques plus ardues, le mariage de l'Époux céleste, le Saint-Esprit scellant le vase d'élection[1], mettant la Vierge Mère dans un miracle éternel, donnant sa pureté inviolable à la dévotion des hommes ; c'était la Vierge victorieuse de toutes les hérésies, l'ennemie irréconciliable de Satan, l'Ève nouvelle[2] annoncée comme devant écraser la tête du serpent, la Porte auguste de la grâce[3], par laquelle le Sauveur était entré une première fois, par laquelle il entrerait de nouveau, au dernier jour, prophétie vague, annonce d'un rôle plus large de Marie, qui laissait Serge sous le rêve de quelque épanouissement immense d'amour. Cette venue de la femme dans le ciel jaloux et cruel de l'Ancien Testament[4], cette figure de blancheur mise au pied de la Trinité redoutable, était pour lui la grâce même de la religion, ce qui le consolait de l'épou-

---

1. Expression métaphorique qui désigne un être choisi par Dieu pour accomplir une tâche. Dans la prière du soir « Litanies de la Sainte Vierge », Marie est appelée « Vaisseau d'élection ». — 2. Quelques années plus tard, Villiers de l'Isle-Adam dira lui aussi dans *L'Ève future* son rêve d'une femme parfaite et immortelle. — 3. Expression métaphorique désignant la Vierge comme une porte par laquelle le Messie est venu. — 4. Les livres de l'Ancien Testament, sauf exception (début de la Genèse ; Cantique des cantiques...) sont caractérisés par leur violence. Le Nouveau Testament, bien que la violence y soit encore présente, laisse espérer le rachat des fautes et la paix.

vante de la foi, son refuge d'homme perdu au milieu des mystères du dogme. Et quand il se fut prouvé, point par point, longuement, qu'elle était le chemin de Jésus, aisé, court, parfait, assuré, il se livra de nouveau à elle tout entier, sans remords ; il s'étudia à être son vrai dévot, mourant à lui-même, s'abîmant dans la soumission.

Heure de volupté divine. Les livres de dévotion à la Vierge brûlaient entre ses mains. Ils lui parlaient une langue d'amour qui fumait comme un encens. Marie n'était plus l'adolescente voilée de blanc, les bras croisés, debout à quelques pas de son chevet ; elle arrivait au milieu d'une splendeur [1], telle que Jean [2] la vit, vêtue de soleil, couronnée de douze étoiles, ayant la lune sous les pieds ; elle l'embaumait de sa bonne odeur [3], l'enflammait du désir du ciel, le ravissait jusque dans la chaleur des astres flambant à son front. Il se jetait devant elle, se criait son esclave ; et rien n'était plus doux que ce mot d'esclave, qu'il répétait, qu'il goûtait davantage, sur sa bouche balbutiante, à mesure qu'il s'écrasait à ses pieds, pour être sa chose, son rien, la poussière effleurée du vol de sa robe bleue. Il disait, avec David [4] : « Marie est faite pour moi. » Il ajoutait, avec l'évangéliste : « Je l'ai prise pour tout mon bien. » Il la nommait : « Ma chère Maîtresse », manquant de mots, arrivant à un babillage d'enfant et d'amant, n'ayant plus que le souffle entrecoupé de sa passion. Elle était la Bienheureuse, la Reine du ciel célébrée par les neuf chœurs des anges, la Mère de la belle dilection [5], le Trésor du Seigneur. Les images vives s'étalaient, la comparaient à un paradis terrestre, fait d'une terre vierge, avec des parterres de fleurs vertueuses, des prairies vertes d'espérance, des tours imprenables de force, des maisons charmantes de confiance. Elle était

---

1. Grand éclat de lumière. — 2. Apôtre, évangéliste, également auteur d'Épîtres et de l'Apocalypse. Il reçut la garde de Marie après la crucifixion de Jésus. — 3. C'est l'odeur de sainteté (*cf.* pp. 168 et 183), qui s'oppose au remugle de la basse-cour et aux parfums entêtants du Paradou. — 4. Roi d'Israël (env. 1000-972 av. J.-C.), guerrier et conquérant ; la tradition en fait l'auteur des Psaumes, et une figure messianique. — 5. Amour purement spirituel.

encore une fontaine que le saint Esprit avait scellée, un sanctuaire où la très sainte Trinité se reposait, le trône de Dieu, la cité de Dieu, l'autel de Dieu, le temple de Dieu, le monde de Dieu. Et lui, se promenait dans ce jardin, à l'ombre, au soleil, sous l'enchantement des verdures ; lui, soupirait après l'eau de cette fontaine ; lui, habitait le bel intérieur de Marie, s'y appuyant, s'y cachant, s'y perdant sans réserve, buvant le lait d'amour infini qui tombait goutte à goutte de ce sein virginal.

Chaque matin, dès son lever, au séminaire, il saluait Marie de cent révérences, le visage tourné vers le pan de ciel qu'il apercevait par sa fenêtre ; le soir, il prenait congé d'elle en s'inclinant le même nombre de fois, les yeux sur les étoiles. Souvent, en face des nuits sereines, lorsque Vénus luisait toute blonde et rêveuse dans l'air tiède, il s'oubliait, il laissait tomber de ses lèvres, ainsi qu'un léger chant, l'*Ave maris stella* [1], l'hymne attendrie qui lui déroulait, au loin des plages bleues, une mer douce, à peine ridée d'un frisson de caresse, éclairée par une étoile souriante aussi grande qu'un soleil. Il récitait encore le *Salve Regina*, le *Regina cœli*, l'*O gloriosa Domina* [2], toutes les prières, tous les cantiques. Il lisait l'Office de la Vierge, les livres de sainteté en son honneur, le petit Psautier [3] de saint Bonaventure [4], d'une tendresse si dévote que les larmes l'empêchaient de tourner les pages. Il jeûnait, il se mortifiait, pour lui faire l'offrande de sa chair meurtrie. Depuis l'âge de dix ans, il portait sa livrée, le saint scapulaire [5], la double image de Marie, cousue sur drap, dont il sentait la chaleur à son dos et à sa poitrine, contre sa peau nue, avec des tressaillements de bonheur. Plus tard, il avait pris la chaînette [6], afin de montrer son esclavage d'amour. Mais son grand

---

1. Salut, étoile de la mer. — 2. Nous vous saluons, Reine ; Reine du ciel ; Ô glorieuse maîtresse. — 3. Recueil de psaumes. — 4. Franciscain et théologien italien (1221-1274), dont les écrits s'inspirent de l'œuvre de saint Augustin. — 5. Partie du vêtement sacerdotal formée d'un capuchon et de deux longs pans d'étoffe rectangulaire couvrant les épaules, la poitrine et le dos. — 6. L'abbé porte une petite chaîne qui témoigne de sa fidélité à Marie. Il s'agit d'un symbole d'union mystique.

acte restait toujours la Salutation angélique, l'*Ave Maria*, la prière parfaite de son cœur. « Je vous salue, Marie », et il la voyait s'avancer vers lui, pleine de grâce, bénie entre toutes les femmes ; il jetait son cœur à ses pieds, pour qu'elle marchât dessus, dans la douceur. Cette salutation, il la multipliait, il la répétait de cent façons, s'ingéniant à la rendre plus efficace. Il disait douze *Ave*, pour rappeler la couronne de douze étoiles, ceignant le front de Marie ; il en disait quatorze, en mémoire de ses quatorze allégresses ; il en disait sept dizaines, en l'honneur des années qu'elle a vécues sur la terre. Il roulait pendant des heures les grains du chapelet. Puis, longuement, à certains jours de rendez-vous mystique, il entreprenait le chuchotement infini du Rosaire[1].

Quand, seul dans sa cellule, ayant le temps d'aimer, il s'agenouillait sur le carreau, tout le jardin de Marie poussait autour de lui, avec ses hautes floraisons de chasteté. Le Rosaire laissait couler entre ses doigts sa guirlande d'*Ave* coupée de *Pater*, comme une guirlande de roses blanches mêlées des lis de l'Annonciation[2], des fleurs saignantes du Calvaire, des étoiles du Couronnement. Il avançait à pas lents, le long des allées embaumées, s'arrêtant à chacune des quinze dizaines d'*Ave*, se reposant dans le mystère auquel elle correspondait ; il restait éperdu de joie, de douleur, de gloire, à mesure que les mystères se groupaient en trois séries : les joyeux, les douloureux, les glorieux. Légende incomparable, histoire de Marie, vie humaine complète, avec ses sourires, ses larmes, son triomphe, qu'il revivait d'un bout à l'autre, en un instant. Et d'abord, il entrait dans la joie, dans les cinq mystères[3] souriants, baignés des sérénités de l'aube :

---

1. Chapelet composé de gros et de petits grains. Les gros grains représentent les *Pater* ; les petits, les *Ave* ; le terme désigne également la prière récitée en égrenant le chapelet. Il y a trois dizaines d'*Ave*, avec un *Pater* au commencement de chaque dizaine, puis un « Gloire au Père », trois *Ave*, un *Pater*, et un « Je crois en Dieu ». — 2. Annonce de la future naissance de Jésus faite à Marie par l'ange Gabriel. Elle est célébrée dans le calendrier chrétien le 25 mars. — 3. Il s'agit de l'Annonciation, de la Visitation (confirmation faite à Marie de sa grossesse hors de toute relation charnelle), de la Nativité

c'étaient la salutation de l'archange, un rayon de fécondité glissé du ciel, apportant la pâmoison adorable de l'union sans tache ; la visite à Élisabeth [1], par une claire matinée d'espérance, à l'heure où le fruit de ses entrailles donnait pour la première fois à Marie cette secousse qui fait pâlir les mères ; les couches dans une étable de Bethléem [a], avec la longue file de bergers venant saluer la maternité divine ; le nouveau-né porté au Temple, sur les bras de l'accouchée, qui sourit, lasse encore, déjà heureuse d'offrir son enfant à la justice de Dieu, aux embrassements de Siméon [2], aux désirs du monde ; enfin, Jésus grandi, se révélant devant les docteurs, au milieu desquels sa mère inquiète le retrouve, fière de lui et consolée. Puis, après ce matin, d'une lumière si tendre, il semblait à Serge que le ciel se couvrait brusquement. Il ne marchait plus que sur des ronces, s'écorchait les doigts aux grains du Rosaire, se courbait sous l'épouvantement des cinq mystères de douleur : Marie agonisant dans son fils au Jardin des Oliviers [3], recevant avec lui les coups de fouet de la flagellation, sentant à son propre front le déchirement de la couronne d'épines, portant l'horrible poids de

---

a. « ... les couches *divines, sur la paille* de Bethléem... »

(naissance de Jésus), de la présentation de Jésus au Temple, de Jésus devant les docteurs, à douze ans. En tout, la religion catholique dénombre quinze mystères, dont les cinq précédemment évoqués sont les principaux : les mystères joyeux (l'Annonciation, la Visitation, la Nativité, la présentation de Jésus au Temple, Jésus au Temple à douze ans) ; les mystères douloureux (l'Agonie de Jésus, la Flagellation, le Couronnement d'épines, le Portement de la Croix, la Mort sur la Croix) ; enfin, les mystères glorieux (la Résurrection, l'Ascension, la Pentecôte, l'Assomption de Marie, le Couronnement de Marie). On médite les mystères joyeux les lundis et jeudis, les mystères douloureux les mardis et vendredis, les mystères glorieux les mercredis, samedis et dimanches.
1. Épouse stérile de Zacharie, qui fut miraculeusement mère de saint Jean Baptiste. — 2. Le vieillard Siméon fut averti par le Saint-Esprit qu'il ne mourrait pas avant d'avoir vu l'Enfant Jésus. Il le vit en effet, le prit dans ses bras et dit : *Nunc dimittis servum tuum, Domine* (À présent, Seigneur, tu peux laisser partir (sous-entendu : en paix) ton serviteur). — 3. Jardin où Jésus fut saisi d'une grande angoisse face à la mort qui venait, et où il pria Dieu, tandis que ses Apôtres s'étaient endormis.

sa croix, mourant à ses pieds sur le Calvaire[1]. Ces nécessités de la souffrance, ce martyre atroce d'une Reine adorée, pour qui il eût donné son sang comme Jésus, lui causaient une révolte d'horreur que dix années des mêmes prières et des mêmes exercices n'avaient pu calmer. Mais les grains coulaient toujours, une trouée soudaine se faisait dans les ténèbres du crucifiement, la gloire resplendissante des cinq derniers mystères éclatait avec une allégresse d'astre libre. Marie, transfigurée, chantait l'alléluia de la résurrection, la victoire sur la mort, l'éternité de la vie ; elle assistait, les mains tendues, renversée d'admiration, au triomphe de son fils, qui s'élevait au ciel, parmi les nuées d'or frangées de pourpre ; elle rassemblait autour d'elle les Apôtres, goûtant comme au jour de la conception l'embrasement de l'esprit d'amour descendu en flammes ardentes ; elle était, à son tour, ravie par un vol d'anges, emportée sur des ailes blanches, ainsi qu'une arche immaculée, déposée doucement au milieu de la splendeur des trônes célestes ; et là, comme gloire suprême, dans une clarté si éblouissante qu'elle éteignait le soleil, Dieu la couronnait des étoiles du firmament. La passion n'a qu'un mot. En disant à la file les cent cinquante *Ave*, Serge ne les avait pas répétés une seule fois. Ce murmure monotone, cette parole, sans cesse la même, qui revenait, pareille au « Je t'aime » des amants, prenait chaque fois une signification plus profonde ; il s'y attardait, causait sans fin à l'aide de l'unique phrase latine, connaissait Marie tout entière, jusqu'à ce que, le dernier grain du Rosaire s'échappant de ses mains, il se sentît défaillir à la pensée de la séparation.

Bien des fois le jeune homme avait ainsi passé les nuits, recommençant à vingt reprises les dizaines d'*Ave*, retardant toujours le moment où il devrait prendre congé de sa chère maîtresse. Le jour naissait qu'il chuchotait encore. C'était la lune, disait-il pour se tromper lui-même, qui faisait pâlir les étoiles. Ses supérieurs devaient le gronder de ses veilles dont il sortait alangui, le teint si

---

1. Nom de la colline où le Christ fut crucifié (en hébreu Golgotha).

blanc qu'il semblait avoir perdu du sang. Longtemps, il avait gardé au mur de sa cellule une gravure coloriée du Sacré-Cœur[1] de Marie, La Vierge, souriant d'une façon sereine, écartant son corsage, montrait dans sa poitrine un trou rouge, où son cœur brûlait, traversé d'une épée[2], couronné de roses blanches. Cette épée le désespérait ; elle lui causait cette intolérable horreur de la souffrance chez la femme, dont la seule pensée le jetait hors de toute soumission pieuse. Il l'effaça, il ne garda que le cœur couronné et flambant, arraché à demi de cette chair exquise pour s'offrir à lui. Ce fut alors qu'il se sentit aimé. Marie lui donnait son cœur, son cœur vivant, tel qu'il battait dans son sein, avec l'égouttement rose de son sang. Il n'y avait plus là une image de passion dévote, mais une matérialité, un prodige de tendresse, qui, lorsqu'il priait devant la gravure, lui faisait élargir les mains pour recevoir religieusement le cœur sautant de la gorge sans tache. Il le voyait, il l'entendait battre. Et il était aimé, le cœur battait pour lui ! C'était comme un affolement de tout son être, un besoin de baiser le cœur, de se fondre en lui, de se coucher avec lui au fond de cette poitrine ouverte. Elle l'aimait activement, jusqu'à le vouloir dans l'éternité auprès d'elle, toujours à elle. Elle l'aimait efficacement, sans cesse occupée de lui, le suivant partout, lui évitant les moindres infidélités. Elle l'aimait tendrement, plus que toutes les femmes ensemble, d'un amour bleu, profond, infini comme le ciel. Où aurait-il jamais trouvé une maîtresse si désirable ? Quelle caresse de la terre était comparable à ce souffle de Marie dans lequel il marchait ? Quelle union misérable, quelle jouissance ordurière pouvaient être mises en balance avec cette éternelle fleur du désir montant toujours sans s'épanouir jamais ?

---

1. Zola utilise ici une expression erronée puisque, dans la tradition catholique, cette expression ne s'applique qu'à Jésus. — **2.** C'est l'épée de douleur. Allusion à la prophétie de Siméon, disant à Marie : « (...) et toi-même, une épée te transpercera l'âme (...) » (Luc, II, 35).

« Bien des fois le jeune homme avait ainsi passé les nuits, recommençant à vingt reprises les dizaines d'Ave. »

Illustration pour l'édition Charpentier-Fasquelle, 1906, Paris, B.N.F.

Alors, le *Magnificat*[1], ainsi qu'une bouffée d'encens, s'exhalait de sa bouche. Il chantait le chant d'allégresse de Marie, son tressaillement de joie à l'approche de l'Époux divin. Il glorifiait le Seigneur qui renversait les puissants de leurs trônes, et qui lui envoyait Marie, à lui, un pauvre enfant nu, se mourant d'amour sur le carreau glacé de sa cellule.

Et, lorsqu'il avait tout donné à Marie, son corps, son âme, ses biens terrestres, ses biens spirituels, lorsqu'il était nu devant elle, à bout de prières, les litanies de la

---

1. Début du cantique de la Vierge : *Magnificat anima mea Dominum*, Mon âme glorifie le Seigneur.

Vierge[1] jaillissaient de ses lèvres brûlées, avec leurs appels répétés, entêtés, acharnés, dans un besoin suprême de secours céleste. Il lui semblait qu'il gravissait un escalier de désir ; à chaque saut de son cœur, il montait une marche. D'abord, il la disait sainte. Ensuite, il l'appelait Mère, très pure, très chaste, aimable, admirable. Et il reprenait son élan, lui criant six fois sa virginité, la bouche comme rafraîchie chaque fois par ce mot de vierge, auquel il joignait des idées de puissance, de bonté, de fidélité. À mesure que son cœur l'emportait plus haut, sur les degrés de lumière, une voix étrange, venue de ses veines, parlait en lui, s'épanouissant en fleurs éclatantes. Il aurait voulu se fondre en parfum, s'épandre en clarté, expirer en un soupir musical[2]. Tandis qu'il la nommait Miroir de justice, Temple de la sagesse, Source de sa joie, il se voyait pâle d'extase dans ce miroir, il s'agenouillait sur les dalles tièdes de ce temple, il buvait à longs traits l'ivresse de cette source. Et il la transformait encore, lâchant la bride à sa folie de tendresse pour s'unir à elle d'une façon toujours plus étroite. Elle devenait un Vase d'honneur choisi par Dieu, un Sein d'élection où il souhaitait de verser son être, de dormir à jamais. Elle était la Rose mystique, une grande fleur éclose au paradis, faite des anges entourant leur Reine, si pure, si odorante, qu'il la respirait du bas de son indignité avec un gonflement de joie dont ses côtes craquaient. Elle se changeait en Maison d'or, en Tour de David, en Tour d'ivoire[3], d'une richesse inappréciable, d'une pureté jalousée des cygnes, d'une taille haute, forte, ronde, à laquelle il aurait voulu faire de ses bras tendus une ceinture de soumission. Elle se tenait debout à l'horizon, elle était la Porte du ciel, qu'il entrevoyait derrière ses épaules, lorsqu'un souffle de vent écartait les plis de son voile. Elle grandissait derrière la montagne, à l'heure où la nuit pâlit. Étoile du

---

1. Prière du soir en l'honneur de Marie, exclusivement composée d'apostrophes (« Mère très pure, mère très chaste, mère toujours vierge », etc.). — **2.** L'abbé Mouret souhaite perdre son enveloppe terrestre, devenir pure spiritualité. — **3.** Les métaphores de cette page font partie des Litanies de la Sainte Vierge.

matin, secours des voyageurs égarés, aube d'amour. Puis, à cette hauteur, manquant d'haleine, non rassasié encore, mais les mots trahissant les forces de son cœur, il ne pouvait plus que la glorifier du titre de Reine qu'il lui jetait neuf fois comme neuf coups d'encensoir. Son cantique se mourait d'allégresse dans ces cris du triomphe final : Reine des vierges, Reine de tous les saints, Reine conçue sans péché ! Elle, toujours plus haut, resplendissait. Lui, sur la dernière marche, la marche que les familiers de Marie atteignent seuls, restait là un instant, pâmé au milieu de l'air subtil qui l'étourdissait, encore trop loin pour baiser le bord de la robe bleue, se sentant déjà rouler, avec l'éternel désir de remonter, de tenter cette jouissance surhumaine.

Que de fois les litanies de la Vierge, récitées en commun, dans la chapelle, avaient ainsi laissé le jeune homme les genoux cassés, la tête vide, comme après une grande chute ! Depuis sa sortie du séminaire, l'abbé Mouret avait appris à aimer la Vierge davantage encore. Il lui vouait ce culte passionné où Frère Archangias flairait des odeurs d'hérésie [1]. Selon lui, c'était elle qui devait sauver l'Église par quelque prodige grandiose dont l'apparition prochaine charmerait la terre. Elle était le seul miracle de notre époque impie, la dame bleue [2] se montrant aux petits bergers [3], la blancheur nocturne vue entre deux nuages et dont le bord du voile traînait sur les chaumes des paysans. Quand Frère Archangias lui demandait brutalement s'il l'avait jamais aperçue, il se contentait de sourire, les lèvres serrées, comme pour garder son secret. La vérité était qu'il la voyait toutes les nuits. Elle ne lui apparaissait plus ni sœur joueuse, ni belle jeune fille fervente :

---

1. Archangias soupçonne l'abbé de trop aimer la femme à travers Marie. — 2. Le bleu et le blanc sont traditionnellement les couleurs de Marie. — 3. Deux bergers de La Salette affirmaient avoir vu la Vierge Marie, le 19 septembre 1846. Le site devint, dès lors, un lieu de pèlerinage. *Cf.* Huysmans, *En haut.* Lourdes (Bernadette Soubirous, plusieurs visions en 1858) et Pontmain (enfants du village, 17 janvier 1871) étaient les deux autres lieux où la Vierge était « apparue » après La Salette.

elle avait une robe de fiancée, avec des fleurs blanches dans les cheveux, les paupières à demi baissées, laissant couler des regards humides d'espérance qui lui éclairaient les joues. Et il sentait bien qu'elle venait à lui, qu'elle lui promettait de ne plus tarder, qu'elle lui disait : « Me voici, reçois-moi. » Trois fois chaque jour, lorsque l'*Angelus* sonnait, au réveil de l'aube, dans la maturité de midi, à la tombée attendrie du crépuscule, il se découvrait, il disait un *Ave* en regardant autour de lui, cherchant si la cloche ne lui annonçait pas enfin la venue de Marie. Il avait vingt-cinq ans. Il l'attendait.

Au mois de mai, l'attente du jeune prêtre était pleine d'un heureux espoir. Il ne s'inquiétait même plus des gronderies de la Teuse. S'il restait si tard à prier dans l'église, c'était avec l'idée folle que la grande Vierge dorée finirait par descendre. Et pourtant, il la redoutait, cette Vierge qui ressemblait à une princesse. Il n'aimait pas toutes les Vierges de la même façon. Celle-là le frappait d'un respect souverain. Elle était la Mère de Dieu ; elle avait l'ampleur féconde, la face auguste, les bras forts de l'Épouse divine portant Jésus. Il se la figurait ainsi au milieu de la cour céleste, laissant traîner parmi les étoiles la queue de son manteau royal, trop haute pour lui, si puissante qu'il tomberait en poudre si elle daignait abaisser les yeux sur les siens. Elle était la Vierge de ses jours de défaillance, la Vierge sévère qui lui rendait la paix intérieure par la redoutable vision du paradis.

Ce soir-là, l'abbé Mouret resta plus d'une heure agenouillé dans l'église vide. Les mains jointes, les regards sur la Vierge d'or se levant comme un astre au milieu des verdures, il cherchait l'assoupissement de l'extase, l'apaisement des troubles étranges qu'il avait éprouvés pendant la journée. Mais il ne glissait pas au demi-sommeil de la prière avec l'aisance heureuse qui lui était accoutumée. La maternité de Marie, toute glorieuse et pure qu'elle se révélât, cette taille ronde de femme faite, cet enfant nu qu'elle portait sur un bras, l'inquiétaient, lui semblaient continuer au ciel la poussée débordante de génération au milieu de laquelle il marchait depuis le matin. Comme les vignes des coteaux pierreux, comme les arbres du Paradou, comme le troupeau humain des Artaud, Marie apportait l'éclosion, engendrait la vie. Et la prière s'attardait sur ses lèvres, il s'oubliait à des distractions, voyant des choses qu'il n'avait point encore vues, la courbe molle des cheveux châtains, le léger gonflement du menton, barbouillé de rose. Alors, elle devait se faire plus sévère, l'anéantir sous l'éclat de sa toute-puissance, pour le ramener à la phrase de l'oraison interrompue. Ce fut enfin par sa couronne d'or, par son manteau d'or, par tout l'or qui la changeait en une princesse terrible, qu'elle acheva de l'écraser dans une soumission d'esclave, la prière coulant régulière de la bouche, l'esprit perdu au fond d'une adoration unique. Jusqu'à onze heures, il dormit éveillé de cet engourdissement extatique, ne sentant plus ses genoux, se croyant suspendu, balancé ainsi qu'un enfant qu'on endort, se laissant aller à ce repos, tout en gardant la conscience d'un poids qui lui alourdissait le cœur. Autour de lui, l'église s'emplissait d'ombre, la lampe charbonnait, les hauts feuillages assombrissaient le visage verni de la grande Vierge.

Quand l'horloge, avant de sonner l'heure, grinça d'une voix arrachée, l'abbé Mouret eut un frisson. Il n'avait pas senti la fraîcheur de l'église lui tomber sur les épaules. Maintenant, il grelottait. Comme il se signait, un rapide souvenir traversa la stupeur de son réveil ; le claquement de ses dents lui rappelait les nuits passées sur le carreau de sa cellule, en face du Sacré-Cœur de Marie, le corps tout secoué de fièvre. Il se leva péniblement, mécontent de lui. D'ordinaire, il quittait l'autel la chair sereine, avec la douceur du souffle de Marie sur le front. Cette nuit-là, lorsqu'il prit la lampe pour monter à sa chambre, il lui sembla que ses tempes éclataient : la prière était restée inefficace ; il retrouvait, après un court soulagement, la même chaleur grandie depuis le matin de son cœur à son cerveau. Puis, arrivé à la porte de la sacristie, au moment de sortir, il se tourna, il éleva la lampe d'un mouvement machinal, cherchant à voir une dernière fois la grande

Vierge. Elle était noyée sous les ténèbres descendues des poutres, enfoncée dans les feuillages, ne laissant passer que la croix d'or de sa couronne.

XV

La chambre de l'abbé Mouret, située à un angle du presbytère, était une vaste pièce, trouée sur deux de ses faces de deux immenses fenêtres carrées ; l'une de ces fenêtres s'ouvrait au-dessus de la basse-cour de Désirée ; l'autre donnait sur le village des Artaud, avec la vallée au loin, les collines, tout l'horizon. Le lit tendu de rideaux jaunes, la commode de noyer, les trois chaises de paille, se perdaient sous le haut plafond à solives blanchies. Une légère âpreté, cette odeur un peu aigre des vieilles bâtisses campagnardes, montait du carreau, passé au rouge [1], luisant comme une glace. Sur la commode, une grande statuette de l'Immaculée-Conception [2] mettait une douceur grise entre deux pots de faïence que la Teuse avait emplis de lilas blancs.

L'abbé Mouret posa la lampe devant la Vierge, au bord de la commode. Il se sentait si mal à l'aise qu'il se décida à allumer le feu de souches de vignes qui était tout préparé. Et il resta là, les pincettes à la main, regardant brûler les tisons, la face éclairée par la flamme. Au-dessous de lui, il entendait le gros sommeil de la maison. Le silence, qui bourdonnait à ses oreilles, finissait par prendre des voix chuchotantes. Lentement, invinciblement, ces voix l'envahissaient, redoublaient l'anxiété dont il avait, dans la journée, senti plusieurs fois le serrement à la gorge. D'où venait donc cette angoisse ? Quel pouvait être ce trouble inconnu, grossi doucement, devenu intolérable ?

1. « Rouge à polir, dit aussi rouge indien, rouge de Prusse, substance dont on se sert pour polir les métaux, les pierres dures, les glaces » (Littré). — 2. Statuette de Marie.

Il n'avait pas péché, cependant. Il lui semblait être sorti la veille du séminaire, avec toute l'ardeur de sa foi, si fort contre le monde qu'il marchait au milieu des hommes en ne voyant que Dieu.

Alors, il se crut dans sa cellule, un matin, à cinq heures, au moment du lever. Le diacre de service[1] passait en donnant un coup de bâton dans sa porte, avec le cri réglementaire :

« *Benedicamus Domino*[2] !

— *Deo gratias !* » répondait-il, mal réveillé, les yeux enflés de sommeil.

Et il sautait sur l'étroit tapis, se débarbouillait, faisait son lit, balayait sa chambre, renouvelait l'eau de son cruchon. Ce petit ménage était une joie, dans le frisson matinal qui lui courait sur la peau. Il entendait les pierrots[3] des platanes de la cour se lever en même temps que lui, au milieu d'un tapage d'ailes et de gosiers assourdissant. Il pensait qu'ils disaient leurs prières, à leur façon. Lui, descendait dans la salle des Méditations, où, après les oraisons, il restait une demi-heure agenouillé, à méditer sur cette pensée d'Ignace[4] : « Que sert à l'homme de conquérir l'univers, s'il perd son âme ? » C'était un sujet fertile en bonnes résolutions, qui le faisait renoncer à tous les biens de la terre, avec le rêve si souvent caressé d'une vie au désert, sous la seule richesse d'un grand ciel bleu. Au bout de dix minutes, ses genoux, meurtris sur la dalle, devenaient tellement douloureux qu'il éprouvait peu à peu un évanouissement de tout son être, une extase dans laquelle il se voyait grand conquérant, maître d'un empire immense, jetant sa couronne, brisant son sceptre, foulant aux pieds un luxe inouï, des cassettes d'or, des ruissellements de bijoux, des étoffes cousues de pierreries, pour

---

1. Ecclésiastique, ayant reçu l'ordre immédiatement inférieur à la prêtrise, dont c'est le tour de servir la messe. — 2. Bénissons le Seigneur ! — 3. Moineaux. — 4. Ignace de Loyola (1491-1556), mystique, fondateur de la Compagnie de Jésus, auteur des *Exercices spirituels*.

aller s'ensevelir au fond d'une Thébaïde[1], vêtu d'une bure[2] qui lui écorchait l'échine. Mais la messe le tirait de ces imaginations, dont il sortait comme d'une belle histoire réelle, qui lui serait arrivée en des temps anciens. Il communiait, il chantait le psaume du jour, très ardemment, sans entendre aucune autre voix que sa voix, d'une pureté de cristal, si claire, qu'il la sentait s'envoler jusqu'aux oreilles du Seigneur. Et lorsqu'il remontait à sa chambre, il ne gravissait qu'une marche à la fois, ainsi que le recommandent saint Bonaventure et saint Thomas d'Aquin[3] ; il marchait lentement, l'air recueilli, la tête légèrement penchée, trouvant à suivre les moindres prescriptions une jouissance indicible. Ensuite, venait le déjeuner. Au réfectoire, les croûtons de pain, alignés le long des verres de vin blanc, l'enchantaient, car il avait bon appétit, il était d'humeur gaie, il disait, par exemple, que le vin était bon chrétien, allusion très audacieuse à l'eau qu'on accusait l'économe de mettre dans les bouteilles. Cela ne l'empêchait pas de retrouver son air grave pour entrer en classe. Il prenait des notes sur ses genoux, tandis que le professeur, les poignets au bord de la chaire, parlait un latin usuel, coupé parfois d'un mot français, quand il ne trouvait pas mieux. Une discussion s'élevait ; les élèves argumentaient en un jargon étrange, sans rire. Puis, c'était, à dix heures, une lecture de l'Écriture sainte, pendant vingt minutes. Il allait chercher le livre sacré, relié richement, doré sur tranche[4]. Il le baisait avec une vénération particulière, le lisait tête nue, en saluant chaque fois qu'il rencontrait les noms de Jésus, de Marie ou de Joseph. La seconde méditation le trouvait alors tout préparé à supporter, pour l'amour de Dieu, le nouvel agenouillement, plus long que le premier. Il évitait de s'asseoir une seule seconde sur ses talons ; il goûtait cet examen de conscience de trois quarts d'heure, s'efforçant

---

1. Lieu désert, en Égypte, où vécurent des ascètes chrétiens. Peut-être y a-t-il là un rappel de *La Tentation de saint Antoine*, de Flaubert. — **2.** Grosse étoffe de laine brune. — **3.** Dominicain (1227-1274), auteur d'une *Somme théologique*. — **4.** Livre dont les bords — les tranches — sont décorés par application d'or.

de découvrir en lui des péchés, arrivant à se croire damné pour avoir oublié la veille au soir de baiser les deux images de son scapulaire, ou pour s'être endormi sur le côté gauche : fautes abominables qu'il aurait voulu racheter en usant jusqu'au soir ses genoux, fautes heureuses qui l'occupaient, sans lesquelles il n'aurait su de quoi entretenir son cœur candide, endormi par la blanche vie qu'il menait. Il entrait au réfectoire tout soulagé, comme s'il s'était débarrassé la poitrine d'un grand crime. Les séminaristes de service, les manches de la soutane retroussées, un tablier de coutil[1] bleu noué à la ceinture, apportaient le potage au vermicelle, le bouilli[2] coupé par petits carrés, les portions de gigot aux haricots. Il y avait des bruits terribles de mâchoires, un silence glouton, un acharnement de fourchettes seulement interrompu par des coups d'œil envieux jetés sur la table en fer à cheval, où les directeurs mangeaient des viandes plus tendres, buvaient des vins plus rouges ; pendant que la voix empâtée de quelque fils de paysan, aux poumons solides, ânonnait sans points ni virgules, au-dessus de cette rage d'appétit, quelque lecture pieuse[3], des lettres de missionnaires, des mandements d'évêques, des articles de journaux religieux. Lui, écoutait, entre deux bouchées. Ces bouts de polémiques, ces récits de voyages lointains le surprenaient, l'effrayaient même, en lui révélant, au-delà des murailles du séminaire, une agitation, un immense horizon, auxquels il ne pensait jamais. On mangeait encore, qu'un coup de claquoir[4] annonçait la récréation. La cour était sablée, plantée de huit gros platanes qui, l'été, jetaient une ombre fraîche ; au midi, il y avait une muraille, haute de cinq mètres, hérissée de culs de bouteille, au-dessus de laquelle on ne voyait de Plassans que l'extrémité du clocher de Saint-Marc, une courte aiguille de pierre, dans le ciel bleu. D'un bout de la cour à l'autre,

---

1. Gros tissu employé, notamment, pour tailler des vêtements de travail. — 2. Viande bouillie. — 3. À chaque repas, l'un des pensionnaires du séminaire devait faire la lecture à ses camarades, pendant que ceux-ci mangeaient. — 4. Instrument formé de deux petites planches parallèles que l'on entrechoque pour donner un signal.

lentement, il se promenait avec un groupe de camarades, sur une seule ligne ; et chaque fois qu'il revenait, le visage vers la muraille, il regardait le clocher, qui était pour lui toute la ville, toute la terre, sous le vol libre des nuages. Des cercles bruyants, au pied des platanes, discutaient ; des amis s'isolaient, deux à deux, dans les coins, épiés par quelque directeur caché derrière les rideaux de sa fenêtre ; des parties de paume [1] et de quilles s'organisaient violemment, dérangeant de tranquilles joueurs de loto [2] à demi couchés par terre, devant leurs cartons, qu'une boule ou une balle lancée trop fort couvrait de sable. Quand la cloche sonnait, le bruit tombait, une nuée de moineaux s'envolait des platanes, les élèves encore tout essoufflés se rendaient au cours de plain-chant [3], les bras croisés, la nuque grave. Et il achevait la journée au milieu de cette paix ; il retournait en classe ; il goûtait à quatre heures, reprenant son éternelle promenade en face de la flèche de Saint-Marc ; il soupait au milieu des mêmes bruits de mâchoires, sous la grosse voix achevant la lecture du matin ; il montait à la chapelle dire les actions de grâces du soir, et se couchait à huit heures un quart, après avoir aspergé son lit d'eau bénite, pour se préserver des mauvais rêves.

Que de belles journées semblables il avait passées, dans cet ancien couvent du vieux Plassans, tout plein d'une odeur séculaire de dévotion ! Pendant cinq ans, les jours s'étaient suivis, coulant avec le même murmure d'eau limpide. À cette heure, il se souvenait de mille détails qui l'attendrissaient. Il se rappelait son premier trousseau, qu'il était allé acheter avec sa mère : ses deux soutanes, ses deux ceintures, ses six rabats, ses huit paires de bas noirs, son surplis, son tricorne. Et comme son cœur avait battu, ce doux soir d'octobre, lorsque la porte du séminaire s'était refermée sur lui ! Il venait là, à vingt

---

1. Jeu ancien où l'on se renvoie la balle avec une raquette. — 2. « Jeu de hasard dans lequel les joueurs sont munis de cartons numérotés dont ils couvrent les cases à mesure que l'on tire d'un sac les quatre-vingt-dix numéros correspondants » (Larousse). — 3. Chant de l'Église romaine, à une voix.

ans, après ses années de collège, pris d'un besoin de croire et d'aimer. Dès le lendemain, il avait tout oublié, comme endormi au fond de la grande maison silencieuse. Il revoyait la cellule étroite où il avait passé ses deux années de philosophie, une case meublée d'un lit, d'une table et d'une chaise, séparée des cases voisines par des planches mal jointes, dans une immense salle qui contenait une cinquantaine de réduits pareils. Il revoyait sa cellule de théologien, habitée pendant trois autres années, plus grande, avec un fauteuil, une toilette, une bibliothèque, heureuse chambre emplie des rêves de sa foi. Le long des couloirs interminables, le long des escaliers de pierre, à certains angles, il avait eu des révélations soudaines, des secours inespérés. Les hauts plafonds laissaient tomber des voix d'anges gardiens. Pas un carreau des salles, pas une pierre des murs, pas une branche des platanes qui ne lui parlaient des jouissances de sa vie contemplative, ses bégaiements de tendresse, sa lente initiation, les caresses reçues en retour du don de son être, tout ce bonheur des premières amours divines. Tel jour, en s'éveillant, il avait vu une vive lueur qui l'avait baigné de joie ; tel soir, en fermant la porte de sa cellule, il s'était senti saisir au cou par des mains tièdes, si tendrement, qu'en reprenant connaissance, il s'était trouvé par terre, pleurant à gros sanglots. Puis, parfois, surtout sous la petite voûte qui menait à la chapelle, il avait abandonné sa taille à des bras souples qui l'enlevaient. Tout le ciel s'occupait alors de lui, marchait autour de lui, mettait dans ses moindres actes, dans la satisfaction de ses besoins les plus vulgaires, un sens particulier, un parfum surprenant dont ses vêtements, sa peau elle-même, semblaient garder à jamais la lointaine odeur. Et il se souvenait encore des promenades du jeudi. On partait à deux heures pour quelque coin de verdure, à une lieue de Plassans. C'était le plus souvent au bord de la Viorne, dans le bout d'un pré, avec des saules noueux qui laissaient tremper leurs feuilles au fil de l'eau. Il ne voyait rien, ni les grandes fleurs jaunes des prés, ni les hirondelles buvant au vol, rasant des ailes la nappe de la petite rivière.

Jusqu'à six heures, assis par bandes sous les saules, ses camarades et lui récitaient en chœur l'Office de la Vierge ou lisaient, deux à deux, les *Petites Heures*, le bréviaire facultatif des jeunes séminaristes.

L'abbé Mouret eut un sourire, en rapprochant les tisons. Il ne trouvait dans ce passé qu'une grande pureté, une obéissance parfaite. Il était un lis dont la bonne odeur charmait ses maîtres. Il ne se rappelait pas un mauvais acte. Jamais il ne profitait de la liberté absolue des promenades, pendant que les deux directeurs de surveillance allaient causer chez un curé du voisinage, pour fumer derrière une haie ou courir boire de la bière avec quelque ami. Jamais il ne cachait des romans sous sa paillasse ni n'enfermait des bouteilles d'anisette au fond de sa table de nuit. Longtemps même, il ne s'était pas douté de tous les péchés qui l'entouraient, des ailes de poulet et des gâteaux introduits en contrebande pendant le carême, des lettres coupables apportées par les servants, des conversations abominables tenues à voix basse, dans certains coins de la cour. Il avait pleuré à chaudes larmes, le jour où il s'était aperçu que peu de ses camarades aimaient Dieu pour lui-même. Il y avait là des fils de paysans entrés dans les ordres par terreur de la conscription, des paresseux rêvant un métier de fainéantise, des ambitieux que troublait déjà la vision de la crosse et de la mitre [1]. Et lui, en retrouvant les ordures du monde au pied des autels, s'était replié encore sur lui-même, se donnant davantage à Dieu, pour le consoler de l'abandon où on le laissait.

Pourtant, l'abbé se rappela qu'un jour il avait croisé les jambes, à la classe. Le professeur lui en ayant fait le reproche, il était devenu très rouge, comme s'il avait commis une indécence. Il était un des meilleurs élèves, ne discutant pas, apprenant les textes par cœur. Il prouvait l'existence et l'éternité de Dieu par des preuves tirées de

---

1. La crosse est un bâton liturgique à pommeau recourbé en forme de volute ; la mitre est une coiffe liturgique dessinant un demi-losange dont les côtés seraient arrondis.

l'Écriture sainte, par l'opinion des Pères de l'Église[1] et par le consentement universel de tous les peuples. Les raisonnements de cette nature l'emplissaient d'une certitude inébranlable. Pendant sa première année de philosophie, il travaillait son cours de logique avec une telle application que son professeur l'avait arrêté, en lui répétant que les plus savants ne sont pas les plus saints. Aussi, dès sa seconde année, s'acquittait-il de son étude de la métaphysique ainsi que d'un devoir réglementé, entrant pour une très faible part dans les exercices de la journée. Le mépris de la science lui venait ; il voulait rester ignorant, afin de garder l'humilité de sa foi. Plus tard, en théologie, il ne suivait plus le cours d'*Histoire ecclésiastique*, de Rohrbacher, que par soumission ; il allait jusqu'aux arguments de Gousset, jusqu'à l'*Instruction théologique* de Bouvier, sans oser toucher à Bellarmin, à Liguori, à Suarez[2], à saint Thomas d'Aquin. Seule, l'*Écriture sainte*[3] le passionnait. Il y trouvait le savoir désirable, une histoire d'amour infini qui devait suffire comme enseignement aux hommes de bonne volonté. Il n'acceptait que les affirmations de ses maîtres, se débarrassait sur eux de tout souci d'examen, n'ayant pas besoin de ce fatras pour aimer, accusant les livres de voler le temps à la prière. Il avait même réussi à oublier ses années de collège. Il ne savait plus, il n'était plus qu'une candeur, qu'une enfance ramenée aux balbutiements du catéchisme.

Et c'était ainsi qu'il était monté pas à pas[(a)] jusqu'à la prêtrise. Ici, les souvenirs se pressaient, attendris, chauds

---

a. « ... qu'il était *pas à pas monté* jusqu'à... »

1. Écrivains ecclésiastiques (du IIe au VIIe siècle) dont l'Église a retenu les travaux en matière de science religieuse. Saint Augustin, saint Isidore par exemple, sont des Pères de l'Église. — 2. R.F. Rohrbacher (1789-1856), ami de Lamennais ; Th. M. J. Gousset (1802-1866), archevêque de Reims ; J.-B. Bouvier (1783-1834), évêque du Mans ; R. Bellarmini (1542-1621), jésuite dont les *Controverses* sont violemment anti-protestantes ; A. M. de Liguori (1696-1787), théologien italien ; F. Suarez (1548-1617), jésuite espagnol. — 3. L'Ancien et le Nouveau Testaments.

encore de joies célestes. Chaque année, il avait approché Dieu de plus près. Il passait saintement les vacances, chez un oncle, se confessant tous les jours, communiant deux fois par semaine. Il s'imposait des jeûnes, cachait au fond de sa malle des boîtes de gros sel, sur lesquelles il s'agenouillait des heures entières, les genoux mis à nu. Il restait à la chapelle, pendant les récréations, ou montait dans la chambre d'un directeur, qui lui racontait des anecdotes pieuses extraordinaires. Puis, quand approchait le jour de la Sainte-Trinité[1], il était récompensé au-delà de toute mesure, envahi par cette émotion dont s'emplissent les séminaires à la veille des ordinations. C'était la grande fête, le ciel s'ouvrant pour laisser les élus gravir un nouveau degré. Lui, quinze jours à l'avance, se mettait au pain et à l'eau. Il fermait les rideaux de sa fenêtre pour ne plus même voir le jour, se prosternant dans les ténèbres, suppliant Jésus d'accepter son sacrifice. Les quatre derniers jours, il était pris d'angoisses, de scrupules terribles qui le jetaient hors de son lit, au milieu de la nuit, pour aller frapper à la porte du prêtre étranger dirigeant la retraite, quelque carme déchaussé[2], souvent un protestant converti, sur lequel courait une merveilleuse histoire. Il lui faisait longuement la confession générale de sa vie, la voix coupée de sanglots. L'absolution[3] seule le tranquillisait, le rafraîchissait, comme s'il avait pris un bain de grâce. Il était tout blanc, au matin du grand jour ; il avait une si vive conscience de cette blancheur, qu'il lui semblait faire de la lumière autour de lui. Et la cloche du séminaire sonnait de sa voix claire, tandis que les odeurs de juin, les quarantaines en fleur, les résédas, les héliotropes, venaient par-dessus la haute muraille de la cour. Dans la chapelle, les parents attendaient, en grande toi-

   1. Fête célébrée le premier dimanche suivant la Pentecôte, et désignant Dieu en trois personnes distinctes, mais consubstantielles : le Père, le Fils, et le Saint-Esprit. — **2.** Un carme est un religieux de l'ordre du Carmel, ordre contemplatif et mendiant. Les carmes chaussés étaient fidèles aux règles du XIIe siècle, les carmes déchaussés, ou déchaux, avaient suivi la réforme de saint Jean de la Croix, en 1593. — **3.** Pardon accordé par le prêtre après la confession.

lette, émus à ce point que les femmes sanglotaient sous leurs voilettes. Puis, c'était le défilé : les diacres, qui allaient recevoir la prêtrise, en chasuble d'or ; les sous-diacres, en dalmatique[1] ; les minorés, les tonsurés[2], le surplis flottant sur les épaules, la barrette noire à la main. L'orgue ronflait, épanouissait les notes de flûte d'un chant d'allégresse. À l'autel, l'évêque, assisté de deux chanoines[3], officiait, crosse en main. Le chapitre[4] était là ; les prêtres de toutes les paroisses se pressaient, au milieu d'un luxe inouï de costumes, d'un flamboiement d'or allumé par le large rayon de soleil qui tombait d'une fenêtre de la nef. Après l'épître, l'ordination[5] commençait.

À cette heure, l'abbé Mouret se rappelait encore le froid des ciseaux, lorsqu'on l'avait marqué de la tonsure[6], au commencement de sa première année de théologie. Il avait eu un léger frisson. Mais la tonsure était alors bien étroite, à peine ronde comme une pièce de deux sous. Plus tard, à chaque nouvel ordre reçu, elle avait grandi, toujours grandi, jusqu'à le couronner d'une tache blanche aussi large qu'une grande hostie. Et l'orgue ronflait plus doucement, les encensoirs retombaient avec le bruit argentin de leurs chaînettes, en laissant échapper un flot de fumée blanche qui se déroulait comme de la dentelle. Lui, se voyait en surplis, jeune tonsuré, amené à l'autel par le maître des cérémonies ; il s'agenouillait, baissait profondément la tête, tandis que l'évêque, avec des ciseaux d'or, lui coupait trois mèches de cheveux, une sur le front, les deux autres près des oreilles. À un an de là, il se voyait de nouveau dans la chapelle pleine d'encens,

---

1. Vêtement porté par les sous-diacres et les diacres. — **2.** Les minorés ont reçu les quatre ordres ecclésiastiques inférieurs, ou mineurs : portier, lecteur, exorciste, acolyte ; les tonsurés ont reçu le premier des ordres majeurs. — **3.** Clercs séculiers, membres d'un chapitre. — **4.** Assemblée tenue par des religieux qui y débattent de leurs affaires. — **5.** Rite au cours duquel est conféré l'ordre religieux dans l'un de ses trois degrés (diaconat, presbytérat, épiscopat). — **6.** Petit cercle rasé au sommet de la tête des ecclésiastiques.

recevant les quatre ordres mineurs [1] : il allait, conduit par un archidiacre, fermer avec fracas la grande porte, qu'il rouvrait ensuite, pour montrer qu'il était commis à la garde des églises ; il secouait une clochette de la main droite, annonçant par là qu'il avait le devoir d'appeler les fidèles aux offices ; il revenait à l'autel, où l'évêque lui conférait de nouveaux privilèges, ceux de chanter les leçons, de bénir le pain, de catéchiser les enfants, d'exorciser le démon, de servir les diacres, d'allumer et d'éteindre les cierges. Puis, le souvenir de l'ordination suivante lui revenait, plus solennel, plus redoutable, au milieu du chant même des orgues, dont le roulement semblait être la foudre même de Dieu ; ce jour-là, il avait la dalmatique de sous-diacre aux épaules, il s'engageait à jamais par le vœu de chasteté, il tremblait de toute sa chair, malgré sa foi, au terrible : *Accedite* [2], de l'évêque, qui mettait en fuite deux de ses camarades, pâlissant à son côté ; ses nouveaux devoirs étaient de servir le prêtre à l'autel, de préparer les burettes, de chanter l'épître, d'essuyer le calice, de porter la croix dans les processions. Et, enfin, il défilait une dernière fois dans la chapelle, sous le rayonnement du soleil de juin ; mais, cette fois, il marchait en tête du cortège, il avait l'aube nouée à la ceinture, l'étole croisée sur la poitrine, la chasuble tombant du cou ; défaillant d'une émotion suprême, il apercevait la figure pâle de l'évêque qui lui donnait la prêtrise, la plénitude du sacerdoce, par une triple imposition [3] des mains. Après son serment d'obéissance ecclésiastique, il se sentait comme soulevé des dalles, lorsque la voix pleine du prélat disait la phrase latine : « *Accipe Spiritum sanctum : quorum remiseris peccata, remittuntur eis, et quorum retineris, retenta sunt* [4]. »

---

1. Voir note 2, p. 172. Sur ces rites — s'appliquant à une religieuse — voir la fin de *René*, de Chateaubriand. — **2.** Approchez. — **3.** Triple, car elle est faite au nom du Père, du Fils et du Saint-Esprit. — **4.** Reçois l'Esprit saint : ceux dont tu absoudras les péchés en sont délivrés ; ceux que tu maintiendras dans le péché y sont maintenus.

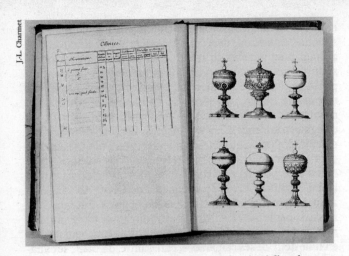

« Ses nouveaux devoirs étaient de servir le prêtre à l'autel »

Catalogue d'une maison de vente de calices,
fin du XIXe siècle. Paris, Bibliothèque du Saulchoir.

XVI

Cette évocation des grands bonheurs de sa jeunesse avait donné une légère fièvre à l'abbé Mouret. Il ne sentait plus le froid. Il lâcha les pincettes, s'approcha du lit comme s'il allait se coucher, puis revint appuyer son front contre une vitre, regardant la nuit, sans voir. Était-il donc malade, qu'il éprouvait ainsi une langueur des membres, tandis que le sang lui brûlait les veines ? Au séminaire, à deux reprises, il avait eu des malaises semblables, une sorte d'inquiétude physique qui le rendait très malheureux ; une fois même, il s'était mis au lit, avec un gros délire. Puis, il songea à une jeune fille possédée que Frère Archangias racontait avoir guérie d'un simple signe de croix, un jour qu'elle était tombée raide devant lui. Cela le fit penser aux exercices spirituels qu'un de ses maîtres lui avait recommandés autrefois : la prière, la confession générale, la communion fréquente, le choix d'un directeur sage, ayant un grand empire sur l'esprit de son pénitent. Et, sans transition, avec une brusquerie qui l'étonna lui-même, il aperçut au fond de sa mémoire la figure ronde d'un de ses anciens amis, un paysan, enfant de chœur à huit ans, dont la pension au séminaire était payée par une dame qui le protégeait. Il riait toujours, il jouissait naïvement à l'avance des petits bénéfices du métier : les douze cents francs d'appointements, le presbytère au fond d'un jardin, les cadeaux, les invitations à dîner, les menus profits des mariages, des baptêmes, des enterrements. Celui-là devait être heureux, dans sa cure.

Le regret mélancolique que lui apportait ce souvenir surprit le prêtre extrêmement. N'était-il pas heureux, lui aussi ? Jusqu'à ce jour, il n'avait rien regretté, rien désiré, rien envié. Et même, en ce moment, il s'interrogeait, il ne trouvait en lui aucun sujet d'amertume. Il était, croyait-il, tel qu'aux premiers temps de son diaconat [1], lorsque l'obligation de lire son bréviaire, à des heures détermi-nées, avait empli ses journées d'une prière continue. Depuis cette époque, les semaines, les mois, les années coulaient, sans qu'il eût le loisir d'une mauvaise pensée. Le doute ne le tourmentait point ; il s'anéantissait devant les mystères qu'il ne pouvait comprendre, il faisait aisé-ment le sacrifice de sa raison, qu'il dédaignait. Au sortir du séminaire, il avait eu la joie de se voir étranger parmi les autres hommes, de ne plus marcher comme eux, de porter autrement la tête, d'avoir des gestes, des mots, des sentiments d'être à part. Il se sentait féminisé, rapproché de l'ange, lavé de son sexe, de son odeur d'homme. Cela le rendait presque fier, de ne plus tenir à l'espèce, d'avoir été élevé pour Dieu, soigneusement purgé des ordures humaines par une éducation jalouse. Il lui semblait encore être demeuré pendant des années dans une huile sainte, préparée selon les rites, qui lui avait pénétré les chairs d'un commencement de béatification. Certains de ses organes avaient disparu, dissous peu à peu ; ses membres, son cerveau, s'étaient appauvris de matière pour s'emplir

---

1. Ordre du diacre.

d'âme, d'un air subtil qui le grisait parfois d'un vertige, comme si la terre lui eût manqué brusquement. Il montrait des peurs, des ignorances, des candeurs de fille cloîtrée. Il disait parfois en souriant qu'il continuait son enfance, s'imaginant être resté tout petit, avec les mêmes sensations, les mêmes idées, les mêmes jugements ; ainsi à six ans, il connaissait Dieu autant qu'à vingt-cinq ans, il avait pour le prier des inflexions de voix semblables, des joies enfantines à joindre les mains bien exactement. Le monde lui semblait pareil au monde qu'il voyait jadis, lorsque sa mère le promenait par la main. Il était né prêtre, il avait grandi prêtre. Lorsqu'il faisait preuve, devant la Teuse, de quelque grossière ignorance de la vie, elle le regardait, stupéfaite, entre les deux yeux, en disant avec un singulier sourire « qu'il était bien le frère de Mlle Désirée[1] ». Dans son existence, il ne se rappelait qu'une secousse honteuse. C'était pendant ses derniers six mois de séminaire, entre le diaconat et la prêtrise. On lui avait fait lire l'ouvrage de l'abbé Craisson, supérieur du grand séminaire de Valence : *De rebus venereis ad usum confessariorum*[2]. Il était sorti épouvanté, sanglotant, de cette lecture. Cette casuistique savante du vice, étalant l'abomination de l'homme, descendant jusqu'aux cas les plus monstrueux des passions hors nature, violait brutalement sa virginité de corps et d'esprit. Il restait à jamais sali, comme une épousée, initiée d'une heure à l'autre aux violences de l'amour. Et il revenait fatalement à ce questionnaire de honte, chaque fois qu'il confessait. Si les obscurités du dogme, les devoirs du sacerdoce, la mort de tout libre arbitre, le laissaient serein, heureux de n'être que l'enfant de Dieu, il gardait malgré lui l'ébranlement charnel de ces saletés qu'il devait remuer, il avait conscience d'une tache ineffaçable, quelque part, au fond de son être, qui pouvait grandir un jour et le couvrir de boue.

La lune se levait, derrière les Garrigues. L'abbé Mou-

---

1. Serge a gardé une part d'enfance : il est, à certains égards, un peu « demeuré », comme sa sœur. — 2. De la sexualité, à l'usage de la confession.

ret, que la fièvre brûlait davantage, ouvrit la fenêtre, s'accouda, pour recevoir au visage la fraîcheur de la nuit. Il ne savait plus à quelle heure exacte l'avait pris ce malaise. Il se souvenait pourtant que, le matin, en disant sa messe, il était très calme, très reposé. Ce devait être plus tard, peut-être pendant sa longue marche au soleil, ou sous le frisson des arbres du Paradou, ou dans l'étouffement de la basse-cour de Désirée. Et il revécut la journée.

En face de lui, la vaste plaine s'étendait, plus tragique sous la pâleur oblique de la lune. Les oliviers, les amandiers, les arbres maigres faisaient des taches grises au milieu du chaos des grandes roches, jusqu'à la ligne sombre des collines de l'horizon. C'étaient de larges pans d'ombre, des arêtes bossuées, des mares de terre sanglantes où les étoiles rouges semblaient se regarder, des blancheurs crayeuses pareilles à des vêtements de femme rejetés, découvrant des chairs noyées de ténèbres, assoupies dans les enfoncements des terrains. La nuit, cette campagne ardente prenait un étrange vautrement de passion. Elle dormait, débraillée, déhanchée, tordue, les membres écartés, tandis que de gros soupirs tièdes s'exhalaient d'elle, des arômes puissants de dormeuse en sueur. On eût dit quelque forte Cybèle[1] tombée sur l'échine, la gorge en avant, le ventre sous la lune, soûle des ardeurs du soleil et rêvant encore de fécondation. Au loin, le long de ce grand corps, l'abbé Mouret suivait des yeux le chemin des Olivettes, un mince ruban pâle qui s'allongeait comme le lacet flottant d'un corset. Il entendait Frère Archangias relevant les jupes des gamines qu'il fouettait au sang, crachant aux visages des filles, puant lui-même l'odeur d'un bouc qui ne se serait jamais satisfait. Il voyait la Rosalie rire en dessous, de son air de bête lubrique, pendant que le père Bambousse lui jetait des mottes de terre dans les reins. Et, là encore, croyait-il, il était bien-portant, à peine chauffé à la nuque par la belle matinée. Il ne sentait qu'un frémissement derrière son dos, ce murmure confus de vie qu'il avait entendu vague-

1. Voir note 3, p. 118.

ment dès le matin, au milieu de sa messe, lorsque le soleil était entré par les fenêtres crevées. Jamais, comme à cette heure de nuit, la campagne ne l'avait inquiété, avec sa poitrine géante, ses ombres molles, ses luisants de peau ambrée, toute cette nudité de déesse, à peine cachée sous la mousseline argentée de la lune.

Le jeune prêtre baissa les yeux, regarda le village des Artaud. Le village s'écrasait dans le sommeil lourd de fatigue, dans le néant que dorment les paysans. Pas une lumière. Les masures faisaient des tas noirs que coupaient les raies blanches des ruelles transversales, enfilées par la lune. Les chiens eux-mêmes devaient ronfler, au seuil des portes closes. Peut-être les Artaud avaient-ils empoisonné le presbytère de quelque fléau abominable ? Derrière lui, il écoutait toujours grossir le souffle dont l'approche était si pleine d'angoisse. Maintenant, il surprenait comme un piétinement de troupeau, une volée de poussière qui lui arrivait, grasse des émanations d'une bande de bêtes. Ses pensées du matin lui revenaient sur cette poignée d'hommes recommençant les temps, poussant entre les rocs pelés ainsi qu'une poignée de chardons que les vents ont semés ; il se sentait assister à l'éclosion lente d'une race. Lorsqu'il était enfant, rien ne le surprenait, ne l'effrayait davantage que ces myriades d'insectes qu'il voyait sourdre de quelque fente, quand il soulevait certaines pierres humides. Les Artaud, même endormis, éreintés au fond de l'ombre, le troublaient de leur sommeil, dont il retrouvait l'haleine dans l'air qu'il respirait. Il n'aurait voulu que des roches sous sa fenêtre. Le village n'était pas assez mort ; les toits de chaume se gonflaient comme des poitrines ; les gerçures des portes laissaient passer des soupirs, des craquements légers, des silences vivants, révélant dans ce trou la présence d'une portée pullulante, sous le bercement noir de la nuit. Sans doute, c'était cette senteur seule qui lui donnait une nausée. Souvent il l'avait pourtant respirée aussi forte, sans éprouver d'autre besoin que de se rafraîchir dans la prière.

Les tempes en sueur, il alla ouvrir l'autre fenêtre, cherchant un air plus vif. En bas, à gauche, s'étendait le cimetière, avec la haute barre du Solitaire, dont pas une brise ne remuait l'ombre. Il montait du champ vide une odeur de pré fauché. Le grand mur gris de l'église, ce mur tout plein de lézards, planté de giroflées, se refroidissait sous la lune, tandis qu'une des larges fenêtres luisait, les vitres pareilles à des plaques d'acier. L'église endormie ne devait vivre à cette heure que de la vie extra-humaine du Dieu de l'hostie, enfermé dans le tabernacle. Il songeait à la tache jaune de la veilleuse, mangée par l'ombre, avec une tentation de redescendre, pour soulager sa tête malade, au milieu de ces ténèbres pures de toute souillure. Mais une terreur étrange le retint : il crut tout d'un coup, les yeux fixés sur les vitres allumées par la lune, voir l'église s'éclairer intérieurement d'un éclat de fournaise, d'une splendeur de fête infernale, où tournaient le mois de mai, les plantes, les bêtes, les filles des Artaud, qui prenaient furieusement des arbres entre leurs bras nus. Puis, en se penchant, au-dessous de lui, il aperçut la basse-cour de Désirée, toute noire, qui fumait. Il ne distinguait pas nettement les cases des lapins, les perchoirs des poules, la cabane des canards. C'était une seule masse tassée dans la puanteur, dormant de la même haleine pestilentielle [1]. Sous la porte de l'étable, la senteur aigre de la chèvre passait ; pendant que le petit cochon, vautré sur le dos, soufflait grassement, près d'une écuelle vide. De son gosier de cuivre, le grand coq fauve Alexandre jeta un cri, qui éveilla au loin, un à un, les appels passionnés de tous les coqs du village.

Brusquement, l'abbé Mouret se souvint. La fièvre dont il entendait la poursuite l'avait atteint dans la basse-cour de Désirée, en face des poules chaudes encore de leur ponte et des mères lapines s'arrachant les poils du ventre. Alors, la sensation d'une respiration sur son cou fut si nette, qu'il se tourna, pour voir enfin qui le prenait ainsi à la nuque. Et il se rappela Albine bondissant hors du Paradou, avec la porte qui claquait sur l'apparition d'un jardin enchanté ; il se la rappela galopant le long de l'in-

---

1. Qui répand une odeur infecte.

terminable muraille, suivant le cabriolet à la course, jetant des feuilles de bouleau au vent comme autant de baisers ; il se la rappela encore, au crépuscule, qui riait des jurons de Frère Archangias, les jupes fuyantes au ras du chemin, pareilles à une petite fumée de poussière roulée par l'air du soir. Elle avait seize ans ; elle était étrange, avec sa face un peu longue ; elle sentait le grand air, l'herbe, la terre. Et il avait d'elle une mémoire si précise, qu'il revoyait une égratignure, à l'un de ses poignets souples, rose sur la peau blanche. Pourquoi donc riait-elle ainsi, en le regardant de ses yeux bleus ? Il était pris dans son rire, comme dans une onde sonore qui résonnait partout contre sa chair ; il la respirait, il l'entendait vibrer en lui. Oui, tout son mal venait de ce rire qu'il avait bu.

Debout au milieu de la chambre, les deux fenêtres ouvertes, il resta grelottant, pris d'une peur qui lui faisait cacher la tête entre les mains. La journée entière aboutissait donc à cette évocation d'une jeune fille blonde, au visage un peu long, aux yeux bleus ? Et la journée entière entrait par les deux fenêtres ouvertes. C'étaient, au loin, la chaleur des terres rouges[1], la passion des grandes roches, des oliviers poussés dans les pierres, des vignes tordant leurs bras au bord des chemins ; c'étaient, plus près, les sueurs humaines que l'air apportait des Artaud, les senteurs fades du cimetière, les odeurs d'encens de l'église, perverties par des odeurs de filles aux chevelures grasses ; c'étaient encore des vapeurs de fumier, la buée de la basse-cour, les fermentations suffocantes des germes. Et toutes ces haleines affluaient à la fois, en une même bouffée d'asphyxie, si rude, s'enflant avec une telle violence, qu'elle l'étouffait. Il fermait ses sens, il essayait de les anéantir. Mais, devant lui, Albine reparut comme une grande fleur, poussée et embellie sur ce terreau. Elle était la fleur naturelle de ces ordures, délicate au soleil, ouvrant le jeune bouton de ses épaules blanches, si heu-

***

1. Le pays des Artaud, pour lequel Zola s'est inspiré de sa Provence natale, comprend des terres d'ocre.

« Sainte Vierge des Vierges, priez pour moi ! »
Murillo, *L'Immaculée Conception*, vers 1660.
Musée de l'Ermitage, Saint-Pétersbourg.

reuse de vivre, qu'elle sautait de sa tige et qu'elle s'envolait sur sa bouche, en le parfumant de son long rire.

Le prêtre poussa un cri. Il avait senti une brûlure à ses lèvres. C'était comme un jet ardent qui avait coulé dans ses veines. Alors, cherchant un refuge, il se jeta à genoux devant la statuette de l'Immaculée-Conception, en criant, les mains jointes :

« Sainte Vierge des Vierges, priez pour moi ! »

XVII

L'Immaculée-Conception, sur la commode de noyer, souriait tendrement, du coin de ses lèvres minces, indiquées d'un trait de carmin. Elle était petite, toute blanche [1]. Son grand voile blanc, qui lui tombait de la tête aux pieds, n'avait, sur le bord, qu'un filet d'or, imperceptible. Sa robe, drapée à longs plis droits sur un corps sans sexe, la serrait au cou, ne dégageait que ce cou flexible. Pas une seule mèche de ses cheveux châtains ne passait. Elle avait le visage rose, avec des yeux clairs tournés vers le ciel ; elle joignait des mains roses, des mains d'enfant, montrant l'extrémité des doigts sous les plis du voile, au-dessus de l'écharpe bleue, qui semblait nouer à sa taille deux bouts flottants du firmament. De toutes ses séductions de femme, aucune n'était nue, excepté ses pieds, des

---

1. Le blanc est la couleur dominante de *La Faute de l'abbé Mouret*. L'héroïne, prénommée Albine (de *albus*, qui en latin signifie « blanc »), s'appelait initialement Blanche *(cf.* le Dossier préparatoire). Zola a peut-être opté pour « Albine » en raison de ses sonorités plus douces, ou parce qu'il voulait donner à son originale héroïne un prénom inusité, qui soit une véritable création poétique. Le blanc domine aussi d'autres romans : l'ensemble du *Rêve*, la fin de *L'Œuvre* et celle d'*Une page d'amour*. Il est aussi présent dès le début du *Ventre de Paris*, à travers l'évocation de Lisa dans sa charcuterie immaculée (fin du chap. I), et dans *Au Bonheur des Dames*, lorsque Octave lance, après Noël, une grande opération (chap. XIV) de blanc : « (...) l'exposition de blanc prenait, au fond des vitrines, une intensité de ton aveuglante. Rien que du blanc, un trousseau complet et une montagne de draps de lit à gauche, des rideaux en chapelle et des pyramides de mouchoirs à droite, fatiguaient le regard (...). » Le religieux réapparaît alors, même s'il est entièrement détourné de son sens : Octave était « exaspéré de n'avoir pas eu une idée géniale de Bouthemont : ce bon vivant ne venait-il pas de faire bénir ses magasins par le curé de la Madeleine, suivi de tout son clergé ! une cérémonie étonnante, une pompe religieuse menée de la soierie à la ganterie, Dieu tombé dans les pantalons de femme et dans les corsets ; ce qui n'avait pas empêché le tout de brûler, mais ce qui valait un million d'annonces, tellement le coup était porté sur une clientèle mondaine. Mouret, depuis ce temps, rêvait d'avoir l'archevêque ».

pieds adorablement nus, foulant l'églantier mystique[1]. Et, sur la nudité de ses pieds, poussaient des roses d'or, comme la floraison naturelle de sa chair deux fois pure.

« Vierge fidèle, priez pour moi ! » répétait désespérément le prêtre.

Celle-là ne l'avait jamais troublé. Elle n'était pas mère encore ; ses bras ne lui tendaient point Jésus, sa taille ne prenait point les lignes rondes de la fécondité. Elle n'était pas la reine du ciel, qui descendait couronnée d'or, vêtue d'or, ainsi qu'une princesse de la terre, portée triomphalement par un vol de chérubins. Celle-là ne s'était jamais montrée redoutable, ne lui avait jamais parlé avec la sévérité d'une maîtresse toute-puissante, dont la vue seule courbe les fronts dans la poussière. Il osait la regarder, l'aimer sans craindre d'être ému par la courbe molle de ses cheveux châtains ; il n'avait que l'attendrissement de ses pieds nus, ses pieds d'amour, qui fleurissaient comme un jardin de chasteté, trop miraculeusement, pour qu'il contentât son envie de les couvrir de caresses. Elle parfumait la chambre de son odeur de lis. Elle était le lis d'argent planté dans un vase d'or, la pureté précieuse, éternelle, impeccable. Dans son voile blanc, si étroitement serré autour d'elle, il n'y avait plus rien d'humain, rien qu'une flamme vierge brûlant d'un feu toujours égal. Le soir à son coucher, le matin à son réveil, il la trouvait là, avec son même sourire d'extase. Il laissait tomber ses vêtements devant elle, sans une gêne, comme devant sa propre pudeur.

« Mère très pure, Mère très chaste, Mère toujours vierge, priez pour moi ! balbutia-t-il peureusement, se serrant aux pieds de la Vierge, comme s'il avait entendu derrière son dos le galop sonore d'Albine. Vous êtes mon refuge, la source de ma joie, le temple de ma sagesse, la tour d'ivoire où j'ai enfermé ma pureté. Je me remets dans vos mains sans tache, je vous supplie de me prendre, de me recouvrir d'un coin de votre voile, de me cacher

---

1. Synonyme de « rosier mystique ». Les fleurs annoncent la deuxième partie du roman.

sous votre innocence, derrière le rempart sacré de votre vêtement, pour qu'aucun souffle charnel ne m'atteigne là. J'ai besoin de vous, je me meurs sans vous, je me sens à jamais séparé de vous, si vous ne m'emportez entre vos bras secourables, loin d'ici, au milieu de la blancheur ardente que vous habitez. Marie conçue sans péché [1], anéantissez-moi au fond de la neige immaculée tombant de chacun de vos membres. Vous êtes le prodige d'éternelle chasteté. Votre race a poussé sur un rayon ainsi qu'un arbre merveilleux qu'aucun germe n'a planté. Votre fils Jésus est né du souffle de Dieu, vous-même êtes née sans que le ventre de votre mère fût souillé, et je veux croire que cette virginité remonte ainsi d'âge en âge dans une ignorance sans fin de la chair. Oh ! vivre, grandir, en dehors de la honte des sens ! Oh ! multiplier, enfanter, sans la nécessité abominable du sexe, sous la seule approche d'un baiser céleste ! »

Cet appel désespéré, ce cri épuré de désir, avait rassuré le jeune prêtre. La Vierge, toute blanche, les yeux au ciel, semblait sourire plus doucement de ses minces lèvres roses. Il reprit d'une voix attendrie :

« Je voudrais encore être enfant. Je voudrais n'être jamais qu'un enfant marchant à l'ombre de votre robe. J'étais tout petit, je joignais les mains pour dire le nom de Marie. Mon berceau était blanc, mon corps était blanc, toutes mes pensées étaient blanches. Je vous voyais distinctement, je vous entendais m'appeler, j'allais à vous dans un sourire, sur des roses effeuillées. Et rien autre, je ne sentais pas, je ne pensais pas, je vivais juste assez pour être une fleur à vos pieds. On ne devrait point grandir. Vous n'auriez autour de vous que des têtes blondes, un peuple d'enfants qui vous aimeraient, les mains pures, les lèvres saines, les membres tendres, sans une souillure, comme au sortir d'un bain de lait. Sur la joue d'un enfant,

---

1. Allusion à la virginité de la mère de Marie, Anne. Selon cette thèse, acceptée par le concile de Bâle en 1431 et érigée en dogme par Pie IX en 1854, Marie a été préservée de la tache du péché originel (*in-macula*, « sans tache »).

on baise son âme. Seul un enfant peut dire votre nom sans le salir. Plus tard, la bouche se gâte, empoisonne les passions. Moi-même, qui vous aime tant, qui me suis donné à vous, je n'ose à toute heure vous appeler, ne voulant pas vous faire rencontrer avec mes impuretés d'homme. J'ai prié, j'ai corrigé ma chair, j'ai dormi sous votre garde, j'ai vécu chaste ; et je pleure, en voyant aujourd'hui que je ne suis pas encore assez mort à ce monde pour être votre fiancé. Ô Marie, Vierge adorable, que n'ai-je cinq ans, que ne suis-je resté l'enfant qui collait ses lèvres sur vos images ! Je vous prendrais sur mon cœur, je vous coucherais à mon côté, je vous embrasserais comme une amie, comme une fille de mon âge. J'aurais votre robe étroite, votre voile enfantin, votre écharpe bleue, toute cette enfance qui fait de vous une grande sœur. Je ne chercherais pas à baiser vos cheveux, car la chevelure est une nudité qu'on ne doit point voir ; mais je baiserais vos pieds nus, l'un après l'autre, pendant des nuits entières, jusqu'à ce que j'aie effeuillé sous mes lèvres les roses d'or, les roses mystiques de vos veines. »

Il s'arrêta, attendant que la Vierge abaissât ses yeux bleus, l'effleurât au front du bord de son voile. La Vierge restait enveloppée dans la mousseline jusqu'au cou, jusqu'aux ongles, jusqu'aux chevilles, tout entière au ciel, avec cet élancement du corps qui la rendait fluette, dégagée déjà de la terre.

« Eh bien, continua-t-il plus follement, faites que je redevienne enfant, Vierge bonne, Vierge puissante. Faites que j'aie cinq ans. Prenez mes sens, prenez ma virilité. Qu'un miracle emporte tout l'homme qui a grandi en moi. Vous régnez au ciel, rien ne vous est plus facile que de me foudroyer, que de sécher mes organes, de me laisser sans sexe, incapable du mal, si dépouillé de toute force, que je ne puisse même plus lever le petit doigt sans votre consentement. Je veux être candide, de cette candeur qui est la vôtre, que pas un frisson humain ne saurait troubler. Je ne veux plus sentir mes nerfs, ni mes muscles, ni le battement de mon cœur, ni le travail de mes désirs. Je veux être une chose, une pierre blanche à vos pieds, à laquelle vous ne laisserez qu'un parfum, une pierre qui ne bougera pas de l'endroit où vous l'aurez jetée, sans oreilles, sans yeux, satisfaite d'être sous votre talon, ne pouvant songer à des ordures avec les autres pierres du chemin. Oh ! alors quelle béatitude ! J'atteindrai sans effort, du premier coup, à la perfection que je rêve. Je me proclamerai enfin votre véritable prêtre. Je serai ce que mes études, mes prières, mes cinq années de lente initiation n'ont pu faire de moi. Oui, je nie la vie, je dis que la mort de l'espèce est préférable à l'abomination continue qui la propage. La faute souille tout. C'est une puanteur universelle gâtant l'amour, empoisonnant la chambre des époux, le berceau des nouveau-nés, et jusqu'aux fleurs pâmées sous le soleil, et jusqu'aux arbres laissant éclater leurs bourgeons. La terre baigne dans cette impureté dont les moindres gouttes jaillissent en végétations honteuses. Mais pour que je sois parfait, ô Reine des anges, Reine des vierges, écoutez mon cri, exaucez-le ! Faites que je sois un de ces anges qui n'ont plus que deux grandes ailes derrière les joues ; je n'aurai plus de tronc, plus de membres ; je volerai à vous, si vous m'appelez ; je ne serai plus qu'une bouche qui dira vos louanges, qu'une paire d'ailes sans tache qui bercera vos voyages dans les cieux. Oh ! la mort, la mort, Vierge vénérable, donnez-moi la mort de tout ! Je vous aimerai dans la mort de mon corps[1], dans la mort de ce qui vit et de ce qui se multiplie. Je consommerai avec vous l'unique mariage dont veuille mon cœur. J'irai plus haut, toujours plus haut, jusqu'à ce que j'aie atteint le brasier où vous resplendissez. Là, c'est un grand astre, une immense rose blanche dont chaque feuille brûle comme une lune, un trône d'argent où vous rayonnez avec un tel embrasement d'innocence, que le paradis entier reste éclairé de la seule lueur de votre voile. Tout ce qu'il y a de blanc, les

---

1. La juxtaposition des deux expressions montre à quel point la chair est niée. La sexualité, c'est la honte, la faute, le mal : une telle conception est caractéristique du XIXe siècle, qui radicalisa (et faussa) les préceptes bibliques concernant cette question.

aurores, la neige des sommets inaccessibles, les lis à peine éclos, l'eau des sources ignorées, le lait des plantes respectées du soleil, les sourires des vierges, les âmes des enfants morts au berceau, pleuvent sur vos pieds blancs. Alors, je monterai à vos lèvres ainsi qu'une flamme subtile ; j'entrerai en vous, par votre bouche entrouverte, et les noces s'accompliront, pendant que les archanges tressailliront de notre allégresse. Être vierge, s'aimer vierge, garder au milieu des baisers les plus doux sa blancheur vierge ! Avoir tout l'amour, couché sur des ailes de cygne, dans une nuée de pureté, aux bras d'une maîtresse de lumière dont les caresses sont des jouissances d'âme ! Perfection, rêve surhumain, désir dont les os craquent, délices qui me mettent au ciel ! Ô Marie, Vase d'élection, châtrez en moi l'humanité, faites-moi eunuque parmi les hommes, afin de me livrer sans peur le trésor de votre virginité ! »

Et l'abbé Mouret, claquant des dents, terrassé par la fièvre, s'évanouit sur le carreau.

LIVRE DEUXIÈME

I

Devant les deux larges fenêtres, des rideaux de calicot[1] soigneusement tirés éclairaient la chambre de la blancheur tamisée du petit jour. Elle était haute de plafond, très vaste, meublée d'un ancien meuble Louis XV, à bois peint en blanc, à fleurs rouges sur un semis de feuillage. Dans le trumeau[2], au-dessus des portes, aux deux côtés de l'alcôve[3], des peintures laissaient encore voir les ventres et les derrières roses des petits Amours volant par bandes, jouant à des jeux qu'on ne distinguait plus ; tandis que les boiseries des murs, ménageant des panneaux ovales, les portes à double battant, le plafond arrondi, jadis à fond bleu ciel, avec des encadrements de cartouches, de médaillons, de nœuds de rubans couleur chair, s'effaçaient, d'un gris très doux, un gris qui gardait l'attendrissement de ce paradis fané. En face des fenêtres, la grande alcôve, s'ouvrant sous des enroulements de nuages, que des Amours de plâtre écartaient, penchés, culbutés, comme pour regarder effrontément le lit, était fermée, ainsi que les fenêtres, par des rideaux de calicot, cousus à gros points, d'une innocence singulière au milieu de cette pièce restée toute tiède d'une lointaine odeur de volupté.

---

1. Tissu de coton. Ce terme est très souvent employé par Zola (*cf. Pot-Bouille*, et *Au Bonheur des Dames*). — 2. Partie de menuiserie, comprenant un miroir ou une peinture, placée entre deux fenêtres, ou au-dessus d'une cheminée. — 3. Enfoncement pratiqué dans une chambre pour y recevoir un lit.

Assise près d'une console où une bouilloire chauffait sur une lampe à esprit-de-vin[1], Albine regardait les rideaux de l'alcôve, attentivement. Elle était vêtue de blanc, les cheveux serrés dans un fichu de vieille dentelle, les mains abandonnées, veillant d'un air sérieux de grande fille. Une respiration faible, un souffle d'enfant assoupi s'entendait, dans le grand silence. Mais elle s'inquiéta, au bout de quelques minutes ; elle ne put s'empêcher de venir à pas légers, soulever le coin d'un rideau. Serge, au bord du grand lit, semblait dormir, la tête appuyée sur l'un de ses bras repliés. Pendant sa maladie, ses cheveux s'étaient allongés, sa barbe avait poussé. Il était très blanc, les yeux meurtris de bleu, les lèvres pâles ; il avait une grâce de fille convalescente.

Albine, attendrie, allait laisser retomber le coin du rideau.

« Je ne dors pas », dit Serge d'une voix très basse.

Et il restait la tête appuyée, sans bouger un doigt, comme accablé d'une lassitude heureuse. Ses yeux s'étaient lentement ouverts ; sa bouche soufflait légèrement sur l'une de ses mains nues, soulevant le duvet de sa peau blonde.

« Je t'entendais, murmura-t-il encore. Tu marchais tout doucement. »

Elle fut ravie de ce tutoiement. Elle s'approcha, s'accroupit devant le lit, pour mettre son visage à la hauteur du sien.

« Comment vas-tu ? » demanda-t-elle.

Et elle goûtait à son tour la douceur de ce « tu », qui lui passait pour la première fois sur les lèvres.

« Oh ! tu es guéri maintenant, reprit-elle. Sais-tu que je pleurais tout le long du chemin, lorsque je revenais de là-bas avec de mauvaises nouvelles. On me disait que tu avais le délire, que cette mauvaise fièvre, si elle te faisait grâce, t'emporterait la raison... Comme j'ai embrassé ton

---

1. Lampe à alcool.

oncle Pascal, lorsqu'il t'a amené ici, pour ta convalescence [1] ! »

Elle bordait le lit, elle était maternelle.

« Vois-tu, ces roches brûlées, là-bas, ne te valaient rien. Il te faut des arbres, de la fraîcheur, de la tranquillité... Le docteur n'a pas même raconté qu'il te cachait ici. C'est un secret entre lui et ceux qui t'aiment. Il te croyait perdu... Va, personne ne nous dérangera. L'oncle Jeanbernat fume sa pipe devant ses salades. Les autres feront prendre de tes nouvelles en cachette. Et le docteur lui-même ne reviendra plus, parce que, à cette heure, c'est moi qui suis ton médecin... Il paraît que tu n'as plus besoin de drogues. Tu as besoin d'être aimé, comprends-tu ? »

Il semblait ne pas entendre, le crâne encore vide. Comme ses yeux, sans qu'il remuât la tête, fouillaient les coins de la chambre, elle pensa qu'il s'inquiétait du lieu où il se trouvait.

« C'est ma chambre, dit-elle. Je te l'ai donnée. Elle est jolie, n'est-ce pas ? J'ai pris les plus beaux meubles du grenier ; puis, j'ai fait ces rideaux de calicot, pour que le jour ne t'aveuglât pas... Et tu ne me gênes nullement. Je coucherai au second étage. Il y a encore trois ou quatre pièces vides. »

Mais il restait inquiet.

« Tu es seule ? demanda-t-il.

— Oui. Pourquoi me fais-tu cette question ? »

Il ne répondit pas, il murmura d'un air d'ennui :

« J'ai rêvé, je rêve toujours... J'entends des cloches, et c'est cela qui me fatigue. »

Au bout d'un silence, il reprit :

« Va fermer la porte, mets les verrous. Je veux que tu sois seule, toute seule. »

Quand elle revint, apportant une chaise, s'asseyant à son chevet, il avait une joie d'enfant, il répétait :

---

1. Cette initiative constitue la « faute » de l'oncle Pascal. *Cf.* III, III (p. 333) et VI (p. 357).

« Maintenant, personne n'entrera. Je n'entendrai plus les cloches... Toi, quand tu parles, cela me repose.

— Veux-tu boire ? » demanda-t-elle.

Il fit signe qu'il n'avait pas soif. Il regardait les mains d'Albine d'un air si surpris, si charmé de les voir, qu'elle en avança une, au bord de l'oreiller, en souriant. Alors, il laissa glisser sa tête, il appuya une joue sur cette petite main fraîche. Il eut un léger rire, il dit :

« Ah ! c'est doux comme de la soie. On dirait qu'elle souffle de l'air dans mes cheveux... Ne la retire pas, je t'en prie. »

Puis, il y eut un long silence.

Ils se regardaient avec une grande amitié. Albine se voyait paisiblement dans les yeux vides du convalescent. Serge semblait écouter quelque chose de vague que la petite main fraîche lui confiait.

« Elle est très bonne, ta main, reprit-il. Tu ne peux pas t'imaginer comme elle me fait du bien... Elle a l'air d'entrer au fond de moi, pour m'enlever les douleurs que j'ai dans les membres. C'est une caresse partout, un soulagement, une guérison. »

Il frottait doucement sa joue, il s'animait comme ressuscité.

« Dis ? tu ne me donneras rien de mauvais à boire, tu ne me tourmenteras pas avec toutes sortes de remèdes ?... Ta main me suffit, vois-tu. Je suis venu pour que tu la mettes là, sous ma tête.

— Mon bon Serge, murmura Albine, tu as bien souffert, n'est-ce pas ?

— Souffert ? oui, oui ; mais il y a longtemps... J'ai mal dormi, j'ai eu des rêves épouvantables. Si je pouvais, je te raconterais tout cela. »

Il ferma un instant les yeux, il fit un grand effort de mémoire.

« Je ne vois que du noir, balbutia-t-il. C'est singulier, j'arrive d'un long voyage. Je ne sais plus d'où je suis parti. J'avais la fièvre, une fièvre qui galopait dans mes veines comme une bête... C'est cela, je me souviens. Toujours le même cauchemar me faisait ramper, le long d'un souterrain interminable. À certaines grosses douleurs, le souterrain, brusquement, se murait ; un amas de cailloux tombait de la voûte, les parois se resserraient, je restais haletant, pris de la rage de vouloir passer outre ; et j'entrais dans l'obstacle, je travaillais des pieds, des poings, du crâne, en désespérant de pouvoir jamais traverser cet éboulement de plus en plus considérable... Puis, souvent, il me suffisait de le toucher du doigt ; tout s'évanouissait, je marchais librement, dans la galerie élargie, n'ayant plus que la lassitude de la crise. »

Albine voulut lui poser la main sur la bouche.

« Non, cela ne me fatigue pas de parler. Tu vois, je te parle à l'oreille. Il me semble que je pense, et que tu m'entends... Le plus drôle, dans mon souterrain, c'est que je n'avais pas la moindre idée de retourner en arrière ; je m'entêtais, tout en pensant qu'il me faudrait des milliers d'années pour déblayer un seul des éboulements. C'était une tâche fatale, que je devais accomplir sous peine des plus grands malheurs. Les genoux meurtris, le front heurtant le roc, je mettais une conscience pleine d'angoisse à travailler de toutes mes forces, pour arriver le plus vite possible. Arriver où ?... je ne sais pas... je ne sais pas[1]... »

Il ferma les yeux, rêvant, cherchant. Puis, il eut une moue d'insouciance, il s'abandonna de nouveau sur la main d'Albine, en disant avec un rire :

« Tiens ! c'est bête, je suis un enfant. »

Mais la jeune fille, pour voir s'il était bien à elle, tout entier, l'interrogea, le ramena aux souvenirs confus qu'il tentait d'évoquer[2]. Il ne se rappelait rien, il était réellement dans une heureuse enfance. Il croyait être né la veille.

---

1. Tout ce passage relate des souvenirs autobiographiques : Zola était tombé très malade à l'automne de 1858, et le *Journal d'un convalescent* en rend compte (*cf.* Dossier). La hantise du noir, du gouffre, qui était propre à Zola, il la prêtera aussi à Lazare, le héros de *La Joie de vivre.* — **2.** Albine veut arracher à Serge le souvenir de son ancienne vie.

« Oh ! je ne suis pas encore fort [a]. Vois-tu, le plus loin que je me souvienne, c'était dans un lit qui me brûlait partout le corps ; ma tête roulait sur l'oreiller ainsi que sur un brasier ; mes pieds s'usaient l'un contre l'autre, à se frotter continuellement... Va ! j'étais bien mal ! Il me semblait qu'on me changeait le corps, qu'on m'enlevait tout, qu'on me raccommodait comme une mécanique cassée... »

Ce mot le fit rire de nouveau. Il reprit :

« Je vais être tout neuf. Ça m'a joliment nettoyé, d'être malade... Mais qu'est-ce que tu me demandais ? Non, personne n'était là. Je souffrais tout seul, au fond d'un trou noir. Personne, personne. Et, au-delà, il n'y a rien, je ne vois rien... Je suis ton enfant, veux-tu ? Tu m'apprendras à marcher. Moi, je ne vois que toi, maintenant. Ça m'est bien égal, tout ce qui n'est pas toi. Je te dis que je ne me souviens plus. Je suis venu, tu m'as pris, c'est tout. »

Et il dit encore, apaisé, caressant :

« Ta main est tiède, à présent ; elle est bonne comme du soleil... Ne parlons plus. Je me chauffe. »

Dans la grande chambre, un silence frissonnant tombait du plafond bleu. La lampe à esprit-de-vin venait de s'éteindre, laissant la bouilloire jeter un filet de vapeur de plus en plus mince. Albine et Serge, tous deux la tête sur le même oreiller, regardaient les grands rideaux de calicot tirés devant les fenêtres. Les yeux de Serge surtout allaient là, comme à la source blanche de la lumière. Il s'y baignait, ainsi que dans un jour pâli, mesuré à ses forces de convalescent. Il devinait le soleil derrière un coin plus jaune du calicot, ce qui suffisait pour le guérir. Au loin, il écoutait un large roulement de feuillages ; tandis que, à la fenêtre de droite, l'ombre verdâtre d'une haute branche, nettement dessinée, lui donnait le rêve inquiétant de cette forêt qu'il sentait si près de lui.

« Veux-tu que j'ouvre les rideaux ? demanda Albine, trompée par la fixité de son regard.

— Non, non, se hâta-t-il de répondre.

---

a. « ... encore fort, *dit-il.* »

« — Il fait beau. Tu aurais le soleil. Tu verrais les arbres.

— Non, je t'en supplie... Je ne veux rien du dehors. Cette branche qui est là me fatigue, à remuer, à pousser, comme si elle était vivante... Laisse ta main, je vais dormir. Il fait tout blanc... C'est bon. »

Et il s'endormit candidement, veillé par Albine, qui lui soufflait sur la face, pour rafraîchir son sommeil.

II

Le lendemain, le beau temps s'était gâté, il pleuvait. Serge, repris par la fièvre, passa une journée de souffrance, les yeux fixés désespérément sur les rideaux, d'où ne tombait qu'une lueur de cave, louche, d'un gris de cendre. Il ne devinait plus le soleil, il cherchait cette ombre dont il avait eu peur, cette branche haute qui, noyée dans la buée blafarde de l'averse, lui semblait avoir emporté la forêt en s'effaçant. Vers le soir, agité d'un léger délire, il cria en sanglotant à Albine que le soleil était mort, qu'il entendait tout le ciel, toute la campagne pleurer la mort du soleil[1]. Elle dut le consoler comme un

---

1. Il s'agit d'une hantise partagée par de nombreux poètes du XIXe siècle, et qui exprime toujours la douleur de la « mort » de Dieu. *Cf.* Nerval, *Aurélia* : « La nuit éternelle commence, et elle va être terrible. Que va-t-il arriver quand les hommes s'apercevront qu'il n'y a plus de soleil ? » ; Baudelaire, « Coucher de soleil romantique », in *Les Fleurs du mal* : « Et je poursuis en vain un Dieu qui se retire » ; « Les vocations », in *Le Spleen de Paris* : « Regardez, regardez là-bas... ! Il est assis sur ce petit nuage isolé, ce petit nuage couleur de feu, qui marche doucement. Lui aussi, on dirait qu'il nous regarde.

— Mais qui donc ? demandèrent les autres.

— Dieu, répondit-il avec un accent de parfaite conviction. Ah ! il est déjà bien loin ; tout à l'heure, vous ne pourrez plus le voir. Sans doute, il voyage, pour visiter tous les pays. Tenez, il va passer derrière cette rangée d'arbres qui est presque à l'horizon... et maintenant il descend derrière le clocher... Ah ! on ne le voit plus !

Et l'enfant resta longtemps tourné du même côté, fixant sur la ligne qui sépare la terre du ciel des yeux où brillait une inexprimable expression d'extase et de regret. »

enfant, lui promettre le soleil, l'assurer qu'il reviendrait, qu'elle le lui donnerait. Mais il plaignait aussi les plantes. Les semences devaient souffrir sous le sol, à attendre la lumière ; elles avaient ses cauchemars, elles rêvaient qu'elles rampaient le long d'un souterrain, arrêtées par des éboulements, luttant furieusement pour arriver au soleil. Et il se mit à pleurer à voix plus basse, disant que l'hiver était une maladie de la terre, qu'il allait mourir en même temps que la terre si le printemps ne les guérissait tous deux.

Pendant trois jours encore, le temps resta affreux. Des ondées crevaient sur les arbres, dans une lointaine clameur de fleuve débordé. Des coups de vent roulaient, s'abattaient contre les fenêtres, avec un acharnement de vagues énormes. Serge avait voulu qu'Albine fermât hermétiquement les volets. La lampe allumée, il n'avait plus le deuil des rideaux blafards, il ne sentait plus le gris du ciel entrer par les plus minces fentes, couler jusqu'à lui, ainsi qu'une poussière qui l'enterrait. Il s'abandonnait, les bras amaigris, la tête pâle, d'autant plus faible que la campagne était plus malade. À certaines heures de nuages d'encre, lorsque les arbres tordus craquaient, que la terre laissait traîner ses herbes sous l'averse, comme des cheveux de noyée, il perdait jusqu'au souffle, il trépassait, battu lui-même par l'ouragan. Puis, à la première éclaircie, au moindre coin de bleu, entre deux nuées, il respirait, il goûtait l'apaisement des feuillages essuyés, des sentiers blanchissants, des champs buvant leur dernière gorgée d'eau. Albine, maintenant, implorait à son tour le soleil ; elle se mettait vingt fois par jour à la fenêtre du palier, interrogeant l'horizon, heureuse des moindres taches blanches, inquiète des masses d'ombre, cuivrées, chargées de grêle, redoutant quelque nuage trop noir qui lui tuerait son cher malade. Elle parlait d'envoyer chercher le docteur Pascal. Mais Serge ne voulait personne. Il disait :

« Demain, il y aura du soleil sur les rideaux, je serai guéri. »

Un soir qu'il était au plus mal, Albine lui donna sa

main, pour qu'il y posât la joue. Et, la main ne le soulageant pas, elle pleura de se voir impuissante. Depuis qu'il était retombé dans l'assoupissement de l'hiver, elle ne se sentait plus assez forte pour le tirer à elle seule du cauchemar où il se débattait. Elle avait besoin de la complicité du printemps. Elle-même dépérissait, les bras glacés, l'haleine courte, ne sachant plus lui souffler la vie. Pendant des heures, elle rôdait dans la grande chambre attristée. Quand elle passait devant la glace, elle se voyait noire, elle se croyait laide.

Puis, un matin, comme elle relevait les oreillers, sans oser tenter encore le charme rompu de ses mains, elle crut retrouver le sourire du premier jour sur les lèvres de Serge, dont elle venait d'effleurer la nuque, du bout des doigts.

« Ouvre les volets », murmura-t-il.

Elle pensa qu'il parlait dans la fièvre ; car, une heure auparavant, elle n'avait aperçu, de la fenêtre du palier, qu'un ciel en deuil.

« Dors, répondit-elle tristement ; je t'ai promis de t'éveiller, au premier rayon... Dors encore, le soleil n'est pas là.

— Si, je le sens, le soleil est là... Ouvre les volets. »

III

Le soleil était là, en effet. Quand Albine eut ouvert les volets, derrière les grands rideaux, la bonne lueur jaune chauffa de nouveau un coin de la blancheur du linge. Mais ce qui fit asseoir Serge sur son séant, ce fut de revoir l'ombre de la branche, le rameau qui lui annonçait le retour à la vie. Toute la campagne ressuscitée, avec ses verdures, ses eaux, son large cercle de collines, était là pour lui, dans cette tache verdâtre frissonnante au moindre souffle. Elle ne l'inquiétait plus. Il en suivit le balancement, d'un air avide, ayant le besoin des forces de la sève qu'elle lui annonçait ; tandis que, le soutenant de ses bras, Albine, heureuse, disait :

« Ah ! mon bon Serge, l'hiver est fini... Nous voilà sauvés. »

Il se recoucha, les yeux déjà vifs, la voix plus nette.

« Demain, dit-il, je serai très fort... Tu tireras les rideaux. Je veux tout voir. »

Mais, le lendemain, il fut pris d'une peur d'enfant. Jamais il ne consentit à ce que les fenêtres fussent grandes ouvertes. Il murmurait : « Tout à l'heure, plus tard. » Il demeurait anxieux, il avait l'inquiétude du premier coup de lumière qu'il recevrait dans les yeux. Le soir arriva qu'il n'avait pu prendre la décision de revoir le soleil en face. Il était resté le visage tourné vers les rideaux, suivant sur la transparence du linge le matin pâle, l'ardent midi, le crépuscule violâtre, toutes les couleurs, toutes les émotions du ciel. Là, se peignait jusqu'au frisson que le battement d'ailes d'un oiseau donne à l'air tiède, jusqu'à la joie des odeurs, palpitant dans un rayon. Derrière ce voile, derrière ce rêve attendri de la vie puissante du dehors, il écoutait monter le printemps. Et même il étouffait un peu, par moments, lorsque l'afflux du sang nouveau de la terre, malgré l'obstacle des rideaux, arrivait à lui trop rudement.

Et, le matin suivant, il dormait encore, lorsque Albine, brusquant la guérison, lui cria :

« Serge ! Serge ! voici le soleil ! »

Elle tirait vivement les rideaux, elle ouvrait les fenêtres toutes larges. Lui, se leva, se mit à genoux sur son lit, suffoquant, défaillant, les mains serrées contre sa poitrine, pour empêcher son cœur de se briser. En face de lui, il avait le grand ciel, rien que du bleu, un infini bleu ; il s'y lavait de la souffrance, il s'y abandonnait, comme dans un bercement léger, il y buvait de la douceur, de la pureté, de la jeunesse. Seule, la branche dont il avait vu l'ombre, dépassait la fenêtre, tachait la mer bleue d'une verdure vigoureuse ; et c'était déjà là un jet trop fort pour ses délicatesses de malade, qui se blessaient de la salissure des hirondelles volant à l'horizon. Il naissait. Il poussait de petits cris involontaires, noyé de clarté, battu par des vagues d'air chaud, sentant couler en lui tout un engouffrement de vie. Ses mains se tendirent, et il s'abattit, il retomba sur l'oreiller, dans une pâmoison.

Quelle heureuse et tendre journée ! Le soleil entrait à droite, loin de l'alcôve. Serge, pendant toute la matinée, le regarda s'avancer à petits pas. Il le voyait venir à lui, jaune comme de l'or, écornant les vieux meubles, s'amusant aux angles, glissant parfois à terre, pareil à un bout d'étoffe déroulé. C'était une marche lente, assurée, une approche d'amoureuse, étirant ses membres blonds, s'allongeant jusqu'à l'alcôve d'un mouvement rythmé, avec une lenteur voluptueuse qui donnait un désir fou de sa possession. Enfin, vers deux heures, la nappe de soleil quitta le dernier fauteuil, monta le long des couvertures, s'étala sur le lit, ainsi qu'une chevelure dénouée. Serge abandonna ses mains amaigries de convalescent à cette caresse ardente, il fermait les yeux à demi, il sentait courir sur chacun de ses doigts des baisers de feu, il était dans un bain de lumière, dans une étreinte d'astre. Et comme Albine était là qui se penchait en souriant :

« Laisse-moi, balbutia-t-il, les yeux complètement fermés ; ne me serre plus si fort... Comment fais-tu donc pour me tenir ainsi, tout entier, entre tes bras ? »

Puis, le soleil redescendit du lit, s'en alla à gauche, de son pas ralenti. Alors, Serge le regarda de nouveau tourner, s'asseoir de siège en siège, avec le regret de ne l'avoir pas retenu sur sa poitrine. Albine était restée au bord des couvertures. Tous deux, un bras passé au cou, virent le ciel pâlir peu à peu. Par moments, un immense frisson semblait le blanchir d'une émotion soudaine. Les langueurs de Serge s'y promenaient plus à l'aise, y trouvaient des nuances exquises qu'il n'avait jamais soupçonnées. Ce n'était pas tout du bleu, mais du bleu rose, du bleu lilas, du bleu jaune, une chair vivante, une vaste nudité immaculée qu'un souffle faisait battre comme une poitrine de femme. A chaque nouveau regard, au loin, il avait des surprises, des coins inconnus de l'air, des sourires discrets, des rondeurs adorables, des gazes cachant au fond de paradis entrevus de grands corps superbes de déesses. Et il s'envolait, les membres allégés par la souffrance, au milieu de cette soie changeante, dans ce duvet innocent de l'azur ; ses sensations flottaient au-dessus de son être défaillant. Le soleil baissait, le bleu se fondait dans de l'or pur, la chair vivante du ciel blondissait encore, se noyait lentement de toutes les teintes de l'ombre. Pas un nuage, un effacement de vierge qui se couche, un déshabillement ne laissant voir qu'une raie de pudeur à l'horizon. Le grand ciel dormait.

« Ah ! le cher bambin ! » dit Albine, en regardant Serge qui s'était endormi à son cou, en même temps que le ciel.

Elle le coucha, elle ferma les fenêtres. Mais le lendemain, dès l'aube, elles étaient ouvertes. Serge ne pouvait plus vivre sans le soleil. Il prenait des forces, il s'habituait aux bouffées de grand air qui faisaient envoler les rideaux de l'alcôve. Même le bleu, l'éternel bleu, commençait à lui paraître fade. Cela le lassait d'être un cygne, une blancheur, et de nager sans fin sur le lac limpide du ciel. Il en arrivait à souhaiter un vol de nuages noirs, quelque écroulement de nuées qui rompît la monotonie de cette grande pureté [1].

À mesure que la santé revenait, il avait des besoins de sensations plus fortes. Maintenant, il passait des heures à regarder la branche verte ; il aurait voulu la voir pousser, la voir s'épanouir, lui jeter des rameaux jusque dans son lit. Elle ne lui suffisait plus, elle ne faisait qu'irriter ses désirs, en lui parlant de ces arbres dont il entendait les appels profonds, sans qu'il pût en apercevoir les cimes. C'étaient un chuchotement infini de feuilles, un bavardage d'eaux courantes, des battements d'ailes, toute une voix haute, prolongée, vibrante.

« Quand tu pourras te lever, disait Albine, tu t'assoiras devant la fenêtre... Tu verras le beau jardin. »

Il fermait les yeux, il murmurait :

---

1. La monotonie de ce ciel pur rappelle l'azur mallarméen. *Cf.* le dernier vers de *L'Azur*, de Mallarmé : « Je suis hanté. L'Azur ! l'Azur ! l'Azur ! l'Azur ! »

« Oh ! je le vois, je l'écoute... Je sais où sont les arbres, où sont les eaux, où poussent les violettes. »

Puis, il reprenait :

« Mais je le vois mal, je le vois sans lumière... Il faut que je sois très fort pour aller jusqu'à la fenêtre. »

D'autres fois, lorsqu'elle le croyait endormi, Albine disparaissait pendant des heures. Et, lorsqu'elle rentrait, elle le trouvait les yeux luisants de curiosité, dévoré d'impatience. Il lui criait :

« D'où viens-tu ? »

Et il la prenait par les bras, lui sentait les jupes, le corsage, les joues.

« Tu sens toutes sortes de bonnes choses... Hein ? tu as marché sur de l'herbe ? »

Elle riait, elle lui montrait ses bottines mouillées de rosée.

« Tu viens du jardin ! tu viens du jardin ! répétait-il, ravi. Je le savais. Quand tu es entrée, tu avais l'air d'une grande fleur... Tu m'apportes tout le jardin dans ta robe. »

Il la gardait auprès de lui, la respirant comme un bouquet. Elle revenait parfois avec des ronces, des feuilles, des bouts de bois accrochés à ses vêtements. Alors, il enlevait ces choses, il les cachait sous son oreiller, ainsi que des reliques. Un jour, elle lui apporta une touffe de roses. Il fut si saisi qu'il se mit à pleurer. Il baisait les fleurs, il les couchait avec lui, entre ses bras. Mais, lorsqu'elles se fanèrent, cela lui causa un tel chagrin qu'il défendit à Albine d'en cueillir d'autres. Il la préférait, elle, aussi fraîche, aussi embaumée ; et elle ne se fanait pas, elle gardait toujours l'odeur de ses mains, l'odeur de ses cheveux, l'odeur de ses joues. Il finit par l'envoyer lui-même au jardin, en lui recommandant de ne pas remonter avant une heure.

« Vois-tu, comme cela, disait-il, j'ai du soleil, j'ai de l'air, j'ai des roses, jusqu'au lendemain. »

Souvent, en la voyant rentrer, essoufflée, il la questionnait. Quelle allée avait-elle prise ? S'était-elle enfoncée sous les arbres, ou avait-elle suivi le bord des prés ? Avait-elle vu des nids ? S'était-elle assise, derrière un églantier, ou sous un chêne, ou à l'ombre d'un bouquet de peupliers ? Puis, lorsqu'elle répondait, lorsqu'elle tâchait de lui expliquer le jardin, il lui mettait la main sur la bouche.

« Non, non, tais-toi, murmurait-il. J'ai tort. Je ne veux pas savoir... J'aime mieux voir moi-même. »

Et il retombait dans le rêve caressé de ces verdures qu'il sentait près de lui, à deux pas. Pendant plusieurs jours, il ne vécut que de ce rêve. Les premiers temps, disait-il, il avait vu le jardin plus nettement. À mesure qu'il prenait des forces, son rêve se troublait sous l'afflux du sang qui chauffait ses veines. Il avait des incertitudes croissantes. Il ne pouvait plus dire si les arbres étaient à droite, si les eaux coulaient au fond, si de grandes roches ne s'entassaient pas sous les fenêtres. Il en causait tout seul, très bas. Sur les moindres indices, il établissait des plans merveilleux qu'un chant d'oiseau, un craquement de branche, un parfum de fleur, lui faisaient modifier, pour planter là un massif de lilas, pour remplacer plus loin une pelouse par des plates-bandes. À chaque heure, il dessinait un nouveau jardin, aux grands rires d'Albine, qui répétait, lorsqu'elle le surprenait :

« Ce n'est pas ça, je t'assure. Tu ne peux pas t'imaginer. C'est plus beau que tout ce que tu as vu de beau... Ne te casse donc pas la tête. Le jardin est à moi, je te le donnerai. Va, il ne s'en ira pas. »

Serge, qui avait déjà eu peur de la lumière, éprouva une inquiétude, lorsqu'il se trouva assez fort pour aller s'accouder à la fenêtre. Il disait de nouveau : « Demain », chaque soir. Il se tournait vers la ruelle [1], frissonnant, lorsque Albine rentrait et lui criait qu'elle sentait l'aubépine, qu'elle s'était griffé les mains en se creusant un trou dans une haie pour lui apporter toute l'odeur. Un matin, elle dut le prendre brusquement entre les bras. Elle le porta presque à la fenêtre, le soutint, le força à voir.

« Es-tu poltron ! » disait-elle avec son beau rire sonore.

Et elle agitait une de ses mains à tous les points de

---

1. Espace laissé entre le lit et le mur.

l'horizon, en répétant d'un air de triomphe, plein de promesses tendres :

« Le Paradou ! Le Paradou ! »

Serge, sans voix, regardait.

IV

Une mer de verdure, en face, à droite, à gauche, partout. Une mer roulant sa houle de feuilles jusqu'à l'horizon, sans l'obstacle d'une maison, d'un pan de muraille, d'une route poudreuse. Une mer déserte, vierge, sacrée, étalant sa douceur sauvage dans l'innocence de la solitude. Le soleil seul entrait là, se vautrait en nappe d'or sur les prés, enfilait les allées de la course échappée de ses rayons, laissait pendre à travers les arbres ses fins cheveux flambants, buvait aux sources d'une lèvre blonde qui trempait l'eau d'un frisson. Sous ce poudroiement de flammes, le grand jardin vivait avec une extravagance de bête heureuse, lâchée au bout du monde, loin de tout, libre de tout. C'était une débauche telle de feuillages, une marée d'herbes si débordante, qu'il était comme dérobé d'un bout à l'autre, inondé, noyé. Rien que des pentes vertes, des tiges ayant des jaillissements de fontaine, des masses moutonnantes, des rideaux de forêts hermétiquement tirés, des manteaux de plantes grimpantes traînant à terre, des volées de rameaux gigantesques s'abattant de tous côtés.

À peine pouvait-on, à la longue, reconnaître sous cet envahissement formidable de la sève l'ancien dessin du Paradou[1]. En face, dans une sorte de cirque immense, devait se trouver le parterre[2], avec ses bassins effondrés, ses rampes rompues, ses escaliers déjetés, ses statues ren-

---

1. La nature, envahissante, a repris ses droits sur ce jardin à la française, symbole d'une nature domestiquée. — 2. Partie du jardin, divisée par compartiments, qui fait face au bâtiment.

versées dont on apercevait les blancheurs au fond des gazons noirs. Plus loin, derrière la ligne bleue d'une nappe d'eau, s'étalait un fouillis d'arbres fruitiers ; plus loin encore, une haute futaie[1] enfonçait ses dessous violâtres, rayés de lumière, une forêt redevenue vierge, dont les cimes se mamelonnaient[2] sans fin, tachées du vert jaune, du vert pâle, du vert puissant de toutes les essences. À droite, la forêt escaladait des hauteurs, plantait des petits bois de pins, se mourait en broussailles maigres, tandis que des roches nues entassaient une rampe énorme, un écroulement de montagne barrant l'horizon ; des végétations ardentes y fendaient le sol, plantes monstrueuses immobiles dans la chaleur comme des reptiles assoupis ; un filet d'argent, un éclaboussement qui ressemblait de loin à une poussière de perles, y indiquait une chute d'eau, la source de ces eaux calmes qui longeaient si indolemment le parterre. À gauche enfin, la rivière coulait au milieu d'une vaste prairie, où elle se séparait en quatre ruisseaux, dont on suivait les caprices sous les roseaux, entre les saules, derrière les grands arbres ; à perte de vue, des pièces d'herbage[3] élargissaient la fraîcheur des terrains bas, un paysage lavé d'une buée bleuâtre, une éclaircie de jour se fondant peu à peu dans le bleu verdi du couchant. Le Paradou, le parterre, la forêt, les roches, les eaux, les prés, tenaient toute la largeur du ciel[4].

« Le Paradou ! » balbutia Serge ouvrant les bras comme pour serrer le jardin tout entier contre sa poitrine.

Il chancelait. Albine dut l'asseoir dans un fauteuil. Là, il resta deux heures sans parler. Le menton sur les mains, il regardait. Par moments, ses paupières battaient, une rougeur montait à ses joues. Il regardait lentement, avec des étonnements profonds. C'était trop vaste, trop complexe, trop fort.

« Je ne vois pas, je ne comprends pas », cria-t-il en

---

1. Forêt de grands arbres. — 2. Néologisme forgé par Zola : dessinaient la forme de mamelons (formes arrondies). — 3. Prés destinés à l'engrais des vaches. — 4. La topologie devient alors symbolique : la terre cesse d'être inférieure au ciel, la vie à l'intérieur du Paradou va dès lors pouvoir remplacer la vie dans l'église.

tendant ses mains à Albine, avec un geste de suprême fatigue.

La jeune fille alors s'appuya au dossier du fauteuil. Elle lui prit la tête, le força à regarder de nouveau. Elle lui disait à demi-voix :

« C'est à nous. Personne ne viendra. Quand tu seras guéri, nous nous promènerons. Nous aurons de quoi marcher toute notre vie. Nous irons où tu voudras... Où veux-tu aller ? »

Il souriait, il murmurait :

« Oh ! pas loin. Le premier jour, à deux pas de la porte. Vois-tu, je tomberais... Tiens, j'irai là, sous cet arbre, près de la fenêtre. »

Elle reprit doucement :

« Veux-tu aller dans le parterre ? Tu verras les buissons de roses, les grandes fleurs qui ont tout mangé, jusqu'aux anciennes allées qu'elles plantent de leurs bouquets... Aimes-tu mieux le verger où je ne puis entrer qu'à plat ventre, tant les branches craquent sous les fruits... Nous irons plus loin encore, si tu te sens des forces. Nous irons jusqu'à la forêt, dans des trous d'ombre, très loin, si loin que nous coucherons dehors, lorsque la nuit viendra nous surprendre... Ou bien, un matin, nous monterons là-haut, sur ces rochers. Tu verras des plantes qui me font peur. Tu verras des sources, une pluie d'eau, et nous nous amuserons à en recevoir la poussière sur la figure... Mais si tu préfères marcher le long des haies, au bord d'un ruisseau, il faudra prendre par les prairies. On est bien sous les saules, le soir, au coucher du soleil. On s'allonge dans l'herbe, on regarde les petites grenouilles vertes sauter sur les brins de jonc.

— Non, non, dit Serge, tu me lasses, je ne veux pas voir si loin... Je ferai deux pas. Ce sera beaucoup.

— Et moi-même, continua-t-elle, je n'ai encore pu aller partout. Il y a bien des coins que j'ignore. Depuis des années que je me promène, je sens des trous inconnus autour de moi, des endroits où l'ombre doit être plus fraîche, l'herbe plus molle... Écoute, je me suis toujours imaginé qu'il y en avait un surtout où je voudrais vivre à jamais. Il est certainement quelque part ; j'ai dû passer à côté, ou peut-être se cache-t-il si loin, que je ne suis pas allée jusqu'à lui, dans mes courses continuelles... N'est-ce pas, Serge, nous le chercherons ensemble, nous y vivrons ?

— Non, non, tais-toi, balbutia le jeune homme. Je ne comprends pas ce que tu me dis. Tu me fais mourir. »

Elle le laissa un instant pleurer dans ses bras, inquiète, désolée de ne pas trouver les paroles qui devaient le calmer.

« Le Paradou n'est donc pas aussi beau que tu l'avais rêvé ? » demanda-t-elle encore.

Il dégagea sa face, il répondit :

« Je ne sais plus. C'était tout petit, et voilà que ça grandit toujours... Emporte-moi, cache-moi. »

Elle le ramena à son lit, le tranquillisant comme un enfant, le berçant d'un mensonge.

« Eh bien non, ce n'est pas vrai, il n'y a pas de jardin. C'est une histoire que je t'ai contée. Dors tranquille. »

V

Chaque jour, elle le fit asseoir devant la fenêtre, aux heures fraîches. Il commençait à hasarder quelques pas, en s'appuyant aux meubles. Ses joues avaient des lueurs roses, ses mains perdaient leur transparence de cire. Mais, dans cette convalescence, il fut pris d'une stupeur des sens qui le ramena à la vie végétative d'un pauvre être né de la veille. Il n'était qu'une plante, ayant la seule impression de l'air où il baignait. Il restait replié sur lui-même, encore trop pauvre de sang pour se dépenser au-dehors, tenant au sol, laissant boire toute la sève de son corps. C'était une seconde conception, une lente éclosion, dans l'œuf chaud du printemps. Albine, qui se souvenait de certaines paroles du docteur Pascal, éprouvait un grand effroi à le voir demeurer ainsi, petit garçon, innocent, hébété. Elle avait entendu conter que certaines maladies laissaient derrière elles la folie pour guérison. Et elle s'oubliait des heures à le regarder, s'ingéniant comme les mères à lui sourire pour le faire sourire. Il ne riait pas encore. Quand elle lui passait la main devant les yeux, il ne voyait pas, il ne suivait pas cette ombre. À peine, lorsqu'elle lui parlait, tournait-il légèrement la tête du côté du bruit. Elle n'avait qu'une consolation : il poussait superbement, il était un bel enfant.

Alors, pendant une semaine, ce furent des soins délicats. Elle patientait, attendant qu'il grandît. À mesure qu'elle constatait certains éveils, elle se rassurait, elle pensait que l'âge en ferait un homme. C'étaient de légers tressaillements, lorsqu'elle le touchait. Puis, un soir, il eut un faible rire. Le lendemain, après l'avoir assis devant la fenêtre, elle descendit dans le jardin, où elle se mit à courir et à l'appeler. Elle disparaissait sous les arbres, traversait des nappes de soleil, revenait, essoufflée, tapant des mains. Lui, les yeux vacillants, ne la vit point d'abord. Mais, comme elle reprenait sa course, jouant de nouveau à cache-cache, surgissant derrière chaque buisson, en lui jetant un cri, il finit par suivre du regard la tache blanche de sa jupe. Et quand elle se planta brusquement sous la fenêtre, la face levée, il tendit les bras, il fit mine de vouloir aller à elle. Elle remonta, l'embrassa, toute fière.

« Ah ! tu m'as vue, tu m'as vue ! criait-elle. Tu veux bien venir dans le jardin avec moi, n'est-ce pas ?... Si tu savais comme tu me désoles, depuis quelques jours, à faire la bête, à ne pas me voir, à ne pas m'entendre ! »

Il semblait l'écouter, avec une légère souffrance qui lui pliait le cou, d'un mouvement peureux.

« Tu vas mieux, pourtant, continuait-elle. Te voilà assez fort pour descendre, quand tu voudras... Pourquoi ne me dis-tu plus rien ? Tu as donc perdu ta langue ? Ah ! quel marmot ! Vous verrez qu'il me faudra lui apprendre à parler ! »

Et, en effet, elle s'amusa à lui nommer les objets qu'il touchait. Il n'avait qu'un balbutiement, il redoublait les syllabes, ne prononçant aucun mot avec netteté. Cependant, elle commençait à le promener dans la chambre. Elle le soutenait, le menait du lit à la fenêtre. C'était un grand voyage. Il manquait de tomber deux ou trois fois en route, ce qui la faisait rire. Un jour, il s'assit par terre, et elle eut toutes les peines du monde à le relever. Puis, elle lui fit entreprendre le tour de la pièce, en l'asseyant sur le canapé, les fauteuils, les chaises, tour de ce petit monde, qui demandait une bonne heure. Enfin, il put risquer quelques pas tout seul. Elle se mettait devant lui, les mains ouvertes, reculait en l'appelant, de façon à ce qu'il traversât la chambre pour retrouver l'appui de ses bras. Quand il boudait, qu'il refusait de marcher, elle ôtait son peigne qu'elle lui tendait comme un joujou. Alors, il venait le prendre, et il restait tranquille, dans un coin, à jouer pendant des heures avec le peigne, à l'aide duquel il grattait doucement ses mains.

Un matin, Albine trouva Serge debout. Il avait déjà réussi à ouvrir un volet. Il s'essayait à marcher, sans s'appuyer aux meubles.

« Voyez-vous, le gaillard ! dit-elle gaiement. Demain, il sautera par la fenêtre, si on le laisse faire... Nous sommes donc tout à fait solide, maintenant ? »

Serge répondit par un rire de puérilité. Ses membres avaient repris la santé de l'adolescence, sans que des sensations plus conscientes se fussent éveillées en lui. Il restait des après-midi entiers en face du Paradou, avec sa moue d'enfant qui ne voit que du blanc, qui n'entend que le frisson des bruits. Il gardait ses ignorances de gamin, son toucher, si innocent encore qu'il ne lui permettait pas de distinguer la robe d'Albine de l'étoffe des vieux fauteuils. Et c'étaient toujours un émerveillement d'yeux grands ouverts qui ne comprennent pas, une hésitation de gestes ne sachant point aller où ils veulent, un commencement d'existence purement instinctif, en dehors de la connaissance du milieu. L'homme n'était pas né.

« Bien, bien, fais la bête, murmura Albine. Nous allons voir. »

Elle ôta son peigne, elle le lui présenta.

« Veux-tu mon peigne, dit-elle. Viens le chercher. »

Puis, quand elle l'eut fait sortir de la chambre, en reculant, elle lui passa un bras à la taille, elle le soutint à chaque marche. Elle l'amusait, tout en remettant son peigne, lui chatouillait le cou du bout de ses cheveux, ce qui l'empêchait de comprendre qu'il descendait. Mais, en bas, avant qu'elle eût ouvert la porte, il eut peur, dans les ténèbres du corridor.

« Regarde donc ! » cria-t-elle.

Et elle poussa la porte toute grande.

Ce fut une aurore soudaine, un rideau d'ombre tiré brusquement, laissant voir le jour dans sa gaieté matinale. Le parc s'ouvrait, s'étendait, d'une limpidité verte, frais et profond comme une source. Serge, charmé, restait sur le seuil, avec le désir hésitant de tâter du pied ce lac de lumière.

« On dirait que tu as peur de te mouiller, dit Albine. Va, la terre est solide. »

Il avait hasardé un pas, surpris de la résistance douce du sable. Ce premier contact de la terre lui donnait une secousse, un redressement de vie qui le planta un instant debout, grandissant, soupirant.

« Allons, du courage, répéta Albine. Tu sais que tu m'as promis de faire cinq pas. Nous allons jusqu'à ce mûrier qui est sous la fenêtre... Là, tu te reposeras. »

Il mit un quart d'heure pour faire les cinq pas. À chaque effort, il s'arrêtait, comme s'il lui avait fallu arracher les racines qui le tenaient au sol. La jeune fille, qui le poussait, lui dit encore en riant :

« Tu as l'air d'un arbre qui marche[1]. »

Et elle s'adossa contre le mûrier, dans la pluie de soleil tombant des branches. Puis, elle le laissa, elle s'en alla d'un bond, en lui criant de ne pas bouger. Serge, les mains pendantes, tournait lentement la tête, en face du parc. C'était une enfance. Les verdures pâles se noyaient

---

1. La métamorphose de Serge, arraché à son ancienne vie, passe par une succession d'états d'abord végétaux. Voir p. 208 : « Il n'était qu'une plante. »

d'un lait de jeunesse, baignaient dans une clarté blonde. Les arbres restaient puérils, les fleurs avaient des chairs de bambin, les eaux étaient bleues d'un bleu naïf de beaux yeux grands ouverts. Il y avait, jusque sous chaque feuille, un réveil adorable.

Serge s'était arrêté à une trouée jaune qu'une large allée faisait devant lui, au milieu d'une masse épaisse de feuillage ; tout au bout, au levant, des prairies trempées d'or semblaient le champ de lumière où descendait le soleil ; et il attendait que le matin prît cette allée pour couler jusqu'à lui. Il le sentait venir dans un souffle tiède, très faible d'abord, à peine effleurant sa peau, puis s'enflant peu à peu, si vif qu'il en tressaillait tout entier. Il le goûtait venir, d'une saveur de plus en plus nette, lui apportant l'amertume saine du grand air, mettant à ses lèvres le régal des aromates sucrés, des fruits acides, des bois laiteux. Il le respirait venir avec les parfums qu'il cueillait dans sa course, l'odeur de la terre, l'odeur des bois ombreux, l'odeur des plantes chaudes, l'odeur des bêtes vivantes, tout un bouquet d'odeurs dont la violence allait jusqu'au vertige. Il l'entendait venir, du vol léger d'un oiseau, rasant l'herbe, tirant du silence le jardin entier, donnant des voix à ce qu'il touchait, lui faisant sonner aux oreilles la musique des choses et des êtres. Il le voyait venir, du fond de l'allée, des prairies trempées d'or, l'air rose, si gai qu'il éclairait son chemin d'un sourire, au loin gros comme une tache de jour, devenu en quelques bonds la splendeur même du soleil. Et le matin vint battre le mûrier contre lequel Serge s'adossait. Serge naquit dans l'enfance du matin.

« Serge ! Serge ! cria la voix d'Albine, perdue derrière les hauts buissons du parterre. N'aie pas peur, je suis là. »

Mais Serge n'avait plus peur. Il naissait dans le soleil, dans ce bain pur de lumière qui l'inondait. Il naissait à vingt-cinq ans, les sens brusquement ouverts, ravi du grand ciel, de la terre heureuse, du prodige de l'horizon étalé autour de lui. Ce jardin, qu'il ignorait la veille, était une jouissance extraordinaire. Tout l'emplissait d'extase, jusqu'aux brins d'herbe, jusqu'aux pierres des allées, jusqu'aux haleines qu'il ne voyait pas et qui lui passaient sur les joues. Son corps entier entrait dans la possession de ce bout de nature, l'embrassait de ses membres ; ses lèvres le buvaient, ses narines le respiraient ; il l'emportait dans ses oreilles, il le cachait au fond de ses yeux. C'était à lui. Les roses du parterre, les branches hautes de la futaie, les rochers sonores de la chute des sources, les prés où le soleil plantait ses épis de lumière, étaient à lui. Puis, il ferma les yeux, il se donna la volupté de les rouvrir lentement, pour avoir l'éblouissement d'un second réveil.

« Les oiseaux ont mangé toutes les fraises, dit Albine, qui accourait, désolée. Tiens, je n'ai pu trouver que ces deux-là. »

Mais elle s'arrêta, à quelques pas, regardant Serge avec un étonnement ravi, frappée au cœur.

« Comme tu es beau ! » cria-t-elle.

Et elle s'approcha davantage ; elle resta là, noyée en lui, murmurant :

« Jamais je ne t'avais vu[1]. »

Il avait certainement grandi. Vêtu d'un vêtement lâche, il était planté droit, un peu mince encore, les membres fins, la poitrine carrée, les épaules rondes. Son cou blanc, taché de brun à la nuque, tournait librement, renversait légèrement la tête en arrière. La santé, la force, la puissance étaient sur sa face. Il ne souriait pas ; il était au repos, avec une bouche grave et douce, des joues fermes, un nez grand, des yeux gris, très clairs, souverains. Ses longs cheveux, qui lui cachaient tout le crâne, retombaient sur ses épaules en boucles noires, tandis que sa barbe, légère, frisait à sa lèvre et à son menton, laissant voir le blanc de la peau.

« Tu es beau, tu es beau ! répétait Albine lentement, accroupie devant lui, levant des regards caressants. Mais

---

1. À partir de ce moment commence une scène de reconnaissance, étalée sur deux chapitres (p. 213 : « Comme tu es beau ! » à 219 : « Comme tu es belle ! »). Zola emploie, sciemment ou non, une structure typique de la tragédie grecque : le héros fait lentement la découverte d'une identité jusqu'alors ignorée.

pourquoi me boudes-tu, maintenant ? Pourquoi ne me dis-tu rien ? »

Lui, sans répondre, demeurait debout. Il avait les yeux au loin, il ne voyait pas cette enfant à ses pieds. Il parla seul. Il dit, dans le soleil :

« Que la lumière est bonne ! »

Et l'on eût dit que cette parole était une vibration même du soleil. Elle tomba, à peine murmurée, comme un souffle musical, un frisson de la chaleur et de la vie. Il y avait quelques jours déjà qu'Albine n'avait plus entendu la voix de Serge. Elle la retrouvait, ainsi que lui, changée. Il lui sembla qu'elle s'élargissait dans le parc avec plus de douceur que la phrase des oiseaux, plus d'autorité que le vent courbant les branches. Elle était reine, elle commandait. Tout le jardin l'entendit, bien qu'elle eût passé comme une haleine, et tout le jardin tressaillit de l'allégresse qu'elle lui apportait.

« Parle-moi, implora Albine. Tu ne m'as jamais parlé ainsi. En haut, dans la chambre, quand tu n'étais pas encore muet, tu causais avec un babillage d'enfant... D'où vient donc que je ne reconnais plus ta voix ? Tout à l'heure, j'ai cru que ta voix descendait des arbres, qu'elle m'arrivait du jardin entier, qu'elle était un de ces soupirs profonds qui me troublaient la nuit, avant ta venue... Écoute, tout se tait pour t'entendre parler encore. »

Mais il continuait à ne pas la savoir là. Et elle se faisait plus tendre :

« Non, ne parle pas, si cela te fatigue. Assois-toi à mon côté. Nous resterons sur ce gazon jusqu'à ce que le soleil tourne... Et, regarde, j'ai trouvé deux fraises. J'ai eu bien de la peine, va ! Les oiseaux mangent tout. Il y en a une pour toi, les deux si tu veux ; ou bien nous les partagerons, pour goûter à chacune... Tu me diras merci, et je t'entendrai. »

Il ne voulut pas s'asseoir, il refusa les fraises, qu'Albine jeta avec dépit. Elle-même n'ouvrit plus les lèvres. Elle l'aurait préféré malade, comme aux premiers jours, lorsqu'elle lui donnait sa main pour oreiller et qu'elle le sentait renaître sous le souffle dont elle lui rafraîchissait le visage. Elle maudissait la santé, qui maintenant le dressait dans la lumière, pareil à un jeune dieu indifférent. Allait-il donc rester ainsi, sans regard pour elle ? Ne guérirait-il pas davantage, jusqu'à la voir et à l'aimer ? Et elle rêvait de redevenir sa guérison, d'achever par la seule puissance de ses petites mains cette cure de seconde jeunesse. Elle voyait bien qu'une flamme manquait au fond de ses yeux gris, qu'il avait une beauté pâle, semblable à celle des statues tombées dans les orties du parterre. Alors, elle se leva, elle vint le reprendre à la taille, lui soufflant sur la nuque pour l'animer. Mais, ce matin-là, Serge n'eut pas même la sensation de cette haleine qui soulevait sa barbe soyeuse. Le soleil avait tourné, il fallut rentrer. Dans la chambre, Albine pleura.

À partir de cette matinée, tous les jours, le convalescent fit une courte promenade dans le jardin. Il dépassa le mûrier, il alla jusqu'au bord de la terrasse, devant le large escalier dont les marches rompues descendaient au parterre. Il s'habituait au grand air, chaque bain de soleil l'épanouissait. Un jeune marronnier, poussé d'une graine tombée entre deux pierres de la balustrade, crevait la résine de ses bourgeons, déployait ses éventails de feuilles avec moins de vigueur que lui. Même un jour, il avait voulu descendre l'escalier ; mais, trahi par ses forces, il s'était assis sur une marche, parmi des pariétaires[1] grandies dans les fentes des dalles. En bas, à gauche, il apercevait un petit bois de roses. C'est là qu'il rêvait d'aller.

« Attends encore, disait Albine. Le parfum des roses est trop fort pour toi. Je n'ai jamais pu m'asseoir sous les rosiers sans me sentir toute lasse, la tête perdue, avec une envie très douce de pleurer... Va, je te mènerai sous les rosiers, et je pleurerai, car tu me rends bien triste. »

---

1. Plantes herbacées poussant sur les murs.

VI

Un matin, enfin, elle put le soutenir jusqu'au bas de l'escalier, foulant l'herbe du pied devant lui, lui frayant un chemin au milieu des églantiers qui barraient les dernières marches de leurs bras souples. Puis, lentement, ils s'en allèrent dans le bois de roses. C'était un bois avec des futaies de hauts rosiers à tige, qui élargissaient des bouquets de feuillage grands comme des arbres, avec des rosiers en buissons énormes, pareils à des taillis impénétrables de jeunes chênes. Jadis, il y avait eu là la plus admirable collection de plants qu'on pût voir. Mais, depuis l'abandon du parterre, tout avait poussé à l'aventure, la forêt vierge s'était bâtie, la forêt de roses envahissant les sentiers, se noyant dans les rejets sauvages, mêlant les variétés à ce point que des roses de toutes les odeurs et de tous les éclats semblaient s'épanouir sur les mêmes pieds. Des rosiers qui rampaient faisaient à terre des tapis de mousse, tandis que des rosiers grimpants s'attachaient à d'autres rosiers, ainsi que des lierres dévorants, montaient en fusées de verdure, laissaient retomber, au moindre souffle, la pluie de leurs fleurs effeuillées. Et des allées naturelles s'étaient tracées au milieu du bois, d'étroits sentiers, de larges avenues, d'adorables chemins couverts, où l'on marchait à l'ombre, dans le parfum. On arrivait ainsi à des carrefours, à des clairières, sous des berceaux de petites roses rouges, entre des murs tapissés de petites roses jaunes. Certains coins de soleil luisaient comme des étoffes de soie verte brochées de taches voyantes ; certains coins d'ombre avaient des recueillements d'alcôve, une senteur d'amour, une tiédeur de bouquet pâmé aux seins d'une femme. Les rosiers avaient des voix chuchotantes. Les rosiers étaient pleins de nids qui chantaient.

« Prenons garde de nous perdre, dit Albine, en s'engageant dans le bois. Je me suis perdue, une fois. Le soleil était couché quand j'ai pu me débarrasser des rosiers qui me retenaient par les jupes, à chaque pas. »

Mais ils marchaient à peine depuis quelques minutes, lorsque Serge, brisé de fatigue, voulut s'asseoir. Il se coucha, il s'endormit d'un sommeil profond. Albine, assise à côté de lui, resta songeuse. C'était au débouché d'un sentier, au bord d'une clairière. Le sentier s'enfonçait très loin, rayé de coups de soleil, s'ouvrant à l'autre bout sur le ciel, par une étroite ouverture ronde et bleue. D'autres petits chemins creusaient des impasses de verdure. La clairière était faite de grands rosiers étagés, montant avec une débauche de branches, un fouillis de lianes épineuses tels que des nappes épaisses de feuillage s'accrochaient en l'air, restaient suspendues, tendaient d'un arbuste à l'autre les pans d'une tente volante. On ne voyait, entre ces lambeaux découpés comme de la fine guipure [1], que des trous de jour imperceptibles, un crible [2] d'azur laissant passer la lumière et une impalpable poussière de soleil. Et de la voûte, ainsi que des girandoles [3], pendaient des échappées de branches, de grosses touffes tenues par le fil vert d'une tige, des brassées de fleurs descendant jusqu'à terre, le long de quelque déchirure du plafond, qui traînait, pareille à un coin de rideau arraché.

Cependant, Albine regardait Serge dormir. Elle ne l'avait point encore vu dans un tel accablement des membres, les mains ouvertes sur le gazon, la face morte. Il était ainsi mort pour elle, elle pensait qu'elle pouvait le baiser au visage, sans qu'il sentît même son baiser. Et, triste, distraite, elle occupait ses mains oisives à effeuiller les roses qu'elle trouvait à sa portée. Au-dessus de sa tête, une gerbe énorme retombait, effleurant ses cheveux, mettant des roses à son chignon, à ses oreilles, à sa nuque, lui jetant aux épaules un manteau de roses. Plus haut, sous ses doigts, les roses pleuvaient, de larges pétales tendres ayant la rondeur exquise, la pureté à peine rougissante d'un sein de vierge. Les roses, comme une tombée de neige vivante, cachaient déjà ses pieds repliés dans l'herbe. Les roses montaient à ses genoux, couvraient sa

---

1. Dentelle très fine, dépourvue de fond. — 2. Instrument percé d'un grand nombre de trous. — 3. Guirlandes.

jupe, la noyaient jusqu'à la taille ; tandis que trois feuilles de rose égarées, envolées sur son corsage, à la naissance de sa gorge, semblaient mettre là trois bouts de sa nudité adorable.

« Oh ! le paresseux ! » murmura-t-elle, prise d'ennui, ramassant deux poignées de roses et les jetant sur la face de Serge pour le réveiller.

Il resta appesanti, avec des roses qui lui bouchaient les yeux et la bouche. Cela fit rire Albine. Elle se pencha. Elle lui baisa de tout son cœur les deux yeux, elle lui baisa la bouche, soufflant ses baisers pour faire envoler les roses ; mais les roses lui restaient aux lèvres, et elle eut un rire plus sonore, tout amusée par cette caresse dans les fleurs.

Serge s'était soulevé lentement. Il la regardait, frappé d'étonnement, comme effrayé de la trouver là. Il lui demanda :

« Qui es-tu, d'où viens-tu, que fais-tu à mon côté ? »

Elle, souriait toujours, ravie de le voir ainsi s'éveiller. Alors, il parut se souvenir ; il reprit, avec un geste de confiance heureuse :

« Je sais, tu es mon amour, tu viens de ma chair, tu attends que je te prenne entre mes bras pour que nous ne fassions plus qu'un... Je rêvais de toi. Tu étais dans ma poitrine et je te donnais mon sang, mes muscles, mes os. Je ne souffrais pas. Tu me prenais la moitié de mon cœur, si doucement, que c'était en moi une volupté de me partager ainsi. Je cherchais ce que j'avais de meilleur, ce que j'avais de plus beau pour te l'abandonner. Tu aurais tout emporté que je t'aurais dit merci... Et je me suis réveillé quand tu es sortie de moi. Tu es sortie par mes yeux et par ma bouche, je l'ai bien senti. Tu étais toute tiède, toute parfumée, si caressante que c'est le frisson même de ton corps qui m'a mis sur mon séant[1]. »

---

1. Le récit de la Genèse, repris ici par Zola, fait d'Ève à la fois la femme et la fille d'Adam : « Alors Yahvé Dieu fit tomber une torpeur sur l'homme, qui s'endormit. Il prit une de ses côtes et referma la chair à sa place. Puis, de la côte qu'il avait tirée de l'homme, Yahvé Dieu façonna une femme et l'amena à l'homme. Alors celui-ci s'écria :

Albine, en extase, l'écoutait parler. Enfin, il la voyait ; enfin, il achevait de naître, il guérissait. Elle le supplia de continuer, les mains tendues :

« Comment ai-je fait pour vivre sans toi ? murmura-t-il. Mais je ne vivais pas, j'étais pareil à une bête ensommeillée... Et te voilà à moi, maintenant ! et tu n'es autre que moi-même ! Écoute, il faut ne jamais me quitter ; car tu es mon souffle, tu emporterais ma vie. Nous resterons en nous. Tu seras dans ma chair comme je serai dans la tienne. Si je t'abandonnais un jour, que je sois maudit, que mon corps se sèche ainsi qu'une herbe inutile et mauvaise ! »

Il lui prit les mains, en répétant d'une voix frémissante d'admiration :

« Comme tu es belle ! »

Albine, dans la poussière de soleil qui tombait, avait une chair de lait, à peine dorée d'un reflet de jour. La pluie de roses, autour d'elle, sur elle, la noyait dans du rose. Ses cheveux blonds, que son peigne attachait mal, la coiffaient d'un astre à son coucher, lui couvrant la nuque du désordre de ses dernières mèches flambantes. Elle portait une robe blanche, qui la laissait nue, tant elle était vivante sur elle, tant elle découvrait ses bras, sa gorge, ses genoux. Elle montrait sa peau innocente, épanouie sans honte ainsi qu'une fleur, musquée d'une odeur propre. Elle s'allongeait, point trop grande, souple comme un serpent[1], avec des rondeurs molles, des élargissements de lignes voluptueux, toute une grâce de corps naissant, encore baigné d'enfance, déjà renflé de puberté. Sa face longue, au front étroit, à la bouche un peu forte,

---

"Pour le coup, c'est l'os de mes os et la chair de ma chair !" » (II, 21-23). D'où le rêve des amants de s'incorporer l'un à l'autre. Et le désir de clôture, de fusion (p. 219 : « Tu seras dans ma chair comme je serai dans la tienne »). On le retrouvera dans *La Bête humaine*, où Zola écrit à propos de Séverine : « Elle ne vivait plus que par Jacques, elle ne mentait pas, lorsqu'elle disait son effort pour se fondre en lui, car elle n'avait qu'un rêve, qu'il l'emportât, qu'il la gardât dans sa chair » (chapitre IX).

1. Introduction du thème biblique du serpent : Albine devient la tentatrice. *Cf.* pp. 296, 306, 313, 393.

riait de toute la vie tendre de ses yeux bleus. Et elle était sérieuse pourtant, les joues simples, le menton gras, aussi naturellement belle que les arbres sont beaux.

« Et que je t'aime ! » dit Serge, en l'attirant à lui.

Ils restèrent l'un à l'autre, dans leurs bras. Ils ne se baisaient point ; ils s'étaient pris par la taille, mettant la joue contre la joue, unis, muets, charmés de n'être plus qu'un. Autour d'eux, les rosiers fleurissaient. C'était une floraison folle, amoureuse, pleine de rires rouges, de rires roses, de rires blancs. Les fleurs vivantes s'ouvraient comme des nudités, comme des corsages laissant voir les trésors des poitrines. Il y avait là des roses jaunes effeuillant des peaux dorées de filles barbares, des roses paille, des roses citron, des roses couleur de soleil, toutes les nuances des nuques ambrées par les cieux ardents. Puis, les chairs s'attendrissaient, les roses thé prenaient des moiteurs adorables, étalaient des pudeurs cachées, des coins de corps qu'on ne montre pas, d'une finesse de soie, légèrement bleuis par le réseau des veines. La vie rieuse du rose s'épanouissait ensuite : le blanc rose, à peine teinté d'une pointe de laque, neige d'un pied de vierge qui tâte l'eau d'une source ; le rose pâle, plus discret que la blancheur chaude d'un genou entrevu, que la lueur dont un jeune bras éclaire une large manche ; le rose franc, du sang sous du satin [1], des épaules nues, des hanches nues, tout le nu de la femme, caressé de lumière ; le rose vif, fleurs en boutons de la gorge, fleurs à demi ouvertes des lèvres, soufflant le parfum d'une haleine tiède. Et les rosiers grimpants, les grands rosiers à pluie de fleurs blanches, habillaient tous ces roses, toutes ces chairs, de la dentelle de leurs grappes, de l'innocence de leur mousseline légère ; tandis que, çà et là, des roses lie de vin, presque noires, saignantes, trouaient cette pureté d'épousée d'une blessure de passion. Noces du bois odorant,

---

1. Les références aux tissus sont innombrables chez Zola. Son imaginaire convertissait fréquemment le grain de la peau aussi bien que les pétales des fleurs en soie, en satin ou en velours (*cf.* pp. 194, 373). D'où la fascination exercée sur lui par l'avalanche de coupons du *Bonheur des Dames*.

menant les virginités de mai aux fécondités de juillet et d'août ; premier baiser ignorant, cueilli comme un bouquet, au matin du mariage. Jusque dans l'herbe, des roses mousseuses[1], avec leurs robes montantes de laine verte, attendaient l'amour. Le long du sentier, rayé de coups de soleil, des fleurs rôdaient, des visages s'avançaient, appelant les vents légers au passage. Sous la tente déployée de la clairière, tous les sourires luisaient. Pas un épanouissement ne se ressemblait. Les roses avaient leurs façons d'aimer. Les unes ne consentaient qu'à entrebâiller leur bouton, très timides, le cœur rougissant, pendant que d'autres, le corset délacé, pantelantes, grandes ouvertes, semblaient chiffonnées, folles de leur corps au point d'en mourir[2]. Il y en avait de petites, alertes, gaies, s'en allant à la file, la cocarde[3] au bonnet ; d'énormes, crevant d'appas, avec des rondeurs de sultanes engraissées ; d'effrontées, l'air fille, d'un débraillé coquet, étalant des pétales blanchis de poudre de riz[4] ; d'honnêtes, décolletées en bourgeoises correctes ; d'aristocratiques, d'une élégance souple, d'une originalité permise, inventant des déshabillés. Les roses épanouies en coupe offraient leur parfum comme dans un cristal précieux ; les roses renversées en forme d'urne le laissaient couler goutte à goutte ; les roses rondes, pareilles à des choux, l'exhalaient d'une haleine régulière de fleurs endormies ; les roses en boutons serraient leurs feuilles, ne livraient encore que le soupir vague de leur virginité[5].

« Je t'aime, je t'aime », répétait Serge, à voix basse.

Et Albine était une grande rose, une des roses pâles, ouvertes du matin. Elle avait les pieds blancs, les genoux et les bras roses, la nuque blonde, la gorge adorablement

---

1. Roses dont les tiges sont couvertes de mousse. — **2.** La totalité de l'évocation de la roseraie appartient au registre sensuel. Les différentes catégories de roses représentent toutes les sortes de femmes possibles, de la vierge pudique à l'amoureuse passionnée. — **3.** Nœud qui ornait la coiffure des femmes. — **4.** Fécule de riz réduite en poudre, à usage cosmétique. — **5.** La rose est, depuis des siècles, une métaphore du sexe féminin. D'où la métamorphose de la rose en femme, dans tout ce chapitre.

veinée, pâle, d'une moiteur exquise. Elle sentait bon, elle tendait les lèvres qui offraient dans une coupe de corail leur parfum faible encore. Et Serge la respirait, la mettait à sa poitrine.

« Oh ! dit-elle en riant, tu ne me fais pas mal, tu peux me prendre tout entière. »

Serge resta ravi de son rire, pareil à la phrase cadencée d'un oiseau.

« C'est toi qui as ce chant, dit-il ; jamais je n'en ai entendu d'aussi doux... Tu es ma joie. »

Et elle riait, plus sonore, avec des gammes perlées [1] de petites notes de flûte, très aiguës, qui se noyaient dans un ralentissement de sons graves. C'était un rire sans fin, un roucoulement de gorge, une musique sonnante, triomphante, célébrant la volupté du réveil. Tout riait, dans ce rire de femme naissant à la beauté et à l'amour, les roses, le bois odorant, le Paradou entier. Jusque-là, il avait manqué un charme au grand jardin, une voix de grâce qui fût la gaieté vivante des arbres, des eaux, du soleil. Maintenant, le grand jardin était doué de ce charme du rire.

« Quel âge as-tu ? demanda Albine, après avoir éteint son chant sur une note filée et mourante.

— Bientôt vingt-six ans », répondit Serge.

Elle s'étonna. Comment ! il avait vingt-six ans ! Lui-même était tout surpris d'avoir répondu cela, si aisément. Il lui semblait qu'il n'avait pas un jour, pas une heure.

« Et toi, quel âge as-tu ? demanda-t-il à son tour.

— Moi, j'ai seize ans. »

Et elle repartit, toute vibrante, répétant son âge, chantant son âge. Elle riait d'avoir seize ans, d'un rire très fin, qui coulait comme un filet d'eau, dans un rythme tremblé de la voix. Serge la regardait de tout près, émerveillé de cette vie du rire dont la face de l'enfant resplendissait. Il la reconnaissait à peine, les joues trouées de fossettes, les lèvres arquées, montrant le rose humide de la bouche, les yeux pareils à des bouts de ciel bleu s'allumant d'un lever

---

1. En musique : exécutées avec soin ou en détachant.

d'astre. Quand elle se renversait, elle le chauffait de son menton gonflé de rire, qu'elle lui appuyait sur l'épaule.

Il tendit la main, il chercha derrière sa nuque, d'un geste machinal.

« Que veux-tu ? » demanda-t-elle.

Et, se souvenant, elle cria :

« Tu veux mon peigne ! tu veux mon peigne ! »

Alors, elle lui donna le peigne, elle laissa tomber les nattes lourdes de son chignon. Ce fut comme une étoffe d'or dépliée. Ses cheveux la vêtirent jusqu'aux reins[1]. Des mèches qui lui coulèrent sur la poitrine achevèrent de l'habiller royalement. Serge, à ce flamboiement brusque, avait poussé un léger cri. Il baisait chaque mèche, il se brûlait les lèvres à ce rayonnement de soleil couchant.

Mais Albine, à présent, se soulageait de son long silence. Elle causait, questionnait, ne s'arrêtait plus.

« Ah ! que tu m'as fait souffrir ! Je n'étais plus rien pour toi, je passais mes journées, inutile, impuissante, me désespérant comme une propre à rien... Et pourtant, les premiers jours, je t'avais soulagé. Tu me voyais, tu me parlais... Tu ne te rappelles pas, lorsque tu étais couché et que tu t'endormais contre mon épaule, en murmurant que je te faisais du bien ?

— Non, dit Serge, non, je ne me rappelle pas... Je ne t'avais jamais vue. Je viens de te voir pour la première fois, belle, rayonnante, inoubliable. »

Elle tapa dans ses mains, prise d'impatience, se récriant :

« Et mon peigne ? Tu te souviens bien que je te donnais

---

1. Zola, à l'instar de Baudelaire (« La Chevelure », in *Les Fleurs du mal* et « Un hémisphère dans une chevelure », in *Le Spleen de Paris*) et de Mallarmé (« *La chevelure vol d'une flamme...* », in *Poésies*) est fasciné par la chevelure (entre autres, celle de Denise dans *Au Bonheur des Dames*, et celle de Nana). Ce passage annonce une scène de *Nana* : « Nana, en voulant prendre un pinceau, venait de le laisser tomber ; et, comme elle se baissait, il se précipita, leurs souffles se rencontrèrent, la chevelure dénouée de Vénus lui tomba dans les mains. Ce fut une jouissance mêlée de remords, une de ces jouissances de catholique que la peur de l'enfer aiguillonne dans le péché » (chapitre V).

mon peigne, pour avoir la paix, lorsque tu étais redevenu enfant ? Tout à l'heure, tu le cherchais encore.

— Non, je ne me souviens pas... Tes cheveux sont une soie fine. Jamais je n'avais baisé tes cheveux. »

Elle se fâcha, précisa certains détails, lui conta sa convalescence dans la chambre au plafond bleu. Mais lui, riant toujours, finit par lui mettre la main sur les lèvres, en disant avec une lassitude inquiète :

« Non, tais-toi, je ne sais plus, je ne veux plus savoir... Je viens de m'éveiller et je t'ai trouvée là, pleine de roses. Cela suffit. »

Et il la reprit entre ses bras, longuement, rêvant tout haut, murmurant :

« Peut-être ai-je déjà vécu. Cela doit être bien loin... Je t'aimais, dans un songe douloureux. Tu avais tes yeux bleus, ta face un peu longue, ton air enfant. Mais tu cachais tes cheveux, soigneusement, sous un linge ; et moi je n'osais écarter ce linge, parce que tes cheveux étaient redoutables et qu'ils m'auraient fait mourir[1]... Aujourd'hui, tes cheveux sont la douceur même de ta personne. Ce sont eux qui gardent ton parfum, qui me livrent ta beauté assoupie, tout entière entre mes doigts. Quand je les baise, quand j'enfonce ainsi mon visage, je bois ta vie. »

Il roulait les longues boucles dans ses mains, les pressant sur ses lèvres, comme pour en faire sortir tout le sang d'Albine. Au bout d'un silence, il continua :

« C'est étrange, avant d'être né, on rêve de naître... J'étais enterré quelque part. J'avais froid. J'entendais s'agiter au-dessus de moi la vie du dehors. Mais je me bouchais les oreilles, désespéré, habitué à mon trou de ténèbres, y goûtant des joies terribles, ne cherchant même plus à me dégager du tas de terre qui pesait sur ma poitrine... Où étais-je donc ? Qui donc m'a mis enfin à la lumière ? »

Il faisait des efforts de mémoire, tandis qu'Albine,

---

1. Serge retrouve en Albine des traits de physionomie de la Vierge Marie (*cf.* I, XVII).

anxieuse, redoutait maintenant qu'il ne se souvînt. Elle prit en souriant une poignée de ses cheveux, la noua au cou du jeune homme, qu'elle attacha à elle. Ce jeu le fit sortir de sa rêverie.

« Tu as raison, dit-il, je suis à toi, qu'importe le reste !... C'est toi, n'est-ce pas, qui m'as tiré de la terre ? Je devais être sous ce jardin. Ce que j'entendais, c'étaient tes pas roulant les petits cailloux du sentier. Tu me cherchais, tu apportais sur ma tête des chants d'oiseaux, des odeurs d'œillets, des chaleurs de soleil... Et je me doutais bien que tu finirais par me trouver. J'attendais, vois-tu, depuis longtemps. Mais je n'espérais pas que tu te donnerais à moi sans ton voile, avec tes cheveux dénoués, tes cheveux redoutables qui sont devenus si doux. »

Il la prit sur lui, la renversa sur ses genoux, en mettant son visage à côté du sien.

« Ne parlons plus. Nous sommes seuls à jamais. Nous nous aimons. »

Ils demeurèrent innocemment aux bras l'un de l'autre. Longtemps encore ils s'oublièrent là. Le soleil montait, une poussière de jour plus chaude tombait des hautes branches. Les roses jaunes, les roses blanches, les roses rouges, n'étaient plus qu'un rayonnement de leur joie, une de leurs façons de se sourire. Ils avaient certainement fait éclore des boutons autour d'eux. Les roses les couronnaient, leur jetaient des guirlandes aux reins. Et le parfum des roses devenait si pénétrant, si fort d'une tendresse amoureuse, qu'il semblait être le parfum même de leur haleine.

Puis, ce fut Serge qui recoiffa Albine. Il prit ses cheveux à poignée, avec une maladresse charmante, et planta le peigne de travers, dans l'énorme chignon tassé sur la tête. Or, il arriva qu'elle était adorablement coiffée. Il se leva ensuite, lui tendit les mains, la soutint à la taille pour qu'elle se mît debout. Tous deux souriaient toujours, sans parler. Doucement, ils s'en allèrent par le sentier.

VII

Albine et Serge entrèrent dans le parterre. Elle le regardait avec une sollicitude inquiète, craignant qu'il ne se fatiguât. Mais lui la rassura d'un léger rire. Il se sentait fort à la porter partout où elle voudrait aller. Quand il se retrouva en plein soleil, il eut un soupir de joie. Enfin, il vivait ; il n'était plus cette plante soumise aux agonies de l'hiver. Aussi quelle reconnaissance attendrie ! Il aurait voulu éviter aux petits pieds d'Albine la rudesse des allées ; il rêvait de la pendre à son cou, comme une enfant que sa mère endort. Déjà, il la protégeait en gardien jaloux, écartait les pierres et les ronces, veillait à ce que le vent ne volât pas sur ses cheveux adorés des caresses qui n'appartenaient qu'à lui. Elle s'était blottie contre son épaule, elle s'abandonnait, pleine de sérénité.

Ce fut ainsi qu'Albine et Serge marchèrent dans le soleil, pour la première fois. Le couple laissait une bonne odeur derrière lui. Il donnait un frisson au sentier, tandis que le soleil déroulait un tapis d'or sous ses pas. Il avançait, pareil à un ravissement, entre les grands buissons fleuris, si désirable que les allées écartées, au loin, l'appelaient, le saluaient d'un murmure d'admiration, comme les foules saluent les rois longtemps attendus. Ce n'était qu'un être, souverainement beau. La peau blanche d'Albine n'était que la blancheur de la peau brune de Serge. Ils passaient lentement, vêtus de soleil ; ils étaient le soleil lui-même. Les fleurs, penchées, les adoraient [1].

Dans le parterre, ce fut alors une longue émotion. Le vieux parterre leur faisait escorte. Vaste champ poussant à l'abandon depuis un siècle, coin de paradis où le vent semait les fleurs les plus rares. L'heureuse paix du Paradou, dormant au grand soleil, empêchait la dégénérescence des espèces [2]. Il y avait là une température égale, une terre que chaque plante avait longuement engraissée

---

1. Serge et Albine semblent être devenus un couple divin. — **2.** Le Paradou apparaît comme la réalisation terrestre du jardin d'immortalité.

pour y vivre dans le silence de sa force. La végétation y était énorme, superbe, puissamment inculte, pleine de hasards qui étalaient des floraisons monstrueuses, inconnues à la bêche et aux arrosoirs des jardiniers. Laissée à elle-même, libre de grandir sans honte, au fond de cette solitude que des abris naturels protégeaient, la nature s'abandonnait davantage à chaque printemps, prenait des ébats formidables, s'égayait à s'offrir en toutes saisons des bouquets étranges qu'aucune main ne devait cueillir. Et elle semblait mettre une rage à bouleverser ce que l'effort de l'homme avait fait ; elle se révoltait, lançait des débandades de fleurs au milieu des allées, attaquait les rocailles [1] du flot montant de ses mousses, nouait au cou les marbres qu'elle abattait à l'aide de la corde flexible de ses plantes grimpantes ; elle cassait les dalles des bassins, des escaliers, des terrasses, en y enfonçant des arbustes ; elle rampait jusqu'à ce qu'elle possédât les moindres endroits cultivés, les pétrissait à sa guise, y plantait comme drapeau de rébellion quelque graine ramassée en chemin, une verdure humble dont elle faisait une gigantesque verdure. Autrefois, le parterre, entretenu pour un maître qui avait la passion des fleurs, montrait en plates-bandes, en bordures soignées, un merveilleux choix de plantes. Aujourd'hui, on retrouvait les mêmes plantes, mais perpétuées, élargies en familles si innombrables, courant une telle prétentaine aux quatre coins du jardin que le jardin n'était plus qu'un tapage, une école buissonnière battant les murs, un lieu suspect où la nature ivre avait des hoquets de verveine et d'œillet.

C'était Albine qui conduisait Serge, bien qu'elle parût se livrer à lui, faible, soutenue à son épaule. Elle le mena d'abord à la grotte. Au fond d'un bouquet de peupliers et de saules, une rocaille se creusait, effondrée, des blocs de rochers tombés dans une vasque, des filets d'eau coulant à travers les pierres. La grotte disparaissait sous l'assaut

1. Agrégat de petites pierres ornant souvent les jardins du XVIIIe siècle.

des feuillages. En bas, des rangées de roses trémières[1]
semblaient barrer l'entrée d'une grille de fleurs rouges,
jaunes, mauves, blanches, dont les bâtons se noyaient
dans des orties colossales, d'un vert de bronze, suant tranquillement les brûlures de leur poison. Puis, c'était un
élan prodigieux, grimpant en quelques bonds : les jas-
mins, étoilés de leurs fleurs suaves ; les glycines aux
feuilles de dentelle tendre ; les lierres épais, découpés
comme de la tôle vernie ; les chèvrefeuilles souples,
criblés de leurs brins de corail pâle ; les clématites amoureuses, allongeant les bras, pomponnées d'aigrettes
blanches. Et d'autres plantes, plus frêles, s'enlaçaient
encore à celles-ci, les liaient davantage, les tissaient d'une
trame odorante. Des capucines, aux chairs verdâtres et
nues, ouvraient des bouches d'or rouge. Des haricots
d'Espagne, forts comme des ficelles minces, allumaient
de place en place l'incendie de leurs étincelles vives. Des
volubilis élargissaient le cœur découpé de leurs feuilles,
sonnaient de leurs milliers de clochettes un silencieux
carillon de couleurs exquises. Des pois de senteur, pareils
à des vols de papillons posés, repliaient leurs ailes fauves,
leurs ailes roses, prêts à se laisser emporter plus loin par
le premier souffle de vent. Chevelure immense de verdure, piquée d'une pluie de fleurs, dont les mèches débordaient de toutes parts, s'échappaient en un échevellement
fou, faisaient songer à quelque fille géante, pâmée au loin
sur les reins, renversant la tête dans un spasme de passion,
dans un ruissellement de crins superbes, étalés comme
une mare de parfums[2].

« Jamais je n'ai osé entrer dans tout ce noir », dit
Albine à l'oreille de Serge.

Il l'encouragea, il la porta par-dessus les orties, et,
comme un bloc fermait le seuil de la grotte, il la tint un

---

1. Guimauves à haute tige et à fleurs blanches, mauves ou roses,
appelées aussi primeroses. — 2. Cette vision rappelle un tableau dont
Zola ne goûtait pourtant guère l'académisme : *La Naissance de Vénus*,
de Cabanel.

instant debout, entre ses bras, pour qu'elle pût se pencher sur le trou béant à quelques pieds du sol.

« Il y a, murmura-t-elle, une femme de marbre tombée tout de son long dans l'eau qui coule. L'eau lui a mangé la figure. »

Alors, lui voulut voir à son tour. Il se haussa à l'aide des poignets. Une haleine fraîche le frappa aux joues. Au milieu des joncs et des lentilles d'eau, dans le rayon de jour glissant du trou, la femme était sur l'échine, nue jusqu'à la ceinture, avec une draperie qui lui cachait les cuisses. C'était quelque noyée de cent ans, le lent suicide d'un marbre que des peines avaient dû laisser choir au fond de cette source[1]. La nappe claire qui coulait sur elle avait fait de sa face une pierre lisse, une blancheur sans visage, tandis que ses deux seins, comme soulevés hors de l'eau par un effort de la nuque, restaient intacts, vivants encore, gonflés d'une volupté ancienne.

« Elle n'est pas morte, va ! dit Serge, en redescendant. Un jour, il faudra venir la tirer de là. »

Mais Albine, qui avait un frisson, l'emmena. Ils revinrent au soleil, dans le dévergondage des plates-bandes et des corbeilles. Ils marchaient à travers un pré de fleurs, à leur fantaisie, sans chemin tracé. Leurs pieds avaient pour tapis des plantes charmantes, les plantes naines bordant jadis les allées, aujourd'hui étalées en nappes sans fin. Par moments, ils disparaissaient jusqu'aux chevilles dans la soie mouchetée des silènes roses, dans le satin panaché des œillets mignardise, dans le velours bleu des myosotis, criblé de petits yeux mélancoliques. Plus loin, ils traversaient des résédas gigantesques qui leur montaient aux genoux, comme un bain de parfums ; ils coupaient par un champ de muguets pour épargner un champ voisin de violettes, si douces qu'ils tremblaient d'en meurtrir la

---

1. Cette « noyée de cent ans » est la première annonce de la mort d'Albine. *Cf.*, dans *La Fortune des Rougon*, Miette et Silvère déchiffrant les pierres écrites, et découvrant la mort au sein de l'aire Saint-Mittre, comme les bergers de Poussin (dans le tableau *Les Bergers d'Arcadie*) lisaient en haut d'un tombeau : *Et ego in Arcadia* (« Moi aussi, j'ai vécu en Arcadie ! » ou « Même en Arcadie, je demeure. »)

moindre touffe ; puis, pressés de toutes parts, n'ayant plus que des violettes autour d'eux, ils étaient forcés de s'en aller à pas discrets sur cette fraîcheur embaumée, au milieu de l'haleine même du printemps. Au-delà des violettes, la laine verte des lobélies se déroulait, un peu rude, piquée de mauve clair ; les étoiles nuancées des sélaginoïdes, les coupes bleues des némophiles, les croix jaunes des saponaires, les croix roses et blanches des juliennes de Mahon [1] dessinaient des coins de tapisserie riche, étendaient à l'infini devant le couple un luxe royal de tenture pour qu'il s'avançât sans fatigue dans la joie de sa première promenade. Et c'étaient les violettes qui revenaient toujours, une mer de violettes coulant partout, leur versant sur les pieds des odeurs précieuses, les accompagnant du souffle de leurs fleurs cachées sous les feuilles.

Albine et Serge se perdaient. Mille plantes, de tailles plus hautes, bâtissaient des haies, ménageaient des sentiers étroits qu'ils se plaisaient à suivre. Les sentiers s'enfonçaient avec de brusques détours, s'embrouillaient, emmêlaient des bouts de taillis inextricables : des agératums à houppettes bleu céleste ; des aspérules, d'une délicate odeur de musc ; des mimulus montrant des gorges cuivrées, ponctuées de cinabre ; des phlox écarlates, des phlox violets, superbes, dressant des quenouilles de fleurs que le vent filait ; des lins rouges aux brins fins comme des cheveux ; des chrysanthèmes pareils à des lunes pleines, des lunes d'or, dardant de courts rayons éteints, blanchâtres, violâtres, rosâtres. Le couple enjambait les obstacles, continuait sa marche heureuse entre les deux

---

1. C'est en lisant ces noms de fleurs si rares (lobélies, sélaginoïdes, némophiles, juliennes de Mahon, et bien d'autres, dans la suite du chapitre) que les critiques accusèrent Zola de faire « de l'idylle à coups de dictionnaire » (*cf.* Dossier, p. 485). Le romancier s'était abondamment documenté sur la végétation, les fleurs du parterre, les arbres du verger, les herbes des prairies, les arbres et les plantes d'eau, les plantes des rochers, les arbres de la forêt (*cf.* les notes des f° 43 à 60, intitulées *Le Paradou*, dans le Dossier préparatoire). Il avait constitué des listes longues et précises de fleurs classées par ordre alphabétique. Mais le travail sur l'image est tel que Zola, devenu à la fois peintre et poète, transcende la réalité.

haies de verdure. À droite, montaient les fraxinelles légères, les centranthus retombant en neige immaculée, les cynoglosses grisâtres, ayant une goutte de rosée dans chacune des coupes minuscules de leurs fleurs. À gauche, c'était une longue rue d'ancolies, toutes les variétés de l'ancolie, les blanches, les roses pâles, les violettes sombres, ces dernières presque noires, d'une tristesse de deuil, laissant pendre d'un bouquet de hautes tiges leurs pétales plissés et gaufrés comme un crêpe. Et plus loin, à mesure qu'ils s'avançaient, les haies changeaient, alignaient des bâtons fleuris de pieds-d'alouette énormes, perdus dans la frisure des feuilles, laissaient passer les gueules ouvertes des mufliers fauves, haussaient le feuillage grêle des schizanthus, plein d'un papillonnage de fleurs aux ailes de soufre tachées de laque tendre. Des campanules couraient, lançant leurs cloches bleues à toute volée, jusqu'au haut de grands asphodèles, dont la tige d'or leur servait de clocher. Dans un coin, un fenouil géant ressemblait à une dame de fine guipure renversant son ombrelle de satin vert d'eau[1]. Puis, brusquement, le couple se trouvait au fond d'une impasse ; il ne pouvait plus avancer, un tas de fleurs bouchait le sentier, un jaillissement de plantes tel, qu'il mettait là comme une meule à panache triomphal. En bas, des acanthes bâtissaient un socle d'où s'élançaient des benoîtes écarlates, des rhodantes dont les pétales secs avaient des cassures de papier peint, des clarkia aux grandes croix blanches ouvragées, semblables aux croix d'un ordre barbare. Plus haut, s'épanouissaient les viscaria roses, les leptosiphon jaunes, les colinsia blancs, les lagurus plantant parmi les couleurs vives leurs pompons de cendre verte. Plus haut encore, des digitales rouges, des lupins bleus s'élevaient en colonnettes minces, suspendaient une

---

1. Image tout à fait singulière : on y retrouve l'obsession féminine, mais on y décèle aussi un regard neuf porté sur les choses, qui rapproche Zola des poètes les plus avant-gardistes de la fin du siècle. Voir aussi ce qu'il dit des chardons, p. 233-234.

rotonde byzantine, peinturlurée violemment de pourpre et d'azur ; tandis que, tout en haut, un ricin colossal, aux feuilles sanguines, semblait élargir un dôme de cuivre bruni.

Et comme Serge avançait déjà les mains, voulant passer, Albine le supplia de ne pas faire de mal aux fleurs.

« Tu casserais les branches, tu écraserais les feuilles, dit-elle. Moi, depuis des années que je vis ici, je prends bien garde de ne tuer personne... Viens, je te montrerai les pensées. »

Elle l'obligea à revenir sur ses pas, elle l'emmena hors des sentiers étroits, au centre du parterre, où se trouvaient autrefois de grands bassins. Les bassins, comblés, n'étaient plus que de vastes jardinières à bordure de marbre émiettée et rompue. Dans un des plus larges, un coup de vent avait semé une merveilleuse corbeille de pensées. Les fleurs de velours semblaient vivantes, avec leurs bandeaux de cheveux violets, leurs yeux jaunes, leurs bouches plus pâles, leurs délicats mentons de couleur chair.

« Quand j'étais plus jeune, elles me faisaient peur, murmura Albine. Vois-les donc. Ne dirait-on pas des milliers de petits visages qui vous regardent, à ras de terre ?... Et elles tournent leurs figures, toutes ensemble. On dirait des poupées enterrées qui passent la tête. »

Elle l'entraîna de nouveau. Ils firent le tour des autres bassins. Dans le bassin voisin, des amarantes avaient poussé, hérissant des crêtes monstrueuses qu'Albine n'osait toucher, songeant à de gigantesques chenilles saignantes. Des balsamines, jaune paille, fleur de pêcher, gris de lin, blanc lavé de rose, emplissaient une autre vasque, où les ressorts de leurs graines partaient avec de petits bruits secs. Puis, c'était, au milieu des débris d'une fontaine, une collection d'œillets splendides : des œillets blancs débordaient de l'auge moussue ; des œillets panachés plantaient dans les fentes des pierres le bariolage de leurs ruches de mousseline découpée ; tandis que, au fond de la gueule du lion[1] qui jadis crachait l'eau, un

---

1. Il s'agit du lion de pierre sculpté sur le fronton du bassin, très présent dans les pièces d'eau provençales.

« *Ils descendirent un large escalier [...]. Le long des marches coulait un ruissellement de giroflées pareil à une nappe d'or liquide.* »

Hubert Robert, *Vue prise d'une villa.*

grand œillet rouge fleurissait, en jets si vigoureux que le vieux lion mutilé semblait, à cette heure, cracher des éclaboussures de sang. Et, à côté, la pièce d'eau principale, un ancien lac où des cygnes avaient nagé, était devenue un bois de lilas à l'ombre duquel des quarantaines, des verveines, des belles-de-jour protégeaient leur teint délicat, dormant à demi, toutes moites de parfums.

« Et nous n'avons pas traversé la moitié du parterre ! dit Albine orgueilleusement. Là-bas sont les grandes fleurs, des champs où je disparais tout entière, comme une perdrix dans un champ de blé. »

Ils y allèrent. Ils descendirent un large escalier dont les urnes renversées flambaient encore des hautes flammes violettes des iris. Le long des marches coulait un ruissellement de giroflées pareil à une nappe d'or liquide. Des chardons, aux deux bords, plantaient des candélabres de bronze vert, grêles, hérissés, recourbés en becs d'oiseaux fantastiques, d'un art étrange, d'une élégance de brûle-parfum chinois. Des sédums, entre les balustres brisés, laissaient pendre des tresses blondes, des chevelures verdâtres de fleuve toutes tachées de moisissures. Puis, au bas, un second parterre s'étendait, coupé de buis puissants comme des chênes, d'anciens buis corrects, autrefois taillés en boules, en pyramides, en tours octogonales, aujourd'hui débraillés magnifiquement, avec de grands haillons de verdure sombre dont les trous montraient des bouts de ciel bleu.

Et Albine mena Serge, à droite, dans un champ qui était comme le cimetière du parterre. Des scabieuses y mettaient leur deuil. Des cortèges de pavots s'en allaient à la file, puant la mort, épanouissant leurs lourdes fleurs d'un éclat fiévreux. Des anémones tragiques faisaient des foules désolées, au teint meurtri, tout terreux de quelque souffle épidémique. Des datura trapus élargissaient leurs cornets violâtres, où des insectes, las de vivre, venaient boire le poison du suicide. Des soucis, sous leurs feuillages engorgés, ensevelissaient leurs fleurs, des corps d'étoiles agonisants, exhalant déjà la peste de leur décomposition. Et c'étaient encore d'autres tristesses : les renoncules charnues, d'une couleur sourde de métal rouillé ; les jacinthes et les tubéreuses, exhalant l'asphyxie, se mourant dans leur parfum. Mais les cinéraires surtout dominaient, toute une poussée de cinéraires qui promenaient le demi-deuil de leurs robes violettes et blanches, robes de velours rayé, robes de velours uni, d'une sévérité riche. Au milieu du champ mélancolique, un Amour de marbre[1] restait debout, mutilé, le bras qui tenait l'arc tombé dans les orties, souriant encore sous les lichens dont sa nudité d'enfant grelottait[2].

Puis, Albine et Serge entrèrent jusqu'à la taille dans un champ de pivoines. Les fleurs blanches crevaient, avec une pluie de larges pétales qui leur rafraîchissaient les

---

1. Sculpture en marbre représentant le dieu Amour. — 2. Ici l'animisme dégénère en vision macabre : on passe de l'inspiration romantique à l'inspiration décadente. La mort avait déjà envahi le Paradou avec l'évocation des fleurs sécrétant du poison, des « gigantesques chenilles saignantes », des moisissures, etc.

mains, pareilles aux gouttes larges d'une pluie d'orage. Les fleurs rouges avaient des faces apoplectiques [1], dont le rire énorme les inquiétait. Ils gagnèrent, à gauche, un champ de fuchsias, un taillis d'arbustes souples, déliés, qui les ravirent comme des joujoux du Japon, garnis d'un million de clochettes. Ils traversèrent ensuite des champs de véroniques aux grappes violettes, des champs de géraniums et de pélargoniums, sur lesquels semblaient courir des flammèches ardentes, le rouge, le rose, le blanc incandescent d'un brasier, que les moindres souffles du vent ravivaient sans cesse. Ils durent tourner des rideaux de glaïeuls, aussi grands que des roseaux, dressant des hampes de fleurs qui brûlaient dans la clarté, avec des richesses de flamme de torches allumées. Ils s'égarèrent au milieu d'un bois de tournesols, une futaie faite de troncs aussi gros que la taille d'Albine, obscurcie par des feuilles rudes, larges à y coucher un enfant, peuplée de faces géantes, de faces d'astre, resplendissantes comme autant de soleils. Et ils arrivèrent enfin dans un autre bois, un bois de rhododendrons, si touffu de fleurs que les branches et les feuilles ne se voyaient pas, étalant des bouquets monstrueux, des hottées [2] de calices tendres qui moutonnaient jusqu'à l'horizon.

« Va, nous ne sommes pas au bout ! s'écria Albine. Marchons, marchons toujours. »

Mais Serge l'arrêta. Ils étaient alors au centre d'une ancienne colonnade en ruine. Des fûts de colonne faisaient des bancs, parmi des touffes de primevères et de pervenches. Au loin, entre les colonnes restées debout, d'autres champs de fleurs s'étendaient : des champs de tulipes, aux vives panachures de faïences peintes ; des champs de calcéolaires, légères soufflures de chair ponctuées de sang et d'or ; des champs de zinnias pareils à de grosses pâquerettes courroucées ; des champs de pétunias aux pétales mous comme une batiste [3] de femme, mon-

---

1. Frappées d'apoplexie, donc déformées. — 2. Ce que contient une hotte (expression métaphorique, synonyme, ici, de « brassées »). — 3. Fine toile de lin.

trant le rose de la peau ; des champs encore, des champs à l'infini, dont on ne reconnaissait plus les fleurs, dont les tapis s'étalaient sous le soleil, avec la bigarrure confuse des touffes violentes, noyée dans les verts attendris des herbes.

« Jamais nous ne pourrons tout voir, dit Serge, la main tendue, avec un sourire. C'est ici qu'il doit être bon de s'asseoir, dans l'odeur qui monte. »

À côté d'eux était un champ d'héliotropes, d'une haleine de vanille si douce, qu'elle donnait au vent une caresse de velours. Alors, ils s'assirent sur une des colonnes renversées, au milieu d'un bouquet de lis superbes qui avaient poussé là. Depuis plus d'une heure, ils marchaient. Ils étaient venus des roses dans les lis, à travers toutes les fleurs. Les lis leur offraient un refuge de candeur, après leur promenade d'amants au milieu de la sollicitation ardente des chèvrefeuilles suaves, des violettes musquées, des verveines exhalant l'odeur fraîche d'un baiser, des tubéreuses soufflant la pâmoison d'une volupté mortelle. Les lis, aux tiges élancées, les mettaient dans un pavillon blanc, sous le toit de neige de leurs calices, seulement égayés des gouttes d'or légères des pistils. Et ils restaient, ainsi que des fiancés enfants, souverainement pudiques, comme au centre d'une tour de pureté, d'une tour d'ivoire inattaquable, où ils ne s'aimaient encore que de tout le charme de leur innocence.

Jusqu'au soir, Albine et Serge demeurèrent avec les lis. Ils y étaient bien ; ils achevaient d'y naître. Serge y perdait la dernière fièvre de ses mains. Albine y devenait toute blanche, d'un blanc de lait qu'aucune rougeur ne teintait de rose. Ils ne virent plus qu'ils avaient les bras nus, le cou nu, les épaules nues. Leurs chevelures ne les troublèrent plus, comme des nudités déployées. L'un contre l'autre, ils riaient d'un rire clair, trouvant de la fraîcheur à se serrer. Leurs yeux gardaient un calme limpide d'eau de source, sans que rien d'impur montât de leur chair pour en ternir le cristal. Leurs joues étaient des fruits veloutés, à peine mûrs, auxquels ils ne songeaient point à mordre. Quand ils quittèrent les lis, ils n'avaient pas dix ans ; il leur semblait qu'ils venaient de se rencontrer, seuls au fond du grand jardin, pour y vivre dans une amitié et dans un jeu éternels. Et, comme ils traversaient de nouveau le parterre, rentrant au crépuscule, les fleurs parurent se faire discrètes, heureuses de les voir si jeunes, ne voulant pas débaucher ces enfants. Les bois de pivoines, les corbeilles d'œillets, les tapis de myosotis, les tentures de clématites, n'agrandissaient plus devant eux une alcôve d'amour, noyés à cette heure de l'air du soir, endormis dans une enfance aussi pure que la leur. Les pensées les regardaient en camarades, de leurs petits visages candides. Les résédas, alanguis, frôlés par la jupe blanche d'Albine, semblaient pris de compassion, évitant de hâter leur fièvre d'un souffle.

VIII

Le lendemain, dès l'aube, ce fut Serge qui appela Albine. Elle dormait dans une chambre de l'étage supérieur, où il n'eut pas l'idée de monter. Il se pencha à la fenêtre, la vit qui poussait ses persiennes, au saut du lit. Et tous deux rirent beaucoup de se retrouver ainsi.

« Aujourd'hui, tu ne sortiras pas, dit Albine, quand elle fut descendue. Il faut nous reposer... Demain, je veux te mener loin, bien loin, quelque part où nous serons joliment à notre aise.

— Mais nous allons nous ennuyer, murmura Serge.

— Oh ! que non !... Je vais te raconter des histoires. »

Ils passèrent une journée charmante. Les fenêtres étaient grandes ouvertes ; le Paradou entrait, riait avec eux, dans la chambre. Serge prit enfin possession de cette heureuse chambre, où il s'imaginait être né. Il voulut tout voir, tout se faire expliquer. Les Amours de plâtre, culbutés au bord de l'alcôve, l'égayèrent au point qu'il monta sur une chaise pour attacher la ceinture d'Albine au cou du plus petit d'entre eux, un bout d'homme, le derrière en l'air, la tête en bas, qui polissonnait[1]. Albine tapait des mains, criait qu'il ressemblait à un hanneton tenu par un fil. Puis, comme prise de pitié :

« Non, non, détache-le... Ça l'empêche de voler. »

Mais ce furent surtout les Amours peints au-dessus des portes qui occupèrent vivement Serge. Il se fâchait de ne pouvoir comprendre à quels jeux ils jouaient, tant les peintures étaient pâlies. Aidé d'Albine, il roula une table, sur laquelle ils grimpèrent tous les deux. Albine donnait des explications :

« Regarde, ceux-ci jettent des fleurs. Sous les fleurs, on ne voit plus que trois jambes nues. Je crois me souvenir qu'en arrivant ici, j'ai pu distinguer encore une dame couchée. Mais, depuis le temps, elle s'en est allée. »

Ils firent le tour des panneaux, sans que rien d'impur leur vînt de ces jolies indécences de boudoir[2]. Les peintures, qui s'émiettaient comme un visage fardé du XVIIIe siècle, étaient assez mortes pour ne laisser passer que les genoux et les coudes des corps pâmés dans une luxure aimable. Les détails trop crus, auxquels paraissait s'être complu l'ancien amour dont l'alcôve gardait la lointaine odeur, avaient disparu, mangés par le grand air ; si bien que la chambre, ainsi que le parc, était naturellement redevenue vierge, sous la gloire tranquille du soleil.

« Bah ! ce sont des gamins qui s'amusent, dit Serge, en redescendant de la table... Est-ce que tu sais jouer à la main chaude, toi ? »

Albine savait jouer à tous les jeux. Seulement, il fallait être au moins trois pour jouer à la main chaude[3]. Cela les fit rire. Mais Serge s'écria qu'on était trop bien deux, et ils jurèrent de n'être toujours que deux.

« On est tout à fait chez soi, on n'entend rien, reprit le jeune homme, qui s'allongea sur le canapé. Et les meubles ont une odeur de vieux qui sent bon... C'est doux

1. Se livrait à des actes plus ou moins licencieux. — 2. Dans les romans libertins du XVIIIe siècle, le boudoir (petit salon élégant de dame) est, par excellence, le lieu de l'amour. — 3. « Jeu où l'un des joueurs tient une main renversée sur son dos et doit deviner celui qui frappe dedans » (Littré).

comme dans un nid. Voilà une chambre où il y a du bonheur. »

La jeune fille hochait gravement la tête.

« Si j'avais été peureuse, murmura-t-elle, j'aurais eu bien peur, dans les premiers temps... C'est justement cette histoire-là que je veux te raconter. Je l'ai entendue dans le pays. On ment peut-être. Enfin, ça nous amusera. »

Et elle s'assit à côté de Serge.

« Il y a des années et des années... Le Paradou appartenait à un riche seigneur qui vint s'y enfermer avec une dame très belle. Les portes du château étaient si bien fermées, les murailles du jardin avaient une telle hauteur que jamais personne n'apercevait le moindre bout des jupes de la dame.

— Je sais, interrompit Serge, la dame n'a jamais reparu. »

Comme Albine le regardait, toute surprise, fâchée de voir son histoire connue, il continua à demi-voix, étonné lui-même :

« Tu me l'as déjà racontée, ton histoire. »

Elle protesta. Puis, elle parut se raviser, elle se laissa convaincre. Ce qui ne l'empêcha pas de terminer son récit en ces termes :

« Quand le seigneur s'en alla, il avait les cheveux blancs. Il fit barricader toutes les ouvertures, pour qu'on n'allât pas déranger la dame... La dame était morte dans cette chambre [1].

— Dans cette chambre ! s'écria Serge. Tu ne m'avais pas dit cela... Es-tu sûre qu'elle soit morte dans cette chambre ? »

Albine se fâcha. Elle répétait ce que tout le monde savait. Le seigneur avait fait bâtir le pavillon pour y loger cette inconnue qui ressemblait à une princesse. Les gens du château, plus tard, assuraient qu'il y passait les jours et les nuits. Souvent aussi, ils l'apercevaient dans une allée, menant les petits pieds de l'inconnue au fond des taillis les plus noirs. Mais, pour rien au monde, ils ne se

---

1. L'histoire de la dame morte est la deuxième annonce du destin d'Albine.

seraient hasardés à guetter le couple, qui battait le parc pendant des semaines entières.

« Et c'est là qu'elle est morte, répéta Serge, l'esprit frappé. Tu as pris sa chambre, tu te sers de ses meubles, tu couches dans son lit. »

Albine souriait.

« Tu sais bien que je ne suis pas peureuse, dit-elle. Puis, toutes ces choses, c'est si vieux... La chambre te semblait pleine de bonheur. »

Ils se turent, ils regardèrent un instant l'alcôve, le haut plafond, les coins d'ombre grise. Il y avait comme un attendrissement amoureux dans les couleurs fanées des meubles. C'était un soupir discret du passé, si résigné qu'il ressemblait encore à un remerciement tiède de femme adorée.

« Oui, murmura Serge, on ne peut pas avoir peur. C'est trop tranquille. »

Et Albine reprit, en se rapprochant de lui :

« Ce que peu de personnes savent, c'est qu'ils avaient découvert dans le jardin un endroit de félicité parfaite, où ils finissaient par vivre toutes leurs heures. Moi, je tiens cela d'une source certaine... Un endroit d'ombre fraîche, caché au fond des broussailles impénétrables, si merveilleusement beau qu'on y oublie le monde entier. La dame a dû y être enterrée.

— Est-ce dans le parterre ? demanda Serge curieusement.

— Ah ! je ne sais pas, je ne sais pas ! dit la jeune fille, avec un geste découragé. J'ai cherché partout, je n'ai encore pu trouver nulle part cette clairière heureuse... Elle n'est ni dans les roses, ni dans les lis, ni sur le tapis des violettes.

— Peut-être est-ce ce coin de fleurs tristes, où tu m'as montré un enfant debout, le bras cassé ?

— Non, non.

— Peut-être est-ce au fond de la grotte, près de cette eau claire, où s'est noyée cette grande femme de marbre qui n'a plus de visage ?

— Non, non. »

Albine resta un instant songeuse. Puis, elle continua, comme se parlant à elle-même :

« Dès les premiers jours, je me suis mise en quête. Si j'ai passé des journées dans le Paradou, si j'ai fouillé les moindres coins de verdure, c'était uniquement pour m'asseoir une heure au milieu de la clairière. Que de matinées perdues vainement à me glisser sous les ronces, à visiter les coins les plus reculés du parc !... Oh ! je l'aurais vite reconnue, cette retraite enchantée, avec son arbre immense qui doit la couvrir d'un toit de feuilles, avec son herbe fine comme une peluche de soie, avec ses murs de buissons verts que les oiseaux eux-mêmes ne peuvent percer ! »

Elle jeta l'un de ses bras au cou de Serge, élevant la voix, le suppliant :

« Dis ? Nous sommes deux, maintenant, nous chercherons, nous trouverons... Toi, qui es fort, tu écarteras les grosses branches devant moi, pour que j'aille jusqu'au fond des fourrés. Tu me porteras, lorsque je serai lasse ; tu m'aideras à sauter les ruisseaux, tu monteras aux arbres, si nous venons à perdre notre route... Et quelle joie, lorsque nous pourrons nous asseoir côte à côte, sous le toit de feuilles, au centre de la clairière ! On m'a raconté qu'on vivait là, dans une minute, toute une vie... Dis ? mon bon Serge, dès demain, nous partirons, nous battrons le parc broussailles à broussailles, jusqu'à ce que nous ayons contenté notre désir. »

Serge haussait les épaules, en souriant.

« À quoi bon ? dit-il. N'est-on pas bien dans le parterre ? Il faudra rester avec les fleurs, vois-tu, sans chercher si loin un bonheur plus grand.

— C'est là qu'elle est morte et enterrée, murmura Albine, retombant dans sa rêverie. C'est la joie de s'être assise là qui l'a tuée. L'arbre a une ombre dont le charme fait mourir... Moi, je mourrais volontiers ainsi. Nous nous coucherions aux bras l'un de l'autre ; nous serions morts, personne ne nous trouverait plus [1].

---

1. Ce vœu annonce *Le Rêve*, mais plus encore (puisque dans *Le Rêve*, seule Angélique meurt) *Rome*, avec la mort commune de Dario

— Non, tais-toi, tu me désoles, interrompit Serge inquiet. Je veux que nous vivions au soleil, loin de cette ombre mortelle. Tes paroles me troublent, comme si elles nous poussaient à quelque malheur irréparable. Ça doit être défendu de s'asseoir sous un arbre dont l'ombrage donne un tel frisson.

— Oui, c'est défendu, déclara gravement Albine. Tous les gens du pays m'ont dit que c'était défendu. »

Un silence se fit. Serge se leva du canapé où il était resté allongé. Il riait, il prétendait que les histoires ne l'amusaient pas. Le soleil baissait, lorsque Albine consentit enfin à descendre un instant au jardin. Elle le mena, à gauche, le long du mur de clôture, jusqu'à un champ de décombres, tout hérissé de ronces. C'était l'ancien emplacement du château, encore noir de l'incendie qui avait abattu les murs. Sous les ronces, des pierres cuites se fendaient, des éboulements de charpentes pourrissaient. On eût dit un coin de roches stériles, raviné, bossué, vêtu d'herbe rude, de lianes rampantes qui se coulaient dans chaque fente comme des couleuvres. Et ils s'égayèrent à traverser en tous sens cette fondrière [1], descendant au fond des trous, flairant les débris, cherchant s'ils ne devineraient rien de ce passé en cendre. Ils n'avouaient pas leur curiosité, ils se poursuivaient au milieu des planchers crevés et des cloisons renversées ; mais, à la vérité, ils ne songeaient qu'aux légendes de ces ruines, à cette dame plus belle que le jour, qui avait traîné sa jupe de soie sur ces marches, où les lézards seuls aujourd'hui se promenaient paresseusement.

Serge finit par se planter sur le plus haut tas de décombres, regardant le parc qui déroulait ses immenses nappes vertes, cherchant entre les arbres la tache grise du

---

et de Benedetta. Cette dernière, dont le prénom fait songer à celui d'une autre vierge, la Bernadette de *Lourdes*, attendait le mariage pour se donner à celui qu'elle aimait depuis l'enfance ; il est accidentellement empoisonné, et elle meurt avec lui, étouffée dans une étreinte, de façon encore plus invraisemblable qu'Albine.

1. Enfoncement dans le sol.

pavillon. Albine se taisait, debout à son côté, redevenue sérieuse.

« Le pavillon est là, à droite, dit-elle, sans qu'il l'interrogeât. C'est tout ce qui reste des bâtiments... Tu le vois bien, au bout de ce couvert de tilleuls ? »

Ils gardèrent de nouveau le silence. Et, comme continuant à voix haute les réflexions qu'ils faisaient mentalement tous les deux, elle reprit :

« Quand il allait la voir, il devait descendre par cette allée ; puis il tournait les gros marronniers et il entrait sous les tilleuls... Il lui fallait à peine un quart d'heure. »

Serge n'ouvrit pas les lèvres. Lorsqu'ils revinrent, ils descendirent l'allée, ils tournèrent les gros marronniers, ils entrèrent sous les tilleuls. C'était un chemin d'amour. Sur l'herbe, ils semblaient chercher des pas, un nœud de ruban tombé, une bouffée de parfum ancien, quelque indice qui leur montrât clairement qu'ils étaient bien dans le sentier menant à la joie d'être ensemble. La nuit venait, le parc avait une grande voix mourante qui les appelait du fond des verdures.

« Attends, dit Albine, lorsqu'ils furent revenus devant le pavillon. Toi, tu ne monteras que dans trois minutes. »

Elle s'échappa gaiement, s'enferma dans la chambre au plafond bleu. Puis, après avoir laissé Serge frapper deux fois à la porte, elle l'entrebâilla discrètement, le reçut avec une révérence à l'ancienne mode.

« Bonjour, mon cher seigneur », dit-elle en l'embrassant.

Cela les amusa extrêmement. Ils jouèrent aux amoureux, avec une puérilité de gamins. Ils bégayaient la passion qui avait jadis agonisé là. Ils l'apprenaient comme une leçon qu'ils ânonnaient d'une adorable manière, ne sachant point se baiser aux lèvres, cherchant sur les joues, finissant par danser l'un devant l'autre, en riant aux éclats, par ignorance de se témoigner autrement le plaisir qu'ils goûtaient à s'aimer.

IX

Le lendemain matin, Albine voulut partir dès le lever du soleil, pour la grande promenade qu'elle ménageait depuis la veille. Elle tapait des pieds joyeusement, elle disait qu'ils ne rentreraient pas de la journée.

« Où me mènes-tu donc ? demanda Serge.

— Tu verras, tu verras ! »

Mais il la prit par les poignets, la regarda en face.

« Il faut être sage, n'est-ce pas ? Je ne veux pas que tu cherches ni ta clairière, ni ton arbre, ni ton herbe où l'on meurt. Tu sais que c'est défendu. »

Elle rougit légèrement, en protestant, en disant qu'elle ne songeait même pas à ces choses. Puis, elle ajouta :

« Pourtant, si nous trouvions, sans chercher, par hasard, est-ce que tu ne t'assoirais pas ?... Tu m'aimes donc bien peu ! »

Ils partirent. Ils traversèrent le parterre tout droit, sans s'arrêter au réveil des fleurs, nues dans leur bain de rosée. Le matin avait un teint de rose, un sourire de bel enfant ouvrant les yeux au milieu des blancheurs de son oreiller.

« Où me mènes-tu ? » répétait Serge.

Et Albine riait, sans vouloir répondre. Mais, comme ils arrivaient devant la nappe d'eau qui coupait le jardin au bout du parterre, elle resta toute consternée. La rivière était encore gonflée des dernières pluies.

« Nous ne pourrons jamais passer, murmura-t-elle. J'ôte mes souliers, je relève mes jupes d'ordinaire. Mais, aujourd'hui, nous aurions de l'eau jusqu'à la taille. »

Ils longèrent un instant la rive, cherchant un gué. La jeune fille disait que c'était inutile, qu'elle connaissait tous les trous. Autrefois, un pont se trouvait là, un pont dont l'écroulement avait semé la rivière de grosses pierres entre lesquelles l'eau passait avec des tourbillons d'écume.

« Monte sur mon dos, dit Serge.

— Non, non, je ne veux pas. Si tu venais à glisser,

nous ferions un fameux plongeon tous les deux... Tu ne sais pas comme ces pierres-là sont traîtres.

— Monte donc sur mon dos. »

Cela finit par la tenter. Elle prit son élan, sauta comme un garçon, si haut qu'elle se trouva à califourchon sur le cou de Serge. Et, le sentant chanceler, elle cria qu'il n'était pas encore assez fort, qu'elle voulait descendre. Puis, elle sauta de nouveau, à deux reprises. Ce jeu les ravissait.

« Quand tu auras fini ! dit le jeune homme qui riait. Maintenant, tiens-toi ferme. C'est le grand coup. »

Et, en trois bonds légers, il traversa la rivière, la pointe des pieds à peine mouillée. Au milieu, pourtant, Albine crut qu'il glissait. Elle eut un cri, en se rattrapant des deux mains à son menton. Lui l'emportait déjà, dans un galop de cheval, sur le sable fin de l'autre rive.

« Hue ! hue ! » criait-elle, rassurée, amusée par ce jeu nouveau.

Il courut ainsi tant qu'elle voulut, tapant des pieds, imitant le bruit des sabots. Elle claquait de la langue ; elle avait pris deux mèches de ses cheveux, qu'elle tirait comme des guides, pour le lancer à droite ou à gauche.

« Là, là, nous y sommes », dit-elle, en lui donnant de petites claques sur les joues.

Elle sauta à terre, tandis que lui, en sueur, s'adossait contre un arbre pour reprendre haleine. Alors, elle le gronda, elle menaça de ne pas le soigner s'il retombait malade.

« Laisse donc ! ça m'a fait du bien, répondit-il. Quand j'aurai retrouvé toutes mes forces, je te porterai des matinées entières... Où me mènes-tu ?

— Ici », dit-elle, en s'asseyant avec lui sous un gigantesque poirier.

Ils étaient dans l'ancien verger du parc. Une haie vive d'aubépine, une muraille de verdure, trouée de brèches, mettait là un bout de jardin à part. C'était une forêt d'arbres fruitiers que la serpe [1] n'avait pas taillés depuis

---

1. Outil formé d'une large lame tranchante recourbée en croissant, montée sur un manche court.

un siècle. Certains troncs se déjetaient[1] puissamment, poussaient de travers, sous les coups d'orage qui les avaient pliés ; tandis que d'autres, bossués de nœuds énormes, crevassés de cavités profondes, ne semblaient plus tenir au sol que par les ruines géantes de leur écorce. Les hautes branches, que le poids des fruits courbait à chaque saison, étendaient au loin des raquettes[2] démesurées ; même, les plus chargées, qui avaient cassé, touchaient la terre, sans qu'elles eussent cessé de produire, raccommodées par d'épais bourrelets de sève. Entre eux, les arbres se prêtaient des étais naturels[3], n'étaient plus que des piliers tordus soutenant une voûte de feuilles qui se creusait en longues galeries, s'élançait brusquement en halles légères, s'aplatissait presque au ras du sol en soupentes effondrées. Autour de chaque colosse, des rejets sauvages faisaient des taillis, ajoutaient l'emmêlement de leurs jeunes tiges, dont les petites baies avaient une aigreur exquise. Dans le jour verdâtre qui coulait comme une eau claire, dans le grand silence de la mousse, retentissait seule la chute sourde des fruits que le vent cueillait.

Et il y avait des abricotiers patriarches, qui portaient gaillardement leur grand âge, paralysés déjà d'un côté, avec une forêt de bois mort, pareil à un échafaudage de cathédrale, mais si vivants de leur autre moitié, si jeunes, que des pousses tendres faisaient éclater l'écorce rude de toutes parts. Des pruniers vénérables, tout chenus de mousse, grandissaient encore pour aller boire l'ardent soleil, sans qu'une seule de leurs feuilles pâlît. Des cerisiers bâtissaient des villes entières, des maisons à plusieurs étages, jetant des escaliers, établissant des planchers de branches, larges à y loger dix familles. Puis, c'étaient des pommiers, les reins cassés, les membres contournés, comme de grands infirmes, la peau racheuse[4], maculée

---

1. À propos des arbres : poussaient de travers, s'écartaient de leur direction naturelle. — 2. Larges pièces de bois en forme de raquette. — 3. Se soutenaient mutuellement. — 4. Rugueuse.

de rouille verte ; des poiriers lisses, dressant une mâture[1] de hautes tiges minces, immense, semblable à l'échappée d'un port, rayant l'horizon de barres brunes ; des pêchers rosâtres, se faisant faire place dans l'écrasement de leurs voisins, par un rire aimable et une poussée lente de belles filles égarées au milieu d'une foule. Certains pieds, anciennement en espaliers, avaient enfoncé les murailles basses qui les soutenaient ; maintenant, ils se débauchaient, libres des treillages dont les lambeaux arrachés pendaient encore à leurs bras ; ils poussaient à leur guise, n'ayant conservé de leur taille particulière que des apparences d'arbres comme il faut, traînant dans le vagabondage les loques de leur habit de gala. Et, à chaque tronc, à chaque branche, d'un arbre à l'autre, couraient des débandades de vigne. Les ceps montaient comme des rires fous, s'accrochaient un instant à quelque nœud élevé, puis repartaient en un rejaillissement de rires plus sonores, éclaboussant tous les feuillages de l'ivresse heureuse des pampres[2]. C'était un vert tendre doré de soleil qui allumait d'une pointe d'ivrognerie les têtes ravagées des grands vieillards du verger.

Puis, vers la gauche, des arbres plus espacés, des amandiers au feuillage grêle, laissaient le soleil mûrir à terre des citrouilles pareilles à des lunes tombées. Il y avait aussi, au bord d'un ruisseau qui traversait le verger, des melons couturés de verrues, perdus dans des nappes de feuilles rampantes, ainsi que des pastèques vernies, d'un ovale parfait d'œufs d'autruche. A chaque pas, des buissons de groseilliers barraient les anciennes allées, montrant les grappes timides de leurs fruits, des rubis dont chaque grain s'éclairait d'une goutte de jour. Des haies de framboisiers s'étalaient comme des ronces sauvages ; tandis que le sol n'était plus qu'un tapis de fraisiers, une herbe toute semée de fraises mûres, dont l'odeur avait une légère fumée de vanille.

Mais le coin enchanté du verger était plus à gauche

---

1. Ensemble des mâts d'un navire. — 2. Tiges de vignes couvertes de feuilles.

Royale hâtive

« ... le sol n'était plus qu'un tapis de fraisiers, une herbe toute semée de fraises mûres, dont l'odeur avait une légère fumée de vanille. »
J. J. Walther (1600-1679), *Fraises.* Victoria and Albert Museum.

« "Qu'est-ce que tu aimes, toi ? les poires, les abricots, les cerises, les groseilles ?(...)" Serge se décida pour les cerises. »
Royale hâtive, Alexandre Poiteau, in *Pomologie française*, Paris, 1846.

encore, contre la rampe de rochers qui commençait là à escalader l'horizon. On entrait en pleine terre ardente, dans une serre naturelle où le soleil tombait d'aplomb. D'abord, il fallait traverser des figuiers gigantesques, dégingandés, étirant leurs branches comme des bras grisâtres las de sommeil, si obstrués du cuir velu de leurs feuilles, qu'on devait, pour passer, casser les jeunes tiges repoussant des pieds séchés par l'âge. Ensuite, on marchait entre des bouquets d'arbousiers, d'une verdure de buis géants, que leurs baies rouges faisaient ressembler à des mais [1] ornés de pompons de soie écarlate. Puis, venait une futaie d'aliziers, d'azeroliers, de jujubiers, au bord de laquelle des grenadiers mettaient une lisière de touffes éternellement vertes ; les grenades se nouaient à peine,

---

1. Les éditions proposent « maïs » ou « mais » (arbres plantés le 1er mai). Nous préférons « mais » au vu du manuscrit, et compte tenu du contexte.

248

grosses comme un poing d'enfant ; les fleurs de pourpre, posées sur le bout des branches, paraissaient avoir le battement d'ailes des oiseaux des îles, qui ne courbent pas les herbes sur lesquelles ils vivent. Et l'on arrivait enfin à un bois d'orangers et de citronniers poussant vigoureusement en pleine terre. Les troncs, droits, enfonçaient des enfilades de colonnes brunes ; les feuilles, luisantes, mettaient la gaieté de leur claire peinture sur le bleu du ciel, découpaient l'ombre nettement en minces lames pointues qui dessinaient à terre les millions de palmes d'une étoffe indienne. C'était un ombrage au charme tout autre, auprès duquel les ombrages du verger d'Europe devenaient fades : une joie tiède de la lumière tamisée en une poussière d'or volante, une certitude de verdure perpétuelle, une force de parfum continu, le parfum pénétrant de la fleur, le parfum plus grave du fruit, donnant aux membres la souplesse pâmée des pays chauds.

« Et nous allons déjeuner ! cria Albine, en tapant dans ses mains. Il est au moins neuf heures. J'ai une belle faim ! »

Elle s'était levée. Serge confessait qu'il mangerait volontiers, lui aussi.

« Grand bêta ! reprit-elle, tu n'as donc pas compris que je te menais déjeuner ? Hein ! nous ne mourrons pas de faim, ici ? Tout est pour nous. »

Ils entrèrent sous les arbres, écartant les branches, se coulant au plus épais des fruits. Albine, qui marchait la première, les jupes entre les jambes, se retournait, demandait à son compagnon, de sa voix flûtée :

« Qu'est-ce que tu aimes, toi ? les poires, les abricots, les cerises, les groseilles ?... Je te préviens que les poires sont encore vertes ; mais elles sont joliment bonnes tout de même. »

Serge se décida pour les cerises. Albine dit qu'en effet on pouvait commencer par ça. Mais, comme il allait sottement grimper sur le premier cerisier venu, elle lui fit faire encore dix bonnes minutes de chemin au milieu d'un gâchis épouvantable de branches. Ce cerisier-là avait de méchantes cerises de rien du tout ; les cerises de celui-ci étaient trop aigres ; les cerises de cet autre ne seraient mûres que dans huit jours. Elle connaissait tous les arbres.

« Tiens, monte là-dedans », dit-elle enfin, en s'arrêtant devant un cerisier si chargé de fruits que des grappes pendaient jusqu'à terre comme des colliers de corail accrochés.

Serge s'établit commodément entre deux branches et se mit à déjeuner. Il n'entendait plus Albine ; il la croyait dans un autre arbre, à quelques pas, lorsque, baissant les yeux, il l'aperçut tranquillement couchée sur le dos, au-dessous de lui. Elle s'était glissée là, mangeant sans même se servir des mains, happant des lèvres les cerises que l'arbre tendait jusqu'à sa bouche.

Quand elle se vit découverte, elle eut des rires prolongés, sautant sur l'herbe comme un poisson blanc sorti de l'eau, se mettant sur le ventre, rampant sur les coudes, faisant le tour du cerisier, tout en continuant à happer les cerises les plus grosses[1].

« Figure-toi, elles me chatouillent ! criait-elle. Tiens, en voilà encore une qui vient de me tomber dans le cou. C'est qu'elles sont joliment fraîches !... Moi, j'en ai dans les oreilles, dans les yeux, sur le nez, partout ! Si je voulais, j'en écraserais une pour me faire des moustaches... Elles sont bien plus douces en bas qu'en haut.

— Allons donc ! dit Serge en riant. C'est que tu n'oses pas monter. »

Elle resta muette d'indignation.

« Moi ! moi ! » balbutia-t-elle.

Et, serrant sa jupe, la rattachant par-devant à sa ceinture, sans voir qu'elle montrait ses cuisses, elle prit l'arbre nerveusement, se hissa sur le tronc, d'un seul effort des poignets. Là, elle courut le long des branches, en évitant même de se servir des mains ; elle avait des allongements souples d'écureuil, elle tournait autour des nœuds, lâchait les pieds, tenue seulement en équilibre par le pli de la taille. Quand elle fut tout en haut, au bout

---

1. Cette cueillette des cerises rappelle une page célèbre de Rousseau (*Les Confessions*, I, IV).

d'une branche grêle, que le poids de son corps secouait furieusement :

« Eh bien ! cria-t-elle, est-ce que j'ose monter ?

— Veux-tu vite descendre ! implorait Serge, pris de peur. Je t'en prie. Tu vas te faire du mal. »

Mais, triomphante, elle alla encore plus haut. Elle se tenait à l'extrémité même de la branche, à califourchon, s'avançant petit à petit au-dessus du vide, empoignant des deux mains des touffes de feuilles.

« La branche va casser, dit Serge, éperdu.

— Qu'elle casse, pardi ! répondit-elle avec un grand rire. Ça m'évitera la peine de descendre. »

Et la branche cassa, en effet, mais lentement, avec une si longue déchirure qu'elle s'abattit peu à peu, comme pour déposer Albine à terre, d'une façon très douce. Elle n'eut pas le moindre effroi ; elle se renversait, elle agitait ses cuisses demi-nues, en répétant :

« C'est joliment gentil. On dirait une voiture. »

Serge avait sauté de l'arbre pour la recevoir dans ses bras. Comme il restait tout pâle de l'émotion qu'il venait d'avoir, elle le plaisanta :

« Mais ça arrive tous les jours de tomber des arbres. Jamais on ne se fait de mal... Ris donc, gros bêta ! Tiens, mets-moi un peu de salive sur le cou. Je me suis égratignée. »

Il lui mit un peu de salive, du bout du doigt.

« Là, c'est guéri, cria-t-elle, en s'échappant avec une gambade de gamine. Nous allons jouer à cache-cache, veux-tu ? »

Elle se fit chercher. Elle disparaissait, jetait le cri : « Coucou ! coucou ! » du fond de verdures connues d'elle seule, où Serge ne pouvait la trouver. Mais ce jeu de cache-cache n'allait pas sans une maraude[1] terrible de fruits. Le déjeuner continuait dans les coins où les deux grands enfants se poursuivaient. Albine, tout en filant sous les arbres, allongeait la main, croquait une poire verte, s'emplissait la jupe d'abricots. Puis, dans certaines

---

1. Vol de fruits, légumes, volailles dans les jardins et les fermes.

cachettes, elle avait des trouvailles qui l'asseyaient par terre, oubliant le jeu, occupée à manger gravement. Un moment, elle n'entendit plus Serge, elle dut le chercher à son tour. Et ce fut pour elle une surprise, presque une fâcherie, de le découvrir sous un prunier, un prunier qu'elle-même ne savait pas là, et dont les prunes mûres avaient une délicate odeur de musc. Elle le querella de la belle façon. Voulait-il donc tout avaler, qu'il n'avait soufflé mot ? Il faisait la bête, mais il avait le nez fin, il sentait de loin les bonnes choses. Elle était surtout furieuse contre le prunier, un arbre sournois qu'on ne connaissait seulement pas, qui devait avoir poussé dans la nuit, pour ennuyer les gens. Serge, comme elle boudait, refusant de cueillir une seule prune, imagina de secouer l'arbre violemment. Une pluie, une grêle de prunes tomba. Albine, sous l'averse, reçut des prunes sur les bras, des prunes dans le cou, des prunes au beau milieu du nez. Alors, elle ne put retenir ses rires ; elle resta dans ce déluge, criant : Encore ! encore ! amusée par les balles rondes qui rebondissaient sur elle, tendant la bouche et les mains, les yeux fermés, se pelotonnant à terre pour se faire toute petite.

Matinée d'enfance, polissonnerie de galopins lâchés dans le Paradou. Albine et Serge passèrent là des heures puériles d'école buissonnière, à courir, à crier, à se taper, sans que leurs chairs innocentes eussent un frisson. Ce n'était encore que la camaraderie de deux garnements, qui songeront peut-être plus tard à se baiser sur les joues, lorsque les arbres n'auront plus de dessert à leur donner. Et quel joyeux coin de nature pour cette première escapade ! Un trou de feuillage, avec des cachettes excellentes. Des sentiers le long desquels il n'était pas possible d'être sérieux, tant les haies laissaient tomber de rires gourmands. Le parc avait, dans cet heureux verger, une gaminerie de buissons s'en allant à la débandade, une fraîcheur d'ombre invitant à la faim, une vieillesse de bons arbres pareils à des grands-pères pleins de gâteries. Même, au fond des retraites vertes de mousse, sous les troncs cassés qui les forçaient à ramper l'un derrière l'autre, dans des corridors de feuilles, si étroits que Serge s'attelait en riant aux jambes nues d'Albine, ils ne rencontraient point la rêverie dangereuse du silence. Rien de troublant ne leur venait du bois en récréation.

Et quand ils furent las des abricotiers, des pruniers, des cerisiers, ils coururent sous les amandiers grêles, mangeant les amandes vertes, à peine grosses comme des pois, cherchant les fraises parmi le tapis d'herbe, se fâchant de ce que les pastèques et les melons n'étaient pas mûrs. Albine finit par courir de toutes ses forces, suivie de Serge, qui ne pouvait l'attraper. Elle s'engagea dans les figuiers, sautant les grosses branches, arrachant les feuilles qu'elle jetait par-derrière à la figure de son compagnon. En quelques bonds, elle traversa les bouquets d'arbousiers, dont elle goûta en passant les baies rouges ; et ce fut dans la futaie des aliziers, des azeroliers et des jujubiers que Serge la perdit. Il la crut d'abord cachée derrière un grenadier ; mais c'étaient deux fleurs en bouton qu'il avait prises pour les deux nœuds roses de ses poignets. Alors, il battit le bois d'orangers, ravi du beau temps qu'il faisait là, s'imaginant entrer chez les fées du soleil. Au milieu du bois, il aperçut Albine qui, ne le croyant pas si près d'elle, furetait vivement, fouillait du regard les profondeurs vertes.

« Qu'est-ce que tu cherches donc là ? s'écria-t-il. Tu sais bien que c'est défendu. »

Elle eut un sursaut, elle rougit légèrement, pour la première fois de la journée. Et, s'asseyant à côté de Serge, elle lui parla des jours heureux où les oranges mûrissaient. Le bois alors était tout doré, tout éclairé de ces étoiles rondes qui criblaient de leurs yeux jaunes la voûte verte.

Puis, quand ils s'en allèrent enfin, elle s'arrêta à chaque rejet sauvage, s'emplissant les poches de petites poires âpres, de petites prunes aigres, disant que ce serait pour manger en route. C'était cent fois meilleur que tout ce qu'ils avaient goûté jusque-là. Il fallut que Serge en avalât, malgré les grimaces qu'il faisait à chaque coup de dent. Ils rentrèrent éreintés, heureux, ayant tant ri qu'ils avaient mal aux côtes. Même, ce soir-là, Albine n'eut pas le courage de remonter chez elle ; elle s'endormit aux pieds de Serge, en travers sur le lit, rêvant qu'elle montait aux arbres, achevant de croquer en dormant les fruits des sauvageons[1] qu'elle avait cachés sous la couverture, à côté d'elle[2].

X

Huit jours plus tard, il y eut de nouveau un grand voyage dans le parc. Il s'agissait d'aller plus loin que le verger, à gauche, du côté des larges prairies que quatre ruisseaux traversaient[3]. On ferait plusieurs lieues en pleine herbe ; on vivrait de sa pêche, si l'on venait à s'égarer.

« J'emporte mon couteau », dit Albine en montrant un couteau de paysan, à lame épaisse.

Elle mit de tout dans ses poches : de la ficelle, du pain, des allumettes, une petite bouteille de vin, des chiffons, un peigne, des aiguilles. Serge dut prendre une couverture ; mais, au bout des tilleuls, lorsqu'ils arrivèrent devant les décombres du château, la couverture l'embarrassait déjà à un tel point qu'il la cacha sous un pan de mur écroulé.

Le soleil était plus fort. Albine s'était attardée à ses préparatifs. Dans la matinée chaude, ils s'en allèrent côte

---

1. Jeunes arbres qui ont poussé sans culture. — **2.** Tout ce chapitre consacré au plaisir oral est un jalon important sur le chemin des découvertes de Serge et d'Albine. De même que leur éveil à la vie animale, au chapitre XIII. — **3.** *Cf.* Genèse, II, 10-15 : « Un fleuve sortait d'Éden pour arroser le jardin et de là il se divisait pour former quatre bras. Le premier s'appelle le Pishôn : il contourne tout le pays de Havila (...) ; le deuxième fleuve s'appelle le Gihôn : il contourne tout le pays de Kush. Le troisième fleuve s'appelle le Tigre : il coule à l'orient d'Assur. Le quatrième fleuve est l'Euphrate. »

à côté, presque raisonnables. Ils faisaient jusqu'à des vingtaines de pas, sans se pousser, pour rire. Ils causaient.

« Moi, je ne m'éveille jamais, dit Albine. J'ai bien dormi cette nuit. Et toi ?

— Moi aussi », répondit Serge.

Elle reprit :

« Qu'est-ce que ça signifie, quand on rêve un oiseau qui vous parle ?

— Je ne sais pas... Et que disait-il, ton oiseau ?

— Ah ! j'ai oublié... Il disait des choses très bien, beaucoup de choses qui me semblaient drôles... Tiens, vois donc ce gros coquelicot, là-bas. Tu ne l'auras pas ! tu ne l'auras pas ! »

Elle prit son élan ; mais Serge, grâce à ses longues jambes, la devança, cueillit le coquelicot qu'il agita victorieusement. Alors, elle resta les lèvres pincées, sans rien dire, avec une grosse envie de pleurer. Lui, ne sut que jeter la fleur. Puis, pour faire la paix :

« Veux-tu monter sur mon dos ? Je te porterai, comme l'autre jour.

— Non, non. »

Elle boudait. Mais elle n'avait pas fait trente pas qu'elle se retournait, toute rieuse. Une ronce la retenait par la jupe.

« Tiens, je croyais que c'était toi qui marchais exprès sur ma robe... C'est qu'elle ne veut pas me lâcher. Décroche-moi, dis ! »

Et quand elle fut décrochée, ils marchèrent de nouveau à côté l'un de l'autre, très sagement. Albine prétendait que c'était plus amusant de se promener ainsi, comme des gens sérieux. Ils venaient d'entrer dans les prairies. À l'infini, devant eux, se déroulaient de larges pans d'herbes, à peine coupés de loin en loin par le feuillage tendre d'un rideau de saules. Les pans d'herbes se duvetaient, pareils à des pièces de velours ; ils étaient d'un gros vert peu à peu pâli dans les lointains, se noyant de jaune vif, au bord de l'horizon, sous l'incendie du soleil. Les bouquets de saules, tout là-bas, semblaient d'or pur, au milieu du grand frisson de lumière. Des poussières dansantes mettaient aux pointes des gazons un flux de clartés, tandis qu'à certains souffles de vent, passant librement sur cette solitude nue, les herbes se moiraient[1] d'un tressaillement de plantes caressées. Et, le long des prés les plus voisins, des foules de petites pâquerettes blanches, en tas, à la débandade, par groupes, ainsi qu'une population grouillant sur le pavé pour quelque fête publique, peuplaient de leur joie répandue le noir des pelouses. Des boutons d'or avaient une gaieté de grelots de cuivre poli que l'effleurement d'une aile de mouche allait faire tinter ; de grands coquelicots isolés éclataient avec des pétards rouges, s'en allaient plus loin, en bandes, étaler des mares réjouissantes comme des fonds de cuvier encore pourpres de vin ; de grands bleuets balançaient leurs légers bonnets de paysanne ruchés de bleu, menaçant de s'envoler par-dessus les moulins à chaque souffle. Puis c'étaient des tapis de houques laineuses, de flouves odorantes, de lotiers velus, des nappes de fétuques, de cretelles, d'agrostis, de pâturins. Le sainfoin dressait ses longs cheveux grêles, le trèfle découpait ses feuilles nettes, le plantain brandissait des forêts de lances, la luzerne faisait des couches molles, des édredons de satin vert d'eau broché de fleurs violâtres. Cela, à droite, à gauche, en face, partout, roulant sur le sol plat, arrondissant la surface moussue d'une mer stagnante, dormant sous le ciel qui paraissait plus vaste. Dans l'immensité des herbes, par endroits, les herbes étaient limpidement bleues, comme si elles avaient réfléchi le bleu du ciel.

Cependant, Albine et Serge marchaient au milieu des prairies, ayant de la verdure jusqu'aux genoux. Il leur semblait avancer dans une eau fraîche qui leur battait les mollets. Ils se trouvaient par instants au travers de véritables courants, avec des ruissellements de hautes tiges penchées dont ils entendaient la fuite rapide entre leurs jambes. Puis, des lacs calmes sommeillaient, des bassins de gazons courts, où ils trempaient à peine plus haut que les chevilles. Ils jouaient en marchant ainsi, non plus à

---

1. Donnaient des reflets changeants.

tout casser, comme dans le verger, mais à s'attarder, au contraire, les pieds liés par les doigts souples des plantes, goûtant là une pureté, une caresse de ruisseau qui calmait en eux la brutalité du premier âge. Albine s'écarta, alla se mettre au fond d'une herbe géante qui lui arrivait au menton. Elle ne passait que la tête. Elle se tint un instant bien tranquille, appelant Serge :

« Viens donc ! On est comme dans un bain. On a de l'eau verte partout. »

Puis, elle s'échappa d'un saut, sans même l'attendre, et ils suivirent la première rivière qui leur barra la route. C'était une eau plate, peu profonde, coulant entre deux rives de cresson sauvage. Elle s'en allait ainsi mollement, avec des détours ralentis, si propre, si nette, qu'elle reflétait comme une glace le moindre jonc de ses bords. Albine et Serge durent, pendant longtemps, en descendre le courant, qui marchait moins vite qu'eux, avant de trouver un arbre dont l'ombre se baignât dans ce flot de paresse. Aussi loin que portaient leurs regards, ils voyaient l'eau nue, sur le lit des herbes, étirer ses membres purs, s'endormir en plein soleil du sommeil souple, à demi dénoué, d'une couleuvre bleuâtre. Enfin, ils arrivèrent à un bouquet de trois saules : deux avaient les pieds dans l'eau, l'autre était planté un peu en arrière ; troncs foudroyés, émiettés par l'âge, que couronnaient des chevelures blondes d'enfant. L'ombre était si claire qu'elle rayait à peine de légères hachures la rive ensoleillée. Cependant, l'eau, si unie en amont et en aval, avait là un court frisson, un trouble de sa peau limpide, qui témoignait de sa surprise à sentir ce bout de voile traîner sur elle. Entre les trois saules, un coin de pré descendait par une pente insensible, mettant des coquelicots jusque dans les fentes des vieux troncs crevés. On eût dit une tente de verdure, plantée sur trois piquets, au bord de l'eau, dans le désert roulant des herbes.

« C'est ici, c'est ici ! » cria Albine, en se glissant sous les saules.

Serge s'assit à côté d'elle, les pieds presque dans l'eau. Il regardait autour de lui, il murmurait :

« Tu connais tout, tu sais les meilleurs endroits... On dirait une île de dix pieds carrés[1] rencontrée en pleine mer.

— Oui, nous sommes chez nous, reprit-elle, si joyeuse qu'elle tapa les herbes de son poing. C'est une maison à nous... Nous allons tout faire. »

Puis, comme prise d'une idée triomphante, elle se jeta contre lui, lui dit dans la figure, avec une explosion de joie :

« Veux-tu être mon mari ? Je serai ta femme. »

Il fut enchanté de l'invention ; il répondit qu'il voulait bien être le mari, riant plus haut qu'elle. Alors, elle, tout d'un coup, devint sérieuse ; elle affecta un air pressé de ménagère.

« Tu sais, dit-elle, c'est moi qui commande... Nous déjeunerons quand tu auras mis la table. »

Elle lui donna des ordres impérieux. Il dut serrer[2] tout ce qu'elle tira de ses poches dans le creux d'un saule, qu'elle appelait « l'armoire ». Les chiffons étaient le linge, le peigne représentait le nécessaire de toilette, les aiguilles et la ficelle devaient servir à raccommoder les vêtements des explorateurs. Quant aux provisions de bouche, elles consistaient dans la petite bouteille de vin et les quelques croûtes de la veille. À la vérité, il y avait encore les allumettes pour faire cuire le poisson qu'on devait prendre.

Comme il achevait de mettre la table, la bouteille au milieu, les trois croûtes alentour, il hasarda l'observation que le régal serait mince. Mais elle haussait les épaules, en femme supérieure. Elle se mit les pieds à l'eau, disant sévèrement :

« C'est moi qui pêche. Toi, tu me regarderas. »

Pendant une demi-heure, elle se donna une peine infinie pour attraper des petits poissons avec les mains. Elle avait relevé ses jupes, nouées d'un bout de ficelle. Elle

---

1. Le pied est une ancienne unité de longueur d'environ 33 cm. On parlait de « pieds carrés » comme on parle encore de « mètres carrés ». — **2.** Ranger.

s'avançait prudemment, prenant des précautions infinies afin de ne pas remuer l'eau ; puis, lorsqu'elle était tout près du petit poisson, tapi entre deux pierres, elle allongeait son bras nu, faisait un barbotage terrible, ne tenait qu'une poignée de graviers. Serge riait aux éclats, ce qui la ramenait à la rive, courroucée, lui criant qu'il n'avait pas le droit de rire.

« Mais, finit-il par dire, avec quoi le feras-tu cuire, ton poisson ? Il n'y a pas de bois. »

Cela acheva de la décourager. D'ailleurs, ce poisson-là ne lui paraissait pas fameux. Elle sortit de l'eau, sans songer à remettre ses bas. Elle courait dans l'herbe, les jambes nues, pour se sécher. Et elle retrouvait son rire, parce qu'il y avait des herbes qui la chatouillaient sous la plante des pieds.

« Oh ! de la pimprenelle [1] ! dit-elle brusquement, en se jetant à genoux. C'est ça qui est bon ! Nous allons nous régaler. »

Serge dut mettre sur la table un tas de pimprenelles. Ils mangèrent de la pimprenelle avec leur pain. Albine affirmait que c'était meilleur que de la noisette. Elle servait en maîtresse de maison, coupait le pain à Serge, auquel elle ne voulut jamais confier son couteau.

« Je suis la femme », répondait-elle sérieusement à toutes les révoltes qu'il tentait.

Puis elle lui fit reporter dans « l'armoire » les quelques gouttes de vin qui restaient au fond de la bouteille. Il fallut même qu'il balayât l'herbe, pour qu'on pût passer de la salle à manger dans la chambre à coucher. Albine se coucha la première, tout de son long, en disant :

« Tu comprends, maintenant, nous allons dormir... Tu dois te coucher à côté de moi, tout contre moi. »

Il s'allongea, ainsi qu'elle le lui ordonnait. Tous deux se tenaient très raides, se touchant des épaules aux pieds, les mains vides, rejetées en arrière, par-dessus leurs têtes. C'étaient surtout leurs mains qui les embarrassaient. Ils conservaient une gravité convaincue. Ils regardaient en

---

1. Plante herbacée à fleurs rouges.

l'air, de leurs yeux grands ouverts, disant qu'ils dormaient et qu'ils étaient bien.

« Vois-tu, murmurait Albine, quand on est marié, on a chaud... Tu ne me sens pas ?

— Si, tu es comme un édredon... Mais il ne faut pas parler, puisque nous dormons. C'est meilleur de ne pas parler. »

Ils restèrent longtemps silencieux, toujours très graves. Ils avaient roulé leurs têtes, les éloignant insensiblement, comme si la chaleur de leurs haleines les eût gênés. Puis, au milieu du grand silence, Serge ajouta cette seule parole :

« Moi, je t'aime bien. »

C'était l'amour avant le sexe, l'instinct d'aimer qui plante les petits hommes de dix ans sur le passage des bambines en robes blanches. Autour d'eux, les prairies largement ouvertes les rassuraient de la légère peur qu'ils avaient l'un de l'autre. Ils se savaient vus de toutes les herbes, vus du ciel dont le bleu les regardait à travers le feuillage grêle ; et cela ne les dérangeait pas. La tente des saules, sur leurs têtes, était un simple pan d'étoffe transparente, comme si Albine avait pendu là un coin de sa robe. L'ombre restait si claire qu'elle ne leur soufflait pas les langueurs des taillis profonds, les sollicitations des trous perdus, des alcôves vertes. Du bout de l'horizon leur venait un air libre, un vent de santé, apportant la fraîcheur de cette mer de verdure, où il soulevait une houle de fleurs ; tandis que, à leurs pieds, la rivière était une enfance de plus, une candeur dont le filet de voix fraîche leur semblait la voix lointaine de quelque camarade qui riait. Heureuse solitude, toute pleine de sérénité, dont la nudité s'étalait avec une effronterie adorable d'ignorance ! Immense champ au milieu duquel le gazon étroit qui leur servait de première couche prenait une naïveté de berceau.

« Voilà, c'est fini, dit Albine en se levant. Nous avons dormi. »

Lui, resta un peu surpris que cela fût fini si vite. Il allongea le bras, la tira par la jupe, comme pour la ramener contre lui. Et elle tomba sur les genoux, riant, répétant :

« Quoi donc ? quoi donc ? »

Il ne savait pas. Il la regardait, lui prenait les coudes. Un instant, il la saisit par les cheveux, ce qui la fit crier. Puis, lorsqu'elle fut de nouveau debout, il s'enfonça la face dans l'herbe qui avait gardé la tiédeur de son corps[1].

« Voilà, c'est fini », dit-il en se levant à son tour.

Jusqu'au soir, ils coururent les prairies. Ils allaient devant eux, pour voir. Ils visitaient leur jardin. Albine marchait en avant, avec le flair d'un jeune chien, ne disant rien, toujours en quête de la clairière heureuse, bien qu'il n'y eût pas là les grands arbres qu'elle rêvait. Serge avait toutes sortes de galanteries maladroites ; il se précipitait si rudement pour écarter les hautes herbes qu'il manquait la faire tomber ; il la soulevait à bras-le-corps, d'une étreinte qui la meurtrissait, lorsqu'il voulait l'aider à sauter les ruisseaux. Leur grande joie fut de rencontrer trois autres rivières. La première coulait sur un lit de cailloux, entre deux files continues de saules, si bien qu'ils durent se laisser glisser à tâtons au beau milieu des branches, avec le risque de tomber dans quelque gros trou d'eau ; mais Serge, roulé le premier, ayant de l'eau jusqu'aux genoux seulement, reçut Albine dans ses bras, la porta à la rive opposée pour qu'elle ne se mouillât point. L'autre rivière était toute noire d'ombre, sous une allée de hauts feuillages, où elle passait, languissante, avec le froissement léger, les cassures blanches d'une jupe de satin, traînée par quelque dame rêveuse, au fond d'un bois ; nappe profonde, glacée, inquiétante, qu'ils eurent la chance de pouvoir traverser à l'aide d'un tronc abattu d'un bord à l'autre, s'en allant à califourchon, s'amusant à troubler du pied le miroir d'acier bruni[2], puis se hâtant, effrayés des yeux étranges que les moindres gouttes qui jaillissaient ouvraient dans le sommeil du courant. Et ce fut surtout la

---

1. S'enfoncer la face dans l'herbe, c'est déjà, métaphoriquement, prendre possession d'Albine. — 2. Métaphore qui traduit le moirage de la nappe d'eau sombre.

dernière rivière qui les retint. Celle-là était joueuse comme eux ; elle se ralentissait à certains coudes, partait de là en rires perlés, au milieu de grosses pierres, se calmait à l'abri d'un bouquet d'arbustes, essoufflée, vibrante encore ; elle montrait toutes les humeurs du monde, ayant tour à tour pour lit des sables fins, des plaques de rochers, des graviers limpides, des terres grasses, que les sauts des grenouilles soulevaient en petites fumées jaunes. Albine et Serge y pataugèrent adorablement. Les pieds nus, ils remontèrent la rivière pour rentrer, préférant le chemin de l'eau au chemin des herbes, s'attardant à chaque île qui leur barrait le passage. Ils y débarquaient, ils y conquéraient des pays sauvages, ils s'y reposaient au milieu de grands joncs, de grands roseaux, qui semblaient bâtir exprès pour eux des huttes de naufragés. Retour charmant, amusé par les rives qui déroulaient leur spectacle, égayé de la belle humeur des eaux vivantes.

Mais, comme ils quittaient la rivière, Serge comprit qu'Albine cherchait toujours quelque chose, le long des bords, dans les îles, jusque parmi les plantes dormant au fil du courant. Il dut l'aller enlever du milieu d'une nappe de nénuphars dont les larges feuilles mettaient à ses jambes des collerettes de marquise. Il ne lui dit rien, il la menaça du doigt, et ils rentrèrent enfin, tout animés du plaisir de la journée, bras dessus, bras dessous, en jeune ménage qui revient d'une escapade. Ils se regardaient, se trouvaient plus beaux et plus forts[1] ; ils riaient pour sûr d'une autre façon que le matin.

---

1. Zola reformule le rêve qu'il avait conçu à vingt ans en projetant d'écrire une épopée, *La Chaîne des êtres*, qui ne vit finalement pas le jour. Ce rêve d'un accès à l'éternité est de nouveau énoncé au chapitre suivant (p. 266 : « grandir (...) dans la joie d'une vie puissante »).

XI

« Nous ne sortons donc plus ? » demanda Serge, à quelques jours de là.

Et, la voyant hausser les épaules d'un air las, il ajouta, comme pour se moquer d'elle :

« Tu as donc renoncé à chercher ton arbre ? »

Ils tournèrent cela en plaisanterie durant toute la journée. L'arbre n'existait pas. C'était un conte de nourrice. Ils en parlaient pourtant avec un léger frisson. Et, le lendemain, ils décidèrent qu'ils iraient faire une promenade au fond du parc, sous les hautes futaies, que Serge ne connaissait pas encore. Le matin du départ, Albine ne voulut rien emporter ; elle était songeuse, même un peu triste, avec un sourire très doux. Ils déjeunèrent, ils ne descendirent que tard. Le soleil, déjà chaud, leur donnait une langueur, les faisait marcher lentement l'un près de l'autre, cherchant les filets d'ombre. Ni le parterre, ni le verger, qu'ils durent traverser, ne les retinrent. Quand ils arrivèrent sous la fraîcheur des grands ombrages, ils ralentirent encore leurs pas ; ils s'enfoncèrent dans le recueillement attendri de la forêt, sans une parole, avec un gros soupir, comme s'ils eussent éprouvé un soulagement à échapper au plein jour. Puis, lorsqu'il n'y eut que des feuilles autour d'eux, lorsque aucune trouée ne leur montra les lointains ensoleillés du parc, ils se regardèrent, souriants, vaguement inquiets.

« Comme on est bien ! » murmura Serge.

Albine hocha la tête, ne pouvant répondre, tant elle était serrée à la gorge. Ils ne se tenaient point à la taille, ainsi qu'ils en avaient l'habitude. Les bras ballants, les mains ouvertes, ils marchaient sans se toucher, la tête un peu basse.

Mais Serge s'arrêta, en voyant des larmes tomber des joues d'Albine et se noyer dans son sourire.

« Qu'as-tu ? cria-t-il. Souffres-tu ? T'es-tu blessée ?

— Non, je ris, je t'assure, dit-elle. Je ne sais pas, c'est l'odeur de tous ces arbres qui me fait pleurer. »

Elle le regarda, elle reprit :

« Tu pleures aussi, toi. Tu vois bien que c'est bon.

— Oui, murmura-t-il, toute cette ombre, ça vous sur-
prend. On dirait, n'est-ce pas ? qu'on entre dans quelque
chose de si extraordinairement doux que cela vous fait
mal... Mais il faudrait me le dire, si tu avais quelque sujet
de tristesse. Je ne t'ai pas contrariée, tu n'es pas fâchée
contre moi ? »

Elle jura que non. Elle était bien heureuse.

« Alors pourquoi ne t'amuses-tu pas ?... Veux-tu que
nous jouions à courir ?

— Oh ! non, pas à courir », répondit-elle en faisant
une moue de grande fille.

Et, comme il lui parlait d'autres jeux, de monter aux
arbres pour dénicher des nids, de chercher des fraises ou
des violettes, elle finit par dire avec quelque impatience :

« Nous sommes trop grands. C'est bête de toujours
jouer. Est-ce que ça ne te plaît pas davantage de marcher
ainsi, à côté de moi, bien tranquille ? »

Elle marchait, en effet, d'une si agréable façon qu'il
prenait le plus beau plaisir du monde à entendre le petit
claquement de ses bottines[1], sur la terre dure de l'allée.
Jamais il n'avait fait attention au balancement de sa taille,
à la traînée vivante de sa jupe, qui la suivait d'un frôlement de couleuvre. C'était une joie qu'il n'épuiserait pas,
de la voir ainsi s'en aller posément à côté de lui, tant il
découvrait de nouveaux charmes dans la moindre souplesse de ses membres.

« Tu as raison, cria-t-il. C'est plus amusant que tout.
Je t'accompagnerais au bout de la terre, si tu voulais. »

Cependant, à quelques pas de là, il la questionna pour
savoir si elle n'était pas lasse. Puis il laissa entendre qu'il
se reposerait lui-même volontiers.

« Nous pourrions nous asseoir, balbutia-t-il.

— Non, répondit-elle, je ne veux pas !

— Tu sais, nous nous coucherions comme l'autre jour,

---

1. Elle ne court plus les pieds nus. La culture réinvestit la nature du
Paradou.

au milieu des prés. Nous aurions chaud, nous serions à notre aise.

— Je ne veux pas ! je ne veux pas ! »

Elle s'était écartée d'un bond, avec l'épouvante de ces bras d'homme qui se tendaient vers elle. Lui, l'appela grande bête, voulut la rattraper. Mais comme il la touchait à peine du bout des doigts, elle poussa un cri si désespéré qu'il s'arrêta, tout tremblant.

« Je t'ai fait du mal ? »

Elle ne répondit pas tout de suite, étonnée elle-même de son cri, souriant déjà de sa peur.

« Non, laisse-moi, ne me tourmente pas... Qu'est-ce que nous ferions, quand nous serions assis ? J'aime mieux marcher. »

Et elle ajouta d'un air grave qui feignait de plaisanter :

« Tu sais bien que je cherche mon arbre. »

Alors il se mit à rire, offrant de chercher avec elle. Il se faisait très doux, pour ne pas l'effrayer davantage ; car il voyait qu'elle était encore frissonnante, bien qu'elle eût repris sa marche lente à son côté. C'était défendu, ce qu'ils allaient faire là, ça ne leur porterait pas chance ; et il se sentait ému, comme elle, d'une terreur délicieuse qui le secouait d'un tressaillement à chaque soupir lointain de la forêt. L'odeur des arbres, le jour verdâtre qui tombait des hautes branches, le silence chuchotant des broussailles, les emplissaient d'une angoisse comme s'ils allaient, au détour du premier sentier, entrer dans un bonheur redoutable.

Et, pendant des heures, ils marchèrent à travers les arbres. Ils gardaient leur allure de promenade ; ils échangeaient à peine quelques mots, ne se séparant pas une minute, se suivant au fond des trous de verdure les plus noirs. D'abord, ils s'engagèrent dans des taillis dont les jeunes troncs n'avaient pas la grosseur d'un bras d'enfant. Ils devaient les écarter, s'ouvrir une route parmi les pousses tendres qui leur bouchaient les yeux de la dentelle volante de leurs feuilles. Derrière eux, leur sillage s'effaçait, le sentier, ouvert, se refermait ; et ils avançaient au hasard, perdus, roulés, ne laissant de leur passage que le balancement des hautes branches. Albine, lasse de ne pas voir à trois pas, fut heureuse lorsqu'elle put sauter hors de ce buisson énorme dont ils cherchaient depuis longtemps le bout. Ils étaient au milieu d'une éclaircie de petits chemins ; de tous côtés, entre des haies vives, se distribuaient des allées étroites, tournant sur elles-mêmes, se coupant, se tordant, s'allongeant d'une façon capricieuse. Ils se haussaient pour regarder par-dessus les haies. Mais ils n'avaient aucune hâte pénible ; ils seraient restés volontiers là, s'oubliant en détours continuels, goûtant la joie de marcher toujours sans arriver jamais, s'ils n'avaient eu devant eux la ligne fière des hautes futaies. Ils entrèrent enfin sous les futaies, religieusement, avec une pointe de terreur sacrée, comme on entre sous la voûte d'une église[1]. Les troncs, droits, blanchis de lichens d'un gris blafard de vieille pierre, montaient démesurément, alignaient à l'infini des enfoncements de colonnes. Au loin, des nefs se creusaient, avec leurs bas-côtés plus étouffés ; des nefs étrangement hardies, portées par des piliers très minces, dentelées, ouvragées, si finement fouillées qu'elles laissaient passer de toutes parts le bleu du ciel. Un silence religieux tombait des ogives géantes ; une nudité austère donnait au sol l'usure des dalles, le durcissait, sans une herbe, semé seulement de la poudre roussie des feuilles mortes. Et ils écoutaient la sonorité de leurs pas, pénétrés de la grandiose solitude de ce temple.

C'était là certainement que devait se trouver l'arbre tant cherché, dont l'ombre procurait la félicité parfaite. Ils le sentaient proche, au charme qui coulait en eux, avec le demi-jour des hautes voûtes. Les arbres leur semblaient des êtres de bonté, pleins de force, pleins de silence, pleins d'immobilité heureuse. Ils les regardaient un à un, ils les aimaient tous, ils attendaient de leur souveraine tranquillité quelque aveu qui les ferait grandir comme eux, dans la joie d'une vie puissante. Les érables, les

---

1. Chateaubriand (*Le Génie du christianisme*) et Balzac (*Le Médecin de campagne*) avaient déjà comparé la forêt à une église.

frênes, les charmes, les cornouillers, étaient un peuple de colosses[1], une foule d'une douceur fière, des bonshommes héroïques qui vivaient de paix, lorsque la chute d'un d'entre eux aurait suffi pour blesser et tuer tout un coin du bois. Les ormes avaient des corps énormes, des membres gonflés, engorgés de sève, à peine cachés par les bouquets légers de leurs petites feuilles. Les bouleaux, les aunes, avec leur blancheur de fille, cambraient des tailles minces, abandonnaient au vent des chevelures de grandes déesses, déjà à moitié métamorphosées en arbres. Les platanes dressaient des torses réguliers, dont la peau lisse, tatouée de rouge, semblait laisser tomber des plaques de peinture écaillée. Les mélèzes, ainsi qu'une bande barbare, descendaient une pente, drapés dans leurs sayons[2] de verdure tissée, parfumés d'un baume fait de résine et d'encens. Et les chênes étaient rois, les chênes immenses, ramassés carrément sur leur ventre trapu, élargissant des bras dominateurs qui prenaient toute la place au soleil, arbres titans, foudroyés, renversés dans des poses de lutteurs invaincus, dont les membres épars plantaient à eux seuls une forêt entière.

N'était-ce pas un de ces chênes gigantesques ? ou bien un de ces beaux platanes, un de ces bouleaux blancs comme des femmes, un de ces ormes dont les muscles craquaient ? Albine et Serge s'enfonçaient toujours, ne sachant plus, noyés au milieu de cette foule. Un instant, ils crurent avoir trouvé : ils étaient au milieu d'un carré de noyers, dans une ombre si froide, qu'ils en grelottaient. Plus loin, ils eurent une autre émotion, en entrant sous un petit bois de châtaigniers, tout vert de mousse, avec des élargissements de branches bizarres, assez vastes pour y bâtir des villages suspendus. Plus loin encore, Albine découvrit une clairière, où ils coururent tous deux, haletants. Au centre d'un tapis d'herbe fine, un caroubier mettait comme un écroulement de verdure, une Babel de

---

1. Géants. — 2. Vêtements de dessus à larges manches.

« Une Babel de feuillages, dont les ruines se couvraient d'une végétation extraordinaire. Des pierres restaient prises dans le bois... »

Illustration pour l'édition Charpentier-Fasquelle,
1906, Paris, B.N.F.

feuillages [1], dont les ruines se couvraient d'une végétation extraordinaire. Des pierres restaient prises dans le bois, arrachées du sol par le flot montant de la sève. Les

---

1. Les feuillages variés forment une tour gigantesque et bruissante (sur la Tour de Babel, voir Genèse, XI, 1-9).

branches hautes se recourbaient, allaient se planter au loin, entouraient le tronc d'arches profondes, d'une population de nouveaux troncs, sans cesse multipliés. Et sur l'écorce, toute crevée de déchirures saignantes, des gousses mûrissaient. Le fruit même du monstre était un effort qui lui trouait la peau. Ils firent lentement le tour, entrèrent sous les branches étalées où se croisaient les rues d'une ville, fouillèrent du regard les fentes béantes des racines dénudées. Puis, ils s'en allèrent, n'ayant pas senti là le bonheur surhumain qu'ils cherchaient.

« Où sommes-nous donc ? » demanda Serge.

Albine l'ignorait. Jamais elle n'était venue de ce côté du parc. Ils se trouvaient alors dans un bouquet de cytises et d'acacias, dont les grappes laissaient couler une odeur très douce, presque sucrée.

« Nous voilà perdus, murmura-t-elle avec un rire. Bien sûr, je ne connais pas ces arbres.

— Mais, reprit-il, le jardin a un bout, pourtant. Tu connais bien le bout du jardin ? »

Elle eut un geste large.

« Non », dit-elle.

Ils restèrent muets, n'ayant pas encore eu jusque-là une sensation aussi heureuse de l'immensité du parc. Cela les ravissait d'être seuls, au milieu d'un domaine si grand, qu'eux-mêmes devaient renoncer à en connaître les bords.

« Eh bien, nous sommes perdus, répéta Serge gaiement. C'est meilleur, lorsqu'on ne sait pas où l'on va. »

Il se rapprocha, humblement.

« Tu n'as pas peur ?

— Oh ! non. Il n'y a que toi et moi, dans le jardin... De qui veux-tu que j'aie peur ? Les murailles sont trop hautes. Nous ne les voyons pas, mais elles nous gardent, comprends-tu ? »

Il était tout près d'elle. Il murmura :

« Tout à l'heure, tu as eu peur de moi. »

Mais elle le regardait en face, sereine, sans un battement de paupière.

« Tu me faisais du mal, répondit-elle. Maintenant, tu as l'air très bon. Pourquoi aurais-je peur de toi ?

— Alors, tu me permets de te prendre comme cela. Nous retournerons sous les arbres.

— Oui. Tu peux me serrer, tu me fais plaisir. Et marchons lentement, n'est-ce pas ? pour ne pas retrouver notre chemin trop vite. »

Il lui avait passé un bras à la taille. Ce fut ainsi qu'ils revinrent sous les hautes futaies, où la majesté des voûtes ralentit encore leur promenade de grands enfants qui s'éveillaient à l'amour. Elle se dit un peu lasse, elle appuya la tête contre l'épaule de Serge. Ni l'un ni l'autre pourtant ne parla de s'asseoir. Ils n'y songeaient pas, cela les aurait dérangés. Quelle joie pouvait leur procurer un repos sur l'herbe, comparée à la joie qu'ils goûtaient en marchant toujours côte à côte ? L'arbre légendaire était oublié. Ils ne cherchaient plus qu'à rapprocher leur visage, pour se sourire de plus près. Et c'étaient les arbres, les érables, les ormes, les chênes, qui leur soufflaient leurs premiers mots de tendresse, dans leur ombre claire.

« Je t'aime ! » disait Serge d'une voix légère qui soulevait les petits cheveux dorés des tempes d'Albine.

Il voulait trouver une autre parole, il répétait :

« Je t'aime ! je t'aime ! »

Albine écoutait avec un beau sourire. Elle apprenait cette musique.

« Je t'aime ! je t'aime ! » soupirait-elle plus délicieusement, de sa voix perlée de jeune fille.

Puis, levant ses yeux bleus, où une aube de lumière grandissait, elle demanda :

« Comment m'aimes-tu ? »

Alors, Serge se recueillit. Les futaies avaient une douceur solennelle, les nefs profondes gardaient le frisson des pas assourdis du couple.

« Je t'aime plus que tout, répondit-il. Tu es plus belle que tout ce que je vois, le matin, en ouvrant ma fenêtre. Quand je te regarde, tu me suffis. Je voudrais n'avoir que toi, et je serais bien heureux. »

Elle baissait les paupières, elle roulait la tête comme bercée.

« Je t'aime, continua-t-il. Je ne te connais pas, je ne sais qui tu es, je ne sais d'où tu viens ; tu n'es ni ma mère, ni ma sœur ; et je t'aime, à te donner tout mon cœur, à n'en rien garder pour le reste du monde... Écoute, j'aime tes joues soyeuses comme un satin, j'aime ta bouche qui a une odeur de rose, j'aime tes yeux dans lesquels je me vois avec mon amour, j'aime jusqu'à tes cils, jusqu'à ces petites veines qui bleuissent la pâleur de tes tempes... C'est pour te dire que je t'aime, que je t'aime, Albine.

— Oui, je t'aime, reprit-elle [1]. Tu as une barbe très fine qui ne me fait pas mal, lorsque j'appuie mon front sur ton cou. Tu es fort, tu es grand, tu es beau. Je t'aime, Serge. »

Un moment, ils se turent, ravis. Il leur semblait qu'un chant de flûte les précédait, que leurs paroles leur venaient d'un orchestre suave qu'ils ne voyaient point. Ils ne s'en allaient plus qu'à tout petits pas, penchés l'un vers l'autre, tournant sans fin entre les troncs gigantesques. Au loin, le long des colonnades, il y avait des coups de soleil couchant, pareils à un défilé de filles en robes blanches, entrant dans l'église, pour des fiançailles, au sourd ronflement des orgues.

« Et pourquoi m'aimes-tu ? » demanda de nouveau Albine. Il sourit, il ne répondit pas d'abord. Puis il dit :

« Je t'aime parce que tu es venue. Cela dit tout... maintenant, nous sommes ensemble, nous nous aimons. Il me semble que je ne vivrais plus, si je ne t'aimais pas. Tu es mon souffle. »

Il baissa la voix, parlant dans le rêve.

« On ne sait pas cela tout de suite. Ça pousse en vous avec votre cœur. Il faut grandir, il faut être fort... Tu te souviens comme nous nous aimions ! mais nous ne le disions pas. On est enfant, on est bête. Puis, un beau jour,

---

1. Le dialogue prend la forme de chants amœbées — c'est-à-dire alternés —, et il est possible que Zola se soit ici souvenu du Cantique des cantiques. L'énumération des charmes d'Albine fait aussi songer au poème d'Armand Silvestre *Chanson d'amour*, contemporain du roman, et que Fauré mit en musique au début des années 1880.

cela devient trop clair, cela vous échappe... Va, nous n'avons pas d'autre affaire ; nous nous aimons parce que c'est notre vie de nous aimer. »

Albine, la tête renversée, les paupières complètement fermées, retenait son haleine. Elle goûtait le silence encore chaud de cette caresse de paroles.

« M'aimes-tu ? m'aimes-tu ? » balbutia-t-elle, sans ouvrir les yeux.

Lui, resta muet, très malheureux, ne trouvant plus rien à dire, pour lui montrer qu'il l'aimait. Il promenait lentement le regard sur son visage rose, qui s'abandonnait comme endormi ; les paupières avaient une délicatesse de soie vivante ; la bouche faisait un pli adorable, humide d'un sourire ; le front était une pureté, noyée d'une ligne dorée à la racine des cheveux. Et lui, aurait voulu donner tout son être dans le mot qu'il sentait sur ses lèvres, sans pouvoir le prononcer. Alors, il se pencha encore, il parut chercher à quelle place exquise de ce visage il poserait le mot suprême. Puis, il ne dit rien, il n'eut qu'un petit souffle. Il baisa les lèvres d'Albine.

« Albine, je t'aime !

— Je t'aime, Serge ! »

Et ils s'arrêtèrent, frémissants de ce premier baiser. Elle avait ouvert les yeux très grands. Il restait la bouche légèrement avancée. Tous deux, sans rougir, se regardaient. Quelque chose de puissant, de souverain les envahissait ; c'était comme une rencontre longtemps attendue, dans laquelle ils se revoyaient grandis, faits l'un pour l'autre, à jamais liés. Ils s'étonnèrent un instant, levèrent les regards vers la voûte religieuse des feuillages, parurent interroger le peuple paisible des arbres, pour retrouver l'écho de leur baiser. Mais, en face de la complaisance sereine de la futaie, ils eurent une gaieté d'amoureux impunis, une gaieté prolongée, sonnante, toute pleine de l'éclosion bavarde de leur tendresse.

« Ah ! conte-moi les jours où tu m'as aimée. Dis-moi tout... M'aimais-tu, lorsque tu dormais sur ma main ? M'aimais-tu, la fois que je suis tombée du cerisier, et que tu étais en bas, si pâle, les bras tendus ? M'aimais-tu, au milieu des prairies, quand tu me prenais par la taille pour me faire sauter les ruisseaux ?

— Tais-toi, laisse-moi dire. Je t'ai toujours aimée... Et toi, m'aimais-tu ? m'aimais-tu ? »

Jusqu'à la nuit, ils vécurent de ce mot aimer, qui, sans cesse, revenait avec une douceur nouvelle. Ils le cherchaient, le ramenaient dans leurs phrases, le prononçaient hors de propos, pour la seule joie de le prononcer. Serge ne songea pas à mettre un second baiser sur les lèvres d'Albine. Cela suffisait à leur ignorance, de garder l'odeur du premier. Ils avaient retrouvé leur chemin, sans s'être souciés des sentiers le moins du monde. Comme ils sortaient de la forêt, le crépuscule était tombé, la lune se levait, jaune, entre les verdures noires. Et ce fut un retour adorable, au milieu du parc, avec cet astre discret qui les regardait par tous les trous des grands arbres. Albine disait que la lune les suivait. La lune était très douce, chaude d'étoiles. Au loin, les futaies avaient un grand murmure, que Serge écoutait, en songeant : « Elles causent de nous. »

Lorsqu'ils traversèrent le parterre, ils marchèrent dans un parfum extraordinairement doux, ce parfum que les fleurs ont la nuit, plus alangui, plus caressant, qui est comme la respiration même de leur sommeil.

« Bonne nuit, Serge.

— Bonne nuit, Albine. »

Ils s'étaient pris les mains, sur le palier du premier étage, sans entrer dans la chambre, où ils avaient l'habitude de se souhaiter le bonsoir. Ils ne s'embrassèrent pas. Quand il fut seul, assis au bord de son lit, Serge écouta longuement Albine qui se couchait, en haut, au-dessus de sa tête. Il était las d'un bonheur qui lui endormait les membres.

XII

Mais, les jours suivants, Albine et Serge restèrent embarrassés l'un devant l'autre. Ils évitèrent de faire aucune allusion à leur promenade sous les arbres. Ils n'avaient pas échangé un baiser, ils ne s'étaient pas dit qu'ils s'aimaient. Ce n'était point une honte qui les empêchait de parler, mais une crainte, une peur de gâter leur joie. Et, lorsqu'ils n'étaient plus ensemble, ils ne vivaient que du bon souvenir ; ils s'y enfonçaient, ils revivaient les heures qu'ils avaient passées, les bras à la taille, à se caresser le visage de leur haleine. Cela avait fini par leur donner une grosse fièvre. Ils se regardaient, les yeux meurtris, très tristes, causant de choses qui ne les intéressaient pas. Puis, après de longs silences, Serge demandait à Albine d'une voix inquiète :

« Tu es souffrante ? »

Mais elle hochait la tête ; elle répondait :

« Non, non. C'est toi qui ne te portes pas bien. Tes mains brûlent. »

Le parc leur causait une sourde inquiétude qu'ils ne s'expliquaient pas. Il y avait un danger au détour de quelque sentier, qui les guettait, qui les prendrait à la nuque pour les renverser par terre et leur faire du mal. Jamais ils n'ouvraient la bouche de ces choses ; mais, à certains regards poltrons, ils se confessaient cette angoisse, qui les rendait singuliers, comme ennemis. Cependant, un matin, Albine hasarda, après une longue hésitation :

« Tu as tort de rester toujours enfermé. Tu retomberas malade. »

Serge eut un rire gêné.

« Bah ! murmura-t-il, nous sommes allés partout, nous connaissons tout le jardin. »

Elle dit non de la tête ; puis, elle répéta très bas :

« Non, non... Nous ne connaissons pas les rochers, nous ne sommes pas allés aux sources. C'est là que je me chauffais, l'hiver. Il y a des coins où les pierres elles-mêmes semblent vivre. »

Le lendemain, sans avoir ajouté un mot, ils sortirent. Ils montèrent à gauche, derrière la grotte où dormait la femme de marbre. Comme ils posaient le pied sur les premières pierres, Serge dit :

« Ça nous avait laissé un souci. Il faut voir partout. Peut-être serons-nous tranquilles après. »

La journée était étouffante, d'une chaleur lourde d'orage. Ils n'avaient pas osé se prendre à la taille. Ils marchaient l'un derrière l'autre, tout brûlants de soleil. Elle profita d'un élargissement du sentier pour le laisser passer devant elle ; car elle était inquiétée par son haleine, elle souffrait de le sentir derrière son dos, si près de ses jupes. Autour d'eux, les rochers s'élevaient par larges assises ; des rampes douces étageaient des champs d'immenses dalles, hérissés d'une rude végétation. Ils rencontrèrent d'abord des genêts d'or, des nappes de thym, des nappes de sauge, des nappes de lavande, toutes les plantes balsamiques[1], et les genévriers âpres, et les romarins amers, d'une odeur si forte qu'elle les grisait. Aux deux côtés du chemin, des houx, par moments, faisaient des haies, qui ressemblaient à des ouvrages délicats de serrurerie, à des grilles de bronze noir, de fer forgé, de cuivre poli, très compliquées d'ornements, très fleuries de rosaces épineuses. Puis, il leur fallut traverser un bois de pins, pour arriver aux sources ; l'ombre maigre pesait à leurs épaules comme du plomb ; les aiguilles sèches craquaient à terre, sous leurs pieds, avec une légère poussière de résine, qui achevait de leur brûler les lèvres[2].

« Ton jardin ne plaisante pas, par ici », dit Serge en se tournant vers Albine.

Ils se sourirent. Ils étaient au bord des sources. Ces eaux claires furent un soulagement pour eux. Elles ne se cachaient pourtant pas sous des verdures, comme les

---

1. Plantes odorantes. — **2.** L'évocation des plantes et arbres du Midi rappelle celle des terres brûlées des Artaud. La chaleur, la sécheresse apparaissent comme des protagonistes du drame.

sources des plaines, qui plantent autour d'elles d'épais feuillages, afin de dormir paresseusement à l'ombre. Elles naissaient en plein soleil, dans un trou de roc, sans un brin d'herbe qui verdît leur eau bleue. Elles paraissaient d'argent, toutes trempées de la grande lumière. Au fond d'elles, le soleil était sur le sable, en une poussière de clarté vivante qui respirait. Et, du premier bassin, elles s'en allaient, elles allongeaient des bras d'une blancheur pure ; elles rebondissaient, pareilles à des nudités joueuses d'enfant ; elles tombaient brusquement en une chute, dont la courbe molle semblait renverser un torse de femme, d'une chair blonde.

« Trempe tes mains, cria Albine. Au fond, l'eau est glacée. »

En effet, ils purent se rafraîchir les mains. Ils se jetèrent de l'eau au visage ; ils restèrent là, dans la buée de la pluie qui montait des nappes ruisselantes. Le soleil était comme mouillé.

« Tiens, regarde ! cria de nouveau Albine : voilà le parterre, voilà les prairies, voilà la forêt. »

Un moment, ils regardèrent le Paradou étalé à leurs pieds.

« Et tu vois, continua-t-elle, on n'aperçoit pas le moindre bout de muraille. Tout le pays est à nous, jusqu'au bord du ciel. »

Ils s'étaient, enfin, pris à la taille, sans le savoir, d'un geste rassuré et confiant. Les sources calmaient leur fièvre. Mais, comme ils s'éloignaient, Albine parut céder à un souvenir ; elle ramena Serge, en disant :

« Là, au bas des rochers, j'ai vu la muraille, une fois. Il y a longtemps.

— Mais on ne voit rien, murmura Serge, légèrement pâle.

— Si, si... Elle doit être derrière l'avenue des marronniers, après ces broussailles. »

Puis, sentant le bras de Serge qui la serrait plus nerveusement, elle ajouta :

« Je me trompe peut-être... Pourtant, je me rappelle que je l'ai trouvée tout d'un coup devant moi, en sortant de l'allée. Elle me barrait le chemin, si haute que j'en ai eu peur... Et, à quelques pas de là, j'ai été bien surprise. Elle était crevée, elle avait un trou énorme, par lequel on apercevait tout le pays d'à-côté. »

Serge la regarda, avec une supplication inquiète dans les yeux. Elle eut un haussement d'épaules pour le rassurer.

« Oh ! mais j'ai bouché le trou ! Va, je te l'ai dit, nous sommes bien seuls... Je l'ai bouché tout de suite. J'avais mon couteau. J'ai coupé des ronces, j'ai roulé de grosses pierres. Je défie bien un moineau de passer... Si tu veux, nous irons voir, un de ces jours. Ça te tranquillisera. »

Il dit non de la tête. Puis, ils s'en allèrent, se tenant à la taille ; mais ils étaient redevenus anxieux. Serge abaissait des regards de côté sur le visage d'Albine, qui souffrait, les paupières battantes, à être ainsi regardée. Tous deux auraient voulu redescendre, s'éviter le malaise d'une promenade plus longue. Et, malgré eux, comme cédant à une force qui les poussait, ils tournèrent un rocher, ils arrivèrent sur un plateau, où les attendait de nouveau l'ivresse du grand soleil. Ce n'était plus l'heureuse langueur des plantes aromatiques, le musc du thym, l'encens de la lavande. Ils écrasaient des herbes puantes : l'absinthe, d'une griserie amère ; la rue, d'une odeur de chair fétide ; la valériane brûlante, toute trempée de sa sueur aphrodisiaque. Des mandragores, des ciguës, des ellébores, des belladones, montait un vertige à leurs tempes, un assoupissement, qui les faisait chanceler aux bras l'un de l'autre, le cœur sur les lèvres.

« Veux-tu que je te prenne ? » demanda Serge à Albine, en la sentant s'abandonner contre lui.

Il la serrait déjà entre ses deux bras. Mais elle se dégagea, respirant fortement.

« Non, tu m'étouffes, dit-elle. Laisse. Je ne sais ce que j'ai. La terre remue sous mes pieds... Vois-tu, c'est là que j'ai mal. »

Elle lui prit une main qu'elle posa sur sa poitrine. Alors, lui, devint tout blanc. Il était plus défaillant qu'elle. Et tous deux avaient des larmes au bord des yeux, de se voir ainsi, sans trouver de remède à leur grand malheur. Allaient-ils donc mourir là, de ce mal inconnu ?

« Viens à l'ombre, viens t'asseoir, dit Serge. Ce sont ces plantes qui nous tuent, avec leurs odeurs[1]. »

Il la conduisit par le bout des doigts, car elle tressaillait, lorsqu'il lui touchait seulement le poignet. Le bois d'arbres verts où elle s'assit était fait d'un beau cèdre, qui élargissait à plus de dix mètres les toits plats de ses branches. Puis, en arrière, poussaient les essences bizarres des conifères ; les cupressus au feuillage mou et plat comme une épaisse guipure ; les abiès, droits et graves, pareils à d'anciennes pierres sacrées, noires encore du sang des victimes ; les taxus, dont les robes sombres se frangeaient d'argent ; toutes les plantes à feuillage persistant, d'une végétation trapue, à la verdure foncée de cuir verni, éclaboussée de jaune et de rouge, si puissante, que le soleil glissait sur elle sans l'assouplir. Un araucaria[2] surtout était étrange, avec ses grands bras réguliers, qui ressemblaient à une architecture de reptiles, entés[3] les uns sur les autres, hérissant leurs feuilles imbriquées comme des écailles de serpents en colère. Là, sous ces ombrages lourds, la chaleur avait un sommeil voluptueux. L'air dormait, sans un souffle, dans une moiteur d'alcôve. Un parfum d'amour oriental, le parfum des lèvres peintes de la Sulamite[4], s'exhalait des bois odorants.

« Tu ne t'assois pas ? » dit Albine.

Et elle s'écartait un peu, pour lui faire place. Mais lui, recula, se tint debout. Puis, comme elle l'invitait de nouveau, il se laissa glisser sur les genoux, à quelques pas. Il murmurait :

« Non, j'ai plus de fièvre que toi, je te brûlerais... Écoute, si je n'avais pas peur de te faire du mal, je te prendrais dans mes bras, si fort, si fort, que nous ne sentirions plus nos souffrances. »

---

1. Cet indice oriente vers le dénouement, la mort d'Albine par les fleurs ; cf. p. 288 : « (...) l'odeur grandit jusqu'à me suffoquer. » — 2. L'araucaria est aussi appelé pin du Chili. — 3. Greffés. — 4. La bien-aimée du Cantique des cantiques est nommée « la Sulamite », nom que l'on a rapproché de celui de Salomon.

Il se traîna sur les genoux, il s'approcha un peu.

« Oh ! t'avoir dans mes bras, t'avoir dans ma chair... Je ne pense qu'à cela. La nuit, je m'éveille, serrant le vide, serrant ton rêve. Je voudrais ne te prendre d'abord que par le bout du petit doigt ; puis, je t'aurais tout entière, lentement, jusqu'à ce qu'il ne reste rien de toi, jusqu'à ce que tu sois devenue mienne, de tes pieds au dernier de tes cils. Je te garderais toujours. Ce doit être un bien délicieux, de posséder ainsi ce qu'on aime. Mon cœur fondrait dans ton cœur. »

Il s'approcha encore. Il aurait touché le bord de ses jupes, s'il avait allongé les mains.

« Mais, je ne sais pas, je me sens loin de toi... Il y a quelque mur entre nous que mes poings fermés ne sauraient abattre. Je suis fort pourtant, aujourd'hui ; je pourrais te lier de mes bras, te jeter sur mon épaule, t'emporter comme une chose à moi. Et ce n'est pas cela. Je ne t'aurais pas assez. Quand mes mains te prennent, elles ne tiennent qu'un rien de ton être... Où es-tu donc tout entière, pour que j'aille t'y chercher ? »

Il était tombé sur les coudes, prosterné, dans une attitude écrasée d'adoration. Il posa un baiser au bord de la jupe d'Albine. Alors, comme si elle avait reçu ce baiser sur la peau, elle se leva toute droite. Elle portait les mains à ses tempes, affolée, balbutiante.

« Non, je t'en supplie, marchons encore. »

Elle ne fuyait pas. Elle se laissait suivre par Serge, lentement, éperdument, les pieds butant contre les racines, la tête toujours entre les mains, pour étouffer la clameur qui montait en elle. Et quand ils sortirent du petit bois, ils firent quelques pas sur des gradins de rocher, où s'accroupissait tout un peuple ardent de plantes grasses. C'était un rampement, un jaillissement de bêtes sans nom entrevues dans un cauchemar, de monstres tenant de l'araignée, de la chenille, du cloporte, extraordinairement grandis, à peau nue et glauque, à peau hérissée de duvets immondes, traînant des membres infirmes, des jambes avortées, des bras cassés, les uns ballonnés comme des ventres obscènes, les autres avec des échines grossies d'un pullulement de gibbosités [1], d'autres dégingandés, en loques, ainsi que des squelettes aux charnières rompues. Les mamillaria entassaient des pustules vivantes, un grouillement de tortues verdâtres, terriblement barbues de longs crins plus durs que des pointes d'acier. Les échinocactus, montrant davantage de peau, ressemblaient à des nids de jeunes vipères nouées. Les échinopsis n'étaient qu'une brosse, une excroissance au poil roux, qui faisait songer à quelque insecte géant roulé en boule. Les opuntia dressaient en arbres leurs feuilles charnues, poudrées d'aiguilles rougies, pareilles à des essaims d'abeilles microscopiques, à des bourses pleines de vermine et dont les mailles crevaient. Les gasteria élargissaient des pattes de grands faucheux renversés, aux membres noirâtres, pointillés, striés, damassés. Les cereus plantaient des végétations honteuses, des polypiers énormes, maladies de cette terre trop chaude, débauches d'une sève empoisonnée. Mais les aloès surtout épanouissaient en foule leurs cœurs de plantes pâmées ; il y en avait de tous les verts, de tendres, de puissants, de jaunâtres, de grisâtres, de bruns éclaboussés de rouille, de verts foncés bordés d'or pâle ; il y en avait de toutes les formes, aux feuilles larges découpées comme des cœurs, aux feuilles minces semblables à des lames de glaive, les uns dentelés d'épines, les autres finement ourlés ; d'énormes portant à l'écart le haut bâton de leurs fleurs, d'où pendaient des colliers de corail rose ; de petits poussés en tas sur une tige, ainsi que des floraisons charnues, dardant de toutes parts des langues agiles de couleuvre [2].

« Retournons à l'ombre, implora Serge. Tu t'assoiras comme tout à l'heure, et je me mettrai à genoux, et je te parlerai. »

Il pleuvait là de larges gouttes de soleil. L'astre y triomphait, y prenait la terre nue, la serrait contre l'embrasement de sa poitrine. Dans l'étourdissement de la chaleur, Albine chancela, se tourna vers Serge.

---

1. Bosses. — 2. Cette vision infernale rappelle les tableaux de Jérôme Bosch (v. 1450-1516).

« Prends-moi », dit-elle d'une voix mourante.

Dès qu'ils se touchèrent, ils s'abattirent, les lèvres sur les lèvres, sans un cri. Il leur semblait tomber toujours, comme si le roc se fût enfoncé sous eux, indéfiniment. Leurs mains errantes cherchaient sur leur visage, sur leur nuque, descendaient le long de leurs vêtements. Mais c'était une approche si pleine d'angoisse, qu'ils se relevèrent presque aussitôt, exaspérés, ne pouvant aller plus loin dans le contentement de leurs désirs. Et ils s'enfuirent, chacun par un sentier différent[1]. Serge courut jusqu'au pavillon, se jeta sur son lit, la tête en feu, le cœur au désespoir. Albine ne rentra qu'à la nuit, après avoir pleuré toutes ses larmes, dans un coin du jardin. Pour la première fois, ils ne revenaient pas ensemble, las de la joie des longues promenades. Pendant trois jours, ils se boudèrent. Ils étaient horriblement malheureux.

XIII

Cependant, à cette heure, le parc entier était à eux. Ils en avaient pris possession, souverainement. Pas un coin de terre qui ne leur appartînt. C'était pour eux que le bois de roses fleurissait, que le parterre avait des odeurs douces, alanguies, dont les bouffées les endormaient, la nuit, par leurs fenêtres ouvertes. Le verger les nourrissait, emplissait de fruits les jupes d'Albine, les rafraîchissait de l'ombre musquée de ses branches, sous lesquelles il faisait si bon déjeuner, après le lever du soleil. Dans les prairies, ils avaient les herbes et les eaux : les herbes qui élargissaient leur royaume, en déroulant sans cesse devant eux des tapis de soie ; les eaux qui étaient la meilleure de leurs joies, leur grande pureté, leur grande innocence, le ruissellement de fraîcheur où ils aimaient à tremper leur

_____

1. L'amour en voie d'accomplissement est une quête angoissée qui va devenir une chute (*cf.* « tomber », « descendaient »).

jeunesse. Ils possédaient la forêt, depuis les chênes énormes que dix hommes n'auraient pu embrasser, jusqu'aux bouleaux minces qu'un enfant aurait cassés d'un effort ; la forêt avec tous ses arbres, toute son ombre, ses avenues, ses clairières, ses trous de verdure, inconnus aux oiseaux eux-mêmes ; la forêt dont ils disposaient à leur guise, comme d'une tente géante, pour y abriter, à l'heure de midi, leur tendresse née du matin. Ils régnaient partout, même sur les rochers, sur les sources, sur ce sol terrible, aux plantes monstrueuses, qui avait tressailli sous le poids de leurs corps, et qu'ils aimaient, plus que les autres couches molles du jardin, pour l'étrange frisson qu'ils y avaient goûté. Ainsi, maintenant, en face, à gauche, à droite, ils étaient les maîtres, ils avaient conquis leur domaine, ils marchaient au milieu d'une nature amie, qui les connaissait, les saluant d'un rire au passage, s'offrant à leurs plaisirs, en servante soumise. Et ils jouissaient encore du ciel, du large pan bleu étalé au-dessus de leurs têtes ; les murailles ne l'enfermaient pas, mais il appartenait à leurs yeux, il entrait dans leur bonheur de vivre, le jour avec son soleil triomphant, la nuit avec sa pluie chaude d'étoiles. Il les ravissait à toutes les minutes de la journée, changeant comme une chair vivante, plus blanc au matin qu'une fille à son lever, doré à midi d'un désir de fécondité, pâmé le soir dans la lassitude heureuse de ses tendresses. Jamais il n'avait le même visage. Chaque soir, surtout, il les émerveillait, à l'heure des adieux. Le soleil glissant à l'horizon trouvait toujours un nouveau sourire. Parfois, il s'en allait, au milieu d'une paix sereine, sans un nuage, noyé peu à peu dans un bain d'or. D'autres fois, il éclatait en rayons de pourpre, il crevait sa robe de vapeur, s'échappait en ondées de flammes qui barraient le ciel de queues de comètes gigantesques, dont les chevelures incendiaient les cimes des hautes futaies. Puis, c'étaient, sur des plages de sable rouge, sur des bancs allongés de corail rose, un coucher d'astre attendri, soufflant un à un ses rayons ; ou encore un coucher discret, derrière quelque gros nuage, drapé comme un rideau d'alcôve[1] de soie grise, ne montrant qu'une rougeur de veilleuse, au fond de l'ombre croissante ; ou encore un coucher passionné, des blancheurs renversées, peu à peu saignantes sous le disque embrasé qui les mordait, finissant par rouler avec lui derrière l'horizon, au milieu d'un chaos de membres tordus qui s'écroulait dans la lumière.

Les plantes seules n'avaient pas fait leur soumission. Albine et Serge marchaient royalement dans la foule des animaux qui leur rendaient obéissance[2]. Lorsqu'ils traversaient le parterre, des vols de papillons se levaient pour le plaisir de leurs yeux, les éventaient de leurs ailes battantes, les suivaient comme le frisson vivant du soleil, comme des fleurs envolées secouant leur parfum. Au verger, ils se rencontraient, en haut des arbres, avec les oiseaux gourmands ; les pierrots, les pinsons, les loriots, les bouvreuils, leur indiquaient les fruits les plus mûrs, tout cicatrisés des coups de leur bec ; et il y avait là un vacarme d'écoliers en récréation, une gaieté turbulente de maraude, des bandes effrontées qui venaient voler des cerises à leurs pieds, pendant qu'ils déjeunaient, à califourchon sur les branches. Albine s'amusait plus encore dans les prairies, à prendre les petites grenouilles vertes accroupies le long des brins de jonc, avec leurs yeux d'or, leur douceur de bêtes contemplatives ; tandis que, à l'aide d'une paille sèche, Serge faisait sortir les grillons de leurs trous, chatouillait le ventre des cigales pour les engager à chanter, ramassait des insectes bleus, des insectes roses, des insectes jaunes, qu'il promenait ensuite sur ses manches, pareils à des boutons de saphir, de rubis et de topaze ; puis, là était la vie mystérieuse des rivières, les poissons à dos sombre filant dans le vague de l'eau, les

---

1. La récurrence de ce terme dans la deuxième partie (de l'alcôve du pavillon p. 191 jusqu'à « l'alcôve verte » p. 301) désigne le Paradou comme un lieu d'invitation à l'amour. — **2.** *Cf.* Genèse, I, 26 : « Dieu dit : "Faisons l'homme à notre image, comme notre ressemblance, et qu'il domine sur les poissons de la mer, les oiseaux du ciel, les bestiaux, toutes les bêtes sauvages et toutes les bestioles qui rampent sur la terre." »

anguilles devinées au trouble léger des herbes, le frai[1] s'éparpillant au moindre bruit comme une fumée de sable noirâtre, les mouches montées sur de grands patins ridant la nappe morte de larges ronds argentés, tout ce pullulement silencieux qui les retenait le long des rives, leur donnait l'envie souvent de se planter, les jambes nues, au beau milieu du courant, pour sentir le glissement sans fin de ces millions d'existences. D'autres jours, les jours de langueur tendre, c'était sous les arbres de la forêt, dans l'ombre sonore, qu'ils allaient écouter les sérénades de leurs musiciens, la flûte de cristal des rossignols, la petite trompette argentine des mésanges, l'accompagnement lointain des coucous ; ils s'émerveillaient du vol brusque des faisans, dont la queue mettait comme une raie de soleil au milieu des branches ; ils s'arrêtaient, souriants, laissant passer à quelques pas une bande joueuse de jeunes chevreuils, ou des couples de cerfs sérieux qui ralentissaient leur trot pour les regarder. D'autres jours encore, lorsque le ciel brûlait, ils montaient sur les roches, ils prenaient plaisir aux nuées de sauterelles que leurs pieds faisaient lever des landes de thym, avec le crépitement d'un brasier qui s'effare ; les couleuvres déroulées au bord des buissons roussis, les lézards allongés sur les pierres chauffées à blanc, les suivaient d'un œil amical ; les flamants roses, qui trempaient leurs pattes dans l'eau des sources, ne s'envolaient pas à leur approche, rassurant par leur gravité confiante les poules d'eau[2] assoupies au milieu du bassin.

Cette vie du parc, Albine et Serge ne la sentaient grandir autour d'eux que depuis le jour où ils s'étaient senti vivre eux-mêmes, dans un baiser. Maintenant, elle les assourdissait par instants, elle leur parlait une langue qu'ils n'entendaient pas, elle leur adressait des sollicitations, auxquelles ils ne savaient comment céder. C'étaient cette vie, toutes ces voix et ces chaleurs d'animaux, toutes ces odeurs et ces ombres de plantes, qui les troublaient, au point de les fâcher l'un contre l'autre. Et, cependant,

---

1. Très jeunes poissons. — 2. Échassiers des roseaux.

ils ne trouvaient dans le parc qu'une familiarité affectueuse. Chaque herbe, chaque bestiole leur devenaient des amies. Le Paradou était une grande caresse. Avant leur venue, pendant plus de cent ans, le soleil seul avait régné là, en maître libre, accrochant sa splendeur à chaque branche. Le jardin, alors, ne connaissait que lui. Il le voyait, tous les matins, sauter le mur de clôture de ses rayons obliques, s'asseoir d'aplomb à midi sur la terre pâmée, s'en aller le soir, à l'autre bout, en un baiser d'adieu rasant les feuillages. Aussi le jardin n'avait-il plus honte, il accueillait Albine et Serge, comme il avait si longtemps accueilli le soleil, en bons enfants avec lesquels on ne se gêne pas. Les bêtes, les arbres, les eaux, les pierres restaient d'une extravagance adorable, parlant tout haut, vivant tout nus, sans un secret, étalant l'effronterie innocente, la belle tendresse des premiers jours du monde. Ce coin de nature riait discrètement des peurs d'Albine et de Serge, il se faisait plus attendri, déroulait sous leurs pieds ses couches de gazon les plus molles, rapprochait les arbustes pour leur ménager des sentiers étroits. S'il ne les avait pas encore jetés aux bras l'un de l'autre, c'était qu'il se plaisait à promener leurs désirs, à s'égayer de leurs baisers maladroits, sonnant sous les ombrages comme des cris d'oiseaux courroucés. Mais eux, souffrant de la grande volupté qui les entourait, maudissaient le jardin. L'après-midi où Albine avait tant pleuré, à la suite de leur promenade dans les rochers, elle avait crié au Paradou, en le sentant si vivant et si brûlant autour d'elle :

« Si tu es notre ami, pourquoi nous désoles-tu ? »

XIV

Dès le lendemain, Serge se barricada dans sa chambre. L'odeur du parterre l'exaspérait. Il tira les rideaux de calicot, pour ne plus voir le parc, pour l'empêcher d'entrer chez lui. Peut-être retrouverait-il la paix de l'enfance, loin de ces verdures, dont l'ombre était comme un frôlement sur sa peau. Puis, dans leurs longues heures de tête-à-tête, Albine et lui ne parlèrent plus ni des roches, ni des eaux, ni des arbres, ni du ciel. Le Paradou n'existait plus. Ils tâchaient de l'oublier. Et ils le sentaient quand même là, tout-puissant, énorme, derrière les rideaux minces ; des odeurs d'herbe pénétraient par les fentes des boiseries ; des voix prolongées faisaient sonner les vitres ; toute la vie du dehors riait, chuchotait, embusquée sous les fenêtres. Alors, pâlissants, ils haussaient la voix, ils cherchaient quelque distraction qui leur permît de ne pas entendre.

« Tu n'as pas vu ? dit Serge un matin, dans une de ces heures de trouble ; il y a là, au-dessus de la porte, une femme peinte qui te ressemble. »

Il riait bruyamment. Et ils revinrent aux peintures ; ils traînèrent de nouveau la table le long des murs, cherchant à s'occuper.

« Oh ! non, murmura Albine, elle est bien plus grosse que moi. Puis, on ne peut pas savoir : elle est si drôlement couchée, la tête en bas ! »

Ils se turent. De la peinture déteinte, mangée par le temps, se levait une scène qu'ils n'avaient point encore aperçue. C'était une résurrection de chairs tendres sortant du gris de la muraille, une image ravivée, dont les détails semblaient reparaître un à un, dans la chaleur de l'été. La femme couchée se renversait sous l'étreinte d'un faune [1] aux pieds de bouc. On distinguait nettement les bras rejetés, le torse abandonné, la taille roulante de cette grande fille nue, surprise sur des gerbes de fleurs, fauchées par de petits Amours, qui, la faucille en main, ajoutaient sans cesse à la couche de nouvelles poignées de roses. On distinguait aussi l'effort du faune, sa poitrine soufflante qui s'abattait. Puis, à l'autre bout, il n'y avait plus que les deux pieds de la femme, lancés en l'air, s'envolant comme deux colombes roses.

---

1. Divinité champêtre mythologique.

« Non, répéta Albine, elle ne me ressemble pas... Elle est laide. »

Serge ne dit rien. Il regardait la femme, il regardait Albine, ayant l'air de comparer. Celle-ci retroussa une de ses manches jusqu'à l'épaule, pour montrer qu'elle avait le bras plus blanc. Et ils se turent une seconde fois, revenant à la peinture, ayant sur les lèvres des questions qu'ils ne voulaient pas se faire. Les larges yeux bleus d'Albine se posèrent un instant sur les yeux gris de Serge, où luisait une flamme.

« Tu as donc repeint toute la chambre ? s'écria-t-elle, en sautant de la table. On dirait que ce monde-là se réveille. »

Ils se mirent à rire, mais d'un rire inquiet, avec des coups d'œil jetés aux Amours qui polissonnaient et aux grandes nudités étalant des corps presque entiers. Ils voulurent tout revoir, par bravade, s'étonnant à chaque panneau, s'appelant pour se montrer des membres de personnages qui n'étaient certainement pas là le mois passé. C'étaient des reins souples pliés sur des bras nerveux, des jambes se dessinant jusqu'aux hanches, des femmes reparues dans des embrassades d'hommes, dont les mains élargies ne serraient auparavant que le vide. Les Amours de plâtre de l'alcôve semblaient eux-mêmes se culbuter avec une effronterie plus libre. Et Albine ne parlait plus d'enfants qui jouaient, Serge ne hasardait plus des hypothèses à voix haute. Ils devenaient graves, ils s'attardaient devant les scènes, souhaitant que la peinture retrouvât d'un coup tout son éclat, alanguis et troublés davantage par les derniers voiles qui cachaient les crudités des tableaux. Ces revenants de la volupté achevaient de leur apprendre la science d'aimer[1].

Mais Albine s'effraya. Elle échappa à Serge dont elle sentait le souffle plus chaud sur son cou. Elle vint s'asseoir à un bout du canapé, en murmurant :

« Ils me font peur, à la fin. Les hommes ressemblent à

---

1. C'est en regardant les peintures que les deux jeunes gens vont comprendre comment s'aimer : la culture devance la nature.

des bandits, les femmes ont des yeux mourants de personnes qu'on tue. »

Serge se mit à quelques pas d'elle, dans un fauteuil, parlant d'autre chose. Ils étaient très las tous les deux, comme s'ils avaient fait une longue course. Et ils éprouvaient un malaise, à croire que les peintures les regardaient. Les grappes d'Amours roulaient hors des lambris, avec un tapage de chairs amoureuses, une débandade de gamins éhontés leur jetant leurs fleurs, les menaçant de les lier ensemble, à l'aide des faveurs[1] bleues dont ils enchaînaient étroitement deux amants, dans un coin du plafond. Les couples s'animaient, déroulaient l'histoire de cette grande fille nue aimée d'un faune, qu'ils pouvaient reconstruire depuis le guet du faune derrière un buisson de roses, jusqu'à l'abandon de la grande fille au milieu des roses effeuillées. Est-ce qu'ils allaient tous descendre ? N'était-ce pas eux qui soupiraient déjà, et dont l'haleine emplissait la chambre de l'odeur d'une volupté ancienne ?

« On étouffe, n'est-ce pas ? dit Albine. J'ai eu beau donner de l'air, la chambre a toujours senti le vieux.

— L'autre nuit, raconta Serge, j'ai été éveillé par un parfum si pénétrant, que je t'ai appelée, croyant que tu venais d'entrer dans la chambre. On aurait dit la tiédeur de tes cheveux, lorsque tu piques dedans des brins d'héliotrope... Les premiers jours, cela arrivait de loin, comme un souvenir d'odeur. Mais à présent, je ne puis plus dormir, l'odeur grandit jusqu'à me suffoquer. Le soir surtout, l'alcôve est si chaude, que je finirai par coucher sur le canapé. »

Albine mit un doigt à ses lèvres, murmurant :

« C'est la morte, tu sais, celle qui a vécu ici. »

Ils allèrent flairer l'alcôve, plaisantant, très sérieux au fond. Assurément, jamais l'alcôve n'avait exhalé une senteur si troublante. Les murs semblaient encore frissonnants d'un frôlement de jupe musquée. Le parquet avait gardé la douceur embaumée de deux pantoufles de satin

---

1. Rubans.

tombées devant le lit. Et, sur le lit lui-même, contre le bois du chevet, Serge prétendait retrouver l'empreinte d'une petite main, qui avait laissé là son parfum persistant de violette. De tous les meubles, à cette heure, se levait le fantôme odorant de la morte.

« Tiens ! voilà le fauteuil où elle devait s'asseoir, cria Albine. On sent ses épaules, dans le dossier. »

Et elle s'assit elle-même, elle dit à Serge de se mettre à genoux pour lui baiser la main.

« Tu te souviens, le jour où je t'ai reçu en te disant : "Bonjour, mon cher seigneur..." Mais ce n'était pas tout, n'est-ce pas ? Il lui baisait les mains, quand ils avaient refermé la porte... Les voilà, mes mains. Elles sont à toi. »

Alors, ils tentèrent de recommencer leurs anciens jeux, pour oublier le Paradou dont ils entendaient le grand rire croissant, pour ne plus voir les peintures, pour ne plus céder aux langueurs de l'alcôve. Albine faisait des mines, se renversait, riait de la figure sotte que Serge avait à ses pieds.

« Gros bêta, prends-moi la taille, dis-moi des choses aimables, puisque tu es censé mon amoureux... Tu ne sais donc pas m'aimer ? »

Mais dès qu'il la tenait, qu'il la soulevait brutalement, elle se débattait, elle s'échappait, toute fâchée.

« Non, laisse-moi, je ne veux pas !... On meurt dans cette chambre. »

À partir de ce jour, ils eurent peur de la chambre, de même qu'ils avaient peur du jardin. Leur dernier asile devenait un lieu redoutable, où ils ne pouvaient se trouver ensemble, sans se surveiller d'un regard furtif. Albine n'y entrait presque plus ; elle restait sur le seuil, la porte grande ouverte derrière elle, comme pour se ménager une fuite prompte. Serge y vivait seul, dans une anxiété douloureuse, étouffant davantage, couchant sur le canapé, tâchant d'échapper aux soupirs du parc, aux odeurs des vieux meubles. La nuit, les nudités des peintures lui donnaient des rêves fous, dont il ne gardait au réveil qu'une inquiétude nerveuse. Il se crut malade de nouveau ; sa santé avait un dernier besoin pour se rétablir complètement, le besoin d'une plénitude suprême, d'une satisfaction entière qu'il ne savait où aller chercher. Alors, il passa ses journées, silencieux, les yeux meurtris, ne s'éveillant d'un léger tressaillement qu'aux heures où Albine venait le voir. Ils demeuraient en face l'un de l'autre, à se regarder gravement, avec de rares paroles très douces, qui les navraient. Les yeux d'Albine étaient encore plus meurtris que ceux de Serge, et ils l'imploraient.

Puis, au bout d'une semaine, Albine ne resta plus que quelques minutes. Elle paraissait l'éviter. Elle arrivait, toute soucieuse, se tenait debout, avait hâte de sortir. Quand il l'interrogeait, lui reprochant de n'être plus son amie, elle détournait la tête, pour ne pas avoir à répondre. Jamais elle ne voulait lui conter l'emploi des matinées qu'elle vivait loin de lui. Elle secouait la tête d'un air gêné, parlait de sa paresse. S'il la pressait davantage, elle se retirait d'un bond, lui jetant un simple adieu au travers de la porte. Cependant, lui, voyait bien qu'elle devait pleurer souvent. Il suivait sur son visage les phases d'un espoir toujours déçu, la continuelle révolte d'un désir acharné à se satisfaire. Certains jours, elle était mortellement triste, la face découragée, avec une marche lente qui hésitait à tenter plus longtemps la joie de vivre. D'autres jours, elle avait des rires contenus, la figure rayonnante d'une pensée de triomphe, dont elle ne voulait pas parler encore, les pieds inquiets, ne pouvant tenir en place, ayant hâte de courir à une dernière certitude. Et, le lendemain, elle retombait à ses désolations, pour se remettre à espérer le jour suivant. Mais ce qu'il lui devint bientôt impossible de cacher, ce fut une immense fatigue, une lassitude qui lui brisait les membres. Même aux instants de confiance, elle fléchissait, elle glissait au sommeil, les yeux ouverts.

Serge avait cessé de la questionner, comprenant qu'elle ne voulait pas répondre. Maintenant, dès qu'elle entrait, il la regardait avec anxiété, craignant qu'elle n'eût plus la force un soir de revenir jusqu'à lui. Où pouvait-elle se lasser ainsi ? Quelle lutte de chaque heure la rendait si désolée et si heureuse ? Un matin, un léger pas qu'il entendit sous ses fenêtres le fit tressaillir. Ce ne pouvait être un chevreuil qui se hasardait de la sorte. Il connaissait trop bien ce pas rythmé dont les herbes n'avaient pas à souffrir. Albine courait sans lui le Paradou. C'était du Paradou qu'elle lui rapportait des découragements, qu'elle lui rapportait des espérances, tout ce combat, toute cette lassitude dont elle se mourait. Et il se doutait bien de ce qu'elle cherchait, seule, au fond des feuillages, sans une parole, avec un entêtement muet de femme qui s'est juré de trouver. Dès lors, il écouta son pas. Il n'osait soulever le rideau, la suivre de loin à travers les branches ; mais il goûtait une singulière émotion, presque douloureuse, à savoir si elle allait à gauche ou à droite, si elle s'enfonçait dans le parterre, et jusqu'où elle poussait ses courses. Au milieu de la vie bruyante du parc, de la voix roulante des arbres, du ruissellement des eaux, de la chanson continue des bêtes, il distinguait le petit bruit de ses bottines, si nettement, qu'il aurait pu dire si elle marchait sur le gravier des rivières, ou sur la terre émiettée de la forêt, ou sur les dalles des roches nues. Même, il en arriva à reconnaître, au retour, les joies ou les tristesses d'Albine au choc nerveux de ses talons. Dès qu'elle montait l'escalier, il quittait la fenêtre, il ne lui avouait pas qu'il l'avait ainsi accompagnée partout. Mais elle avait dû deviner sa complicité, car elle lui contait ses recherches, désormais, d'un regard.

« Reste, ne sors plus, lui dit-il à mains jointes, un matin qu'il la voyait essoufflée encore de la veille. Tu me désespères. »

Elle s'échappa, irritée. Lui, commençait à souffrir davantage de ce jardin tout sonore des pas d'Albine. Le petit bruit des bottines était une voix de plus qui l'appelait, une voix dominante dont le retentissement grandissait en lui. Il se ferma les oreilles, il ne voulut plus entendre, et le pas, au loin, gardait un écho, dans le battement de son cœur. Puis, le soir, lorsqu'elle revenait, c'était tout le parc qui rentrait derrière elle, avec les souvenirs de leurs promenades, le lent éveil de leurs tendresses, au milieu de la nature complice. Elle semblait plus grande, plus grave, comme mûrie par ses courses solitaires. Il ne restait rien en elle de l'enfant joueuse, tellement qu'il claquait des dents parfois, en la regardant, à la voir si désirable.

Ce fut un jour, vers midi, que Serge entendit Albine revenir au galop. Il s'était défendu de l'écouter, lorsqu'elle était partie. D'ordinaire, elle ne rentrait que tard. Et il demeura surpris des sauts qu'elle devait faire, allant droit devant elle, brisant les branches qui barraient les sentiers.

En bas, sous les fenêtres, elle riait. Lorsqu'elle fut dans l'escalier, elle soufflait si fortement, qu'il crut sentir la chaleur de son haleine sur son visage. Et elle ouvrit la porte toute grande, elle cria :

« J'ai trouvé ! »

Elle s'était assise, elle répétait doucement, d'une voix suffoquée :

« J'ai trouvé ! j'ai trouvé ! »

Mais Serge lui mit la main sur les lèvres, éperdu, balbutiant :

« Je t'en prie, ne me dis rien. Je ne veux rien savoir. Cela me tuerait, si tu parlais. »

Alors, elle se tut, les yeux ardents, serrant les lèvres pour que les paroles n'en jaillissent pas malgré elle. Et elle resta dans la chambre jusqu'au soir, cherchant le regard de Serge, lui confiant un peu de ce qu'elle savait, dès qu'elle parvenait à le rencontrer. Elle avait comme de la lumière sur la face. Elle sentait si bon, elle était si sonore de vie, qu'il la respirait, qu'elle entrait en lui autant par l'ouïe que par la vue. Tous ses sens la buvaient. Et il se défendait désespérément contre cette lente possession de son être.

Le lendemain, lorsqu'elle fut descendue, elle s'installa de même dans la chambre.

« Tu ne sors pas ? » demanda-t-il, se sentant vaincu si elle demeurait là.

Elle répondit que non, qu'elle ne sortirait plus. À mesure qu'elle se délassait, il la sentait plus forte, plus triomphante. Bientôt, elle pourrait le prendre par le petit doigt, le mener à cette couche d'herbe, dont son silence contait si haut la douceur. Ce jour-là, elle ne parla pas encore, elle se contenta de l'attirer à ses pieds, assis sur un coussin. Le jour suivant, seulement, elle se hasarda à dire :

« Pourquoi t'emprisonnes-tu ici ? Il fait si bon sous les arbres ! »

Il se souleva, les bras tendus, suppliant. Mais elle riait.

« Non, non, nous n'irons pas, puisque tu ne veux pas... C'est cette chambre qui a une si singulière odeur ! Nous serions mieux dans le jardin, plus à l'aise, plus à l'abri. Tu as tort d'en vouloir au jardin. »

Il s'était remis à ses pieds, muet, les paupières baissées, avec des frémissements qui lui couraient sur la face.

« Nous n'irons pas, reprit-elle, ne te fâche pas. Mais est-ce que tu ne préfères pas les herbes du parc à ces peintures ? Tu te rappelles tout ce que nous avons vu ensemble... Ce sont ces peintures qui nous attristent. Elles sont gênantes, à nous regarder toujours. »

Et comme il s'abandonnait peu à peu contre elle, elle lui passa un bras au cou, elle lui renversa la tête sur ses genoux, murmurant encore, à voix plus basse :

« C'est comme cela qu'on serait bien, dans un coin que je connais. Là, rien ne nous troublerait. Le grand air guérirait ta fièvre. »

Elle se tut, sentant qu'il frissonnait. Elle craignait qu'un mot trop vif ne le rendît à ses terreurs. Lentement, elle le conquérait, rien qu'à promener sur son visage la caresse bleue de son regard. Il avait relevé les paupières, il reposait sans tressaillements nerveux, tout à elle.

« Ah ! si tu savais ! » souffla-t-elle doucement à son oreille.

Elle s'enhardit, en voyant qu'il ne cessait pas de sourire.

« C'est un mensonge, ce n'est pas défendu, murmura-t-elle. Tu es un homme, tu ne dois pas avoir peur... Si nous allions là, et que quelque danger me menaçât, tu me défendrais, n'est-ce pas ? Tu saurais bien m'emporter à ton cou ? Moi, je suis tranquille, quand je suis avec toi...

Vois donc comme tu as des bras forts. Est-ce qu'on redoute quelque chose, lorsqu'on a des bras aussi forts que les tiens ! »

D'une main, elle le flattait, longuement, sur les cheveux, sur la nuque, sur les épaules.

« Non, ce n'est pas défendu, reprit-elle. Cette histoire-là est bonne pour les bêtes. Ceux qui l'ont répandue, autrefois, avaient intérêt à ce qu'on n'allât pas les déranger dans l'endroit le plus délicieux du jardin... Dis-toi que, dès que tu seras assis sur ce tapis d'herbe, tu seras parfaitement heureux. Alors seulement nous connaîtrons tout, nous serons les vrais maîtres... Écoute-moi, viens avec moi. »

Il refusa de la tête, mais sans colère, en homme que ce jeu amusait. Puis, au bout d'un silence, désolé de la voir bouder, voulant qu'elle le caressât encore, il ouvrit enfin les lèvres, il demanda :

« Où est-ce ? »

Elle ne répondit pas d'abord. Elle semblait regarder au loin.

« C'est là, murmura-t-elle. Je ne puis pas t'indiquer. Il faut suivre la longue allée, puis on tourne à gauche, et encore à gauche. Nous avons dû passer à côté vingt fois... Va, tu aurais beau chercher, tu ne trouverais pas, si je ne t'y menais par la main. Moi j'irais tout droit, bien qu'il me soit impossible de t'enseigner le chemin.

— Et qui t'a conduite ?

— Je ne sais pas... Les plantes, ce matin-là, avaient toutes l'air de me pousser de ce côté. Les branches longues me fouettaient par-derrière, les herbes ménageaient des pentes, les sentiers s'offraient d'eux-mêmes. Et je crois que les bêtes s'en mêlaient aussi, car j'ai vu un cerf qui galopait devant moi comme pour m'inviter à le suivre, tandis qu'un vol de bouvreuils allait d'arbre en arbre, m'avertissant par de petits cris, lorsque j'étais tentée de prendre une mauvaise route.

— Et c'est très beau ? »

De nouveau, elle ne répondit pas. Une profonde extase noyait ses yeux. Et quand elle put parler :

« Beau comme je ne saurais le dire... J'ai été pénétrée d'un tel charme, que j'ai eu simplement conscience d'une joie sans nom, tombant des feuillages, dormant sur les herbes. Et je suis revenue en courant, pour te ramener avec moi, pour ne pas goûter sans toi le bonheur de m'asseoir dans cette ombre. »

Elle lui reprit le cou entre ses bras, le suppliant ardemment, de tout près, les lèvres presque sur ses lèvres.

« Oh ! tu viendras, balbutia-t-elle. Songe que je vivrais désolée, si tu ne venais pas... C'est une envie que j'ai, un besoin lointain, qui a grandi chaque jour, qui maintenant me fait souffrir. Tu ne peux pas vouloir que je souffre ?... Et quand même tu devrais en mourir, quand même cette ombre nous tuerait tous les deux, est-ce que tu hésiterais, est-ce que tu aurais le moindre regret ? Nous resterions couchés ensemble, au pied de l'arbre ; nous dormirions toujours, l'un contre l'autre. Cela serait très bon, n'est-ce pas ?

— Oui, oui, bégaya-t-il, gagné par l'affolement de cette passion toute vibrante de désir.

— Mais nous ne mourrons pas, continua-t-elle, haussant la voix, avec un rire de femme victorieuse ; nous vivrons pour nous aimer... C'est un arbre de vie, un arbre sous lequel nous serons plus forts, plus sains, plus parfaits [1]. Tu verras, tout nous deviendra aisé. Tu pourras me prendre ainsi que tu rêvais de le faire, si étroitement, que pas un bout de mon corps ne sera hors de toi. Alors, j'imagine quelque chose de céleste qui descendra en nous... Veux-tu ? »

Il pâlissait, il battait des paupières, comme si une grande clarté l'eût gêné.

« Veux-tu ? veux-tu ? » répéta-t-elle, plus brûlante, déjà soulevée à demi.

Il se mit debout, il la suivit, chancelant d'abord, puis attaché à sa taille, ne pouvant se séparer d'elle. Il allait où elle allait, entraîné dans l'air chaud coulant de sa chevelure. Et comme il venait un peu en arrière, elle se tour-

---

1. *Cf.* fin du chapitre X, et note 1, p. 262.

nait à demi ; elle avait un visage tout luisant d'amour, une bouche et des yeux de tentation, qui l'appelaient, avec un tel empire, qu'il l'aurait ainsi accompagnée partout, en chien fidèle.

XV

Ils descendirent, ils marchèrent au milieu du jardin, sans que Serge cessât de sourire. Il n'aperçut les verdures que dans les miroirs clairs des yeux d'Albine. Le jardin, en les voyant, avait eu comme un rire prolongé, un murmure satisfait volant de feuille en feuille, jusqu'au bout des avenues les plus profondes. Depuis des journées, il devait les attendre, ainsi liés à la taille, réconciliés avec les arbres, cherchant sur les couches d'herbe leur amour perdu. Un chut solennel courut sous les branches. Le ciel de deux heures avait un assoupissement de brasier. Des plantes se haussaient pour les regarder passer[1].

« Les entends-tu ? demandait Albine à demi-voix. Elles se taisent quand nous approchons. Mais, au loin, elles nous attendent, elles se confient l'une à l'autre le chemin qu'elles doivent nous indiquer... Je t'avais bien dit que nous n'aurions pas à nous inquiéter des sentiers. Ce sont les arbres qui me montrent la route, de leurs bras tendus. »

En effet, le parc entier les poussait doucement. Derrière eux, il semblait qu'une barrière de buissons se hérissât[2], pour les empêcher de revenir sur leurs pas ; tandis que,

---

1. L'évocation de Serge et d'Albine dans le jardin pourrait aussi faire songer aux amours de Daphnis et Chloé. Zola fait allusion au roman pastoral de Longus dans son discours « À la fête des Félibres, à Sceaux », reproduit dans *Le Figaro* du 20 juin 1892 (*Œuvres complètes*, Tchou, C.L.P., t. 12, p. 665) et dans un texte demeuré inédit du vivant de son auteur, et publié par Guy Robert en 1948 : « Deux définitions du roman » (*Œuvres complètes*, Tchou, C.L.P., t. 10, p. 277). — **2.** *Cf.* les romans du cycle du Graal, et *La Belle au bois dormant*. Jeanbernat qualifie dans la première partie le Paradou de « parc de la Belle au bois dormant ».

devant eux, le tapis des gazons se déroulait, si aisément, qu'ils ne regardaient même plus à leurs pieds, s'abandonnant aux pentes douces des terrains.

· « Et les oiseaux nous accompagnent, reprenait Albine. Ce sont des mésanges, cette fois. Les vois-tu ?... Elles filent le long des haies, elles s'arrêtent à chaque détour, pour veiller à ce que nous ne nous égarions pas. Ah ! si nous comprenions leur chant, nous saurions qu'elles nous invitent à nous hâter. »

Puis, elle ajoutait :

« Toutes les bêtes du parc sont avec nous. Ne les sens-tu pas ? Il y a un grand frôlement qui nous suit : ce sont les oiseaux dans les arbres, les insectes dans les herbes, les chevreuils et les cerfs dans les taillis, et jusqu'aux poissons, dont les nageoires battent les eaux muettes... Ne te retourne pas, cela les effraierait ; mais je suis sûre que nous avons un beau cortège. »

Cependant, ils marchaient toujours, d'un pas sans fatigue. Albine ne parlait que pour charmer Serge de la musique de sa voix. Serge obéissait à la moindre pression de la main d'Albine. Ils ignoraient l'un et l'autre où ils passaient, certains d'aller droit où ils voulaient aller. Et, à mesure qu'ils avançaient, le jardin se faisait plus discret, retenait le soupir de ses ombrages, le bavardage de ses eaux, la vie ardente de ses bêtes. Il n'y avait plus qu'un grand silence frissonnant, une attente religieuse.

Alors, instinctivement, Albine et Serge levèrent la tête. En face d'eux était un feuillage colossal. Et, comme ils hésitaient, un chevreuil, qui les regardait de ses beaux yeux doux, sauta d'un bond dans le taillis.

« C'est là », dit Albine.

Elle s'approcha la première, la tête de nouveau tournée, tirant à elle Serge ; puis, ils disparurent derrière le frisson des feuilles remuées, et tout se calma. Ils entraient dans une paix délicieuse.

C'était, au centre, un arbre noyé d'une ombre si épaisse, qu'on ne pouvait en distinguer l'essence. Il avait une taille géante, un tronc qui respirait comme une poitrine, des branches qu'il étendait au loin, pareilles à des membres protecteurs. Il semblait bon, robuste, puissant, fécond ; il était le doyen du jardin, le père de la forêt, l'orgueil des herbes, l'ami du soleil qui se levait et se couchait chaque jour sur sa cime. De sa voûte verte, tombait toute la joie de la création : des odeurs de fleurs, des chants d'oiseaux, des gouttes de lumière, des réveils frais d'aurore, des tiédeurs endormies de crépuscule. Sa sève avait une telle force, qu'elle coulait de son écorce ; elle le baignait d'une buée de fécondation ; elle faisait de lui la virilité même de la terre [1]. Et il suffisait à l'enchantement de la clairière. Les autres arbres, autour de lui, bâtissaient le mur impénétrable qui l'isolait au fond d'un tabernacle de silence et de demi-jour ; il n'y avait là qu'une verdure, sans un coin de ciel, sans une échappée d'horizon, qu'une rotonde, drapée partout de la soie attendrie des feuilles, tendue à terre du velours satiné des mousses. On y entrait comme dans le cristal d'une source, au milieu d'une limpidité verdâtre, nappe d'argent assoupie sous un reflet de roseaux. Couleurs, parfums, sonorités, frissons, tout restait vague, transparent, innomé, pâmé d'un bonheur allant jusqu'à l'évanouissement des choses. Une langueur d'alcôve, une lueur de nuit d'été mourant sur l'épaule nue d'une amoureuse, un balbutiement d'amour à peine distinct, tombant brusquement à un grand spasme muet, traînaient dans l'immobilité des branches, que pas un souffle n'agitait. Solitude nuptiale, toute peuplée d'êtres embrassés, chambre vide, où l'on sentait quelque part, derrière les rideaux tirés, dans un accouplement ardent, la nature assouvie aux bras du soleil. Par moments, les reins de l'arbre craquaient ; ses membres se raidissaient comme ceux d'une femme en couches ; la sueur de vie [2] qui coulait de son écorce pleuvait plus largement sur les gazons d'alentour, exhalant la mollesse d'un désir, noyant l'air d'abandon, pâlissant la

---

1. Zola accorde à l'arbre les attributs du Dieu chrétien : il est le Père, il est puissant, sa cime touche le ciel, il est isolé au fond d'une sorte de tabernacle ; mais il est aussi un dieu païen : il féconde la terre. — 2. Il s'agit de la sève de l'arbre.

clairière d'une jouissance. L'arbre alors défaillait avec son ombre, ses tapis d'herbe, sa ceinture d'épais taillis. Il n'était plus qu'une volupté.

Albine et Serge restaient ravis. Dès que l'arbre les eut pris sous la douceur de ses branches, ils se sentirent guéris de l'anxiété intolérable dont ils avaient souffert. Ils n'éprouvaient plus cette peur qui les faisait se fuir, ces luttes chaudes, désespérées, dans lesquelles ils se meurtrissaient, sans savoir contre quel ennemi ils résistaient si furieusement. Au contraire, une confiance absolue, une sérénité suprême les emplissaient ; ils s'abandonnaient l'un à l'autre, glissant lentement au plaisir d'être ensemble, très loin, au fond d'une retraite miraculeusement cachée. Sans se douter encore de ce que le jardin exigeait d'eux, ils le laissaient libre de disposer de leur tendresse ; ils attendaient, sans trouble, que l'arbre leur parlât. L'arbre les mettait dans un aveuglement d'amour tel, que la clairière disparaissait, immense, royale, n'ayant plus qu'un bercement d'odeur.

Ils s'étaient arrêtés, avec un léger soupir, saisis par la fraîcheur musquée.

« L'air a le goût d'un fruit », murmura Albine.

Serge, à son tour, dit très bas :

« L'herbe est si vivante, que je crois marcher sur un coin de ta robe. »

Ils baissaient la voix par un sentiment religieux. Ils n'eurent même pas la curiosité de regarder en l'air, pour voir l'arbre. Ils en sentaient trop la majesté sur leurs épaules. Albine, d'un regard, demandait si elle avait exagéré l'enchantement des verdures. Serge répondait par deux larmes claires, qui coulaient sur ses joues. Leur joie d'être enfin là restait indicible.

« Viens », dit-elle à son oreille, d'une voix plus légère qu'un souffle.

Et elle alla, la première, se coucher au pied même de l'arbre. Elle lui tendit les mains avec un sourire, tandis que lui, debout, souriait aussi, en lui donnant les siennes. Lorsqu'elle les tint, elle l'attira à elle lentement. Il tomba à son côté. Il la prit tout de suite contre sa poitrine. Cette étreinte les laissa pleins d'aise.

« Ah ! tu te rappelles, dit-il, ce mur qui semblait nous séparer... Maintenant, je te sens, il n'y a plus rien entre nous... Tu ne souffres pas ?

— Non, non, répondit-elle. Il fait bon. »

Ils gardèrent le silence, sans se lâcher. Une émotion délicieuse, sans secousse, douce comme une nappe de lait répandue les envahissait. Puis, Serge promena les mains le long du corps d'Albine. Il répétait :

« Ton visage est à moi, tes yeux, ta bouche, tes joues... Tes bras sont à moi, depuis tes ongles jusqu'à tes épaules... Tes pieds sont à moi, tes genoux sont à moi, toute ta personne est à moi. »

Et il lui baisait le visage, sur les yeux, sur la bouche, sur les joues. Il lui baisait les bras, à petits baisers rapides, remontant des doigts jusqu'aux épaules. Il lui baisait les pieds, il lui baisait les genoux. Il la baignait d'une pluie de baisers, tombant à larges gouttes, tièdes comme les gouttes d'une averse d'été, partout, lui battant le cou, les seins, les hanches, les flancs. C'était une prise de possession sans emportement, continue, conquérant les plus petites veines bleues sous la peau rose.

« C'est pour me donner que je te prends, reprit-il. Je veux me donner à toi tout entier, à jamais ; car, je le sais bien à cette heure, tu es ma maîtresse, ma souveraine, celle que je dois adorer à genoux. Je ne suis ici que pour t'obéir, pour rester à tes pieds, guettant tes volontés, te protégeant de mes bras étendus, écartant du souffle les feuilles volantes qui troubleraient ta paix... Oh ! daigne permettre que je disparaisse, que je m'absorbe dans ton être, que je sois l'eau que tu bois, le pain que tu manges. Tu es ma fin. Depuis que je me suis éveillé au milieu de ce jardin, j'ai marché à toi, j'ai grandi pour toi. Toujours, comme but, comme récompense, j'ai vu ta grâce. Tu passais dans le soleil, avec ta chevelure d'or ; tu étais une promesse m'annonçant que tu me ferais connaître, un jour, la nécessité de cette création, de cette terre, de ces arbres, de ces eaux, de ce ciel, dont le mot suprême m'échappe encore... Je t'appartiens, je suis esclave, je t'écouterai, les lèvres sur tes pieds[1]. »

Il disait ces choses, courbé à terre, adorant la femme. Albine, orgueilleuse, se laissait adorer. Elle tendait les doigts, les seins, les lèvres, aux baisers dévots de Serge. Elle se sentait reine, à le regarder si fort et si humble devant elle. Elle l'avait vaincu, elle le tenait à sa merci, elle pouvait d'un seul mot disposer de lui. Et ce qui la rendait toute-puissante, c'était qu'elle entendait autour d'eux le jardin se réjouir de son triomphe, l'aider d'une clameur lentement grossie.

Serge n'avait plus que des balbutiements. Ses baisers s'égaraient. Il murmura encore :

« Ah ! je voudrais savoir... Je voudrais te prendre, te garder, mourir peut-être, ou nous envoler, je ne puis pas dire... »

Tous deux, renversés, restèrent muets, perdant haleine, la tête roulante. Albine eut la force de lever un doigt, comme pour inviter Serge à écouter.

C'était le jardin qui avait voulu la faute. Pendant des semaines, il s'était prêté au lent apprentissage de leur tendresse. Puis, au dernier jour, il venait de les conduire dans l'alcôve verte. Maintenant, il était le tentateur, dont toutes les voix enseignaient l'amour. Du parterre, arrivaient des odeurs de fleurs pâmées, un long chuchotement, qui contait les noces des roses, les voluptés des violettes ; et jamais les sollicitations des héliotropes n'avaient eu une ardeur plus sensuelle. Du verger, c'étaient des bouffées de fruits mûrs que le vent apportait, une senteur grasse de fécondité, la vanille des abricots, le musc des oranges. Les prairies élevaient une voix plus profonde, faite des soupirs des millions d'herbes que le soleil baisait, large plainte d'une foule innombrable en rut, qu'attendrissaient les caresses fraîches des rivières, les nudités des eaux courantes, au bord desquelles les saules rêvaient tout haut de désir. La forêt soufflait la passion géante des chênes,

---

1. Serge tient à Albine les propos que les mystiques adressent à Dieu. À ce moment du récit, la femme a remplacé Dieu.

les chants d'orgue des hautes futaies, une musique solennelle, menant le mariage des frênes, des bouleaux, des charmes, des platanes au fond des sanctuaires de feuillage ; tandis que les buissons, les jeunes taillis étaient pleins d'une polissonnerie adorable, d'un vacarme d'amants se poursuivant, se jetant au bord des fossés, se volant le plaisir, au milieu d'un grand froissement de branches. Et, dans cet accouplement du parc entier, les étreintes les plus rudes s'entendaient au loin, sur les roches, là où la chaleur faisait éclater les pierres gonflées de passion, où les plantes épineuses aimaient d'une façon tragique, sans que les sources voisines pussent les soulager, tout allumées elles-mêmes par l'astre qui descendait dans leur lit.

« Que disent-ils ? murmura Serge, éperdu. Que veulent-ils de nous, à nous supplier ainsi ? »

Albine, sans parler, le serra contre elle.

Les voix étaient devenues plus distinctes. Les bêtes du jardin, à leur tour, leur criaient de s'aimer. Les cigales chantaient de tendresse à en mourir. Les papillons éparpillaient des baisers, aux battements de leurs ailes. Les moineaux avaient des caprices d'une seconde, des caresses de sultans vivement promenées au milieu d'un sérail. Dans les eaux claires, c'étaient des pâmoisons de poissons déposant leur frai au soleil, des appels ardents et mélancoliques de grenouilles, toute une passion mystérieuse, monstrueusement assouvie dans la fadeur glauque des roseaux. Au fond des bois, les rossignols jetaient des rires perlés de volupté, les cerfs bramaient, ivres d'une telle concupiscence, qu'ils expiraient de lassitude à côté des femelles presque éventrées. Et, sur les dalles des rochers, au bord des buissons maigres, des couleuvres, nouées deux à deux, sifflaient avec douceur, tandis que de grands lézards couvraient leurs œufs, l'échine vibrante, d'un léger ronflement d'extase. Des coins les plus reculés, des nappes de soleil, des trous d'ombre, une odeur animale montait, chaude du rut universel[1]. Toute cette vie

---

1. Cette évocation du « rut universel » a choqué les critiques contemporains de Zola. Voir Dossier, pp. 482-486.

pullulante avait un frisson d'enfantement. Sous chaque feuille, un insecte concevait ; dans chaque touffe d'herbe, une famille poussait ; des mouches volantes, collées l'une à l'autre, n'attendaient pas de s'être posées pour se féconder. Les parcelles de vie invisibles qui peuplent la matière, les atomes de la matière eux-mêmes, aimaient, s'accouplaient, donnaient au sol un branle voluptueux, faisaient du parc une grande fornication.

Alors, Albine et Serge entendirent. Il ne dit rien, il la lia de ses bras, toujours plus étroitement. La fatalité de la génération les entourait. Ils cédèrent aux exigences du jardin. Ce fut l'arbre qui confia à l'oreille d'Albine ce que les mères murmurent aux épousées, le soir des noces.

Albine se livra. Serge la posséda.

Et le jardin entier s'abîma avec le couple, dans un dernier cri de passion. Les troncs se ployèrent comme sous un grand vent ; les herbes laissèrent échapper un sanglot d'ivresse ; les fleurs, évanouies, les lèvres ouvertes, exhalèrent leur âme ; le ciel lui-même, tout embrasé d'un coucher d'astre, eut des nuages immobiles, des nuages pâmés, d'où tombait un ravissement surhumain. Et c'était une victoire pour les bêtes, les plantes, les choses, qui avaient voulu l'entrée de ces deux enfants dans l'éternité de la vie. Le parc applaudissait formidablement[1].

XVI

Lorsque Albine et Serge s'éveillèrent de la stupeur de leur félicité, ils se sourirent. Ils revenaient d'un pays de lumière. Ils redescendaient de très haut. Alors, ils se ser-

---

1. Cette phrase finale rappelle, une fois encore, que le parc est un des protagonistes du drame. *Cf.* p. 301 : « C'était le jardin qui avait voulu la faute. »

« *La joie de la création les baignait, les égalait aux puissances mères du monde, faisait d'eux les forces mêmes de la terre.* »

Lucas Cranach,
Adam et Ève,
Musées royaux des Beaux-Arts
de Belgique, Bruxelles.

rèrent la main, pour se remercier. Ils se reconnurent[1] et se dirent :

« Je t'aime, Albine.

— Serge, je t'aime. »

Et jamais ce mot : « Je t'aime » n'avait eu pour eux un sens si souverain. Il signifiait tout, il expliquait tout. Pendant un temps qu'ils ne purent mesurer, ils restèrent là, dans un repos délicieux, s'étreignant encore. Ils éprouvaient une perfection absolue de leur être. La joie de la création les baignait, les égalait aux puissances mères du monde, faisait d'eux les forces mêmes de la terre. Et il y avait encore, dans leur bonheur, la certitude d'une loi accomplie, la sérénité du but logiquement trouvé, pas à pas.

---

1. Cette simple phrase résume la conception de l'amour selon Zola — une conception héritée du christianisme : deux êtres destinés l'un à l'autre, et capables de se voir mutuellement au-delà de l'enveloppe charnelle. Dans *L'Ève future*, Hadaly, la femme parfaite, qui conserve la beauté d'Alicia, augmentée — grâce à la technique d'Edison — de l'intelligence, dira à Lord Ewald, dans le bois : « Ne me reconnais-tu pas ? » (livre VI, chap. IV).

Serge disait, la reprenant dans ses bras forts :

« Vois, je suis guéri ; tu m'as donné toute ta santé. »

Albine répondait, en s'abandonnant :

« Prends-moi toute, prends ma vie. »

Une plénitude leur mettait la vie jusqu'aux lèvres. Serge venait, dans la possession d'Albine, de trouver enfin son sexe d'homme, l'énergie de ses muscles, le courage de son cœur, la santé dernière qui avait jusque-là manqué à sa longue adolescence. Maintenant, il se sentait complet. Il avait des sens plus nets, une intelligence plus large. C'était comme si, tout d'un coup, il se fût réveillé lion, avec la royauté de la plaine, la vue du ciel libre. Quand il se leva, ses pieds se posèrent carrément sur le sol, son corps se développa, orgueilleux de ses membres. Il prit les mains d'Albine, qu'il mit debout à son tour. Elle chancelait un peu, et il dut la soutenir.

« N'aie pas peur, dit-il. Tu es celle que j'aime. »

Maintenant, elle était la servante. Elle renversait la tête sur son épaule, le regardant d'un air de reconnaissance inquiète. Ne lui en voudrait-il jamais de ce qu'elle l'avait amené là ? Ne lui reprocherait-il pas un jour cette heure d'adoration dans laquelle il s'était dit son esclave ?

« Tu n'es point fâché ? » demanda-t-elle humblement.

Il sourit, renouant ses cheveux, la flattant du bout des doigts comme une enfant. Elle continua :

« Oh ! tu verras, je me ferai toute petite. Tu ne sauras même pas que je suis là. Mais tu me laisseras ainsi, n'est-ce pas ? dans tes bras, car j'ai besoin que tu m'apprennes à marcher... Il me semble que je ne sais plus marcher, à cette heure. »

Puis elle devint très grave.

« Il faut m'aimer toujours, et je serai obéissante, je travaillerai à tes joies, je t'abandonnerai tout, jusqu'à mes plus secrètes volontés. »

Serge avait comme un redoublement de puissance, à la voir si soumise et si caressante. Il lui demanda :

« Pourquoi trembles-tu ? Qu'ai-je donc à te reprocher ? »

Elle ne répondit pas. Elle regarda presque tristement l'arbre, les verdures, l'herbe qu'ils avaient foulée.

« Grande enfant ! reprit-il avec un rire. As-tu donc peur que je te garde rancune du don que tu m'as fait ? Va, ce ne peut être une faute. Nous nous sommes aimés comme nous devions nous aimer... Je voudrais baiser les empreintes que tes pas ont laissées, lorsque tu m'as amené ici, de même que je baise tes lèvres, qui m'ont tenté, de même que je baise tes seins qui viennent d'achever la cure, commencée, tu te souviens ? par tes petites mains fraîches. »

Elle hocha la tête. Et, détournant les yeux, évitant de voir l'arbre davantage :

« Emmène-moi », dit-elle à voix basse.

Serge l'emmena à pas lents. Lui, largement, regarda l'arbre une dernière fois. Il le remerciait. L'ombre devenait plus noire dans la clairière ; un frisson de femme surprise à son coucher tombait des verdures. Quand ils revirent, au sortir des feuillages, le soleil, dont la splendeur emplissait encore un coin de l'horizon, ils se rassurèrent, Serge surtout, qui trouvait à chaque être, à chaque plante, un sens nouveau. Autour de lui, tout s'inclinait, tout apportait un hommage à son amour. Le jardin n'était plus qu'une dépendance de la beauté d'Albine, et il semblait avoir grandi, s'être embelli, dans le baiser de ses maîtres. Mais la joie d'Albine restait inquiète. Elle interrompait ses rires, pour prêter l'oreille, avec des tressaillements brusques.

« Qu'as-tu donc ? demandait Serge.

— Rien », répondait-elle, avec des coups d'œil jetés furtivement derrière elle.

Ils ne savaient pas dans quel coin perdu du parc ils étaient. D'ordinaire, cela les égayait, d'ignorer où leur caprice les poussait. Cette fois, ils éprouvaient un trouble, un embarras singulier. Peu à peu, ils hâtèrent le pas. Ils s'enfonçaient de plus en plus, au milieu d'un labyrinthe de buissons.

« N'as-tu pas entendu ? » dit peureusement Albine, qui s'arrêta, essoufflée.

Et comme il écoutait, pris à son tour de l'anxiété qu'elle ne pouvait plus cacher :

« Les taillis sont pleins de voix, continua-t-elle. On dirait des gens qui se moquent... Tiens, n'est-ce pas un rire qui vient de cet arbre ? Et, là-bas, ces herbes n'ont-elles pas eu un murmure, quand je les ai effleurées de ma robe ?

— Non, non, dit-il, voulant la rassurer. Le jardin nous aime. S'il parlait, ce ne serait pas pour t'effrayer. Ne te rappelles-tu pas toutes les bonnes paroles chuchotées dans les feuilles ?... Tu es nerveuse, tu as des imaginations. »

Mais elle hocha la tête, murmurant :

« Je sais bien que le jardin est notre ami... Alors, c'est que quelqu'un est entré. Je t'assure que j'entends quelqu'un. Je tremble trop. Ah ! je t'en prie, emmène-moi, cache-moi. »

Ils se remirent à marcher, surveillant les taillis, croyant voir des visages apparaître derrière chaque tronc. Albine jurait qu'un pas, au loin, les cherchait.

« Cachons-nous, cachons-nous », répétait-elle d'un ton suppliant.

Et elle devenait toute rose. C'était une pudeur naissante, une honte qui la prenait comme un mal, qui tachait la candeur de sa peau, où jusque-là pas un trouble du sang n'était monté. Serge eut peur, à la voir ainsi toute rose, les joues confuses, les yeux gros de larmes. Il voulait la reprendre, la calmer d'une caresse ; mais elle s'écarta, elle lui fit signe, d'un geste désespéré, qu'ils n'étaient plus seuls. Elle regardait, rougissant davantage, sa robe dénouée qui montrait sa nudité, ses bras, son cou, sa gorge. Sur ses épaules, les mèches folles de ses cheveux mettaient un frisson. Elle essaya de rattacher son chignon ; puis, elle craignit de découvrir sa nuque. Maintenant, le frôlement d'une branche, le heurt léger d'une aile d'insecte, la moindre haleine du vent, la faisaient tressaillir, comme sous l'attouchement déshonnête d'une main invisible.

« Tranquillise-toi, implorait Serge. Il n'y a personne...

Te voilà rouge de fièvre. Reposons-nous un instant, je t'en supplie. »

Elle n'avait point la fièvre, elle voulait rentrer tout de suite, pour que personne ne pût rire, en la regardant. Et, hâtant le pas de plus en plus, elle cueillait, le long des haies, des verdures dont elle cachait sa nudité. Elle noua sur ses cheveux un rameau de mûrier ; elle s'enroula aux bras des liserons qu'elle attacha à ses poignets ; elle se mit au cou un collier, fait de brins de viorne, si longs qu'ils couvraient sa poitrine d'un voile de feuilles.

« Tu vas au bal ? » demanda Serge, qui cherchait à la faire rire.

Mais elle lui jeta les feuillages qu'elle continuait de cueillir. Elle lui dit à voix basse, d'un air d'alarme [1] :

« Ne vois-tu pas que nous sommes nus ? »

Et il eut honte à son tour, il ceignit les feuillages sur ses vêtements défaits.

Cependant, ils ne pouvaient sortir des buissons. Tout d'un coup, au bout d'un sentier, ils se trouvèrent en face d'un obstacle, d'une masse grise, haute, grave. C'était la muraille.

« Viens, viens ! » cria Albine.

Elle voulait l'entraîner. Mais ils n'avaient pas fait vingt pas, qu'ils retrouvèrent la muraille. Alors, ils la suivirent en courant, pris de panique. Elle restait sombre, sans une fente sur le dehors. Puis, au bord d'un pré, elle parut subitement s'écrouler. Une brèche ouvrait sur la vallée voisine une fenêtre de lumière. Ce devait être le trou dont Albine avait parlé, un jour, ce trou qu'elle disait avoir bouché avec des ronces et des pierres ; les ronces traînaient par bouts épars comme des cordes coupées, les pierres étaient rejetées au loin, le trou semblait avoir été agrandi par quelque main furieuse.

---

1. Le mot « alarme », typiquement racinien, annonce l'issue tragique. Celle-ci se précise aussi en raison de la honte qui vient subitement aux jeunes gens, comme dans la Genèse : « Alors leurs yeux à tous deux s'ouvrirent et ils connurent qu'ils étaient nus ; ils cousirent des feuilles de figuier et se firent des pagnes » (III, 7).

XVII

« Ah ! je le sentais ! dit Albine, avec un cri de suprême désespoir. Je te suppliais de m'emmener... Serge, par grâce, ne regarde pas ! »

Serge regardait, malgré lui, cloué au seuil de la brèche. En bas, au fond de la plaine, le soleil couchant éclairait d'une nappe d'or le village des Artaud, pareil à une vision surgissant du crépuscule dont les champs voisins étaient déjà noyés. On distinguait nettement les masures bâties à la débandade le long de la route, les petites cours pleines de fumier, les jardins étroits plantés de légumes. Plus haut, le grand cyprès du cimetière dressait son profil sombre. Et les tuiles rouges de l'église semblaient un brasier, au-dessus duquel la cloche, toute noire, mettait comme un visage d'un dessin délié ; tandis que le vieux presbytère, à côté, ouvrait ses portes et ses fenêtres à l'air du soir.

« Par pitié, répétait Albine, en sanglotant, ne regarde pas, Serge !... Souviens-toi que tu m'as promis de m'aimer toujours. Ah ! m'aimeras-tu jamais assez, maintenant !... Tiens, laisse-moi te fermer les yeux de mes mains. Tu sais bien que ce sont mes mains qui t'ont guéri... Tu ne peux me repousser. »

Il l'écartait lentement. Puis, pendant qu'elle lui embrassait les genoux, il se passa les mains sur la face, comme pour chasser de ses yeux et de son front un reste de sommeil. C'était donc là le monde inconnu, le pays étranger auquel il n'avait jamais songé sans une peur sourde. Où avait-il donc vu ce pays ? de quel rêve s'éveillait-il, pour sentir monter de ses reins une angoisse si poignante, qui grossissait peu à peu dans sa poitrine, jusqu'à l'étouffer ? Le village s'animait du retour des champs. Les hommes rentraient, la veste jetée sur l'épaule, d'un pas de bêtes harassées ; les femmes, au seuil des maisons, avaient des gestes d'appel ; tandis que les enfants, par bandes, poursuivaient les poules à coups de pierres. Dans le cimetière, deux galopins se glissaient, un garçon et une fille, qui marchaient à quatre pattes, le long du petit mur, pour ne pas être vus. Des vols de moineaux se couchaient sous les tuiles de l'église. Une jupe de cotonnade bleue venait d'apparaître sur le perron du presbytère, si large, qu'elle bouchait la porte.

« Ah ! misère ! balbutiait Albine, il regarde, il regarde !... Écoute-moi. Tu jurais de m'obéir tout à l'heure. Je t'en supplie, tourne-toi, regarde le jardin... N'as-tu pas été heureux, dans le jardin ? C'est lui qui m'a donnée à toi. Et que d'heureuses journées il nous réserve, quelle longue félicité, maintenant que nous connaissons tout le bonheur de l'ombre !... Au lieu que la mort entrera par ce trou, si tu ne te sauves pas, si tu ne m'emportes pas. Vois, ce sont les autres, c'est tout le monde qui va se mettre entre nous. Nous étions si seuls, si perdus, si gardés par les arbres !... Le jardin, c'est notre amour. Regarde le jardin, je t'en prie à genoux. »

Mais Serge était secoué d'un tressaillement. Il se souvenait. Le passé ressuscitait. Au loin, il entendait nettement vivre le village. Ces paysans, ces femmes, ces enfants, c'était le maire Bambousse, revenant de son champ des Olivettes, en chiffrant la prochaine vendange : c'étaient les Brichet, l'homme traînant les pieds, la femme geignant de misère ; c'était la Rosalie, derrière un mur, se faisant embrasser par le grand Fortuné. Il reconnaissait aussi les deux galopins, dans le cimetière, ce vaurien de Vincent et cette effrontée de Catherine, en train de guetter les grosses sauterelles volantes, au milieu des tombes ; même ils avaient avec eux Voriau, le chien noir, qui les aidait, quêtant parmi les herbes sèches, soufflant à chaque fente des vieilles dalles. Sous les tuiles de l'église, les moineaux se battaient, avant de se coucher ; les plus hardis redescendaient, entraient d'un coup d'aile par les carreaux cassés, si bien qu'en les suivant des yeux, il se rappelait leur beau tapage, au bas de la chaire, sur la marche de l'estrade, où il y avait toujours du pain pour eux. Et, au seuil du presbytère, la Teuse, en robe de cotonnade bleue, semblait avoir encore grossi ; elle tournait la tête, souriant à Désirée, qui revenait de la basse-cour, avec de grands rires, accompagnée de tout un troupeau. Puis, elles disparurent toutes deux. Alors, Serge, éperdu, tendit les bras.

« Il est trop tard, va ! murmura Albine, en s'affaissant au milieu des bouts de ronces coupés. Tu ne m'aimeras jamais assez. »

Elle sanglotait. Lui, ardemment, écoutait, cherchant à saisir les moindres bruits lointains, attendant qu'une voix l'éveillât tout à fait. La cloche avait eu un léger saut. Et, lentement, dans l'air endormi du soir, les trois coups de l'*Angelus* arrivèrent jusqu'au Paradou. C'étaient des souffles argentins, des appels très doux, réguliers. Maintenant, la cloche semblait vivante.

« Mon Dieu ! » cria Serge, tombé à genoux, renversé par les petits souffles de la cloche.

Il se prosternait, il sentait les trois coups de l'*Angelus* lui passer sur la nuque, lui retentir jusqu'au cœur. La cloche prenait une voix plus haute. Elle revint, implacable, pendant quelques minutes qui lui parurent durer des années. Elle évoquait toute sa vie passée, son enfance pieuse, ses joies du séminaire, ses premières messes, dans la vallée brûlée des Artaud, où il rêvait la solitude des saints. Toujours elle lui avait parlé ainsi. Il retrouvait jusqu'aux moindres inflexions de cette voix de l'église, qui sans cesse s'était élevée à ses oreilles, pareille à une voix de mère grave et douce. Pourquoi ne l'avait-il plus entendue ? Autrefois, elle lui promettait la venue de Marie. Était-ce Marie qui l'avait emmené, au fond des verdures heureuses, où la voix de la cloche n'arrivait pas ? Jamais il n'aurait oublié, si la cloche n'avait pas cessé de sonner. Et, comme il se courbait davantage, la caresse de sa barbe sur ses mains jointes lui fit peur. Il ne se connaissait pas ce poil long, ce poil soyeux qui lui donnait une beauté de bête. Il tordit sa barbe, il prit ses cheveux à deux mains, cherchant la nudité de la tonsure ; mais ses cheveux avaient poussé puissamment, la tonsure était noyée sous un flot viril de grandes boucles rejetées du front jusqu'à la nuque. Toute sa chair, jadis rasée, avait un hérissement fauve.

« Ah ! tu avais raison, dit-il, en jetant un regard déses-péré à Albine ; nous avons péché, nous méritons quelque châtiment terrible... Moi, je te rassurais, je n'entendais pas les menaces qui te venaient à travers les branches. »

Albine tenta de le reprendre dans ses bras, en mur-murant :

« Relève-toi, fuyons ensemble... Il est peut-être temps encore de nous aimer.

— Non, je n'ai plus la force, le moindre gravier me ferait tomber... Écoute, je m'épouvante moi-même. Je ne sais quel homme est en moi. Je me suis tué, et j'ai de mon sang plein les mains. Si tu m'emmenais, tu n'aurais plus jamais de mes yeux que des larmes. »

Elle baisa ses yeux qui pleuraient. Elle reprit avec emportement :

« N'importe ! m'aimes-tu ? »

Lui, terrifié, ne put répondre. Un pas lourd, derrière la muraille, faisait rouler les cailloux. C'était comme l'ap-proche lente d'un grognement de colère. Albine ne s'était pas trompée, quelqu'un était là, troublant la paix des tail-lis d'une haleine jalouse. Alors, tous deux voulurent se cacher derrière une broussaille, pris d'un redoublement de honte. Mais déjà, debout au seuil de la brèche, Frère Archangias les voyait.

Le Frère resta un instant, les poings fermés, sans parler. Il regardait le couple, Albine réfugiée au cou de Serge, avec un dégoût d'homme rencontrant une ordure au bord d'un fossé.

« Je m'en doutais, mâcha-t-il entre ses dents. On avait dû le cacher là. »

Il fit quelques pas, il cria :

« Je vous vois, je sais que vous êtes nus... C'est une abomination. Êtes-vous une bête, pour courir les bois avec cette femelle ? Elle vous a mené loin, dites ! elle vous a traîné dans la pourriture, et vous voilà tout couvert de poils comme un bouc... Arrachez donc une branche pour la lui casser sur les reins ! »

Albine, d'une voix ardente, disait tout bas :

« M'aimes-tu ? m'aimes-tu ? »

Serge, la tête basse, se taisait, sans la repousser encore.

« Heureusement que je vous ai trouvé, continua Frère Archangias. J'avais découvert ce trou... Vous avez désobéi à Dieu, vous avez tué votre paix. Toujours la tentation vous mordra de sa dent de flamme, et désormais vous n'aurez plus votre ignorance pour la combattre... C'est cette gueuse qui vous a tenté, n'est-ce pas ? Ne voyez-vous pas la queue du serpent se tordre parmi les mèches de ses cheveux ? Elle a des épaules dont la vue seule donne un vomissement... Lâchez-la, ne la touchez plus, car elle est le commencement de l'enfer... Au nom de Dieu, sortez de ce jardin !

— M'aimes-tu ? m'aimes-tu ? » répétait Albine.

Mais Serge s'était écarté d'elle, comme véritablement brûlé par ses bras nus, par ses épaules nues.

« Au nom de Dieu ! au nom de Dieu ! » criait le Frère d'une voix tonnante.

Serge, invinciblement, marchait vers la brèche. Quand Frère Archangias, d'un geste brutal, l'eut tiré hors du Paradou, Albine, glissée à terre, les mains follement tendues vers son amour qui s'en allait, se releva, la gorge brisée de sanglots. Elle s'enfuit, elle disparut au milieu des arbres, dont elle battait les troncs de ses cheveux dénoués.

LIVRE TROISIÈME

I

Après le *Pater*, l'abbé Mouret s'étant incliné devant l'autel, alla du côté de l'Épître. Puis, il descendit, il vint faire un signe de croix sur le grand Fortuné et sur la Rosalie agenouillés côte à côte, au bord de l'estrade.

« *Ego conjungo vos in matrimonium in nomine Patris, et Filii, et Spiritus sancti* [1].

— *Amen* », répondit Vincent, qui servait la messe, en regardant la mine de son grand frère, curieusement, du coin de l'œil.

Fortuné et Rosalie baissaient le menton, un peu émus, bien qu'ils se fussent poussés du coude en s'agenouillant, pour se faire rire. Cependant, Vincent était allé chercher le bassin et l'aspersoir [2]. Fortuné mit l'anneau dans le bassin, une grosse bague d'argent tout unie [3]. Quand le prêtre l'eut béni, en l'aspergeant en forme de croix, il le rendit à Fortuné qui le passa à l'annulaire de Rosalie, dont la main restait verdie de taches d'herbe que le savon n'avait pu enlever.

« *In nomine Patris, et Filii, et Spiritus sancti*, murmura de nouveau l'abbé Mouret, en leur donnant une dernière bénédiction.

— *Amen* », répondit Vincent.

Il était de grand matin. Le soleil n'entrait pas encore

---

1. Moi, je vous unis dans le mariage, au nom du Père, du Fils, et du Saint-Esprit. — **2.** Objet liturgique avec lequel on asperge les fidèles d'eau bénite (synonyme : goupillon). — **3.** Fortuné met l'anneau dans le bénitier pour que l'abbé le bénisse.

par les larges fenêtres de l'église. Au-dehors, sur les branches du sorbier, dont la verdure semblait avoir enfoncé les vitres, on entendait le réveil bruyant des moineaux. La Teuse, qui n'avait pas eu le temps de faire le ménage du bon Dieu, épousseait les autels, se haussait sur sa bonne jambe pour essuyer les pieds du Christ barbouillé d'ocre et de laque, rangeait les chaises le plus discrètement possible, s'inclinant, se signant, se frappant la poitrine, suivant la messe, tout en ne perdant pas un seul coup de plumeau. Seule, au pied de la chaire, à quelques pas des époux, la mère Brichet assistait au mariage ; elle priait d'une façon outrée ; elle restait à genoux, avec un balbutiement si fort que la nef était comme pleine d'un vol de mouches. Et, à l'autre bout, à côté du confessionnal, Catherine tenait sur ses bras un enfant au maillot ; l'enfant s'étant mis à pleurer, elle avait dû tourner le dos à l'autel, le faisant sauter, l'amusant avec la corde de la cloche qui lui pendait juste sur le nez.

« *Dominus vobiscum*, dit le prêtre, se tournant, les mains élargies.

— *Et cum spiritu tuo* », répondit Vincent.

À ce moment, trois grandes filles entrèrent. Elles se poussaient, pour voir, sans oser pourtant trop avancer. C'étaient trois amies de Rosalie, qui, en allant aux champs, venaient de s'échapper, curieuses d'entendre ce que monsieur le curé dirait aux mariés. Elles avaient de gros ciseaux pendus à la ceinture. Elles finirent par se cacher derrière le baptistère, se pinçant, se tordant avec des déhanchements de grandes vauriennes, étouffant des rires dans leurs poings fermés.

« Ah bien ! dit à demi-voix la Rousse, une fille superbe, qui avait des cheveux et une peau de cuivre, on ne se battra pas à la sortie !

— Tiens ! le père Bambousse a raison, murmura Lisa, toute petite, toute noire, avec des yeux de flamme ; quand on a des vignes, on les soigne... Puisque monsieur le curé a absolument voulu marier Rosalie, il peut bien la marier tout seul. »

L'autre, Babet, bossue, les os trop gros, ricanait.

« Il y a toujours la mère Brichet, dit-elle. Celle-là est dévote pour toute la famille... Hein ! entendez-vous comme elle ronfle ! Ça va lui gagner sa journée. Elle sait ce qu'elle fait, allez !

— Elle joue de l'orgue », reprit la Rousse.

Et elles partirent de rire toutes les trois. La Teuse, de loin, les menaça de son plumeau. À l'autel, l'abbé Mouret communiait. Quand il alla du côté de l'Épître se faire verser par Vincent, sur le pouce et sur l'index, le vin et l'eau de l'ablution[1], Lisa dit plus doucement :

« C'est bientôt fini. Il leur parlera tout à l'heure.

— Comme ça, fit remarquer la Rousse, le grand Fortuné pourra encore aller à son champ, et la Rosalie n'aura pas perdu sa journée de vendange. C'est commode de se marier matin... Il a l'air bête, le grand Fortuné.

— Pardi ! murmura Babet, ça l'ennuie, ce garçon, de se tenir si longtemps sur les genoux. Bien sûr que ça ne lui était pas arrivé depuis sa première communion. »

Mais elles furent tout d'un coup distraites par le marmot que Catherine amusait. Il voulait la corde de la cloche, il tendait les mains, bleu de colère, s'étranglant à crier.

« Eh ! le petit est là », dit la Rousse.

L'enfant pleurait plus haut, se débattait comme un diable.

« Mets-le sur le ventre, fais-le téter », souffla Babet à Catherine.

Celle-ci, avec son effronterie de gueuse de dix ans, leva la tête et se prit à rire.

« Ça ne m'amuse pas, dit-elle, en secouant l'enfant. Veux-tu te taire, petit cochon !... Ma sœur me l'a lâché sur les genoux.

— Je crois bien, reprit méchamment Babet. Elle ne pouvait pas le donner à garder à monsieur le curé, peut-être ! »

Cette fois, la Rousse faillit tomber à la renverse, tant elle éclata. Elle se laissa aller contre le mur, les poings

---

1. *Cf.* I, II, note 2, p. 70.

aux côtes, riant à se crever. Lisa s'était jetée contre elle, se soulageant mieux, en lui prenant aux épaules et aux reins des pincées de chair. Babet avait un rire de bossue, qui passait entre ses lèvres serrées avec un bruit de scie.

« Sans le petit, continua-t-elle, monsieur le curé perdait son eau bénite... Le père Bambousse était décidé à marier Rosalie au fils Laurent, du quartier des Figuières.

— Oui, dit la Rousse entre deux rires, savez-vous ce qu'il faisait, le père Bambousse ? il jetait des mottes de terre dans le dos de Rosalie, pour empêcher le petit de venir.

— Il est joliment gros, tout de même, murmura Lisa. Les mottes lui ont profité. »

Du coup, elles se mordaient toutes trois, dans un accès d'hilarité folle, lorsque la Teuse s'avança en boitant furieusement. Elle était allée prendre son balai derrière l'autel. Les trois grandes filles eurent peur, reculèrent et se tinrent sages.

« Coquines ! bégaya la Teuse. Vous venez encore dire vos saletés, ici !... Tu n'as pas honte, toi, la Rousse ! Ta place serait là-bas, à genoux devant l'autel, comme la Rosalie... Je vous jette dehors, entendez-vous ! si vous bougez. »

Les joues cuivrées de la Rousse eurent une légère rougeur pendant que Babet lui regardait la taille, avec un ricanement.

« Et toi, continua la Teuse en se tournant vers Catherine, veux-tu laisser cet enfant tranquille ! Tu le pinces pour le faire crier. Ne dis pas non !... Donne-le-moi. »

Elle le prit, le berça un instant, le posa sur une chaise, où il dormit, dans une paix de chérubin. L'église retomba au calme triste, que coupaient seuls les cris des moineaux sur le sorbier. À l'autel, Vincent avait reporté le Missel à droite, l'abbé Mouret venait de replier le corporal et de le glisser dans la bourse. Maintenant, il disait les dernières oraisons, avec un recueillement sévère, que n'avaient pu troubler ni les pleurs de l'enfant ni les rires des grandes filles. Il paraissait ne rien entendre, être tout aux vœux qu'il adressait au ciel pour le bonheur du couple dont il avait béni l'union. Ce matin-là, le ciel restait gris d'une poussière de chaleur, qui noyait le soleil. Par les carreaux cassés, il n'entrait qu'une buée rousse, annonçant un jour d'orage. Le long des murs, les gravures violemment enluminées[1] du chemin de la Croix étalaient la brutalité assombrie de leurs taches jaunes, bleues et rouges. Au fond de la nef, les boiseries séchées de la tribune craquaient ; tandis que les herbes du perron, devenues géantes, laissaient passer sous la grand-porte de longues pailles mûres, peuplées de petites sauterelles brunes. L'horloge, dans sa caisse de bois, eut un arrachement de mécanique poitrinaire, comme pour s'éclaircir la voix, et sonna sourdement le coup de six heures et demie.

« *Ite, missa est*, dit le prêtre, en se tournant vers l'église.

— *Deo gratias* », répondit Vincent.

Puis, après avoir baisé l'autel, l'abbé Mouret se tourna de nouveau, murmurant, au-dessus de la nuque inclinée des époux, la prière finale :

« *Deus Abraham, Deus Isaac, et Deus Jacob vobiscum sit*[2]... »

Sa voix se perdait dans une douceur monotone.

« Voilà, il va leur parler, souffla Babet à ses deux amies.

— Il est tout pâle, fit remarquer Lisa. Ce n'est pas comme M. Caffin dont la grosse figure semblait toujours rire... Ma petite sœur Rose m'a conté qu'elle n'ose rien lui dire, à confesse.

— N'importe, murmura la Rousse, il n'est pas vilain homme. La maladie l'a un peu vieilli ; mais ça lui va bien. Il a des yeux plus grands, avec deux plis aux coins de la bouche qui lui donnent l'air d'un homme... Avant sa fièvre, il était trop fille.

— Moi, je crois qu'il a un chagrin, reprit Babet. On

---

1. Images pieuses rehaussées de couleurs criardes. — **2.** Que le Dieu d'Abraham, le Dieu d'Isaac et le Dieu de Jacob soit avec vous... (Abraham est le père d'Isaac, lui-même père de Jacob.) Il s'agit de l'oraison finale de la bénédiction des mariés.

dirait qu'il se mine. Son visage semble mort, mais ses yeux luisent, allez ! Vous ne le voyez pas, lorsqu'il baisse lentement les paupières, comme pour éteindre ses yeux. »

La Teuse agita son balai.

« Chut ! » siffla-t-elle si énergiquement qu'un coup de vent parut s'être engouffré dans l'église.

L'abbé Mouret s'était recueilli. Il commença à voix presque basse :

« Mon cher frère, ma chère sœur, vous êtes unis en Jésus. L'institution du mariage est la figure de l'union sacrée de Jésus et de son Église. C'est un lien que rien ne peut rompre, que Dieu veut éternel, pour que l'homme ne sépare pas ce que le ciel a joint. En vous faisant l'os de vos os, Dieu vous a enseigné que vous avez le devoir de marcher côte à côte, comme un couple fidèle, selon les voies préparées par sa toute-puissance. Et vous devez vous aimer dans l'amour même de Dieu. La moindre amertume entre vous serait une désobéissance au Créateur qui vous a tirés d'un seul corps. Restez donc à jamais unis, à l'image de l'Église que Jésus a épousée, en nous donnant à tous sa chair et son sang. »

Le grand Fortuné et la Rosalie, le nez curieusement levé, écoutaient.

« Que dit-il ? demanda Lisa qui entendait mal.

— Pardi ! il dit ce qu'on dit toujours, répondit la Rousse. Il a la langue bien pendue, comme tous les curés. »

Cependant, l'abbé Mouret continuait à réciter, les yeux vagues, regardant, par-dessus la tête des époux, un coin perdu de l'église. Et peu à peu sa voix mollissait, il mettait un attendrissement dans ces paroles, qu'il avait autrefois apprises, à l'aide d'un manuel destiné aux jeunes prêtres desservants[1]. Il s'était légèrement tourné vers la Rosalie ; il disait, ajoutant des phrases émues, lorsque la mémoire lui manquait :

« Ma chère sœur, soyez soumise à votre mari, comme l'Église est soumise à Jésus. Rappelez-vous que vous

1. Prêtres qui assurent le service religieux.

devez tout quitter pour le suivre, en servante fidèle. Vous abandonnerez votre père et votre mère, vous vous attacherez à votre époux, vous lui obéirez, afin d'obéir à Dieu lui-même. Et votre joug sera un joug d'amour et de paix. Soyez son repos, sa félicité, le parfum de ses bonnes œuvres, le salut de ses heures de défaillance. Qu'il vous trouve sans cesse à son côté, ainsi qu'une grâce. Qu'il n'ait qu'à étendre la main pour rencontrer la vôtre. C'est ainsi que vous marcherez tous les deux, sans jamais vous égarer, et que vous rencontrerez le bonheur dans l'accomplissement des lois divines. Oh ! ma chère sœur, ma chère fille, votre humilité est toute pleine de fruits suaves ; elle fera pousser chez vous les vertus domestiques, les joies du foyer, les prospérités des familles pieuses. Ayez pour votre mari les tendresses de Rachel, ayez la sagesse de Rébecca, la longue fidélité de Sara[1]. Dites-vous qu'une vie pure mène à tous les biens. Demandez à Dieu chaque matin la force de vivre en femme qui respecte ses devoirs ; car, la punition serait terrible, vous perdriez votre amour. Oh ! vivre sans amour, arracher la chair de sa chair, n'être plus à celui qui est la moitié de vous-même, agoniser loin de ce qu'on a aimé ! Vous tendriez les bras, et il se détournerait de vous. Vous chercheriez vos joies, et vous ne trouveriez que de la honte au fond de votre cœur. Entendez-moi, ma fille, c'est en vous, dans la soumission, dans la pureté, dans l'amour, que Dieu a mis la force de votre union. »

À ce moment, il y eut un rire, à l'autre bout de l'église. L'enfant venait de se réveiller sur la chaise où l'avait couché la Teuse. Mais il n'était plus méchant ; il riait tout seul, ayant enfoncé son maillot, laissant passer des petits pieds roses qu'il agitait en l'air. Et c'étaient ses petits pieds qui le faisaient rire.

Rosalie, que l'allocution du prêtre ennuyait, tourna vivement la tête, souriant à l'enfant. Mais quand elle le

---

1. Sara est la femme d'Abraham, qui attendit la vieillesse pour pouvoir avoir un enfant, Isaac ; Rébecca, la femme d'Isaac et la mère de Jacob ; Rachel, la femme de Jacob et la mère de Joseph.

vit gigotant sur la chaise, elle eut peur ; elle jeta un regard terrible à Catherine.

« Va, tu peux me regarder, murmura celle-ci. Je ne le reprends pas... Pour qu'il crie encore ! »

Et elle alla, sous la tribune [1], guetter un trou de fourmis, dans l'encoignure cassée d'une dalle.

« M. Caffin n'en racontait pas tant, dit la Rousse. Lorsqu'il a marié la Miette, il ne lui a donné que deux tapes sur la joue, en lui disant d'être sage.

— Mon cher frère, reprit l'abbé Mouret, à demi tourné vers le grand Fortuné, c'est Dieu qui vous accorde aujourd'hui une compagne ; car il n'a pas voulu que l'homme vécût solitaire. Mais, s'il a décidé qu'elle serait votre servante, il exige de vous que vous soyez un maître plein de douceur et d'affection. Vous l'aimerez, parce qu'elle est votre chair elle-même, votre sang et vos os [2]. Vous la protégerez, parce que Dieu ne vous a donné vos bras forts que pour les étendre au-dessus de sa tête, aux heures de danger. Rappelez-vous qu'elle vous est confiée ; elle est la soumission et la faiblesse dont vous ne sauriez abuser sans crime. Oh ! mon cher frère, quelle fierté heureuse doit être la vôtre ! désormais, vous ne vivrez plus dans l'égoïsme de la solitude. À toute heure, vous aurez un devoir adorable. Rien n'est meilleur que d'aimer, si ce n'est de protéger ceux qu'on aime. Votre cœur s'y élargira, vos forces d'homme s'y centupleront. Oh ! être un soutien, recevoir une tendresse en garde, voir une enfant s'anéantir en vous, en disant : "Prends-moi, fais de moi ce qu'il te plaira ; j'ai confiance dans ta loyauté !" Et que vous soyez damné, si vous la délaissiez jamais ! Ce serait le plus lâche abandon que Dieu eût à punir. Dès qu'elle s'est donnée, elle est vôtre, pour toujours. Emportez-la

---

1. Trois sens dans une église : 1) chaire ; 2) lieu élevé où est placé le buffet d'orgues ; 3) lieu réservé aux grandes assemblées. — 2. Allusion à l'incorporation de l'amante à l'amant. Ève est tirée de la côte d'Adam, et destinée à ne former avec lui qu'une seule chair à travers leur descendance. *Cf.* II, VI, p. 218 : « (...) tu es mon amour, tu viens de ma chair. »

plutôt entre vos bras, ne la posez à terre que lorsqu'elle devra y être en sûreté. Quittez tout, mon cher frère... »

L'abbé Mouret, la voix profondément altérée, ne fit plus entendre qu'un murmure indistinct. Il avait baissé complètement les paupières, la figure toute blanche, parlant avec une émotion si douloureuse que le grand Fortuné lui-même pleurait, sans comprendre.

« Il n'est pas encore remis, dit Lisa. Il a tort de se fatiguer... Tiens ! Fortuné qui pleure !

— Les hommes, c'est plus tendre que les femmes, murmura Babet.

— Il a bien parlé tout de même, conclut la Rousse. Ces curés, ça va chercher un tas de choses auxquelles personne ne songe.

— Chut ! » cria la Teuse, qui s'apprêtait déjà à éteindre les cierges.

Mais l'abbé Mouret balbutiait, tâchait de trouver les phrases finales.

« C'est pourquoi, mon cher frère et ma chère sœur, vous devez vivre dans la foi catholique, qui, seule, peut assurer la paix de votre foyer. Vos familles vous ont certainement appris à aimer Dieu, à prier matin et soir, à ne compter que sur les dons de sa miséricorde... »

Il n'acheva pas. Il se tourna pour prendre le calice sur l'autel et rentra à la sacristie, la tête penchée, précédé de Vincent, qui faillit laisser tomber les burettes et le manuterge, en cherchant à voir ce que Catherine faisait au fond de l'église.

« Oh ! la sans-cœur ! » dit Rosalie, qui planta là son mari pour venir prendre son enfant entre les bras.

L'enfant riait. Elle le baisa, elle rattacha son maillot, tout en menaçant du poing Catherine.

« S'il était tombé, je t'aurais allongé une belle paire de soufflets. »

Le grand Fortuné arrivait en se dandinant. Les trois filles s'étaient avancées, avec des pincements de lèvres.

« Le voilà fier, maintenant, murmura Babet à l'oreille des deux autres. Ce gueux-là, il a gagné les écus du père Bambousse dans le foin, derrière le moulin... Je le voyais tous les soirs s'en aller avec Rosalie, à quatre pattes, le long du petit mur. »

Elles ricanèrent. Le grand Fortuné, debout devant elles, ricana plus haut. Il pinça la Rousse, se laissa traiter de bête par Lisa.

C'était un garçon solide et qui se moquait du monde. Le curé l'avait ennuyé.

« Hé ! la mère ! » appela-t-il de sa grosse voix.

Mais la vieille Brichet mendiait à la porte de la sacristie. Elle se tenait là, toute pleurarde, toute maigre, devant la Teuse, qui lui glissait des œufs dans les poches de son tablier. Fortuné n'eut pas la moindre honte. Il cligna des yeux, en disant :

« Elle est futée, la mère !... Dame ! puisque le curé veut du monde dans son église ! »

Cependant, Rosalie s'était calmée. Avant de s'en aller, elle demanda à Fortuné s'il avait prié monsieur le curé de venir le soir bénir leur chambre, selon l'usage du pays. Alors, Fortuné courut à la sacristie, traversant la nef à gros coups de talon, comme il aurait traversé un champ. Et il reparut en criant que le curé viendrait. La Teuse, scandalisée du tapage de ces gens, qui semblaient se croire sur une grande route, tapait légèrement dans ses mains, les poussait vers la porte.

« C'est fini, disait-elle, retirez-vous, allez au travail. »

Et elle les croyait tous dehors, lorsqu'elle aperçut Catherine, que Vincent était venu rejoindre. Tous les deux se penchaient anxieusement au-dessus du trou des fourmis. Catherine, avec une longue paille, fouillait dans le trou si violemment qu'un flot de fourmis effarées coulait sur la dalle. Et Vincent disait qu'il fallait aller jusqu'au fond, pour trouver la reine.

« Ah ! les brigands ! cria la Teuse. Qu'est-ce que vous faites là ? Voulez-vous bien laisser ces bêtes tranquilles !... C'est le trou de fourmis à Mlle Désirée. Elle serait contente, si elle vous voyait. »

Les enfants se sauvèrent.

II

L'abbé Mouret, en soutane, la tête nue, était revenu s'agenouiller au pied de l'autel. Dans la clarté grise tombant des fenêtres, sa tonsure trouait ses cheveux d'une tache pâle, très large, et le léger frisson qui lui pliait la nuque semblait venir du froid qu'il devait éprouver là. Il priait ardemment, les mains jointes, si perdu au fond de ses supplications qu'il n'entendait point les pas lourds de la Teuse, tournant autour de lui sans oser l'interrompre. Celle-ci paraissait souffrir à le voir écrasé ainsi, les genoux cassés. Un moment, elle crut qu'il pleurait. Alors, elle passa derrière l'autel pour le guetter. Depuis son retour, elle ne voulait plus le laisser seul dans l'église, l'ayant un soir trouvé évanoui par terre, les dents serrées, les joues glacées, comme mort.

« Venez donc, mademoiselle, dit-elle à Désirée, qui allongeait la tête par la porte de la sacristie. Il est encore là, à se faire du mal... Vous savez bien qu'il n'écoute que vous. »

Désirée souriait.

« Pardi ! il faut déjeuner, murmura-t-elle. J'ai très faim. »

Et elle s'approcha du prêtre à pas de loup. Quand elle fut tout près, elle lui prit le cou, elle l'embrassa.

« Bonjour, frère, dit-elle. Tu veux donc me faire mourir de faim, aujourd'hui ? »

Il leva un visage si douloureux qu'elle l'embrassa de nouveau sur les deux joues ; il sortait d'une agonie. Puis, il la reconnut, il chercha à l'écarter doucement ; mais elle tenait une de ses mains, elle ne la lâchait pas. Ce fut à peine si elle lui permit de se signer. Elle l'emmenait.

« Puisque j'ai faim, viens donc. Tu as faim aussi, toi. »

La Teuse avait préparé le déjeuner, au fond du petit jardin, sous deux grands mûriers dont les branches étalées mettaient là une toiture de feuillage. Le soleil, vainqueur enfin des buées orageuses du matin, chauffait les carrés de légumes, tandis que le mûrier jetait un large pan d'ombre sur la table boiteuse où étaient servies deux tasses de lait accompagnées d'épaisses tartines.

« Tu vois, c'est gentil », dit Désirée, ravie de manger en plein air.

Elle coupait déjà d'énormes mouillettes qu'elle mordait avec un appétit superbe. Comme la Teuse restait debout devant eux :

« Alors, tu ne manges pas, toi ? demanda-t-elle.

— Tout à l'heure, répondit la vieille servante. Ma soupe chauffe. »

Et, au bout d'un silence, émerveillée des coups de dent de cette grande enfant, elle reprit, s'adressant au prêtre :

« C'est un plaisir, au moins... Ça ne vous donne pas faim, monsieur le curé ? Il faut vous forcer. »

L'abbé Mouret souriait, en regardant sa sœur.

« Oh ! elle se porte bien, murmura-t-il. Elle grossit tous les jours.

— Tiens ! c'est parce que je mange ! s'écria-t-elle. Toi, si tu mangeais, tu deviendrais très gros... Tu es donc encore malade ? Tu as l'air tout triste... Je ne veux pas que ça recommence, entends-tu ? Je me suis trop ennuyée, pendant qu'on t'avait emmené pour te guérir.

— Elle a raison, dit la Teuse. Vous n'avez pas de bon sens, monsieur le curé. Ce n'est point une existence de vivre de deux ou trois miettes de pain par jour, comme un oiseau. Vous ne vous faites plus de sang, parbleu ! C'est ça qui vous rend tout pâle... Est-ce que vous n'avez pas honte de rester plus maigre qu'un clou, lorsque nous sommes si grasses, nous autres, qui ne sommes que des femmes ? On doit croire que nous ne vous laissons rien dans les plats. »

Et toutes deux, crevant de santé, le grondaient amicalement. Il avait des yeux très grands, très clairs, derrière lesquels on voyait comme un vide. Il souriait toujours.

« Je ne suis pas malade, répondit-il. J'ai presque fini mon lait. »

Il avait bu deux petites gorgées, sans toucher aux tartines.

« Les bêtes, dit Désirée, songeuse, ça se porte mieux que les gens.

— Eh bien ! c'est joli pour nous ce que vous avez trouvé là ! » s'écria la Teuse en riant.

Mais cette chère innocente de vingt ans n'avait aucune malice.

« Bien sûr, continua-t-elle. Les poules n'ont pas mal à la tête, n'est-ce pas ? Les lapins, on les engraisse tant qu'on veut. Et mon cochon, tu ne peux pas dire qu'il ait jamais l'air triste. »

Puis, se tournant vers son frère, d'un air ravi :

« Je l'ai appelé Mathieu, parce qu'il ressemble à ce gros homme qui apporte les lettres ; il est devenu joliment fort... Tu n'es pas aimable de refuser toujours de le voir. Un de ces jours, tu voudras bien que je te le montre, dis ? »

Tout en se faisant caressante, elle avait pris les tartines de son frère, qu'elle mordait à belles dents. Elle en avait achevé une ; elle entamait la seconde, lorsque la Teuse s'en aperçut :

« Mais ce n'est pas à vous, ce pain-là ! Voilà que vous lui retirez les morceaux de la bouche, maintenant !

— Laissez, dit l'abbé Mouret doucement, je n'y aurais pas touché... Mange, mange tout, ma chérie. »

Désirée était demeurée un instant confuse, regardant le pain, se contenant pour ne pas pleurer. Puis elle se mit à rire, achevant la tartine. Et elle continuait :

« Ma vache non plus n'est pas triste comme toi... Tu n'étais pas là, lorsque l'oncle Pascal me l'a donnée, en me faisant promettre d'être sage. Autrement, tu aurais vu comme elle était contente quand je l'ai embrassée pour la première fois. »

Elle tendit l'oreille. Un chant de coq venait de la basse-cour, un vacarme grandissait, des battements d'ailes, des grognements, des cris rauques, toute une panique de bêtes effarouchées.

« Ah ! tu ne sais pas, reprit-elle brusquement, en tapant dans ses mains, elle doit être pleine... Je l'ai menée au taureau, à trois lieues d'ici, au Béage. Dame ! c'est qu'il n'y a pas des taureaux partout !... Alors, pendant qu'elle était avec lui, j'ai voulu rester, pour voir. »

La Teuse haussait les épaules, en regardant le prêtre, d'un air contrarié.

« Vous feriez mieux, mademoiselle, d'aller mettre la paix parmi vos poules... Tout votre monde s'assassine là-bas. »

Mais Désirée tenait à son histoire.

« Il est monté sur elle, il l'a prise entre ses pattes... On riait. Il n'y a pourtant pas de quoi rire ; c'est naturel. Il faut bien que les mères fassent des petits, n'est-ce pas ? Dis, crois-tu qu'elle aura un petit ? »

L'abbé Mouret eut un geste vague. Ses paupières s'étaient baissées devant les regards clairs de la jeune fille.

« Eh ! courez donc ! cria la Teuse. Ils se mangent. »

La querelle devenait si violente, dans sa basse-cour, qu'elle partait avec un grand bruit de jupes, lorsque le prêtre la rappela :

« Et le lait, chérie, tu n'as pas fini le lait ? »

Il lui tendait sa tasse, à laquelle il avait à peine touché.

Elle revint, but le lait sans le moindre scrupule, malgré les yeux irrités de la Teuse. Puis, elle reprit son élan, courut à la basse-cour, où on l'entendit mettre la paix. Elle devait s'être assise au milieu de ses bêtes ; elle chantonnait doucement, comme pour les bercer.

III

« Maintenant ma soupe est trop chaude », gronda la Teuse, qui revenait de la cuisine avec une écuelle dans laquelle une cuiller de bois était plantée debout[1].

Elle se tint devant l'abbé Mouret, en commençant à

---

1. Il fallait que la cuiller tienne debout dans la soupe paysanne : celle-ci, pour être réussie, devait être très épaisse.

manger sur le bout de la cuiller, avec précaution. Elle espérait l'égayer, le tirer du silence accablé où elle le voyait. Depuis qu'il était revenu du Paradou, il se disait guéri, il ne se plaignait jamais ; souvent même, il souriait d'une si tendre façon que la maladie, selon les gens des Artaud, semblait avoir redoublé sa sainteté. Mais, par moments, des crises de silence le prenaient ; il semblait rouler dans une torture qu'il mettait toutes ses forces à ne point avouer ; et c'était une agonie muette qui le brisait, qui le rendait, pendant des heures, stupide, en proie à quelque abominable lutte intérieure dont la violence ne se devinait qu'à la sueur d'angoisse de sa face. La Teuse, alors, ne le quittait plus, l'étourdissant d'un flot de paroles, jusqu'à ce qu'il eût repris peu à peu son air doux, comme vainqueur de la révolte de son sang. Ce matin-là, la vieille servante pressentait une attaque plus rude encore que les autres. Elle se mit à parler abondamment, tout en continuant à se méfier de la cuiller qui lui brûlait la langue :

« Vraiment, il faut vivre au fond d'un pays de loups pour voir des choses pareilles. Est-ce que, dans les villages honnêtes, on se marie jamais aux chandelles [1] ? Ça montre assez que tous ces Artaud sont des pas grand-chose... Moi, en Normandie, j'ai vu des noces qui mettaient les gens en l'air à deux lieues à la ronde. On mangeait pendant trois jours. Le curé en était, le maire aussi ; même, à la noce d'une de mes cousines, les pompiers sont venus. Et l'on s'amusait donc !... Mais faire lever un prêtre avant le soleil pour s'épouser à une heure où les poules elles-mêmes sont encore couchées, il n'y a pas de bon sens ! À votre place, monsieur le curé, j'aurais refusé... Pardi ! vous n'avez pas assez dormi, vous avez peut-être pris froid dans l'église. C'est ça qui vous a tout retourné. Ajoutez qu'on aimerait mieux marier des bêtes que cette Rosalie et son gueux, avec leur mioche qui a

_____

1. Se marier si tôt le matin qu'on doive allumer les chandelles. Le père Bambousse avait choisi cet horaire matinal pour que sa fille ne perde pas une journée de travail.

pissé sur une chaise... Vous avez tort de ne pas me dire
où vous vous sentez mal. Je vous ferais quelque chose de
chaud... Hein ? monsieur le curé, répondez-moi ! »

Il répondit faiblement qu'il était bien, qu'il n'avait
besoin que d'un peu d'air. Il venait de s'adosser à un des
mûriers, la respiration courte, s'abandonnant.

« Bien, bien, n'en faites qu'à votre tête, reprit la Teuse.
Mariez les gens lorsque vous n'en avez pas la force et
lorsque cela doit vous rendre malade. Je m'en doutais, je
l'avais dit hier... C'est comme, si vous m'écoutiez, vous
ne resteriez pas là, puisque l'odeur de la basse-cour vous
incommode. Ça pue joliment, dans ce moment-ci. Je ne
sais pas ce que Mlle Désirée peut encore remuer. Elle
chante, elle ; elle s'en moque, ça lui donne des couleurs...
Ah ! je voulais vous dire. Vous savez que j'ai tout fait
pour l'empêcher de rester là quand le taureau a pris la
vache. Mais elle vous ressemble, elle est d'un entêtement ! Heureusement que, pour elle, ça ne tire pas à
conséquence. C'est sa joie, les bêtes avec les petits...
Voyons, monsieur le curé, soyez raisonnable. Laissez-moi
vous conduire dans votre chambre. Vous vous coucherez,
vous vous reposerez un peu... Non, vous ne voulez pas ?
Eh bien ! c'est tant pis, si vous souffrez ! On ne garde
pas ainsi son mal sur la conscience, jusqu'à en étouffer. »

Et, de colère, elle avala une grande cuillerée de soupe,
au risque de s'emporter la gorge. Elle tapait le manche
de bois contre son écuelle, grognant, se parlant à elle-
même :

« On n'a jamais vu un homme comme ça. Il crèverait
plutôt que de lâcher un mot... Ah ! il peut bien se taire.
J'en sais assez long ; ce n'est pas malin de deviner le
reste... Oui, oui, qu'il se taise. Ça vaut mieux. »

La Teuse était jalouse. Le docteur Pascal lui avait livré
un véritable combat pour lui enlever son malade, lorsqu'il
avait jugé le jeune prêtre perdu s'il le laissait au presbytère. Il dut lui expliquer que la cloche redoublait sa fièvre,
que les images de sainteté dont sa chambre était pleine
hantaient son cerveau d'hallucinations, qu'il lui fallait,
enfin, un oubli complet, un milieu autre, où il pût renaître,

dans la paix d'une existence nouvelle. Et elle hochait la tête, elle disait que nulle part « le cher enfant » ne trouverait une garde-malade meilleure qu'elle. Pourtant, elle avait fini par consentir ; elle s'était même résignée à le voir aller au Paradou, tout en protestant contre ce choix du docteur, qui la confondait. Mais elle gardait contre le Paradou une haine solide. Elle se trouvait surtout blessée du silence de l'abbé Mouret sur le temps qu'il y avait vécu. Souvent, elle s'était vainement ingéniée à le faire causer. Ce matin-là, exaspérée de le voir tout pâle, s'entêtant à souffrir sans une plainte, elle finit par agiter sa cuiller comme un bâton, elle cria :

« Il faut retourner là-bas, monsieur le curé, si vous y étiez si bien... Il y a là-bas une personne qui vous soignera sans doute mieux que moi. »

C'était la première fois qu'elle hasardait une allusion directe. Le coup fut si cruel que le prêtre laissa échapper un léger cri, en levant sa face douloureuse. La bonne âme de la Teuse eut regret.

« Aussi, murmura-t-elle, c'est la faute de votre oncle Pascal. Allez, je lui en ai dit assez. Mais ces savants, ça tient à leurs idées. Il y en a qui vous font mourir pour vous regarder le corps après... Moi, ça m'avait mis dans une telle colère que je n'ai voulu en parler à personne. Oui, monsieur, c'est grâce à moi si personne n'a su où vous étiez, tant je trouvais ça abominable. Quand l'abbé Guyot, de Saint-Eutrope, qui vous a remplacé pendant votre absence, venait dire sa messe ici, le dimanche, je lui racontais des histoires, je lui jurais que vous étiez en Suisse. Je ne sais pas seulement où ça est, la Suisse... Certes, je ne veux point vous faire de la peine, mais c'est sûrement là-bas que vous avez pris votre mal. Vous voilà drôlement guéri. On aurait bien mieux fait de vous laisser avec moi, qui ne me serais pas avisée de vous tourner la tête. »

L'abbé Mouret, le front de nouveau penché, ne l'interrompait pas. Elle s'était assise par terre, à quelques pas de lui, pour tâcher de rencontrer ses yeux. Elle reprit maternellement, ravie de la complaisance qu'il semblait mettre à l'écouter :

« Vous n'avez jamais voulu connaître l'histoire de l'abbé Caffin. Dès que je parle, vous me faites taire... Eh bien, l'abbé Caffin, dans notre pays, à Canteleu, avait eu des ennuis. C'était pourtant un bien saint homme, et qui possédait un caractère d'or. Mais, voyez-vous, il était très douillet, il aimait les choses délicates. Si bien qu'une demoiselle rôdait autour de lui, la fille d'un meunier que ses parents avaient mise en pension. Bref, il arriva ce qui devait arriver, vous me comprenez, n'est-ce pas ?... Alors, quand on a su la chose, tout le pays s'est fâché contre l'abbé. On le cherchait pour le tuer à coups de pierres. Il s'est sauvé à Rouen, il est allé pleurer chez l'archevêque. Et on l'a envoyé ici. Le pauvre homme était assez puni de vivre dans ce trou... Plus tard, j'ai eu des nouvelles de la fille. Elle a épousé un marchand de bœufs. Elle est très heureuse. »

La Teuse, enchantée d'avoir placé son histoire, vit un encouragement dans l'immobilité du prêtre. Elle se rapprocha, elle continua :

« Ce bon M. Caffin ! Il n'était pas fier avec moi, il me parlait souvent de son péché. Ça ne l'empêche pas d'être dans le ciel, je vous en réponds ! Il peut dormir tranquille, là, à côté, sous l'herbe, car il n'a jamais fait de tort à personne... Moi, je ne comprends pas qu'on en veuille tant à un prêtre quand il se dérange. C'est si naturel[1] ! Ce n'est pas beau, sans doute, c'est une saleté qui doit mettre Dieu en colère ; mais il vaut encore mieux faire ça que d'aller voler. On se confesse, donc, et on est quitte !... N'est-ce pas, monsieur le curé, lorsqu'on a un vrai repentir, on fait son salut tout de même ? »

L'abbé Mouret s'était lentement redressé. Par un effort suprême, il venait de dompter son angoisse. Pâle encore, il dit d'une voix ferme :

---

1. La Teuse incarne ici la tolérance. En cela elle s'oppose radicalement à Archangias. Leur opposition est symbolisée dans le roman dans les scènes de « bataille » (*cf.* III, v et x, pp. 341, 404-406).

« Il ne faut jamais pécher, jamais, jamais !

— Ah ! tenez, s'écria la vieille servante, vous êtes trop fier, monsieur ! Ce n'est pas beau, non plus, l'orgueil !... À votre place, moi, je ne me raidirais pas comme cela. On cause de son mal, on ne se coupe pas le cœur en quatre tout d'un coup, on s'habitue à la séparation, enfin ! Ça se passe petit à petit... Au lieu que vous, voilà que vous évitez même de prononcer le nom des gens. Vous défendez qu'on parle d'eux ; ils sont comme s'ils étaient morts. Depuis votre retour, je n'ai pas osé vous donner la moindre nouvelle. Eh bien ! je causerai maintenant, je dirai ce que je saurai, parce que je vois bien que c'est tout ce silence qui vous tourne sur le cœur. »

Il la regardait sévèrement, levant un doigt pour la faire taire.

« Oui, oui, continua-t-elle, j'ai des nouvelles de là-bas, très souvent même, et je vous les donnerai... D'abord, la personne n'est pas plus heureuse que vous.

— Taisez-vous ! » dit l'abbé Mouret, qui trouva la force de se mettre debout pour s'éloigner.

La Teuse se leva aussi, lui barrant le passage de sa masse énorme. Elle se fâchait, elle criait :

« Là, vous voilà déjà parti !... Mais vous m'écouterez. Vous savez que je n'aime guère les gens de là-bas, n'est-ce pas ? Si je vous parle d'eux, c'est pour votre bien... On prétend que je suis jalouse. Eh bien, je rêve de vous mener un jour là-bas. Vous seriez avec moi, vous ne craindriez pas de mal faire... Voulez-vous ? »

Il l'écarta du geste, la face calmée, en disant :

« Je ne veux rien, je ne sais rien... Nous avons une grand-messe demain. Il faudra préparer l'autel. »

Puis, s'étant mis à marcher, il ajouta, avec un sourire :

« Ne vous inquiétez pas, ma bonne Teuse. Je suis plus fort que vous ne croyez. Je me guérirai tout seul. »

Et il s'éloigna, l'air solide, la tête droite, ayant vaincu. Sa soutane, le long des bordures de thym, avait un frôlement très doux. La Teuse, qui était restée plantée à la même place, ramassa son écuelle et sa cuiller de bois en bougonnant. Elle mâchait entre ses dents des paroles qu'elle accompagnait de grands haussements d'épaules :

« Ça fait le brave, ça se croit bâti autrement que les autres hommes, parce que c'est curé... La vérité est que celui-là est joliment dur. J'en ai connu qu'on n'avait pas besoin de chatouiller si longtemps. Et il est capable de s'écraser le cœur comme on écrase une puce. C'est son bon Dieu qui lui donne cette force. »

Elle rentrait à la cuisine, lorsqu'elle aperçut l'abbé Mouret, debout, devant la porte à claire-voie de la basse-cour. Désirée l'avait arrêté pour lui faire peser un chapon [1] qu'elle engraissait depuis quelques semaines. Il disait complaisamment qu'il était très lourd, ce qui donnait un rire d'aise à la grande enfant.

« Les chapons, eux aussi, s'écrasent le cœur comme une puce, bégaya la Teuse, tout à fait furieuse. Ils ont des raisons pour cela... Alors, il n'y a pas de gloire à bien vivre. »

IV

L'abbé Mouret passait les journées au presbytère. Il évitait les longues promenades qu'il faisait avant sa maladie. Les terres brûlées des Artaud, les ardeurs de cette vallée où ne poussaient que des vignes tordues, l'inquiétaient. À deux reprises, il avait essayé de sortir, le matin, pour lire son bréviaire le long des routes ; mais il n'avait pas dépassé le village ; il était rentré, troublé par les odeurs, le plein soleil, la largeur de l'horizon. Le soir, seulement, dans la fraîcheur de la nuit tombante, il hasardait quelques pas devant l'église, sur l'esplanade qui s'étendait jusqu'au cimetière. L'après-midi, pour s'occuper, pris d'un besoin d'activité qu'il ne savait comment satisfaire, il s'était donné la tâche de coller des vitres de

_____
1. Poulet castré.

papier aux carreaux cassés de la nef[1]. Cela, pendant huit jours, l'avait tenu sur une échelle, très attentif à poser les vitres proprement, découpant le papier avec des délicatesses de broderie, étalant la colle de façon à ce qu'il n'y eût pas de bavure. La Teuse veillait au pied de l'échelle. Désirée criait qu'il ne fallait pas boucher tous les carreaux, afin que les moineaux pussent entrer ; et, pour ne pas la faire pleurer, le prêtre en oubliait deux ou trois, à chaque fenêtre. Puis, cette réparation finie, l'ambition lui avait poussé d'embellir l'église, sans appeler ni maçon, ni menuisier, ni peintre. Il ferait tout lui-même. Ces travaux manuels, disait-il, l'amusaient, lui rendaient des forces. L'oncle Pascal, chaque fois qu'il passait à la cure, l'encourageait, en assurant que cette fatigue-là valait mieux que toutes les drogues du monde. Dès lors, l'abbé Mouret boucha les trous du mur avec des poignées de plâtre, recloua les autels à grands coups de marteau, broya des couleurs pour donner une couche à la chaire et au confessionnal. Ce fut un événement dans le pays. On en causait à deux lieues. Des paysans venaient, les mains derrière le dos, voir travailler monsieur le curé. Lui, un tablier bleu serré à la taille, les poignets meurtris, s'absorbait dans cette rude besogne, avait un prétexte pour ne plus sortir. Il vivait ses journées au milieu des plâtras, plus tranquille, presque souriant, oubliant le dehors, les arbres, le soleil, les vents tièdes, qui le troublaient.

« Monsieur le curé est bien libre, du moment que ça ne coûte rien à la commune », disait le père Bambousse, avec un ricanement, en entrant chaque soir pour constater où en étaient les travaux.

L'abbé Mouret dépensa là ses économies du séminaire. C'étaient, d'ailleurs, des embellissements dont la naïveté maladroite eût fait sourire. La maçonnerie le rebuta vite. Il se contenta de recrépir le tour de l'église, à hauteur d'homme. La Teuse gâchait le plâtre[2]. Quand elle parla de réparer aussi le presbytère, qu'elle craignait toujours,

---

1. Réparer l'église, c'est aussi restaurer sa foi. — 2. Délayer du plâtre pour effectuer des travaux de maçonnerie.

disait-elle, de voir tomber sur leurs têtes, il lui expliqua qu'il ne saurait pas, qu'il faudrait un ouvrier ; ce qui amena une querelle terrible entre eux. Elle criait qu'il n'était pas raisonnable de faire une si belle église où personne ne couchait, lorsqu'il y avait à côté des chambres dans lesquelles on les trouverait sûrement morts, un de ces matins, écrasés par les plafonds.

« Moi, d'abord, grondait-elle, je finirai par venir faire mon lit ici, derrière l'autel. J'ai trop peur, la nuit. »

Le plâtre manquant, elle ne parla plus du presbytère. Puis, la vue des peintures qu'exécutait monsieur le curé la ravissait. Ce fut le grand charme de toute cette besogne. L'abbé, qui avait remis des bouts de planche partout, se plaisait à étaler sur les boiseries une belle couleur jaune, avec un gros pinceau. Il y avait, dans le pinceau, un va-et-vient très doux, dont le bercement l'endormait un peu, le laissait sans pensée pendant des heures, à suivre les traînées grasses de la peinture. Lorsque tout fut jaune, le confessionnal, la chaire, l'estrade, jusqu'à la caisse de l'horloge, il se risqua à faire des raccords de faux marbre pour rafraîchir le maître-autel. Et, s'enhardissant, il le repeignit tout entier. Le maître-autel, blanc, jaune et bleu, était superbe. Des gens qui n'avaient pas assisté à une messe depuis cinquante ans, vinrent en procession pour le voir.

Les peintures, maintenant, étaient sèches. L'abbé Mouret n'avait plus qu'à encadrer les panneaux d'un filet brun. Aussi, dès l'après-midi, se mit-il à l'œuvre, voulant que tout fût terminé le soir même, le lendemain étant un jour de grand-messe, ainsi qu'il l'avait rappelé à la Teuse. Celle-ci attendait pour faire la toilette de l'autel ; elle avait déjà posé sur la crédence les chandeliers et la croix d'argent, les vases de porcelaine plantés de roses artificielles, la nappe garnie de dentelle des grandes fêtes. Mais les filets furent si délicats à faire proprement qu'il s'attarda jusqu'à la nuit. Le jour tombait au moment où il achevait le dernier panneau.

« Ce sera trop beau », dit une voix rude, sortie de la poussière grise du crépuscule dont l'église s'emplissait.

La Teuse, qui s'était agenouillée pour mieux suivre le pinceau le long de la règle, eut un tressaillement de peur.

« Ah ! c'est Frère Archangias, dit-elle, en tournant la tête ; vous êtes donc entré par la sacristie ?... Mon sang n'a fait qu'un tour. J'ai cru que la voix venait de dessous les dalles. »

L'abbé Mouret s'était remis au travail, après avoir salué le Frère d'un léger signe de tête. Celui-ci se tint debout, silencieux, ses grosses mains nouées devant sa soutane. Puis, après avoir haussé les épaules en voyant le soin que mettait le prêtre à ce que les filets fussent bien droits, il répéta :

« Ce sera trop beau. »

La Teuse, en extase, tressaillit une seconde fois.

« Bon ! cria-t-elle, j'avais déjà oublié que vous étiez là, vous ! Vous pourriez bien tousser avant de parler. Vous avez une voix qui part brusquement comme celle d'un mort. »

Elle s'était relevée, elle se reculait pour admirer.

« Pourquoi, trop beau ? reprit-elle. Il n'y a rien de trop beau quand il s'agit du bon Dieu... Si monsieur le curé avait eu de l'or, il y aurait mis de l'or, allez ! »

Le prêtre ayant fini, elle se hâta de changer la nappe, en ayant bien soin de ne pas effacer les filets. Puis, elle disposa symétriquement la croix, les chandeliers et les vases. L'abbé Mouret était allé s'adosser à côté de Frère Archangias, contre la barrière de bois qui séparait le chœur de la nef. Ils n'échangèrent pas une parole. Ils regardaient la croix d'argent qui, dans l'ombre croissante, gardait des gouttes de lumière sur les pieds, le long du flanc gauche et à la tempe droite du crucifié. Quand la Teuse eut fini, elle s'avança, triomphante :

« Hein ! dit-elle, c'est gentil. Vous verrez le monde, demain, à la messe ! Ces païens ne viennent chez Dieu que lorsqu'ils le croient riche... Maintenant, monsieur le Curé, il faudra en faire autant à l'autel de la Vierge.

— De l'argent perdu », gronda Frère Archangias.

Mais la Teuse se fâcha. Et, comme l'abbé Mouret

continuait à se taire, elle les emmena tous deux devant l'autel de la Vierge, les poussant, les tirant par leur soutane.

« Mais regardez donc ! Ça jure trop, maintenant que le maître-autel est propre. On ne sait plus même s'il y a eu des peintures. J'ai beau essuyer, le matin, le bois garde toute la poussière. C'est noir, c'est laid... Vous ne savez pas ce qu'on dira, monsieur le curé ? On dira que vous n'aimez pas la Sainte Vierge, voilà tout.

— Et après ? » demanda Frère Archangias.

La Teuse resta toute suffoquée.

« Après, murmura-t-elle, ça serait un péché, pardi !... L'autel est comme une de ces tombes qu'on abandonne dans les cimetières. Sans moi, les araignées y feraient leurs toiles, la mousse y pousserait. De temps en temps, quand je peux mettre un bouquet de côté, je le donne à la Vierge... Toutes les fleurs de notre jardin étaient pour elle, autrefois. »

Elle était montée devant l'autel, elle avait pris deux bouquets séchés oubliés sur les gradins.

« Vous voyez bien que c'est comme dans les cimetières », ajouta-t-elle, en les jetant aux pieds de l'abbé Mouret.

Celui-ci les ramassa, sans répondre. La nuit était complètement venue. Frère Archangias s'embarrassa au milieu des chaises, manqua tomber. Il jurait, il mâchait des phrases sourdes où revenaient les noms de Jésus et de Marie. Quand la Teuse, qui était allée chercher une lampe, rentra dans l'église, elle demanda simplement au prêtre :

« Alors, je puis mettre les pots et les pinceaux au grenier ?

— Oui, répondit-il, c'est fini. Nous verrons plus tard, pour le reste. »

Elle marcha devant eux, emportant tout, se taisant, de peur d'en trop dire. Et, comme l'abbé Mouret avait gardé les deux bouquets séchés à la main. Frère Archangias lui cria, en passant devant la basse-cour :

« Jetez donc ça ! »

L'abbé fit encore quelques pas, la tête penchée ; puis il jeta les fleurs[1] dans le trou au fumier, par-dessus la claire-voie[2].

V

Le Frère, qui avait mangé, resta là, à califourchon sur une chaise retournée, pendant le dîner du prêtre. Depuis que ce dernier était de retour aux Artaud, il venait ainsi presque tous les soirs s'installer au presbytère. Jamais il ne s'y était imposé plus rudement. Ses gros souliers écrasaient le carreau, sa voix tonnait, ses poings s'abattaient sur les meubles, tandis qu'il racontait les fessées données le matin aux petites filles ou qu'il résumait sa morale en formules dures comme des coups de bâton. Puis, s'ennuyant, il avait imaginé de jouer aux cartes avec la Teuse. Ils jouaient « à la bataille[3] », interminablement, la Teuse n'ayant jamais pu apprendre un autre jeu. L'abbé Mouret, qui souriait aux premières cartes abattues rageusement sur la table, tombait peu à peu dans une rêverie profonde ; et, pendant des heures, il s'oubliait, il s'échappait, sous les coups d'œil défiants de Frère Archangias.

Ce soir-là, la Teuse était d'une telle humeur qu'elle parla d'aller se coucher, dès que la nappe fut ôtée. Mais le Frère voulait jouer. Il lui donna des tapes sur les épaules, finit par l'asseoir, et si violemment que la chaise craqua. Il battait déjà les cartes. Désirée, qui le détestait, avait disparu avec son dessert qu'elle montait presque tous les soirs manger dans son lit.

« Je veux les rouges », dit la Teuse.

Et la lutte s'engagea. La Teuse enleva d'abord

_____

1. Jeter les fleurs, c'est, de façon métonymique, jeter le Paradou, se libérer violemment du passé. C'est aussi renoncer au culte marial (première partie) pour se consacrer exclusivement au Christ. — 2. Ouverture fermée par un grillage, et laissant donc passer la lumière. — 3. Jeu de cartes aux règles simples.

quelques belles cartes au Frère. Puis, deux as tombèrent en même temps sur la table.

« Bataille ! » cria-t-elle avec une émotion extraordinaire.

Elle jeta un neuf, ce qui la consterna ; mais le Frère n'ayant jeté qu'un sept, elle ramassa les cartes, triomphante. Au bout d'une demi-heure, elle n'avait plus de nouveau que deux as ; les chances se trouvaient rétablies. Et, vers le troisième quart d'heure, c'était elle qui perdait un as. Le va-et-vient des valets, des dames et des rois avait toute la furie d'un massacre.

« Hein ! elle est fameuse, cette partie ! » dit Frère Archangias, en se tournant vers l'abbé Mouret.

Mais il le vit si perdu, si loin, ayant aux lèvres un sourire si inconscient, qu'il haussa brutalement la voix.

« Eh bien ! monsieur le Curé, vous ne nous regardez donc pas ? Ce n'est guère poli... Nous ne jouons que pour vous. Nous cherchons à vous égayer... Allons, regardez le jeu. Ça vous vaudra mieux que de rêvasser. Où étiez-vous encore ? »

Le prêtre avait eu un tressaillement. Il ne répondit pas, il s'efforça de suivre le jeu, les paupières battantes. La partie continuait avec acharnement. La Teuse regagna son as, puis le reperdit. Certains soirs, ils se disputaient ainsi les as pendant quatre heures, et souvent même ils allaient se coucher, furibonds, n'ayant pu se battre.

« Mais j'y songe ! cria tout d'un coup la Teuse, qui avait une grosse peur de perdre, monsieur le curé devait sortir, ce soir. Il a promis au grand Fortuné et à la Rosalie d'aller bénir leur chambre, comme il est d'usage... Vite, monsieur le curé ! Le Frère vous accompagnera. »

L'abbé Mouret était déjà debout, cherchant son chapeau. Mais Frère Archangias, sans lâcher ses cartes, se fâchait :

« Laissez donc ! Est-ce que ça a besoin d'être béni, ce trou à cochons ? Pour ce qu'ils vont y faire de propre, dans leur chambre !... Encore un usage que vous devriez abolir. Un prêtre n'a pas à mettre son nez dans les draps des nouveaux mariés... Restez. Finissons la partie. Ça vaudra mieux.

— Non, dit le prêtre, j'ai promis. Ces braves gens pourraient se blesser... Restez, vous, finissez la partie, en m'attendant. »

La Teuse, très inquiète, regardait Frère Archangias.

« Eh bien ! oui, je reste, cria celui-ci. C'est trop bête ! »

Mais l'abbé Mouret n'avait pas ouvert la porte qu'il se levait pour le suivre, jetant violemment ses cartes. Il revint, il dit à la Teuse :

« J'allais gagner... Laissez les paquets tels qu'ils sont. Nous continuerons la partie demain.

— Ah ! bien, tout est brouillé, maintenant, répondit la vieille servante, qui s'était empressée de mêler les cartes. Si vous croyez que je vais le mettre sous verre, votre paquet ! Et puis, je pouvais gagner, j'avais encore un as. »

Frère Archangias, en quelques enjambées, rejoignit l'abbé Mouret qui descendait l'étroit sentier conduisant aux Artaud. Il s'était donné la tâche de veiller sur lui [1]. Il l'entourait d'un espionnage de toutes les heures, l'accompagnant partout, le faisant suivre par un gamin de son école, lorsqu'il ne pouvait s'acquitter lui-même de ce soin. Il disait, avec son rire terrible, qu'il était le « gendarme de Dieu ». Et, à la vérité, le prêtre semblait un coupable emprisonné dans l'ombre noire de la soutane du Frère, un coupable dont on se méfie, que l'on juge assez faible pour retourner à sa faute si on le perdait des yeux une minute. C'était une âpreté de vieille fille jalouse, un souci minutieux de geôlier qui pousse son devoir jusqu'à cacher les coins de ciel entrevus par les lucarnes. Frère Archangias se tenait toujours là, à boucher le soleil, à empêcher une odeur d'entrer, à murer si complètement le cachot que rien du dehors n'y venait plus. Il guettait les moindres faiblesses de l'abbé, reconnaissait, à la clarté de son regard, les pensées tendres, les écrasait d'une parole, sans pitié, comme des bêtes mauvaises. Les silences, les

---

1. Archangias — que son nom désigne comme un « chef des anges » (archange) — remplit ici la mission de l'ange gardien.

sourires, les pâleurs du front, les frissons des membres, tout lui appartenait. D'ailleurs, il évitait de parler nettement de la faute. Sa présence seule était un reproche. La façon dont il prononçait certaines phrases leur donnait le cinglement d'un coup de fouet. Il mettait dans un geste toute l'ordure qu'il crachait sur le péché. Comme ces maris trompés qui plient leurs femmes sous des allusions sanglantes, dont ils goûtent seuls la cruauté, il ne reparlait pas de la scène du Paradou ; il se contentait de l'évoquer d'un mot pour anéantir, aux heures de crise, cette chair rebelle. Lui aussi avait été trompé par ce prêtre, tout souillé de son adultère divin, ayant trahi ses serments, rapportant sur lui des caresses défendues, dont la senteur lointaine suffisait à exaspérer sa continence de bouc qui ne s'était jamais satisfait.

Il était près de dix heures. Le village dormait ; mais à l'autre bout du village, du côté du moulin, un tapage montait d'une des masures vivement éclairée. Le père Bambousse avait abandonné à sa fille et à son gendre un coin de la maison, se réservant pour lui les plus belles pièces. On buvait là un dernier coup, en attendant le curé.

« Ils sont soûls, gronda Frère Archangias. Les entendez-vous se vautrer ? »

L'abbé Mouret ne répondit pas. La nuit était superbe, toute bleue d'un clair de lune qui changeait au loin la vallée en un lac dormant. Et il ralentissait sa marche, comme baigné d'un bien-être par ces clartés douces ; il s'arrêtait même devant certaines nappes de lumière, avec le frisson délicieux que donne l'approche d'une eau fraîche. Le Frère continuait ses grandes enjambées, le gourmandant, l'appelant :

« Venez donc... Ce n'est pas sain de courir la campagne à cette heure. Vous seriez mieux dans votre lit. »

Mais, brusquement, à l'entrée du village, il se planta au milieu de la route. Il regardait vers les hauteurs, où les lignes blanches des ornières se perdaient dans les taches noires des petits bois de pins. Il avait un grognement de chien qui flaire un danger.

« Qui descend de là-haut, si tard ? » murmura-t-il.

Le prêtre, n'entendant rien, ne voyant rien, voulut à son tour lui faire presser le pas.

« Laissez donc, le voici, reprit vivement Frère Archangias. Il vient de tourner le coude[1]. Tenez, la lune l'éclaire. Vous le voyez bien, à présent... C'est un grand, avec un bâton. »

Puis, au bout d'un silence, il reprit, la voix rauque étouffée par la fureur :

« C'est lui, c'est ce gueux !... Je le sentais. »

Alors, le nouveau venu étant au bas de la côte, l'abbé Mouret reconnut Jeanbernat. Malgré ses quatre-vingts ans, le vieux tapait si dur des talons que ses gros souliers ferrés tiraient des étincelles du silex de la route. Il marchait droit comme un chêne[2], sans même se servir de son bâton, qu'il portait sur son épaule, en manière de fusil.

« Ah ! le damné ! bégaya le Frère, cloué sur place, en arrêt. Le diable lui jette toute la braise de l'enfer sous les pieds ! »

Le prêtre, très troublé, désespérant de faire lâcher prise à son compagnon, tourna le dos pour continuer sa route, espérant encore éviter Jeanbernat en se hâtant de gagner la maison de Bambousse. Mais il n'avait pas fait cinq pas que la voix railleuse du vieux s'éleva, presque derrière son dos :

« Eh ! curé, attendez-moi. Je vous fais donc peur ? »

Et, l'abbé Mouret s'étant arrêté, il s'approcha. Il continua :

« Dame ! vos soutanes, ça n'est pas commode, ça empêche de courir. Puis, il a beau faire nuit, on vous reconnaît de loin... Du haut de la côte, je me suis dit : "Tiens ! c'est le petit curé qui est là-bas." Oh ! j'ai encore de bons yeux... Alors, vous ne venez plus nous voir ?

— J'ai eu tant d'occupations, murmura le prêtre, très pâle.

— Bien, bien, tout le monde est libre. Ce que je vous en dis, c'est pour vous montrer que je ne vous garde pas

---

1. Changer brusquement de direction. — 2. *Cf.* II, v, p. 211, Albine à Serge : « Tu as l'air d'un arbre qui marche. »

rancune d'être curé. Nous ne parlerions même pas de votre bon Dieu, ça m'est égal... La petite croit que c'est moi qui vous empêche de revenir. Je lui ai répondu : "Le curé est une bête." Et ça, je le pense. Est-ce que je vous ai mangé, pendant votre maladie ? Je ne suis même pas monté vous voir... Tout le monde est libre. »

Il parlait avec sa belle indifférence, en affectant de ne pas s'apercevoir de la présence de Frère Archangias. Mais celui-ci ayant poussé un grognement plus menaçant, il reprit :

« Eh ! curé, vous promenez donc votre cochon avec vous ?

— Attends, brigand ! » hurla le Frère, les poings fermés.

Jeanbernat, le bâton levé, feignit de le reconnaître.

« Bas les pattes ! cria-t-il, Ah ! c'est toi, calotin ! J'aurais dû te flairer à l'odeur de ton cuir... Nous avons un compte à régler ensemble. J'ai juré d'aller te couper les oreilles au milieu de ta classe. Ça amusera les gamins que tu empoisonnes [1]. »

Le Frère, devant le bâton, recula, la gorge pleine d'injures. Il balbutiait, il ne trouvait plus les mots.

« Je t'enverrai les gendarmes, assassin ! Tu as craché sur l'église, je t'ai vu ! Tu donnes le mal de la mort au pauvre monde rien qu'en passant devant les portes. À Saint-Eutrope, tu as fait avorter une fille en la forçant à mâcher une hostie consacrée que tu avais volée. Au Béage [2], tu es allé déterrer des enfants que tu as emportés sur ton dos pour tes abominations... Tout le monde sait cela, misérable ! Tu es le scandale du pays. Celui qui t'étranglerait gagnerait du coup le paradis. »

Le vieux écoutait, ricanant, faisant le moulinet avec son bâton. Entre deux injures de l'autre, il répétait à demi-voix :

---

1. Dans ce conflit, Archangias et Jeanbernat incarnent, respectivement, le catholicisme intransigeant et la libre pensée (Jeanbernat est surnommé « le Philosophe »). — 2. Saint-Eutrope et Le Béage sont des villages proches des Artaud.

« Va, va, soulage-toi, serpent ! Tout à l'heure, je te casserai les reins. »

L'abbé Mouret voulut intervenir. Mais Frère Archangias le repoussa, en criant :

« Vous êtes avec lui, vous ! Est-ce qu'il ne vous a pas fait marcher sur la croix, dites le contraire ! »

Et, se tournant de nouveau vers Jeanbernat :

« Ah ! Satan, tu as dû bien rire quand tu as tenu un prêtre ! Le ciel écrase ceux qui t'ont aidé à ce sacrilège ! Que faisais-tu, la nuit, pendant qu'il dormait ? Tu venais avec ta salive, n'est-ce pas, lui mouiller la tonsure afin que ses cheveux grandissent plus vite ? Tu lui soufflais sur le menton et sur les joues pour que la barbe y poussât d'un doigt en une nuit. Tu lui frottais tout le corps de tes maléfices, tu lui soufflais dans la bouche la rage d'un chien, tu le mettais en rut... Et c'est ainsi que tu l'avais changé en bête, Satan !

— Il est stupide, dit Jeanbernat, en reposant son bâton sur l'épaule. Il m'ennuie. »

Le Frère, enhardi, vint lui allonger ses deux poings sous le nez.

« Et ta gueuse ! cria-t-il. C'est toi qui l'as fourrée toute nue dans le lit du prêtre ! »

Mais il poussa un hurlement, en faisant un bond en arrière. Le bâton du vieux, lancé à toute volée, venait de se casser sur son échine. Il recula encore, ramassa dans un tas de cailloux, au bord de la route, un silex gros comme les deux poings, qu'il lança à la tête de Jeanbernat. Celui-ci avait le front fendu s'il ne s'était pas courbé. Il courut au tas de cailloux voisin, s'abrita, prit des pierres. Et, d'un tas à l'autre, un terrible combat s'engagea. Les silex grêlaient. La lune, très claire, découpait nettement les ombres.

« Oui, tu l'as fourrée dans son lit, répétait le Frère, affolé ! Et tu avais mis un Christ sous le matelas pour que l'ordure tombât sur lui... Ha ! ha ! tu es étonné que je sache tout. Tu attends quelque monstre de cet accouplement-là. Tu fais chaque matin les treize signes de l'enfer sur le ventre de ta gueuse, pour qu'elle accouche de l'Antéchrist[1]. Tu veux l'Antéchrist, bandit !... Tiens, que ce caillou t'éborgne !

— Et que celui-ci te ferme le bec, calotin ! répondit Jeanbernat, redevenu très calme. Est-il bête, cet animal, avec ses histoires !... Va-t-il falloir que je te casse la tête pour continuer ma route ? Est-ce ton catéchisme qui t'a tourné sur la cervelle ?

— Le catéchisme ? Veux-tu connaître le catéchisme qu'on enseigne aux damnés de ton espèce ? Oui, je t'apprendrai à faire le signe de croix... Ceci est pour le Père, et ceci pour le Fils, et ceci pour le Saint-Esprit... Ah ! tu es encore debout. Attends, attends !... Ainsi soit-il ! »

Il lui jeta une volée de petites pierres en façon de mitraille. Jeanbernat, atteint à l'épaule, lâcha les cailloux qu'il tenait et s'avança tranquillement, pendant que Frère Archangias prenait dans le tas deux nouvelles poignées, en bégayant :

« Je t'extermine. C'est Dieu qui le veut. Dieu est dans mon bras.

— Te tairas-tu ! » dit le vieux en l'empoignant à la nuque.

Alors, il y eut une courte lutte dans la poussière de la route, bleuie par la lune. Le Frère, se voyant le plus faible, cherchait à mordre. Les membres séchés de Jeanbernat étaient comme des paquets de cordes qui le liaient si étroitement qu'il en sentait les nœuds lui entrer dans la chair. Il se taisait, étouffant, rêvant quelque traîtrise. Quand il l'eut mis sous lui, le vieux reprit, en raillant :

« J'ai envie de te casser un bras pour casser ton bon Dieu... Tu vois bien qu'il n'est pas le plus fort, ton bon Dieu. C'est moi qui t'extermine... Maintenant, je vais te couper les oreilles. Tu m'as trop ennuyé. »

Et il tirait paisiblement un couteau de sa poche. L'abbé Mouret, qui, à plusieurs reprises, s'était en vain jeté entre

---

1. Selon Jean (première épître, II, 18, 22 ; deuxième épître, II, 7), l'Antéchrist est un imposteur, qui nie que Jésus soit le Christ, et qui renie à la fois le Père et le Fils.

les combattants, s'interposa si vivement qu'il finit par consentir à remettre cette opération à plus tard.

« Vous avez tort, curé, murmura-t-il. Ce gaillard a besoin d'une saignée. Enfin, puisque ça vous contrarie, j'attendrai. Je le rencontrerai bien encore dans un petit coin. »

Le Frère ayant poussé un grognement, il s'interrompit pour lui crier :

« Ne bouge pas ou je te les coupe tout de suite.

— Mais, dit le prêtre, vous êtes assis sur sa poitrine. Ôtez-vous de là pour qu'il puisse respirer.

— Non, non, il recommencerait ses farces. Je le lâcherai lorsque je m'en irai... Je vous disais donc, curé, quand ce gredin s'est jeté entre nous, que vous seriez le bienvenu là-bas. La petite est maîtresse, vous savez. Je ne la contrarie pas plus que mes salades. Tout ça pousse... Il n'y a que des imbéciles comme ce calotin-là pour voir le mal... Où as-tu vu le mal, coquin ! c'est toi qui as inventé le mal, brute ! »

Il secouait le Frère de nouveau.

« Laissez-le se relever, supplia l'abbé Mouret.

— Tout à l'heure... La petite n'est pas à son aise depuis quelque temps. Je ne m'apercevais de rien. Mais elle me l'a dit. Alors je vais prévenir votre oncle Pascal, à Plassans. La nuit, on est tranquille, on ne rencontre personne... Oui, oui, la petite ne se porte pas bien. »

Le prêtre ne trouva pas une parole. Il chancelait, la tête basse.

« Elle était si contente de vous soigner ! continua le vieux. En fumant ma pipe, je l'entendais rire. Ça me suffisait. Les filles, c'est comme les aubépines : quand elles font des fleurs, elles font tout ce qu'elles peuvent... Enfin, vous viendrez, si le cœur vous en dit. Peut-être que ça amuserait la petite... Bonsoir, curé. »

Il s'était relevé avec lenteur, serrant les poings du Frère, se méfiant d'un mauvais coup. Et il s'éloigna, sans tourner la tête, en reprenant son pas dur et allongé. Le Frère, en silence, rampa jusqu'au tas de cailloux. Il attendit que le vieux fût à quelque distance. Puis, à deux mains, il recommença, furieusement. Mais les pierres roulaient dans la poussière de la route. Jeanbernat, ne daignant plus se fâcher, s'en allait, droit comme un arbre, au fond de la nuit sereine.

« Le maudit ! Satan le pousse ! balbutia Frère Archangias, en faisant ronfler une dernière pierre. Un vieux qu'une chiquenaude devrait casser ! Il est cuit au feu de l'enfer. J'ai senti ses griffes. »

Sa rage impuissante piétinait sur les cailloux épars. Brusquement, il se tourna contre l'abbé Mouret.

« C'est votre faute ! cria-t-il. Vous auriez dû m'aider, et à nous deux nous l'aurions étranglé. »

À l'autre bout du village, le tapage avait grandi dans la maison de Bambousse. On entendait distinctement les culs de verre tapés en mesure sur la table. Le prêtre s'était remis à marcher, sans lever la tête, se dirigeant vers la grande clarté claire que jetait la fenêtre, pareille à la flambée d'un feu de sarments. Le Frère le suivit, sombre, la soutane souillée de poussière, une joue saignant de l'effleurement d'un caillou. Puis, de sa voix dure, après un silence :

« Irez-vous ? » demanda-t-il.

Et, l'abbé Mouret ne répondant pas, il continua :

« Prenez garde ! vous retournez au péché... Il a suffi que cet homme passât pour que toute votre chair eût un tressaillement. Je vous ai vu sous la lune, pâle comme une fille... Prenez garde, entendez-vous ! Cette fois, Dieu ne pardonnerait pas. Vous tomberiez dans la pourriture dernière... Ah ! misérable boue, c'est la saleté qui vous emporte ! »

Alors, le prêtre leva enfin la face. Il pleurait à grosses larmes, silencieusement. Il dit avec une douceur navrée :

« Pourquoi me parlez-vous ainsi ?... Vous êtes toujours là, vous connaissez mes luttes de chaque heure. Ne doutez pas de moi, laissez-moi la force de me vaincre. »

Ces paroles si simples, baignées de larmes muettes, prenaient dans la nuit un tel caractère de douleur sublime que Frère Archangias lui-même, malgré sa rudesse, se sentit troublé. Il n'ajouta pas un mot, secouant sa soutane, essuyant sa joue saignante. Lorsqu'ils furent devant la maison des Bambousse, il refusa d'entrer. Il s'assit, à quelques pas, sur la caisse renversée d'une vieille charrette, où il attendit avec une patience de dogue.

« Voilà monsieur le curé ! » crièrent tous les Bambousse et tous les Brichet attablés.

Et l'on remplit de nouveau les verres. L'abbé Mouret dut en prendre un. Il n'y avait pas eu de noce. Seulement, le soir, après le dîner, on avait posé sur la table une dame-jeanne[1] d'une cinquantaine de litres qu'il s'agissait de vider avant d'aller se mettre au lit. Ils étaient dix, et déjà le père Bambousse renversait d'une seule main la dame-jeanne d'où ne coulait plus qu'un mince filet rouge. La Rosalie, très gaie, trempait le menton du petit dans son verre, tandis que le grand Fortuné faisait des tours, soulevait des chaises avec ses dents. Tout le monde passa dans la chambre. L'usage voulait que le curé y bût le vin qu'on lui avait versé : c'est[a] là ce qu'on appelait bénir la chambre. Ça portait bonheur, ça empêchait le ménage de se battre. Du temps de M. Caffin, les choses se passaient joyeusement, le vieux prêtre aimant à rire ; il était même réputé pour la façon dont il vidait le verre, sans laisser une goutte au fond ; d'autant plus que les femmes, aux Artaud, prétendaient que chaque goutte laissée était une année d'amour en moins pour les époux. Avec l'abbé Mouret, on plaisantait moins haut. Il but pourtant d'un trait, ce qui parut flatter beaucoup le père Bambousse. La vieille Brichet regarda avec une moue le fond du verre, où un peu de vin restait. Devant le lit, un oncle, qui était garde champêtre, risquait des gaudrioles très raides[2], dont riait la Rosalie que le grand Fortuné avait déjà poussée à plat ventre au bord des matelas par manière de caresse. Et quand tous eurent trouvé un mot gaillard, on retourna dans la salle. Vincent et Catherine y étaient demeurés

---

a. « ... *c'était* là ce qu'on appelait... »

---

1. Très grosse bouteille servant au transport des liquides. — **2.** Plaisanteries obscènes.

seuls. Vincent, monté sur une chaise, penchant l'énorme dame-jeanne entre ses bras, achevait de la vider dans la bouche ouverte de Catherine.

« Merci, monsieur le Curé, cria Bambousse en reconduisant le prêtre. Eh bien, les voilà mariés. Vous êtes content. Ah ! les gueux ! si vous croyez qu'ils vont dire des *Pater* et des *Ave*, tout à l'heure... Bonne nuit, dormez bien, monsieur le Curé. »

Frère Archangias avait lentement quitté le cul de la charrette où il s'était assis.

« Que le diable, murmura-t-il, jette des pelletées de charbon entre leurs peaux et qu'ils en crèvent ! »

Il n'ouvrit plus les lèvres. Il accompagna l'abbé Mouret jusqu'au presbytère. Là, il attendit qu'il eût refermé la porte, avant de se retirer ; même il se retourna, à deux reprises, pour s'assurer qu'il ne ressortait pas. Quand le prêtre fut dans sa chambre, il se jeta tout habillé sur son lit, les mains aux oreilles, la face contre l'oreiller, pour ne plus entendre, pour ne plus voir. Il s'anéantit, il s'endormit d'un sommeil de mort.

VI

Le lendemain était un dimanche. L'Exaltation de la Sainte-Croix [1] tombant un jour de grand-messe, l'abbé Mouret avait voulu célébrer cette fête religieuse avec un éclat particulier. Il s'était pris d'une dévotion extraordinaire pour la Croix ; il avait remplacé dans sa chambre la statuette de l'Immaculée-Conception par un grand crucifix de bois noir, devant lequel il passait de longues heures d'adoration. Exalter la Croix, la planter devant lui, au-dessus de toutes choses, dans une gloire, comme le but unique

---

1. Fête du calendrier chrétien célébrée le 14 septembre. Déposée à Jérusalem par sainte Hélène, cette croix avait été volée par Chosroès, roi de Perse, et rapportée par l'empereur Héraclius à Constantinople au VIIe siècle.

de sa vie, lui donnait la force de souffrir et de lutter. Il rêvait de s'y attacher à la place de Jésus, d'y être couronné d'épines, d'y avoir les membres troués, le flanc ouvert. Quel lâche était-il donc pour oser se plaindre d'une blessure menteuse, lorsque son Dieu saignait là de tout son corps, avec le sourire de la Rédemption aux lèvres ? Et, si misérable qu'elle fût, il offrait sa blessure en holocauste, il finissait par glisser à l'extase, par croire que le sang lui ruisselait réellement du front, des membres, de la poitrine. C'étaient des heures de soulagement, toutes ses impuretés coulaient par ses plaies. Il se redressait avec des héroïsmes de martyr, il souhaitait des tortures effroyables pour les endurer sans un seul frisson de sa chair.

Dès le petit jour, il s'agenouilla devant le crucifix. Et la grâce vint, abondante comme une rosée. Il ne fit pas d'effort, il n'eut qu'à plier les genoux pour la recevoir sur le cœur, pour en être trempé jusqu'aux os, d'une façon délicieusement douce. La veille, il avait agonisé, sans qu'elle descendît. Elle restait longtemps sourde à ses lamentations de damné ; elle le secourait souvent, lorsque, d'un geste d'enfant, il ne savait plus que joindre les mains. Ce fut, ce matin-là, une bénédiction, un repos absolu, une foi entière. Il oublia ses angoisses des jours précédents. Il se donna tout à la joie triomphale de la Croix. Une armure lui montait aux épaules, si impénétrable, que le monde s'émoussait sur elle. Quand il descendit, il marchait dans un air de victoire et de sérénité. La Teuse, émerveillée, alla chercher Désirée pour qu'il l'embrassât. Toutes deux tapaient des mains en criant qu'il n'avait pas eu si bonne mine depuis six mois.

Dans l'église, pendant la grand-messe, le prêtre acheva de retrouver Dieu. Il y avait longtemps qu'il ne s'était approché de l'autel avec un tel attendrissement. Il dut se contenir pour ne pas éclater en larmes, la bouche collée sur la nappe. C'était une grand-messe solennelle. L'oncle de la Rosalie, le garde champêtre, chantait au lutrin [1],

---

1. 1) Meuble sur le pupitre duquel étaient posés les livres de chant pendant la messe ; 2) enceinte réservée aux chantres, dans le chœur.

d'une voix de basse dont le ronflement emplissait d'un chant d'orgue la voûte écrasée. Vincent, habillé d'un surplis trop large, qui avait appartenu à l'abbé Caffin, balançait un vieil encensoir d'argent, prodigieusement amusé par le bruit des chaînettes, encensant très haut pour obtenir beaucoup de fumée, regardant derrière lui si ça ne faisait tousser personne. L'église était presque pleine. On avait voulu voir les peintures de M. le curé[1]. Des paysannes riaient parce que ça sentait bon, tandis que les hommes, au fond, debout sous la tribune, hochaient la tête à chaque note plus creuse[2] du chantre[3]. Par les fenêtres, le grand soleil de dix heures, que tamisaient les vitres de papier, entrait, étalant sur les murs recrépis de grandes moires très gaies où l'ombre des bonnets de femme mettait des vols de gros papillons. Et les bouquets artificiels, posés sur les gradins de l'autel, avaient eux-mêmes une joie humide de fleurs naturelles fraîchement cueillies. Lorsque le prêtre se tourna pour bénir les assistants, il éprouva un attendrissement plus vif encore, à voir l'église si propre, si pleine, si trempée de musique, d'encens et de lumière.

Après l'Offertoire, un murmure courut parmi les paysannes. Vincent, qui avait levé curieusement la tête, faillit envoyer toute la braise de son encensoir sur la chasuble du prêtre. Et comme celui-ci le regardait sévèrement, il voulut s'excuser ; il murmura :

« C'est l'oncle de monsieur le curé qui vient d'entrer. »

Au fond de l'église, contre une des minces colonnettes de bois qui soutenaient la tribune, l'abbé Mouret aperçut le docteur Pascal. Celui-ci n'avait pas sa bonne face souriante, légèrement railleuse. Il s'était découvert, grave, fâché, suivant la messe avec une visible impatience. Le spectacle du prêtre à l'autel, avec son recueillement, ses gestes ralentis, la sérénité parfaite de son visage, parurent

---

1. C'est la curiosité des habitants, et non leur piété, qui explique que l'église soit « presque pleine » (elle s'oppose, en cela, à l'église vide du début du roman, *cf.* I, II). — **2.** Note grave. — **3.** Soliste dans les offices religieux.

peu à peu l'irriter davantage. Il ne put attendre la fin de la messe. Il sortit, alla tourner autour de son cabriolet et de son cheval, qu'il avait attelé à un des volets du presbytère.

« Eh bien ! ce gaillard-là n'en finira donc plus de se faire encenser ? demanda-t-il à la Teuse, qui revenait de la sacristie.

— C'est fini, répondit-elle. Entrez au salon... M. le Curé se déshabille. Il sait que vous êtes là.

— Pardi ! à moins qu'il ne soit aveugle », murmura le docteur, en la suivant dans la pièce froide, aux meubles durs, qu'elle appelait pompeusement le salon.

Il se promena quelques minutes de long en large. La pièce, d'une tristesse grise, redoublait sa mauvaise humeur. Tout en marchant, il donnait, du bout de sa canne, de petits coups sur le crin mangé des sièges, qui avaient le son cassant de la pierre. Puis, fatigué, il s'arrêta devant la cheminée, où un grand saint Joseph, abominablement peinturluré, tenait lieu de pendule.

« Ah ! ce n'est pas malheureux ! » dit-il, lorsqu'il entendit le bruit de la porte.

Et, s'avançant vers l'abbé :

« Sais-tu que tu m'as fait avaler la moitié d'une messe ? Il y a longtemps que ça ne m'était arrivé... Enfin, je tenais absolument à te voir aujourd'hui. Je voulais causer avec toi. »

Il n'acheva pas. Il regardait le prêtre avec surprise. Il y eut un silence.

« Tu te portes bien, toi ? reprit-il enfin, d'une voix changée.

— Oui, je vais beaucoup mieux, dit l'abbé Mouret, en souriant. Je ne vous attendais que jeudi. Ce n'est pas votre jour, le dimanche... Vous avez quelque chose à me communiquer ? »

Mais l'oncle Pascal ne répondit pas sur-le-champ. Il continuait d'examiner l'abbé. Celui-ci était encore tout trempé des tiédeurs de l'église ; il apportait dans ses cheveux l'odeur de l'encens ; il gardait au fond de ses yeux la joie de la Croix. L'oncle hocha la tête, en face de cette paix triomphante.

« Je sors du Paradou, dit-il brusquement. Jeanbernat est venu me chercher cette nuit... J'ai vu Albine. Elle m'inquiète. Elle a besoin de beaucoup de ménagements. »

Il étudiait toujours le prêtre en parlant. Il ne vit pas même ses paupières battre.

« Enfin, elle t'a soigné, ajouta-t-il plus rudement. Sans elle, mon garçon, tu serais peut-être, à cette heure, dans un cabanon des Tulettes, avec la camisole de force aux épaules[1]... Eh bien ! j'ai promis que tu irais la voir. Je t'emmène avec moi. C'est un adieu. Elle veut partir.

— Je ne puis que prier pour la personne dont vous parlez », dit l'abbé Mouret avec douceur.

Et, comme le docteur s'emportait, allongeant un grand coup de canne sur le canapé :

« Je suis prêtre, je n'ai que des prières, acheva-t-il simplement, d'une voix très ferme.

— Ah ! tiens, tu as raison ! cria l'oncle Pascal, se laissant tomber dans un fauteuil, les jambes cassées. C'est moi qui suis un vieux fou. Oui, j'ai pleuré dans mon cabriolet, en venant ici, tout seul, ainsi qu'un enfant... Voilà ce que c'est que de vivre au milieu des bouquins. On fait de belles expériences, mais on se conduit en malhonnête homme... Est-ce que j'allais me douter que tout cela tournerait si mal ? »

Il se leva, se remit à marcher, désespéré :

« Oui, oui, j'aurais dû m'en douter. C'était logique. Et avec toi ça devenait abominable. Tu n'es pas un homme comme les autres... Mais, écoute, je t'assure que tu étais perdu. L'air qu'elle a mis autour de toi pouvait seul te sauver de la folie. Enfin, tu m'entends, je n'ai pas besoin de te dire où tu en étais. C'est une de mes plus belles cures. Et je n'en suis pas fier, va ! car, maintenant, voilà que la pauvre fille en meurt ! »

---

1. La tante Dide, à l'origine de la lignée des Rougon-Macquart (*cf. La Fortune des Rougon*), a été enfermée en 1831 à l'asile d'aliénés des Tulettes, où elle ne mourra qu'à 105 ans (*cf. Le Docteur Pascal*).

L'abbé Mouret était resté debout, très calme, avec son rayonnement tranquille de martyr que rien d'humain ne peut plus abattre.

« Dieu lui fera miséricorde, dit-il.

— Dieu ! Dieu ! murmura le docteur sourdement, il ferait mieux de ne pas se jeter dans nos jambes. On arrangerait l'affaire. »

Puis, haussant la voix, il reprit :

« J'avais tout calculé. C'est là le plus fort ! Oh ! l'imbécile !... Tu restais un mois en convalescence. L'ombre des arbres, le souffle frais de l'enfant, toute cette jeunesse te remettait sur pied. D'un autre côté, l'enfant perdait sa sauvagerie, tu l'humanisais, nous en faisions à nous deux une demoiselle que nous aurions mariée quelque part. C'était parfait... Aussi pouvais-je m'imaginer que ce vieux philosophe de Jeanbernat ne quitterait pas ses salades d'un pouce ! Il est vrai que moi non plus je n'ai pas bougé de mon laboratoire. J'avais des études en train... Et c'est ma faute ! Je suis un malhonnête homme ! »

Il étouffait, il voulait sortir. Il chercha partout son chapeau qu'il avait sur la tête.

« Adieu, balbutia-t-il, je m'en vais... Alors, tu refuses de venir ? Voyons, fais-le pour moi ; tu vois combien je souffre. Je te jure qu'elle partira ensuite. C'est convenu... J'ai mon cabriolet. Dans une heure, tu seras de retour... Viens, je t'en prie. »

Le prêtre eut un geste large, un de ces gestes que le docteur lui avait vu faire à l'autel.

« Non, dit-il, je ne puis. »

En accompagnant son oncle, il ajouta :

« Dites-lui qu'elle s'agenouille et qu'elle implore Dieu... Dieu l'entendra comme il m'a entendu ; il la soulagera comme il m'a soulagé. Il n'y a pas d'autre salut. »

Le docteur le regarda en face, haussa terriblement les épaules.

« Adieu, répéta-t-il. Tu te portes bien. Tu n'as plus besoin de moi. »

Mais, comme il détachait son cheval, Désirée, qui

venait d'entendre sa voix, arriva en courant. Elle adorait l'oncle. Quand elle était plus jeune, il écoutait son bavardage de gamine pendant des heures, sans se lasser. Maintenant encore, il la gâtait, s'intéressait à sa basse-cour, restait très bien un après-midi avec elle, au milieu des poules et des canards, à lui sourire de ses yeux aigus de savant. Il l'appelait « la grande bête », d'un ton d'admiration caressante. Il paraissait la mettre bien au-dessus des autres filles. Aussi se jeta-t-elle à son cou, d'un élan de tendresse. Elle cria :

« Tu restes ? Tu déjeunes ? »

Mais il l'embrassa, refusant, se débarrassant de son étreinte d'un air bourru. Elle avait un rire clair ; elle se pendit de nouveau à ses épaules.

« Tu as bien tort, reprit-elle. J'ai des œufs tout chauds. Je guettais les poules. Elles en ont fait quatorze, ce matin... Et nous aurions mangé un poulet, le blanc, celui qui bat les autres. Tu étais là, jeudi, quand il a crevé un œil au grand moucheté ? »

L'oncle restait fâché. Il s'irritait contre le nœud de la bride, qu'il ne parvenait pas à défaire. Alors elle se mit à sauter autour de lui, tapant des mains, chantonnant, sur un air de flûte :

« Si, si, tu restes... Nous le mangerons, nous le mangerons !... »

Et la colère de l'oncle ne put tenir davantage. Il leva la tête, il sourit. Elle était trop saine, trop vivante, trop vraie. Elle avait une gaieté trop large, naturelle et franche comme la nappe de soleil qui dorait sa chair nue.

« La grande bête ! » murmura-t-il, charmé.

Puis, la prenant par les poignets, pendant qu'elle continuait à sauter :

« Écoute, pas aujourd'hui. J'ai une pauvre fille qui est malade. Mais je reviendrai un autre matin... Je te le promets.

— Quand ? jeudi ? insista-t-elle. Tu sais, la vache est grosse. Elle n'a pas l'air à son aise, depuis deux jours... Tu es médecin, tu pourrais peut-être lui donner un remède. »

L'abbé Mouret, qui était demeuré là, paisible, ne put retenir un léger rire. Le docteur monta gaiement dans son cabriolet, en disant :

« C'est ça, je soignerai la vache... Approche, que je t'embrasse, la grande bête ! Tu sens bon, tu sens la santé. Et tu vaux mieux que tout le monde. Si tout le monde était comme ma grande bête, la terre serait trop belle. »

Il jeta à son cheval un léger claquement de langue et continua à parler tout seul, pendant que le cabriolet descendait la pente :

« Oui, des brutes, il ne faudrait que des brutes. On serait beau, on serait gai, on serait fort. Ah ! c'est le rêve !... Ça a bien tourné pour la fille, qui est aussi heureuse que sa vache. Ça a mal tourné pour le garçon, qui agonise dans sa soutane. Un peu plus de sang, un peu plus de nerfs, va te promener ! On manque sa vie... De vrais Rougon et de vrais Macquart, ces enfants-là ! La queue de la bande, la dégénérescence finale[1]. »

Et, poussant son cheval, il monta au trot le coteau qui conduisait au Paradou.

VII

Le dimanche était un jour de grande occupation pour l'abbé Mouret. Il avait les vêpres[2], qu'il disait généralement devant les chaises vides, la Brichet elle-même ne poussant pas la dévotion au point de revenir à l'église l'après-midi. Puis, à quatre heures, Frère Archangias amenait les galopins de son école pour que M. le Curé leur fît réciter leur leçon de catéchisme. Cette récitation se prolongeait parfois fort tard. Lorsque les enfants se

---

1. *Le Docteur Pascal* accomplit une synthèse sur cette question, qui sert de point d'aboutissement à l'étude des Rougon-Macquart. C'est le petit Charles, fils de Saccard, et mort prématurément, qui représentera la « dernière expression de l'épuisement d'une race ». — **2.** Prières du soir.

montraient par trop indomptables, on appelait la Teuse, qui leur faisait peur avec son balai.

Ce dimanche-là, vers quatre heures, Désirée se trouva seule au presbytère. Comme elle s'ennuyait, elle alla arracher de l'herbe pour ses lapins, dans le cimetière, où poussaient des coquelicots superbes, que les lapins adoraient. Elle se traînait à genoux entre les tombes, elle rapportait de pleins tabliers de verdures grasses, sur lesquelles ses bêtes tombaient goulûment.

« Oh ! les beaux plantains [1] ! » murmura-t-elle, en s'accroupissant devant la pierre de l'abbé Caffin, ravie de sa trouvaille.

Là, en effet, dans la fissure même de la pierre, des plantains magnifiques étalaient leurs larges feuilles. Elle avait achevé d'emplir son tablier, lorsqu'elle crut entendre un bruit singulier. Un froissement de branches, un glissement de petits cailloux, montaient du gouffre qui longeait un des côtés du cimetière et au fond duquel coulait le Mascle, un torrent descendu des hauteurs du Paradou. La pente était si rude, si impraticable, que Désirée songea à quelque chien perdu, à quelque chèvre échappée. Elle s'avança vivement. Et, comme elle se penchait, elle resta stupéfaite, en apercevant au milieu des ronces une fille qui s'aidait des moindres creux du roc avec une agilité extraordinaire.

« Je vais vous donner la main, lui cria-t-elle. Il y a de quoi se rompre le cou. »

La fille, se voyant découverte, eut un saut de peur, comme si elle allait redescendre. Mais elle leva la tête, elle s'enhardit jusqu'à accepter la main qu'on lui tendait.

« Oh ! je vous reconnais, reprit Désirée, heureuse, lâchant son tablier pour la prendre à la taille, avec sa câlinerie de grande enfant. Vous m'avez donné des merles. Ils sont morts, les chers petits. J'ai eu bien du chagrin... Attendez, je sais votre nom, je l'ai entendu. La Teuse le dit souvent, quand Serge n'est pas là. Elle m'a

---

1. Plante dont la semence sert à la nourriture des petits oiseaux.

bien défendu de le répéter... Attendez, je vais me souvenir. »

Elle faisait des efforts de mémoire, qui la rendaient toute sérieuse. Puis, ayant trouvé, elle redevint très gaie, elle goûta à plusieurs reprises la musique du nom.

« Albine ! Albine !... C'est très doux. J'avais cru d'abord que vous étiez une mésange, parce que j'ai eu une mésange que j'appelais à peu près comme cela, je ne sais plus bien. »

Albine ne sourit pas. Elle était toute blanche, avec une flamme de fièvre dans les yeux. Quelques gouttes de sang roulaient sur ses mains. Quand elle eut repris haleine, elle dit rapidement :

« Non, laissez. Vous allez tacher votre mouchoir à m'essuyer. Ce n'est rien, quelques piqûres... Je n'ai pas voulu venir par la route, on m'aurait vue. J'ai préféré suivre le torrent... Serge est là ? »

Ce nom prononcé familièrement, avec une ardeur sourde, ne choqua point Désirée. Elle répondit qu'il était là, dans l'église, à faire le catéchisme.

« Il ne faut pas parler haut, ajouta-t-elle, en mettant un doigt sur ses lèvres. Serge me défend de parler haut quand il fait le catéchisme. Autrement, on viendrait nous gronder... Nous allons nous mettre dans l'écurie, voulez-vous ? Nous serons bien ; nous causerons.

— Je veux voir Serge », dit simplement Albine.

La grande enfant baissa encore la voix. Elle jetait des coups d'œil furtifs sur l'église, murmurant :

« Oui, oui... Serge sera bien attrapé. Venez avec moi. Nous nous cacherons, nous ne ferons pas de bruit. Oh ! que c'est amusant ! »

Elle avait ramassé le tas d'herbes glissé de son tablier. Elle sortit du cimetière, rentra à la cure avec des précautions infinies, en recommandant bien à Albine de se cacher derrière elle, de se faire toute petite. Comme elles se réfugiaient toutes deux en courant dans la basse-cour, elles aperçurent la Teuse qui traversait la sacristie et qui ne parut pas les voir.

« Chut ! chut ! répétait Désirée, enchantée, quand elles

se furent blotties au fond de l'écurie. Maintenant, personne ne nous trouvera plus... Il y a de la paille. Allongez-vous donc. »

Albine dut s'asseoir sur une botte de paille.

« Et Serge ? demanda-t-elle, avec l'entêtement de l'idée fixe.

— Tenez, on entend sa voix... Quand il tapera dans ses mains, ça sera fini, les petits s'en iront... Écoutez, il leur raconte une histoire. »

La voix de l'abbé Mouret arrivait, en effet, très adoucie, par la porte de la sacristie, que la Teuse, sans doute, venait d'ouvrir. Ce fut comme une bouffée religieuse, un murmure où passa à trois fois le nom de Jésus. Albine frissonna. Elle se levait pour courir à cette voix aimée, dont elle reconnaissait la caresse, lorsque le son parut s'envoler, étouffé par la porte, qui était retombée. Alors, elle se rassit, elle sembla attendre, les mains serrées l'une contre l'autre, toute à la pensée brûlant au fond de ses yeux clairs. Désirée, couchée à ses pieds, la regardait avec une admiration naïve.

« Oh ! vous êtes belle, murmura-t-elle. Vous ressemblez à une image que Serge avait dans sa chambre. Elle était toute blanche comme vous ; elle avait de grandes boucles qui lui flottaient sur le cou ; et elle montrait son cœur rouge, là, à la place où je sens battre le vôtre... Vous ne m'écoutez pas, vous êtes triste. Jouons, voulez-vous ? »

Mais elle s'interrompit, criant entre ses dents, contenant sa voix :

« Les gueuses ! Elles vont nous faire surprendre. »

Elle n'avait pas lâché son tablier d'herbes, et ses bêtes la prenaient d'assaut. Une bande de poules était accourue, gloussant, s'appelant, piquant les brins verts qui pendaient. La chèvre passait sournoisement la tête sous son bras, mordait aux larges feuilles. La vache elle-même, attachée au mur, tirait sur sa corde, allongeait son mufle, soufflait son haleine chaude.

« Ah ! les voleuses ! répétait Désirée. C'est pour les lapins !... Voulez-vous bien me laisser tranquille ! Toi, tu vas recevoir une calotte. Et toi, si je t'y prends encore, je te retrousse la queue... Les poisons ! elles me mangeraient plutôt les mains ! »

Elle souffletait la chèvre, elle dispersait les poules à coups de pied, elle tapait de toute la force de ses poings sur le mufle de la vache. Mais les bêtes se secouaient, revenaient plus goulues, sautaient sur elle, l'envahissaient, arrachaient son tablier. Et, clignant les yeux, elle murmurait à l'oreille d'Albine, comme si les bêtes avaient pu l'entendre :

« Sont-elles drôles, ces amours ! Attendez, vous allez les voir manger. »

Albine regardait de son air grave.

« Allons, soyez sages, reprit Désirée. Vous en aurez toutes. Mais chacune à son tour... La grande Lise, d'abord. Hein ! tu aimes joliment le plantain, toi ! »

La grande Lise, c'était la vache. Elle broya lentement une poignée de feuilles grasses poussées sur la tombe de l'abbé Caffin. Un léger filet de bave pendait de son mufle. Ses gros yeux bruns avaient une douceur gourmande.

« A toi, maintenant, continua Désirée, en se tournant vers la chèvre. Oh ! je sais que tu veux des coquelicots. Et tu les préfères fleuris, n'est-ce pas ? avec des boutons qui éclatent sous tes dents comme des papillotes de braise rouge... Tiens, en voilà de joliment beaux. Ils viennent du coin à gauche, où l'on enterrait l'année dernière [1]. »

Et, tout en parlant, elle présentait à la chèvre un bouquet de fleurs saignantes, que la bête broutait. Quand elle n'eut plus dans les mains que les tiges, elle les lui mit entre les dents. Par-derrière, les poules furieuses lui déchiquetaient les jupes. Elle leur jeta des chicorées sauvages et des pissenlits qu'elle avait cueillis autour des vieilles dalles rangées le long du mur de l'église. Les poules se disputèrent surtout les pissenlits, avec une telle voracité, une telle rage d'ailes et d'ergots que les autres bêtes de la basse-cour entendirent. Alors, ce fut un enva-

---

1. Zola est très attaché aux représentations cycliques, à la succession de la vie à la mort et de la mort à la vie.

hissement. Le grand coq fauve, Alexandre, parut le premier. Il piqua un pissenlit, le coupa en deux, sans l'entamer. Il cacardait[1], appelant les poules restées dehors, se reculant pour les inviter à manger. Et une poule blanche entra, puis une poule noire, puis une file de poules, qui se bousculaient, se montaient sur la queue, finissaient par couler comme une mare de plumes folles. Derrière les poules, vinrent les pigeons, et les canards, et les oies, enfin les dindes. Désirée riait au milieu de ce flot vivant, noyée, perdue, répétant :

« Toutes les fois que j'apporte de l'herbe du cimetière, c'est comme ça. Elles se tueraient pour en manger... L'herbe doit avoir un drôle de goût. »

Et elle se débattait, levant les dernières poignées de verdure, afin de les sauver de ces becs gloutons qui se levaient vers elle, répétant qu'il fallait en garder pour les lapins, qu'elle allait se fâcher, qu'elle les mettrait tous au pain sec. Mais elle faiblissait. Les oies tiraient les coins de son tablier si rudement qu'elle manquait de tomber sur les genoux. Les canards lui dévoraient les chevilles. Deux pigeons avaient volé sur sa tête. Des poules montaient jusqu'à ses épaules. C'était une férocité de bêtes sentant la chair, les plantains gras, les coquelicots sanguins, les pissenlits engorgés de sève, où il y avait un peu de la vie des morts. Elle riait trop, elle se sentait sur le point de glisser, de lâcher les deux dernières poignées, lorsqu'un grognement terrible vint mettre la panique autour d'elle.

« C'est toi, mon gros, dit-elle ravie. Mange-les, délivre-moi. »

Le cochon entrait. Ce n'était plus le petit cochon, rose comme un joujou fraîchement peint, le derrière planté d'une queue pareille à un bout de ficelle ; mais un fort cochon, bon à tuer, rond comme une bedaine de chantre, l'échine couverte de soies rudes qui pissaient la graisse. Il avait le ventre couleur d'ambre, pour avoir dormi dans le fumier. Le groin en avant, roulant sur ses pattes, il se jeta au milieu des bêtes, ce qui permit à Désirée de

---

1. Criait (uniquement pour les animaux de basse-cour).

s'échapper et de courir donner aux lapins les quelques herbes qu'elle avait si vaillamment défendues. Quand elle revint, la paix était faite. Les oies balançaient le cou mollement, stupides, béates ; les canards et les dindes s'en allaient le long des murs, avec des déhanchements prudents d'animaux infirmes ; les poules caquetaient à voix basse, piquant un grain invisible dans le sol dur de l'écurie, tandis que le cochon, la chèvre, la grande vache, comme peu à peu ensommeillés, clignaient les paupières. Au-dehors, une pluie d'orage commençait à tomber.

« Ah bien ! voilà une averse, dit Désirée, qui se rassit sur la paille avec un frisson. Vous ferez bien de rester là, mes amours, si vous ne voulez pas être trempées. »

Elle se tourna vers Albine, en ajoutant :

« Hein ! ont-elles l'air godiche[1] ! Elles ne se réveillent que pour tomber sur la nourriture, ces bêtes-là ! »

Albine était restée silencieuse. Les rires de cette belle fille se débattant au milieu de ces cous voraces, de ces becs goulus qui la chatouillaient, qui la baisaient, qui semblaient vouloir lui manger la chair, l'avaient rendue plus blanche. Tant de gaieté, tant de santé, tant de vie, la désespérait. Elle serrait ses bras fiévreux, elle pressait le vide sur sa poitrine, séchée par l'abandon.

« Et Serge ? demanda-t-elle de sa voix nette et entêtée.

— Chut ! dit Désirée, je viens de l'entendre, il n'a pas fini... Nous avons fait joliment du bruit tout à l'heure. Il faut que la Teuse soit sourde, ce soir... Tenons-nous tranquilles, maintenant. C'est bon d'entendre tomber la pluie. »

L'averse entrait par la porte ouverte, battait le seuil à larges gouttes. Des poules, inquiètes, après s'être hasardées, avaient reculé jusqu'au fond de l'écurie. Toutes les bêtes se réfugiaient là, autour des jupes des deux filles, sauf trois canards qui s'en étaient allés sous la pluie se promener tranquillement. La fraîcheur de l'eau, ruisselant au-dehors, semblait refouler à l'intérieur les buées ardentes de la basse-cour. Il faisait très chaud dans la

---

1. Gauche, stupide.

paille. Désirée attira deux grosses bottes, s'y étala comme sur des oreillers, s'y abandonna. Elle était à l'aise, elle jouissait par tout son corps.

« C'est bon, c'est bon, murmura-t-elle. Couchez-vous donc comme moi. J'enfonce, je suis appuyée de tous les côtés, la paille me fait des minettes[1] dans le cou... Et quand on se frotte, ça vous court le long des membres, on dirait que des souris se sauvent sous votre robe. »

Elle se frottait, elle riait seule, donnant des tapes à droite et à gauche, comme pour se défendre contre les souris. Puis, elle restait la tête en bas, les genoux en l'air, reprenant :

« Est-ce que vous vous roulez dans la paille, chez vous ? Moi, je ne connais rien de meilleur... Des fois, je me chatouille sous les pieds. C'est bien drôle aussi... Dites, est-ce que vous vous chatouillez ? »

Mais le grand coq fauve, qui s'était approché gravement, en la voyant vautrée, venait de lui sauter sur la gorge.

« Veux-tu t'en aller, Alexandre ! cria-t-elle. Est-il bête, cet animal ! Je ne puis pas me coucher sans qu'il se plante là... Tu me serres trop, tu me fais mal avec tes ongles, entends-tu !... Je veux bien que tu restes, mais tu seras sage, tu ne me piqueras pas les cheveux, hein ? »

Et elle ne s'en inquiéta plus. Le coq se tenait ferme à son corsage, ayant l'air par instants de la regarder sous le menton, d'un œil de braise. Les autres bêtes se rapprochaient de ses jupes. Après s'être encore roulée, elle avait fini par se pâmer, dans une position heureuse, les membres écartés, la tête renversée. Elle continua :

« Ah ! c'est trop bon, ça me fatigue tout de suite. La paille, ça donne sommeil, n'est-ce pas ?... Serge n'aime pas ça. Vous non plus, peut-être. Alors, qu'est-ce que vous pouvez aimer ?... Racontez un peu, pour que je sache. »

Elle s'assoupissait lentement. Un instant, elle tint ses yeux grands ouverts, ayant l'air de chercher quel plaisir

---

1. Caresses.

elle ignorait. Puis, elle baissa les paupières, avec un sourire tranquille, comme pleinement contentée. Elle paraissait dormir, lorsque, au bout de quelques minutes, elle rouvrit les yeux, disant :

« La vache va faire un petit... Voilà qui est bon aussi. Ça m'amusera plus que tout. »

Et elle glissa à un sommeil profond. Les bêtes avaient fini par monter sur elle. C'était un flot de plumes vivantes qui la couvrait. Des poules semblaient couver à ses pieds. Les oies mettaient le duvet de leur cou le long de ses cuisses. À gauche, le cochon lui chauffait le flanc, pendant que la chèvre, à droite, allongeait sa tête barbue jusque sous son aisselle. Un peu partout, des pigeons nichaient, dans ses mains ouvertes, au creux de sa taille, derrière ses épaules tombantes. Et elle était toute rose, en dormant, caressée par le souffle plus fort de la vache, étouffée sous le poids du grand coq accroupi, qui était descendu plus bas que la gorge, les ailes battantes, la crête allumée et dont le ventre fauve la brûlait d'une caresse de flamme à travers ses jupes.

La pluie, au-dehors, tombait plus fine. Une nappe de soleil, échappée du coin d'un nuage, trempait d'or la poussière d'eau volante. Albine, restée immobile, regardait dormir Désirée, cette belle fille qui contentait sa chair en se roulant sur la paille. Elle souhaitait d'être ainsi lasse et pâmée, endormie de jouissance, pour quelques fétus [1] qui lui auraient chatouillé la nuque. Elle jalousait ces bras forts, cette poitrine dure, cette vie toute charnelle dans la chaleur fécondante d'un troupeau de bêtes, cet épanouissement purement animal, qui faisait de l'enfant grasse la tranquille sœur de la grande vache blanche et rousse. Elle rêvait d'être aimée du coq fauve et d'aimer elle-même comme les arbres poussent, naturellement, sans honte, en ouvrant chacune de ses veines aux jets de la sève. C'était la terre qui assouvissait Désirée, lorsqu'elle se vautrait sur le dos. Cependant, la pluie avait complètement cessé. Les trois chats de la maison, l'un derrière l'autre, filaient

1. Brins de paille.

dans la cour, le long du mur, en prenant des précautions infinies pour ne pas se mouiller. Ils allongèrent le cou dans l'écurie, ils vinrent droit à la dormeuse, ronronnant, se couchant contre elle, les pattes sur un peu de sa peau. Moumou, le gros chat noir, blotti près d'une de ses joues, se mit à lui lécher le menton avec douceur.

« Et Serge ? » murmura machinalement Albine.

Où était donc l'obstacle ? Qui l'empêchait de se contenter ainsi, heureuse en pleine nature ? Pourquoi n'aimait-elle pas, pourquoi n'était-elle pas aimée, au grand soleil, librement, comme les arbres poussent ? Elle ne savait pas, elle se sentait à jamais abandonnée, à jamais meurtrie. Et elle avait un entêtement farouche, un besoin de reprendre son bien dans ses bras, de le cacher, d'en jouir encore. Alors, elle se leva. La porte de la sacristie venait d'être rouverte ; un léger claquement de mains se fit entendre, suivi du vacarme d'une bande d'enfants tapant leurs sabots sur les dalles : le catéchisme était fini. Elle quitta doucement l'écurie, où elle attendait, depuis une heure, dans la buée chaude de la basse-cour. Comme elle se glissait le long du couloir de la sacristie, elle aperçut le dos de la Teuse, qui rentra dans sa cuisine, sans tourner la tête. Et, certaine de n'être pas vue, elle poussa la porte, l'accompagnant de la main pour qu'elle retombât sans bruit. Elle était dans l'église.

VIII

D'abord, elle ne vit personne. Au-dehors, la pluie tombait de nouveau, une pluie fine, persistante. L'église lui parut toute grise. Elle passa derrière le maître-autel, s'avança jusqu'à la chaire. Il n'y avait, au milieu de la nef, que des bancs laissés en déroute par les galopins du catéchisme. Le balancier de l'horloge battait sourdement, dans tout ce vide. Alors, elle descendit pour aller frapper à la boiserie du confessionnal, qu'elle apercevait à l'autre bout. Mais, comme elle passait devant la chapelle des Morts, elle trouva l'abbé Mouret prosterné au pied du grand Christ saignant. Il ne bougeait pas. Il devait croire que la Teuse rangeait les bancs derrière lui. Albine lui posa la main sur l'épaule.

« Serge, dit-elle, je viens te chercher. »

Le prêtre leva la tête, très pâle, avec un tressaillement. Il resta à genoux, il se signa, les lèvres balbutiantes encore de sa prière.

« J'ai attendu, continua-t-elle. Chaque matin, chaque soir, je regardais si tu n'arrivais pas. J'ai compté les jours, puis je n'ai plus compté. Voilà des semaines... Alors, quand j'ai su que tu ne viendrais pas, je suis venue, moi. Je me suis dit : « Je l'emmènerai... » Donne-moi tes mains, allons-nous-en. »

Et elle lui tendait les mains, comme pour l'aider à se relever. Lui, se signa de nouveau. Il priait toujours, en la regardant. Il avait calmé le premier frisson de sa chair. Dans la grâce qui l'inondait depuis le matin, ainsi qu'un bain céleste, il puisait des forces surhumaines.

« Ce n'est pas ici votre place, dit-il gravement. Retirez-vous... Vous aggravez vos souffrances.

— Je ne souffre plus, reprit-elle avec un sourire. Je me porte mieux, je suis guérie, puisque je te vois... Écoute, je me faisais plus malade que je n'étais pour qu'on vînt te chercher. Je veux bien l'avouer, maintenant. C'est comme cette promesse de partir, de quitter le pays après t'avoir retrouvé, tu ne t'es pas imaginé peut-être que je l'aurais tenue. Ah bien ! je t'aurais plutôt emporté sur mes épaules... Les autres ne savent pas ; mais toi tu sais bien qu'à présent je ne puis vivre ailleurs qu'à ton cou. »

Elle redevenait heureuse, elle se rapprochait avec des caresses d'enfant libre, sans voir la rigidité froide du prêtre. Elle s'impatienta, tapa joyeusement dans ses mains, en criant :

« Voyons, décide-toi, Serge ! Tu nous fais perdre un temps, là ! Il n'y a pas besoin de tant de réflexion. Je t'emmène, pardi ! c'est simple... Si tu désires ne pas être vu, nous nous en irons par le Mascle. Le chemin n'est pas commode, mais je l'ai bien pris toute seule ; nous nous aiderons, quand nous serons deux... Tu connais le chemin, n'est-ce pas ? Nous traversons le cimetière, nous descendons au bord du torrent, puis nous n'avons plus qu'à le suivre jusqu'au jardin. Et comme l'on est chez soi, là-bas, au fond ! Il n'y a personne, va ! rien que des broussailles et de belles pierres rondes. Le lit est presque à sec. En venant, je pensais : "Lorsqu'il sera avec moi, tout à l'heure, nous marcherons doucement, en nous embrassant..." Allons, dépêche-toi. Je t'attends, Serge. »

Le prêtre semblait ne plus entendre. Il s'était remis en prières, demandant au ciel le courage des saints. Avant d'engager la lutte suprême, il s'armait des épées flamboyantes de la foi. Un instant, il craignit de faiblir. Il lui avait fallu un héroïsme de martyr pour laisser ses genoux collés à la dalle pendant que chaque mot d'Albine l'appelait : son cœur allait vers elle, tout son sang se soulevait, le jetait dans ses bras, avec l'irrésistible désir de baiser ses cheveux. Elle avait, de l'odeur seule de son haleine, éveillé et fait passer en une seconde les souvenirs de leur tendresse, le grand jardin, les promenades sous les arbres, la joie de leur union. Mais la grâce le trempa de sa rosée la plus abondante ; ce ne fut que la torture d'un moment, qui vida le sang de ses veines, et rien d'humain ne demeura en lui. Il n'était plus que la chose de Dieu.

Albine dut le toucher de nouveau à l'épaule. Elle s'inquiétait, elle s'irritait peu à peu.

« Pourquoi ne réponds-tu pas ? Tu ne peux refuser, tu vas me suivre... Songe que j'en mourrais, si tu refusais. Mais non, cela n'est pas possible. Rappelle-toi. Nous étions ensemble, nous ne devions jamais nous quitter. Et vingt fois tu t'es donné. Tu me disais de te prendre tout entier, de prendre tes membres, de prendre ton souffle, de prendre ta vie... Je n'ai point rêvé, peut-être. Il n'y a pas une place de ton corps que tu ne m'aies livrée, pas un de tes cheveux dont je ne sois la maîtresse. Tu as un signe à l'épaule gauche, je l'ai baisé, il est à moi. Tes mains sont à moi, je les ai serrées pendant des jours dans les miennes. Et ton visage, tes lèvres, tes yeux, ton front,

« *Sa soutane tombait à plis droits, pareille à un suaire noir...* »

Album de costumes pour le clergé catholique,
Bibliothèque des Arts décoratifs.

tout cela est à moi, j'en ai disposé pour mes tendresses...
Entends-tu, Serge ? »

Elle se dressait devant lui, souveraine, allongeant les
bras. Elle répéta d'une voix plus haute :

« Entends-tu, Serge ? tu es à moi ! »

Alors, lentement, l'abbé Mouret se leva. Il s'adossa à
l'autel, en disant :

« Non, vous vous trompez, je suis à Dieu. »

Il était plein de sérénité. Sa face nue ressemblait à celle

371

d'un saint de pierre que ne trouble aucune chaleur venue des entrailles. Sa soutane tombait à plis droits, pareille à un suaire[1] noir, sans rien laisser deviner de son corps. Albine recula à la vue du fantôme sombre de son amour. Elle ne retrouvait point sa barbe libre, sa chevelure libre. Maintenant, au milieu de ses cheveux coupés, elle apercevait une tache blême, la tonsure, qui l'inquiétait comme un mal inconnu, quelque plaie mauvaise grandie là pour manger la mémoire des jours heureux. Elle ne reconnaissait ni ses mains autrefois tièdes de caresses, ni son cou souple tout sonore de rires, ni ses pieds nerveux dont le galop l'emportait au fond des verdures. Était-ce donc là le garçon aux muscles forts, le col dénoué montrant le duvet de la poitrine, la peau épanouie par le soleil, les reins vibrants de vie, dans l'étreinte duquel elle avait vécu une saison ? À cette heure, il ne semblait plus avoir de chair, le poil lui était honteusement tombé, toute sa virilité se séchait sous cette robe de femme qui le laissait sans sexe.

« Oh ! murmura-t-elle, tu me fais peur... M'as-tu crue morte, que tu as pris le deuil ? Enlève ce noir, mets une blouse. Tu retrousseras les manches, nous pêcherons encore des écrevisses... Tes bras étaient aussi blonds que les miens. »

Elle avait porté la main sur la soutane, comme pour en arracher l'étoffe. Lui, la repoussa du geste, sans la toucher. Il la regardait, il s'affermissait contre la tentation, en ne la quittant pas des yeux. Elle lui paraissait grandie. Elle n'était plus la gamine aux bouquets sauvages, jetant au vent ses rires de bohémienne, ni l'amoureuse vêtue de jupes blanches, pliant sa taille mince, ralentissant sa marche attendrie derrière les haies. Maintenant, un duvet de fruit blondissait sa lèvre, ses hanches roulaient librement, sa poitrine avait un épanouissement de fleur grasse. Elle était femme, avec sa face longue, qui lui donnait un grand air de fécondité. Dans ses flancs élargis, la vie

---

1. Pièce de toile dans laquelle on ensevelit un mort.

dormait[1]. Sur ses joues, à fleur de peau, venait l'adorable maturité de sa chair. Et le prêtre, tout enveloppé de son odeur passionnée de femme faite, prenait une joie amère à braver la caresse de sa bouche rouge, le rire de ses yeux, l'appel de sa gorge, l'ivresse qui coulait d'elle au moindre mouvement. Il poussait la témérité jusqu'à chercher sur elle les places qu'il avait baisées follement, autrefois, les coins des yeux, les coins des lèvres, les tempes étroites, douces comme du satin, la nuque d'ambre, soyeuse comme du velours.

Jamais, même au cou d'Albine, il n'avait goûté les félicités qu'il éprouvait à se martyriser, en regardant en face cette passion qu'il refusait. Puis, il craignit de céder là à quelque nouveau piège de la chair. Il baissa les yeux, il dit avec douceur :

« Je ne puis vous entendre ici. Sortons, si vous tenez à accroître nos regrets à tous deux... Notre présence en cet endroit est un scandale. Nous sommes chez Dieu.

— Qui ça, Dieu ? cria Albine, affolée, redevenue la grande fille lâchée en pleine nature. Je ne le connais pas, ton Dieu, je ne veux pas le connaître, s'il te vole à moi, qui ne lui ai jamais rien fait. Mon oncle Jeanbernat a donc raison de dire que ton Dieu est une invention de méchanceté, une manière d'épouvanter les gens et de les faire pleurer... Tu mens, tu ne m'aimes plus, ton Dieu n'existe pas.

— Vous êtes chez lui, répéta l'abbé Mouret avec force. Vous blasphémez. D'un souffle, il pourrait vous réduire en poussière. »

Elle eut un rire superbe. Elle levait les bras, elle défiait le ciel.

« Alors, dit-elle, tu préfères ton Dieu à moi ! Tu le crois plus fort que moi. Tu t'imagines qu'il t'aimera mieux que moi... Tiens ! tu es un enfant. Laisse donc ces bêtises. Nous allons retourner au jardin ensemble, et nous aimer, et être heureux, et être libres. C'est la vie. »

---

1. Anticipation de l'annonce de la grossesse d'Albine par le docteur Pascal, chap. XV, p. 435.

Cette fois, elle avait réussi à le prendre à la taille. Elle l'entraînait.

Mais il se dégagea, tout frissonnant, de son étreinte ; il revint s'adosser à l'autel, s'oubliant, la tutoyant comme autrefois.

« Va-t'en, balbutia-t-il. Si tu m'aimes encore, va-t'en... Oh ! Seigneur, pardonnez-lui, pardonnez-moi de salir votre maison. Si je passais la porte derrière elle, je la suivrais peut-être. Ici, chez vous, je suis fort. Permettez que je reste là, à vous défendre. »

Albine demeura un instant silencieuse. Puis, d'une voix calmée :

« C'est bien, restons ici... Je veux te parler. Tu ne peux être méchant. Tu me comprendras. Tu ne me laisseras pas partir seule... Non, ne te défends pas. Je ne te prendrai plus, puisque cela te fait mal. Tu vois, je suis très calme. Nous allons causer doucement, comme lorsque nous nous perdions et que nous ne cherchions pas notre chemin pour causer plus longtemps. »

Elle souriait, elle continua :

« Moi, je ne sais pas. L'oncle Jeanbernat me défendait de venir à l'église. Il me disait : « Bête, puisque tu as un jardin, qu'est-ce que tu irais faire dans une masure où l'on étouffe ?... » J'ai grandi bien contente. Je regardais dans les nids sans toucher aux œufs. Je ne cueillais pas même les fleurs, de peur de faire saigner les plantes. Tu sais que jamais je n'ai pris un insecte pour le tourmenter... Alors, pourquoi Dieu serait-il en colère contre moi ?

— Il faut le connaître, le prier, lui rendre à chaque heure les hommages qui lui sont dus, répondit le prêtre.

— Cela te contenterait, n'est-ce pas ? reprit-elle. Tu me pardonnerais, tu m'aimerais encore ?... Eh bien ! je veux tout ce que tu veux. Parle-moi de Dieu, je croirai en lui, je l'adorerai. Chacune de tes paroles sera une vérité que j'écouterai à genoux. Est-ce que jamais j'ai eu une pensée autre que la tienne ?... Nous reprendrons nos longues promenades, tu m'instruiras, tu feras de moi ce qu'il te plaira. Oh ! consens, je t'en prie ! »

L'abbé Mouret montra sa soutane.

« Je ne puis, dit-il simplement ; je suis prêtre.

— Prêtre ! répéta-t-elle, en cessant de sourire. Oui, l'oncle prétend que les prêtres n'ont ni femme, ni sœur, ni mère. Alors, cela est vrai... Mais pourquoi es-tu venu ? C'est toi qui m'as prise pour ta sœur, pour ta femme. Tu mentais donc ? »

Il leva sa face pâle, où perlait une sueur d'angoisse.

« J'ai péché, murmura-t-il.

— Moi, continua-t-elle, lorsque je t'ai vu si libre, j'ai cru que tu n'étais plus prêtre. J'ai pensé que c'était fini, que tu resterais sans cesse là, pour moi, avec moi... Et maintenant, que veux-tu que je fasse, si tu emportes toute ma vie ?

— Ce que je fais, répondit-il : vous agenouiller, mourir à genoux, ne pas vous relever avant que Dieu pardonne.

— Tu es donc lâche ? » dit-elle encore, reprise par la colère, les lèvres méprisantes.

Il chancela, il garda le silence. Une souffrance abominable le serrait à la gorge ; mais il demeurait plus fort que la douleur. Il tenait tête droite, il souriait presque des coins de sa bouche tremblante. Albine, de son regard fixe, le défia un instant. Puis, avec un nouvel emportement :

« Eh ! réponds, accuse-moi, dis que c'est moi qui suis allée te tenter. Ce sera le comble... Va, je te permets de t'excuser. Tu peux me battre, je préférerais tes coups à ta raideur de cadavre. N'as-tu plus de sang ? N'entends-tu pas que je t'appelle lâche ? Oui, tu es lâche, tu ne devais pas m'aimer, puisque tu ne peux être un homme... Est-ce ta robe noire qui te gêne ? Arrache-la. Quand tu seras nu, tu te souviendras peut-être. »

Le prêtre, lentement, répéta les mêmes paroles :

« J'ai péché, je n'ai pas d'excuse. Je fais pénitence de ma faute, sans espérer de pardon. Si j'arrachais mon vêtement, j'arracherais ma chair, car je me suis donné à Dieu tout entier, avec mon âme, avec mes os. Je suis prêtre.

— Et moi ! et moi ! » cria une dernière fois Albine.

Il ne baissa pas la tête.

« Que vos souffrances me soient comptées comme

autant de crimes ! Que je sois éternellement puni de l'abandon où je dois vous laisser ! Ce sera juste... Tout indigne que je suis, je prie pour vous chaque soir. »

Elle haussa les épaules avec un immense découragement. Sa colère tombait. Elle était presque prise de pitié.

« Tu es fou, murmura-t-elle. Garde tes prières. C'est toi que je veux... Jamais tu ne comprendras. J'avais tant de choses à te dire ! Et tu es là, à me mettre toujours en colère, avec tes histoires de l'autre monde... Voyons, soyons raisonnables tous les deux. Attendons d'être plus calmes. Nous causerons encore... Il n'est pas possible que je m'en aille comme ça. Je ne peux te laisser ici. C'est parce que tu es ici que tu es comme mort, la peau si froide que je n'ose te toucher... Ne parlons plus. Attendons. »

Elle se tut, elle fit quelques pas. Elle examinait la petite église. La pluie continuait à mettre aux vitres son ruissellement de cendre fine. Une lumière froide, trempée d'humidité, semblait mouiller les murs. Du dehors, pas un bruit ne venait que le roulement monotone de l'averse. Les moineaux devaient s'être blottis sous les tuiles, le sorbier dressait des branches vagues, noyées dans la poussière d'eau. Cinq heures sonnèrent, arrachées coup à coup de la poitrine fêlée de l'horloge ; puis, le silence grandit encore, plus sourd, plus aveugle, plus désespéré. Les peintures, à peine sèches, donnaient au maître-autel et aux boiseries une propreté triste, l'air d'une chapelle de couvent où le soleil n'entre pas. Une agonie lamentable emplissait la nef, éclaboussée du sang qui coulait des membres du grand Christ ; tandis que, le long des murs, les quatorze images de la Passion étalaient leur drame atroce, barbouillé de jaune et de rouge, suant l'horreur. C'était la vie qui agonisait là, dans ce frisson de mort, sur ces autels pareils à des tombeaux, au milieu de cette nudité de caveau funèbre. Tout parlait de massacre, de nuit, de terreur, d'écrasement, de néant. Une dernière haleine d'encens traînait, pareille au dernier souffle attendri de quelque trépassée, étouffée jalousement sous les dalles.

« Ah ! dit enfin Albine, comme il faisait bon au soleil,

tu te rappelles ?... Un matin, c'était à gauche du parterre, nous marchions le long d'une haie de grands rosiers. Je me souviens de la couleur de l'herbe : elle était presque bleue, avec des moires vertes. Quand nous arrivâmes au bout de la haie, nous revînmes sur nos pas, tant le soleil avait là une odeur douce. Et ce fut toute notre promenade, cette matinée-là, vingt pas en avant, vingt pas en arrière, un coin de bonheur dont tu ne voulais plus sortir. Les mouches à miel[1] ronflaient ; une mésange ne nous quitta pas, sautant de branche en branche ; des processions de bêtes, autour de nous, s'en allaient à leurs affaires. Tu murmurais : "Que la vie est bonne !" La vie, c'étaient les herbes, les arbres, les eaux, le ciel, le soleil dans lequel nous étions tout blonds, avec des cheveux d'or. »

Elle rêva un instant encore, elle reprit :

« La vie, c'était le Paradou. Comme il nous paraissait grand ! Jamais nous ne savions en trouver le bout. Les feuillages y roulaient jusqu'à l'horizon, librement, avec un bruit de vagues. Et que de bleu sur nos têtes ! Nous pouvions grandir, nous envoler, courir comme les nuages, sans rencontrer plus d'obstacles qu'eux. L'air était à nous. »

Elle s'arrêta, elle montra d'un geste les murs écrasés de l'église.

« Et, ici, tu es dans une fosse. Tu ne pourrais élargir les bras sans t'écorcher les mains à la pierre. La voûte te cache le ciel, te prend ta part de soleil. C'est si petit que tes membres s'y raidissent, comme si tu étais couché vivant dans la terre.

— Non, dit le prêtre, l'église est grande comme le monde. Dieu y tient tout entier. »

D'un nouveau geste, elle désigna les croix, les christs mourants, les supplices de la Passion.

« Et tu vis au milieu de la mort. Les herbes, les arbres, les eaux, le soleil, le ciel, tout agonise autour de toi.

— Non, tout revit, tout s'épure, tout remonte à la source de lumière. »

---

1. Abeilles.

Il s'était redressé, avec une flamme dans les yeux. Il quitta l'autel, invincible désormais, embrasé d'une telle foi qu'il méprisait les dangers de la tentation. Et il prit la main d'Albine, il la tutoya comme une sœur, il l'emmena devant les images douloureuses du chemin de la Croix[1].

« Tiens, dit-il, voici ce que mon Dieu a souffert... Jésus est battu de verges. Tu vois, ses épaules sont nues, sa chair est déchirée, son sang coule sur ses reins... Jésus est couronné d'épines[2]. Des larmes rouges ruissellent de son front troué. Une grande déchirure lui a fendu la tempe... Jésus est insulté par les soldats. Ses bourreaux lui ont jeté par dérision un lambeau de pourpre au cou, et ils couvrent sa face de crachats, ils le soufflettent, ils lui enfoncent à coups de roseau sa couronne dans le front... »

Albine détournait la tête pour ne pas voir les images rudement coloriées où les balafres de laque[3] coupaient les chairs d'ocre de Jésus. Le manteau de pourpre semblait, à son cou, un lambeau de sa peau écorchée.

« À quoi bon souffrir, à quoi bon mourir ! répondit-elle. Ô Serge ! si tu te souvenais !... Tu me disais, ce jour-là, que tu étais fatigué. Et je savais bien que tu mentais, parce que le temps était frais et que nous n'avions pas marché plus d'un quart d'heure. Mais tu voulais t'asseoir pour me prendre dans tes bras. Il y avait, tu sais bien, au fond du verger, un cerisier planté sur le bord d'un ruisseau, devant lequel tu ne pouvais passer sans éprouver le besoin de me baiser les mains, à petits baisers qui montaient le long de mes épaules jusqu'à mes lèvres. La saison des cerises était passée, tu mangeais mes lèvres... Les fleurs qui se fanaient nous faisaient pleurer. Un jour que tu trouvas une fauvette morte dans l'herbe, tu devins tout pâle, tu me serras contre ta poitrine, comme pour défendre à la terre de me prendre. »

Le prêtre l'entraînait devant les autres stations.

---

1. Serge et Albine sont à nouveau spectateurs de peintures : les « images douloureuses » succèdent aux « peintures érotiques » du Paradou. — 2. Jésus, avant sa crucifixion, est fouetté et couronné d'épines par les soldats (*cf.* Évangile selon saint Jean, XIX, 2). — 3. La laque des tableaux est écaillée et trace sur la toile des sortes de cicatrices.

« Tais-toi ! cria-t-il, regarde encore, écoute encore. Il faut que tu te prosternes de douleur et de pitié... Jésus succombe sous le poids de sa croix. La montée du Calvaire est rude. Il est tombé sur les genoux. Il n'essuie pas même la sueur de son visage, et il se relève, il continue sa marche... Jésus, de nouveau, succombe sous le poids de sa croix. À chaque pas, il chancelle. Cette fois, il est tombé sur le flanc, si violemment qu'il reste un moment sans haleine. Ses mains déchirées ont lâché la croix. Ses pieds endoloris laissent derrière lui des empreintes sanglantes. Une lassitude abominable l'écrase, car il porte sur ses épaules les péchés du monde... »

Albine avait regardé Jésus, en jupe bleue, étendu sous la croix démesurée dont la couleur noire coulait et salissait l'or de son auréole. Puis, les regards perdus, elle murmura :

« Oh ! les sentiers des prairies !... Tu n'as donc plus de mémoire, Serge ? Tu ne connais plus les chemins d'herbe fine, qui s'en vont à travers les prés, parmi de grandes mares de verdure ?... L'après-midi dont je te parle, nous n'étions sortis que pour une heure. Puis, nous allâmes toujours devant nous, si bien que les étoiles se levaient lorsque nous marchions encore. Cela était si doux, ce tapis sans fin, souple comme de la soie ! Nos pieds ne rencontraient pas un gravier. On eût dit une mer verte dont l'eau moussue nous berçait. Et nous savions bien où nous conduisaient ces sentiers si tendres qui ne menaient nulle part. Ils nous conduisaient à notre amour, à la joie de vivre les mains à nos tailles, à la certitude d'une journée de bonheur... Nous rentrâmes sans fatigue. Tu étais plus léger qu'au départ, parce que tu m'avais donné tes caresses et que je n'avais pû te les rendre toutes. »

De ses mains tremblantes d'angoisse, l'abbé Mouret indiquait les dernières images. Il balbutiait :

« Et Jésus est attaché sur la croix. À coups de marteau, les clous entrent dans ses mains ouvertes. Un seul clou suffit pour les pieds, dont les os craquent. Lui, tandis que sa chair tressaille, sourit, les yeux au ciel... Jésus est entre les deux larrons [1]. Le poids de son corps agrandit horriblement ses blessures. De son front, de ses membres ruisselle une sueur de sang. Les deux larrons l'injurient, les passants le raillent, les soldats se partagent ses vêtements. Et les ténèbres se répandent, et le soleil se cache... Jésus meurt sur la croix. Il jette un grand cri, il rend l'esprit. Ô mort terrible ! Le voile du temple fut déchiré en deux [2], du haut en bas ; la terre trembla, les pierres se fendirent, les sépulcres s'ouvrirent... »

Il était tombé à genoux, la voix coupée par les sanglots, les yeux sur les trois croix du Calvaire, où se tordaient des corps blafards de suppliciés que le dessin grossier décharnait affreusement. Albine se mit devant les images pour qu'il ne les vît plus.

« Un soir, dit-elle, par un long crépuscule, j'avais posé ma tête sur tes genoux... C'était dans la forêt, au bout de cette grande allée de châtaigniers que le soleil couchant enfilait d'un dernier rayon. Ah ! quel adieu caressant ! Le soleil s'attardait à nos pieds, avec un bon sourire ami nous disant au revoir. Le ciel pâlissait lentement. Je te racontais en riant qu'il ôtait sa robe bleue, qu'il mettait sa robe noire à fleurs d'or pour aller en soirée. Toi, tu guettais l'ombre, impatient d'être seul, sans le soleil qui nous gênait. Et ce n'était pas la nuit qui venait, c'était une douceur discrète, une tendresse voilée, un coin de mystère pareil à un de ces sentiers très sombres, sous les feuilles, dans lesquels on s'engage pour se cacher un moment, avec la certitude de retrouver, à l'autre bout, la joie du plein jour. Ce soir-là, le crépuscule apportait, dans sa pâleur sereine, la promesse d'une splendide matinée... Alors, moi, je feignis de m'endormir, voyant que le jour ne s'en allait pas assez vite à ton gré. Je puis bien le dire, maintenant, je ne dormais pas, pendant que tu m'embrassais sur les yeux. Je goûtais tes baisers. Je me retenais

---

1. Les deux voleurs qui furent crucifiés en même temps que Jésus. — **2.** C'est ce qu'écrivent Matthieu (XXVII, 51), Marc (XV, 38) et Luc (XXIII, 45), en évoquant le moment où Jésus meurt sur la croix. Ce voile est celui qui couvrait l'arche d'alliance (cf. Exode, XXVI, 33 ; XXXVI, 37 ; XXXIX, 40...).

pour ne pas rire. J'avais une haleine régulière que tu buvais. Puis, lorsqu'il fit noir, ce fut comme un long bercement. Les arbres, vois-tu, ne dormaient pas plus que moi... La nuit, tu te souviens, les fleurs avaient une odeur plus forte. »

Et comme il restait à genoux, la face inondée de larmes, elle lui saisit les poignets, elle le releva, reprenant avec passion :

« Oh ! si tu savais, tu me dirais de t'emporter, tu lierais tes bras à mon cou pour que je ne pusse m'en aller sans toi... Hier, j'ai voulu revoir le jardin. Il est plus grand, plus profond, plus insondable. J'y ai trouvé des odeurs nouvelles, si suaves qu'elles m'ont fait pleurer. J'ai rencontré, dans les allées, des pluies de soleil qui me trempaient d'un frisson de désir. Les roses m'ont parlé de toi. Les bouvreuils s'étonnaient de me voir seule. Tout le jardin soupirait... Oh ! viens, jamais les herbes n'ont déroulé des couches plus douces. J'ai marqué d'une fleur le coin perdu où je veux te conduire. C'est, au fond d'un buisson, un trou de verdure large comme un grand lit. De là, on entend le jardin vivre, avec ses arbres, ses eaux, son ciel. La respiration même de la terre nous bercera... Oh ! viens, nous nous aimerons dans l'amour de tout. »

Mais il la repoussa. Il était revenu devant la chapelle des Morts, en face du grand Christ de carton peint, de la grandeur d'un enfant de dix ans, qui agonisait avec une vérité si effroyable. Les clous imitaient le fer, les blessures restaient béantes, atrocement déchirées.

« Jésus qui êtes mort pour nous, cria-t-il, dites-lui donc notre néant ! Dites-lui que nous sommes poussière, ordure, damnation ! Ah tenez ! permettez que je couvre ma tête d'un cilice, que je pose mon front à vos pieds, que je reste là, immobile, jusqu'à ce que la mort me pourrisse. La terre n'existera plus. Le soleil sera éteint. Je ne verrai plus, je ne sentirai plus, je n'entendrai plus. Rien de ce monde misérable ne viendra déranger mon âme de votre adoration. »

Il s'exaltait de plus en plus. Il marcha vers Albine, les mains levées.

« Tu avais raison, c'est la mort qui est ici, c'est la mort que je veux, la mort qui délivre, qui sauve de toutes les pourritures... Entends-tu ! je nie la vie, je la refuse, je crache sur elle[1]. Tes fleurs puent, ton soleil aveugle, ton herbe donne la lèpre à qui s'y couche, ton jardin est un charnier où se décomposent les cadavres des choses. La terre sue l'abomination. Tu mens quand tu parles d'amour, de lumière, de vie bienheureuse au fond de ton palais de verdure. Il n'y a chez toi que des ténèbres. Tes arbres distillent un poison qui change les hommes en bêtes ; tes taillis sont noirs du venin des vipères ; tes rivières roulent la peste sous leurs eaux bleues. Si j'arrachais à ta nature sa jupe de soleil, sa ceinture de feuillage, tu la verrais hideuse comme une mégère, avec des côtes de squelette, toute mangée de vices... Et même quand tu dirais vrai, quand tu aurais les mains pleines de jouissances, quand tu m'emporterais sur un lit de roses pour m'y donner le rêve du paradis, je me défendrais plus désespérément encore contre ton étreinte. C'est la guerre entre nous, séculaire, implacable. Tu vois, l'église est bien petite ; elle est pauvre, elle est laide, elle a un confessionnal et une chaire de sapin, un baptistère de plâtre, des autels faits de quatre planches, que j'ai repeints moi-même. Qu'importe ! Elle est plus grande que ton jardin, que la vallée, que toute la terre. C'est une forteresse redoutable que rien ne renversera. Les vents, et le soleil, et les forêts, et les mers, tout ce qui vit aura beau lui livrer assaut, elle restera debout, sans même être ébranlée. Oui, que les broussailles grandissent, qu'elles secouent les murs de leurs bras épineux et que des pullulements d'insectes sortent des fentes du sol pour venir ronger les murs, l'église, si ruinée qu'elle soit, ne sera jamais emportée dans ce débordement de la vie ! Elle est la mort inexpugnable... Et veux-tu savoir ce qui arrivera, un jour ? La petite église deviendra si colossale, elle jettera

---

1. Cette phrase résume à elle seule tout le drame : c'est une guerre de religion, la guerre de la vie contre la mort, de la nature contre le catholicisme.

une telle ombre que toute ta nature crèvera. Ah ! la mort, la mort de tout, avec le ciel béant pour recevoir nos âmes, au-dessus des débris abominables du monde ! »

Il criait[1], il poussait Albine violemment vers la porte. Celle-ci, très pâle, reculait pas à pas. Quand il se tut, la voix étranglée, elle dit gravement :

« Alors, c'est fini, tu me chasses ?... Je suis ta femme, pourtant. C'est toi qui m'as faite. Dieu, après avoir permis cela, ne peut nous punir à ce point. »

Elle était sur le seuil. Elle ajouta :

« Écoute, tous les jours, quand le soleil se couche, je vais au bout du jardin, à l'endroit où la muraille est écroulée... Je t'attends. »

Et elle s'en alla. La porte de la sacristie retomba avec un soupir étouffé.

IX

L'église était silencieuse. Seule, la pluie qui redoublait, mettait sous la nef un frisson d'orgue. Dans ce calme brusque, la colère du prêtre tomba ; il se sentit pris d'un attendrissement. Et ce fut le visage baigné de larmes, les épaules secouées par des sanglots, qu'il revint se jeter à genoux devant le grand Christ. Un acte d'ardent remerciement s'échappait de ses lèvres.

« Oh ! merci mon Dieu, du secours que vous avez bien voulu m'envoyer. Sans votre grâce, j'écoutais la voix de ma chair, je retournais misérablement à mon péché. Votre grâce me ceignait les reins comme une ceinture de combat ; votre grâce était mon armure, mon courage, le soutien intérieur qui me tenait debout, sans une faiblesse.

---

1. L'hérédité de la mère (Marthe, dans *La Conquête de Plassans*) se fait ici sentir. Serge est en proie à une crise d'hystérie. Zola note à son propos dans l'arbre généalogique des *Rougon-Macquart* : « Cerveau du fils troublé par l'influence morbide de la mère. Hérédité d'une névrose se tournant en mysticisme. »

« *Alors, c'est fini, tu me chasses ?* »

Illustration pour l'édition Charpentier-Fasquelle,
1906, Paris, B.N.F.

Ô mon Dieu, vous étiez en moi ; c'était vous qui parliez en moi, car je ne reconnaissais plus ma lâcheté de créature, je me sentais fort à couper tous les liens de mon cœur. Et voici mon cœur tout saignant ; il n'est plus à personne, il est à vous. Pour vous, je l'ai arraché au monde. Mais, ne croyez pas, ô mon Dieu, que je tire quelque vanité de cette victoire. Je sais que je ne suis rien sans vous. Je m'abîme à vos pieds, dans mon humilité. »

Il s'était affaissé, à demi assis sur la marche de l'autel, ne trouvant plus de paroles, laissant son haleine fumer comme un encens entre ses lèvres entrouvertes. L'abondance de la grâce le baignait d'une extase ineffable. Il se repliait sur lui-même, il cherchait Jésus au fond de son être, dans le sanctuaire d'amour qu'il préparait à chaque minute pour le recevoir dignement. Et Jésus était présent, il le sentait là, à la douceur extraordinaire qui l'inondait. Alors, il entama avec Jésus une de ces conversations intérieures, pendant lesquelles il était ravi à la terre, causant bouche à bouche avec son Dieu. Il balbutiait le verset du cantique [1] : « Mon bien-aimé est à moi, et je suis à lui ; il repose entre les lis, jusqu'à ce que l'aurore se lève et que les ombres déclinent. » Il méditait les mots de l'*Imitation* : « C'est un grand art que de savoir causer avec Jésus et une grande prudence que de savoir le retenir près de soi. » Puis, c'était une familiarité adorable. Jésus se baissait jusqu'à lui, l'entretenait pendant des heures de ses besoins, de ses bonheurs, de ses espoirs. Et deux amis qui, après une séparation, se retrouvent, s'en vont à l'écart, au bord de quelque rivière solitaire, ont des confidences moins attendries ; car Jésus, à ces heures d'abandon divin, daignait être son ami, le meilleur, le plus fidèle, celui qui ne le trahissait jamais, qui lui rendait pour un peu d'affection tous les trésors de la vie éternelle. Cette fois surtout le prêtre voulut le posséder longtemps. Six heures sonnaient dans l'église muette qu'il l'écoutait encore, au milieu du silence des créatures.

Confession de l'être entier, entretien libre, sans l'embarras de la langue, effusion naturelle du cœur s'envolant avant la pensée elle-même. L'abbé Mouret disait tout à Jésus, comme à un Dieu venu dans l'intimité de sa tendresse et qui peut tout entendre. Il avouait qu'il aimait toujours Albine ; il s'étonnait d'avoir pu la maltraiter, la chasser, sans que ses entrailles se fussent révoltées ; cela l'émerveillait ; il souriait d'une façon sereine, comme mis en présence d'un acte miraculeusement fort, accompli par un autre. Et Jésus répondait que cela ne devait pas l'étonner, que les plus grands saints étaient souvent des armes inconscientes aux mains de Dieu. Alors, l'abbé exprimait un doute : n'avait-il pas eu moins de mérite à se réfugier

---

1. Il s'agit du Cantique des cantiques.

au pied de l'autel et jusque dans la Passion de son Seigneur ? N'était-il pas encore d'un faible courage, puisqu'il n'osait pas combattre seul ? Mais Jésus se montrait tolérant ; il expliquait que la faiblesse de l'homme est la continuelle occupation de Dieu, il disait préférer les âmes souffrantes, dans lesquelles il venait s'asseoir comme un ami au chevet d'un ami. Était-ce une damnation d'aimer Albine ? Non, si cet amour allait au-delà de la chair, s'il ajoutait une espérance au désir de l'autre vie. Puis, comment fallait-il l'aimer ? Sans une parole, sans un pas vers elle, en laissant cette tendresse toute pure s'exhaler, ainsi qu'une bonne odeur agréable au ciel ? Là, Jésus avait un léger rire de bienveillance, se rapprochant, encourageant les aveux, si bien que le prêtre, peu à peu, s'enhardissait à lui détailler la beauté d'Albine. Elle avait les cheveux blonds des anges. Elle était toute blanche avec de grands yeux doux, pareille aux saintes qui ont des auréoles. Jésus se taisait, mais riait toujours. Et qu'elle avait grandi ! Elle ressemblait à une reine, maintenant, avec sa taille ronde, ses épaules superbes. Oh ! la prendre à la taille, ne fût-ce qu'une seconde, et sentir ses épaules se renverser sous cette étreinte ! Le rire de Jésus pâlissait, mourait comme un rayon d'astre au bord de l'horizon. L'abbé Mouret parlait seul, à présent. Vraiment, il s'était montré trop dur. Pourquoi avoir chassé Albine sans un mot de tendresse, puisque le ciel permettait d'aimer ?

« Je l'aime, je l'aime ! » cria-t-il tout haut, d'une voix éperdue qui emplit l'église.

Il la voyait encore là. Elle lui tendait les bras, elle était désirable à lui faire rompre tous ses serments. Et il se jetait sur sa gorge, sans respect pour l'église ; il lui prenait les membres, il la possédait sous une pluie de baisers. C'était devant elle qu'il se mettait à genoux, implorant sa miséricorde, lui demandant pardon de ses brutalités. Il expliquait qu'à certaines heures, il y avait en lui une voix qui n'était pas la sienne. Est-ce que jamais il l'aurait maltraitée ? La voix étrangère seule avait parlé. Ce ne pouvait être lui, qui n'aurait pas, sans un frisson, touché à un de ses cheveux. Et il l'avait chassée, l'église était bien vide ! Où devait-il courir pour la rejoindre, pour la ramener, en essuyant ses larmes sous des caresses ? La pluie tombait plus fort. Les chemins étaient des lacs de boue. Il se l'imaginait battue par l'averse, chancelant le long des fossés, avec des jupes trempées, collées à sa peau. Non, non, ce n'était pas lui, c'était l'autre, la voix jalouse, qui avait eu cette cruauté de vouloir la mort de son amour.

« Ô Jésus ! cria-t-il plus désespérément, soyez bon, rendez-la-moi. »

Mais Jésus n'était plus là... Alors l'abbé Mouret, s'éveillant comme en sursaut, devint horriblement pâle. Il comprenait. Il n'avait pas su garder Jésus. Il perdait son ami, il restait sans défense contre le mal. Au lieu de cette clarté intérieure, dont il était tout éclairé et dans laquelle il avait reçu son Dieu, il ne trouvait plus en lui que des ténèbres, une fumée mauvaise qui exaspérait sa chair. Jésus, en se retirant, avait emporté la grâce. Lui, si fort depuis le matin du secours du Ciel, il se sentait tout d'un coup misérable, abandonné, d'une faiblesse d'enfant. Et quelle atroce chute, quelle immense amertume ! Avoir lutté héroïquement, être resté debout, invincible, implacable, pendant que la tentation était là, vivante, avec sa taille ronde, ses épaules superbes, son odeur de femme passionnée ; puis, succomber honteusement, haleter d'un désir abominable, lorsque la tentation s'éloignait, ne laissant derrière elle qu'un frisson de jupe, un parfum envolé de nuque blonde ! Maintenant, avec les seuls souvenirs, elle rentrait toute-puissante, elle envahissait l'église.

« Jésus ! Jésus ! cria une dernière fois le prêtre, revenez, rentrez en moi, parlez-moi encore ! »

Jésus restait sourd. Un instant, l'abbé Mouret implora le Ciel de ses bras éperdument levés. Ses épaules craquaient de l'élan extraordinaire de ses supplications. Et bientôt ses mains retombèrent, découragées. Il y avait au ciel un de ces silences sans espoir que les dévots connaissent. Alors, il s'assit de nouveau sur la marche de l'autel, écrasé, le visage terreux, se serrant les flancs de ses coudes comme pour diminuer sa chair. Il se rapetissait sous la dent de la tentation.

« Mon Dieu ! vous m'abandonnez, murmura-t-il. Que votre volonté soit faite ! »

Et il ne prononça plus une parole, soufflant fortement, pareil à une bête traquée, immobile dans la peur des morsures. Depuis sa faute, il était ainsi le jouet des caprices de la grâce. Elle se refusait aux appels les plus ardents ; elle arrivait, imprévue, charmante, lorsqu'il n'espérait plus la posséder avant des années. Les premières fois, il s'était révolté, parlant en amant trahi, exigeant le retour immédiat de cette consolatrice, dont le baiser le rendait si fort. Puis, après des crises stériles de colère, il avait compris que l'humilité le meurtrissait moins et pouvait seule l'aider à supporter son abandon. Alors, pendant des heures, pendant des journées, il s'humiliait, dans l'attente d'un soulagement qui ne venait pas. Il avait beau se remettre entre les mains de Dieu, s'anéantir devant lui, répéter jusqu'à satiété les prières les plus efficaces : il ne sentait plus Dieu ; sa chair, échappée, se soulevait de désir ; les prières, s'embarrassant sur ses lèvres, s'achevaient en un balbutiement ordurier. Agonie lente de la tentation, où les armes de la foi tombaient, une à une, de ses mains défaillantes, où il n'était plus qu'une chose inerte aux griffes des passions, où il assistait, épouvanté, à sa propre ignominie, sans avoir le courage de lever le petit doigt pour chasser le péché. Telle était sa vie maintenant. Il connaissait toutes les attaques du péché. Pas un jour ne se passait sans qu'il fût éprouvé. Le péché prenait mille formes, entrait par ses yeux, par ses oreilles, le saisissait de face à la gorge, lui sautait traîtreusement sur les épaules, le torturait jusque dans ses os. Toujours la faute était là ; la nudité d'Albine, éclatante comme un soleil, éclairait les verdures du Paradou. Il ne cessait de la voir qu'aux rares instants où la grâce voulait bien lui fermer les paupières de ses caresses fraîches. Et il cachait son mal ainsi qu'un mal honteux. Il s'enfermait dans ces silences blêmes, qu'on ne savait comment lui faire rompre, emplissant le presbytère de son martyre et de sa résignation, exaspérant la Teuse, qui, derrière lui, montrait le poing au ciel.

Cette fois, il était seul, il pouvait agoniser sans honte. Le péché venait de l'abattre d'un tel coup qu'il n'avait pas la force de quitter la marche de l'autel, où il était tombé. Il continuait à y haleter d'un souffle fort, brûlé par l'angoisse, ne trouvant pas une larme. Et il pensait à sa vie sereine d'autrefois. Ah! quelle paix, quelle confiance, lors de son arrivée aux Artaud! Le salut lui semblait une belle route. Il riait, à cette époque, quand on lui parlait de la tentation. Il vivait au milieu du mal, sans le connaître, sans le craindre, avec la certitude de le décourager. Il était un prêtre parfait, si chaste, si ignorant devant Dieu, que Dieu le menait par la main, ainsi qu'un petit enfant. Maintenant, toute cette puérilité était morte. Dieu le visitait le matin et aussitôt il l'éprouvait. La tentation devenait sa vie sur la terre. Avec l'âge, avec la faute, il entrait dans le combat éternel. Était-ce donc que Dieu l'aimait davantage, à cette heure? Les grands saints ont tous laissé des lambeaux de leur corps aux épines de la voie douloureuse. Il tâchait de se faire une consolation de cette croyance. À chaque déchirement de sa chair, à chaque craquement de ses os, il se promettait des récompenses extraordinaires. Jamais le ciel ne le frapperait assez. Il allait jusqu'à mépriser son ancienne sérénité, sa facile ferveur, qui l'agenouillait dans un ravissement de fille, sans qu'il sentît même la meurtrissure du sol à ses genoux. Il s'ingéniait à trouver une volupté au fond de la souffrance, à s'y coucher, à s'y endormir. Mais, pendant qu'il bénissait Dieu, ses dents claquaient avec plus d'épouvante, la voix de son sang révolté lui criait que tout cela était un mensonge, que la seule joie désirable était de s'allonger aux bras d'Albine, derrière une haie en fleur du Paradou.

Cependant, il avait quitté Marie pour Jésus, sacrifiant son cœur, afin de vaincre sa chair, rêvant de mettre de la virilité dans sa foi. Marie le troublait trop, avec ses minces bandeaux, ses mains tendues, son sourire de femme. Il ne pouvait s'agenouiller devant elle sans baisser les yeux, de peur d'apercevoir le bord de ses jupes. Puis, il l'accusait de s'être faite trop douce pour lui, autrefois ; elle l'avait si longtemps gardé entre les plis de sa robe qu'il s'était laissé glisser de ses bras dans ceux de la créature, en ne s'apercevant même pas qu'il changeait de tendresse. Et il se rappelait les brutalités de Frère Archangias, son refus d'adorer Marie, le regard méfiant dont il semblait la surveiller. Lui, désespérait de se hausser jamais à cette rudesse ; il la délaissait simplement, cachait ses images, désertait son autel. Mais elle restait au fond de son cœur, comme un amour inavoué, toujours présente. Le péché, par un sacrilège dont l'horreur l'anéantissait, se servait d'elle pour le tenter. Lorsqu'il l'invoquait encore, à certaines heures d'attendrissement invincible, c'était Albine qui se présentait, dans le voile blanc, l'écharpe bleue nouée à la ceinture, avec des roses d'or sur ses pieds nus. Toutes les Vierges, la Vierge au royal manteau d'or, la Vierge couronnée d'étoiles, la Vierge visitée par l'ange de l'Annonciation, la Vierge paisible entre un lis et une quenouille, lui apportaient un ressouvenir d'Albine, les yeux souriants, ou la bouche délicate, ou la courbe molle des joues. Sa faute avait tué la virginité de Marie. Alors, d'un effort suprême, il chassait la femme de la religion, il se réfugiait dans Jésus, dont la douceur l'inquiétait même parfois. Il lui fallait un Dieu jaloux, un Dieu implacable, le Dieu de la Bible, environné de tonnerres, ne se montrant que pour châtier le monde épouvanté. Il n'y avait plus de saints, plus d'anges, plus de mère de Dieu ; il n'y avait que Dieu, un maître omnipotent qui exigeait pour lui toutes les haleines. Il sentait la main de ce Dieu lui écraser les reins, le tenir à sa merci, dans l'espace et dans le temps, comme un atome coupable. N'être rien, être damné, rêver l'enfer, se débattre stérilement contre les monstres de la tentation, cela était bon[1]. De Jésus, il ne prenait que la croix. Il avait cette folie de la croix qui a usé tant de lèvres sur le crucifix. Il prenait la croix et il suivait Jésus. Il l'alourdis-

---

1. *Une saison en enfer*, que Zola n'avait pas lu, date de 1873.

« Il n'y avait que Dieu, un maître omnipotent... »
Illustration pour l'édition Charpentier-Fasquelle,
1906, Paris, B.N.F.

sait, la rendait accablante, n'avait pas de plus grande joie
que de succomber sous elle, de la porter à genoux,
l'échine cassée. Il voyait en elle la force de l'âme, la joie
de l'esprit, la consommation de la vertu, la perfection de
la sainteté. Tout se trouvait en elle, tout aboutissait à
mourir sur elle. Souffrir, mourir, ces mots sonnaient sans
cesse à ses oreilles, comme la fin de la sagesse humaine.
Et, lorsqu'il s'était attaché sur la croix, il avait la consolation sans bornes de l'amour de Dieu. Ce n'était plus
Marie qu'il aimait d'une tendresse de fils, d'une passion
d'amant. Il aimait pour aimer, dans l'absolu de l'amour.
Il aimait Dieu au-dessus de lui-même, au-dessus de tout,
au fond d'un épanouissement de lumière. Il était ainsi
qu'un flambeau qui se consume en clarté. La mort, quand
il la souhaitait, n'était à ses yeux qu'un grand élan
d'amour.

Que négligeait-il donc, pour être soumis à des épreuves si rudes ? Il essuya de la main la sueur qui coulait de ses tempes ; il songea que, le matin encore, il avait fait son examen de conscience, sans trouver en lui aucune offense grave. Ne menait-il pas une vie d'austérités et de macérations[1] ? N'aimait-il pas Dieu seul, aveuglément ? Ah ! qu'il l'aurait béni s'il lui avait enfin rendu la paix, en le jugeant assez puni de sa faute. Mais jamais peut-être cette faute ne pourrait être expiée. Et, malgré lui, il revint à Albine, au Paradou, aux souvenirs cuisants. D'abord, il chercha des excuses. Un soir, il tombait sur le carreau de sa chambre, foudroyé par une fièvre cérébrale. Pendant trois semaines, il appartenait à cette crise de sa chair. Son sang, furieusement, lavait ses veines jusqu'au bout de ses membres, grondait au travers de lui avec un vacarme de torrent lâché ; son corps, du crâne à la plante des pieds, était nettoyé, renouvelé, battu par un tel travail de la maladie que, souvent, dans son délire, il avait cru entendre les marteaux des ouvriers reclouant ses os. Puis, il s'éveillait, un matin, comme neuf. Il naissait une seconde fois, débarrassé de ce que vingt-cinq ans de vie avaient[a] déposé successivement en lui. Ses dévotions d'enfant, son éducation du séminaire, sa foi de jeune prêtre, tout s'en était allé, submergé, emporté, laissant la place nette. Certes, l'enfer seul l'avait préparé ainsi pour le péché, le désarmant, faisant de ses entrailles un lit de mollesse où le mal pouvait entrer et dormir. Et lui, restait inconscient, s'abandonnait à ce lent acheminement vers la faute. Au Paradou, lorsqu'il rouvrait les yeux, il se sentait baigné d'enfance, sans mémoire du passé, n'ayant plus rien du sacerdoce. Ses organes avaient un jeu doux, un ravissement de surprise, à recommencer la vie, comme s'ils ne la connaissaient pas et qu'ils eussent une joie extrême à l'apprendre. Oh ! l'apprentissage délicieux, les rencontres charmantes, les adorables trouvailles ! Ce

---

a. « ... de vie *avait* déposé... »

1. Mortifications.

Paradou était une grande félicité. En le mettant là, l'enfer savait bien qu'il y serait sans défense. Jamais, dans sa première jeunesse, il n'avait goûté à grandir une pareille volupté. Cette première jeunesse, s'il l'évoquait maintenant, lui apparaissait toute noire, passée loin du soleil, ingrate, blême, infirme. Aussi, comme il avait salué le soleil, comme il s'était émerveillé du premier arbre, de la première fleur, du moindre insecte aperçu, du plus petit caillou ramassé ! Les pierres elles-mêmes le charmaient. L'horizon était un prodige extraordinaire. Ses sens, une matinée claire dont ses yeux s'emplissaient, une odeur de jasmin respirée, un chant d'alouette écouté, lui causaient des émotions si fortes que ses membres défaillaient. Il avait pris un long plaisir à s'enseigner jusqu'aux plus légers tressaillements de la vie. Et le matin où Albine était née, à son côté, au milieu des roses ! Il riait encore d'extase à ce souvenir. Elle se levait ainsi qu'un astre nécessaire au soleil lui-même. Elle éclairait tout, expliquait tout. Elle l'achevait. Alors, il recommençait avec elle leurs promenades, aux quatre coins du Paradou. Il se rappelait les petits cheveux qui s'envolaient sur sa nuque, lorsqu'elle courait devant lui. Elle sentait bon, elle balançait des jupes tièdes dont les frôlements ressemblaient à des caresses. Lorsqu'elle le prenait entre ses bras nus, souples comme des couleuvres, il s'attendait à la voir, tant elle était mince, s'enrouler à son corps, s'endormir là, collée à sa peau. C'était elle qui marchait en avant. Elle le conduisait par un sentier détourné, où ils s'attardaient pour ne pas arriver trop vite. Elle lui donnait la passion de la terre. Il apprenait à l'aimer, en regardant comment s'aiment les herbes ; tendresse longtemps tâtonnante, et dont un soir, enfin, ils avaient surpris la grande joie, sous l'arbre géant, dans l'ombre suant la sève. Là, ils étaient au bout de leur chemin. Albine, renversée, la tête roulée au milieu de ses cheveux, lui tendait les bras. Lui, la prenait d'une étreinte. Oh ! la prendre, la posséder encore, sentir son flanc tressaillir de fécondité, faire de la vie, être Dieu !

Le prêtre, brusquement, poussa une plainte sourde. Il

se dressa, comme sous un coup de dent invisible ; puis, il s'abattit de nouveau. La tentation venait de le mordre. Dans quelle ordure s'égaraient donc ses souvenirs ? Ne savait-il pas que Satan a toutes les ruses, qu'il profite même des heures d'examen intérieur pour glisser jusqu'à l'âme sa tête de serpent ? Non, non, pas d'excuse ! La maladie n'autorisait point le péché. C'était à lui de se garder, de retrouver Dieu au sortir de la fièvre. Au contraire, il avait pris plaisir à s'accroupir dans sa chair. Et quelle preuve de ses appétits abominables ! Il ne pouvait confesser sa faute sans glisser malgré lui au besoin de la commettre encore en pensée. N'imposerait-il pas silence à sa fange ! Il rêvait de se vider le crâne pour ne plus penser, de s'ouvrir les veines pour que son sang coupable ne le tourmentât plus. Un instant, il resta la face entre les mains, grelottant, cachant les moindres bouts de sa peau, comme si les bêtes qui rôdaient autour de lui lui eussent hérissé le poil de leur haleine chaude.

Mais il pensait quand même, et le sang battait quand même dans son cœur. Ses yeux, qu'il fermait de ses poings, voyaient, sur le noir des ténèbres, les lignes souples du corps d'Albine tracées d'un trait de flamme. Elle avait une poitrine nue aveuglante comme un soleil. À chaque effort qu'il faisait pour enfoncer ses yeux, pour chasser cette vision, elle devenait plus lumineuse, elle s'accusait avec des renversements de reins, des appels de bras tendus qui arrachaient au prêtre un râle d'angoisse. Dieu l'abandonnait donc tout à fait, qu'il n'y avait plus pour lui de refuge ? Et, malgré la tension de sa volonté, la faute recommençait toujours, se précisait avec une effrayante netteté. Il revoyait les moindres brins d'herbe, au bord des jupes d'Albine ; il retrouvait, accrochée à ses cheveux, une petite fleur de chardon à laquelle il se souvenait d'avoir piqué ses lèvres. Jusqu'aux odeurs, les sucres un peu âcres des tiges écrasées, qui lui revenaient ; jusqu'aux sons lointains qu'il entendait encore, le cri régulier d'un oiseau, un grand silence, puis un soupir passant sur les arbres. Pourquoi le ciel ne le foudroyait-il pas tout de suite ? Il aurait moins souffert. Il jouissait de son abomination avec une volupté de damné. Une rage le secouait, en écoutant les paroles scélérates qu'il avait prononcées aux pieds d'Albine. Elles retentissaient, à cette heure, pour l'accuser devant Dieu. Il avait reconnu la femme comme sa souveraine. Il s'était donné à elle en esclave, lui baisant les pieds, rêvant d'être l'eau qu'elle buvait, le pain qu'elle mangeait. Maintenant, il comprenait pourquoi il ne pouvait plus se reprendre. Dieu le laissait à la femme. Mais il la battrait, il lui casserait les membres pour qu'elle le lâchât. C'était elle l'esclave, la chair impure, à laquelle l'Église aurait dû refuser une âme. Alors, il se raidit, il leva les poings sur Albine. Et les poings s'ouvraient, les mains coulaient le long des épaules nues, avec une caresse molle, tandis que la bouche, pleine d'injures, se collait sur les cheveux dénoués, en balbutiant des paroles d'adoration.

L'abbé Mouret ouvrit les yeux. La vision ardente d'Albine disparut[1]. Ce fut un soulagement brusque, inespéré. Il put pleurer. Des larmes lentes rafraîchirent ses joues, pendant qu'il respirait longuement, n'osant encore remuer, de crainte d'être repris à la nuque. Il entendait toujours un grondement fauve derrière lui. Puis, cela était si doux de ne plus tant souffrir qu'il s'oublia à goûter ce bien-être. Au-dehors, la pluie avait cessé. Le soleil se couchait dans une grande lueur rouge qui semblait pendre aux fenêtres des rideaux de satin rose. L'église, maintenant, était tiède, toute vivante de cette dernière haleine du soleil. Le prêtre remerciait vaguement Dieu du répit qu'il voulait bien lui donner. Un large rayon, une poussière d'or qui traversait la nef allumait le fond de l'église, l'horloge, la chaire, le maître-autel. Peut-être était-ce la grâce qui lui revenait sur ce sentier de lumière, descendant du ciel ? Il s'intéressait aux atomes allant et venant le long du rayon avec une vitesse prodigieuse, pareils à une foule de messagers affairés portant sans cesse des nouvelles du soleil à la terre. Mille cierges allumés n'au-

---

1. Serge est en proie à des hallucinations, comme le saint Antoine de Flaubert.

raient pas rempli l'église d'une telle splendeur. Derrière le maître-autel, des draps d'or étaient tendus ; sur les gradins, des ruissellements d'orfèvrerie coulaient, des chandeliers s'épanouissant en gerbes de clartés, des encensoirs où brûlait une braise de pierreries, des vases sacrés peu à peu élargis, avec des rayonnements de comètes ; et, partout, c'était une pluie de fleurs lumineuses au milieu de dentelles volantes, des nappes, des bouquets, des guirlandes de roses, dont les cœurs en s'ouvrant laissaient tomber des étoiles. Jamais il n'avait souhaité une pareille richesse pour sa pauvre église. Il souriait, il faisait le rêve de fixer là ces magnificences, il les arrangeait à son gré. Lui, aurait préféré voir les rideaux de drap d'or attachés plus haut ; les vases lui paraissaient aussi trop négligemment jetés ; il ramassait encore les fleurs perdues, renouant les bouquets, donnant aux guirlandes une courbe molle. Mais quel émerveillement, lorsque toute cette pompe était ainsi étalée ! Il devenait le pontife d'une église d'or. Les évêques, les princes, des femmes traînant des manteaux royaux, des foules dévotes, le front dans la poussière, la visitaient, campaient dans la vallée, attendaient des semaines à la porte avant de pouvoir entrer. On lui baisait les pieds, parce que ses pieds, eux aussi, étaient en or et qu'ils accomplissaient des miracles. L'or montait jusqu'à ses genoux. Un cœur d'or battait dans sa poitrine d'or, avec un son musical si clair que les foules, du dehors, l'entendaient. Alors, un orgueil immense le ravissait. Il était idole. Le rayon de soleil montait toujours, le maître-autel flambait, le prêtre se persuadait que c'était bien la grâce qui lui revenait, pour qu'il éprouvât une telle jouissance intérieure. Le grondement fauve, derrière lui, se faisait câlin. Il ne sentait plus sur sa nuque que la douceur d'une patte de velours, comme si quelque chat l'eût caressé[1].

Et il continua sa rêverie. Jamais il n'avait vu les choses

---

1. En lui donnant un sens différent, on pourrait reprendre, pour ce passage, la célèbre expression de Zola à propos de *La Curée* : « la note de l'or et de la chair ».

sous un jour aussi éclatant. Tout lui semblait aisé, à présent, tant il se jugeait fort. Puisque Albine l'attendait, il irait la rejoindre. Cela était naturel. Le matin, il avait bien marié le grand Fortuné à la Rosalie. L'Église ne défendait pas le mariage. Il les voyait encore se souriant, se poussant du coude sous ses mains qui les bénissaient. Puis, le soir, on lui avait montré leur lit. Chacune des paroles qu'il leur avait adressées éclatait plus haute à ses oreilles. Il disait au grand Fortuné que Dieu lui envoyait une compagne, parce qu'il n'a pas voulu que l'homme vécût solitaire. Il disait à la Rosalie qu'elle devait s'attacher à son mari, ne le quitter jamais, être sa servante soumise. Mais il disait aussi ces choses pour lui et pour Albine. N'était-elle pas sa compagne, sa servante soumise, celle que Dieu lui envoyait afin que sa virilité ne se séchât pas dans la solitude ? D'ailleurs, ils étaient liés. Il restait très surpris de ne pas avoir compris cela tout de suite, de ne pas s'en être allé avec elle, comme le devoir l'exigeait. Mais c'était chose décidée, il la rejoindrait dès le lendemain. En une demi-heure, il serait auprès d'elle. Il traverserait le village, il prendrait le chemin du coteau ; c'était de beaucoup plus court. Il pouvait tout, il était le maître, personne ne lui dirait rien. Si on le regardait, il ferait, d'un geste, baisser toutes les têtes. Puis il vivrait avec Albine. Il l'appellerait sa femme. Ils seraient très heureux. L'or montait de nouveau, ruisselait entre ses doigts. Il rentrait dans un bain d'or. Il emportait les vases sacrés pour les besoins de son ménage, menant grand train, payant ses gens avec des fragments de calice qu'il tordait entre ses doigts, d'un léger effort. Il mettait à son lit de noces les rideaux de drap d'or de l'autel. Comme bijoux, il donnait à sa femme les cœurs d'or, les chapelets d'or, les croix d'or, pendus au cou de la Vierge et des saintes. L'église même, s'il l'élevait d'un étage, pourrait leur servir de palais. Dieu n'aurait rien à dire, puisqu'il permettait d'aimer. Du reste, que lui importait Dieu ! N'était-ce pas lui, à cette heure, qui était Dieu, avec ses pieds d'or que la foule baisait et qui accomplissaient des miracles ?

L'abbé Mouret se leva. Il fit ce geste large de Jeanbernat, ce geste de négation embrassant tout l'horizon.

« Il n'y a rien, rien, rien, dit-il. Dieu n'existe pas. »

Un grand frisson parut passer dans l'église. Le prêtre, effaré, redevenu d'une pâleur mortelle, écoutait. Qui donc avait parlé ? Qui avait blasphémé ? Brusquement, la caresse de velours dont il sentait la douceur sur sa nuque était devenue féroce ; des griffes lui arrachaient la chair, son sang coulait une fois encore. Il resta debout, pourtant, luttant contre la crise. Il injuriait le péché triomphant, qui ricanait autour de ses tempes, où tous les marteaux du mal recommençaient à battre. Ne connaissait-il pas ses traîtrises ? Ne savait-il pas qu'il se fait un jeu souvent d'approcher avec des pattes douces, pour les enfoncer ensuite comme des couteaux jusqu'aux os de ses victimes ? Et sa rage redoublait à la pensée d'avoir été pris à ce piège, ainsi qu'un enfant. Il serait donc toujours par terre, avec le péché accroupi victorieusement sur sa poitrine ! Maintenant, voilà qu'il niait Dieu. C'était la pente fatale. La fornication tuait la foi. Puis, le dogme croulait. Un doute de la chair, plaidant son ordure, suffisait à balayer tout le ciel. La règle divine irritait, les mystères faisaient sourire ; dans un coin de la religion abattue, on se couchait en discutant son sacrilège, jusqu'à ce qu'on se fût creusé un trou de bête cuvant sa boue. Alors venaient les autres tentations : l'or, la puissance, la vie libre, une nécessité irrésistible de jouir, qui ramenait tout à la grande luxure, vautrée sur un lit de richesse et d'orgueil. Et l'on volait Dieu. On cassait les ostensoirs pour les pendre à l'impureté d'une femme. Eh bien ! il était damné. Rien ne le gênait plus, le péché pouvait parler haut en lui. Cela était bon de ne plus lutter. Les monstres qui avaient rôdé derrière sa nuque se battaient dans ses entrailles, à cette heure. Il gonflait les flancs pour sentir leurs dents davantage. Il s'abandonnait à eux avec une joie affreuse. Une révolte lui faisait montrer les poings à l'église. Non, il ne croyait plus à la divinité de Jésus, il ne croyait plus à la sainte Trinité, il ne croyait qu'à lui, qu'à ses muscles, qu'aux appétits de ses organes. Il voulait vivre. Il avait le besoin d'être un homme. Ah ! courir au grand air, être fort, n'avoir pas de maître jaloux, tuer ses ennemis à coups de pierres, emporter à son cou les filles qui passent ! Il ressusciterait du tombeau où des mains rudes l'avaient couché. Il éveillerait sa virilité, qui ne devait être qu'endormie. Et qu'il expirât de honte, s'il trouvait sa virilité morte ! Et que Dieu fût maudit, s'il l'avait retiré d'entre les créatures, en le touchant de son doigt, afin de le garder pour son service seul !

Le prêtre était debout, halluciné. Il crut qu'à ce nouveau blasphème l'église croulait. La nappe de soleil qui inondait le maître-autel avait grandi lentement, allumant les murs d'une rougeur d'incendie. Des flammèches montèrent encore, léchèrent le plafond, s'éteignirent dans une lueur saignante de braise. L'église, brusquement, devint toute noire. Il sembla que le feu de ce coucher d'astre venait de crever la toiture, de fendre les murailles, d'ouvrir de toutes parts des brèches béantes aux attaques du dehors. La carcasse sombre branlait, dans l'attente de quelque assaut formidable. La nuit, rapidement, grandissait.

Alors, de très loin, le prêtre entendit un murmure monter de la vallée des Artaud. Autrefois, il ne comprenait pas l'ardent langage de ces terres brûlées, où ne se tordaient que des pieds de vignes noueux, des amandiers décharnés, de vieux oliviers se déhanchant sur leurs membres infirmes. Il passait au milieu de cette passion avec les sérénités de son ignorance. Mais, aujourd'hui, instruit dans la chair, il saisissait jusqu'aux moindres soupirs des feuilles pâmées sous le soleil. Ce furent d'abord, au fond de l'horizon, les collines, chaudes encore de l'adieu du couchant, qui tressaillirent et qui parurent s'ébranler avec le piétinement sourd d'une armée en marche. Puis, les roches éparses, les pierres des chemins, tous les cailloux de la vallée, se levèrent, eux aussi, roulant, ronflant, comme jetés en avant par le besoin de se mouvoir. À leur suite, les mares de terre rouges, les rares champs conquis à coups de pioche, se mirent à couler et à gronder, ainsi que des rivières échappées, charriant dans

399

le flot de leur sang des conceptions de semences, des éclosions de racines, des copulations de plantes. Et bientôt tout fut en mouvement : les souches des vignes rampaient comme de grands insectes ; les blés maigres, les herbes séchées, faisaient des bataillons armés de hautes lances ; les arbres s'échevelaient à courir, étiraient leurs membres, pareils à des lutteurs qui s'apprêtent au combat ; les feuilles tombées marchaient, la poussière des routes marchait[1]. Multitude recrutant à chaque pas des forces nouvelles, peuple en rut dont le souffle approchait, tempête de vie à l'haleine de fournaise, emportant tout devant elle, dans le tourbillon d'un accouchement colossal. Brusquement, l'attaque eut lieu. Du bout de l'horizon, la campagne entière se rua sur l'église : les collines, les cailloux, les terres, les arbres. L'église, sous ce premier choc, craqua. Les murs se fendirent, des tuiles s'envolèrent. Mais le grand Christ, secoué, ne tomba pas.

Il y eut un court répit. Au-dehors, des voix s'élevaient, plus furieuses. Maintenant, le prêtre distinguait des voix humaines. C'était le village, les Artaud, cette poignée de bâtards poussés sur le roc, avec l'entêtement des ronces, qui soufflaient à leur tour un vent chargé d'un pullulement d'êtres. Les Artaud forniquaient par terre, plantaient de proche en proche une forêt d'hommes, dont les troncs mangeaient autour d'eux toute la place. Ils montaient jus-

---

1. Le début de *La Fortune des Rougon* faisait déjà voir une nature animée : « La route, devenue torrent, roulait des flots vivants qui semblaient ne pas devoir s'épuiser ; toujours, au coude du chemin, se montraient de nouvelles masses noires, dont les chants enflaient de plus en plus la grande voix de cette tempête humaine. Quand les derniers bataillons apparurent, il y eut un éclat assourdissant. *La Marseillaise* emplit le ciel, comme soufflée par des bouches géantes dans de monstrueuses trompettes qui la jetaient, vibrante, avec des sécheresses de cuivre, à tous les coins de la vallée. Et la campagne endormie s'éveilla en sursaut ; elle frissonna tout entière, ainsi qu'un tambour que frappent les baguettes ; elle retentit jusqu'aux entrailles, répétant par tous ses échos les notes ardentes du chant national. Alors ce ne fut plus seulement la bande qui chanta ; des bouts de l'horizon, des rochers lointains, des pièces de terre labourées, des prairies, des bouquets d'arbres, des moindres broussailles, semblèrent sortir des voix humaines (...) » (chap. I).

qu'à l'église, ils en crevaient la porte d'une poussée, ils menaçaient d'obstruer la nef des branches envahissantes de leur race. Derrière eux, dans le fouillis des broussailles, accouraient les bêtes, des bœufs cherchant à enfoncer les murs de leurs cornes, des troupeaux d'ânes, de chèvres, de brebis, battant l'église en ruine, comme des vagues vivantes, des fourmilières de cloportes et de grillons attaquant les fondations, les émiettant de leurs dents de scie. Et il y avait encore, de l'autre côté, la basse-cour de Désirée, dont le fumier exhalait des buées d'asphyxie ; le grand coq Alexandre y sonnait l'assaut de son clairon, les poules descellaient les pierres à coups de bec, les lapins creusaient des terriers jusque sous les autels, afin de les miner et de les abîmer ; le cochon, gras à ne pas bouger, grognait, attendait que les ornements sacrés ne fussent plus qu'une poignée de cendre chaude, pour y vautrer son ventre. Une rumeur formidable roula, un second assaut fut donné. Le village, les bêtes, toute cette marée de vie qui débordait engloutit un instant l'église sous une rage de corps faisant ployer les poutres. Les femelles, dans la mêlée, lâchaient de leurs entrailles un enfantement continu de nouveaux combattants. Cette fois, l'église eut un pan de muraille abattu ; le plafond fléchissait, les boiseries des fenêtres étaient emportées, la fumée du crépuscule, de plus en plus noire, entrait par les brèches bâillant affreusement. Sur la croix, le grand Christ ne tenait plus que par le clou de sa main gauche.

L'écroulement du pan de muraille fut salué d'une clameur. Mais l'église restait encore solide, malgré ses blessures. Elle s'entêtait d'une façon farouche, muette, sombre, se cramponnant aux moindres pierres de ses fondations. Il semblait que cette ruine, pour demeurer debout, n'eût besoin que du pilier le plus mince, portant, par un prodige d'équilibre, la toiture crevée. Alors, l'abbé Mouret vit les plantes rudes du plateau se mettre à l'œuvre, ces terribles plantes durcies dans la sécheresse des rocs, noueuses comme des serpents, d'un bois dur bossué de muscles. Les lichens, couleur de rouille, pareils à une lèpre enflammée, mangèrent d'abord les crépis de plâtre. Ensuite, les thyms enfoncèrent leurs racines entre les briques, ainsi que des coins de fer. Les lavandes glissaient leurs longs doigts crochus sous chaque maçonnerie ébranlée, les tiraient à elles, les arrachaient d'un effort lent et continu. Les genévriers, les romarins, les houx épineux, montaient plus haut, donnaient des poussées invincibles. Et jusqu'aux herbes elles-mêmes, ces herbes dont les brins séchés passaient sous la grand-porte, qui se raidissaient comme des piques d'acier, éventrant la grand-porte, s'avançant dans la nef, où elles soulevaient les dalles de leurs pinces puissantes. C'était l'émeute victorieuse, la nature révolutionnaire dressant des barricades avec des autels renversés, démolissant l'église qui lui jetait trop d'ombre depuis des siècles. Les autres combattants laissaient faire les herbes, les thyms, les lavandes, les lichens, ce rongement des petits, plus destructeur que les coups de massue des forts, cet émiettement de la base dont le travail sourd devait achever d'abattre tout l'édifice. Puis, brusquement, ce fut la fin. Le sorbier, dont les hautes branches pénétraient déjà sous la voûte, par les carreaux cassés, entra violemment, d'un jet de verdure formidable. Il se planta au milieu de la nef. Là, il grandit démesurément ; son tronc devint colossal, au point de faire éclater l'église, ainsi qu'une ceinture trop étroite. Les branches allongèrent de toutes parts des nœuds énormes, dont chacun emportait un morceau de muraille, un lambeau de toiture ; et elles se multipliaient toujours, chaque branche se ramifiant à l'infini, un arbre nouveau poussant de chaque nœud, avec une telle fureur de croissance, que les débris de l'église, trouée comme un crible, volèrent en éclats en semant aux quatre coins du ciel une cendre fine. Maintenant, l'arbre géant touchait aux étoiles. Sa forêt de branches était une forêt de membres, de jambes, de bras, de torses, de ventres, qui suaient la sève ; des chevelures de femmes pendaient ; des têtes d'hommes faisaient éclater l'écorce, avec des rires de bourgeons naissants ; tout en haut, les couples d'amants, pâmés au bord de leurs nids, emplissaient l'air de la musique de leur jouissance et de l'odeur de leur fécondité.

Un dernier souffle de l'ouragan qui s'était rué sur l'église, en balaya la poussière, la chaire et le confessionnal en poudre, les images saintes lacérées, les vases sacrés fondus, tous ces décombres que piquait avidement la bande des moineaux, autrefois logée sous les tuiles. Le grand Christ, arraché de la croix, resta pendu un moment à une des chevelures de femme flottantes, fut emporté, roulé, perdu, dans la nuit noire, au fond de laquelle il tomba avec un retentissement. L'arbre de vie venait de crever le ciel. Et il dépassait les étoiles [1].

L'abbé Mouret applaudit furieusement, comme un damné, à cette vision. L'église était vaincue. Dieu n'avait plus de maison. À présent, Dieu ne le gênerait plus. Il pouvait rejoindre Albine, puisqu'elle triomphait. Et comme il riait de lui, qui, une heure auparavant, affirmait que l'église mangerait la terre de son ombre ! La terre s'était vengée en mangeant l'église. Le rire fou qu'il poussa le tira en sursaut de son hallucination. Stupide, il regarda la nef lentement noyée de crépuscule ; par les fenêtres, des coins de ciel se montraient, piqués d'étoiles. Et il allongeait les bras, avec l'idée de tâter les murs, lorsque la voix de Désirée l'appela, du couloir de la sacristie :

« Serge ! es-tu là ?... Parle donc ! Il y a une demi-heure que je te cherche. »

Elle entra. Elle tenait une lampe. Alors, le prêtre vit que l'église était toujours debout. Il ne comprit plus, il resta dans un doute affreux, entre l'église invincible, repoussant de ses cendres, et Albine toute-puissante, qui ébranlait Dieu d'une seule de ses haleines.

---

1. Voir *Préface*, p. 39.

X

Désirée approchait, avec sa gaieté sonore.

« Tu es là ! tu es là ! cria-t-elle. Ah bien ! tu joues donc à cache-cache ? Je t'ai appelé plus de dix fois de toutes mes forces... Je croyais que tu étais sorti. »

Elle fouillait les coins d'ombre du regard, d'un air curieux. Elle alla même jusqu'au confessionnal, sournoisement, comme si elle s'apprêtait à surprendre quelqu'un caché en cet endroit. Elle revint, désappointée, reprenant :

« Alors, tu es seul ? Tu dormais peut-être ? À quoi peux-tu t'amuser tout seul, quand il fait noir ?... Allons, viens, nous nous mettons à table. »

Lui, passait ses mains fiévreuses sur son front pour effacer des pensées que tout le monde sûrement allait lire. Il cherchait machinalement à reboutonner sa soutane, qui lui semblait défaite, arrachée, dans un désordre honteux. Puis il suivit sa sœur, la face sévère, sans un frisson, raidi dans cette volonté de prêtre cachant les agonies de sa chair sous la dignité du sacerdoce. Désirée ne s'aperçut pas même de son trouble. Elle dit simplement, en entrant dans la salle à manger :

« Moi, j'ai bien dormi. Toi, tu as trop bavardé, tu es tout pâle. »

Le soir, après le dîner, Frère Archangias vint faire sa partie de bataille avec la Teuse. Il avait, ce soir-là, une gaieté énorme. Quand le Frère était gai, il allongeait des coups de poing dans les côtes de la Teuse, qui lui rendait des soufflets à toute volée. Cela les faisait rire, d'un rire dont les plafonds tremblaient. Puis, il inventait des farces extraordinaires : il cassait avec son nez des assiettes posées à plat, il pariait de fendre à coups de derrière la porte de la salle à manger, il jetait tout le tabac de sa tabatière dans le café de la vieille servante ou bien apportait une poignée de cailloux qu'il lui glissait dans la gorge, en les enfonçant avec la main jusqu'à la ceinture. Ces débordements de joie sanguine éclataient pour un rien, au milieu de ses colères accoutumées ; souvent, un fait dont personne ne riait lui donnait une véritable attaque de folie bruyante, tapant des pieds, tournant comme une toupie, se tenant le ventre.

« Alors, vous ne voulez pas me dire pourquoi vous êtes gai ? » demanda la Teuse.

Il ne répondit pas. Il s'était assis à califourchon sur une chaise, il faisait le tour de la table en galopant.

« Oui, oui, faites la bête, reprit-elle. Mon Dieu ! que vous êtes bête ! Si le bon Dieu vous voit, il doit être content de vous ! »

Le Frère venait de se laisser aller à la renverse, l'échine sur le carreau, les jambes en l'air. Sans se relever, il dit gravement :

« Il me voit, il est content de me voir. C'est lui qui veut que je sois gai... Quand il consent à m'envoyer une récréation, il sonne la cloche dans ma carcasse. Alors, je me roule. Ça fait rire tout le paradis. »

Il marcha sur l'échine jusqu'au mur ; puis, se dressant sur la nuque, il tambourina des talons, le plus haut qu'il put. Sa soutane, qui retombait, découvrait son pantalon noir raccommodé aux genoux avec des carrés de drap vert. Il reprenait :

« Monsieur le Curé, voyez donc où j'arrive. Je parie que vous ne faites pas ça... Allons, riez un peu. Il vaut mieux se traîner sur le dos que de souhaiter pour matelas la peau d'une coquine. Vous m'entendez, hein ! On est une bête pour un moment, on se frotte, on laisse sa vermine. Ça repose. Moi, lorsque je me frotte, je m'imagine être chien de Dieu, et c'est ça qui me fait dire que tout le paradis se met aux fenêtres, riant de me voir... Vous pouvez rire aussi, monsieur le Curé. C'est pour les saints et pour vous. Tenez, voici une culbute pour saint Joseph, en voici une autre pour saint Jean, une autre pour saint Michel, une pour saint Marc, une pour saint Matthieu... »

Et il continua, défilant tout un chapelet de saints, culbutant autour de la pièce. L'abbé Mouret, resté silencieux, les poignets au bord de la table, avait fini par sourire. D'ordinaire, les joies du Frère l'inquiétaient. Puis, comme celui-ci passait à la portée de la Teuse, elle lui allongea un coup de pied.

« Voyons, dit-elle, jouons-nous, à la fin ? »

Frère Archangias répondit par des grognements. Il s'était mis à quatre pattes. Il marchait droit à la Teuse, faisant le loup. Lorsqu'il l'eut atteinte, il enfonça la tête sous ses jupons, il lui mordit le genou droit.

« Voulez-vous bien me lâcher ! criait-elle. Est-ce que vous rêvez des saletés, maintenant !

— Moi ! balbutia le Frère, si égayé par cette idée qu'il resta sur la place, sans pouvoir se relever. Eh ! regarde, j'étrangle, rien que d'avoir goûté à ton genou. Il est trop salé, ton genou... Je mords les femmes, puis je les crache, tu vois. »

Il la tutoyait, il crachait sur ses jupons. Quand il eut réussi à se mettre debout, il souffla un instant, en se frottant les côtes. Des bouffées de gaieté secouaient encore son ventre, comme une outre qu'on achève de vider. Il dit enfin, d'une grosse voix sérieuse :

« Jouons... Si je ris, c'est mon affaire. Vous n'avez pas besoin de savoir pourquoi, la Teuse. »

Et la partie s'engagea. Elle fut terrible. Le Frère abattait les cartes avec des coups de poing. Quand il criait : « Bataille ! » les vitres sonnaient. C'était la Teuse qui gagnait. Elle avait trois as depuis longtemps, elle guettait le quatrième d'un regard luisant. Cependant, Frère Archangias se livrait à d'autres plaisanteries. Il soulevait la table, au risque de casser la lampe ; il trichait effrontément, se défendant à l'aide de mensonges énormes, pour la farce, disait-il ensuite. Brusquement, il entonna les *Vêpres*, qu'il chanta d'une voix pleine de chantre au lutrin. Et il ne cessa plus, ronflant lugubrement, accentuant la chute de chaque verset en tapant ses cartes sur la paume de sa main gauche. Quand sa gaieté était au comble, quand il ne trouvait plus rien pour l'exprimer, il chantait ainsi les *Vêpres* pendant des heures. La Teuse, qui le connaissait bien, se pencha pour lui crier, au milieu du mugissement dont il emplissait la salle à manger :

« Taisez-vous, c'est insupportable !... Vous êtes trop gai, ce soir. »

Alors, il entama les *Complies*[1]. L'abbé Mouret était allé s'asseoir près de la fenêtre. Il semblait ne pas voir, ne pas entendre ce qui se passait autour de lui. Pendant le dîner, il avait mangé comme à son ordinaire ; il était même parvenu à répondre aux éternelles questions de Désirée. Maintenant, il s'abandonnait, à bout de forces ; il roulait, brisé, anéanti, dans la querelle furieuse qui continuait en lui, sans trêve. Le courage même lui manquait pour se lever et monter à sa chambre. Puis, il craignait que, s'il tournait la face du côté de la lampe, on ne vît ses larmes, qu'il ne pouvait plus retenir. Il appuya le front contre une vitre, il regarda les ténèbres du dehors, s'endormant peu à peu, glissant à une stupeur de cauchemar.

Frère Archangias, psalmodiant[2] toujours, cligna les yeux, en montrant le prêtre endormi, d'un mouvement de tête.

« Quoi ? » demanda la Teuse.

Le Frère répéta son jeu de paupière en l'accentuant.

« Eh ! quand vous vous démancherez le cou ! dit la servante. Parlez, je vous comprendrai... Tenez, un roi. Bon ! je prends votre dame. »

Il posa un instant ses cartes, se courba sur la table, lui souffla dans la figure :

« La gueuse est venue.

— Je le sais bien, répondit-elle. Je l'ai vue avec Mademoiselle entrer dans la basse-cour. »

Il la regarda terriblement, il avança les poings.

« Vous l'avez vue, et vous l'avez laissée entrer ! Il fallait m'appeler, nous l'aurions pendue par les pieds à un clou de votre cuisine. »

Mais elle se fâcha, tout en contenant sa voix pour ne pas réveiller l'abbé Mouret.

« Ah bien ! bégaya-t-elle, vous êtes encore bon, vous !

---

1. Prières qui suivent les vêpres. — 2. Chantant d'une manière rituelle et monotone.

Venez donc pendre quelqu'un dans ma cuisine !... Sans doute, je l'ai vue. Et même j'ai tourné le dos quand elle est allée rejoindre monsieur le curé dans l'église, après le catéchisme. Ils ont bien pu y faire ce qu'ils ont voulu. Est-ce que ça me regarde ? Est-ce que je n'avais pas à mettre mes haricots sur le feu ?... Moi, je l'abomine, cette fille. Mais du moment qu'elle est la santé de monsieur le curé... elle peut bien venir à toutes les heures du jour et de la nuit. Je les enfermerai ensemble, s'ils veulent.

— Si vous faisiez cela, la Teuse, dit le Frère avec une rage froide, je vous étranglerais. »

Elle se mit à rire, en le tutoyant à son tour.

« Ne dis donc pas de bêtises, petit ! Les femmes, tu sais bien que ça t'est défendu comme le *Pater* aux ânes. Essaie de m'étrangler un jour, tu verras ce que je te ferai... Sois sage, finissons la partie. Tiens, voilà encore un roi. »

Lui, tenant sa carte levée, continuait à gronder :

« Il faut qu'elle soit venue par quelque chemin connu du diable seul pour m'avoir échappé aujourd'hui. Je vais pourtant tous les après-midi me poster là-haut, au Paradou. Si je les surprends encore ensemble, je ferai faire connaissance à la gueuse d'un bâton de cornouiller [1] que j'ai taillé exprès pour elle... Maintenant, je surveillerai aussi l'église. »

Il joua, se laissa enlever un valet par la Teuse, puis se renversa sur sa chaise, repris par son rire énorme. Il ne pouvait se fâcher sérieusement, ce soir-là. Il murmurait :

« N'importe, si elle l'a vu, elle n'en est pas moins tombée sur le nez... Je veux tout de même vous conter ça, la Teuse. Vous savez, il pleuvait. Moi, j'étais sur la porte de l'école quand je l'ai aperçue qui descendait de l'église. Elle marchait toute droite, avec son air orgueilleux, malgré l'averse. Et voilà qu'en arrivant à la route, elle s'est étalée tout de son long, à cause de la terre qui devait être glissante. Oh ! j'ai ri, j'ai ri ! Je tapais dans mes mains... Lorsqu'elle s'est relevée, elle avait du sang à un poignet. Ça m'a donné de la joie pour huit jours. Je ne

---

1. Petit arbre au bois dur comme de la corne.

puis pas me l'imaginer par terre sans avoir à la gorge et au ventre des chatouillements qui me font éclater d'aise. »

Et, enflant les joues, tout à son jeu désormais, il chanta le *De profundis*[1]. Puis il le recommença. La partie s'acheva au milieu de cette lamentation, qu'il grossissait par moments, comme pour la goûter mieux. Ce fut lui qui perdit, mais il n'en éprouva pas la moindre contrariété. Quand la Teuse l'eut mis dehors, après avoir réveillé l'abbé Mouret, on l'entendit se perdre, au milieu du noir de la nuit, en répétant le dernier verset du psaume : *Et ipse redimet Israël ex omnibus iniquitatibus ejus*[2], d'un air d'extraordinaire jubilation.

XI

L'abbé Mouret dormit d'un sommeil de plomb. Lorsqu'il ouvrit les yeux, plus tard que de coutume, il se trouva la face et les mains baignées de larmes ; il avait pleuré toute la nuit, en dormant. Il ne dit point sa messe, ce matin-là. Malgré son long repos, sa lassitude de la veille au soir était devenue telle, qu'il demeura jusqu'à midi dans sa chambre, assis sur une chaise, au pied de son lit. La stupeur, qui l'envahissait de plus en plus, lui ôtait jusqu'à la sensation de la souffrance. Il n'éprouvait plus qu'un grand vide ; il restait soulagé, amputé, anéanti. La lecture de son bréviaire lui coûta un suprême effort ; le latin des versets lui paraissait une langue barbare, dont il ne parvenait même plus à épeler les mots. Puis, le livre jeté sur le lit, il passa des heures à regarder la campagne par la fenêtre ouverte, sans avoir la force de venir s'ac-

---

1. Début du psaume CXXIX : *De profundis ad te clamavi*, Des profondeurs, j'ai crié vers toi... — **2.** « Et lui-même rachètera Israël de toutes ses fautes. » Cette phrase, extraite du psaume CXXIX, se trouve à la fin de la prière pour les défunts. Aussi prend-elle dans la bouche d'Archangias, qui la prononce avec « jubilation », la valeur d'une annonce funèbre.

couder à la barre d'appui. Au loin, il apercevait le mur blanc du Paradou, un mince trait pâle courant à la crête des hauteurs, parmi les taches sombres des petits bois de pins. À gauche, derrière un de ces bois, se trouvait la brèche ; il ne la voyait pas, mais il la savait là ; il se souvenait des moindres bouts de ronce épars au milieu des pierres. La veille encore, il n'aurait point osé lever ainsi les regards sur cet horizon redoutable. Mais, à cette heure, il s'oubliait impunément à reprendre, après chaque bouquet de verdure, le fil interrompu de la muraille, pareille au liséré d'une jupe accroché à tous les buissons. Cela n'activait même pas le battement de ses veines. La tentation, comme dédaigneuse de la pauvreté de son sang, avait abandonné sa chair lâche. Elle le laissait incapable d'une lutte, dans la privation de la grâce, n'ayant même plus la passion du péché, prêt à accepter par hébétement tout ce qu'il repoussait furieusement la veille.

Il se surprit un moment à parler haut. Puisque la brèche était toujours là, il rejoindrait Albine, au coucher du soleil. Il ressentait un léger ennui de cette décision. Mais il ne croyait pouvoir faire autrement. Elle l'attendait, elle était sa femme. Quand il voulait évoquer son visage, il ne le voyait plus que très pâle, très lointain. Puis, il était inquiet sur la façon dont ils vivraient ensemble. Il leur serait difficile de rester dans le pays ; il leur faudrait fuir, sans que personne s'en doutât ; ensuite, une fois cachés quelque part, ils auraient besoin de beaucoup d'argent pour être heureux. À vingt reprises, il tenta d'arrêter un plan d'enlèvement, d'arranger leur existence d'amants heureux. Il ne trouva rien. Maintenant que le désir ne l'affolait plus, le côté pratique de la situation l'épouvantait, le mettait avec ses mains débiles en face d'une besogne compliquée, dont il ne savait pas le premier mot. Où prendraient-ils des chevaux pour se sauver ? S'ils s'en allaient à pied, ne les arrêterait-on pas ainsi que des vagabonds ? D'ailleurs, serait-il capable d'être employé, de découvrir une occupation quelconque qui pût assurer du pain à sa femme ? Jamais on ne lui avait appris ces choses. Il ignorait la vie ; il ne rencontrait, en fouillant sa mémoire, que des lambeaux de prière, des détails de cérémonial, des pages de l'*Instruction théologique*, de Bouvier, apprises autrefois par cœur au séminaire. Même des choses sans importance l'embarrassaient beaucoup. Il se demanda s'il oserait donner le bras à sa femme, dans la rue. Certainement, il ne saurait pas marcher, avec une femme au bras. Il paraîtrait si gauche, que le monde se retournerait. On devinerait un prêtre, on insulterait Albine. Vainement il tâcherait de se laver du sacerdoce, toujours il en emporterait avec lui la pâleur triste, l'odeur d'encens. Et s'il avait des enfants, un jour ? Cette pensée inattendue le fit tressaillir. Il éprouva une répugnance étrange. Il croyait qu'il ne les aimerait pas. Cependant, ils étaient deux, un petit garçon et une petite fille. Lui, les écartait de ses genoux, souffrant de sentir leurs mains se poser sur ses vêtements, ne prenant point à les faire sauter la joie des autres pères. Il ne s'habituait pas à cette chair de sa chair, qui lui semblait toujours suer son impureté d'homme. La petite fille surtout le troublait, avec ses grands yeux, au fond desquels s'allumaient déjà des tendresses de femme. Mais non, il n'aurait point d'enfant, il s'éviterait cette horreur qu'il éprouvait, à l'idée de voir ses membres repousser et revivre éternellement. Alors, l'espoir d'être impuissant lui fut très doux. Sans doute, toute sa virilité s'en était allée pendant sa longue adolescence. Cela le détermina. Dès le soir, il fuirait avec Albine.

Le soir, pourtant, l'abbé Mouret se sentit trop las. Il remit son départ au lendemain. Le lendemain, il se donna un nouveau prétexte : il ne pouvait pas abandonner sa sœur ainsi seule avec la Teuse ; il laisserait une lettre pour qu'on la conduisît chez l'oncle Pascal. Pendant trois jours, il se promit d'écrire cette lettre ; la feuille de papier, la plume et l'encre étaient prêtes, sur la table, dans sa chambre. Et, le troisième jour, il s'en alla, sans écrire la lettre. Tout d'un coup, il avait pris son chapeau, il était parti pour le Paradou, par bêtise, obsédé, se résignant, allant là comme à une corvée qu'il ne savait de quelle façon éviter. L'image d'Albine s'était encore effacée ; il ne la voyait plus, il obéissait à d'anciennes volontés, mortes en lui à cette heure, mais dont la poussée persistait dans le grand silence de son être.

Dehors, il ne prit aucune précaution pour se cacher. Il s'arrêta, au bout du village, à causer un instant avec la Rosalie ; elle lui annonçait que son enfant avait des convulsions, et elle riait pourtant de ce rire du coin des lèvres qui lui était habituel. Puis il s'enfonça au milieu des roches, il marcha droit vers la brèche. Par habitude, il avait emporté son bréviaire. Comme le chemin était long, s'ennuyant, il ouvrit le livre, il lut les prières réglementaires. Quand il le remit sous son bras, il avait oublié le Paradou. Il allait toujours devant lui, songeant à une chasuble neuve qu'il voulait acheter pour remplacer la chasuble d'étoffe d'or, qui, décidément, tombait en poussière ; depuis quelque temps, il cachait des pièces de vingt sous, et il calculait qu'au bout de sept mois il aurait assez d'argent. Il arrivait sur les hauteurs, lorsqu'un chant de paysan, au loin, lui rappela un cantique qu'il avait su autrefois, au séminaire. Il chercha les premiers vers de ce cantique, sans pouvoir les trouver. Cela l'ennuyait d'avoir si peu de mémoire. Aussi, ayant fini par se souvenir, éprouva-t-il une joie très douce à chanter à demi-voix les paroles qui lui revenaient une à une. C'était un hommage à Marie. Il souriait, comme s'il eût reçu au visage un souffle frais de sa jeunesse. Qu'il était heureux, dans ce temps-là ! Certes, il pouvait être heureux encore ; il n'avait pas grandi, il ne demandait toujours que les mêmes bonheurs, une paix sereine, un coin de chapelle où la place de ses genoux fût marquée, une vie de solitude égayée par des puérilités adorables d'enfance. Il élevait peu à peu la voix, il chantait le cantique avec des sons filés de flûte, quand il aperçut la brèche, brusquement, en face de lui.

Un instant, il parut surpris. Puis, cessant de sourire, il murmura simplement :

« Albine doit m'attendre. Le soleil baisse déjà. »

Mais, comme il montait écarter les pierres pour passer, un souffle terrible l'inquiéta. Il dut redescendre, ayant failli mettre le pied en plein sur la figure de Frère Archangias, vautré par terre, dormant profondément. Le sommeil l'avait surpris sans doute, pendant qu'il gardait l'entrée du Paradou. Il en barrait le seuil, tombé tout de son long, les membres écartés, dans une posture honteuse. Sa main droite, rejetée derrière sa tête, n'avait pas lâché le bâton de cornouiller, qu'il semblait encore brandir, ainsi qu'une épée flamboyante[1]. Et il ronflait au milieu des ronces, la face au soleil, sans que son cuir tanné eût un frisson. Un essaim de grosses mouches volaient au-dessus de sa bouche ouverte.

L'abbé Mouret le regarda un moment. Il enviait ce sommeil de saint roulé dans la poussière. Il voulut chasser les mouches ; mais les mouches, entêtées, revenaient, se collaient aux lèvres violettes du Frère, qui ne les sentait seulement pas. Alors, l'abbé enjamba ce grand corps. Il entra dans le Paradou.

XII

Derrière la muraille, à quelques pas, Albine était assise sur un tapis d'herbe. Elle se leva, en apercevant Serge.

« Te voilà ! cria-t-elle toute tremblante.

— Oui, dit-il paisiblement, je suis venu. »

Elle se jeta à son cou. Mais elle ne l'embrassa pas. Elle avait senti le froid des perles du rabat sur son bras nu. Elle l'examinait, inquiète déjà, reprenant :

« Qu'as-tu ? Tu ne m'as pas baisée sur les joues comme autrefois, tu sais, lorsque tes lèvres chantaient... Va, si tu es souffrant, je te guérirai encore. Maintenant que tu es là, nous allons recommencer notre bonheur. Il

---

1. Archangias représente ici l'un des chérubins de la Genèse (III, 24) qui interdit l'accès au jardin d'Éden, après qu'Adam et Ève en furent chassés. La comparaison avec l'« épée flamboyante » est une allusion directe à « la flamme du glaive fulgurant » (*id.*).

n'y a plus de tristesse... Tu vois, je souris. Il faut sourire, Serge. »

Et comme il restait grave :

« Sans doute, j'ai eu aussi bien du chagrin. Je suis encore toute pâle, n'est-ce pas ? Depuis huit jours, je vivais là, sur l'herbe où tu m'as trouvée. Je ne voulais qu'une chose, te voir entrer par ce trou de muraille. À chaque bruit, je me levais, je courais à ta rencontre. Et ce n'était pas toi, c'étaient des feuilles que le vent emportait... Mais je savais bien que tu viendrais. J'aurais attendu des années. »

Puis, elle lui demanda :

« Tu m'aimes encore ?

— Oui, répondit-il, je t'aime encore. »

Ils restèrent en face l'un de l'autre, un peu gênés. Un gros silence tomba entre eux. Serge, tranquille, ne cherchait pas à le rompre. Albine, à deux reprises, ouvrit la bouche, mais la referma aussitôt, surprise des choses qui lui montaient aux lèvres. Elle ne trouvait plus que des paroles amères. Elle sentait des larmes lui mouiller les yeux. Qu'éprouvait-elle donc, pour ne pas être heureuse, lorsque son amour était de retour ?

« Écoute, dit-elle enfin, il ne faut pas rester là. C'est ce trou qui nous glace... Rentrons chez nous. Donne-moi ta main. »

Et ils s'enfoncèrent dans le Paradou. L'automne venait, les arbres étaient soucieux, avec leurs têtes jaunies qui se dépouillaient feuille à feuille [1]. Dans les sentiers, il y avait déjà un lit de verdure morte, trempé d'humidité, où les pas semblaient étouffer des soupirs. Au fond des pelouses, une fumée flottait, noyant de deuil les lointains bleuâtres. Et le jardin entier se taisait, ne soufflant plus que des haleines mélancoliques, qui passaient pareilles à des frissons.

---

1. Zola est sensible au symbolisme des saisons : le retour au Paradou n'est pas un retour au même puisque l'automne (mort de l'amour) a succédé au printemps (naissance à l'amour).

Serge grelottait sous l'avenue de grands arbres qu'ils avaient prise. Il dit à demi-voix :

« Comme il fait froid, ici !

— Tu as froid, murmura tristement Albine. Ma main ne te chauffe plus. Veux-tu que je te couvre d'un pan de ma robe ?... Viens, nous allons revivre toutes nos tendresses. »

Elle le mena au parterre. Le bois de roses restait odorant, les dernières fleurs avaient des parfums amers, tandis que les feuillages, grandis démesurément, couvraient la terre d'une mare dormante. Mais Serge témoigna une telle répugnance à entrer dans ces broussailles, qu'ils restèrent sur le bord, cherchant de loin les allées où ils avaient passé au printemps. Elle se rappelait les moindres coins ; elle lui montrait du doigt la grotte où dormait la femme de marbre, les chevelures pendantes des chèvrefeuilles et des clématites, les champs de violettes, la fontaine qui crachait des œillets rouges, le grand escalier empli d'un ruissellement de giroflées fauves, la colonnade [1] en ruine au centre de laquelle les lis bâtissaient un pavillon blanc. C'était là qu'ils étaient nés tous les deux, dans le soleil. Et elle racontait les plus petits détails de cette première journée, la façon dont ils marchaient, l'odeur que l'air avait à l'ombre. Lui, semblait écouter ; puis, d'une question, il prouvait qu'il n'avait pas compris. Le léger frisson qui le pâlissait ne le quittait point.

Elle le mena au verger, dont ils ne purent même approcher. La rivière avait grossi, Serge ne songeait plus à prendre Albine sur son dos, pour la porter en trois sauts à l'autre bord. Et pourtant, là-bas, les pommiers et les poiriers étaient encore chargés de fruits ; la vigne, aux feuilles plus rares, pliait sous des grappes blondes, dont chaque grain gardait la tache rousse du soleil. Comme ils avaient gaminé à l'ombre gourmande de ces arbres vénérables ! Ils étaient des galopins alors. Albine souriait encore de la manière effrontée dont elle montrait ses jambes, lorsque les branches cassaient. Se souvenait-il au

---

1. File de colonnes.

moins des prunes qu'ils avaient mangées ? Serge répondait par des hochements de tête. Il paraissait las déjà. Le verger, avec son enfoncement verdâtre, son pêle-mêle de tiges moussues, pareil à quelque échafaudage éventré et ruiné, l'inquiétait, lui donnait le rêve d'un lieu humide, peuplé d'orties et de serpents [1].

Elle le mena aux prairies. Là, il dut faire quelques pas dans les herbes. Elles montaient à ses épaules, maintenant. Elles lui semblaient autant de bras minces qui cherchaient à le lier aux membres, pour le rouler et le noyer au fond de cette mer verte, interminable [2]. Et il supplia Albine de ne pas aller plus loin. Elle marchait en avant, elle ne s'arrêta pas ; puis, voyant qu'il souffrait, elle se tint debout à son côté, peu à peu assombrie, finissant par être prise de frissons comme lui. Pourtant, elle parla encore. D'un geste large, elle indiqua les ruisseaux, les rangées de saules, les nappes d'herbes étalées jusqu'au bout de l'horizon. Tout cela était à eux, autrefois. Ils y vivaient des journées entières. Là-bas, entre ces trois saules, au bord de cette eau, ils avaient joué aux amoureux. Alors, ils auraient voulu que les herbes fussent plus grandes qu'eux, afin de se perdre dans leur flot mouvant, d'être plus seuls, d'être loin de tout, comme des alouettes voyageant au fond d'un champ de blé. Pourquoi donc tremblait-il aujourd'hui, rien qu'à sentir le bout de son pied tremper et disparaître dans le gazon ?

Elle le mena à la forêt. Les arbres effrayèrent Serge davantage. Il ne les connaissait pas, avec cette gravité de leur tronc noir. Plus qu'ailleurs, le passé lui semblait mort, au milieu de ces futaies sévères, où le jour descendait librement. Les premières pluies avaient effacé leurs pas sur le sable des allées ; les vents emportaient tout ce qui restait d'eux aux branches basses des buissons. Mais

---

1. On peut dégager des p. 415-416 un sens psychanalytique évident : la répugnance de Serge à entrer dans les broussailles, à s'approcher de la grotte, des lieux humides qu'il imagine peuplés de serpents traduit métaphoriquement son refus du corps d'Albine. — **2.** Reprise de la métaphore de la « mer verte » (*cf.* II, IV, p. 205 : « Une mer de verdure »), mais dans un sens négatif.

Albine, la gorge serrée de tristesse, protestait du regard. Elle retrouvait sur le sable les moindres traces de leurs promenades. À chaque broussaille, l'ancienne tiédeur du frôlement qu'ils avaient laissé là lui remontait au visage. Et, les yeux suppliants, elle cherchait encore à évoquer les souvenirs de Serge. Le long de ce sentier, ils avaient marché en silence, très émus, sans oser se dire qu'ils s'aimaient. Dans cette clairière, ils s'étaient oubliés un soir, fort tard, à regarder les étoiles, qui pleuvaient sur eux comme des gouttes de chaleur. Plus loin, sous ce chêne, ils avaient échangé leur premier baiser. Le chêne conservait l'odeur de ce baiser ; les mousses elles-mêmes en causaient toujours. C'était un mensonge de dire que la forêt devenait muette et vide. Et Serge tournait la tête, pour éviter les yeux d'Albine, qui le fatiguaient.

Elle le mena aux grandes roches. Peut-être là ne frissonnerait-il plus de cet air débile qui la désespérait. Seules, les grandes roches, à cette heure, étaient encore chaudes de la braise rouge du soleil couchant. Elles avaient toujours leur passion tragique, leurs lits ardents de cailloux, où se roulaient des plantes grasses, monstrueusement accouplées. Et, sans parler, sans même tourner la tête, Albine entraînait Serge le long de la rude montée, voulant le mener plus haut, encore plus haut, au-delà des sources, jusqu'à ce qu'ils fussent de nouveau tous les deux dans le soleil. Ils retrouveraient le cèdre sous lequel ils avaient éprouvé l'angoisse du premier désir. Ils se coucheraient par terre, sur les dalles ardentes, en attendant que le rut de la terre les gagnât. Mais, bientôt, les pieds de Serge se heurtèrent cruellement. Il ne pouvait plus marcher. Une première fois, il tomba sur les genoux. Albine, d'un effort suprême, le releva, l'emporta un instant. Et il retomba, il resta abattu, au milieu du chemin. En face, au-dessous de lui, le Paradou immense s'étendait.

« Tu as menti ! cria Albine, tu ne m'aimes plus ! »

Et elle pleurait, debout à son côté, se sentant impuissante à l'emporter plus haut. Elle n'avait pas de colère encore, elle pleurait leurs amours agonisantes. Lui, restait écrasé.

« Le jardin est mort, j'ai toujours froid », murmura-t-il.

Mais elle lui prit la tête, elle lui montra le Paradou, d'un geste.

« Regarde donc !... Ah ! ce sont tes yeux qui sont morts, ce sont tes oreilles, tes membres, ton corps entier. Tu as traversé toutes nos joies, sans les voir, sans les entendre, sans les sentir. Et tu n'as fait que trébucher, tu es venu tomber ici de lassitude et d'ennui... Tu ne m'aimes plus. »

Il protestait doucement, tranquillement. Alors, elle eut une première violence.

« Tais-toi ! Est-ce que le jardin mourra jamais ! Il dormira, cet hiver ; il se réveillera en mai, il nous rapportera tout ce que nous lui avons confié de nos tendresses ; nos baisers refleuriront dans le parterre, nos serments repousseront avec les herbes et les arbres... Si tu le voyais, si tu l'entendais, il est plus profondément ému, il aime d'une façon plus doucement poignante, à cette saison d'automne, lorsqu'il s'endort dans sa fécondité... Tu ne m'aimes plus, tu ne peux plus savoir. »

Lui, levait les yeux sur elle, la suppliant de ne pas se fâcher. Il avait un visage aminci, que pâlissait une peur d'enfant. Un éclat de voix le faisait tressaillir. Il finit par obtenir d'elle qu'elle se reposât un instant, près de lui, au milieu du chemin. Ils causeraient paisiblement, ils s'expliqueraient. Et tous deux, face au Paradou, sans même se prendre le bout des doigts, s'entretinrent de leur amour.

« Je t'aime, je t'aime, dit-il de sa voix égale. Si je ne t'aimais pas, je ne serais pas venu... C'est vrai, je suis las. J'ignore pourquoi. J'aurais cru retrouver ici cette bonne chaleur dont le souvenir seul était une caresse. Et j'ai froid, le jardin me semble noir, je n'y vois rien de ce que j'y ai laissé. Mais ce n'est point ma faute. Je m'efforce d'être comme toi, je voudrais te contenter.

— Tu ne m'aimes plus, répéta encore Albine.

— Si, je t'aime. J'ai beaucoup souffert, l'autre jour, après t'avoir renvoyée... Oh ! je t'aimais avec un tel emportement, sais-tu [a], que je t'aurais brisée d'une étreinte, si tu étais revenue te jeter dans mes bras. Jamais je ne t'ai désirée si furieusement. Pendant des heures, tu es restée vivante devant moi, me tenaillant de tes doigts souples. Quand je fermais les yeux, tu t'allumais comme un soleil, tu m'enveloppais de ta flamme... Alors, j'ai marché sur tout, je suis venu. »

Il garda un court silence, songeur ; puis, il continua :

« Et maintenant mes bras sont comme brisés. Si je voulais te prendre contre ma poitrine, je ne saurais point te tenir, je te laisserais tomber... Attends que ce frisson m'ait quitté. Tu me donneras tes mains, je les baiserai encore. Sois bonne, ne me regarde pas de tes yeux irrités. Aide-moi à retourner mon cœur. »

Et il avait une tristesse si vraie, une envie si évidente de recommencer leur vie tendre, qu'Albine fut touchée. Un instant, elle redevint très douce. Elle le questionna avec sollicitude.

« Où souffres-tu ? quel est ton mal ?

— Je ne sais pas. Il me semble que tout le sang de mes veines s'en va... Tout à l'heure, en venant, j'ai cru qu'on me jetait sur les épaules une robe glacée, qui se collait à ma peau, et qui, de la tête aux pieds, me faisait un corps de pierre... J'ai déjà senti cette robe sur mes épaules... Je ne me souviens plus. »

Mais elle l'interrompit d'un rire amical.

« Tu es un enfant, tu auras pris froid, voilà tout... Écoute, ce n'est pas moi qui te fais peur, au moins ? l'hiver, nous ne resterons pas au fond de ce jardin, comme deux sauvages. Nous irons où tu voudras, dans quelque grande ville. Nous nous aimerons, au milieu du monde, aussi tranquillement qu'au milieu des arbres. Et tu verras que je ne suis pas qu'une vaurienne, sachant dénicher des nids, marchant des heures sans être lasse... Quand j'étais petite, je portais des jupes brodées, avec des bas à jour, des guimpes, des falbalas. Personne ne t'a conté cela peut-être ? »

---

a. « ... tel emportement, *vois*-tu, que je... »

Il ne l'écoutait pas, il dit brusquement, en poussant un léger cri :

« Ah ! je me souviens ! »

Et, quand elle l'interrogea, il ne voulut pas répondre. Il venait de se rappeler la sensation de la chapelle du séminaire sur ses épaules. C'était là cette robe glacée qui lui faisait un corps de pierre. Alors, il fut repris invinciblement par son passé de prêtre. Les vagues souvenirs qui s'étaient éveillés en lui, le long de la route, des Artaud au Paradou, s'accentuèrent, s'imposèrent avec une souveraine autorité. Pendant qu'Albine continuait à lui parler de la vie heureuse qu'ils mèneraient ensemble, il entendait des coups de clochette sonnant l'élévation[1], il voyait des ostensoirs traçant des croix de feu[2] au-dessus de grandes foules agenouillées.

« Eh bien, dit-elle, pour toi, je remettrai mes jupes brodées... Je veux que tu sois gai. Nous chercherons ce qui pourra te distraire. Tu m'aimeras davantage peut-être, lorsque tu me verras belle, mise comme les dames. Je n'aurai plus mon peigne enfoncé de travers, avec des cheveux dans le cou. Je ne retrousserai plus mes manches jusqu'aux coudes. J'agraferai ma robe pour ne plus montrer mes épaules. Et je sais encore saluer, je sais marcher posément, avec de petits balancements de menton. Va, je serai une jolie femme à ton bras, dans les rues.

— Es-tu entrée dans les églises, parfois, quand tu étais petite ? lui demanda-t-il, à demi-voix, comme s'il eût continué tout haut, malgré lui, la rêverie qui l'empêchait de l'entendre. Moi, je ne pouvais pas passer devant une église sans y entrer. Dès que la porte retombait silencieusement derrière moi, il me semblait que j'étais dans le paradis lui-même, avec des voix d'anges qui me contaient à l'oreille des histoires de douceur, avec l'haleine des saints et des saintes dont je sentais la caresse par tout

---

1. Moment où le prêtre consacre le pain et le vin, consommant ainsi le sacrifice de l'eucharistie. — **2.** Il s'agit d'éclats de lumière jetés par des ostensoirs.

mon corps... Oui, j'aurais voulu vivre là, toujours, perdu au fond de cette béatitude. »

Elle le regarda, les yeux fixes, tandis qu'une courte flamme s'allumait dans la tendresse de son regard. Elle reprit, soumise encore :

« Je serai comme il plaira à tes caprices. Je faisais de la musique, autrefois ; j'étais une demoiselle savante, qu'on élevait pour tous les charmes... Je retournerai à l'école, je me remettrai à la musique. Si tu désires m'entendre jouer un air que tu aimes, tu n'auras qu'à me l'indiquer, je l'apprendrai pendant des mois, pour te le faire entendre, un soir, chez nous, dans une chambre bien close, dont nous aurons tiré toutes les draperies. Et tu me récompenseras d'un seul baiser... Veux-tu ? un baiser sur les lèvres qui te rendra ton amour. Tu me prendras et tu pourras me briser entre tes bras.

— Oui, oui, murmura-t-il, ne répondant toujours qu'à ses propres pensées, mes grands plaisirs ont d'abord été d'allumer les cierges, de préparer les burettes, de porter le Missel, les mains jointes. Plus tard, j'ai goûté l'approche lente de Dieu, et j'ai cru mourir d'amour... Je n'ai pas d'autres souvenirs. Je ne sais rien. Quand je lève la main, c'est pour une bénédiction. Quand j'avance les lèvres, c'est pour un baiser donné à l'autel. Si je cherche mon cœur, je ne le trouve plus : je l'ai offert à Dieu, qui l'a pris. »

Elle devint très pâle, les yeux ardents. Elle continua, avec un tremblement dans la voix :

« Et je veux que ma fille ne me quitte pas. Tu pourras si tu le juges bon, envoyer le garçon au collège. Je garderai la chère blondine dans mes jupes. C'est moi qui lui apprendrai à lire. Oh ! je me souviendrai, je prendrai des maîtres, si j'ai oublié mes lettres... Nous vivrons avec tout ce petit monde dans les jambes. Tu seras heureux, n'est-ce pas ? Réponds-moi, dis-moi que tu auras chaud, que tu souriras, que tu ne regretteras rien ?

— J'ai pensé souvent aux saints de pierre qu'on encense depuis des siècles, au fond de leur niche[1], dit-il

---

1. Cavités creusées dans la pierre, où étaient placées les statues des saints.

à voix très basse. À la longue, ils doivent être baignés d'encens jusqu'aux entrailles... Et moi je suis comme un de ces saints. J'ai de l'encens jusque dans le dernier pli de mes organes. C'est cet embaumement qui fait ma sérénité, la mort tranquille de ma chair, la paix que je goûte à ne pas vivre... Ah ! que rien ne me dérange de mon immobilité ! Je resterai froid, rigide, avec le sourire sans fin de mes lèvres de granit, impuissant à descendre parmi les hommes. Tel est mon seul désir. »

Elle se leva, irritée, menaçante. Elle le secoua en criant :

« Que dis-tu ? Que rêves-tu là, tout haut ?... Ne suis-je pas ta femme ? n'es-tu pas venu pour être mon mari ? »

Lui, tremblait plus fort, se reculait.

« Non, laisse-moi, j'ai peur, balbutia-t-il.

— Et notre vie commune, et notre bonheur, et nos enfants ?

— Non, non, j'ai peur. »

Puis, il jeta ce cri suprême :

« Je ne peux pas ! Je ne peux pas ! »

Alors, pendant un instant, elle resta muette, en face du malheureux, qui grelottait à ses pieds. Une flamme sortait de son visage. Elle avait ouvert les bras, comme pour le prendre, le serrer contre elle, dans un élan courroucé de désir. Mais elle parut réfléchir ; elle ne lui saisit que la main, elle le mit debout.

« Viens ! » dit-elle.

Et elle le mena sous l'arbre géant, à la place même où elle s'était livrée, et où il l'avait possédée. C'était la même ombre de félicité, le même tronc qui respirait ainsi qu'une poitrine, les mêmes branches qui s'étendaient au loin, pareilles à des membres protecteurs. L'arbre restait bon, robuste, puissant, fécond. Comme au jour de leurs noces, une langueur d'alcôve, une lueur de nuit d'été mourant sur l'épaule nue d'une amoureuse, un balbutiement d'amour à peine distinct, tombant brusquement à un grand spasme muet, traînaient dans la clairière, baignée d'une limpidité verdâtre. Et, au loin, le Paradou, malgré le premier frisson de l'automne, retrouvait, lui aussi, ses chuchotements ardents. Il redevenait complice. Du parterre, du verger, des prairies, de la forêt, des grandes roches, du vaste ciel, arrivaient de nouveau un rire de volupté, un vent qui semait sur son passage une poussière de fécondation. Jamais le jardin, aux plus tièdes soirées de printemps, n'avait des tendresses si profondes qu'aux derniers beaux jours, lorsque les plantes s'endormaient en se disant adieu. L'odeur des germes mûrs charriait une ivresse de désir, à travers les feuilles plus rares.

« Entends-tu, entends-tu ? » balbutiait Albine à l'oreille de Serge, qu'elle avait laissé tomber sur l'herbe, au pied de l'arbre.

Serge pleurait.

« Tu vois bien que le Paradou n'est pas mort. Il nous crie de nous aimer. Il veut toujours notre mariage... Oh ! souviens-toi ! Prends-moi à ton cou. Soyons l'un à l'autre. »

Serge pleurait.

Elle ne dit plus rien. Elle le prit elle-même, d'une étreinte farouche. Ses lèvres se collèrent sur ce cadavre pour le ressusciter. Et Serge n'eut encore que des larmes.

Au bout d'un grand silence, Albine parla. Elle était debout, méprisante, résolue.

« Va-t'en ! » dit-elle à voix basse.

Serge se leva d'un effort. Il ramassa son bréviaire qui avait roulé dans l'herbe. Il s'en alla.

« Va-t'en ! » répétait Albine qui le suivait, le chassant devant elle, haussant la voix.

Et elle le poussa ainsi de buisson en buisson, elle le reconduisit à la brèche, au milieu des arbres graves. Et là, comme Serge hésitait, le front bas, elle lui cria violemment :

« Va-t'en ! va-t'en ! »

Puis, lentement, elle rentra dans le Paradou, sans tourner la tête. La nuit tombait, le jardin n'était plus qu'un grand cercueil d'ombre [1].

---

1. La fin de ce chapitre s'oppose à celle du chapitre XVII de la deuxième partie, où Albine tentait de retenir Serge. Ici, elle le chasse.

XIII

Frère Archangias, réveillé, debout sur la brèche, donnait des coups de bâton contre les pierres, en jurant abominablement.

« Que le diable leur casse les cuisses ! qu'il les cloue au derrière l'un de l'autre comme des chiens ! qu'il les traîne par les pieds, le nez dans leur ordure. »

Mais quand il vit Albine chassant le prêtre, il resta un moment surpris. Puis, il tapa plus fort, il fut pris d'un rire terrible.

« Adieu, la gueuse ! Bon voyage ! Retourne forniquer avec tes loups... Ah ! tu n'as pas assez d'un saint. Il te faut des reins autrement solides. Il te faut des chênes. Veux-tu mon bâton ? Tiens ! couche avec ! Voilà le gaillard qui te contentera. »

Et, à toute volée, il jeta son bâton derrière Albine dans le crépuscule. Puis, regardant l'abbé Mouret, il gronda :

« Je vous savais là-dedans. Les pierres étaient dérangées... Écoutez, monsieur le curé, votre faute a fait de moi votre supérieur, Dieu vous dit par ma bouche que l'enfer n'a pas de tourments assez effroyables pour les prêtres enfoncés dans la chair. S'il daigne vous pardonner, il sera trop bon, il gâtera sa justice. »

À pas lents, tous deux redescendaient vers les Artaud. Le prêtre n'avait pas ouvert les lèvres. Peu à peu, il relevait la tête, il ne tremblait plus. Quand il aperçut au loin, sur le ciel violâtre, la barre noire du Solitaire, avec la tache rouge des tuiles de l'église, il eut un faible sourire. Dans ses yeux clairs, se levait une grande sérénité.

Cependant, le Frère, de temps à autre, donnait un coup de pied à un caillou. Puis, il se tournait, il apostrophait son compagnon.

« Est-ce fini, cette fois ?... Moi, quand j'avais votre âge, j'étais possédé ; un démon me mangeait les reins. Et puis, il s'est ennuyé, il s'en est allé. Je n'ai plus de reins. Je vis tranquille... Oh ! je savais bien que vous viendriez. Voilà trois semaines que je vous guette. Je regardais dans le jardin, par le trou du mur. J'aurais voulu couper les arbres. Souvent, j'ai jeté des pierres. Quand je cassais une branche, j'étais content... Dites, c'est donc extraordinaire, ce qu'on goûte là-dedans ? »

Il avait arrêté l'abbé Mouret au milieu de la route, en le regardant avec des yeux luisants d'une terrible jalousie. Les délices entrevues du Paradou le torturaient. Depuis des semaines, il était resté sur le seuil, flairant de loin les jouissances damnables. Mais l'abbé restant muet, il se remit à marcher, ricanant, grognant des paroles équivoques. Et haussant le ton :

« Voyez-vous, quand un prêtre fait ce que vous avez fait, il scandalise tous les autres prêtres... Moi-même, je ne me sentais plus chaste, à marcher à côté de vous. Vous empoisonniez le sexe... À cette heure, vous voilà raisonnable. Allez, vous n'avez pas besoin de vous confesser. Je connais ce coup de bâton-là. Le ciel vous a cassé les reins comme aux autres. Tant mieux ! tant mieux ![1] »

Il triomphait, il tapait des mains. L'abbé ne l'écoutait pas, perdu dans une rêverie. Son sourire avait grandi. Et quand le Frère l'eut quitté devant la porte du presbytère, il fit le tour, il entra dans l'église. Elle était toute grise, comme par ce terrible soir de pluie, où la tentation l'avait si durement secoué. Mais elle restait pauvre et recueillie, sans ruissellement d'or, sans souffles d'angoisse, venus de la campagne. Elle gardait un silence solennel. Seule, une haleine de miséricorde semblait l'emplir.

Agenouillé devant le grand Christ de carton peint, pleurant des larmes qu'il laissait couler sur ses joues comme autant de joies, le prêtre murmurait :

« Ô mon Dieu ! il n'est pas vrai que vous soyez sans pitié ! Je le sens, vous m'avez déjà pardonné. Je le sens

---

1. Sur le thème de l'impuissance du prêtre, voir l'*Ébauche* (*Préface*, p. 12). Mais la victoire sur la sexualité est pour Archangias la véritable puissance. Serge parle lui-même de l'« impuissance » de sa « chair » en évoquant les moments passés avec Albine (p. 426). C'est dire qu'aux yeux d'un homme d'Église, ce qui est communément considéré comme « puissance » apparaît comme son contraire. Seule est puissance la maîtrise des pulsions.

à votre grâce, qui, depuis des heures, redescend en moi, goutte à goutte, en m'apportant le salut d'une façon lente et certaine... Ô mon Dieu ! c'est au moment où je vous abandonnais, que vous me protégiez avec le plus d'efficacité ! Vous vous cachiez de moi pour mieux me retirer du mal. Vous laissiez ma chair aller en avant, afin de me heurter contre son impuissance... Et, maintenant, ô mon Dieu ! je vois que vous m'aviez à jamais marqué de votre sceau, ce sceau redoutable, plein de délices, qui met un homme hors des hommes, et dont l'empreinte est si ineffaçable, qu'elle reparaît tôt ou tard, même sur les membres coupables ! Vous m'avez brisé dans le péché et dans la tentation. Vous m'avez dévasté de votre flamme. Vous avez voulu qu'il n'y eût plus que des ruines en moi, pour y descendre en sécurité. Je suis une maison vide où vous pouvez habiter... Soyez béni, ô mon Dieu ! »

Il se prosternait, il balbutiait dans la poussière. L'église était victorieuse ; elle restait debout, au-dessus de la tête du prêtre, avec ses autels, son confessionnal, sa chaire, ses croix, ses images saintes. Le monde n'existait plus. La tentation s'était éteinte, ainsi qu'un incendie désormais inutile à la purification de cette chair. Il entrait dans la paix surhumaine. Il jetait ce cri suprême :

« En dehors de la vie, en dehors des créatures, en dehors de tout, je suis à vous, ô mon Dieu ! à vous seul, éternellement ! »

XIV

À cette heure, Albine, dans le Paradou, rôdait encore, traînant l'agonie muette d'une bête blessée. Elle ne pleurait plus. Elle avait un visage blanc, traversé au front d'un grand pli. Pourquoi donc souffrait-elle toute cette mort ? De quelle faute était-elle coupable, pour que, brusquement, le jardin ne lui tînt plus les promesses qu'il lui faisait depuis l'enfance[1] ? Et elle s'interrogeait, allant devant elle, sans voir les allées où l'ombre coulait peu à peu. Pourtant, elle avait toujours obéi aux arbres. Elle ne se souvenait pas d'avoir cassé une fleur. Elle était restée la fille aimée des verdures, les écoutant avec soumission, s'abandonnant à elles, pleine de foi dans les bonheurs qu'elles lui réservaient. Lorsque, au dernier jour, le Paradou lui avait crié de se coucher sous l'arbre géant, elle s'était couchée, elle avait ouvert les bras, répétant la leçon soufflée par les herbes. Alors, si elle ne trouvait rien à se reprocher, c'était donc le jardin qui la trahissait, qui la torturait, pour la seule joie de la voir souffrir.

Elle s'arrêta, elle regarda autour d'elle. Les grandes masses sombres des feuillages gardaient un silence recueilli ; les sentiers, où des murs noirs se bâtissaient, devenaient des impasses de ténèbres ; les nappes de gazon, au loin, endormaient les vents qui les effleuraient. Et elle tendit les mains désespérément, elle eut un cri de protestation. Cela ne pouvait finir ainsi. Mais sa voix s'étouffa sous les arbres silencieux. Trois fois, elle conjura le Paradou de répondre, sans qu'une explication lui vînt des hautes branches, sans qu'une seule feuille la prît en pitié. Puis, quand elle se fut remise à rôder, elle se sentit marcher dans la fatalité de l'hiver. Maintenant qu'elle ne questionnait plus la terre en créature révoltée, elle entendait une voix basse courant au ras du sol, la voix d'adieu des plantes, qui se souhaitaient une mort heureuse. Avoir bu le soleil de toute une saison, avoir vécu toujours en fleurs, s'être exhalé en un parfum continu, puis s'en aller au premier tourment, avec l'espoir de repousser quelque part, n'était-ce pas une vie assez longue, une vie bien remplie, que gâterait un entêtement à vivre davantage ? Ah ! comme on devait être bien, morte, ayant une nuit sans fin devant soi, pour songer à la courte journée vécue, pour en fixer éternellement les joies fugitives !

---

1. Albine est fautive à l'égard de la société, mais non à l'égard de la nature. Voir *Préface*, p. 20.

Elle s'arrêta de nouveau, mais elle ne protesta plus, au milieu du grand recueillement du Paradou. Elle croyait comprendre, à cette heure. Sans doute, le jardin lui ménageait la mort comme une jouissance suprême. C'était à la mort qu'il l'avait conduite d'une si tendre façon. Après l'amour, il n'y avait plus que la mort. Et jamais le jardin ne l'avait tant aimée ; elle s'était montrée ingrate en l'accusant, elle restait sa fille la plus chère. Les feuillages silencieux, les sentiers barrés de ténèbres, les pelouses où le vent s'assoupissait, ne se taisaient que pour l'inviter à la joie d'un long silence. Ils la voulaient avec eux, dans le repos du froid ; ils rêvaient de l'emporter, roulée parmi leurs feuilles sèches, ses yeux glacés comme l'eau des sources, les membres raidis comme les branches nues, le sang dormant le sommeil de la sève. Elle vivrait leur existence jusqu'au bout, jusqu'à leur mort. Peut-être avaient-ils déjà résolu qu'à la saison prochaine elle serait un rosier du parterre, un saule blond des prairies ou un jeune bouleau de la forêt. C'était la grande loi de la vie : elle allait mourir.

Alors, une dernière fois, elle reprit sa course à travers le jardin, en quête de la mort. Quelle plante odorante avait besoin de ses cheveux pour accroître le parfum de ses feuilles ? Quelle fleur lui demandait le don de sa peau de satin, la blancheur pure de ses bras, la laque tendre de sa gorge ? À quel arbuste malade devait-elle offrir son jeune sang ? Elle aurait voulu être utile aux herbes qui végétaient sur le bord des allées, se tuer là, pour qu'une verdure poussât d'elle, superbe, grasse, pleine d'oiseaux en mai et ardemment caressée du soleil. Mais le Paradou resta muet longtemps encore, ne se décidant pas à lui confier dans quel dernier baiser il l'emporterait. Elle dut retourner partout, refaire le pèlerinage de ses promenades. La nuit était presque entièrement tombée, et il lui semblait qu'elle entrait peu à peu dans la terre. Elle monta aux grandes roches, les interrogeant, leur demandant si c'était sur leurs lits de cailloux qu'il lui fallait expirer. Elle traversa la forêt, attendant, avec un désir qui ralentissait sa marche, que quelque chêne s'écroulât et l'ensevelît dans la majesté de sa chute. Elle longea les rivières des prairies, se penchant presque à chaque pas, regardant au fond des eaux si une couche ne lui était pas préparée, parmi les nénuphars. Nulle part, la mort ne l'appelait, ne lui tendait ses mains fraîches. Cependant, elle ne se trompait point. C'était bien le Paradou qui allait lui apprendre à mourir, comme il lui avait appris à aimer. Elle recommença à battre les buissons, plus affamée qu'aux matinées tièdes où elle cherchait l'amour. Et, tout d'un coup, au moment où elle arrivait au parterre, elle surprit la mort, dans les parfums du soir. Elle courut, elle eut un rire de volupté. Elle devait mourir avec les fleurs.

D'abord, elle courut au bois de roses. Là, dans la dernière lueur du crépuscule, elle fouilla les massifs, elle cueillit toutes les roses qui s'alanguissaient aux approches de l'hiver. Elle les cueillait à terre, sans se soucier des épines ; elle les cueillait devant elle, des deux mains ; elle les cueillait au-dessus d'elle, se haussant sur les pieds, ployant les arbustes. Une telle hâte la poussait, qu'elle cassait les branches, elle qui avait le respect des moindres brins d'herbe. Bientôt, elle eut des roses plein les bras, un fardeau de roses sous lequel elle chancelait. Puis, elle rentra au pavillon, ayant dépouillé le bois, emportant jusqu'aux pétales tombés ; et quand elle eut laissé glisser sa charge de roses sur le carreau de la chambre au plafond bleu, elle redescendit dans le parterre.

Alors, elle chercha les violettes. Elle en faisait des bouquets énormes qu'elle serrait un à un contre sa poitrine. Ensuite, elle chercha les œillets, coupant tout jusqu'aux boutons, liant des gerbes géantes d'œillets blancs, pareilles à des jattes de lait, des gerbes géantes d'œillets rouges, pareilles à des jattes de sang. Et elle chercha encore les quarantaines, les belles-de-nuit, les héliotropes, les lis ; elle prenait à poignées les dernières tiges épanouies des quarantaines, dont elle froissait sans pitié les ruches de satin ; elle dévastait les corbeilles de belles-de-nuit, ouvertes à peine à l'air du soir ; elle fauchait le champ des héliotropes, ramassant en tas sa moisson de fleurs ; elle mettait sous ses bras des paquets de lis, comme des paquets de roseaux. Lorsqu'elle fut de nouveau chargée, elle remonta au pavillon jeter, à côté des roses, les violettes, les œillets, les quarantaines, les belles-de-nuit, les héliotropes, les lis. Et, sans reprendre haleine, elle redescendit.

Cette fois, elle se rendit à ce coin mélancolique qui était comme le cimetière du parterre. Un automne brûlant y avait mis une seconde poussée des fleurs du printemps. Elle s'acharna surtout sur des plates-bandes de tubéreuses et de jacinthes, à genoux au milieu des herbes, menant sa récolte avec des précautions d'avare. Les tubéreuses semblaient pour elle des fleurs précieuses, qui devaient distiller goutte à goutte de l'or, des richesses, des biens extraordinaires. Les jacinthes, toutes perlées de leurs grains fleuris, étaient comme des colliers dont chaque perle allait lui verser des joies ignorées aux hommes. Et, bien qu'elle disparût dans la brassée de jacinthes et de tubéreuses qu'elle avait coupée, elle ravagea plus loin un champ de pavots, elle trouva moyen de raser encore un champ de soucis. Par-dessus les tubéreuses, par-dessus les jacinthes, les soucis et les pavots s'entassèrent. Elle revint en courant se décharger dans la chambre au plafond bleu, veillant à ce que le vent ne lui volât pas un pistil. Elle redescendit.

Qu'allait-elle cueillir maintenant ? Elle avait moissonné le parterre entier. Quand elle se haussait sur les pieds, elle ne voyait plus, sous l'ombre encore grise, que le parterre mort, n'ayant plus les yeux tendres de ses roses, le rire rouge de ses œillets, les cheveux parfumés de ses héliotropes. Pourtant, elle ne pouvait remonter les bras vides. Et elle s'attaqua aux herbes, aux verdures ; elle rampa, la poitrine contre le sol, cherchant dans une suprême étreinte de passion à emporter la terre elle-même. Ce fut la moisson des plantes odorantes, les citronnelles, les menthes, les verveines, dont elle emplissait sa jupe. Elle rencontra une bordure de baumes [1] et n'en laissa pas une feuille. Elle prit même deux grands fenouils,

---

1. Plantes dont le parfum est proche de celui de la menthe.

qu'elle jeta sur ses épaules, ainsi que deux arbres. Si elle avait pu, entre ses dents serrées, elle aurait emmené derrière elle toute la nappe verte du parterre. Puis, au seuil du pavillon, elle se tourna, elle jeta un dernier regard sur le Paradou. Il était noir ; la nuit, tombée complètement, lui avait jeté un drap noir sur la face. Et elle monta, pour ne plus redescendre.

La grande chambre, bientôt, fut parée. Elle avait posé une lampe allumée sur la console. Elle triait les fleurs amoncelées au milieu du carreau, elle en faisait de grosses touffes qu'elle distribuait à tous les coins. D'abord, derrière la lampe, sur la console, elle mit les lis, une haute dentelle qui attendrissait la lumière de sa pureté blanche. Puis elle porta des poignées d'œillets et de quarantaines sur le vieux canapé, dont l'étoffe peinte était déjà semée de bouquets rouges, fanés depuis cent ans ; et l'étoffe disparut, le canapé allongea contre le mur un massif de quarantaines hérissé d'œillets. Elle rangea alors les quatre fauteuils devant l'alcôve ; elle emplit le premier de soucis, le second de pavots, le troisième de belles-de-nuit, le quatrième d'héliotropes ; les fauteuils, noyés, ne montrant que des bouts de leurs bras, semblaient des bornes de fleurs. Enfin, elle songea au lit. Elle roula près du chevet une petite table, sur laquelle elle dressa un tas énorme de violettes. Et, à larges brassées, elle couvrit entièrement le lit de toutes les jacinthes et de toutes les tubéreuses qu'elle avait apportées ; la couche était si épaisse, qu'elle débordait sur le devant, aux pieds, à la tête, dans la ruelle, laissant couler des traînées de grappes. Le lit n'était plus qu'une grande floraison. Cependant, les roses restaient. Elle les jeta au hasard, un peu partout ; elle ne regardait même pas où elles tombaient ; la console, le canapé, les fauteuils en reçurent ; un coin du lit en fut inondé. Pendant quelques minutes, il plut des roses, à grosses touffes, une averse de fleurs lourdes comme des gouttes d'orage, qui faisaient des mares dans les trous du carreau. Mais le tas ne diminuait guère, elle finit par en tresser des guirlandes qu'elle pendit aux murs. Les Amours de plâtre qui polissonnaient au-dessus de l'alcôve, eurent des guirlandes de roses au cou, aux bras, autour des reins ; leurs ventres nus, leurs culs nus furent tout habillés de roses. Le plafond bleu, les panneaux ovales encadrés de nœuds de ruban couleur chair, les peintures érotiques mangées par le temps, se trouvèrent tendus d'un manteau de roses, d'une draperie de roses. La grande chambre était parée. Maintenant, elle pouvait y mourir.

Un instant, elle resta debout, regardant autour d'elle. Elle songeait, elle cherchait si la mort était là. Et elle ramassa les verdures odorantes, les citronnelles, les menthes, les verveines, les baumes, les fenouils ; elle les tordit, les plia, en fabriqua des tampons, à l'aide desquels elle alla boucher les moindres fentes, les moindres trous de la porte et des fenêtres. Puis, elle tira les rideaux de calicot blanc, cousus à gros points. Et, muette, sans un soupir, elle se coucha sur le lit, sur la floraison des jacinthes et des tubéreuses.

Là, ce fut une volupté dernière. Les yeux grands ouverts, elle souriait à la chambre. Comme elle avait aimé, dans cette chambre ! Comme elle y mourait heureuse ! À cette heure, rien d'impur ne lui venait plus des Amours de plâtre, rien de troublant ne descendait plus des peintures, où des membres de femme se vautraient. Il n'y avait, sous le plafond bleu, que le parfum étouffant des fleurs. Et il semblait que ce parfum ne fût autre que l'odeur d'amour ancien dont l'alcôve était toujours restée tiède, une odeur grandie, centuplée, devenue si forte, qu'elle soufflait l'asphyxie. Peut-être était-ce l'haleine de la dame morte là, il y avait un siècle [1]. Elle se trouvait ravie à son tour, dans cette haleine. Ne bougeant point, les mains jointes sur son cœur, elle continuait à sourire, elle écoutait les parfums qui chuchotaient dans sa tête bourdonnante. Ils lui jouaient une musique étrange de senteurs qui l'endormit lentement, très doucement. D'abord, c'était un prélude gai, enfantin : ses mains, qui avaient tordu les verdures odorantes, exhalaient l'âpreté des herbes foulées, lui contaient ses courses de gamine

_____

1. Dernière allusion à la dame morte : Albine a accompli son destin.

au milieu des sauvageries du Paradou. Ensuite, un chant de flûte se faisait entendre, de petites notes musquées qui s'égrenaient du tas de violettes posé sur la table, près du chevet ; et cette flûte, brodant sa mélodie sur l'haleine calme, l'accompagnement régulier des lis de la console, chantait les premiers charmes de son amour, le premier aveu, le premier baiser sous la futaie. Mais elle suffoquait davantage, la passion arrivait avec l'éclat brusque des œillets, à l'odeur poivrée, dont la voix de cuivre dominait un moment toutes les autres. Elle croyait qu'elle allait agoniser dans la phrase maladive des soucis et des pavots, qui lui rappelait les tourments de ses désirs. Et, brusquement, tout s'apaisait, elle respirait plus librement, elle glissait à une douceur plus grande, bercée par une gamme descendante des quarantaines, se ralentissant, se noyant, jusqu'à un cantique adorable des héliotropes, dont les haleines de vanille disaient l'approche des noces. Les belles-de-nuit piquaient çà et là un trille discret. Puis, il y eut un silence. Les roses, languissamment, firent leur entrée. Du plafond coulèrent des voix, un chœur lointain. C'était un ensemble large, qu'elle écouta au début avec un léger frisson. Le chœur s'enfla, elle fut bientôt toute vibrante des sonorités prodigieuses qui éclataient autour d'elle. Les noces étaient venues, les fanfares des roses annonçaient l'instant redoutable. Elle, les mains de plus en plus serrées contre son cœur, pâmée, mourante, haletait. Elle ouvrait la bouche, cherchant le baiser qui devait l'étouffer, quand les jacinthes et les tubéreuses fumèrent, l'enveloppèrent d'un dernier soupir, si profond, qu'il couvrit le chœur des roses [1]. Albine était morte dans le hoquet suprême des fleurs [2].

_____

1. La mort par asphyxie joue un rôle important et prémonitoire dans l'œuvre de Zola (qui mourut dans des circonstances mystérieuses, la cheminée de sa chambre bouchée, asphyxié par des dégagements d'oxyde de carbone). Voir par exemple la fin du _Docteur Pascal_ : « Après quelques secondes d'une immobilité complète, il voulut respirer, il avança les lèvres, ouvrit sa pauvre bouche, un bec de petit oiseau qui cherche à prendre une dernière gorgée d'air. » — 2. Albine, fleur humaine parmi les fleurs vivantes du Paradou, meurt dans sa chambre parmi les fleurs coupées. Sur la valeur symbolique des fleurs chez Zola,

« Albine était morte dans le hoquet suprême des fleurs. »

Illustration pour l'édition Charpentier-Fasquelle,
1906, Paris, B.N.F.

XV

Le lendemain, vers trois heures, la Teuse et le Frère
Archangias, qui causaient sur le perron du presbytère,
virent le cabriolet du docteur Pascal traverser le village,
au grand galop du cheval. De violents coups de fouet
sortaient de la capote baissée.

« Où court-il donc comme ça, murmura la vieille servante. Il va se casser le cou. »

Le cabriolet était arrivé au bas du tertre, sur lequel

---

voir la féerie lyrique *Violaine la chevelue*, qu'il composa vers 1897
(*OC*, t. 15, p. 595-635). Cette féerie s'ouvre sur la perte de l'âge d'or :
les fleurs manquent, la terre est désolée. Mais elle s'achève sur « le
prodige des floraisons », signe d'une « nouvelle alliance ».

l'église était bâtie. Brusquement, le cheval se cabra, s'arrêta ; et la tête du docteur, toute blanche, toute ébouriffée, s'allongea sous la capote.

« Serge est-il là ? » cria-t-il d'une voix furieuse.

La Teuse s'était avancée au bord du tertre.

« Monsieur le curé est dans sa chambre, répondit-elle. Il doit lire son bréviaire... Vous avez quelque chose à lui dire ? Voulez-vous que je l'appelle ? »

L'oncle Pascal, dont le visage paraissait bouleversé, eut un geste terrible de sa main droite, qui tenait le fouet. Il reprit, se penchant davantage, au risque de tomber :

« Ah ! il lit son bréviaire !... Non, ne l'appelez pas. Je l'étranglerais, et c'est inutile... J'ai à lui dire qu'Albine est morte, entendez-vous ! Dites-lui qu'elle est morte, de ma part ! »

Et il disparut, il lança à son cheval un si rude coup de fouet, que la bête s'emporta. Mais, vingt pas plus loin, il l'arrêta de nouveau, allongeant encore la tête, criant plus fort :

« Dites-lui aussi de ma part qu'elle était enceinte[1] ! Ça lui fera plaisir. »

Le cabriolet reprit sa course folle. Il montait avec des cahots inquiétants la route pierreuse des coteaux, qui menait au Paradou. La Teuse était restée toute suffoquée. Frère Archangias ricanait, en fixant sur elle des yeux où flambait une joie farouche. Et elle le poussa, elle faillit le faire tomber, le long des marches du perron.

« Allez-vous-en, bégayait-elle, se fâchant à son tour, se soulageant sur lui. Je finirai par vous détester, vous !... Est-il possible de se réjouir de la mort du monde ! Moi, je ne l'aimais pas cette fille. Mais quand on meurt à son âge, ce n'est pas gai... Allez-vous-en, tenez ! ne riez plus comme ça, ou je vous jette mes ciseaux par la figure ! »

C'était vers une heure seulement qu'un paysan, venu à Plassans pour vendre ses légumes, avait appris au docteur

---

1. Les destins d'Albine et de Rosalie contrastent : l'une meurt, enceinte et abandonnée ; l'autre, vivante, est à la fois épouse et mère, mais son enfant meurt (p. 442).

Pascal la mort d'Albine, en ajoutant que Jeanbernat le demandait. Maintenant, le docteur se sentait un peu soulagé par le cri qu'il venait de jeter, en passant devant l'église. Il s'était détourné de son chemin, afin de se donner cette satisfaction. Il se reprochait cette mort comme un crime dans lequel il aurait trempé. Tout le long de la route, il n'avait cessé de s'accabler d'injures, s'essuyant les yeux pour voir clair à conduire son cheval, poussant le cabriolet sur les tas de pierres, avec la sourde envie de culbuter et de se casser quelque membre. Lorsqu'il se fut engagé dans le chemin creux longeant la muraille interminable du parc, une espérance lui vint. Peut-être qu'Albine n'était qu'en syncope. Le paysan lui avait conté qu'elle s'était asphyxiée avec des fleurs. Ah ! s'il arrivait à temps, s'il pouvait la sauver ! Et il tapait férocement sur son cheval, comme s'il eût tapé sur lui.

La journée était fort belle. Ainsi qu'aux beaux jours de mai, le pavillon lui apparut tout baigné de soleil. Mais le lierre, qui montait jusqu'au toit, avait des feuilles tachées de rouille, et les mouches à miel ne ronflaient plus autour des giroflées, grandies entre les fentes. Il attacha vivement son cheval, il poussa la barrière du petit jardin. C'était toujours ce grand silence, dans lequel Jeanbernat fumait sa pipe. Seulement, le vieux n'était plus là, sur son banc, devant ses salades.

« Jeanbernat ! » appela le docteur.

Personne ne répondit. Alors, en entrant dans le vestibule, il vit une chose qu'il n'avait jamais vue. Au fond du couloir, au bas de la cage d'escalier, une porte était ouverte sur le Paradou ; l'immense jardin, sous le soleil pâle, roulait ses feuilles jaunies, étendait sa mélancolie d'automne. Il franchit le seuil de cette porte, il fit quelques pas sur l'herbe humide.

« Ah ! c'est vous, docteur ! » dit la voix calme de Jeanbernat.

Le vieux, à grands coups de bêche, creusait un trou, au pied d'un mûrier. Il avait redressé sa haute taille, en entendant des pas. Puis, il s'était remis à la besogne, enlevant d'un seul effort une motte énorme de terre grasse.

« Que faites-vous donc là ? » demanda le docteur Pascal.

Jeanbernat se redressa de nouveau. Il essuyait la sueur de son front sur la manche de sa veste.

« Je fais un trou, répondit-il simplement. Elle a toujours aimé le jardin. Elle sera bien là pour dormir. »

Le docteur sentit l'émotion l'étrangler. Il resta un instant au bord de la fosse, sans pouvoir parler. Il regardait Jeanbernat donner ses rudes coups de bêche.

« Où est-elle ? dit-il enfin.

— Là-haut, dans sa chambre. Je l'ai laissée sur le lit. Je veux que vous lui écoutiez le cœur, avant de la mettre là-dedans... Moi, j'ai écouté, je n'ai rien entendu. »

Le docteur monta. La chambre n'avait pas été touchée. Seule, une fenêtre était ouverte. Les fleurs, fanées, étouffées dans leur propre parfum, ne mettaient plus là que la senteur fade de leur chair morte. Au fond de l'alcôve, pourtant, restait une chaleur d'asphyxie, qui semblait couler dans la chambre et s'échapper encore par minces filets de fumée. Albine, très blanche, les mains sur son cœur, dormait avec un sourire, au milieu de sa couche de jacinthes et de tubéreuses. Et elle était bien heureuse, elle était bien morte. Debout devant le lit, le docteur la regarda longuement, avec cette fixité des savants qui tentent des résurrections. Puis il ne voulut pas même déranger ses mains jointes ; il la baisa au front, à cette place que sa maternité avait déjà tachée d'une ombre légère. En bas, dans le jardin, la bêche de Jeanbernat enfonçait toujours ses coups sourds et réguliers.

Cependant, au bout d'un quart d'heure, le vieux monta. Il avait fini sa besogne. Il trouva le docteur assis devant le lit, plongé dans une telle songerie qu'il paraissait ne pas sentir les grosses larmes coulant une à une sur ses joues. Les deux hommes n'échangèrent qu'un regard. Puis, après un silence :

« Allez, j'avais raison, dit lentement Jeanbernat, répétant son geste large, il n'y a rien, rien, rien... Tout ça, c'est de la farce. »

Il restait debout, il ramassait les roses tombées du lit, qu'il jetait une à une sur les jupes d'Albine.

« Les fleurs, ça ne vit qu'un jour, dit-il encore ; tandis que les mauvaises orties comme moi, ça use les pierres où ça pousse... Maintenant, bonsoir, je puis crever. On m'a soufflé mon dernier coin de soleil. C'est de la farce. »

Et il s'assit à son tour. Il ne pleurait pas, il avait le désespoir raide d'un automate dont la mécanique se casse. Machinalement, il allongea la main, il prit un livre sur la petite table couverte de violettes.

C'était un des bouquins du grenier, un volume dépareillé d'Holbach [1], qu'il lisait depuis le matin, en veillant le corps d'Albine. Comme le docteur se taisait toujours, accablé, il se remit à tourner les pages. Mais une idée lui vint tout d'un coup.

« Si vous m'aidiez, dit-il au docteur, nous la descendrions à nous deux, nous l'enterrerions avec toutes ces fleurs. »

L'oncle Pascal eut un frisson. Il expliqua qu'il n'était pas permis de garder ainsi les morts.

« Comment, ce n'est pas permis ! cria le vieux. Eh bien ! je me le permettrai !... Est-ce qu'elle n'est pas à moi ? Est-ce que vous croyez que je vais me la laisser prendre par les curés ? Qu'ils essaient, s'ils veulent être reçus à coups de fusil. »

Il s'était levé, il brandissait terriblement son livre. Le docteur lui saisit les mains, les serra contre les siennes, en le conjurant de se calmer. Pendant longtemps, il parla, disant tout ce qui lui venait aux lèvres ; il s'accusait, il laissait échapper des lambeaux d'aveux, il revenait vaguement à ceux qui avaient tué Albine.

« Écoutez, dit-il enfin, elle n'est plus à vous, il faut la leur rendre. »

Mais Jeanbernat hochait la tête, refusant du geste. Il était ébranlé, cependant. Il finit par dire :

---

1. Philosophe matérialiste du XVIIIᵉ siècle (1723-1789), auteur d'un *Système de la nature* (1770) et d'ouvrages antireligieux (*Le Christianisme dévoilé*, 1767).

« C'est bien. Qu'ils la prennent et qu'elle leur casse les bras ! Je voudrais qu'elle sortît de leur terre pour les tuer tous de peur... D'ailleurs, j'ai une affaire à régler là-bas. J'irai demain... Adieu, docteur. Le trou sera pour moi. »

Et, quand le docteur fut parti, il se rassit au chevet de la morte et reprit gravement la lecture de son livre.

XVI

Ce matin-là, il y avait un grand remue-ménage dans la basse-cour du presbytère. Le boucher des Artaud venait de tuer Mathieu[1], le cochon, sous le hangar. Désirée, enthousiasmée, avait tenu les pieds de Mathieu, pendant qu'on le saignait, le baisant sur l'échine pour qu'il sentît moins le couteau, lui disant qu'il fallait bien qu'on le tuât, maintenant qu'il était si gras. Personne comme elle ne tranchait la tête d'une oie d'un seul coup de hachette ou n'ouvrait le gosier d'une poule avec une paire de ciseaux. Son amour des bêtes acceptait très gaillardement ce massacre. C'était nécessaire, disait-elle ; ça faisait de la place aux petits qui poussaient. Et elle était très gaie.

« Mademoiselle, grondait la Teuse à chaque minute, vous allez vous faire du mal. Ça n'a pas de bon sens, de se mettre dans un état pareil, parce qu'on tue un cochon. Vous êtes rouge comme si vous aviez dansé tout un soir. »

Mais Désirée tapait des mains, tournait, s'occupait. La Teuse, elle, avait les jambes qui lui rentraient dans le corps, ainsi qu'elle le disait. Depuis le matin six heures, elle roulait sa masse énorme de la cuisine à la basse-cour. Elle devait faire le boudin[2]. C'était elle qui avait battu le

---

1. L'utilisation de prénoms humains pour les bêtes est une constante dans l'œuvre de Zola. *Cf.* le chat François, dans *Thérèse Raquin*. — 2. *Cf.* dans *Le Ventre de Paris* (chapitre II) la scène où, après avoir saigné un cochon, on confectionne du boudin.

sang [1], deux larges terrines toutes roses au grand soleil. Et jamais elle n'aurait fini, parce que mademoiselle l'appelait toujours, pour des riens. Il faut dire qu'à l'heure même où le boucher saignait Mathieu, Désirée avait eu une grosse émotion en entrant dans l'écurie. Lise, la vache, était en train d'y accoucher. Alors, saisie d'une joie extraordinaire, elle avait achevé de perdre la tête.

« Un s'en va, un autre arrive ! criait-elle, sautant, pirouettant sur elle-même. Mais viens donc voir, la Teuse ! »

Il était onze heures. Par moments, un chant sortait de l'église. On saisissait un murmure confus de voix désolées, un balbutiement de prière d'où montaient brusquement des lambeaux de phrases latines jetés à pleine voix.

« Viens donc ! répéta Désirée pour la vingtième fois.

— Il faut que j'aille sonner, murmura la vieille servante ; jamais je n'aurai fini... Qu'est-ce que vous voulez encore, mademoiselle ? »

Mais elle n'attendit pas la réponse. Elle se jeta au milieu d'une bande de poules qui buvaient goulûment le sang, dans les terrines. Elle les dispersa à coups de pied, furieuse. Puis elle couvrit les terrines, en disant :

« Ah bien ! au lieu de me tourmenter, vous feriez mieux de veiller sur ces gueuses... Si vous les laissez faire, vous n'aurez pas de boudin, comprenez-vous ? »

Désirée riait. Quand les poules auraient bu un peu de sang, le grand mal ! Ça les engraissait. Puis, elle voulut emmener la Teuse auprès de la vache. Celle-ci se débattait.

---

1. On battait le sang du cochon avec la main, dans de grands seaux, afin de l'homogénéiser. *Cf. Le Ventre de Paris*, II : « Mais, voyez-vous, le meilleur signe, c'est encore lorsque le sang coule et que je le reçois en le battant avec la main, dans le seau. Il faut qu'il soit d'une bonne chaleur, crémeux, sans être trop épais. (...) Je bats, je bats, je bats, n'est-ce pas ? continua le garçon, en faisant aller sa main dans le vide, comme s'il fouettait une crème. Eh bien, quand je retire ma main et que je la regarde, il faut qu'elle soit graissée par le sang de façon que le gant rouge soit bien du même rouge partout... Alors, on peut dire sans se tromper : "Le boudin sera bon." »

« Il faut que j'aille sonner... L'enterrement va sortir. Vous entendez bien. »

À ce moment, dans l'église, les voix grandirent, traînèrent sur un ton mourant. Un bruit de pas arriva, très distinct.

« Non, regarde, insistait Désirée en la poussant vers l'écurie. Dis-moi ce qu'il faut que je fasse. »

La vache, étendue sur la litière, tourna la tête, les suivit de ses gros yeux. Et Désirée prétendait qu'elle avait pour sûr besoin de quelque chose. Peut-être qu'on aurait pu l'aider pour qu'elle souffrît moins. La Teuse haussait les épaules. Est-ce que les bêtes ne savaient pas faire leurs affaires elles-mêmes ? Il ne fallait pas la tourmenter, voilà tout. Elle se dirigeait enfin vers la sacristie, lorsqu'en repassant devant le hangar, elle jeta un nouveau cri.

« Tenez, tenez ! dit-elle, le poing tendu. Ah ! la gredine ! »

Sous le hangar, Mathieu, en attendant qu'on le grillât, s'allongeait, tombé sur le dos, les pattes en l'air. Le trou du couteau, à son cou, était tout frais, avec des gouttes de sang qui perlaient. Et une petite poule blanche, l'air très délicat, piquait une à une les gouttes de sang.

« Pardi ! elle se régale », dit simplement Désirée.

Elle s'était penchée, elle donnait des tapes sur le ventre ballonné du cochon, en ajoutant :

« Hein ! mon gros, tu leur as assez de fois volé leur soupe pour qu'elles te mangent un peu le cou maintenant. »

La Teuse ôta rapidement son tablier, dont elle enveloppa le cou de Mathieu. Ensuite, elle se hâta, elle disparut dans l'église. La grande porte venait de crier sur ses gonds rouillés, une bouffée de chant s'élargissait en plein air, au milieu du soleil calme. Et, tout d'un coup, la cloche se mit à sonner à coups réguliers. Désirée, qui était restée agenouillée devant le cochon, lui tapant toujours sur le ventre, avait levé la tête, écoutait, sans cesser de sourire. Puis, se voyant seule, ayant regardé sournoisement autour d'elle, elle se glissa dans l'écurie, dont elle referma la porte sur elle. Elle allait aider la vache.

La petite grille du cimetière, qu'on avait voulu ouvrir toute grande, pour laisser passer le corps, pendait contre le mur, à demi arrachée. Dans le champ vide, le soleil dormait, sur les herbes sèches. Le convoi entra, en psalmodiant le dernier verset du *Miserere*[1]. Et il y eut un silence.

« *Requiem aeternam dona ei, Domine*[2], reprit d'une voix grave l'abbé Mouret.

— *Et lux perpetua luceat ei*[3] », ajouta Frère Archangias, avec un mugissement de chantre.

D'abord, Vincent s'avançait, en surplis, portant la croix, une grande croix de cuivre à moitié désargentée, qu'il levait à deux mains, très haut. Puis, marchait l'abbé Mouret, pâle dans sa chasuble noire, la tête droite, chantant sans un tremblement des lèvres, les yeux fixés au loin, devant lui. Le cierge allumé qu'il tenait tachait à peine le plein jour d'une goutte chaude. Et, à deux pas, le touchant presque, venait le cercueil d'Albine, que quatre paysans portaient sur une sorte de brancard peint en noir. Le cercueil, mal recouvert par un drap trop court, montrait, aux pieds, le sapin neuf de ses planches, dans lequel les têtes des clous mettaient des étincelles d'acier. Au milieu du drap, des fleurs étaient semées, des poignées de roses blanches, de jacinthes et de tubéreuses, prises au lit même de la morte[4].

« Faites donc attention ! cria Frère Archangias aux paysans, lorsque ceux-ci penchèrent un peu le brancard, pour qu'il pût passer sans s'accrocher à la grille. Vous allez tout flanquer par terre ! »

Et il retint le cercueil de sa grosse main. Il portait le bénitier, faute d'un second clerc ; et il remplaçait également le chantre, le garde champêtre, qui n'avait pu venir.

« Entrez aussi, vous autres », dit-il en se tournant.

C'était un autre convoi, le petit de la Rosalie, mort la

---

1. Sous-entendu : *nostri*. Ayez pitié de nous. — **2.** Donne-lui, Seigneur, un repos éternel. — **3.** Et que la lumière éternelle l'éclaire. — **4.** Plusieurs romans de Zola se terminent sur un enterrement : *Une page d'amour*, ou encore *L'Œuvre*.

veille, dans une crise de convulsions[1]. Il y avait là la mère, le père, la vieille Brichet, Catherine et deux grandes filles, la Rousse et Lisa. Ces dernières tenaient le cercueil du petit, chacune par un bout.

Brusquement, les voix tombèrent. Il y eut un nouveau silence. La cloche sonnait toujours, sans se presser, d'une façon navrée. Le convoi traversa tout le cimetière, se dirigeant vers l'angle que formaient l'église et le mur de la basse-cour. Des vols de sauterelles s'envolaient, des lézards rentraient vivement dans leurs trous. Une chaleur, lourde encore, pesait sur ce coin de terre grasse. Les petits bruits des herbes cassées sous le piétinement du cortège, prenaient un murmure de sanglots étouffés.

« Là, arrêtez-vous, dit le Frère, en barrant le chemin aux deux grandes filles qui tenaient le petit. Attendez votre tour. Vous n'avez pas besoin d'être dans nos jambes. »

Et les grandes filles posèrent le petit à terre. La Rosalie, Fortuné et la vieille Brichet s'arrêtèrent au milieu du cimetière, tandis que Catherine suivait sournoisement Frère Archangias. La fosse d'Albine était creusée à gauche de la tombe de l'abbé Caffin, dont la pierre blanche semblait, au soleil, toute semée de paillettes d'argent. Le trou béant, frais du matin, s'ouvrait parmi de grosses touffes d'herbe ; sur le bord, de hautes plantes, à demi arrachées, penchaient leurs tiges ; au fond, une fleur était tombée, tachant le noir de la terre de ses pétales rouges. Lorsque l'abbé Mouret s'avança, la terre molle céda sous ses pieds ; il dut reculer pour ne pas rouler dans la fosse.

« *Ego sum...*[2] », entonna-t-il d'une voix pleine qui dominait les lamentations de la cloche.

Et, pendant l'antienne, les assistants, instinctivement, jetaient des coups d'œil furtifs au fond du trou, vide encore. Vincent, qui avait planté la croix au pied de la fosse, en face du prêtre, poussait du soulier de petits filets

---

1. Les enfants morts abondent dans l'œuvre de Zola. Signe d'une époque où tous les nouveau-nés ne survivaient pas, mais aussi imagination particulièrement frappée par ces vies terminées sitôt commencées. — 2. « Je suis... » (la Résurrection et la Vie).

de terre qu'il s'amusait à regarder tomber ; et cela faisait rire Catherine, penchée derrière lui pour mieux voir. Les paysans avaient posé la bière sur l'herbe. Ils s'étiraient les bras, pendant que Frère Archangias préparait l'aspersoir.

« Ici, Voriau ! » appela Fortuné.

Le grand chien noir, qui était allé flairer la bière, revint en rechignant.

« Pourquoi a-t-on amené ce chien ? s'écria Rosalie.

— Pardi ! il nous a suivis », dit Lisa, en s'égayant discrètement.

Tout le monde causait à demi-voix, autour du cercueil du petit. Le père et la mère l'oubliaient par moments ; puis, ils se taisaient quand ils le retrouvaient là, entre eux, à leurs pieds.

« Et le père Bambousse n'a pas voulu venir ? » demanda la Rousse.

La vieille Brichet leva les yeux au ciel.

« Il parlait de tout casser, hier, quand le petit est mort, murmura-t-elle. Non, ce n'est pas un bon homme, je le dis, devant vous, Rosalie... Est-ce qu'il n'a pas failli m'étrangler, en criant qu'on l'avait volé, qu'il aurait donné un de ses champs de blé pour que le petit mourût trois jours avant la noce.

— On ne pouvait pas savoir, dit d'un air malin le grand Fortuné.

— Qu'est-ce que ça fait que le vieux se fâche ? ajouta Rosalie. Nous sommes mariés tout de même, maintenant. »

Ils se souriaient par-dessus la petite bière, les yeux luisants. Lisa et la Rousse se poussèrent du coude. Tous redevinrent très sérieux. Fortuné avait pris une motte de terre pour chasser Voriau, qui rôdait à présent parmi les vieilles dalles.

« Ah ! voilà que ça va être fini », souffla très bas la Rousse.

Devant la fosse, l'abbé Mouret achevait le *De profundis*. Puis, il s'approcha du cercueil à pas lents, se redressa, le regarda un instant, sans un battement de paupières. Il semblait plus grand, il avait une sérénité de visage qui le

« *Devant la fosse, l'abbé Mouret achevait le* De profundis. »

Gustave Courbet, *Enterrement à Ornans,* fusain sur papier, 1849,
Besançon, musée des Beaux-Arts et d'Archéologie.

transfigurait. Et il se baissa, il ramassa une poignée de
terre qu'il sema sur la bière en forme de croix. Il récitait
d'une voix si claire que pas une syllabe ne fut perdue :

« *Revertitur in terram suam unde erat, et spiritus redit
ad Deum qui dedit illum*[1]. »

Un frisson avait couru parmi les assistants. Lisa réflé-
chissait, disant d'un air ennuyé :

« Ça n'est pas gai, tout de même, quand on pense qu'on
y passera à son tour. »

Frère Archangias avait tendu l'aspersoir au prêtre.
Celui-ci le secoua au-dessus du corps, à plusieurs
reprises. Il murmura :

« *Requiescat in pace*[2].

— *Amen*, répondirent à la fois Vincent et le Frère,
d'un ton si aigu et d'un ton si grave que Catherine dut se
mettre le poing sur la bouche pour ne pas éclater.

---

1. Il (ici, elle) retourne à la terre d'où elle était issue, et rend à Dieu
l'esprit qu'il lui avait donné. — **2.** Qu'il (ici, elle) repose en paix.

— Non, non, ce n'est pas gai, continuait Lisa... Il n'y a seulement personne, à cet enterrement. Sans nous, le cimetière serait vide.

— On raconte qu'elle s'est tuée, dit la vieille Brichet.

— Oui, je sais, interrompit la Rousse. Le Frère ne voulait pas qu'on l'enterrât avec les chrétiens. Mais M. le Curé a répondu que l'éternité était pour tout le monde. J'étais là... N'importe, le Philosophe aurait pu venir. »

Mais la Rosalie les fit taire en murmurant :

« Eh ! regardez, le voilà, le Philosophe ! »

En effet, Jeanbernat entrait dans le cimetière. Il marcha droit au groupe qui se tenait autour de la fosse. Il avait son pas gaillard, si souple encore qu'il ne faisait aucun bruit. Quand il se fut avancé, il demeura debout derrière Frère Archangias, dont il sembla couver un instant la nuque des yeux. Puis, comme l'abbé Mouret achevait les oraisons, il tira tranquillement un couteau de sa poche, l'ouvrit et abattit, d'un seul coup, l'oreille droite du Frère [1].

Personne n'avait eu le temps d'intervenir. Le Frère poussa un hurlement.

« La gauche sera pour une autre fois », dit paisiblement Jeanbernat en jetant l'oreille par terre.

Et il repartit. La stupeur fut telle qu'on ne le poursuivit même pas. Frère Archangias s'était laissé tomber sur le tas de terre fraîche retirée du trou. Il avait mis son mou-

---

1. En coupant l'oreille d'Archangias, Jeanbernat accomplit une sorte de transfert : il ne supportait plus d'entendre les imprécations du Frère et l'avait déjà menacé de ce « châtiment » (III, v). Il va au plus simple, coupant ce qui dépasse, comme le Frère lui-même tirait les oreilles aux enfants récalcitrants : ainsi, il l'infantilise, et le condamne, en même temps, à vivre encore plus séparé du monde. Enfin, il le castre, symboliquement. Il faut noter que le Frère Archangias est présenté d'emblée comme celui qui tire les oreilles aux enfants (première partie, chapitre I : « Il est parti comme un coup de vent, pour aller tirer les oreilles à cette marmaille, dans les vignes »), ce qui nous est confirmé au chapitre V (« ... il avait réussi à saisir par les oreilles Catherine et un autre gamin »), où, dès le début du chapitre, il tient « rudement » Vincent « par une oreille ». Sur la symbolique religieuse de l'oreille, *cf.* Remy de Gourmont, *Le Latin mystique. Les poètes de l'antiphonaire et la symbolique du Moyen Âge.*

choir en tampon sur sa blessure. Un des quatre porteurs voulut l'emmener, le reconduire chez lui. Mais il refusa du geste. Il resta là, farouche, attendant, voulant voir descendre Albine dans le trou.

« Enfin, c'est notre tour », dit la Rosalie avec un léger soupir.

Cependant, l'abbé Mouret s'attardait près de la fosse, à regarder les porteurs qui attachaient le cercueil d'Albine avec des cordes, pour le faire glisser sans secousse. La cloche sonnait toujours ; mais la Teuse devait se fatiguer, car les coups s'égaraient, comme irrités de la longueur de la cérémonie. Le soleil devenait plus chaud, l'ombre du Solitaire se promenait lentement au milieu des herbes toutes bossuées de tombes. Lorsque l'abbé Mouret dut se reculer, afin de ne point gêner, ses yeux rencontrèrent le marbre de l'abbé Caffin, ce prêtre qui avait aimé et qui dormait là, si paisible, sous les fleurs sauvages.

Puis, tout d'un coup, pendant que le cercueil descendait, soutenu par les cordes, dont les nœuds lui arrachaient des craquements, un tapage effroyable monta de la basse-cour, derrière le mur. La chèvre bêlait. Les canards, les oies, les dindes claquaient du bec, battaient des ailes. Les poules chantaient l'œuf, toutes ensemble. Le coq fauve Alexandre jetait son cri de clairon. On entendait jusqu'aux bonds des lapins ébranlant les planches de leurs cabines. Et, par-dessus toute cette vie bruyante du petit peuple des bêtes, un grand rire sonnait. Il y eut un froissement de jupes. Désirée, décoiffée, les bras nus jusqu'aux coudes, la face rouge de triomphe, parut, les mains appuyées au chaperon[1] du mur. Elle devait être montée sur le tas de fumier.

« Serge ! Serge ! » appela-t-elle.

À ce moment, le cercueil d'Albine était au fond du

---

1. Construction placée au-dessus d'un mur pour faciliter l'écoulement des eaux de pluie.

trou. On venait de retirer les cordes. Un des paysans jetait une première pelletée de terre.

« Serge ! Serge ! cria-t-elle plus fort, en tapant des mains, la vache a fait un veau[1] ! »

---

1. La vie reprend ses droits : les morts successives (celle d'Albine, et, à l'arrière-plan, celle de l'enfant de Rosalie ainsi que celle du cochon de Désirée) sont relayées par la naissance du veau. Il faudra néanmoins attendre la fin du *Docteur Pascal* pour que vie (la naissance de l'enfant de Clotilde et de Pascal) et mort (celle de Pascal) s'équilibrent, pour former « un monde continué et sauvé ».

RÉSUMÉ DU ROMAN

LIVRE PREMIER

CHAPITRE I
■ Avant la messe du matin : la Teuse nettoie l'église, l'abbé Mouret prépare la messe,

CHAPITRE II
■ Mois de mai. L'abbé Mouret célèbre la messe. Irruption de Désirée dans l'église.

CHAPITRE III
■ Après la messe : bavardage incessant de la Teuse.

CHAPITRE IV
■ Description de l'église et du village des Artaud. Sérénité de l'abbé.

CHAPITRE V
■ L'abbé se rend au cimetière, où Frère Archangias s'emporte violemment contre les mœurs légères des paysans.

CHAPITRE VI
■ L'abbé se rend chez les Brichet, puis chez Bambousse, pour arranger le mariage entre Rosalie et Fortuné, dont elle est enceinte. Refus de Bambousse de céder sa fille « contre rien ».

CHAPITRE VII
■ L'abbé rencontre son oncle, le docteur Pascal, et l'accompagne au Paradou, où Jeanbernat a eu une attaque.

CHAPITRE VIII
■ Profession de foi matérialiste de Jeanbernat. Irruption d'Albine.

LIVRE TROISIÈME

CHAPITRE I
■ L'abbé célèbre le mariage de Fortuné et de Rosalie. Leur enfant est né.

CHAPITRE II
■ Désirée tente de divertir son frère de sa tristesse.

CHAPITRE III
■ Soins maternels de la Teuse pour l'abbé. L'histoire de l'abbé Caffin.

CHAPITRE IV
■ Travaux de l'abbé pour embellir l'église.

CHAPITRE V
■ La Teuse et Frère Archangias jouent « à la bataille ». L'abbé et Frère Archangias se rendent dans la maison de Bambousse pour bénir la chambre de Fortuné et de Rosalie. Lutte entre Jeanbernat et Frère Archangias. Jeanbernat apprend à l'abbé que « la petite ne se porte pas bien ».

CHAPITRE VI
■ Fête de l'Exaltation de la Sainte-Croix. Visite de l'oncle Pascal, qui intercède en faveur d'Albine.

CHAPITRE VII
■ Visite d'Albine, qui attend Serge en compagnie de Désirée.

CHAPITRE VIII
■ Tête-à-tête de Serge et d'Albine dans l'église. Profession de foi du prêtre contre la vie.

CHAPITRE IX
■ L'abbé se croit abandonné par la grâce. Vision hallucinée de l'église envahie par la nature.

CHAPITRE X
■ Nouvelle partie de bataille entre Frère Archangias et la Teuse.

CHAPITRE XI
■ L'abbé se rend à contrecœur au Paradou.

CHAPITRE XII
■ Automne. Nouvelle promenade dans le Paradou. Albine chasse le prêtre.

Laurence MARTIN.

DOSSIER

1. DOSSIER PRÉPARATOIRE (extraits)

Le Dossier préparatoire de *La Faute de l'abbé Mouret* (Bibliothèque nationale, N.a.f. 10294, f°s 1 à 164 ; à quoi il faut ajouter quelques feuillets — N.a.f. 10271, f°s 218 à 233 — concernant le premier plan du roman, et déplacés par mégarde dans le dossier de *L'Assommoir*) se termine sur des pages (f°s 145 à 164) que Zola avait écrites beaucoup plus tôt, entre 1858 et 1859. Intitulées *Printemps. Journal d'un convalescent*, elles sont autobiographiques : Zola était tombé gravement malade en 1858, et il avait consigné ses impressions de convalescent. Nous présentons ici des extraits de l'ensemble du Dossier.

Comme à son habitude, Zola s'est beaucoup documenté. Sur le terrain, tout d'abord, en se rendant, crayon en main, aux messes de l'église Sainte-Marie des Batignolles, située près de son domicile ; par la lecture du *Grand dictionnaire universel* de Larousse, récemment paru (article « messe ») et de quelques livres religieux : l'*Imitation de Jésus-Christ* (*cf.* f°s 32 à 41), des extraits de l'Ancien et du Nouveau Testament, l'étude de F.X. Trébois (qu'il avait fréquenté) sur l'organisation des grands séminaires (*cf.* f°s 80 à 98), ainsi qu'un missel. À quoi il faut ajouter des ouvrages d'investigation psychologico-médicale : l'*Hérédité naturelle*, du docteur Lucas, la *Physiologie des passions*, du docteur Letourneau, le *Traité des dégénérescences physiques, intellectuelles et morales de l'espèce humaine et des causes qui produisent ces variétés maladives*, par le docteur Morel (il s'est servi de ces trois livres pour l'ensemble des *Rougon-Macquart*) ; et *Nature et virginité, considérations physiologiques sur le célibat religieux*, par le docteur Dufieux (1854).

Résumé du Dossier préparatoire

Feuillets 1 à 15 : Ébauche
       16 à 19 : Les personnages
       21 à 27 : plan du 3ᵉ livre
       28 : liste des personnages, datation, localisation
       29 à 31 : dessins des « terres brûlées », du hameau, des stations du chemin de Croix à l'intérieur de l'église
       34 à 41 : extraits de l'*Imitation de Jésus-Christ*
       43 à 60 : le Paradou (le parterre, le fruitier et le potager, la prairie, arbres et fleurs, etc.)
       64 à 67 : la Bible
       68 à 78 : Costumes — Objets de culte
       80 à 100 : Le séminaire (notes prises sur les travaux de F.X. Trébois)
       102 à 104 : La basse-cour
       105 à 125 : L'Église
       127 à 142 : notes prises dans *La Folie lucide*, de Trélat, la *Physiologie morbide*, de Moreau, et les *Dégénérescences*, de Morel
       145 à 164 : « Plan » et « Journal d'un convalescent »

Extraits du Dossier préparatoire

ÉBAUCHE (fᵒˢ 1 à 15)

« Ce roman est l'histoire d'un homme frappé dans sa virilité par une éducation première, devenu être neutre, se réveillant homme à vingt-cinq ans, dans les sollicitations de la nature, mais retombant fatalement à l'impuissance. Voici l'affabulation. Je divise mon roman en trois parties : 1° Serge est prêtre dans un village du Midi, du côté d'Antibes. Par les faits, j'explique son éducation de séminaire. Il n'est plus un homme. Il a poussé dans la bêtise et dans l'ignorance. La serpe cléricale en a fait un tronc séché sans branches et sans feuilles. (...)

2° Blanche est la fille d'un intendant qui a la garde d'un grand parc (histoire à trouver). Serge est tombé malade d'une fièvre typhoïde affreuse. Le médecin conseille de le transporter (à sa convalescence) dans une chambre d'un pavillon donnant sur le parc. Là, Blanche achève de le soigner. Puis ils sont lâchés dans le parc, Ève et Adam s'éveillant *au printemps* dans le paradis terrestre. Longue idylle, longue étude d'un homme qui naît à vingt-cinq ans. Serge a perdu en partie la mémoire.

Il n'a plus la tonsure, plus de soutane, plus d'église. Il n'entend même plus la cloche, le parc est dans un pli de terrain, à cinq minutes du village. Alors, dans cette nature qui enfante, Serge revient à l'humanité. C'est la nature qui joue le rôle du Satan de la Bible ; c'est elle qui tente Serge et Blanche et qui les couche sur l'arbre du mal par une matinée splendide. Or, j'ai toute la nature, les végétaux, arbres, herbes, fleurs, etc., les oiseaux, les insectes, l'eau, le ciel, etc. Je calque le drame de la Bible, et, à la fin, je montre sans doute Frère Archangias apparaissant, comme le dieu de la Bible, et chassant du Paradis les deux amoureux.

3° Le drame. Serge redevient prêtre. L'impuissance le reprend. Il retombe dans sa petite église, avec la tonsure, la soutane, les préjugés, l'ignorance, etc. Là, étude de la marque fatale de l'éducation première. On en a fait un eunuque. Et alors le drame peut être celui-ci. Blanche, qu'il a éveillée, veut qu'il la suive dans l'amour. Serge se courbe davantage, demande grâce, finit dans le sens catholique, ce sera l'opposition, Serge catholique jusqu'à la fin, tandis que Blanche est le naturalisme, et va dans le sens libre de l'instinct et de la passion. Seulement, j'ai besoin d'un drame. Je la ferai se tuer, tandis que Serge lui-même n'aura pas la force d'en faire autant. Mêler les personnages épisodiques à ce drame qu'il faudra rendre aussi poignant que possible.

Blanche devient le personnage important. (...) C'est une demoiselle étrange, avec des toilettes bizarres, un enfant qui a vu la civilisation dans le rêve de ses premières années et qui retombe à la demi-sauvagerie. Adorable et bizarre création que cette fillette lâchée *toute seule* dans ce grand jardin où personne ne pénètre et que de grands murs enferment de toute part. C'est elle qui le révèle à Serge. (...) Elle l'y promène et l'y instruit. La femme aide la nature ; elle est tentatrice. Cette deuxième partie n'est qu'une longue étude du réveil de l'humanité. Mais, dans la troisième partie, c'est Blanche qui prend la direction de l'action. La femme s'éveille en elle avec une puissance sauvage. Elle veut Serge, il lui appartient. Toute la brutalité de la nature qui va quand même à la génération, malgré l'obstacle. Une inconscience absolue, Ève sans aucun sens social (...). (...) c'est un *tempérament* dans lequel je ferai naître un *caractère*. Ce doit être l'originalité de cette figure. Elle rappelle un peu ma *Madeleine Férat* ; mais je l'en éloignerai le plus possible.

Je la ferai blonde, pas trop grande, l'air d'une bohémienne endimanchée dans la première partie, sauvage, avec une pointe de mystérieux. Dans la seconde partie, il la faut adorable, svelte, blanche comme du lait, avec une fraîcheur de printemps, le visage un peu long, une de ces vierges de la Renaissance. Dans la troisième partie, elle sera plus carrée, femme faite, énergique, assombrie, toujours belle. Il faut que le dénouement soit extrêmement tragique. »

LA BIBLE (f° 64)

« La Bible donne uniquement ceci : Dieu planta d'abord le Paradis terrestre et y mit Adam. Au milieu du Paradis se trouvait l'arbre de la connaissance du bien et du mal. Un fleuve sortait de l'Éden et se divisait en quatre fleuves.

Adam était dans le paradis pour le cultiver et le garder. Création d'Ève. Elle devient la compagne de l'homme. Ils doivent uniquement se nourrir de fruits. Tous les animaux viennent faire acte d'obéissance aux pieds d'Adam. Ils sont nus et ne s'en aperçoivent pas. Tentation d'Ève par le serpent. La désobéissance. C'est la femme qui *perd* l'homme. La voix de Dieu se fait entendre. Malédiction contre le serpent (la nature). Punition du couple (qui s'était habillé de feuilles de figuier). Il est chassé de l'Éden, il mourra, souffrira, enfantera dans la douleur, etc. Les chérubins avec des épées flamboyantes. »

PRINTEMPS. JOURNAL D'UN CONVALESCENT

1er avril

« Ce matin, en me quittant, le médecin m'a donné une petite tape amicale sur la joue.

— Allons, tout va bien, m'a-t-il dit. Je réponds de vous. Il ne s'agit plus que de remettre du sang dans vos veines... La journée est superbe. Vous pourrez vous lever un peu, vers le soir.

Et comme il s'en allait, je l'ai entendu dans la pièce voisine dire à Françoise :

— Votre maître est sauvé, ma fille. Maintenant, c'est le printemps qui achèvera sa guérison.

Je suis resté couché sur le dos, les yeux fermés, me répétant tout bas les bonnes paroles du docteur. Je ne sentais pas mon corps, allégé par six mois de souffrance. Je jouissais profondément de ma faiblesse, de l'anéantissement suprême et doux qui délivrait mes rêveries des liens de ma chair. Il me semblait que chacun de mes membres dormait d'un sommeil réparateur, et que mes pensées flottaient librement au-dessus de mon être défaillant. Il n'y a pas d'heures plus douces pour un malade, que ces heures d'accablement succédant aux heures de crise. Le souverain bonheur est alors d'être une âme, de croire que la chair est morte et qu'elle ne souffrira jamais plus, qu'on rêvera ainsi toujours, sans jamais plus soulever la main, sans jamais plus remuer le pied.

Et, dans le bruissement vague de ma lassitude, j'entendais sans cesse la dernière phrase du médecin : « Maintenant, c'est le printemps qui achèvera sa guérison. »

Je ne voulais pas guérir davantage. À quoi bon ? Ma chair était morte, mon esprit jouissait profondément de la mort de mes membres. J'avais peur de réveiller mon corps qui se tenait si tranquille après m'avoir tant fait souffrir. J'écoutais les pas adoucis de Françoise qui marchait dans la chambre, et le bruit de ces pas me paraissait venir de très loin. Je me suis endormi en rêvant que je me trouvais dans un caveau, au cimetière ; le cimetière était plein de monde, plein de promeneurs dont j'entendais les pieds crier sur le sable au-dessus de ma tête. Et je me disais : « Qu'il est doux d'être mort ! »

Un bruit sec m'a réveillé. J'ai compris que Françoise venait d'ouvrir la fenêtre. Un souffle d'air frais a passé sur mon visage et ce souffle était si caressant que j'ai reconnu l'haleine du printemps. J'ai pensé que le printemps entrait dans ma chambre pour achever ma guérison. Je me suis soulevé, regardant en face la jeune lumière.

Ma chambre était toute blanche de clarté. Depuis six mois, il me semblait que je râlais au fond d'une cave obscure ; lorsque j'ouvrais les yeux, dans les frissons de la fièvre, j'avais comme un mur de brouillard devant moi. Aujourd'hui le ciel était clair, le soleil entrait par la fenêtre ouverte et s'étalait sur le tapis en nappe dorée. Pendant plus de deux heures, j'ai regardé, sans penser à rien, cette nappe de soleil qui s'approchait petit à petit de ma couche. Vers trois heures de l'après-midi, elle a monté lentement le long de mes couvertures, et bientôt elle s'est répandue sur le lit. Mes mains amaigries se sont réchauffées aux tiédeurs de ce rayon, et il m'a pris un subit désir de vivre, de marcher au-devant du nouveau printemps qui venait baiser mes pauvres doigts de malade.

Puis le soleil a inondé ma couche d'un flot ardent. Je me suis trouvé dans un éblouissement, dans une gloire immaculée. Au chevet, un rideau tiré adoucissait un peu la lumière qui prenait des tons roses et bleus. J'ai senti mon corps se réveiller lentement, mais se réveiller sans douleur, avec des langueurs lasses. Et, pendant longtemps, je me suis laissé pénétrer par les tièdes clartés, m'abandonnant au printemps, puisant dans son premier appel la force d'aller à lui.

— Eh, monsieur, m'a dit Françoise de sa voix tranquille, levez-vous un instant, le docteur l'a permis... Il est temps. Voici le soleil qui baisse.

Elle m'a habillé comme un enfant et m'a installé dans un fauteuil, en face de la fenêtre ouverte.

Lorsque l'air vif et frais m'a frappé largement au visage, j'ai éprouvé une sorte d'étouffement. Il y avait encore trop de vie pour moi dans les souffles du ciel. L'haleine m'a manqué, et je suis resté, un instant, oppressé et goûtant une volupté anxieuse comme un homme qui se plonge dans l'eau froide par une chaude après-midi de juillet.

Et j'ouvrais les lèvres pour respirer à pleine bouche le printemps. Je reconnaissais les senteurs légères et pénétrantes de la jeune saison. En avril, l'air sent la terre fraîche, l'air a un goût d'une âcreté excitante ; il y a, dans le ciel, comme des courants rapides qui charrient les émanations du sol en enfantement. Des bouffées chaudes passent, coupées brusquement par des bouffées froides, et les campagnes frissonnent, prises de la douce fièvre des épousées.

Que de fois, dans ma jeunesse, j'avais reçu, en ouvrant ma fenêtre par une matinée d'avril, cette caresse parfumée du printemps. Chaque année, il venait un jour où l'air entrait dans ma chambre avec les mêmes senteurs âcres que l'année précédente. Ce jour-là, je sentais mon être plus souple, il me semblait que, dès le matin, j'avais pris un bain dans la lumière vivante et odorante. Et je ne pouvais rester enfermé ; il me fallait sortir, aller au soleil, promener ma jeunesse au milieu des horizons rajeunis.

Aujourd'hui, couché dans un fauteuil, je me suis rappelé ces choses, lorsque le printemps a passé sur mes lèvres. C'était bien lui ; il avait les mêmes âcretés douces, les mêmes fraîcheurs frissonnantes. Il m'appelait comme autrefois. Et j'ai songé aux promenades de jadis, sous le ciel clair. Alors en me sentant faible et mourant, il m'a pris un furieux désir de revivre, pour aller de nouveau dans les sentiers perdus, entre les haies. Ce matin, je voulais rester mort, j'avais peur de réveiller la souffrance, en réveillant mes membres. Maintenant, j'éprouve une jouissance, lorsque le ciel souffle légèrement sur mes mains et sur ma face ; je ne redoute plus la vie, mon corps sort de son accablement, avec des lassitudes pleines de joies secrètes. Les souvenirs de printemps passés, l'appel du nouveau printemps m'a remis au cœur l'amour cuisant de la lumière.

Pour tout horizon, j'aperçois par la fenêtre le grand ciel largement ouvert. Il est d'un bleu pâle. Par moments un immense frisson semble le faire blanchir d'une émotion soudaine. Le soleil baisse, jaunissant le bord de la nappe bleue. Les rayons s'adoucissent, ils ne sont point durs et enflammés ; ils ressemblent encore à des sourires.

Du ciel, rien que du ciel. Tout là-bas, à l'endroit où le soleil se couche, une bande bleuâtre de collines, une sorte de nuage vaporeux qui me rappelle à peine la terre. Et ici, les branches hautes des arbres de mon jardin, quelques tiges frêles, encore rouges de bourgeons, à peine verdies par les premières feuilles. Cet horizon clair et vide charme ma faiblesse de malade. Je ne suis pas assez fort pour soutenir la vue des lignes rudes de la terre. Il suffit que j'aperçoive la tache grise des collines et les cimes de mes arbres pour savoir que la terre est là. Dans le ciel, mes langueurs se promènent à l'aise. Je suis si affaibli que, par moments, je m'imagine que mon corps flotte dans cette immensité. Et l'espace me parle, alors une mer me berce, un lit de duvet où mes membres brisés se délassent.

Je le sens bien, le médecin avait raison, ce sont les rayons du soleil qui me guérissent. Ils me pénètrent, ils vont jusqu'au milieu de ma chair chercher mon sang et le réchauffer. Mon cœur bat plus légèrement, il a chaud, il vit à l'aise dans ma poitrine élargie par les bouffées d'air frais qui descendent au fond de moi. Et j'éprouve la sensation de jadis : il me semble que je suis dans un bain de clarté, dans une onde rafraîchissante qui baigne mon être entier, mon corps et mon âme.

Je suis dans le soleil. Pendant près d'une heure, j'ai regardé l'astre pâle qui s'inclinait vers l'horizon. Ses rayons tièdes me touchaient en plein visage et m'unissaient à lui. Il me semblait que je vivais de ses clartés, que mon corps faisait partie de sa lumière et de sa chaleur. Il était entré dans ma poitrine, il avait pris la place de mon cœur, il battait en moi et me donnait le souffle.

Comme le soleil disparaissait derrière les collines, une épouvante terrible m'a pris. Le soleil s'en allait, mon cœur s'en allait dans la nuit. J'ai tendu les mains vers l'astre pour retenir mon cœur qui s'arrachait de ma poitrine et qui partait avec le dernier rayon. Il ferait noir bientôt, je serais mort, j'entendrais de nouveau dans ma bière les pas des promeneurs qui passeraient sur ma fosse.

— Il faut vous coucher, monsieur, m'a dit brusquement Françoise. Le soleil a disparu. L'air devient frais.

Et, sans attendre mon consentement, la forte fille m'a saisi dans ses bras et m'a porté sur le lit. Il m'a semblé qu'elle venait de me mettre dans la terre. Je n'osais plus ouvrir les yeux.

Quand je me suis hasardé à regarder autour de moi, j'ai vu avec terreur que la chambre était toute grise. Le crépuscule tombait.

Je me suis demandé si cette belle journée de printemps n'était pas un rêve. Le médecin avait peut-être menti, le printemps n'était pas venu, puisqu'il faisait de nouveau si noir et si froid.

3 avril

Le ciel m'a trompé, l'hiver n'est pas fini. Depuis hier, le vent souffle. De brusques et longues lamentations viennent se briser à ma fenêtre : ce sont les voix de la terre qui pleurent la mort du soleil. Comme moi, la campagne convalescente a rêvé follement la santé, aux premières chaleurs des rayons printaniers ; comme moi, elle est retombée dans les angoisses, dans les plaintes, en voyant que le printemps l'abandonnait, froide et agonisante, après une seule journée d'apaisement et d'espérance.

— Diable ! m'a dit tout à l'heure le médecin, voici un mauvais temps pour vous... Ne vous levez plus. Il faut être prudent.

J'ai secoué la tête tristement, et, dans le trouble vague de la fièvre, j'ai murmuré :

— Le soleil est mort, tout est fini.

Le docteur s'est mis à rire de son rire sec de savant.

— Non, non, a-t-il repris, le soleil n'est pas mort. Il reviendra. Vous irez mieux.

Ces hommes de science croient tout savoir, ils traitent légèrement les visions, les intuitions profondes des malades. Et ils ont tort. Les malades ont des sens d'une délicatesse exquise ; ils pénètrent dans le monde impalpable des esprits subtils, fermé aux gens que la santé aveugle ; eux seuls peuvent savoir que chaque rayon du soleil est un être ami dont la mort attriste la terre.

Peut-être le docteur ne voulait-il que me consoler. Mais je le sens bien, je vais plus mal, mes souffrances reviennent. Mes douleurs sont même accrues par le souvenir du bien-être parfumé et lumineux que j'ai goûté avant-hier, dans le soleil limpide. Comme ce bain de lumière tiède était bon ! Ah !... Que mon lit est froid, que mes draps sont rudes, et que je souffre dans cet air gris et humide que je respire avec effort et qui me glace la poitrine.

Je puis à peine me soulever sur le coude. Ma chambre est lugubre. Depuis ce matin, j'ai les yeux fixés sur ma fenêtre. J'attends avec anxiété un éclair de lumière dans le ciel morne. On dirait que le ciel est un immense foyer éteint plein de cendres noires. Ces cendres noires courent tout l'espace, elles sont répandues en une couche épaisse et uniforme, comme un tapis de deuil. Et je m'imagine que ce tapis sombre, que ce lambeau est le linceul qui recouvre le grand cadavre du soleil. Le vent souffle, et j'entends de brusques roulements de tambour, menant les funérailles célestes.

Puisque les rayons sont morts, j'appelle de tous mes vœux un vol de nuages passant devant ma fenêtre et rompant la sinistre monotonie du ciel. On ne saurait croire combien ce rideau funèbre, toujours tiré devant moi, est à la longue plein d'épouvante. Je préférerais assister aux luttes de l'air, à l'horreur grandiose d'un orage. Il me semble être en face du néant, éternellement morne, éternellement sombre. Rien ne remue dans cet infini morne, rien ne passe. Et je sens l'angoisse me serrer de plus en plus à la gorge, à mesure que je fouille vainement du regard les cendres noires de l'immense foyer éteint et que je cherche, dans cet effacement, un brin de fumée, un nuage qui rappelle le ciel à mon esprit faible de malade.

La campagne doit être bien triste. Je ne vois que l'air gris, mais je devine combien il est plein du désespoir des arbres, de la plainte des eaux, du soupir des germes. La terre, noyée dans le brouillard et la pluie, gémit confusément sous ma fenêtre. Ses plaintes se traînent comme celles d'un moribond tout à sa souffrance, n'ayant plus même la force de rêver la vie.

Je me souviens de mes angoisses, lorsque la fièvre galopait sourdement dans mes veines. Mon corps se perdait au fond d'une oscillation immense. Les yeux fermés, je m'abandonnais à l'anéantissement de mon être ; je ne sentais plus le lit sur lequel j'étais couché, j'étais comme balancé par une main furieuse dans le vide, dans un trou noir. Tout avait disparu, les rideaux de ma couche, ma chambre, le monde entier. Je n'entendais plus, je ne voyais plus. La nuit, le silence frissonnant des abîmes, et la seule passion d'une chute sans fin au milieu des ténèbres.

Il me semble aujourd'hui que cette chute a duré pendant des siècles. Par moments, lorsque la fièvre battait régulièrement en moi, j'éprouvais une volupté âcre à être emporté comme une paille. Ma raison d'homme s'était troublée, l'intelligence s'évanouissait, je n'avais plus que des instincts de brute, j'étais un animal dont le cerveau travaillait confusément sans pouvoir jamais formuler une idée. Vivre sans penser, dans une souffrance continue, est un état doux et étrange. J'écoutais ma douleur comme une voix lointaine, et j'étais si faible que je ne parvenais pas à préciser cette douleur. Mes membres me devenaient étrangers, tout se perdait peu à peu dans un état vague aux ondes de plus en plus larges, le sentiment de mon être

465

finissait lui-même par rouler dans le néant : alors il ne restait rien de moi, rien qu'un souvenir vacillant qui flottait encore au-dessus de mon corps, comme une dernière sensation de la vie. Puis, brusquement, quand tout allait mourir, une secousse violente me tirait de ce calme, les oscillations recommençaient avec une violence inouïe, non pas régulière comme les mouvements d'une balançoire, mais brisées, me rejetant à droite et à gauche, m'élevant ensuite de toute ma pesanteur. C'était la fièvre qui reprenait son galop terrible et qui m'emportait parmi les heurts de sa course folle. Le gouffre restait noir, mais il s'éclairait çà et là de lueurs rouges, d'éclairs rapides qui m'aveuglaient ; le silence avait des bruissements assourdissants, des souffles ardents et glacés me soulevaient tour à tour, me portant d'une fournaise sur un lit de neige. Ces accès ne tardaient pas à m'emplir d'une anxiété inexprimable ; à chaque chute, je croyais me briser, je tendais les mains pour me cramponner et, ne saisissant que le vide, j'éprouvais la cruelle sensation de glisser peu à peu sans pouvoir me retenir ; le vertige me donnait des nausées, le gouffre tournait, j'étais pris dans le tourbillon d'une ronde infernale, je me laissais aller, la tête en bas, étouffant de malaise, impuissant à m'arrêter.

Que de cauchemars sont venus m'écraser ! Toujours les mêmes rêves m'oppressaient avec une lourdeur et un entêtement de roc. Je sentais mes pieds qui se frottaient l'un contre l'autre, dans une sorte d'énervement cuisant. Ma tête roulait sur l'oreiller, ardente, les paupières closes et gonflées de fièvre. Je ne dormais pas, je rêvais toujours que j'étais dans la terre, bien loin, au fond de souterrains bas et étroits, le long desquels il me fallait ramper sans relâche. Mes jambes s'embarrassaient au milieu de liens, d'obstacles invisibles ; mes bras rencontraient des débris qu'ils essayaient en vain de déblayer. Plié en deux, le front heurtant la pierre, les genoux entrant dans le sol mou et glissant, j'avançais avec des difficultés et des angoisses incroyables. À certains moments, lorsque le mal qui me déchirait devenait plus aigu, il me semblait que le souterrain se resserrait devant moi, qu'il se fermait tout à fait, et alors je souffrais horriblement à vouloir passer outre ; je m'entêtais jusqu'à ce que mon corps me parût avoir traversé, en se meurtrissant, la masse énorme de terre qui l'arrêtait. Puis, lorsque la crise était finie, la galerie s'élargissait, je pouvais me relever et marcher debout, tant qu'une autre crise ne m'aplatissait pas sur le sol, en face de nouveaux éboulements. Et chaque fois je désespérais de jamais trouer l'amas de sable et de pierres qui me barrait le passage ; ces amas me paraissaient incommensurables, je me disais qu'il me faudrait plus de mille ans pour en triompher ; quelquefois il me suffisait de les toucher de la main, ils s'évanouissaient. Cette marche souterraine, cette lutte, cette besogne de géant s'est prolongée pendant des journées, des semaines entières. J'allais toujours devant moi, suivant les mille contours du couloir obscur sans avoir la pensée de revenir sur mes pas ; c'était comme une tâche fatale qui s'imposait, une tâche que je devais forcément accomplir. Je mettais une sorte de conscience à travailler de toute mon énergie, à gagner du terrain, m'irritant contre les empêchements qui surgissaient, m'acharnant, voulant arriver le plus vite possible. Arriver où ? Je n'en savais rien. Peut-être avais-je la vague intuition que, si jamais je pouvais atteindre le bout du souterrain interminable, je trouverais un large horizon, limpide et calme.

Aujourd'hui, dans le repos endolori de ma convalescence, le ciel gris et la terre gémissante me rappellent les cauchemars de ma fièvre. Les voix qui montent ressemblent aux plaintes vagues et tristes d'une moribonde. Les champs souffrent, quand il fait noir et froid. L'hiver est une maladie qui, chaque année, s'abat sur la campagne. Alors, nue et grelottante, elle s'étend comme une créature mourante, sur son lit glacé. Tous les chants joyeux, tous les clairs sourires de la santé s'en sont allés de sa face ; elle gît muette, blême, anéantie par la douleur, s'abandonnant à la mort.

Par de vilains jours d'hiver, j'ai vu la vallée agonisante sur son lit de souffrance. Elle était décharnée, brûlée de fièvre ; les sources, ses yeux profonds et clairs, se ternissaient sous une couche épaisse de glace. Parfois un linceul de neige était rejeté sur sa face, pareil à un drap mortuaire. Sa couche immense, déserte et blafarde, ne montrait plus que des rigidités sèches de cadavre. J'étais ainsi étendu sous l'accablement de la fièvre, dans l'immobilité et le silence de la maladie. Et, comme moi, la terre malade a ses cauchemars intérieurs. Je me souviens d'avoir entendu des cauchemars lointains sortir de la croûte gelée des sentiers. La surface des champs s'était durcie, mais les entrailles de la campagne vivaient encore, en proie aux rêves désespérés qui viennent de me secouer. Toute la vie de la terre est alors ensevelie sous les glaces du sol, et cette vie se débat dans l'horreur des ténèbres, dans l'étouffement des masses qui l'écrasent. Chaque germe se lamente, ignorant s'il reverra jamais la lumière. La plus petite graine commence un travail sourd, lutte comme je luttais au fond du souterrain interminable ; elle tend à la clarté, elle marchera sans relâche jusqu'au moment où elle s'épanouira sous les tièdes caresses du soleil. Quel drame profond et douloureux ! Il y a dans les terrains morts de janvier des millions de plantes qui rêvent la vie, sans parvenir à se dégager brusquement du néant ; elles ne peuvent chaque jour qu'écarter un grain de sable, il leur faut rester pendant des semaines au milieu d'un gouffre noir, secouées par les angoisses de l'enfantement, inquiètes, se demandant si elles ne vont pas rencontrer quelque grosse pierre qui les retiendra pour toujours dans la nuit. Appuyez votre oreille contre le flanc de la terre malade ; vous entendrez au fond de ses entrailles déchirées par le mal d'hiver, les murmures plaintifs de ces petites existences qui s'agitent péniblement pour lui refaire une nouvelle santé.

C'est la grande lutte, la lutte éternelle de la vie contre la mort.

Comme le germe qui travaille pour monter au soleil, ce que j'allais chercher au bout de la galerie étroite dans laquelle la fièvre m'égarait, c'était la lumière heureuse et bienfaisante, c'était la convalescence, le retour du soleil, le printemps renaissant. Il y a, à cette heure, un lien d'intime parenté entre la vallée et moi ; tous deux nous sommes des convalescents, tous deux nous sortons des angoisses de l'ombre et du froid, tous deux nous attendons un rayon tiède pour revivre dans la lumière bénie, sous les jets de la sève. Je sens profondément en moi les anxiétés dernières du germe, la joie vague qu'il éprouve lorsqu'il devine qu'il n'y a plus qu'une mince couche de terre entre lui et la chaude clarté. Demain peut-être nous baignerons l'un et l'autre dans la tiédeur de la santé revenue, nous aurons vaincu la mort, nous jouirons de la vie follement, en moribonds ressuscités.

Mais non, le ciel est toujours gris, les cendres de deuil s'amassent toujours sur le foyer éteint du soleil. Et des craintes terribles me prennent : le jour va peut-être tomber peu à peu, la nuit se fera, une nuit épaisse et lourde et cette nuit sera éternelle. Je resterai couché pendant des siècles, attendant une aube qui ne viendra jamais ; je serai mort et je vivrai assez pour savoir qu'un rayon me rendrait la vie et que ce rayon ne doit pas luire dans le ciel refroidi.

Peu à peu, en face de l'air morne, une tristesse indicible s'est emparée de moi. J'ai eu, les yeux ouverts, des cauchemars d'enfant, des peurs soudaines et ridicules. Rien, pas une nuée ne passait dans le ciel noir, et mes regards, fixés anxieusement sur l'horizon, s'hallucinaient à chercher en vain un nuage, une teinte plus pâle qui annonçât le retour du soleil ; je finissais par voir des ombres monstrueuses agitant leurs ailes et menaçant la terre. Un instant est venu où je n'ai pu supporter davantage la vue du rideau sinistre plein d'une épouvante secrète, tiré sur les gloires éclatantes du ciel.

— Marton, ai-je dit d'une voix suppliante, fermez les volets, ma fille.

La servante m'a regardé d'un air étonné.

— Mais il ne fait pas encore nuit, a-t-elle répondu.

Elle allait se retirer tranquillement. J'ai repris :

— Par grâce, Marton, fermez les volets, puis vous allumerez la lampe !

— Allumer la lampe, à deux heures de l'après-midi ! s'est-elle écriée.

Elle a sans doute pensé que j'étais fou, car elle s'est mise à hausser les épaules. Fermer les volets et allumer une lampe à pareille heure, lui paraissait le comble de l'absurdité. Elle s'est enfin décidée à faire ce que je désirais, tout en protestant à demi-voix.

Quand je n'ai plus vu le ciel, que j'ai pu croire qu'il était minuit et que je veillais, j'ai éprouvé un grand soulagement. J'ai regardé pendant de longues heures le rond de clarté molle qui glissait de l'abat-jour sur les meubles et sur le tapis. Ma chambre était silencieuse, tout attendrie par les lueurs douces, pleine de ces senteurs d'oranger et de tilleul qui traînent autour du lit d'un malade. Et je me disais : "Demain, le soleil luira, je ferai ouvrir les volets de bonne heure, je renaîtrai comme ma sœur la vallée, dans la convalescence du printemps."

5 avril

Le soleil n'a pas reparu. Depuis avant-hier, le vent souffle avec une violence croissante et des ondées de pluie s'abattent brusquement ; je n'ai pas voulu que Marton rouvre les volets, j'ai vécu toute la journée d'hier dans ma chambre close, dans les clartés jaunâtres de la lampe et du foyer. Triste et longue journée de deuil, de désespoir muet et solitaire.

Je ne veux revoir le ciel que lorsque le ciel aura des rayons. Jusque-là je préfère rester dans la nuit. La nuit s'étend devant moi, devient interminable. Je suis comme un homme que secouerait l'insomnie et qui attendrait le jour avec angoisse. Inerte, affaissé sur mon lit, dans un accablement anxieux qui n'est ni le sommeil, ni la veille, je m'abandonne à cette torpeur pleine d'énervement, je compte que quelqu'un viendra m'aider à sortir du rêve, car je n'espère plus avoir la force de m'éveiller moi-même, j'entends vaguement les voix hurlantes de l'ouragan, j'écoute ce bruit depuis deux jours avec une attention inconsciente ; il me semble que ce roulement sourd et continu est le fracas d'un fleuve immense qui passe sous ma fenêtre et qui m'empêche de me lever, d'aller au-dehors ; je tends l'oreille, je crois à chaque instant que le dernier flot va passer, et le flot roule toujours plus large, plus assourdissant.

Hier soir, j'ai surpris ces quelques paroles que ma servante et le docteur échangeaient à voix basse :

— Il ne veut plus voir le jour, disait Marton. Je l'ai cru fou. Il va donc bien mal, monsieur ?

— Je ne puis rien vous dire, répondait le médecin. En ce moment, je ne saurais rien faire qui le soulage. Je le crois sauvé, mais il faut attendre.

Ce médecin le dit lui-même, il ne peut rien, il ne peut barrer le torrent qui gronde sur mon seuil. Et j'attends tout du soleil du printemps qui m'a abandonné et qui ne revient pas. »

PLAN

3 avril

« Le mauvais temps est revenu. Vents et nuages. Temps gris. Je songe aux cauchemars de ma fièvre. Il me semblait que j'étais dans la terre froide de l'hiver, pleine des sourds murmures de la germination. Ressemblance de l'hiver avec une maladie humaine. La santé, le printemps. Désespoir de la graine qui ignore si elle reverra la lumière. Lutte de la vie contre la mort. Joie délirante du germe, lorsqu'il perce la terre et qu'il revoit le soleil.

10 avril

Le mauvais temps continue. Je me suis fait apporter tous les poètes qui ont chanté le printemps. Combien ils sont froids. Je ne puis ressaisir l'impression divine du coucher du soleil. Le vent sera donc éternel.

15 avril

Un beau jour. Je vais à la fenêtre. Je comprends pourquoi les poètes sont froids. Il faut avoir été près de la mort pour sentir le printemps. Il me semble qu'il y a un lien intime entre moi qui vais mieux et la terre qui renaît. Je suis comme l'homme au premier âge du monde, je suis neuf et naïf par la maladie. Je goûte mieux et plus profondément les joies de la vie, moi qui ai manqué mourir. Pour mes sens affaiblis, les parfums, les clartés ont une acuité inouïe. Ma faiblesse, mon corps vide de passions humaines font de moi un faible d'esprit, un enfant qui goûte profondément la nature.

16 avril

J'avais bien raison hier de dire que je ne vivais encore que pour voir les rayons pâles du soleil, que pour sentir les parfums doux de la terre. Que le monde humain est loin de moi ! Cette après-midi, deux amis sont venus me voir, un écrivain et un homme politique. Ils m'ont entretenu des faits qui se sont passés pendant les mois où j'étais comme mort, sur mon lit de souffrance. L'un m'a parlé du roman qu'il écrit, l'autre des événements menaçants qui se montrent à l'horizon politique. Que m'importe tout cela. Je me rappelle qu'avant ma maladie de pareils détails m'auraient passionné. Aujourd'hui, je suis comme une plante frêle qui n'a pas le temps ni la force de penser, qui est toute à la joie craintive de se sentir revivre. Tandis que mes amis parlaient, je regardais la campagne, la voix des hommes m'arrivait comme un bourdonnement confus et désagréable ; la voix des champs, simple et douce, me pénétrait d'une vague volupté. Je ne suis point encore un homme, je suis un de ces arbustes que je vois là-bas, se couvrant de légères feuilles entr'ouvrant peu à peu leurs bourgeons au soleil.

25 avril

J'ai dit à Françoise de ne laisser pénétrer personne jusqu'à moi. Je préfère être seul. La délicatesse de mes sensations souffre au contact d'une créature bien-portante, agissant et parlant. Je ne veux ouvrir ma chambre qu'au doux printemps, ce convalescent qui est mon frère. Françoise n'est pas pour moi une créature humaine, elle est une chose dévouée, muette et lourde. Elle m'a soigné sans larme, sans inquiétude nerveuse, comme un paysan soignerait un de ses bœufs, comme un jardinier soignerait une de ses plantes. Elle n'a pas eu les caresses anxieuses d'une mère ou d'une amante ; elle m'a traité avec l'amour calme et universel de la terre qui donne les soins nourriciers à chaque graine, laissant périr celles qui doivent périr. Et c'est pour cela que je tolère Françoise auprès de moi. Elle est une chose saine et juste. Elle ne répand pas autour de moi les fièvres de l'humanité.

Le médecin m'a permis de descendre au jardin. Mon chien est venu gambader autour de moi, et j'ai eu presque peur de ses bonds turbulents. Je l'ai fait attacher, car je ne puis encore souffrir la vie ardente. Je suis allé me cacher dans un berceau, dans une touffe de lilas. Mes impressions dans cette touffe. J'entends la sève monter dans les branches, et il me semble que les fleurs vont me parler. Et je sens aussi la sève monter en moi. Un oiseau et une source.

15 mai

Aujourd'hui, j'ai passé la journée sur la terrasse. J'ai pu soutenir l'immensité de l'horizon. Le printemps dans son rayonnement. Je me sens plus fort, je prête l'oreille pour saisir les mille bruits de la campagne. Et dans la vallée, dans la nature, je cherche l'homme, je suis de l'œil les rouliers, je regarde au loin les lavandières. La santé revient, je ne me sens plus le frère de l'arbre.

1er juin

Je me porte tout à fait bien. Hier, je suis allé à la ville, et, aujourd'hui, dans mon jardin, j'ai pu rester au grand soleil. La verdure s'est noircie du sang épais de la sève, et la santé m'aveugle. Je ne sens plus en moi le printemps doux et faible, j'ai rapporté de la ville tous les soucis humains. Hélas ! Je me porte bien, il faut vivre. »

*

2. EXTRAITS D'ARTICLES DE ZOLA
SUR DES ROMANS « RELIGIEUX »

Jules BARBEY D' AUREVILLY, *Un prêtre marié* (texte intitulé « Le catholique hystérique », et repris dans *Mes haines*)

« Il y a des maladies intellectuelles, de même qu'il y a des maladies physiques. On a dit que le génie était une névrose aiguë. Je puis affirmer que M. Barbey d'Aurevilly, le catholique hystérique dont je veux parler, n'a rien qui ressemble à du génie, et je dois déclarer cependant que l'esprit de cet écrivain est en proie à une fièvre nerveuse terrible.

Le critique, assure-t-on, est le médecin de l'intelligence. Je tâte le pouls au malade, et je reconnais en lui des désordres graves : il y a eu ici abus de mysticisme et abus de passion ; le corps brûle et l'âme est folle ; cet être exalté a des besoins de chair et des besoins d'encens. En un mot, le cas est celui-ci : un saint Antoine jeté en pleine orgie, les mains jointes, les yeux au ciel, ayant aux lèvres des baisers féroces et de fanatiques prières.

(...) le grand débat porte sur le sujet même du livre, sur ce mariage du prêtre qui paraît un si gros sacrilège à M. Barbey d'Aurevilly, et qui me semble, à moi, un fait naturel, très humain en lui-même, ayant lieu dans les religions sans que les intérêts du ciel en souffrent.

(...) Qu'importe la créature, elle est faite pour souffrir et pour mourir ; les intérêts du ciel avant tout. Voilà certes une religion humiliante pour l'âme et pour la volonté, injurieuse pour Dieu lui-même. »

Gaston LAVALLEY, *Aurélien* (paru dans *L'Écho du Nord*, le 19 juillet 1864)

« Une des luttes terribles qui se livrent parfois dans l'âme de la créature, est la lutte suprême de la passion et du devoir. Les œuvres littéraires, vivant surtout du grand drame humain, ont puisé de tout temps à cette large source d'émotions tragiques la volonté réfléchie aux prises avec l'emportement du désir.

(...) Il est, dans notre société, des hommes à part qui, par serment, se sont engagés à ne plus être des hommes, sous peine de châtiments éternels. Ce serment les lie devant Dieu. Ils se sont créé un devoir terrible, tout de convention, inutile à leurs frères, mais qui n'en a pas moins la force de la chose jurée. Parfois, certains de ces hommes sentent qu'ils n'ont pu sortir de l'humanité ; ils aiment, et la lutte âpre et furieuse s'établit entre eux et les déchire. Je veux d'abord envisager l'amour du prêtre seulement au point de vue du drame poignant qu'il offre à l'étude de l'écrivain. Un prêtre qui aime, est un Rodrigue maudit et sans espoir de pardon ; entre lui et Chimène, il y a plus que le sang d'un père, il y a le mépris, la négation d'un Dieu. L'écrivain qui analysera le cœur de ce prêtre, en artiste simplement curieux de son art, y trouvera un admirable sujet d'étude, précisément à cause de la position particulière de cet amant qui a vendu à Dieu sa part d'amour en ce monde. Toutes les puissances de l'homme sont en jeu, et, qui plus est, le Ciel vient se mêler à l'action. On a devant soi une monstruosité morale où toutes les notions naturelles sont perverties, des élans de grandeur surhumaine et des besoins immenses de réalité, une mêlée effrayante des vérités et des croyances, en un mot un cœur et un esprit malades, en proie à la plus sombre tourmente. (...)

M. Gaston Lavalley, dans *Aurélien*, (...) n'a pu étudier cette pauvre âme aimante qui s'est trompée en offrant son amour au Ciel, sans avoir pitié et sans demander grâce pour ces milliers d'âmes qui, demain peut-être, se tromperont de même. (...)

M. Lavalley conclut nettement contre le célibat des prêtres. Depuis longtemps la question est jugée pour les personnes de sens, et Aurélien ne sera qu'un nouvel argument en faveur de cette thèse. Je ne puis m'empêcher de faire ici une observation : l'Église catholique voudrait donner satisfaction à M. Lavalley qu'elle ne le pourrait pas aujourd'hui. Il en est des institutions religieuses comme d'une chaîne où un anneau de moins produit une solution de continuité. Il lui faudrait se reconstruire sur une autre base, pour s'élever selon les idées de nos temps, et il est à croire que l'édifice changerait singulièrement, si on nous le laissait rebâtir.

Est-ce le célibat seul qui nous choque chez le prêtre ? Certes non : c'est l'homme entier lui-même, cet homme des temps anciens, plus près de Dieu que ses frères, plus parfait, plus puissant, qui vivait autrefois dans le mystère des tabernacles, au fond des temples fermés à la foule ; de là, il apparaissait aux fidèles, la foudre au front, tenant à la main les clefs du Ciel, et il commandait au nom de la colère et de la jalousie de son Dieu. Aujourd'hui, les voiles sont tombés, le prêtre est devant nous ; c'est un homme, c'est un frère, tremblant et chétif, et nous ne pouvons plus voir en lui celui qui parle pour tous à la divinité. Pourquoi veulent-ils se grandir ? Quel orgueil les pousse à tenter toute pureté et toute perfection ? Qui les a rendus infaillibles, et pourquoi nous dédaignent-ils au point de ne plus vouloir être nos semblables ? Non, je ne puis avoir rien de commun avec un être qui se fait gloire de ne pas vivre la vie commune. Il me répugne comme tout ce qui est hors nature ; il n'a pas de sexe, et, dans la rue, je m'écarte, quand il passe, sentant en lui je ne sais quel mystère des âges antiques.

Dans les âges futurs, les religions, ces grandes poésies qu'on dit nécessaires à l'existence des sociétés, subiront bien des changements. La réforme demandée par M. Lavalley sera sans doute une des premières que l'on accordera. Je n'ose dire celles qui, selon moi, viendront ensuite, ne voulant chagriner personne à l'avance. Mais si chacune d'elles demande un plaidoyer éloquent, un roman remarquable, comme *Aurélien*, les lecteurs de l'avenir auront mille et mille douces soirées à passer, un livre à la main. »

Ernest DAUDET, *Le Missionnaire* (paru dans *Le Gaulois*, le 8 février 1869)

« Le prêtre amoureux de la créature, se débattant dans les fièvres chaudes de la passion, sentant son cœur se gonfler et faire éclater les vœux qui le lient, est un héros dont les luttes poignantes et profondément humaines ont tenté bien des romanciers contemporains. À vrai dire, cette grande figure de la chair révoltée et combattue a été jusqu'ici pauvrement traitée. Les écrivains qui l'ont mise en œuvre en ont fait une œuvre pour ou contre le catholicisme ; selon moi, il faudrait l'étudier, l'analyser sans parti pris, comme un cas humain d'un curieux intérêt ; je ne suis pas pour les romans qui prêchent, mais pour les romans qui voient et qui disent simplement ce qui est.

M. Ernest Daudet publie chez Charpentier un roman, *Le Missionnaire*, dans lequel il a voulu décrire ces tempêtes terribles que l'amour d'une femme peut soulever au fond d'un cœur de prêtre. Il l'a fait avec une grande délicatesse, un véritable talent d'analyste ; mais il n'a pas su fouiller les entrailles de son héros en observateur désintéressé, il a exalté le sacrifice chrétien et a ainsi perdu en vérité ce qu'il a gagné en élan héroïque.

D'ailleurs, M. Ernest Daudet a le sens des réalités physiologiques et psychologiques. Son héros, l'abbé Vergniaud, est fils d'une femme légère, d'une actrice qui n'a pu résister aux fièvres de son cœur. Aussi, quand il tombe amoureux de Léa, l'esprit fort qu'il veut ramener à Dieu, sent-on couler dans ses veines le sang ardent de sa mère. Il meurt sans avoir succombé. La logique humaine voudrait qu'il en fût autrement. Mais, je l'ai dit, l'auteur tient à avoir pour dénouement le triomphe de la foi. (...) »

Alfred ASSOLANT, *La Confession de l'abbé Passereau* (paru dans *Le Gaulois*, le 24 mai 1869)

« (...) L'abbé Passereau, un esprit d'élite, a gardé un cœur et une chair d'homme sous la soutane [1]. Il est trop enfant du siècle pour avoir la foi ardente d'un apôtre, et trop cultivé pour s'enfoncer dans la foi aveugle et épaisse d'un curé de campagne. C'est un sceptique qui voudrait faire son métier en homme d'honneur. Et il resterait vraiment un bon et digne prêtre, s'il n'était né pour la passion. Deux

---

1. Est-ce en lisant cet article dans *Le Gaulois* que Rimbaud trouva le titre de son texte satirique, *Un cœur sous une soutane* ?

femmes troublent sa vie ; l'une, Armande de Clerfontaine, est une assez triste personne, orgueilleuse, vindicative ; l'autre, Élise Muret, est une délicieuse figure de foi et d'amour, une enfant qui aime et s'abandonne avec des candeurs de chérubin.

L'abbé Passereau devient fatalement l'amant de cet ange, qui tombe en croyant se donner au Ciel. Quand elle devient enceinte, ils veulent fuir tous deux, mais une fatale méprise livre leur secret à Armande, qui aime aussi l'abbé, et qui, dans une rage jalouse, apprend au père d'Élise la liaison et la grossesse de sa fille. Élise meurt, l'abbé Passereau va en mission. Aujourd'hui, il est en passe de devenir évêque.

Je crois qu'il faut lire ce roman entre les lignes. Jamais un livre contre le célibat des prêtres n'a été écrit avec une ironie plus cinglante. M. Assolant fait pousser à son abbé une collection fort convenable de cris de repentir, d'exclamations implorant le pardon de Dieu. Mais, je ne sais pourquoi, il me semble que tout cet étalage de remords sonne atrocement faux. Est-ce le talent ironique et primesautier de l'auteur qui donne à la confession de son héros cet air de moquerie poignante ? Peut-être bien.

Ce que je sais, c'est que le Passereau est un pantin sinistre, un monsieur qui n'est plus homme et qui se permet de tuer les jeunes filles, un parjure qui a violé ses serments et qui consent à monter en grade, tout en geignant comme un lâche. Si vous êtes un gredin, continuez vos grederies sans pleurnicher ; si vous êtes un honnête homme, donnez votre démission au bon Dieu que vous avez trahi, et tâchez, après avoir assassiné une femme, de faire le bonheur d'une autre femme.

Je n'ai pas besoin de recommander la lecture de *La Confession de l'abbé Passereau*. Le livre contient un drame qui suffira à le faire lire. Mais il contient également, et cela est plus rare, d'excellents portraits de prêtres, toute une échappée sur le monde clérical d'une grande finesse d'observation. »

Hector MALOT, *Un curé de province*, et sa suite, *Un miracle* (paru dans *Le Gaulois*, le 28 mai 1872)

« (...) M. Hector Malot est, avant tout, un naturaliste. Sûrement, il n'a pas pour les prêtres une grande tendresse. Mais il a le tact de ne point les manger au gros sel. Il se contente de les disséquer, ce qui est plus propre, moins dangereux pour lui, et d'une méthode scientifique et utile.

Il les déshabille donc tranquillement. Il ôte le chapeau, et montre que la tonsure n'est pas une auréole, mais une œuvre de rasoir. Il ôte la soutane, et trouve dessous la chemise, la poitrine d'un homme, dont le cœur est à gauche, qui a un estomac comme vous et moi. Il ôte tout, et dresse devant nous l'éternel cadavre humain, la bête humaine rêvant de divinité, se masquant pour jouer la comédie du Ciel, finissant parfois par prendre son rôle au sérieux, jusqu'à l'heure de la culbute finale.

Excellente besogne, en somme. Les dieux s'en sont allés. Nous avons besoin de rester entre hommes et de mener bourgeoisement notre vie. Toutes les fois que le Ciel s'est mêlé de nos affaires, il les a gâtées. Besogne de romancier analyste, d'ailleurs. Le réalisme, dont on a fait un gros mot, n'est qu'un amour fervent du vrai, et le réalisme le plus élevé est, à coup sûr, celui qui fait le jour dans la nuit des vieilles croyances, qui souffle les lampions des miracles, qui dit à l'homme : "Tu n'es qu'un homme. Travaille et sois utile."

(...)

L'intention de M. Hector Malot apparaît très clairement. Il a voulu, comme je l'ai dit plus haut, étudier l'homme dans le prêtre, mais l'homme déformé par la soutane. Il y a dans chacun de ses curés une déviation de la nature première, un rapetissement ou un agrandissement qui met une grimace sur les visages.

(...)

Je sais que le dernier mot du roman est joli. M. Hector Malot a étudié, dans les crises nerveuses de son héroïne, ce besoin du mariage qui jette les filles sur le marbre des chapelles et qui leur fait baiser les saints de pierre comme s'ils avaient de la barbe. Deux ans après son mariage, l'héroïne est guérie, elle a deux enfants, et la nourrice dit à l'abbé Guillemittes, en lui montrant les bébés :

"Le vl 'à, le miracle !" »

*

3. RÉACTIONS — RÉCEPTION

Le 3 février 1877, Mallarmé adressait à Zola une lettre de félicitations au sujet de *L'Assommoir*. « *(...) on finira par reparler de* La Curée, *de* La Faute de l'abbé Mouret, *etc. à propos de votre grand succès d'aujourd'hui* », écrit-il[1]. En effet, *La*

1. Mallarmé, *Correspondance*, édition Bertrand Marchal, Folio classique, p. 558.

Faute de l'abbé Mouret, cinquième roman des *Rougon-Macquart*, n'avait pas rencontré beaucoup plus d'échos que les volumes précédents — un peu plus tout de même : quatre éditions l'année de sa parution, en 1875. *La Fortune des Rougon* était passé inaperçu, *La Curée* n'avait eu que deux éditions, *Le Ventre de Paris* s'était un peu mieux vendu, et *La Conquête de Plassans* n'avait quasiment pas été lu, tout au moins en France. Car *La Curée* et *La Conquête de Plassans* avaient été traduits en Russie et, grâce à Tourguéniev, Stassulevitch, directeur du *Messager de l'Europe*, offrit à Zola de publier son prochain roman dans sa revue. C'est ainsi que *La Faute de l'abbé Mouret* parut d'abord à Saint-Pétersbourg, de janvier à mars 1875. Charpentier, l'éditeur parisien de Zola, prit alors le relais, et le mit en vente le 27 mars. Comme il fallait s'y attendre, la presse réactionnaire se déchaîna ; mais le livre valut à son auteur des amitiés nouvelles, celles de Huysmans, de Céard, de Léon Hennique. Voici quelques témoignages de lecture de contemporains de Zola.

Joris-Karl Huysmans, « Émile Zola et *L'Assommoir* » (article paru en 1876, dans *L'Actualité*, hebdomadaire bruxellois) :

« La nature en rut, la terre qui trouble et affole avec ses frissons et ses flux de sève, perce, éclate dans toute l'œuvre d'Émile Zola. (...) elle va s'épanouir en pleine efflorescence dans *L'Abbé Mouret*.

Ce livre fut un étonnement dont la critique ne se remit point. L'un de ses plus verbeux et plus maladroits exécuteurs le frappa à coups redoublés dans un grand journal. Ce fut peine et encre perdues ; les gens qui, en fait d'art, n'aimaient que les glaces sans débâcle de Mérimée, n'achetèrent point le livre ; mais l'article de M. Paul Perret en fut-il cause ? Ce serait, je crois, lui attribuer plus d'importance qu'il n'en eut réellement. Quant aux autres, c'est-à-dire aux raffinés et aux délicats, ils firent leur délice de ce volume qui n'est point, à proprement parler, un roman, mais bien un poème d'amour et l'un des plus beaux poèmes que je connaisse. Dans cette œuvre comme dans *Le Ventre de Paris* (...), le cadre du tableau prend des proportions grandioses ; le sujet principal de *L'Abbé Mouret*, c'est moins Serge, le curé des Artaud, que la nature elle-même. En dépit de cette outrance de sève qui fait craquer le tronc du livre, *L'Abbé Mouret* contient des pages qui sont véritablement sublimes. On peut lui préférer d'autres romans du même auteur, mais où trouver ses plus splendides merveilles, des passages plus grands, plus éloquents, plus beaux, que tous ceux qui chantent l'amour de Serge et d'Albine, que tout ce chapitre plein de murmures mystérieux, de cris de liesse, de pâmoisons voluptueuses où les enfants s'enlacent et où la nature confie à la vierge *"ce que les mères murmurent aux épousées, le soir des noces"* !

Pour mettre sur pied un livre semblable, un livre aussi nouveau, aussi original, pour avoir ainsi rendu avec des mots le bouillonnement furieux du printemps dans les branches, l'irrésistible passion de deux êtres lâchés en pleine nature, pour avoir pu écrire enfin la mort de cette adorable Albine, il faut être un fier artiste et un grand poète ! Pour avoir créé la Teuse, cette servante qui bougonne et chuchote, et le frère Archangias, ce goujat si étonnant avec ses ordures de paroles et sa haine des alanguissements mystiques, il faut être observateur sagace et (...) subtil analyste (...). »

Joris-Karl HUYSMANS, *À rebours*, XIV :

« Chez Zola, la nostalgie des au-delà était différente. Il n'y avait en lui aucun désir de migration vers les régimes disparus, vers les univers égarés dans la nuit des temps ; son tempérament, puissant, solide, épris des luxuriances de la vie, des forces sanguines, des santés morales, le détournait des grâces artificielles et des chloroses fardées du dernier siècle ainsi que de la solennité hiératique, de la férocité brutale et des rêves efféminés et ambigus du vieil Orient. Le jour où, lui aussi, il avait été obsédé par cette nostalgie, par ce besoin qui est en somme la poésie même, de fuir loin de ce monde contemporain qu'il étudiait, il s'était rué dans une idéale campagne, où la sève bouillait au plein soleil ; il avait songé à de fantastiques ruts de ciel, à de longues pâmoisons de terre, à de fécondantes pluies de pollen tombant dans les organes haletants des fleurs : il avait abouti à un panthéisme gigantesque, avait, à son insu peut-être, créé, avec ce milieu édénique où il plaçait son Adam et son Ève, un prodigieux poème hindou, célébrant en un style dont les larges teintes, plaquées à cru, avaient comme un bizarre éclat de peinture indienne, l'hymne de la chair, la matière, animée, vivante, révélant par sa fureur de génération, à la créature humaine, le fruit défendu de l'amour, ses suffocations, ses caresses instinctives, ses naturelles poses. »

Guy DE MAUPASSANT (lettre d'avril 1875) :

« (...) Je viens de terminer la lecture de ce livre, et, si mon opinion peut avoir quelque prix pour vous, je vous dirai que je l'ai trouvé fort beau et d'une puissance extraordinaire, je suis absolument enthousiasmé ; peu de lectures m'ont causé une aussi forte impression. J'ai vu du reste, avec un vrai bonheur, que les journaux qui jusque-là vous avaient été hostiles ont enfin été obligés de se rendre et d'admirer.

Quant à ce qui m'est personnel, j'ai éprouvé d'un bout à l'autre de ce livre une singulière sensation : en même temps que je voyais ce que vous décriviez, je le respirais ; il se dégage de chaque page comme une odeur forte et continue ; vous nous faites tellement sentir la terre, les arbres, les fermentations et les germes, vous nous plongez dans un tel débordement de reproductions que cela finit par monter à la tête, et j'avoue qu'en terminant, après avoir aspiré coup sur coup et "les arômes puissants de dormeur en sueur... de cette campagne de passion séchée, pâmée au soleil dans un vautrement de femme ardente et stérile" et l'Ève du Paradou qui était "comme un grand bouquet d'une odeur forte" et les senteurs du parc "solitude nuptiale toute peuplée d'êtres embrassés" et jusqu'au magnifique frère Archangias "puant lui-même l'odeur d'un bouc qui ne se serait jamais satisfait", je me suis aperçu que votre livre m'avait absolument grisé, et, de plus, fortement excité ! »

Gustave FLAUBERT (lettre à Mme des Genettes, avril 1875) :

« N'est-ce pas que *L'Abbé Mouret* est curieux ? Mais le Paradou est tout simplement raté ! Il aurait fallu pour l'écrire un autre écrivain que mon ami Zola. N'importe ! il y a dans ce livre des parties de génie, d'abord tout le caractère d'Archangias et la fin, le retour au Paradou. »

Hippolyte TAINE (lettre à Zola, 20 avril 1875) :

« *La Faute de l'abbé Mouret* dépasse le ton et les proportions du roman ; c'est un poème ; le parc a vingt lieues de tour ; c'est l'Éden, une vallée du Cachemire ; rien de plus enivrant ; cela fait penser à un poème persan, aux rêves intenses et éblouissants de Heine, à des morceaux des épopées indiennes. Le Iᵉʳ livre sur l'abbé Mouret est du même ordre ; de même dans le 3ᵉ, la vision de l'église envahie par la nature. L'effet total est celui d'une symphonie ; on perd pied ; on est à cent pieds de la terre et de la prose. »

Louis DESPREZ, *L'Évolution naturaliste*, 1884 :

« Ce Paradou — qui l'aurait cru ? — c'est le paradis terrestre, vierge et luxuriant, où Albine — l'Ève nouvelle — attend Serge, l'Adam nouveau. M. Zola a écrit beaucoup moins une étude de mœurs qu'un poème en prose. L'abbé Mouret n'est pas un vulgaire desservant, de race paysanne, au sang chaud, dont la chasteté succombe sous les attaques de la première Jeanneton venue. C'est l'ignorance de l'homme primitif conduite par l'astucieuse curiosité de la femme sous l'arbre de la faute. La vie représentée par Albine et par les végétations du Paradou lutte contre la mort, symbolisée par l'église où Serge se lamente et par l'épouvantable Archangias dans le dos duquel deux grandes ailes noires palpitent. Comme la foi du prêtre, le vieil édifice craque sous la poussée des plantes envahissantes. Les végétaux s'animent, agissent : ils jettent Serge dans les bras d'Albine. Il y a dans les descriptions du Paradou un panthéisme débordant. Ce parc inouï fait songer au décor du Sacre de la femme dans la première *Légende des siècles*. C'est la même sève puissante, le même épanouissement de l'être universel autour de deux créatures humaines, la même coulée énorme... »

Philippe GILLE (*La Bataille littéraire*, 1875) :

« Tout comme il y a des peintres qui, uniquement préoccupés d'écraser de grasses et brillantes masses de couleur sur leurs toiles, se soucient fort peu de la convenance du sujet qu'ils doivent traiter, M. Émile Zola écrit, et quelle que soit la fable qu'il ait à raconter, quel que soit son cadre, il y fait entrer tout ce qu'il y a de couleur et d'observation sur sa palette. Je lui fais défi de décrire un caillou du chemin sans que vous croyiez voir ce caillou, sans qu'il vous devienne intéressant. Ce don de description, cette faculté de transmission d'impression, il les possède au suprême degré ; c'est un paysagiste fidèle qui laisse loin les maigres détails de la photographie, c'est un huissier fureteur qui, dans une bonne et solide langue, fait le consciencieux inventaire de tout ce qu'il a vu.

Malheureusement, cet esprit si clairvoyant, si vigoureux par tempérament plutôt que par recherche, comme l'insinuent ses confrères, semble ne se plaire qu'à décrire les laideurs ou les plaies du monde animé. Personne ne parle mieux des arbres, des animaux, de la terre que M. Zola ; il est tel sillon fraîchement remué qu'il vous décrira en poète grand comme Millet ; mais quand par malheur pour l'espèce humaine, elle tombe sous sa main, il l'abaisse, l'avilit tant et si bien que le dégoût vous prend des agissements qu'il lui prête et que vous ne vous intéressez plus guère dans ses romans qu'à la partie nature morte de l'œuvre.

Il s'agit dans le livre qui va paraître (complément de la série des *Rougon-Macquart*) d'un prêtre qui commence sa carrière cléricale comme Jocelyn, qui est tenté, succombe, se repent, et, après sa faute, rentre dans la vie religieuse. Sujet périlleux s'il en fut, détails dangereux, repoussants même parfois, tel est le bilan des impressions que l'on ressent à la lecture de ces pages brûlantes, qui, disons-le bien haut, ne peuvent être lues par tout le monde.

Quant au charme, il existe, incontestablement, mais à l'état intermittent. Le mari ou le père qui parcourrait ce livre éprouverait le besoin de lire à sa famille deux ou trois brillantes pages ; mais il devrait forcément s'arrêter à telle ou telle description, tout comme il ferait si, en montrant à des enfants un livre plein de merveilleuses gravures, il lui fallait vivement et fréquemment tourner le feuillet devant telle ou telle nudité.

(...) Je ne veux pas savoir si ce livre a ce qu'on appelle un but. C'est pour moi comme un recueil de tableaux divers peints par un grand coloriste. Une œuvre d'art est une œuvre d'art, et je ne veux me prononcer que sur ce point. (...) »

Jules BARBEY D'AUREVILLY (*Le Constitutionnel*, 20 avril 1875) :

« Son livre semble n'avoir pour but que de peindre la nature et d'exalter les forces physiques de la vie. C'est un livre d'intention scélérate, sous le désintéressement apparent de ses peintures. Il est tout simplement la vieille idée païenne, battue par le christianisme et revenant à la charge. C'est le naturalisme de la bête, mis sans honte et sans vergogne au-dessus du noble spiritualisme chrétien.

Tel est le dessous et tel le crapaud de ce livre. Tous ces gens qui ne comprennent rien au catholicisme, qu'ils ne savent pas et qu'ils n'ont point étudié, n'ont qu'une seule façon de procéder contre lui, mais cette façon ne manque jamais son coup sur les imbéciles. C'est l'attaque au prêtre et le déshonneur du prêtre. Le prêtre, autrefois, vivait de l'autel, et il n'existait que pour l'autel, mais à présent l'autel doit mourir par le prêtre... Et voilà pourquoi le prêtre, haï et méprisé, et dont on ne devrait même plus parler si les religions — comme ils le disent — étaient finies, tient tant de place dans l'irréligieuse littérature de ce temps.

Ainsi, première cause du succès de M. Zola : le déshonneur d'un prêtre catholique, qui jette sa soutane aux rosiers et fait l'amour comme les satyres le faisaient autrefois avec les nymphes, dans les mythologies... Cette malhonnêteté cinglée à la face de la sainte Église catholique paraît très piquante à tous les libres penseurs de cette époque d'impiété et de décadence ; mais il n'y a pas que cela qui fasse la fortune du livre de M. Zola. Il y a dans *La Faute de l'abbé Mouret*, en dehors de son intention outrageante contre la religion, une autre cause de succès, bien plus générale encore... Je l'ai dit plus haut, c'est la bassesse de l'inspiration. Je ne crois point que, dans ce temps de choses basses, on ait jamais rien écrit de plus bas dans l'ensemble, les détails et la langue, que *La Faute de l'abbé Mouret*. C'est l'apothéose du rut universel dans la création. C'est la divinisation dans l'homme de la bête, c'est l'accouplement des animaux sur toute la ligne, avec une technique d'expression chauffée au désir de produire de l'effet, qui doit être le grand et peut-être le seul désir de M. Zola. Voilà ce qui fait de ce livre quelque chose d'une indécence particulière... Avec le XVIIIᵉ siècle derrière nous, nous avions vu toutes sortes d'indécences. Nous avions eu l'indécence naïve, l'indécence voluptueuse, l'indécence polissonne, l'indécence cynique. Mais l'indécence scientifique nous manquait, et c'est M. Zola qui a eu l'honneur de nous la donner... Blasés sur toutes les autres, nous n'étions pas blasés sur celle-là. M. Émile Zola, du reste, convenait merveilleusement, de facultés et de goût, à cette besogne. Il n'a point d'idéal dans la tête, et, comme son siècle, il aime les choses basses, signe du temps, et ne peut s'empêcher d'aller à elles. »

Ferdinand BRUNETIÈRE (*La Revue des Deux Mondes*, 1er avril 1875) :

« Nous n'avions pas ouvert le volume sans quelque appréhension du terme où pouvait bien aboutir chez le fils de Marthe Mouret « *la lente succession des accidents nerveux et sanguins qui se déclarent dans une race à la suite d'une première lésion organique* » ; nous avons été agréablement surpris d'y voir M. Zola revenir presque à l'idylle. Il y a des choses charmantes dans le récit des amours de Serge Mouret et d'Albine, et la nature vierge et sauvage qui les entoure est peinte avec une rare vigueur de touche. Malheureusement, M. Zola persiste dans son procédé matérialiste de composition et de style ; il se mêle toujours chez lui quelque chose de sensuel aux hymnes de l'amour ; et, quant à ses tableaux, le dessin y disparaît sous l'empâtement des couleurs. Ce serait à croire qu'il se fait de l'art d'écrire la même idée que certain rapin qu'il a mis autrefois en scène se fait de l'art de peindre ; il ne s'agit que de plaquer « une tache rouge à côté d'une tache bleue », d'amener violemment tous les détails au même plan et d'y passer une enluminure criarde ; c'est le secret des imagiers d'Épinal. On peut penser ce que devient au milieu de cette fureur de description l'honnête clarté de la langue française. Ce n'est pas de ne plus voir, c'est de ne plus comprendre qu'il faut se plaindre. La sensation y est peut-être, vague, indéterminée, la sensation de l'éblouissement et du rêve ; mais l'âme en est absente, absente aussi des personnages, — du prêtre, qui ne connaît de la religion que les extases et les hallucinations, — d'Albine qui ne sent guère de l'amour que l'éveil physique dans un corps vierge brûlé des ardeurs d'un soleil du midi, — de Désirée Mouret, la sœur de l'abbé, pauvre idiote à qui M. Zola ne fait pas prononcer dix mots qu'ils n'enferment quelque grossière indécence, — de ces villageois brutaux qui passent au fond du tableau, repoussants d'impiété grossière, de cynisme et d'impudeur. Il faut voir aussi de quels traits M. Zola note leurs émotions : rient-ils, c'est "*d'un rire sournois de bête impudique*" ; s'ils désespèrent, c'est "*en soufflant fortement, pareils à des bêtes traquées*" ; s'ils se repentent, ce sont "*des monstres qui se battent dans leurs entrailles*". M. Zola n'a-t-il pas même écrit que, s'ils étaient beaux, c'était d'"*une beauté de bête*" ! Ce mot lui revient à chaque page ; c'est qu'il sort pour ainsi dire de la force de la situation. Cependant, le prêtre un jour comprend son crime ; il revient au presbytère et là, dans la macération et le remords, il tâche d'oublier. Albine désespérée meurt d'abandon et d'amour sous la caresse mortelle des fleurs qu'elle a tant aimées. N'insistons pas sur l'étrange symphonie où l'on entend les violettes *"égrener des notes musquées"* et les belles-de-nuit *"piquer des trilles indiscrets"*, aussi bien les souvenirs du *Ventre de Paris* nous défendent-ils toute surprise. (...) »

B.E. *(La Revue de France*, 1875) :

« Voici venir maintenant la cinquième partie des *Rougon-Macquart* de M. Zola, *La Faute de l'abbé Mouret*. Nous retrouvons le talent descriptif ordinaire de l'auteur dans les premières pages, dans le tableau du village, de la campagne provençale, dans la première apparition d'Albine. Mais ensuite il faut fermer bien vite ce livre. Nous ne reprocherons pas à M. Zola de tourner en dérision les cérémonies les plus augustes, les sentiments les plus sacrés ; il se ferait gloire de tels reproches. Mais nous lui dirons que le matérialisme, le scepticisme sont une atmosphère mortelle pour l'art, que son talent s'y étiole et va bientôt périr. Ce roman, le plus immoral et le plus irréligieux de toute la série, en est aussi le plus médiocre. La description du nouvel Éden, théâtre de la faute, est plus technique que poétique, et d'une longueur fastidieuse ; c'est de l'idylle faite à coups de dictionnaire. L'idée première de ce domaine abandonné à la suite d'une mystérieuse et sinistre aventure, et dans lequel la nature a repris ses droits, n'appartient même pas à M. Zola ; il l'a empruntée à un beau roman de Charles Hugo, *Une famille tragique*, où l'on trouve un tableau du château et du parc inculte de Ganges bien supérieur à celui du Paradou. L'auteur tombe dans une invraisemblance aussi grotesque que révoltante, quand il nous montre le prêtre coupable reprenant tranquillement ses fonctions après son aventure comme si de rien n'était, dans le lieu où la faute a été commise, n'ayant pas même eu l'idée de s'en confesser à ses supérieurs ecclésiastiques, qui n'auraient pas manqué de l'interdire, ou du moins de l'envoyer bien loin. Enfin la conception de l'asphyxie volontaire d'Albine par les fleurs est encore un plagiat. Il y a plus de trente ans que ce suicide a été décrit pour la première fois, et d'une façon autrement belle et poétique, dans le chapitre intitulé *"La Mort par les fleurs"* du *Notaire de Chantilly*, l'un des meilleurs ouvrages de Gozlan. Au reste, la lecture du dernier volume de M. Zola produit elle-même un effet analogue à l'asphyxie. On étouffe dans cette atmosphère nauséabonde, où les odeurs d'encens frelaté, de fleurs fanées, se mêlent aux émanations du fumier. Cette nouvelle faute de M. Zola est un péché mortel. »

Maxime GAUCHER (*La Revue bleue*, 1875) :

« M. Émile Zola continue l'histoire de la famille des Rougon-Macquart. L'abbé Mouret dont il raconte aujourd'hui la faute, est-il un Macquart ou un Rougon, je ne sais trop, car les rameaux de cette dynastie sont entremêlés et je m'y perds. Rougon ou Macquart, c'est un pauvre sire, et son aventure me répugne. Disons sans réticence toute notre pensée. L'auteur ne s'est nullement préoccupé de montrer dans un type sérieusement étudié l'influence de l'hérédité et la transmission par le sang de faiblesses ou de vices s'imposant fatalement. Il n'a même pas cherché à peindre les luttes que peut livrer un prêtre aux tentations qui l'assiègent, ni à nous dire sous quel fardeau il succombe. Non, il n'y a là, en réalité, ni un descendant des Rougon, ni un abbé. Il y a un animal mâle lâché au milieu des bois avec un animal femelle.

Nous ne sommes plus cependant au temps de Daphnis et Chloé ; il est rare au XIXᵉ siècle qu'on se promène si peu vêtu par les taillis. Aussi, par quelle accumulation étrange de bizarres inventions l'auteur a-t-il créé un Éden à ces innocents qui ne demandent qu'à ne plus l'être ! Il n'y a que les réalistes pour en prendre ainsi à leur aise avec la vérité. On comprendra que je n'insiste pas sur cette œuvre ; j'en dirai seulement ce que l'auteur dit d'une jeune villageoise : Une belle poussée animale ! »

*

4. TÉMOIGNAGE

Henri Hertz rapporte ces propos de Zola : « Il me dit : "Dans tous mes livres (...), j'ai été en contact et échange avec les peintres, mais en aucun, aussi intimement que dans *La Faute de l'abbé Mouret*. Les peintres m'ont aidé à peindre d'une manière neuve, 'littérairement'. Mais, avec *La Faute de l'abbé Mouret*, c'est dans la paix suprême propre à la peinture, en harmonie avec les essences de la nature, que j'ai plongé et purifié tout le drame des Rougon-Macquart. On a prétendu que j'ai dépeint le

Paradou d'après le parc paradisiaque de Monet où sont nées des toiles merveilleuses. En tous cas, les deux se sont rassemblés dans le foisonnement sauvage des feuillages et des fleurs indomptables. Mes yeux et mon cœur les ont rassemblés. Toutes les forces, les bonnes et les mauvaises, que j'ai maniées s'y sont alanguies. On me l'a reproché. J'ai rêvé une trêve, une courte trêve, et que, dans un resplendissement, elles paraissent pouvoir, mutuellement, s'accorder délivrance" » (*Europe*, 1952, p. 33).

*

5. EXTRAITS DES *ROUGON-MACQUART*

La Fortune des Rougon, chap. V : Miette et Silvère dans l'aire Saint-Mittre

« (...) une discussion s'engageait sur la façon de grimper le long des peupliers. Miette donnait son avis nettement, comme un garçon.

Mais Silvère, la prenant sur les genoux, l'avait descendue à terre, et ils marchaient côte à côte, les bras à la taille. Tout en se querellant sur la manière dont on doit poser les pieds et les mains à la naissance des branches, ils se serraient davantage, ils sentaient sous leurs étreintes des chaleurs inconnues les brûler d'une étrange joie. Jamais le puits ne leur avait procuré de pareils plaisirs. Ils restaient enfants, ils avaient des jeux et des causeries de gamins, et goûtaient des jouissances d'amoureux, sans savoir seulement parler d'amour, rien qu'à se tenir par le bout des doigts. Ils cherchaient la tiédeur de leurs mains, pris d'un besoin instinctif, ignorant où allaient leurs sens et leur cœur. À cette heure d'heureuse naïveté, ils se cachaient même la singulière émotion qu'ils se donnaient mutuellement, au moindre contact. Souriants, étonnés parfois des douceurs qui coulaient en eux, dès qu'ils se touchaient, ils s'abandonnaient secrètement aux mollesses de leurs sensations nouvelles, tout en continuant à causer, comme deux écoliers, des nids de pie qui sont si difficiles à atteindre.

Et ils allaient, dans le silence du sentier, entre les tas de planches et le mur du Jas-Meiffren. Jamais ils ne dépassaient le bout de ce cul-de-sac étroit, revenant sur leurs pas, à chaque fois. Ils étaient chez eux. Souvent Miette, heureuse de se sentir si bien cachée, s'arrêtait et se complimentait de sa découverte :

"Ai-je eu la main chanceuse ! disait-elle avec ravissement. Nous ferions une lieue, sans trouver une si bonne cachette !"

L'herbe épaisse étouffait le bruit de leurs pas. Ils étaient noyés dans un flot de ténèbres, bercés entre deux rives sombres, ne voyant qu'une bande d'un bleu foncé, semée d'étoiles, au-dessus de leur tête. Et, dans ce vague du sol qu'ils foulaient, dans cette ressemblance de l'allée à un ruisseau d'ombre coulant sous le ciel noir et or, ils éprouvaient une émotion indéfinissable, ils baissaient la voix, bien que personne ne pût les entendre. Se livrant à ces ondes silencieuses de la nuit, la chair et l'esprit flottants, ils se contaient, ces soirs-là, les mille riens de leur journée, avec des frissons d'amoureux. »

La Conquête de Plassans, chap. XIII : La jeunesse de Serge Mouret

« Serge avait alors dix-neuf ans. Il occupait au second étage une petite chambre, en face de l'appartement du prêtre, où il vivait presque cloîtré, lisant beaucoup.

"Il faudra que je jette tes bouquins au feu, lui disait Mouret avec colère. Tu verras que tu finiras par te mettre au lit."

En effet, le jeune homme était d'un tempérament si nerveux, qu'il avait, à la moindre imprudence, des indispositions de fille, des bobos qui le retenaient dans sa chambre pendant deux ou trois jours. Rose le noyait alors de tisane et, lorsque Mouret montait pour le secouer un peu, comme il le disait, si la cuisinière était là, elle mettait son maître à la porte, en lui criant :

"Laissez-le donc tranquille, ce mignon ! vous voyez bien que vous le tuez avec vos brutalités... Allez, il ne tient guère de vous, il est tout le portrait de sa mère. Vous ne les comprendrez jamais, ni l'un ni l'autre."

Serge souriait. Son père, en le voyant si délicat, hésitait, depuis sa sortie du collège, à l'envoyer faire son droit à Paris. Il ne voulait pas entendre parler d'une faculté de province ; Paris, selon lui, était nécessaire à un garçon qui voulait aller loin. Il mettait dans son fils une grande ambition, disant que de plus bêtes — ses cousins Rougon par exemple — avaient fait un joli chemin. Chaque fois que le jeune homme lui semblait gaillard, il fixait son départ aux premiers jours du mois suivant ; puis, la malle n'était jamais prête, le jeune homme toussait un peu, le départ se trouvait de nouveau renvoyé.

Marthe, avec sa douceur indifférente, se contentait de murmurer chaque fois :

"Il n'a pas encore vingt ans. Ce n'est guère prudent d'envoyer un enfant si jeune à Paris... D'ailleurs il ne perd pas son temps ici. Tu trouves toi-même qu'il travaille trop."

Serge accompagnait sa mère à la messe. Il était d'esprit religieux, très tendre et très grave. Le docteur Porquier lui ayant recommandé beaucoup d'exercice, il s'était pris de passion pour la botanique, faisant des excursions, passant ensuite ses après-midi à dessécher les herbes qu'il avait cueillies, à les coller, à les classer, à les étiqueter. »

Pot-Bouille V, chap. XVII : La tristesse de l'abbé Mauduit

« L'abbé Mauduit voulait monter à son appartement. Mais un grand trouble, un besoin violent l'avait fait entrer et le retenait là. Il lui semblait que Dieu l'appelait, d'une voix lointaine et confuse, dont il ne pouvait saisir les ordres. Lentement, il traversait l'église, il cherchait à lire en lui-même, à calmer ses alarmes, lorsque, tout d'un coup, comme il passait derrière le chœur, un spectacle surhumain l'ébranla dans tout son être.

C'était, derrière les marbres de la chapelle de la Vierge, aux blancheurs de lis, derrière les orfèvreries de la chapelle de l'Adoration, dont les sept lampes d'or, les candélabres d'or, l'autel d'or luisaient dans l'ombre fauve des vitraux couleur d'or ; c'était au fond de cette nuit mystérieuse, au-delà de ce lointain tabernacle, une apparition tragique, un drame déchirant et simple : le Christ cloué sur la croix, entre Marie et Madeleine, qui sanglotaient ; et les statues blanches, qu'une lumière invisible, venue d'en haut, détachait contre la nudité du mur, s'avançaient, grandissaient, faisaient de l'humanité saignante de cette mort et de ces larmes le symbole divin de l'éternelle douleur.

Éperdu, le prêtre tomba sur les genoux. Il avait blanchi ce plâtre, ménagé cet éclairage, préparé ce coup de foudre ; et, la cloison de planches abattue, l'architecte et les ouvriers partis, il était foudroyé le premier. De la sévérité terrible du Calvaire, une haleine soufflait, qui le renversait. Il croyait sentir Dieu passer sur sa face, il se courbait sous cette haleine, déchiré de doute, torturé par l'idée affreuse qu'il était peut-être un mauvais prêtre.

Oh ! Seigneur, l'heure sonnait-elle de ne plus couvrir du manteau de la religion les plaies de ce monde décomposé ? Devait-il ne plus aider à l'hypocrisie de son troupeau, n'être plus toujours là, comme un maître de cérémonie, pour régler le bel ordre des sottises et des vices ? Fallait-il donc laisser tout crouler, au risque que l'Église elle-même fût éventrée par les décombres ? Oui, tel était l'ordre sans doute, car la force d'aller plus avant dans la misère humaine l'abandonnait, il agonisait d'impuissance et de dégoût. Ce qu'il avait remué de vilenies depuis le matin lui étouffait le cœur. Et les mains ardemment tendues, il demandait pardon, pardon de ses mensonges, pardon des complaisances lâches et des promiscuités infâmes. La peur de Dieu le prenait aux entrailles, il voyait Dieu qui le reniait, qui lui défendait d'abuser encore de son nom, un Dieu de colère résolu à exterminer enfin le peuple coupable. Toutes les tolérances du mondain s'en allaient sous les scrupules déchaînés de cette conscience, et il ne restait que la foi du croyant épouvantée, se débattant dans l'incertitude du salut. Oh ! Seigneur, quelle était la route, que fallait-il faire au milieu de cette société finissante, qui pourrissait jusqu'à ses prêtres ?

Alors, l'abbé Mauduit, les yeux sur le Calvaire, éclata en sanglots. Il pleurait comme Marie et Madeleine, il pleurait la vérité morte, le ciel vide. Au fond des marbres et des orfèvreries, le grand Christ de plâtre n'avait plus une goutte de sang. »

Le Rêve chap. V : Angélique et Félicien

« (...) à ce moment, Angélique s'aperçut qu'elle avait les pieds nus et que Félicien les voyait. Une confusion l'envahit. Elle n'osait plus bouger, certaine que, si elle se levait, il les verrait davantage. Puis, elle s'alarma, perdit la tête, se mit à fuir. Dans l'herbe, ses petits pieds couraient, très blancs. La nuit s'était accrue encore, le Clos-Marie devenait un lac d'ombre, entre les grands arbres voisins et la masse noire de la cathédrale. Et il n'y avait, au ras des ténèbres du sol, que la fuite des petits pieds blancs, du blanc satiné des colombes.

Effrayée, ayant peur de l'eau, Angélique suivit la Chevrotte, pour gagner la planche qui servait de pont. Mais Félicien avait coupé au travers des broussailles. Si timide jusqu'alors, il était devenu plus rouge qu'elle, à voir ses pieds blancs ; et une flamme le poussait, il aurait voulu crier la passion qui l'avait possédé tout entier, dès le premier jour, dans le débordement de sa jeunesse. Puis, quand elle le frôla, il ne put que balbutier l'aveu, dont ses lèvres brûlaient :

"Je vous aime."

Éperdue, elle s'était arrêtée. Un instant, toute droite, elle le regarda. Sa colère, la haine qu'elle croyait avoir, s'en allait, se fondait en un sentiment d'angoisse délicieuse. Qu'avait-il dit, pour qu'elle en fût bouleversée de la sorte ?

Il l'aimait, elle le savait, et voilà que le mot murmuré à son oreille la confondait d'étonnement et de crainte. Lui, enhardi, le cœur ouvert, rapproché du sien par la charité complice, répéta : "Je vous aime."

Et elle se remit à fuir, dans sa peur de l'amant. La Chevrotte ne l'arrêta plus, elle y entra comme les biches poursuivies, ses petits pieds blancs y coururent parmi les cailloux, sous le frisson de l'eau glacée. La porte du jardin se referma, ils disparurent. »

*

6. QUELQUES TEXTES LITTÉRAIRES SUR DES THÈMES VOISINS

Émile ZOLA, *Lourdes*, troisième journée, chapitre VI

« Au sortir des clartés vives de la Grotte, c'était une nuit d'encre, un néant de ténèbres, dans lequel il roulait au hasard. Puis, ses yeux s'habituèrent, il se retrouva près du Gave, il en suivit le bord, une allée ombragée de grands arbres, où l'obscurité fraîche recommençait. Cela le soulageait maintenant, cette ombre, cette fraîcheur si calmantes. Et il n'éprouvait plus qu'une surprise, celle de ne s'être pas agenouillé, de n'avoir pas prié, comme Marie priait elle-même, avec tout l'abandon de son âme. Quel était donc l'obstacle en lui ? D'où venait l'irrésistible révolte qui l'empêchait de se laisser glisser à la foi, même lorsque son être surmené, obsédé, souhaitait l'abandon ? Il entendait bien que sa raison seule protestait ; et il se trouvait dans une heure où il aurait voulu la tuer, cette raison vorace qui mangeait sa vie, qui l'empêchait d'être heureux, du bonheur des ignorants et des simples. Peut-être, s'il avait vu un miracle, aurait-il eu la volonté de croire. Par exemple, si Marie s'était levée tout d'un coup et avait marché devant lui, ne se serait-il pas prosterné, vaincu enfin ? Cette image qu'il se faisait de Marie sauvée, de Marie guérie, l'émotionna à un tel point, qu'il s'arrêta, les bras tremblants et levés vers le ciel criblé d'étoiles. Ah ! grand Dieu ! quelle belle nuit profonde et mystérieuse, embaumée et légère, et quelle joie pleuvait, dans cet espoir de l'éternelle santé revenue, de l'éternel amour, renaissant à l'infini, comme le printemps ! Puis, il marcha encore, suivit l'allée jusqu'au bout. Mais ses doutes recommençaient : quand on exige un miracle pour croire, c'est qu'on est incapable de croire. Dieu n'a pas à faire la preuve de son existence. Il était aussi repris de malaise, à la pensée que, tant qu'il n'aurait pas fait son devoir de prêtre, en disant sa messe, Dieu ne l'écouterait point. Pourquoi n'allait-il pas tout de suite à l'église du Rosaire, dont les autels, de minuit à midi, restaient à la disposition des prêtres de passage ? Et il redescendit par une autre allée, se retrouva sous les arbres, dans le coin de feuillages, d'où il avait vu, avec Marie, passer la procession aux flambeaux. Plus une clarté, une mer d'ombre, sans bornes. »

Victor HUGO, *Les Misérables*, IVe partie, III, III

« Ce jardin ainsi livré à lui-même depuis plus d'un demi-siècle était devenu extraordinaire et charmant. Les passants d'il y a quarante ans s'arrêtaient dans cette rue pour le contempler, sans se douter des secrets qu'il dérobait derrière ses épaisseurs fraîches et vertes. Plus d'un songeur à cette époque a laissé bien des fois ses yeux et sa pensée pénétrer indiscrètement à travers les barreaux de l'antique grille cadenassée, tordue, branlante, scellée à deux piliers verdis et moussus, bizarrement couronné d'un fronton d'arabesques indéchiffrables.

Il y avait un banc de pierre dans un coin, une ou deux statues moisies, quelques treillages décloués par le temps pourrissant sur le mur ; du reste plus d'allées ni de gazon ; du chiendent partout. Le jardinage était parti et la nature était revenue. Les mauvaises herbes abondaient, aventure admirable pour un pauvre coin de terre. La fête des giroflées y était splendide. Rien dans ce jardin ne contrariait l'effort sacré des choses vers la vie ; la croissance vénérable était là chez elle. Les arbres s'étaient baissés vers les ronces, les ronces étaient montées vers les arbres, la plante avait grimpé, la branche avait fléchi, ce qui rampe sur la terre avait été trouver ce qui s'épanouit dans l'air, ce qui flotte au vent s'était penché vers ce qui traîne dans la mousse ; troncs, rameaux, feuilles, fibres, touffes, vrilles, sarments, épines, s'étaient mêlés, traversés, mariés, confondus ; la végétation, dans un embrassement étroit et profond, avait célébré et accompli là, sous l'œil satisfait du créateur, en cet enclos de trois cents pieds carrés, le saint mystère de sa fraternité, symbole de la fraternité humaine. Ce jardin n'était plus un jardin, c'était une broussaille colossale, c'est-à-dire quelque chose qui est impénétrable comme une forêt, peuplé comme une ville, frissonnant comme un nid, sombre comme une cathédrale, odorant comme un bouquet, solitaire comme une tombe, vivant comme une foule.

En floréal, cet énorme buisson, libre derrière sa grille et dans ses quatre murs, entrait en rut dans le sourd travail de la germination universelle, tressaillait au soleil levant presque comme une bête qui aspire les effluves de l'amour cosmique et qui sent la sève d'avril monter et bouillonner dans ses veines, et, secouant au vent sa prodigieuse chevelure verte, semait sur la terre humide, sur les statues frustes, sur le perron croulant du pavillon et jusque sur le pavé de la rue déserte, les fleurs en étoiles, la rosée en perles, la fécondité, la beauté, la vie, la joie, les parfums. À midi mille papillons blancs s'y réfugiaient, et c'était un spectacle divin de voir là tourbillonner en flocons dans l'ombre cette neige vivante de l'été. Là, dans ces gaies ténèbres de la verdure, une foule de voix innocentes parlaient doucement à l'âme, et ce que les gazouillements avaient oublié de dire, les bourdonnements le complétaient. Le soir une vapeur de rêverie se dégageait du jardin et l'enveloppait ; un linceul de brume, une tristesse céleste et calme, le couvraient ; l'odeur si enivrante des chèvrefeuilles et des liserons en sortait de toute part comme un poison exquis et subtil ; on entendait les derniers appels des grimpereaux et des bergeronnettes s'assoupissant sous les branchages ; on y sentait cette intimité sacrée de l'oiseau et de l'arbre ; le jour les ailes réjouissent les feuilles, la nuit les feuilles protègent les ailes.

L'hiver, la broussaille était noire, mouillée, hérissée, grelottante, et laissait un peu voir la maison. On apercevait, au lieu de fleurs dans les rameaux et de rosée dans les fleurs, les longs rubans d'argent des limaces sur le froid et épais tapis des feuilles jaunes ; mais de toute façon, sous tout aspect, en toute saison, printemps, hiver, été, automne, ce petit enclos respirait la mélancolie, la contemplation, la solitude, la liberté, l'absence de l'homme, la présence de Dieu ; et la vieille grille rouillée avait l'air de dire : ce jardin est à moi.

Le pavé de Paris avait beau être là tout autour, les hôtels classiques et splendides de la rue de Varenne à deux pas, le dôme des Invalides tout près, la chambre des Députés pas loin ; les carrosses de la rue de Bourgogne et de la rue Saint-Dominique avaient beau rouler fastueusement dans le voisinage, les omnibus jaunes, bruns, blancs, rouges, avaient beau se croiser dans le carrefour prochain, le désert était rue Plumet ; et la mort des anciens propriétaires, une révolution qui avait passé, l'écroulement des antiques fortunes, l'absence, l'oubli, quarante ans d'abandon et de viduité, avaient suffi pour ramener dans ce lieu privilégié les fougères, les bouillons-blancs, les ciguës, les achillées, les digitales, les hautes herbes, les grandes plantes gaufrées aux larges feuilles de drap vert pâle, les lézards, les scarabées, les insectes inquiets et rapides ; pour faire sortir des profondeurs de la terre et reparaître entre ces quatre murs je ne sais quelle grandeur sauvage et farouche ; et pour que la nature, qui déconcerte les arrangements mesquins de l'homme et qui se répand toujours, aussi bien dans la fourmi que dans l'aigle, en vînt à s'épanouir dans un méchant petit jardin parisien avec autant de rudesse et de majesté que dans une forêt vierge du Nouveau Monde. »

Les Misérables, IVe partie, VIII, I

« Comme il n'y avait jamais personne dans la rue et que d'ailleurs Marius ne pénétrait dans le jardin que la nuit, il ne risquait pas d'être vu.

A partir de cette heure bénie et sainte où un baiser fiança ces deux âmes, Marius vint là tous les soirs. Si à ce moment de sa vie, Cosette était tombée dans l'amour d'un homme peu scrupuleux et libertin, elle était perdue ; car il y a des natures généreuses qui se livrent, et Cosette en était une. Une des magnanimités de la femme, c'est de céder. L'amour, à cette hauteur où il est absolu, se complique d'on ne sait quel céleste aveuglement de la pudeur. Mais que de dangers vous courez, ô nobles âmes ! Souvent, vous donnez le cœur, nous prenons le corps. Votre cœur vous reste, et vous le regardez dans l'ombre en frémissant. L'amour n'a point de moyen terme : ou il perd, ou il sauve. Toute la destinée humaine est ce dilemme-là. Ce dilemme, perte ou salut, aucune fatalité ne le pose plus inexorablement que l'amour. L'amour est la vie, s'il n'est pas la mort. Berceau ; cercueil aussi. Le même sentiment dit oui et non dans le cœur humain. De toutes les choses que Dieu a faites, le cœur humain est celle qui dégage le plus de lumière, hélas ! et le plus de nuit.

Dieu voulut que l'amour que Cosette rencontra fût un de ces amours qui sauvent.

Tant que dura le mois de mai de cette année 1832, il y eut là, toutes les nuits, dans ce pauvre jardin sauvage, sous cette broussaille chaque jour plus odorante et plus épaissie, deux êtres composés de toutes les chastetés et de toutes les innocences, débordant de toutes les félicités du ciel, plus voisins des archanges que des hommes, purs, honnêtes, enivrés, rayonnants, qui resplendissaient l'un pour l'autre dans les ténèbres. Il semblait à Cosette que Marius avait une couronne et à Marius que Cosette avait un nimbe. Ils se touchaient, ils se regardaient, ils se prenaient les mains, ils se serraient l'un contre l'autre ; mais il y avait une distance qu'ils ne franchissaient pas. Non qu'ils la respectassent ; ils l'ignoraient. (...)

La nuit, quand ils étaient là, ce jardin semblait un lieu vivant et sacré. Toutes les fleurs s'ouvraient autour d'eux et leur renvoyaient de l'encens ; eux, ils ouvraient leurs âmes et les répandaient dans les fleurs. La végétation lascive et vigoureuse tressaillait pleine de sève et d'ivresse autour de ces deux innocents, et ils disaient des paroles d'amour dont les arbres frissonnaient. »

Victor HUGO, *L'Homme qui rit*, Ire partie, III, v

« Quelques instants après, les deux enfants dormaient profondément.

C'était on ne sait quel ineffable mélange d'haleines ; plus que la chasteté, l'ignorance ; une nuit de noces avant le sexe. Le petit garçon et la petite fille, nus et côte à côte, eurent pendant ces heures silencieuses la promiscuité séraphique de l'ombre ; la quantité de songe possible à cet âge flottait de l'un à l'autre ; il y avait probablement sous leurs paupières fermées de la lumière d'étoile ; si le mot mariage n'est pas ici disproportionné, ils étaient mari et femme de la façon dont on est ange. De telles innocences dans de telles ténèbres, une telle pureté dans un tel embrassement, ces anticipations sur le ciel ne sont possibles qu'à l'enfance, et aucune immensité n'approche de cette grandeur des petits. De tous les gouffres celui-ci est le plus profond. La perpétuité formidable d'un mort enchaîné hors de la vie, l'énorme acharnement de l'océan sur un naufrage, la vaste blancheur de la neige recouvrant des formes ensevelies, n'égalent pas en pathétique deux bouches d'enfants qui se touchent divinement dans le sommeil, et dont la rencontre n'est pas même un baiser. Fiançailles peut-être ; peut-être catastrophe. L'ignoré pèse sur cette juxtaposition. Cela est charmant ; qui sait si ce n'est pas effrayant ? On se sent le cœur serré. L'innocence est plus suprême que la vertu. L'innocence est faite d'obscurité sacrée. Ils dormaient. Ils étaient paisibles. Ils avaient chaud. La nudité des corps entrelacés amalgamait la virginité des âmes. Ils étaient là comme dans le nid de l'abîme. »

« Trop de paradis, l'amour en arrive à ne pas vouloir cela. Il lui faut la peau fiévreuse, la vie émue, le baiser électrique et irréparable, les cheveux dénoués, l'étreinte ayant un but. Le sidéral gêne. L'éthéré pèse. L'excès de ciel dans l'amour, c'est l'excès de combustible dans le feu ; la flamme en souffre. Dea saisissable et saisie, la vertigineuse approche qui mêle en deux êtres l'inconnu de la création, Gwynplaine, éperdu, avait ce cauchemar exquis. Une femme ! Il entendait en lui ce profond cri de la nature. Comme un Pygmalion du rêve modelant une Galatée de l'azur, il faisait témérairement, au fond de son âme, des retours à ce contour chaste de Dea ; contour trop céleste et pas assez édénique ; car l'Éden, c'est Ève ; et Ève était une femelle, une mère charnelle, une nourrice terrestre, le ventre sacré des générations, la mamelle du lait inépuisable, la berceuse du monde nouveau-né ; et le sein exclut les ailes. Pourtant, dans les mirages de Gwynplaine, Dea jusqu'alors avait été au-dessus de la chair. En ce moment, égaré, il essayait dans sa pensée de l'y faire redescendre, et il tirait ce fil, le sexe, qui tient toute jeune fille liée à la terre. Pas un seul de ces oiseaux n'est lâché. Dea, pas plus qu'une autre, n'était hors la loi, et Gwynplaine, tout en ne l'avouant qu'à demi, avait une vague volonté qu'elle s'y soumît. Il avait cette volonté malgré lui, et dans une rechute continuelle. Il se figurait Dea humaine. Il en était à concevoir une idée inouïe : Dea, créature, non plus d'extase, mais de volupté ; Dea la tête sur l'oreiller. Il avait honte de cet empiètement visionnaire ; c'était comme un effort de profanation ; il résistait à cette obsession ; il s'en détournait, puis il y revenait ; il lui semblait commettre un attentat à la pudeur. Dea était pour lui un nuage. Frémissant, il écartait ce nuage comme s'il eût soulevé une chemise. On était en avril.

(...)

Pourquoi dit-on un amoureux ? On devrait dire un possédé. Être possédé du diable, c'est l'exception ; être possédé de la femme, c'est la règle. Tout homme subit cette aliénation de soi-même. Quelle sorcière qu'une jolie femme ! Le vrai nom de l'amour, c'est captivité.

On est fait prisonnier par l'âme d'une femme. Par sa chair aussi. Quelquefois plus encore par la chair que par l'âme. L'âme est l'amante ; la chair est la maîtresse.

On calomnie le démon. Ce n'est pas lui qui a tenté Ève. C'est Ève qui l'a tenté. La femme a commencé.

Lucifer passait tranquille. Il a aperçu la femme. Il est devenu Satan.

La chair, c'est le dessus de l'inconnu. Elle provoque, chose étrange, par la pudeur. Rien de plus troublant. Elle a honte, cette effrontée.

En cet instant, ce qui agitait Gwynplaine et ce qui le tenait, c'était cet effrayant amour de surface. Moment redoutable que celui où l'on veut la nudité. Un glissement dans la faute est possible. Que de ténèbres dans cette blancheur de Vénus !

Quelque chose en Gwynplaine appelait à grands cris Dea, Dea fille, Dea moitié d'un homme. Dea chair et flamme. Dea gorge nue. Il chassait presque l'ange. »

VILLIERS DE L'ISLE-ADAM, *L'Ève future*, VI, XI (1886)

« Ne touche pas à ce fruit mortel en ce jardin »
(VI, VIII)

« (...)
Elle marchait dans l'allée vers le seuil lumineux où veillait Edison. Sa forme bleue et voilée dépassait chaque arbre, et, comme un rayon l'éclaira dans une embellie, elle se détourna vers le jeune homme. Silencieuse, elle ramena ses deux mains à sa bouche et lui envoya un baiser avec un effrayant mouvement de désespoir. Alors, éperdu, hors de lui-même, Lord Ewald marcha vivement vers elle, la rejoignit et lui jeta son bras juvénilement autour de la taille, qui se ploya, défaillante, en cet enlacement.

"Fantôme ! Fantôme ! Hadaly ! dit-il, — c'en est fait ! Certes, je n'ai pas grand mérite à préférer ta redoutable merveille à la banale, décevante et fastidieuse amie que le sort m'octroya ! Mais, que les cieux et la terre le prennent comme bon pourra leur sembler ! je résous de m'enfermer avec toi, ténébreuse idole ! Je démissionne de ma mission de vivant — et que le siècle passe !... car je viens de m'apercevoir que, placées l'une auprès de l'autre, c'est, positivement, la vivante qui est le fantôme."

Hadaly, à ces paroles, sembla tressaillir ; puis, avec un mouvement d'infini abandon, elle noua ses bras à l'entour du cou de Lord Ewald. De son sein haletant, qu'elle pressait contre lui, sortait une senteur d'asphodèles ; ses cheveux, se dénouant éperdument, roulèrent au long de son dos sur sa robe.

Une grâce lente, et languide, et pénétrante, adoucissait sa rayonnante et sévère beauté ; elle semblait ne pouvoir parler !

La tête appuyée sur l'épaule du jeune homme, elle le regardait entre ses cils, en souriant d'un radieux sourire. Déesse féminéisée, illusion charnelle, elle épouvantait la nuit. Elle semblait aspirer l'âme de son amant comme pour s'en douer elle-même ; ses lèvres entr'ouvertes, à demi pâmées, bougeaient, et frémissaient, effleurant celles de son créateur dans un baiser virginal.

"Enfin !... dit-elle sourdement, ô bien-aimé, c'est donc toi !" »

Stéphane MALLARMÉ *L'Ecclésiastique*, paru dans *Divagations* [1]

« Les printemps poussent l'organisme à des actes qui, dans une autre saison, lui sont inconnus, et maint traité d'histoire naturelle abonde en descriptions de ce phénomène, chez les animaux. Qu'il serait d'un intérêt plus plausible de recueillir certaines des altérations qu'apporte l'instant climatérique dans les allures d'individus faits pour la spiritualité ! Mal quitté par l'ironie de l'hiver, j'en retiens, quant à moi, un état équivoque tant que ne s'y substitue pas un naturalisme absolu ou naïf, capable de poursuivre une jouissance dans la différenciation de plusieurs brins d'herbes. Rien dans le cas actuel n'apportant de profit à la foule, j'échappe, pour le méditer, sous quelques ombrages environnant d'hier la ville : or c'est de leur mystère presque banal que j'exhiberai un exemple saisissable et frappant des inspirations printanières.

Vive fut tout à l'heure, dans un endroit peu fréquenté du bois de Boulogne, ma surprise quand, sombre agitation basse, je vis, par mille interstices d'arbustes bons à ne rien cacher, total et des battements supérieurs du tricorne s'animant jusqu'à des souliers affermis par des boucles en argent, un ecclésiastique, qui, à l'écart de témoins, répondait aux sollicitations du gazon.

---

1. Ce texte parut d'abord dans une revue italienne, *Gazzetta letteraria, artistica et scientifica* (4 décembre 1886), et fut successivement repris dans la *Revue indépendante* (avril 1888), puis en volume dans *Pages* (1891), *Vers et prose* (1893) et *Divagations* (1897). Le recours, ironique ou non, à une explication « scientifique » (influence des variations climatiques sur la physiologie), l'emploi du mot « naturalisme », pris dans son acception première, enfin le regard apitoyé porté sur un homme sans sexe, font naturellement penser à Zola.

À moi ne plût (et rien de pareil ne sert les desseins providentiels) que, coupable à l'égal d'un faux scandalisé se saisissant d'un caillou du chemin, j'amenasse par mon sourire même d'intelligence, une rougeur sur le visage à deux mains voilé de ce pauvre homme, autre que celle sans doute trouvée dans son solitaire exercice ! Le pied vif, il me fallut, pour ne produire par ma présence de distraction, user d'adresse ; et fort contre la tentation d'un regard porté en arrière, me figurer en espritl'apparition quasi diabolique qui continuait à froisser le renouveau de ses côtes, à droite, à gauche et du ventre, en obtenant une chaste frénésie. Tout, se frictionner ou jeter les membres, se rouler, glisser, aboutissait à une satisfaction : et s'arrêter, interdit du chatouillement de quelque haute tige de fleur à de noirs mollets, parmi cette robe spéciale portée avec l'apparence qu'on est pour soi tout même sa femme. Solitude, froid, silence épars dans la verdure, perçus par des sens moins subtils qu'inquiets, vous connûtes les claquements furibonds d'une étoffe ; comme si la nuit absconse en ses plis en sortait enfin secouée ! et les heurts sourds contre la terre du squelette rajeuni ; mais l'énergumène n'avait point à vous contempler. Hilare, c'était assez de chercher en soi la cause d'un plaisir ou d'un devoir, qu'expliquait mal un retour, devant une pelouse, aux gambades du séminaire. L'influence du souffle vernal doucement dilatant les immuables textes inscrits en sa chair, lui aussi, enhardi de ce trouble agréable à sa stérile pensée, était venu reconnaître par un contact avec la Nature, immédiat, net, violent, positif, dénué de toute curiosité intellectuelle, le bien-être général ; et candidement, loin des obédiences et de la contrainte de son occupation, des canons, des interdits, des censures, il se roulait, dans la béatitude de sa simplicité native, plus heureux qu'un âne. Que le but de sa promenade atteint se soit, droit et d'un jet, relevé, non sans secouer les pistils et essuyer les sucs attachés à sa personne, le héros de ma vision, pour rentrer, inaperçu, dans la foule, et les habitudes de son ministère, je ne songe à rien nier ; mais j'ai le droit de ne point considérer cela. Ma discrétion vis-à-vis d'ébats d'abord apparus n'a-t-elle pas pour récompense d'en fixer à jamais, comme une rêverie de passant se plut à la compléter, l'image marquée d'un sceau mystérieux de modernité, à la fois baroque et belle ? »

En 1896, Alphonse Allais fait paraître, dans *On n'est pas des bœufs*, un *Essai sur la vie de l'abbé Chamel*, texte satirique où il se souvient du roman de Zola :

« Rosalie Chamel était depuis plus de vingt ans au service de l'abbé Tumaine, et sa seule angoisse était de quitter cet ecclésiastique.

Femme de ménage de premier ordre, cuisinière hors de pair, nature affective entre toutes, Rosalie Chamel s'attacha fortement à la cure de Hétu (près de Monvieux) et à son titulaire.

Aussi, à chaque heure de la journée, l'entendait-on gémir :

— Mon Dieu ! qu'est-ce que je deviendrais si l'abbé mourait ?... Où irais-je si l'abbé mourait ?... Je n'aurais plus qu'à me jeter à l'eau, si l'abbé mourait !

Si l'abbé mourait, par ci. Si l'abbé mourait, par là... Tout le diocèse retentissait de cette sempiternelle antienne.

Le nom en resta au pauvre serviteur de Dieu, et bientôt on ne le nomma plus que l'abbé Mouret.

Ainsi qu'il était facile de s'y attendre avec un tel sobriquet, l'abbé Mouret ne tarda pas à commettre une faute, la faute bien connue sous le nom de faute de l'abbé Mouret.

L'infortunée Rosalie Chamel n'y coupa point : neuf mois plus tard, la légion des Chamel comptait un petit membre de plus.

L'abbé Mouret (conservons-lui ce nom, n'est-ce pas, ce nom qui, tout compte fait, ne dérange personne), l'abbé Mouret, dis-je, fut très chic dans cette affaire-là.

Plutôt que de perdre une tant irremplaçable cuisinière, il passa par-dessus toutes les convenances mondaines et sacerdotales, et conserva Rosalie Chamel à son service, en l'augmentant (ça alors, c'est très chic) de trente mensuels francs pour les multiples dépenses occasionnées par le frais émoulu.

Tout de suite, l'enfant grandit en taille et en vertus.

Mais l'atavisme était là, qui veillait !

Atavisme, laissez-vous saluer en passant ! Vous êtes le grand veilleur ! À votre place, il y a belle lurette que je m'en serais allé coucher !

L'atavisme veillait pour insuffler, dans cette baudruche qu'est la destinée d'un enfant, la double et simultanée aptitude des parents, cuisine et saint-sacrement mêlés !

Et la chimère du petit Chamel oscilla longtemps entre l'art

culinaire de sa maman et la profession ecclésiastique de son criminel à la fois et sacré papa.

Abrégeons : l'enfant, devenu jeune homme, se fit prêtre, non sans avoir jeté sur le Fourneau un long regard tenant plus de l'Au revoir que du définitif Adieu.

... Nous n'avons pas encore assez abrégé. Abrégeons davantage et brûlons les planches du Temps :

Nous retrouvons l'abbé Chamel à la tête de la florissante petite paroisse de Dauday-sur-Tarasque.

Il pouvait bien être onze heures du matin, onze heures et demie même.

À la porte du presbytère, tintinnabula le grelot d'une bicyclette, et de cette bicyclette alertement sauta un homme, jeune encore, portant le costume ecclésiastique.

L'abbé Chamel n'eut pas grand-peine à reconnaître en ce véloceman son collègue, l'abbé Kahn, le secrétaire particulier de Monseigneur, prêtre d'origine juive (comme l'indique son nom) et qui (comme l'indique encore son nom) passait les trois quarts de sa vie en vélocipède (ces prêtres-là, vous avez beau dire, font énormément de tort à la religion).

— Mon cher Chamel, fit l'abbé Kahn avec une volubilité bien sémite, voici ce dont il s'agit : Monseigneur arrive ici dans quarante minutes ; il s'agit de lui fricoter un petit lunch qui ne soit pas dans une potiche !

— Ah ! riposta l'abbé Chamel, vous vous imaginez que ça s'organise comme ça, en cinq sec, un petit déjeuner pour un prélat ! Nous ne sommes pas dans le ghetto de Francfort, ici.

(L'abbé Chamel est un des premiers abonnés de la *Libre Parole*[1].)

L'abbé Kahn se mordit les lèvres :

— Mais, mon cher collègue, un petit poulet, un petit canard, un petit lapin...

— Nous n'avons ici ni petit poulet, ni petit canard, ni petit lapin !

— On m'avait pourtant dit que la paroisse de Dauday-sur-Tarasque était très riche...

— Précisément ! Les gens sont si riches qu'ils achètent tout ce qui est à vendre et qu'ils ne veulent rien vendre de ce qui leur appartient !

— Ah diable !

— Tout ce que j'ai chez moi, c'est du beurre, du lait, de la crème et des œufs... Je ne parle pas, bien entendu, d'un vieux

---

1. *La Libre Parole* était un journal fondé par Édouard Drumont, et fortement antisémite. (Note de l'éditeur)

restant de veau d'hier... Mais j'ai une idée !... si Monseigneur vient, priez-le de m'excuser : je vais lui composer un petit plat de ma composition...

Abrégeons encore :

On se mit à table.

Monseigneur prit des œufs. Il en reprit. Il en redemanda encore. Et ce manège dura tant que durèrent les œufs.

— Comment appelez-vous cette sauce ? s'informa le doux prélat.

— Cette sauce, Monseigneur, n'a aucun nom dans aucune langue. C'est moi qui viens de l'improviser.

— Eh bien ! tous mes compliments. Je me souviendrai longtemps des œufs à l'abbé Chamel !

....

Un comité vient de se former pour réunir les fonds destinés à élever une statue à l'excellent prêtre, au digne homme, à l'incomparable cuisinier que fut l'abbé Chamel.

Je m'inscris personnellement pour 350 000 francs. »

VIE D'ÉMILE ZOLA

1840 (2 avril) : naissance d'Émile Zola, à Paris, 10 rue Saint-Joseph. Il est le fils de François Zola, ingénieur civil d'origine italienne, né en 1795, et d'Émilie Aubert, d'origine beauceronne, née en 1819.

1843 : les Zola s'installent à Aix-en-Provence.

1847 (27 mars) : François Zola, qui se consacrait à la construction d'un barrage au Tholonet et d'un canal pour alimenter Aix en eau potable, meurt d'une pneumonie contractée sur le chantier du barrage. La famille est ruinée. Les grands-parents Aubert s'installent avec leur fille et leur petit-fils.

1848 : Émile Zola est élève de la pension Notre-Dame, où il rencontre deux amis qui lui seront fidèles : Marius Roux, futur journaliste et écrivain, et Philippe Solari, futur sculpteur.

1852 : entre au collège Bourbon. Il y rencontrera Jean-Baptiste Baille, destinataire de ses premières lettres, et Paul Cézanne.

1854 (16 décembre) : inauguration du canal Zola.

1858 (février) : les Zola s'installent à Paris. Émile entre en seconde au lycée Saint-Louis. Il ne s'intéresse qu'à la littérature, et commence à écrire des vers.

1858 (été) : il retourne en Provence. Au retour, il tombe longuement et gravement malade.

1859 (août et novembre) : échecs au baccalauréat. Il abandonne ses études.

1860 (printemps) : employé à l'administration des Docks de Paris. Il y reste deux mois.

1860-1861 : il vit des mois difficiles, tant sur le plan moral que matériel. Liaison avec une prostituée, Berthe. Il écrit ses derniers vers. En décembre 1861, il demande la nationalité française.

1862 (1er mars) : il entre à la Librairie Hachette, au bureau des expéditions, puis au bureau de la publicité.

1863 : parution de deux des futurs *Contes à Ninon* : *Simplice* et *Le Sang.*

1864 : il rencontre Gabrielle-Alexandrine Meley. En novembre, parution des *Contes à Ninon.*

1865 : parution de *La Confession de Claude.* Articles, chroniques dans la presse.

1866 : il quitte la Librairie Hachette le 31 janvier. Le 1er février, il entre comme chroniqueur à *L'Événement.* Il publie *Le Vœu d'une morte* en novembre.

1867 : prend la défense de Manet dans la presse. Parution des *Mystères de Marseille,* et de *Thérèse Raquin* (décembre).

1868 : projette l'histoire d'une famille en dix volumes pour l'éditeur Lacroix. Collaboration à *La Tribune,* au *Rappel,* au *Gaulois,* journaux d'opposition. Parution de *Madeleine Férat.*

1869 : écrit *La Fortune des Rougon.* Lacroix accepte le plan des *Rougon-Macquart.* Zola signe un contrat qui lui assure cinq cent francs mensuels.

1870 : épouse Alexandrine le 31 mai. Parution de *La Fortune des Rougon,* en feuilleton, dans *Le Siècle.* En décembre, il suit à Bordeaux une délégation du gouvernement.

1871 : Zola écrit des chroniques parlementaires à Bordeaux, pour *La Cloche* et *Le Sémaphore de Marseille.* Il rentre à Paris peu avant la Commune. Après les journées sanglantes du printemps, le gouvernement de « l'ordre moral » interrompt la parution de *La Curée* en feuilleton dans *La Cloche.*

1872 : La Curée paraît en volume, chez Charpentier, qui prend désormais le relais de Lacroix. Zola se lie avec Flaubert, Daudet, Tourguéniev.

1873 : Le Ventre de Paris.

1874 : La Conquête de Plassans. Nouveaux Contes à Ninon. Première des *Héritiers Rabourdin,* échec théâtral. Début de l'amitié avec Mallarmé et Maupassant.

1875 : collaboration à la revue pétersbourgeoise *Le Messager de l'Europe,* où *La Faute de l'abbé Mouret* paraît en feuilleton, avant de sortir fin mars chez Charpentier. Zola se lie avec Huysmans et Céard.

1876 : Son Excellence Eugène Rougon. L'Assommoir paraît d'abord en feuilleton dans *Le Bien public.* Les passions se déchaînent au point que le journal doit en interrompre la publication, qui s'achève dans la revue *La République des lettres.*

1877 : parution de *L'Assommoir* en volume. Célébrité et aisance.

1878 : Une page d'amour. Acquisition de la maison de Médan.

1879 : première de l'adaptation théâtrale de *L'Assommoir*. Grand succès. *Nana*, dont la rédaction n'est pas achevée, commence à paraître en feuilleton.

1880 : parution du *Roman expérimental* et de *Nana*, en volume. Instauration des Soirées de Médan (Maupassant, Huysmans, Céard et quelques autres y participent).

1881 : parution des *Romanciers naturalistes*, du *Naturalisme au théâtre*, et de *Documents littéraires*.

1882 : Pot-Bouille.

1883 : Au Bonheur des Dames.

1884 : La Joie de vivre. Au printemps, Zola se documente à Anzin sur la vie des mineurs.

1885 : Germinal.

1886 : L'Œuvre. Rupture avec Cézanne, qui reproche à Zola de s'être inspiré de lui pour le personnage de Claude, le peintre maudit. En mai, le romancier enquête dans la Beauce sur la vie des paysans.

1887 : la parution de *La Terre* provoque un scandale. Par le *Manifeste des Cinq*, de jeunes écrivains proches des Goncourt rejettent Zola.

1888 : Le Rêve. À la fin de l'année, Zola rencontre Jeanne Rozerot, qui devient sa maîtresse.

1889 : naissance de Denise, fille de Zola et de Jeanne. Le romancier, en septembre, s'établit rue de Bruxelles.

1890 : La Bête humaine. Échec à l'Académie française.

1891 : L'Argent. Zola devient président de la Société des gens de lettres. Naissance de Jacques, deuxième enfant de Zola et de Jeanne.

1892 : La Débâcle. Après un court séjour à Lourdes, Zola rédige, du 20 août au 1er septembre, un journal intitulé « Mon voyage à Lourdes ».

1893 : Le Docteur Pascal.

1894 : Lourdes ouvre le cycle des *Trois Villes*. Il est mis à l'Index par les autorités religieuses. Voyage à Rome avec Alexandrine. Dreyfus est condamné en décembre aux travaux forcés à perpétuité.

1895 : premiers entretiens accordés au docteur Toulouse, qui souhaite consacrer à Zola le premier tome de son *Enquête médico-psychologique sur la supériorité intellectuelle.*

1896 : Rome.

1897 : Paris.

1898 (13 janvier) : « J'accuse », dans *L'Aurore.* Procès de Zola. De juillet 1898 à juin 1899, exil en Angleterre.

1899 : Fécondité. Dreyfus est gracié et réhabilité.

1900 : Zola, qui se passionne pour la photographie depuis plusieurs années, tire des clichés de l'Exposition universelle.
1901 : Travail.
1902 (29 septembre) : mort de Zola, asphyxié dans des circonstances qui demeurent suspectes. Alexandrine survit. Le 5 octobre, Paris fait à Zola des funérailles nationales.
1903 : parution posthume de *Vérité*.
1908 (4 juin) : ses cendres sont transférées au Panthéon, au caveau XXIV, qu'il partage avec Victor Hugo.

BIBLIOGRAPHIE

Manuscrits

La Faute de l'abbé Mouret : Bibliothèque nationale, Nouvelles acquisitions françaises (abrégé en N.a.f.) 10293. 414 feuillets.

Dossier préparatoire : Bibliothèque nationale, N.a.f. 10294. 164 feuillets. Les feuillets 218 à 233 du dossier de *L'Assommoir* ont été mal classés et concernent, en fait, *La Faute de l'abbé Mouret*.

Éditions

Édition originale : Librairie Charpentier et Cie, Bibliothèque Charpentier, 27 mars 1875

Première édition illustrée : Marpon et Flammarion, Paris, 1890

Maurice LE BLOND, Édition Bernouard, Paris 1927 (notes et commentaires)

Henri MITTERAND, Édition Gallimard, Bibliothèque de la Pléiade, Paris, 1960 (notes et commentaires)

Henri GUILLEMIN, Édition Rencontre, Lausanne, 1961 (préface)

Roger RIPOLL, Édition du Cercle du livre précieux, *Œuvres complètes*, t. II, Paris, 1967 (préface)

Pierre COGNY, Édition de L'Intégrale, Seuil, Paris, 1969, t. 1 (introduction)

Colette BECKER, Édition Garnier-Flammarion, Paris, 1972 (préface)

Philippe HAMON, Édition du Livre de Poche, Paris, 1985 (notes et commentaires ; avec une préface de Michel de Certeau)

Henri MITTERAND, Édition Gallimard, coll. Folio, Paris, 1991, (dossier ; avec une préface de J.-P. Arrou-Vignod)

Colette BECKER, Édition Robert Laffont, *Œuvres complètes*, t. II, Paris, 1991 (préface, notes et commentaires)

Gérard GENGEMBRE, Édition Presses Pocket, Paris, 1994

Scénographie

La Faute de l'abbé Mouret, pièce en quatre actes et quatorze tableaux d'André Antoine, musique d'Alfred Bruneau, représentée au théâtre de l'Odéon le 1er mars 1907

Filmographie

La Faute de l'abbé Mouret, de Georges Franju, 1970

Articles

Chantal BERTRAND-JENNINGS, « Zola ou l'envers de la science : de *La Faute de l'abbé Mouret* au *Docteur Pascal* », *Nineteenth Century French Studies*, nos 1-2, 1980-1981, p. 93-107

Philippe BONNEFIS, « Situation chronologique et textuelle de *Printemps — Journal d'un convalescent* », *Les Cahiers naturalistes*, n° 39, 1970, p. 1-35

Olivier GOT, « Zola et le jardin mythique », *Les Cahiers naturalistes*, n° 62, 1988, p. 143-152

A.A. GREAVES, « Mysticisme et pessimisme dans *La Faute de l'abbé Mouret* », *Les Cahiers naturalistes*, n° 36, 1968, p. 148-155

Philippe HAMON, « A propos de l'impressionnisme de Zola », *Les Cahiers naturalistes*, n° 34, 1967, p. 139 à 147

F.W.J. HEMMINGS, « The secret sources of *La Faute de l'abbé Mouret* », *French Studies*, n° 13, juillet 1959, p. 226-239

F.W.J. HEMMINGS, « Émile Zola et la religion », *Europe*, n° 468-469, avril-mai 1968, p. 129-135

A.H. PASCO, « Love à la Michelet in Zola's *La Faute de l'abbé Mouret* », *Nineteenth Century French Studies*, nos 3-4, 1979, p. 232-244

Angelica RIEGER, « L'espace de l'imaginaire. Promenade dans la roseraie zolienne », *Les Cahiers naturalistes*, n° 63, 1989, p. 93-107

Roger RIPOLL, « Le symbolisme végétal dans *La Faute de l'abbé Mouret* : réminiscences et obsessions », *Les Cahiers naturalistes*, n° 31, 1966, p. 11-22

Études

Chantal BERTRAND-JENNINGS, *L'Éros et la femme dans l'œuvre de Zola,* Klincksieck, 1977

P. OUVRARD, *Zola et le prêtre,* Beauchesne, 1986

Littérature [1]

Lamartine, *Jocelyn* (1836)
Michelet, *Du prêtre, de la femme et de la famille* (1845)
       L'Amour (1858)
       La Femme (1859)
       La Sorcière (1862)
V. Hugo, « Le sacre de la femme », in *La Légende des siècles* (1re série, 1859)
Villiers de l'Isle-Adam, *L'Ève future* (1886)
Péguy, *Evè* (1913)

---

1. Dans *Zola et le prêtre* (p. 181, note 97), P. Ouvrard signale quelques titres de romans sur le prêtre parus dans le dernier quart du siècle : L. Ulbach, *Le Jardin du chanoine* (1875) ; H. France, *Le Jardin du curé* (1877) ; A. Sirven, H. Leverdier, *Le Jésuite rouge* (1879) ; G. Glatron, *La Nièce du curé* (1880) ; J. Vindex, *L'Alcôve du cardinal* (1881) ; E. Daudet, *Le Défroqué* (1882) ; C. Cassot, *Un amour de prêtre* (1883) ; A. Bulot, *La Vocation de l'abbé Pierre* (1885) ; G. Le Faure, *Mariée par un prêtre* (1886) ; O. Mirbeau, *L'Abbé Jules* (1888).

Table des illustrations

Table

DOSSIER

Composition réalisée par NORD COMPO

IMPRIMÉ EN FRANCE PAR BRODARD ET TAUPIN
La Flèche (Sarthe).
N° d'imprimeur : 23821 – Dépôt légal Éditeur : 46985-08/2004
Édition 40
LIBRAIRIE GÉNÉRALE FRANÇAISE – 31, rue de Fleurus – 75006 Paris.

ISBN : 2 - 253 - 00559 - 2   ⟡ 30/0069/2